HEYNE <

AF195295

Das Buch

Oxnard Matheson ist zwölf Jahre alt, als sein Vater die Familie verlässt. Ox fühlt sich ungeliebt und wertlos – und irgendwie anders als andere Jungs in seinem Alter. Ox ist sechzehn, als die Familie Bennett nach Green Creek zieht. Die Bennetts sind lebensfroh und charismatisch – und sie sind Werwölfe. Von nun an besucht Ox die Familie jeden Tag, fühlt er sich doch unwiderstehlich angezogen von dieser aufregenden neuen Welt voll Magie, Freundschaft und Abenteuer. Vor allem Joe, der jüngste Sohn, scheint Ox zu verstehen wie niemand sonst. Doch als Ox dreiundzwanzig ist, kommt das Grauen nach Green Creek und Joe verlässt die Stadt. Ox bleibt mit gebrochenem Herzen zurück. Als Joe Jahre später zurückkehrt ist aus dem verständnisvollen Jungen von damals ein attraktiver Mann geworden, dessen Charisma Ox nicht mehr widerstehen kann ...

Der Autor

Im Alter von sechs Jahren griff T. J. Klune zu Stift und Papier und schrieb eine mitreißende Fanfiction zum Videospiel »Super Metroid«. Zu seinem Verdruss meldete sich die Videospiel-Company nie zu seiner Variante der Handlung zurück. Doch die Begeisterung für Geschichten hat T. J. Klune auch über dreißig Jahre nach seinem ersten Versuch nicht verlassen. Nachdem er einige Zeit als Schadensregulierer bei einer Versicherung gearbeitet hat, widmet er sich inzwischen ganz dem Schreiben. Für die herausragende Darstellung queerer Figuren in seinen Romanen wurde er mit dem Lambda Literary Award ausgezeichnet. Mit seinem Roman *Mr. Parnassus' Heim für magisch Begabte* gelang T. J. Klune der Durchbruch als international gefeierter Bestsellerautor.

Ein ausführliches Werkverzeichnis von T. J. Klune finden Sie am Ende des Bandes.

T. J. KLUNE

DAS LIED DES WOLFES

EIN GREEN-CREEK-ROMAN

Band 1

Aus dem Amerikanischen übersetzt
von Michael Pfingstl

WILHELM HEYNE VERLAG
MÜNCHEN

Die Originalausgabe ist unter dem Titel WOLFSONG bei Tor Books,
einem Imprint der Macmillan Publishing Group, LLC, New York, erschienen.

Der Verlag behält sich die Verwertung der urheberrechtlich
geschützten Inhalte dieses Werkes für Zwecke des
Text- und Data-Minings nach § 44 b UrhG ausdrücklich vor.
Jegliche unbefugte Nutzung ist hiermit ausgeschlossen.

Das Zitat auf S. 6 wurde übersetzt von Michael Pfingstl

Penguin Random House Verlagsgruppe FSC® N001967

Deutsche Erstausgabe: 05/2025
Copyright © 2016 by Travis Klune
Copyright der Bonusgeschichte © 2023 by Travis Klune
Published by Tor Books, einem Imprint
der Macmillan Publishing Group, LLC, New York,
Copyright © 2025 der deutschsprachigen Ausgabe
by Wilhelm Heyne Verlag, München,
in der Penguin Random House Verlagsgruppe GmbH,
Neumarkter Straße 28, 81673 München
produktsicherheit@penguinrandomhouse.de
(Vorstehende Angaben sind zugleich Pflichtinformationen nach GPSR)

Alle Rechte vorbehalten.
Redaktion: Lisa Scheiber
Umschlaggestaltung: Das Illustrat, GbR, München,
nach einer Vorlage von Chris Sickels / Red Nose Studios
Satz: Schaber Datentechnik, Austria
Druck und Bindung: GGP Media GmbH, Pößneck
Printed in Germany

ISBN 978-3-453-32360-5

www.heyne.de

*Für Ely wegen all der Tumblr-Links.
Du weißt, welche.
Das Verlangen ist echt.*

»Bitte geh nicht, wir fressen dich auf,
wir lieben dich so sehr!«

MAURICE SENDAK,
Wo die wilden Kerle wohnen

Staubflocken /
Kalt und aus Metall

Ich war zwölf, als mein Dad einen Koffer neben die Tür stellte. »Wofür ist der?«, fragte ich von der Küche aus.

Er seufzte, tief und grollend. Es dauerte ein bisschen, bis er sich zu mir umdrehte. »Wann bist du heimgekommen?«

»Vor 'ner Weile.« Meine Haut juckte.

Er warf einen Blick auf die alte Wanduhr. Die Plastikabdeckung hatte einen Sprung. »Schon später, als ich dachte. Hör zu, Ox ...« Er schüttelte den Kopf. Wirkte durcheinander. Verwirrt. Mein Dad war vieles: ein Säufer, schnell mit Flüchen und Schlägen bei der Hand. Ein charmanter Teufel mit einem Lachen, so tief wie das Bollern der alten Harley-Davidson WLA, die wir letzten Sommer wieder flottgemacht hatten. Aber er war nie durcheinander, nie verwirrt. Nicht so wie jetzt.

Das Jucken war kaum auszuhalten.

»Du bist nicht der Schlauste«, sagte er und schaute auf seinen Koffer.

Das stimmte. Ich war nicht gerade die hellste Kerze auf der Torte. Meine Mom sagte, ich sei in Ordnung. Mein Dad sagte, ich sei langsam. Meine Mom meinte, das Leben wäre schließlich kein Rennen. Damals hatte er schon tief ins Whiskeyglas geschaut und angefangen zu schreien und Sachen zu zertrümmern. Er hat sie nicht geschlagen, zumindest nicht an diesem Abend. Dafür habe ich gesorgt. Aber als er dann in seinem alten Sessel zu schnarchen angefangen hat, bin ich in mein Zimmer geschlichen und habe mich unter der Bettdecke versteckt.

»Ja, Sir«, erwiderte ich.

Er schaute mich an, und ich schwöre bei allem, was mir heilig ist, dass ich so was wie Liebe in seinen Augen gesehen habe. »Dumm wie'n Ochse«, sagte er. Es hörte sich nicht gemein an, wenn er es sagte. Es war einfach so.

Ich zuckte die Achseln. Ich hörte das nicht zum ersten Mal von ihm. Mom sagte zwar immer, dass er aufhören soll, aber es war okay. Er war schließlich mein Dad und wusste es am besten.

»Die Leute werden dich wie Scheiße behandeln«, sagte er. »Die meiste Zeit deines Lebens.«

»Ich bin stärker als die meisten«, sagte ich ernst. Die Leute hatten Angst vor mir, auch wenn ich es gar nicht wollte. Aber ich war stark. Wie mein Dad. Er war ein Schrank von einem Mann mit einer Plauze vom Trinken.

»Die Leute werden dich nicht verstehen«, sprach er weiter.

»Aha.«

»Werden sie nicht.«

»Das müssen sie auch gar nicht.« Ich wünschte es mir sehr, aber gleichzeitig wusste ich, dass es nie passieren würde.

»Ich muss los.«

»Wohin?«

»Weg. Hör zu …«

»Weiß Mom Bescheid?«

Dad lachte, doch es klang nicht so, als würde er irgendwas lustig finden. »Klar. Vielleicht. Sie hat gewusst, was passieren wird. Wahrscheinlich schon eine ganze Weile.«

Ich machte einen Schritt auf ihn zu. »Wann kommst du wieder?«

»Ox. Die Leute werden gemein zu dir sein. Ignorier sie einfach. Bleib cool.«

»Die Leute sind nicht gemein. Nicht immer.« Ich kannte nicht allzu viele Leute. Ich hatte keine Freunde, keine echten. Aber die, die ich kannte, waren nicht fies zu mir. Nur manchmal. Sie wussten nicht, was sie mit mir anfangen sollten. Die meisten jedenfalls, aber das war okay. Ich wusste auch nicht, was ich mit ihnen anfangen sollte.

Und dann sagte Dad: »Du wirst mich 'ne Weile nicht mehr sehen. Vielleicht lange nicht.«

»Was ist mit der Werkstatt?«, fragte ich. Er arbeitete bei Gordo's, roch nach Schmierfett, Öl und Metall, wenn er nach Hause kam. Seine Finger waren schwarz, und er hatte Hemden, auf denen sein Name stand. *Curtis* war in Rot und Weiß und Blau draufgestickt. Ich fand das immer toll. Nur große Männer bekamen ein Hemd mit dem eigenen Namen drauf. Manchmal hat er mich mitgenommen. Als ich drei war, hat er mir gezeigt, wie man einen Ölwechsel macht. Mit vier, wie man einen Reifen wechselt. Wie man den Motor eines 1957er Chevy Bel Air Coupé restauriert, mit neun. An solchen Tagen habe ich beim Heimkommen nach Schmierfett und Öl und Metall gerochen und davon geträumt, ein Hemd mit meinem Namen darauf zu haben. *Oxnard* würde draufstehen. Oder vielleicht auch nur *Ox*.

»Gordo isses egal«, war alles, was mein Dad antwortete.

Das stimmte nicht. Gordo war gar nichts egal. Er war ein bärbeißiger Kerl, aber er hat einmal zu mir gesagt, wenn ich alt genug bin, könnte ich einen Job bei ihm haben. »Jungs wie wir müssen zusammenhalten«, hat er gesagt. Ich wusste zwar nicht, was er damit meinte, aber die Tatsache, dass er überhaupt an mich dachte, reichte mir.

»Oh«, war alles, was ich darauf sagen konnte.

»Ich bereue dich nicht«, sagte Dad. »Aber alles andere.«

Ich verstand nicht, was das bedeuten sollte. »Geht es um ...?« Wovon redete er?

»Hier zu sein«, sagte er. »Ich halt's nicht mehr aus.«

»Halb so schlimm«, erwiderte ich. »Das lässt sich ändern.« Wir könnten einfach irgendwo anders hinziehen.

»Lässt es sich nicht, Ox.«

»Hast du dein Handy aufgeladen?«, fragte ich, weil er es immer vergaß. »Du musst es aufladen, damit ich dich anrufen kann. Wir haben in Mathe was Neues durchgenommen, und ich verstehe es nicht. Mr. Howse hat gesagt, du könntest mir helfen.« Dabei wusste ich genau, dass mein Dad Mathe genauso wenig kapierte wie ich. Der neue Stoff nannte sich Algebra. Einführung. Und das machte mir Angst, denn allein die Einführungen waren meistens schon schwer genug. Was würde erst passieren, wenn *richtige* Algebra drankam?

Ich kannte die Miene, die Dad daraufhin aufsetzte. Es war sein zorniges. Er war wütend. »Kapierst du es denn nicht?«, bellte er.

Ich versuchte, nicht zusammenzuzucken. »Nein«, sagte ich, denn ich kapierte es wirklich nicht.

»Ox«, sagte Dad. »Es wird kein Mathe geben und auch keine Anrufe. Bring mich nicht dazu, dich auch noch zu bereuen.«

»Oh«, sagte ich.

»Du musst jetzt ein Mann sein. Deshalb versuche ich, dir was beizubringen. Die Leute werden dich mit Scheiße bewerfen, aber du schüttelst sie einfach ab und machst weiter.« Er hatte die Hände zu Fäusten geballt. Warum, wusste ich nicht.

»Ich kann ein Mann sein«, versicherte ich, weil ich dachte, dann würde es ihm vielleicht wieder besser gehen.

»Ich weiß«, erwiderte er.

Ich lächelte ihn an, aber Dad schaute weg.

»Ich muss jetzt los«, sagte er schließlich.

»Wann kommst du wieder?«, fragte ich.

Er machte einen schwankenden Schritt Richtung Tür. Nahm einen rasselnden Atemzug. Bückte sich nach seinem Koffer und ging nach draußen. Ich hörte, wie er seinen alten Truck anließ.

Der Motor stotterte kurz. Hörte sich an, als bräuchte er einen neuen Zahnriemen. Ich würde es ihm später sagen.

Mom kam an dem Abend spät nach Hause, nachdem sie eine Doppelschicht im Diner übernommen hatte. Sie fand mich in der Küche. Ich hatte mich nicht von der Stelle bewegt, seit mein Dad zur Tür rausgegangen war. Die Dinge würden sich jetzt ändern.
»Ox?«, fragte sie. »Was ist los?« Sie sah sehr müde aus.
»Hey, Mom«, sagte ich.
»Warum weinst du?«
»Ich weine nicht.« Tat ich auch nicht, denn ich war jetzt ein Mann.
Sie berührte mein Gesicht. Ihre Finger rochen nach Salz und Pommes frites und Kaffee. Ihre Daumen fuhren über meine feuchten Wangen. »Was ist passiert?«
Ich sah sie an – nach unten, weil sie schon immer klein gewesen war und ich sie irgendwann letztes Jahr überholt hatte. Ich wünschte, ich könnte mich an den Tag erinnern, an dem es passiert war. Es fühlte sich so wichtig an. »Ich werde mich um dich kümmern«, versprach ich. »Du musst dir nie Sorgen machen.«
Ihr Blick wurde weich. Ich konnte die Fältchen um ihre Augen erkennen, den müden Mund. »Das tust du auch jetzt schon. Aber ...« Sie verstummte, atmete einmal tief durch. »Ist er gegangen?«, fragte sie und hörte sich so unglaublich klein an.
»Ich glaube, ja.« Ich wickelte eine ihrer Haarsträhnen um meine Finger. Sie waren dunkel wie meine. Wie die von meinem Dad. Wir waren alle dunkel.
»Was hat er gesagt?«, fragte sie.
»Dass ich jetzt ein Mann bin«, antwortete ich. Denn das war das einzig Wichtige.
Mom lachte und lachte, bis sie zusammenbrach.

Er hat das Geld nicht mitgenommen. Oder wenigstens nicht alles. Es war sowieso nicht viel.

Er hat auch keine Fotos mitgenommen. Nur ein paar Kleider. Seinen Rasierer. Seinen Truck. Ein paar von seinen Werkzeugen.

Hätte ich es nicht besser gewusst, hätte ich fast geglaubt, dass es ihn nie gegeben hat.

Vier Tage später rief ich ihn auf seinem Handy an. Es war mitten in der Nacht.

Es klingelte zweimal, dann sagte eine Stimme, dass die Nummer nicht mehr existierte.

Am nächsten Morgen musste ich mich bei Mom entschuldigen. Ich hatte den Hörer so fest umklammert gehalten, dass er einen Sprung bekommen hatte. Sie sagte, es wäre halb so schlimm, und wir redeten nie wieder darüber.

Ich war sechs, als mein Dad mir einen eigenen Werkzeugkasten kaufte. Kein Kinderkram, kein buntes Plastik, sondern kalt und aus Metall und echt.

»Halte es gut sauber«, sagte er zu mir. »Und Gott steh dir bei, wenn du es draußen rumliegen lässt. Das Zeug rostet, und dann zieh ich dir die Haut vom Leib. Dafür ist es nicht gedacht. Hast du verstanden?«

Ich berührte das Geschenk ehrfürchtig. »Okay«, sagte ich nur, weil ich keine Worte fand, um auszudrücken, wie überglücklich ich war.

An einem Morgen, zwei Wochen nachdem er gegangen war, stand ich in ihrem Zimmer. Mom war wieder im Diner, wieder eine Doppelschicht. Ihre Füße würden brennen wie die Hölle, wenn sie nach Hause kam.

Sonnenlicht fiel durchs Fenster herein, kleine Staubflocken tanzten im Licht.

Das Zimmer roch nach ihm. Nach ihr. Nach ihnen beiden. Nach einer Einheit. Es sollte noch lange dauern, bis das aufhörte. Aber es hörte auf. Irgendwann.

Ich schob die Tür des Kleiderschranks auf. Die eine Seite war größtenteils leer, aber ein bisschen was war noch darin. Bruchstücke eines Lebens, das niemand mehr lebte.

Zum Beispiel seine Arbeitshemden. Vier Stück, sie hingen ganz hinten. *Gordo's* stand in Kursivschrift darauf.

Curtis, auf jedem einzelnen davon. *Curtis, Curtis, Curtis.*

Ich berührte sie alle vorsichtig mit meinen Fingerspitzen.

Ich nahm das letzte von seinem Bügel. Streifte es mir über die Schultern. Es fühlte sich schwer an und roch nach Mann und Schweiß und Arbeit. »Okay, Ox«, sagte ich. »Du schaffst das.«

Ich begann, es zuzuknöpfen, aber meine Finger verhedderten sich. Sie waren zu grobschlächtig, plump. Ich war tollpatschig, dumm und hässlich. Zu lange Arme und Beine. Ich war einfach zu groß.

Als ich den letzten Knopf endlich zubekommen hatte, schloss ich die Augen und atmete einmal tief ein. Rief mir ins Gedächtnis, wie Mom an jenem Tag ausgesehen hatte. Die violetten Schatten unter ihren Augen, die hängenden Schultern. »Sei ein braver Junge, Ox«, hatte sie gesagt. »Versuch, keinen Ärger zu machen.« Als wäre das das Einzige in meinem Leben. Als würde ich ständig Ärger machen.

Ich öffnete die Augen wieder und sah in den Spiegel an der Schranktür.

Das Hemd war zu groß. Oder ich zu klein. Ich weiß nicht, was von beidem. Ich sah aus wie ein Kind in Verkleidung. Wie ein Hochstapler.

Ich runzelte die Stirn, senkte meine Stimme und sagte: »Ich bin ein Mann.«

Ich glaubte mir nicht.

»Ich bin ein Mann.«

Ich zuckte zusammen.

»Ich bin ein Mann.«

Schließlich zog ich das Hemd wieder aus und hängte es zurück in den Schrank. Schob die Tür wieder zu, während die Staubflocken noch immer im allmählich schwächer werdenden Licht tanzten.

Katalysator /
Träumen mit offenen Augen

»Gordo's.«

»Hi, Gordo.«

Ein Brummen. »Wer ist dran?«

Als ob er das nicht genau wüsste. »Ox.«

»Oxnard Matheson! Hab grad an dich gedacht.«

»Echt?«

»Nö. Was willst du?«

Ich grinste. Es war ein ungewohntes Gefühl auf meinem Gesicht. »Ich freue mich auch, mal wieder mit dir zu plaudern.«

»Ja, schon gut. Hab dich schon eine Weile nich mehr hier gesehen, Kleiner.« Er war angepisst wegen meiner Abwesenheit.

»Ich weiß. Ich musste ...« Ich hatte keine Ahnung, was genau.

»Wie lange isses jetzt her, dass der Samenspender sich verpisst hat?«

»Zwei Monate ungefähr, glaub ich.« Siebenundfünfzig Tage, zehn Stunden und zweiundvierzig Minuten.

»Scheiß auf ihn. Das weißt du hoffentlich, oder?«

Wusste ich, aber er war immer noch mein Dad. Also vielleicht auch nicht. »Klar«, antwortete ich.

»Geht's deiner Mom gut?«

»Yep.« Nein. Wahrscheinlich eher nicht.

»Ox.«

»Nein. Ich weiß es nicht.«

Er seufzte.

»Wie wär's mit 'ner Raucherpause?«, fragte ich, und das tat weh, weil es so vertraut war. Ich konnte den Rauch fast riechen, ihn in meiner Lunge brennen spüren. Ich konnte förmlich sehen, wie Gordo hinter der Werkstatt saß, die Stirn gerunzelt und eine Zigarette im Mundwinkel, die ausgestreckten Beine übereinandergeschlagen. Das Öl unter den Fingernägeln und die leuchtend bunten Tattoos auf seinen Armen. Raben und Blumen und Muster, die bestimmt eine Bedeutung hatten, die ich aber nicht verstand.

»'nen Sargnagel? Immer gerne, Mann.«

»Du könntest aufhören«, schlug ich vor.

»Ich bin niemand, der mit irgendwas aufhört, Ox.«

»Ja, zu alt, um was Neues zu lernen.«

Gordo schnaubte. »Ich bin vierundzwanzig.«

»Alt, sag ich doch.«

»*Ox.*«

Er wusste es. Also sagte ich es ihm. »Uns geht's nicht gut.«

»Die Bank?«

»Sie denkt, ich sehe sie nicht. Die Briefe.«

»Wie lange seid ihr schon im Verzug?«

»Keine Ahnung.« Ich schämte mich. Ich hätte nicht anrufen sollen. »Ich muss jetzt Schluss machen.«

»Ox«, bellte er. Kurz und klar. »Wie viel?«

»Sieben Monate.«

»Das verdammte Arschloch.« Gordo klang wütend.

»Aber er ...«

»Lass es, Ox. Lass es einfach.«

»Ich hab nachgedacht.«

»Oje.«

»Könnte ich ...?« Meine Zunge fühlte sich bleischwer an.

»Spuck's aus.«

»Könnte ich einen Job haben?«, platzte ich heraus. »Wir brauchen Geld, und sie darf das Haus nicht verlieren. Es ist alles, was wir noch haben. Ich würde mich wirklich anstrengen, Gordo. Gute Arbeit abliefern und für immer bleiben. Es wäre sowieso irgendwann passiert, dann können wir es doch auch gleich machen, oder? Bitte. Es muss jetzt sein, weil ich jetzt der Mann bin.« Meine Kehle brannte. Ich sehnte mich nach einem Schluck Wasser, konnte meine Beine aber nicht dazu bringen, sich zu bewegen.

Gordo sagte ein paar Momente lang gar nichts. Dann: »Ich glaube, ich habe dich noch nie so viel am Stück reden hören.«

»Ich rede nicht viel.« Offensichtlich.

»Wirklich?« Er klang amüsiert. »Okay, wir machen das folgendermaßen ...«

Er gab meiner Mom das Geld, das sie der Bank schuldete. Sagte, er würde es mit meinem Lohn verrechnen, den er mir unter der Hand auszahlen würde, bis ich legal für ihn arbeiten könnte.

Mom hat geweint. Sie sagte Nein, aber dann merkte sie, dass sie nicht Nein sagen *konnte*. Also weinte sie und sagte Ja und musste Gordo versprechen, dass sie Bescheid gab, wenn es wieder Probleme geben sollte. Ich glaube, Mom war hin und weg und hat ihn vielleicht ein bisschen strahlender angelächelt. Vielleicht hat sie ein bisschen gelacht. Vielleicht ein bisschen mit den Hüften gewackelt.

Sie wusste nicht, dass ich Gordo mal mit einem Mann gesehen hatte, als ich sechs war oder so. Er fasste ihn leicht am Arm, als sie ins Kino gingen. Gordo lachte laut, und seine Augen strahlten. Ich glaubte nicht, dass er sich für meine Mom interessierte. Ich sah ihn nie wieder mit diesem Mann und auch nicht mit jemand anderem. Ich wollte ihn danach fragen, aber da war so ein angespannter Ausdruck um seine Augen, der vorher nicht da gewesen war, also ließ ich es bleiben. Menschen mögen es nicht, wenn man sie an traurige Dinge erinnert.

Die Briefe und die Anrufe von der Bank hörten auf.

Es dauerte nur sechs Monate, unsere Schulden bei Gordo zurückzuzahlen. Sagte er zumindest. Mit Geld kannte ich mich nicht so gut aus, aber es kam mir vor, als hätte es eigentlich länger dauern müssen. Gordo sagte, wir wären quitt, und das war's.

Auch danach sah ich nicht viel von dem Geld. Gordo meinte, er hätte ein Konto für mich eröffnet, damit Zinsen auflaufen. Ich hatte keine Ahnung, was »Zinsen auflaufen« bedeutet, aber ich vertraute ihm. »Für magere Zeiten«, sagte er.

Mager gefiel mir nicht.

Ich hatte einmal einen Freund. Er hieß Jeremy und trug eine Brille und lächelte oft unsicher. Wir waren beide neun. Er mochte Comics und zeichnete gern, und eines Tages schenkte er mir ein Bild von mir als Superhelden. Mit Cape und allem Drum und Dran. Es war die tollste Zeichnung, die ich je gesehen hatte. Dann ist Jeremy nach Florida gezogen, und als ich mit meiner Mom auf der Karte nachschaute, stellten wir fest, dass es von Oregon aus gesehen genau am anderen Ende des Landes liegt.

»Die Leute bleiben nicht in Green Creek«, sagte sie, während ich mit meinem Finger die Straßen auf der Karte nachfuhr. »Hier gibt es nichts.«

»Wir sind geblieben«, erwiderte ich.

Sie schaute weg.

Sie täuschte sich. Einige Leute blieben. Nicht viele, aber manche schon. Sie zum Beispiel. Ich. Und Gordo. Die, mit denen ich zur Schule ging, auch wenn sie eines Tages vielleicht wegziehen würden. Green Creek lag im Sterben, aber es war nicht tot. Wir hatten einen Gemüseladen. Das Diner, in dem Mom arbeitete. Einen McDonald's. Ein Kino mit einem einzigen Saal, das Filme aus den Siebzigern zeigte. Einen Schnapsladen mit Eisengittern vor dem Fenster. Ein Perückengeschäft mit Mannequinköpfen in der Auslage mit roten und schwarzen und gelben Haaren. Gordos

Werkstatt. Eine Tankstelle. Zwei Ampeln und eine Schule. Alles im Herzen der Wälder im Herzen der Cascade Mountains.

Ich verstand nicht, warum die Leute hier wegwollten. Für mich war es mein Zuhause.

Wir wohnten zwischen den Bäumen am Ende einer unbefestigten Straße. Das Haus war blau, die Fensterrahmen weiß. Die Farbe blätterte ab, aber das war nicht so wichtig. Im Sommer roch es nach Gras, Flieder, Thymian und Kiefernzapfen. Im Herbst knirschte das Laub unter meinen Füßen. Im Winter stieg Rauch aus dem Schornstein und vermischte sich mit den Schneeflocken. Im Frühling zwitscherten die Vögel in den Bäumen, und nachts rief eine Eule bis in den frühen Morgen *hu-huuu, hu-huuu!*

Ein Stückchen weiter wurde die Straße zu einem Feldweg mit einem Haus ganz am Ende. Ich konnte es durch die Bäume sehen. Meine Mom sagte, es sei unbewohnt, aber manchmal stand ein Auto oder ein Truck davor, und nachts brannte Licht. Es war ein großes Haus mit vielen Fenstern. Ich hätte gerne mal das Innere gesehen, aber die Fenster waren immer abgedeckt. Manchmal vergingen Monate, bis ich wieder ein Auto davorstehen sah.

»Wer hat da gewohnt?«, fragte ich meinen Dad, als ich zehn war.

Er grunzte und machte sich noch ein Bier auf.

»Wer hat da gewohnt?«, fragte ich meine Mom, als sie von der Arbeit nach Hause kam.

»Ich weiß es nicht«, antwortete sie und berührte mein Ohr. »Es war leer, als wir hergezogen sind.«

Ich habe nie jemand anderen gefragt. Weil ich das Geheimnis um das Haus spannender fand als die Realität, redete ich mir ein.

Ich habe nie gefragt, warum wir nach Green Creek gezogen sind, als ich drei war. Ich habe nie gefragt, ob ich Großeltern oder Cousins hatte. Wir waren immer nur zu dritt, bis wir nur noch zu zweit waren.

»Glaubst du, er kommt wieder?«, fragte ich Gordo, als ich vierzehn war.

»Diese Scheißcomputer«, murmelte Gordo und drückte einen weiteren Knopf auf dem Nexiq, den er an das Auto angeschlossen hatte. »Alles funktioniert nur noch mit Computern.« Er drückte den nächsten Knopf und bekam ein zorniges Piepen zu hören. »Bloß nicht selber nachschauen, wo das Problem liegt – nein, alles geht nur noch mit Diagnosecodes und vollautomatisch. Mein Opa brauchte sich nur den Leerlauf anzuhören, dann wusste er, was Sache ist.«

Ich nahm ihm den Nexiq aus der Hand und rief das richtige Menü auf. Schlug den Code nach und gab ihm das Gerät zurück. »Der Katalysator.«

»Dachte ich's mir doch«, sagte Gordo mürrisch.

»Das wird teuer.«

»Ich weiß.«

»So viel Geld hat Mr. Fordham nicht.«

»Ich weiß.«

»Du wirst ihm nicht den vollen Preis berechnen, oder?« Denn so war Gordo nun mal. Kümmerte sich um andere, wollte aber nicht, dass jemand es mitbekam.

»Nein. Fahr den Wagen auf die Hebebühne, okay?«

Mom saß am Küchentisch, einen Haufen Papiere vor sich ausgebreitet. Sie sah traurig aus.

Ich wurde nervös. »Wieder die Bank?«, fragte ich.

Sie schüttelte den Kopf. »Nein.«

»Sondern?«

»Ox. Ich ...« Sie nahm ihren Stift, fing an zu unterschreiben und hörte schon nach dem ersten Buchstaben wieder auf. Legte den Stift hin und sah mich an. »Du wirst es gut bei mir haben.«

»Ich weiß«, sagte ich, und das stimmte.

Sie nahm den Stift wieder in die Hand und unterschrieb. Dann noch mal und noch mal und noch mal. An ein paar Stellen auch nur mit ihren Initialen.

Als sie fertig war, sagte sie: »Das wäre dann also erledigt.« Dann stand sie lachend auf und nahm mich an der Hand, und dann tanzten wir zusammen zu einem unhörbaren Lied. Nach einer Weile ging sie.

Es war bereits dunkel, als ich mir die Unterlagen auf dem Tisch ansah.

Es waren Scheidungspapiere.

Sie nahm wieder ihren Mädchennamen an: Callaway.

Fragte mich, ob ich meinen auch ändern möchte.

Ich sagte Nein. Dass ich Matheson zu einem guten Namen machen würde.

Mom glaubte, ich hätte ihre Tränen nicht gesehen, als ich das sagte. Habe ich aber.

Ich saß in der Cafeteria. Es war laut. Ich konnte mich nicht konzentrieren, und mein Kopf tat weh.

Ein Typ namens Clint ging mit seinen Freunden an meinem Tisch vorbei.

Ich war allein.

»Verdammter Idiot«, sagte er.

Seine Freunde lachten.

Ich stand auf und sah die Angst in seinen Augen. Ich war größer als er.

Dann drehte ich mich weg und ging nach draußen, weil meine Mom meinte, dass ich mich nicht mehr prügeln sollte.

Clint machte noch einen Kommentar hinter meinem Rücken und seine Freunde lachten wieder.

Ich sagte mir, wenn ich mal Freunde habe, würden wir nicht so gemein zu anderen sein.

Als ich mich draußen hinsetzte, belästigte mich niemand mehr. Es war fast schön. Mein Sandwich schmeckte gut.

Manchmal ging ich im Wald spazieren. Im Wald waren die Dinge klarer.

Die Bäume wiegten sich in der Brise, und die Vögel erzählten mir Geschichten.

Sie urteilten nicht über mich.

Einmal hob ich einen Stock vom Boden auf und tat, als wäre er ein Schwert.

Sprang über einen Bach, aber der Bach war zu breit, und meine Füße wurden nass.

Ich streckte mich auf dem Rücken aus und schaute in den Himmel, während meine Socken trockneten.

Ich grub meine Zehen in die weiche Erde.

Eine Libelle landete auf einem Stein gleich neben mir. Sie war blau und grün. Die Flügel hatten blaue Adern, ihre Augen waren schwarz und glänzten. Dann flog sie wieder weg, und ich fragte mich, wie lange sie wohl leben würde.

Zu meiner Rechten bewegte sich etwas. Ich sah hin und hörte ein Knurren. Ich sollte weglaufen, dachte ich, aber meine Füße wollten irgendwie nicht. Meine Hände auch nicht. Und ich wollte meine Socken nicht einfach liegen lassen.

Also sagte ich: »Hallo.«

Es kam keine Antwort, aber ich wusste, dass dort etwas war.

»Ich heiße Ox. Alles gut.«

Ein Lufthauch, fast wie ein Seufzer.

Ich sagte, dass ich den Wald mag.

Etwas Schwarzes blitzte kurz auf und verschwand.

Als ich nach Hause kam, hatte ich Laub in den Haaren und vor dem leeren Haus am Ende des Feldwegs parkte ein Auto.

Am nächsten Tag war es wieder weg.

Es war Winter und ich ging von der Schule direkt zum Diner. Ich hatte Weihnachtsferien, drei Wochen voller Arbeit in der Werkstatt vor mir, und ich war glücklich.

Das Glöckchen läutete, als ich die Tür zum *Oasis* aufmachte, und es fing wieder an zu schneien. Gleich neben der Tür stand eine aufblasbare Palme. Von der Decke hing eine Sonne aus Pappmaché. Vier Leute saßen am Tresen und tranken Kaffee. Es roch nach Fett. Ich liebte es.

Eine Kellnerin namens Jenny machte eine Kaugummiblase und lächelte mir zu. Sie war zwei Klassen über mir. Manchmal lächelte sie mir auch in der Schule zu. »Hey, Ox«, sagte sie.

»Hi.«

»Kalt draußen?«

Ich zuckte die Achseln.

»Deine Nase ist ganz rot.«

»Oh.«

Sie lachte. »Hast du Hunger?«

»Und wie!«

»Setz dich. Ich hol dir Kaffee und sag deiner Mom, dass du hier bist.«

Ich ging zu meinem üblichen Tisch ganz hinten. Es war nicht wirklich meiner, aber jeder wusste, dass das mein Platz war.

»Maggie!«, hörte ich Jenny in die Küche rufen. »Ox ist da.« Sie zwinkerte mir zu und brachte Mr. Marsh einen Teller mit Eiern und Toast. Der setzte ein durchtriebenes Flirt-Lächeln auf, obwohl er schon vierundachtzig war. Jenny kicherte, und Mr. Marsh aß seine Eier. Er gab Ketchup darauf, was ich komisch fand.

»Hey«, sagte Mom und stellte mir eine Tasse Kaffee hin.

»Hi.«

Sie fuhr mir mit den Fingern durchs Haar und strich die Schneeflocken weg. Sie schmolzen auf meinen Schultern. »Sind die Prüfungen gut gelaufen?«

»Glaub schon.«

»Hast du genug gelernt?«

»Vielleicht. Aber ich habe vergessen, wer Stonewall Jackson war.«

Sie seufzte. »Ox.«

»Es ist okay«, versicherte ich. »Den Rest habe ich.«

»Wirklich?«

»Ja.«

Und sie glaubte mir, weil ich nie log. »Hunger?«

»Ja. Kann ich ...«

Das Türglöckchen läutete wieder. Ein Mann kam herein. Er kam mir bekannt vor, aber ich konnte mich nicht erinnern, woher. Er war in Gordos Alter, groß und breitschultrig mit vollem, hellem Bart. Er strich sich mit der Hand über den rasierten Kopf, schloss die Augen und atmete tief ein. Dann blies er die Luft langsam wieder aus. Ich schwöre, als er die Augen öffnete, blitzten sie kurz auf, und danach waren sie wieder nur blau.

»Gib mir eine Sekunde, Ox«, sagte Mom und ging zu dem Mann. Ich tat mein Bestes, nicht hinzusehen. Er war fremd hier, aber da war noch etwas anderes. Ich nahm einen Schluck von meinem Kaffee und überlegte, was.

Er hatte den Tisch gleich neben meinem, wir saßen einander zugewandt. Er lächelte kurz. Es war ein nettes Lächeln, breit und strahlend. Mom gab ihm die Karte und sagte, sie wäre gleich wieder da. Ich sah, wie Jenny den Mann von der Küche aus beobachtete. Sie schob ihre Brüste zurecht, strich ihre Haare glatt und nahm die Kaffeekanne. »Ich übernehme das«, sagte sie. Mom verdrehte die Augen.

Jenny war sehr charmant zu ihm, und der Mann lächelte höflich. Sie berührte seine Hand, nur ganz leicht mit den Fingernägeln. Er bestellte eine Suppe. Sie lachte. Er bat um Sahne und Zucker für seinen Kaffee. Sie sagte, dass sie Jenny heißt. Er fragte, ob er noch eine Serviette haben kann. Sie verließ den Tisch und sah ein bisschen enttäuscht aus.

»Rundumservice ...«, murmelte ich, und der Mann lachte leise, als hätte er es gehört.

»Weißt du inzwischen, was du haben willst, Kleiner?«, fragte Mom, als sie wieder an meinen Tisch kam.

»Burger.«

»Eine gute Wahl, mein Hübscher.«

Ich lächelte, denn ich liebte sie.

Der Mann schaute meiner Mom hinterher, als sie wieder ging. Seine Nasenflügel blähten sich, dann sah er mich an und neigte den Kopf. Seine Nasenflügel blähten sich wieder, als würde er ... schnuppern?

Ich machte es ihm nach und sog die Luft ein. Sie roch wie immer.

Der Mann lachte und schüttelte den Kopf. »Es war nichts Unangenehmes«, sagte er mit tiefer, freundlicher Stimme. Er lächelte wieder.

»Das ist schön«, erwiderte ich.

»Ich bin Mark.«

»Ox.«

Er hob eine Augenbraue. »Wirklich?«

»Oxnard.« Ich zuckte die Achseln. »Alle nennen mich Ox.«

»Ox«, wiederholte er. »Ein starker Name.«

»Stark wie ein Ochse?«, fragte ich.

Er lachte. »Bekommst du das oft zu hören?«

»Kann sein.«

Er sah aus dem Fenster und sagte: »Mir gefällt's hier.« Es schien noch so viel mehr in diesen Worten zu liegen, aber ich kam beim besten Willen nicht dahinter, was.

»Mir auch. Aber Mom sagt, die Leute bleiben hier nicht.«

»*Du* bist hier«, entgegnete er.

»Bin ich.«

»Ist das deine Mom?« Er nickte Richtung Küche.

»Ja.«

»Dann ist sie auch hier. Es bleiben vielleicht nicht alle, aber manche schon.« Er betrachtete seine Hände. »Und vielleicht kommen manche auch wieder.«

»Du meinst, nach Hause?«, fragte ich.

Wieder dieses Lächeln. »Ja, Ox. Nach Hause. Genau so riecht es hier. Nach Zuhause.«

»Ich rieche nur Speck«, sagte ich verlegen.

Mark lachte. »Ich weiß. Im Wald steht ein Haus, ganz am Ende der McCarthy. Es ist leer.«

»Ich kenne das Haus! Ich wohne gleich daneben.«

Er nickte. »Das dachte ich mir fast. Das würde erklären, warum du riechst w...«

Jenny kam und brachte seine Suppe. Er war wieder höflich zu ihr, aber nicht mehr. Nicht so wie zu mir.

Ich öffnete gerade den Mund, um ihn etwas zu fragen (egal was), als meine Mom zurückkam. »Lass ihn in Ruhe«, schimpfte sie und stellte mir meinen Teller hin. »Es ist unhöflich, Leute beim Essen zu stören.«

»Aber ...«

»Schon okay«, sagte Mark. »Ich bin derjenige, der sich aufgedrängt hat.«

Mom wirkte skeptisch. »Wenn Sie es sagen.«

Mark nickte und löffelte weiter seine Suppe.

»Du bleibst im Diner, bis ich mit meiner Schicht fertig bin«, sagte Mom zu mir. »Ich will nicht, dass du bei diesem Wetter zu Fuß nach Hause gehst. Es dauert nur bis um sechs. Vielleicht können wir uns heute Abend zusammen einen Film ansehen.«

»Okay. Aber ich habe Gordo versprochen, dass ich morgen schon früh in der Werkstatt bin.«

»Keine Ferien für dich, hm?« Sie gab mir einen Kuss auf die Stirn und ließ mich wieder allein.

Ich wollte Mark mit weiteren Fragen löchern, aber ich habe schließlich Manieren, also aß ich stattdessen meinen Burger. Er war leicht angebrannt, genau wie ich es mag.

»Gordo?«, wiederholte Mark. Es klang wie eine Frage, aber auch ein bisschen so, als würde er den Namen auf der Zunge schmecken. Sein Lächeln wirkte plötzlich traurig.

»Das ist mein Boss. Ihm gehört die Autowerkstatt.«

»Tatsächlich?«, fragte Mark. »Wer hätt's gedacht?«

»Was gedacht?«

»Sieh zu, dass sie bei dir bleibt«, sprach Mark einfach weiter. »Deine Mom.«

Ich schaute ihn an. »Wir sind nur noch zu zweit«, sagte ich leise, als wäre es ein Geheimnis.

»Dann erst recht. Aber die Dinge werden sich bald ändern, glaube ich. Für euch beide. Für uns alle.« Er wischte sich den Mund ab, zog seinen Geldbeutel heraus und legte einen gefalteten Schein auf den Tisch. Dann stand er auf und zog seinen Mantel wieder an. Bevor er ging, warf er mir noch einen letzten Blick zu. »Wir werden uns alle bald wiedersehen, Ox.«

»Wer?«

»Ich, du und meine Familie.«

»Im Haus?«

Er nickte. »Ich glaube, die Zeit ist reif heimzukehren.«

»Können wir ...« Aber ich verstummte, ich war schließlich nur ein Kind.

»Was, Ox?« Mark sah mich neugierig an.

»Können wir Freunde sein, wenn du wiederkommst? Ich habe nicht besonders viele.« Genau genommen hatte ich keinen einzigen außer Gordo und meiner Mom, aber ich wollte Mark nicht damit erschrecken.

»Nicht besonders viele?«, hakte er nach.

»Ich spreche zu langsam«, sagte ich und schaute meine Hände an. »Manchmal auch gar nicht. Die meisten mögen das nicht.«

Oder sie mochten *mich* nicht, aber ich hatte ohnehin schon zu viel geredet.

»Es ist völlig in Ordnung, wie du sprichst.«

»Vielleicht.« Wenn mehrere Leute das sagten, war vielleicht sogar was dran.

»Ox, ich verrate dir jetzt ein Geheimnis, okay?«

»Klar.« Ich war sehr aufgeregt, denn Geheimnisse verriet man nur Freunden, und vielleicht bedeutete das, dass wir Freunde waren.

»Oft haben die, die am leisesten sprechen, am meisten zu sagen. Und, ja, ich glaube, dass wir Freunde sein werden.«

Dann ging er.

Danach sah ich meinen Freund siebzehn Monate lang nicht mehr.

Als ich in der Nacht im Bett lag und auf den Schlaf wartete, hörte ich ein Heulen tief im Wald. Es schwoll an wie ein Lied, bis ich wusste, dass auch ich es singen wollte, dieses und kein anderes. Es ging immer weiter, bis ich nur noch *Zuhause* denken konnte, *Zuhause, Zuhause, Zuhause*. Schließlich verstummte es, und ich dämmerte weg.

Später sagte ich mir, dass es ein Traum gewesen sein musste.

»Hier«, sagte Gordo an meinem fünfzehnten Geburtstag und hielt mir ein schlampig eingewickeltes Päckchen hin. Auf dem Papier waren Schneemänner abgebildet. Die anderen von der Werkstatt waren auch da: Rico, Tanner, Chris. Alle jung, mit lebendigen, strahlenden Augen. Freunde von Gordo, die mit ihm gemeinsam in Green Creek aufgewachsen waren. Alle grinsten mich an und warteten. Als würden sie ein Geheimnis kennen, von dem ich noch nichts ahnte.

»Es ist Mai«, sagte ich.

Gordo verdrehte die Augen. »Mach das verfluchte Ding auf.« Er lehnte sich in seinem halb kaputten Stuhl hinter der Werkstatt zurück und nahm einen langen Zug von seiner Zigarette. Die Farben seiner Tattoos wirkten kräftiger als sonst. Ich fragte mich, ob er sie hatte nachstechen lassen.

Ich riss das Papier auf, laut und hektisch. Eigentlich wollte ich den Moment möglichst in die Länge ziehen, denn ich bekam nicht oft Geschenke, aber ich konnte es einfach nicht erwarten. Obwohl es nur Sekunden dauerte, fühlte es sich an wie eine Ewigkeit.

»Das«, sagte ich schließlich. »Das ist ...«

Es war Anerkennung. Es war Leichtigkeit. Es war Schönheit. Ich fragte mich, ob das bedeutete, dass ich endlich atmen konnte. Ob ich jetzt meinen Platz in einer Welt gefunden hatte, die ich nicht verstand.

Es war bestickt. Rot und weiß und blau. Zwei Buchstaben.

Ox, stand auf dem Hemd.

Als wäre der Name wichtig, als würde er etwas bedeuten.

Als wäre *ich* wichtig.

Männer weinen nicht. Mein Dad hat mir das beigebracht. Männer weinen nicht, denn sie haben keine Zeit dazu.

Ich war offensichtlich noch kein Mann, denn ich weinte. Mein Kopf sank nach vorn, und ich begann zu schluchzen.

Rico drückte meine Schulter.

Tanner tätschelte meinen Kopf.

Chris stupste mich am Fuß an.

Sie standen um mich herum wie ein Sichtschirm, damit niemand meine Tränen sah, falls jemand reinkam.

Gordo legte seine Stirn an meine und sagte: »Du gehörst jetzt zu uns.«

Etwas Warmes erblühte in mir, als wäre in meiner Brust die Sonne aufgegangen. Ich fühlte mich so lebendig wie schon lange nicht mehr.

Später halfen sie mir beim Anziehen. Das Hemd saß perfekt.

Es war Winter, Gordo machte gerade eine Raucherpause.

»Kann ich eine haben?«

Er zuckte die Achseln. »Wenn du's deiner Ma nicht verrätst.« Er klappte die Schachtel auf, zog eine für mich heraus und schirmte sein Feuerzeug mit der Hand gegen den Wind ab. Ich klemmte die Kippe zwischen meine Lippen und hielt sie in die Flamme. Ich atmete ein. Die Zigarette brannte. Ich hustete. Meine Augen tränten, grauer Rauch kam aus meiner Nase und meinem Mund.

Der zweite Zug fiel mir schon ein bisschen leichter.

Die anderen lachten. Ich überlegte, ob wir jetzt Freunde waren.

Manchmal dachte ich, ich träume, merkte dann aber, dass ich wach war.

Es wurde immer schwieriger aufzuwachen.

Vier Monate später zwang Gordo mich, mit dem Rauchen wieder aufzuhören. Er sagte, es wäre besser so für mich.

Ich erwiderte, er würde nur nicht wollen, dass ich weiter seine Zigaretten klaue.

Er gab mir einen Klaps auf den Hinterkopf und sagte, ich soll mich wieder an die Arbeit machen.

Danach rauchte ich nicht mehr.

Wir waren immer noch Freunde.

Einmal fragte ich ihn nach seinen Tattoos.

All diese Formen und Muster, als ob eine Bedeutung dahinterstecken würde. Die leuchtenden Farben und seltsamen Symbole, die mir bekannt vorkamen wie ein Wort, das mir auf der Zunge lag. Ich wusste, dass sie seine gesamten Arme bedeckten. Was sonst noch alles, wusste ich nicht.

Er sagte: »Jeder hat eine Vergangenheit, Ox.«

»Ist das deine?«

Er schaute weg. »So was in der Art.«

Ich fragte mich, ob ich meine Vergangenheit jemals in Form von Strudeln, Farben und Formen auf meiner Haut verewigen würde.

An meinem sechzehnten Geburtstag geschahen zwei Dinge:

Ich wurde fest bei Gordo's angestellt, bekam eine eigene Visitenkarte und alles. Gordo half mir beim Ausfüllen der Steuerunterlagen, weil ich sie nicht verstand. Dieses Mal weinte ich nicht. Die Jungs klopften mir auf die Schulter und scherzten, dass sie jetzt endlich nicht mehr in einem Sweatshop mit illegaler Kinderarbeit angestellt waren. Gordo gab mir einen Schlüssel für die Werkstatt und schmierte mir Motorfett auf die Wangen. Ich grinste ihn wortlos an. Ich glaube nicht, dass ich jemals so glücklich gewesen war.

An diesem Nachmittag ging ich nach Hause und sagte mir, dass ich jetzt ein Mann war.

Dann passierte die zweite Sache:

Das leere Haus am Ende des Feldwegs war nicht mehr leer, und ein Junge stand davor.

Wirbelwind / Seifenblasen

Ich ging den Feldweg entlang auf das Haus zu.
Es war warm, und ich zog mein Arbeitshemd aus, das Tanktop ließ ich an. Eine Brise kühlte meine Haut.

Der Schlüsselring für die Werkstatt wog schwer in meiner Tasche. Ich zog ihn heraus und betrachtete ihn. Ich hatte noch nie so viele Schlüssel besessen. Ich fühlte mich verantwortlich für etwas.

Ich steckte ihn wieder ein, damit ich ihn nicht verlor.

»Hey! Hey, du da! Hallo!«, rief jemand.

Ich blickte auf.

Ein Junge stand da und beobachtete mich. Seine Augen waren leuchtend blau und groß, und seine Nase zuckte. Kurze blonde Haare und braune Haut, fast so dunkel wie meine. Er sah so jung und klein aus, und ich fragte mich, ob ich vielleicht wieder träumte.

»Hallo«, sagte ich.

»Wer bist du?«, fragte der Junge.

»Ich bin Ox.«

»Ox? Ox! *Riechst* du das?«

Ich schnupperte, aber ich roch nichts außer dem Wald. »Ich rieche Bäume«, antwortete ich.

Er schüttelte den Kopf. »Nein, nein, nein. Was *Größeres*.«

Er kam auf mich zu und seine Augen strahlten immer heller. Schließlich rannte er.

Er war vielleicht neun oder zehn Jahre alt und nicht sehr groß. Als er gegen meine Oberschenkel prallte, schwankte ich kaum. Dann kletterte er an mir hinauf, schlang seine Beine um meine Hüfte und zog sich nach oben, bis er die Arme um meinen Hals legen und mir in die Augen sehen konnte. »Du *bist* es!«

Ich hatte keine Ahnung, was er meinte. »*Wer* bin ich?«, fragte ich und hielt ihn fest, damit er nicht herunterfiel.

Er nahm mein Gesicht zwischen die Hände und drückte meine Wangen. »Warum riechst du so?«, fragte er. »Woher kommst du? Lebst du im Wald? Was bist du? Wir sind gerade erst angekommen. Endlich. Wo steht euer Haus?« Er legte seine Stirn an meine und atmete tief ein. »Ich kapier's nicht!«, rief er. »Was ist das?«

Er kletterte über meine Brust weiter bis zu den Schultern und von dort auf meinen Rücken, wo er die Arme um meinen Hals schlang und sein Kinn auf meine Schulter legte. »Wir sollten zu meiner Mom und meinem Dad gehen«, erklärte er. »Die wissen bestimmt, was es ist. Sie wissen *alles*.«

Er war ein Wirbelwind aus Fingern und Beinen und Worten, und ich stand mittendrin.

Er griff in meine Haare, bog meinen Kopf nach hinten und sagte, dass er in dem Haus am Ende des Feldwegs wohnte. Dass sie erst heute von weit weg hergezogen waren. Dass er traurig war, weil er seine Freunde dort zurücklassen musste. Er war zehn und hoffte, eines Tages genauso groß zu werden wie ich. Ob ich Comics mochte? Kartoffelbrei? Was war Gordo's? Ob ich manchmal an Ferraris schraubte und schon mal ein Auto in die Luft gejagt hatte. Er wollte Astronaut werden. Oder Archäologe. Aber das ging leider nicht, weil er eines Tages ein Anführer sein musste. Nach dem letzten Satz verstummte er für eine Weile.

Seine Knie gruben sich in meine Seiten und seine Arme drückten gegen meinen Hals. Sein schieres Gewicht war beinahe zu viel für mich.

Als wir an unserem Haus vorbeikamen, musste ich stehen bleiben, damit er es sich ansehen konnte. Er kletterte nicht von meinem Rücken. Stattdessen schob ich ihn ein Stückchen höher, damit er besser sehen konnte.

»Hast du ein eigenes Zimmer?«, fragte er.

»Ja. Es wohnen nur noch ich und meine Mom hier.«

Er schwieg. Dann: »Das tut mir leid.«

Wir waren uns gerade erst begegnet. Es gab nichts, wofür er sich bei mir entschuldigen musste. »Was denn?«

»Was auch immer dich gerade traurig gemacht hat«, sagte er, als könnte er meine Gedanken lesen und wüsste, was ich fühlte. Als wäre er hier und echt.

»Ich träume«, sagte ich. »Manchmal fühlt es sich an, als wäre ich wach, dabei bin ich es gar nicht.«

»Aber jetzt bist du wach. Ox, Ox, Ox. Verstehst du nicht?«

»Verstehe ich was nicht?«

Seine Stimme wurde zu einem Flüstern, als könnte es unwahr werden, wenn er es zu laut sagte. »Wir wohnen ganz nah zusammen.«

Wir wendeten uns dem Haus am Ende des Feldwegs zu.

Es war später Nachmittag, die Schatten wurden bereits länger, während wir zwischen den Bäumen hindurchgingen. Vor uns waren Lichter. Helle Lichter wie Leuchtfeuer, die jemanden nach Hause riefen.

Drei Autos. Ein SUV, zwei Trucks, alle noch nicht einmal ein Jahr alt und alle mit Nummernschildern aus Maine. Zwei große Umzugslaster.

Und Leute. Alle standen da und warteten, als wüssten sie, dass wir kommen. Als hätten sie uns schon von Weitem gehört.

Zwei waren noch Kinder, eines ungefähr in meinem Alter, das andere wahrscheinlich ein bisschen jünger. Sie waren blond und kleiner als ich, aber nicht viel. Blaue Augen und neugierige Gesichter. Sie sahen fast genauso aus wie der Wirbelwind auf meinem Rücken.

Es war eine Frau dabei. Sie war schon etwas älter. Gleiche Haut- und Haarfarbe wie die anderen. Sie hielt sich wie eine Adlige und ich glaubte, noch nie einen so schönen Menschen gesehen zu haben. Ihr Blick war gütig, aber wachsam. Sie wirkte angespannt, bereit, jeden Moment zu handeln.

Neben ihr stand ein Mann. Er war dunkler als die anderen, sah eher aus wie ich. Er wirkte grimmig, fast bedrohlich, und alles, was ich denken konnte, war *Respekt, Respekt, Respekt,* obwohl ich ihn noch nie gesehen hatte. Er hatte eine Hand auf den Rücken der Frau gelegt. Und neben den beiden stand ...

Oh.

»Mark?«, fragte ich. Er sah noch exakt so aus wie vor siebzehn Monaten.

Mark grinste. »Ox, wie schön, dich wiederzusehen. Ich glaube, du hast einen neuen Freund«, erwiderte er erfreut.

Ich ließ die Beine des kleinen Jungen los, und er rutschte von meinem Rücken herunter. Dann nahm er meine Hand und zog mich auf die Gruppe zu, als würde ich dazugehören.

Der Wirbelwind begann wieder zu brausen, seine Stimme hob und senkte sich ohne jeden Takt und Rhythmus. »Mom. Mom! Du musst an ihm *riechen*! Es ist wie ... wie ... ach, keine Ahnung! Ich war gerade im Wald unterwegs und habe unser Revier erkundet, damit ich später machen kann, was Dad macht, und es war toll, und dann stand er plötzlich da und hat mich nicht gesehen, weil ich beim Jagen immer besser werde. Ich hab *Raurrr* gemacht und *Grrr,* aber dann hab ich noch mal geschnuppert und gemerkt, dass *er* es ist, und es hat *Kabumm* gemacht! Ihr müsst mir erklären, warum er so nach Zuckerstangen und Kiefernzapfen riecht und toll und fantastisch!«

Alle starrten ihn an, als hätte er etwas Überraschendes gesagt. Mark verbarg ein Lächeln hinter seiner Hand.

»Ist das so?«, fragte die Frau. Ihre Stimme klang brüchig. »*Raurrr* und *Grrr* und *Kabumm*?«

»Und erst der *Geruch*!«, rief der Junge.

»Ja, der scheint wichtig zu sein«, kommentierte der Mann neben ihr leise. »Zuckerstangen und Kiefernzapfen und toll und fantastisch.«

»Hab ich's euch nicht gesagt?«, fragte Mark. »Ox ist ... anders.«

Ich hatte keine Ahnung, was hier vor sich ging, aber das war nichts Neues. Ich fragte mich, ob ich etwas falsch gemacht hatte, und fühlte mich unwohl.

Ich versuchte, meine Hand wegzuziehen, aber der Kleine ließ mich nicht. »Hey«, sagte ich.

Er sah mich mit seinen großen blauen Augen an. »Ox«, rief er, »Ox, ich muss dir was zeigen!«

»Was denn?«

»Na ja ... also ...«, stotterte er. »Einfach *alles*!«

»Du bist gerade erst hergezogen«, erwiderte ich. Ich fühlte mich fehl am Platz. »Musst du nicht ...« Ich wusste nicht mehr, was ich sagen wollte. Die Worte ließen mich mal wieder im Stich, was auch der Grund war, warum ich nicht viel redete. Mein Leben war einfacher so.

»Joe«, sagte der Mann. »Gib Ox ein bisschen Zeit, okay?«

»Aber Dad ...«

»Joseph.« Es klang fast wie ein Knurren.

Der Junge (*Joe*, dachte ich, *Joseph*) seufzte und ließ meine Hand los.

Ich machte einen Schritt zurück. »Sorry«, sagte ich. »Er war plötzlich da, und dann ...«

»Schon okay, Ox«, erwiderte Mark und kam von der Veranda herunter. »Diese Dinge können ein bisschen viel sein.«

»Welche Dinge?«, fragte ich.

Er zuckte die Achseln. »Das Leben.«

»Du hast gemeint, wir könnten Freunde sein«, sagte ich.

»Das habe ich. Es hat nur ein bisschen länger gedauert, als ich dachte.« Die Frau senkte den Kopf, als er das sagte. Der Mann schaute weg. Joe nahm wieder meine Hand und drückte sie, und da wurde mir klar, dass sie etwas verloren hatten. Ich wusste weder, was, noch, warum ich mir so sicher war.

»Das hier ist Joe«, erklärte Mark und kam heran. »Aber das weißt du ja schon.«

»Wahrscheinlich. Er hat so viel geredet, dass er keine Zeit hatte, mir seinen Namen zu sagen.«

Wieder sahen mich alle an.

»Ich habe gar nicht viel geredet«, grummelte Joe. »*Du* redest zu viel. Mit deinem Gesicht.« Er trat nach einem Stein, aber ohne meine Hand loszulassen. Einer seiner Schnürsenkel war locker. Ich sah einen Marienkäfer auf einer Löwenzahnblüte sitzen, rot und schwarz und gelb. Ein Windhauch kam, und der Marienkäfer flog davon.

»Joe«, sagte ich.

Er grinste mich an. »Hi, Ox! Ich muss dir was ...« Er verstummte und sah kurz seinen Vater an. Er seufzte. »Na schön.«

»Das hier sind seine Brüder«, sprach Mark weiter. »Carter.« Der in meinem Alter winkte mir grinsend zu. »Kelly.« Der jüngere der beiden, irgendwo zwischen Carter und Joe. Er nickte und sah ein bisschen gelangweilt aus.

Blieben noch die zwei Erwachsenen. Ich fürchtete mich nicht vor den beiden, hatte aber das Gefühl, dass ich es eigentlich sollte. Ich wartete darauf, dass Mark sie mir vorstellte, aber er blieb still. Schließlich sagte die Frau: »Du bist ein Außenseiter, Ox.«

»Ja, Ma'am«, erwiderte ich, weil meine Mom mir beigebracht hatte, immer respektvoll zu sein.

Sie lachte. Es klang wunderschön. »Ich heiße Elizabeth Bennett. Das hier ist mein Mann, Thomas. Seinen Bruder, Mark, kennst du ja schon. Wie es scheint, sind wir jetzt Nachbarn.«

»Erfreut, Ihre Bekanntschaft zu machen«, sagte ich, weil meine Mom mich Manieren gelehrt hatte.

»Und was ist mit mir?«, fragte Joe und zog an meiner Hand.

Ich sah ihn an. »Deine Bekanntschaft freut mich auch.«

Joe lächelte wieder.

»Möchtest du zum Abendessen bleiben?«, fragte Thomas und schien meine Reaktion genau zu beobachten.

Ich dachte *Ja* und *Nein* gleichzeitig. Mein Kopf tat weh davon. »Mom kommt bald nach Hause. Wir essen heute zusammen, weil ich Geburtstag habe.« Ich zuckte zusammen. Ich hatte das gar nicht sagen wollen.

Joe schnappte nach Luft. »*Was?* Warum hast du mir das nicht gleich gesagt! Mom, er hat *Geburtstag*!«

»Ich hab's gehört, Joe«, erwiderte sie amüsiert. »Herzlichen Glückwunsch, Ox. Wie alt wirst du?«

»Sechzehn.« Alle schauten mich nach wie vor an. Ich spürte, wie mir der Schweiß den Nacken hinunterlief.

»Cool«, sagte Carter. »Bin ich auch.«

Joe warf ihm einen bösen Blick zu und stellte sich vor mich. »Ich habe ihn zuerst gefunden.«

»Das reicht«, mischte sich Thomas ein, seine Stimme jetzt wieder etwas tiefer.

»Aber, aber ...«

»Hey«, sagte ich zu Joe.

Er sah mich entnervt an.

»Das ist schon okay. Hör auf deinen Dad.«

Er seufzte und drückte wieder meine Hand. Als er nach dem Löwenzahn trat, löste sich sein Schnürsenkel endgültig. »Ich bin zehn«, murmelte er. »Ich weiß, dass du alt bist, aber ich habe dich als Erster gefunden, also musst du auch zuerst *mein* Freund sein. Sorry, Dad.« Dann fügte er hinzu: »Ich möchte dir etwas schenken.«

»Das hast du schon«, erwiderte ich.

Joes Gesicht erstrahlte, wie ich es noch nie bei jemandem erlebt hatte, und dann verabschiedete ich mich.

Ich spürte, wie ihre Blicke mir folgten, als ich ging.

»Jemand ist dort eingezogen?«, fragte Mom, als ich nach Hause kam.

»Ja, die Bennetts.«

»Du hast sie kennengelernt?« Sie klang überrascht. Mom wusste, dass ich nicht mit Leuten redete, wenn es sich vermeiden ließ.

»Ja.«

Sie wartete. »Und?«

Ich blickte von meinem Geschichtsbuch auf. Nächste Woche hatten wir Abschlussprüfungen, und ich war noch nicht bereit. »Was, und?«

Sie verdrehte die Augen. »Sind sie nett?«

»Glaub schon. Sie haben ...« Ich überlegte.

»Was?«

»Kinder. Ein Sohn ist genauso alt wie ich. Die anderen sind jünger.«

»Warum grinst du so?«

»Wegen dem Wirbelwind«, antwortete ich, ohne es zu wollen.

Sie küsste mich auf den Scheitel. »Und ich hab geglaubt, wenn du älter wirst, würdest du vielleicht ein bisschen mehr reden. Alles Gute zum Geburtstag, Ox.«

Wir aßen zu Abend. Es gab Hackbraten. Mein Lieblingsgericht, nur für mich. Wir lachten zusammen. Das hatten wir schon lange nicht mehr getan.

Mom überreichte mir ein Geschenk, es war in den Comic aus der Zeitung vom Samstag eingewickelt. Es war ein Reparaturhandbuch von einem 1940er Buick mit orangem Einband, alt und abgegriffen. Es roch modrig und wunderbar. Sie sagte, sie hätte es bei Goodwill gesehen und dabei gleich an mich denken müssen.

Und eine neue Hose für die Arbeit. Meine alte fiel schon auseinander.

Und eine Karte. Vorne war ein Wolf drauf, der den Mond anheult. Auf der Rückseite stand: *Wie nennt man einen Wolf, der seinen Namen vergessen hat? Einen Wer-Wolf!* Darunter hatte sie sieben Wörter geschrieben: *Dieses Jahr wird besser. In Liebe, Mom.* Um *Liebe* hatte sie Herzchen gemalt, so klein und zart, dass ich glaubte, sie würden davonschweben, wenn ich sie anpuste.

Wir wuschen das Geschirr ab, und sie schaltete das alte Radio ein, das am offenen Fenster über der Spüle stand. Mom sang leise mit und bespritzte mich mit Wasser, während ich mich fragte, warum ich nach Zuckerstangen und Kiefernzapfen roch. Toll und fantastisch.

Mom hatte eine Seifenblase auf der Nase.

Sie sagte, ich hätte eine auf dem Ohr.

Die Musik wurde schwungvoller, ich nahm Moms Hand und drehte sie im Kreis. Ihre Augen leuchteten, und sie sagte: »Du wirst eines Tages jemanden sehr glücklich machen. Ich kann es kaum erwarten, bis es so weit ist.«

Als ich ins Bett ging, sah ich durchs Fenster, dass im Haus am Ende des Feldwegs noch Licht brannte, und dachte über die Bennetts nach.

Jemanden, hatte Mom gesagt. *Jemanden sehr glücklich machen.*

Keine *sie*, sondern *jemanden*.

Ich schloss die Augen, und als ich schlief, träumte ich von Tornados.

Steinwolf / Dinah Shore

»Du siehst gut aus, *papi*«, sagte Rico, als ich am nächsten Tag in die Werkstatt kam. »Wo kommt dieser Schwung in deiner Hüfte her?«

Es war Sonntag, der Tag des Herrn, wie mir beigebracht worden war, aber ich dachte mir, dass der Herr bestimmt nichts dagegen hat, wenn ich statt seinem Tempel diesen hier besuche. Ich hatte meinen Glauben in Gordos Werkstatt gefunden.

»Muss ein hübsches Mädchen sein«, rief Tanner. Er stand über den Motor eines lächerlichen SUV gebeugt, den man mit der Stimme starten konnte. »Er ist jetzt ein richtiger Mann. Hast du letzte Nacht 'ne Sechzehnjährige flachgelegt?«

Ich war ihre Scherze gewohnt. Sie meinten es nicht böse. Was mich aber nicht davon abhielt, knallrot zu werden. »Nein«, sagte ich. »So war es nicht.«

»Oh«, meinte Rico und kam mit einem obszönen Hinternwackeln herangeschlendert. »Seht euch mal seine Gesichtsfarbe an.« Er fuhr mir durch die Haare, strich mir mit dem Daumen übers Ohr. »Ist sie hübsch, *papi*?«

»Es gibt kein Mädchen.«

»Ach? Dann also ein Junge? Auch in Ordnung, in der Casa de Gordo wird niemand diskriminiert.«

Ich schubste ihn weg, und er bog sich vor Lachen.

»Chris?«, fragte ich.

»Ist bei seiner Mom«, antwortet Tanner. »Wieder die Sache mit dem Magen.«

»Wie geht es ihr?«

Rico zuckte die Achseln. »Wissen wir noch nicht.«

»Ox!«, rief Gordo aus dem Büro. »Schieb deinen Arsch hier rüber!«

»Oje«, sagte Rico mit einem kleinen Grinsen. »Sei vorsichtig, *papi*. Er hat wieder einen seiner Tage.«

So hatte er sich auch angehört. Die Stimme rau und angespannt. Ich machte mir Sorgen. Nicht um mich, sondern um ihn.

»Er ist nur angepisst, weil Ox nächste Woche für die Schule frei braucht«, murmelte Tanner. »Du weißt ja, wie er ist, wenn Ox nicht da ist.«

Ich bekam ein schlechtes Gewissen. »Vielleicht könnte ich ...«

»Du hältst schön die Klappe«, unterbrach Rico und presste mir einen Finger auf die Lippen. Er schmeckte nach Öl. »Du musst dich auf die Schule konzentrieren. Gordo und ich kommen auch so zurecht. Bildung ist wichtiger als sein Gemeckere, verstanden?«

Ich nickte, und er zog seinen Finger wieder weg.

»Wir kommen zurecht«, wiederholte Tanner. »Besteh du deine Prüfungen, uns bleibt noch der ganze Sommer, okay?«

»*Ox!*«

Rico flüsterte irgendetwas auf Spanisch, das sich für mich nach *mieser kleiner Diktator* anhörte. Anscheinend hatte ich ein Talent dafür, spanische Flüche zu verstehen.

Ich ging zum Büro am Ende der Werkstatt. Gordo saß mit gerunzelter Stirn vor dem Computer und tippte mit einem Finger. Tanner nannte es sein Adlersuchsystem, was Gordo gar nicht lustig fand.

»Mach die Tür zu«, sagte er, ohne mich anzusehen.

Ich tat es und setzte mich auf den leeren Stuhl auf der anderen Seite seines Schreibtisches.

Gordo blieb stumm, also dachte ich mir, dass ich wohl den Anfang machen sollte. Er war manchmal so. »Alles okay?«, fragte ich.

Er starrte auf den Bildschirm. »Bestens.«

»Du bist ein bisschen angespannt für bestens.«

»Wenn du gerade versucht hast, lustig zu sein, ist es gründlich schiefgegangen, Ox.«

Ich zuckte die Achseln. Es war normal, wenn die Leute mich nicht lustig fanden.

Gordo seufzte und rieb sich das Gesicht. »Sorry«, murmelte er.

»Okay.«

Schließlich sah er mich doch an. »Ich möchte dich nächste Woche hier nicht sehen.«

Ich versuchte, mir nichts anmerken zu lassen, was mir nicht sehr gut zu gelingen schien. »Okay.«

»Großer Gott, Ox, mach nicht so ein Gesicht. Du hast nächste Woche Abschlussprüfungen.«

»Ich weiß.«

»Und du weißt auch, dass ich mit deiner Ma abgemacht habe, dass deine Noten nicht unter der Arbeit leiden.«

»Ich weiß«, brummte ich.

»Ich möchte einfach nicht ...« Gordo ließ sich stöhnend in seinen Stuhl sinken. »Ich kann das nicht.«

»Was denn?«

Er deutete auf uns beide. »Diese Sache.«

»Du machst das ganz gut«, erwiderte ich leise. Dieses Bruder-Vater-Ding oder was auch immer. Wir sprachen nie darüber, aber das mussten wir auch nicht. Wir wussten es beide. Außerdem war es einfacher so. Wir waren schließlich Männer.

Gordo kniff die Augen zusammen. »Wirklich?«

»Wirklich.«

»Wie sind deine Noten?«

»Alles Zweier. Eine Drei.«

»In Geschichte?«

»Ja. Der verfluchte Stonewall Jackson.«

Gordo lachte laut und lange. Denn wenn er einmal lachte, dann richtig. »Lass das bloß deine Ma nicht hören.«

»Nie im Leben.«

»Im Sommer Vollzeit?«

Ich strahlte ihn an. Ich konnte die langen Schichten kaum erwarten. »Ja, unbedingt.«

»Ich werd dir den Arsch aufreißen, Ox.« Die Falten auf Gordos Stirn waren jetzt fast verschwunden.

»Kann ich ... kann ich nächste Woche mal vorbeischauen?«, fragte ich. »Ich werde nicht ... ich möchte nur ...« Verdammte Wörter. Sie waren schon immer meine Feinde gewesen. Ich wusste nicht, wie ich ihm sagen sollte, dass ich mich in der Werkstatt am sichersten fühlte, am meisten zu Hause. Hier war ich kein verdammter Idiot, niemand urteilte über mich. Ich stahl niemandem die Zeit oder die Luft zum Atmen. Es gab so vieles, was ich sagen wollte, viel zu viel, weshalb ich kein einziges Wort herausbrachte. Aber da ich mit Gordo redete, musste ich das auch gar nicht.

Er wirkte erleichtert, blieb aber streng, um den Schein zu wahren. »Du rührst in der Werkstatt nichts an. Du kommst her und lernst. Kein Rumalbern. Ich meine es ernst, Ox. Chris und Tanner können dir mit dem verfluchten Stonewall Jackson helfen. Die kennen sich mit dem Zeug besser aus als ich. Und frag bloß nicht Rico, dann kommst du zu gar nichts mehr.«

Ein Gewicht hob sich von meiner Brust. »Danke, Gordo.«

Er verdrehte die Augen. »Und jetzt raus mit dir. Die Arbeit wartet nicht.«

Ich salutierte, weil ich genau wusste, wie sehr Gordo das hasste. Und da ich so guter Laune war, stellte ich mich taub, als er murmelte: »Ich bin stolz auf dich, Kleiner.«

Später fiel mir ein, dass ich ganz vergessen hatte, ihm von den Bennetts zu erzählen.

Ich ging nach Hause. Die Sonnenstrahlen fielen durchs Blätterdach und malten kleine Schatten auf meine Haut. Ich fragte mich, wie alt dieser Wald wohl war. Sehr alt, glaubte ich.

Joe wartete an der gleichen Stelle wie gestern. Er zappelte nervös herum und seine Augen leuchteten. Seine Hände hatte er hinter dem Rücken versteckt.

»Ich wusste, dass du es bist!«, sagte er triumphierend. »Ich werde immer besser im ...« Er brach ab und hüstelte. »Äh, in allem. Zum Beispiel ... zu merken, dass du da bist.«

»Gut so«, erwiderte ich. »Besser werden ist immer gut.«

Das Strahlen auf seinem Gesicht verschlug mir den Atem. »Und eines Tages werde ich Anführer sein.«

»Wovon?«

Joe blickte erschrocken zu Boden. »Oh, verflucht!«

»Was denn?«

»Ähm ... Geschenke!«

Ich runzelte die Stirn. »*Geschenke?*«

»Nun ja, eins.«

»Wofür?«

»Für dich«, murmelte Joe und bekam rote Flecken auf dem Gesicht, die bis zu seinem Haaransatz reichten. »Zum Geburtstag.«

Die Jungs aus der Werkstatt hatten mir was geschenkt. Und meine Mom. Sonst niemand. So was machten nur Freunde und Familie. »Oh«, sagte ich. »Wow!«

»Ja, *wow*!«

»Ist es das, was du hinter deinem Rücken versteckst?«

Joe sah mich immer noch nicht an und wurde sogar noch röter. Er nickte knapp.

Ich hörte die Vögel in den Bäumen. Sie sangen voll und laut.

Ich ließ Joe so viel Zeit, wie er brauchte. Es war nicht lange. Ich konnte sehen, wie der Entschluss in ihm reifte und er die Schultern straffte. Wie er das Kinn hob und einen Schritt auf mich zumachte. Ich hatte keine Ahnung, wovon er eines Tages der Anführer sein würde, aber er würde seine Sache sicher gut machen. Und ich hoffte, dass er dann noch genauso freundlich wäre wie jetzt.

Joe streckte seine Arme nach vorn und hielt mir eine kleine Schachtel mit einer blauen Schleife drum herum entgegen.

Aus irgendeinem Grund war ich nervös. »Ich habe aber nichts für dich«, sagte ich leise.

Er zuckte die Achseln. »Ich habe auch nicht Geburtstag.«

»Wann ist der?«

»Im August. Wieso fragst ... Mannomann, nimm endlich die Schachtel!«

Ich tat es. Sie war schwerer, als sie aussah. Ich hängte mir mein Arbeitshemd über die Schulter, Joe stellte sich ganz dicht neben mich und schloss die Augen.

Ich löste das Band und dachte an ein Kleid, das meine Mom einmal bei einem Picknick im Sommer angehabt hatte, als ich neun war. Es hatte kleine Schleifen an den Säumen. Mom hatte gelacht und mir ein Sandwich und eine kleine Schüssel Kartoffelsalat gegeben. Danach lagen wir auf dem Rücken, ich zeigte auf die Wolken und sagte ihr, welche Dinge ich darin sah, und sie sagte: »Tage wie dieser sind meine Lieblingstage.«

»Meine auch«, hatte ich erwidert.

Sie trug das Kleid nie wieder. Einmal habe ich sie danach gefragt. Sie antwortete, es wäre kaputtgegangen. »Er hat es nicht so gemeint«, sagte sie.

Ich war sehr wütend damals und wusste nicht, wohin mit dieser Wut. Irgendwann ging sie wieder weg.

Und jetzt diese Schleife hier. Ich hielt sie in meiner Hand. Sie fühlte sich warm an.

»Manchmal sind Menschen traurig«, sagte Joe und lehnte die Stirn an meinen Arm. So etwas wie ein Winseln kam aus seiner Kehle. »Aber ich weiß nicht, wie ich machen kann, dass es aufhört. Das ist alles, was ich je wollte. Machen, dass es aufhört.«

Ich öffnete die Schleife. In der Schachtel lag ein schwarzes Samttuch, in das etwas sorgfältig eingewickelt war. Es sah aus, als würde sich ein großes Geheimnis darunter verbergen, und ich wünschte mir nichts mehr, als dieses Geheimnis zu lüften.

Ich faltete das Tuch auseinander. Ein aus Stein gehauener Wolf kam zum Vorschein.

Die Details auf einem so kleinen und schweren Ding kamen mir vor wie ein Wunder. Der buschige Schwanz, den der sitzende Wolf um seine Hinterläufe gelegt hatte. Die dreieckigen Ohren, die aussahen, als würden sie zucken. Die Pfoten mit allen Krallen daran, der in den Nacken gelegte Kopf und der Hals darunter. Die geschlossenen Augen und die nach oben gerichtete Schnauze, aus der ein Lied ertönte, das ich in meinem Kopf hören konnte. Der Stein war dunkel, und ich überlegte, welche Farbe der Wolf wohl hätte, wenn er lebendig wäre. Weiße Flecken an den Beinen und schwarze Ohren, vielleicht.

Die Vögel hatten aufgehört zu singen, und ich dachte, ob es möglich war, dass die Welt gerade den Atem anhielt. Ich dachte an Erwartungen und die Last, die sie bedeuten. Ich dachte an viele Dinge.

Ich hob den Wolf aus der Schachtel. Er passte perfekt in meine Hand.

»Joe«, sagte ich schroff.

»Ja?«

»Du hast ... Ist das für *mich*?«

»Ja?« Es klang wie eine Frage. Dann, bestimmter: »Ja.«

Ich wollte ihm sagen, dass das zu viel war, dass er es zurücknehmen musste. Dass ich ihm nie etwas so Schönes schenken könnte, denn die einzig schönen Dinge, die es in meinem Leben gab, gehörten mir nicht: meine Mutter. Gordo. Rico, Tanner und Chris. Sie waren alles, was ich hatte.

Joe wartete schon darauf. Ich sah es ihm an. Seine Hände und Knie zitterten. Er war blass im Gesicht und kaute auf seiner Unterlippe. Er wartete nur darauf, dass ich Nein sagte. Dass ich ihm das Geschenk zurückgab und sagte, ich könne es nicht annehmen.

Da ich nicht wusste, was ich sonst sagen sollte, sagte ich einfach: »Ich glaube, das ist das schönste Geschenk, das ich je bekommen habe. Danke.«

»Wirklich?«, krächzte er.

»Wirklich.«

Und dann lachte Joe. Er warf den Kopf in den Nacken vor Lachen, und die Vögel fingen wieder an und lachten mit ihm.

An diesem Tag betrat ich zum ersten Mal das Haus am Ende des Feldwegs. Joe nahm mich an der Hand und redete und redete und lief und lief, ohne langsamer zu werden, schnurstracks an meinem Zuhause vorbei.

Die Umzugslaster waren nicht mehr da. Die Eingangstür stand offen und von drinnen kam Musik.

Als Joe Anstalten machte, mich die Verandatreppe hinaufzuziehen, blieb ich stehen.

»Was soll das?«, fuhr Joe auf, wie es so seine Art zu sein schien.

Ich wusste es selbst nicht genau. Es schien mir unhöflich, einfach so reinzugehen. Ich hatte schließlich Manieren. Aber meine Füße brannten darauf, noch einen Schritt zu machen und noch einen. Ich kämpfte oft mit mir selbst, im Kleinen wie im Großen. Was richtig war und was falsch. Was akzeptabel war und was nicht. Wo mein Platz war und wo ich hingehörte.

Ich kann mir so klein vor. Die Bennetts waren reich. All diese Autos, das Haus. Selbst durchs Fenster konnte ich teure Dinge sehen wie die dunklen Ledersofas und Möbel aus echtem Holz, ohne Risse und Kratzer. Alles war hübsch und sauber und wunderschön anzusehen. Ich war Oxnard Matheson. Meine Fingernägel waren schwarz, meine Klamotten waren verdreckt. Meine Stiefel waren abgewetzt. Ich hatte nicht allzu viel Verstand, und wenn man meinem Dad glaubte, auch sonst nicht viel. Ich bekam den Mund nicht auf und ich war arm. Nicht auf Sozialhilfe angewiesen, aber kurz davor. Ich wollte keine Almosen.

Und ich kannte diese Familie nicht. Die Bennetts. Mark war mein Freund und Joe vielleicht auch, aber ich wusste überhaupt nichts über sie.

Dann sagte Joe: »Das ist schon okay, Ox.«

»Woher weißt du ...?«, fragte ich, und er sagte: »Weil ich meinen Wolf nicht irgendjemandem geben würde.« Dann wurde er wieder rot und schaute weg.

Ich hatte das Gefühl, dass da noch mehr war als nur diese Worte, auch wenn ich nicht wusste, was.

Elizabeth sang ein altes Dinah-Shore-Lied mit. Die Platte war ziemlich zerkratzt, und die Nadel sprang immer wieder, aber Elizabeth kannte die Stellen auswendig und setzte immer genau im richtigen Moment wieder ein. »Es macht mir nichts aus, einsam zu sein«, sang Dinah mit rauchiger Stimme, »wenn mein Herz mir sagt, dass auch du einsam bist.«

Großer Gott, war das toll!

Elizabeth tänzelte durch die Küche, ihr Sommerkleid wirbelte leicht und luftig.

Es war eine schöne Küche. Alles aus Stein und dunklem Holz. Und blitzsauber, sodass alles glänzte wie neu.

Ich hörte die anderen im Garten hinterm Haus. Sie lachten, und ich fühlte mich beinahe wohl.

Dinah Shore hörte auf, einsam zu sein, und Elizabeth sah uns an. »Gefällt dir das Lied?«, fragte sie mich.

Ich nickte. »Es tut weh, aber auf eine gute Art.«

»Es handelt davon zurückzubleiben«, sprach sie weiter. »Wenn andere in den Krieg ziehen.«

»Zurückzubleiben oder zurückgelassen zu werden?«, fragte ich und dachte an meinen Vater.

Elizabeth und Joe hielten inne und sahen mich mit geneigtem Kopf an.

»Ja, das ist ein Unterschied«, antwortete Elizabeth schließlich, und Joe nahm wieder meine Hand.

»Manchmal«, murmelte ich.

»Du bleibst zum Essen«, erklärte sie. »Das ist Tradition.«

In meinem Leben gab es nicht viele Traditionen. »Ich möchte niemandem zur Last fallen.«

»Wie ich sehe, hast du dein Geschenk aufgemacht«, sprach sie weiter, als hätte ich gar nichts gesagt.

Joe grinste. »Er findet es toll!«

»Hab ich dir doch gesagt.« Sie sah wieder mich an. »Er hat sich solche Sorgen gemacht.« Dinah Shore begann wieder zu singen, und Elizabeth machte sich daran, eine Gurke in dünne Scheiben zu schneiden.

Joe wurde rot. »Nein, habe ich nicht.«

Carter kam durch die Hintertür herein. »Doch, hast du.« Er verstellte seine Stimme und piepste aufgeregt: »Was, wenn es ihm nicht gefällt? Was, wenn es nicht cool genug ist und er mich für einen Loser hält?«

Joe warf ihm einen Blick zu, und ich glaubte ein Knurren tief in seine Brust zu hören. »Halt die Klappe, Carter!«

»Jungs«, mahnte Elizabeth.

Carter verdrehte die Augen. »Hey, Ox, hast du eine Xbox?«

Joe lachte. »Ha! Ox und Xbox, das reimt sich.« Er ließ meine Hand los und holte Silberbesteck aus einer Schublade neben dem Herd.

Ich kratzte mich am Hinterkopf. »Ich? Nein, einen Sega.«

»Voll retro.«

Ich zuckte die Achseln. »Ich hab nicht viel Zeit zum Spielen.«

»Dann nehmen wir uns welche«, erwiderte Carter und holte Plastikbecher aus dem Schrank. »Ich wollte sowieso über die Schule mit dir reden. Kelly und ich kommen nächstes Jahr in deine Klasse.«

»Ich wünschte, ich könnte auch mit«, grummelte Joe.

»Du kennst die Regeln«, sagte Elizabeth. »Bis du zwölf bist, wirst du zu Hause unterrichtet. Das ist nur noch ein Jahr, Schatz.«

Das tröstete Joe kein bisschen. Ich war nie zu Hause unterrichtet worden und wusste nicht, ob das etwas Gutes oder Schlechtes war.

»Ox, hol doch bitte deine Mutter, ja?«, bat Elizabeth, während sie zwischen den Arbeitsplatten hin und her lief. Hin und her.

»Sie ist in der Arbeit«, antwortete ich verunsichert. Die Bennetts bewegten sich, als würden sie schon ewig hier leben. Neben ihnen kam ich mir vor wie ein Elefant. Oder ein Ochse. Ich wusste nicht, welches von beidem.

»Dann eben nächstes Mal«, erwiderte sie, als ob es ein nächstes Mal geben würde.

»Weil es Tradition ist?«

Elizabeth lächelte und sah dabei fast aus wie Joe. »Genau. Du lernst schnell.«

Plötzlich wurde mir bewusst, wie ich aussah. »Ich bin nicht angemessen angezogen für so was.« Ich fuhr mir durch die Haare, und da fiel mir wieder ein, wie schmutzig meine Hände waren.

Elizabeth winkte ab. »Wir legen nicht so viel Wert auf Äußerlichkeiten, Ox.«

»Ich bin schmutzig.«

»Tüchtig wohl eher. Würdest du das bitte nach draußen bringen? Thomas und Mark werden sich freuen, dich zu sehen.« Sie gab mir eine Schüssel mit Obst, und ich ging in den Garten, die Schüssel in der einen Hand, den Steinwolf in der anderen. Joe wollte mitkommen, aber Elizabeth hielt ihn zurück. »Du bleibst schön hier. Ich brauche deine Hilfe. Ox, ab mit dir.«

Ich trat durch die Terrassentür. Im Garten stand ein großer Tisch, er war mit einem roten Tuch gedeckt, das an den Ecken von Büchern festgehalten wurde. Kelly stellte gerade Klappstühle darum herum auf. »Alles wieder gut?«, fragte er, als ich die Obstschale abstellte.

»Die Dinge gehen ... so schnell hier«, antwortete ich.

Er lachte. »Du hast noch nicht mal die Hälfte gesehen.« Und wie als Beweis für meine Einschätzung fügte er hinzu: »Dad möchte mit dir sprechen.«

»Oh! Worüber?« Ich überlegte, ob ich schon jetzt etwas falsch gemacht hatte. Ich konnte mich nicht mehr an alles erinnern, was ich gestern gesagt hatte. Nicht allzu viel eigentlich. Aber vielleicht war genau das das Problem.

»Keine Sorge, Ox. Er ist nicht so furchterregend, wie er aussieht.«

»Lügner.«

»Stimmt. Umso besser, wenn du's jetzt schon gemerkt hast. Das macht die Dinge einfacher.« Dann lachte er plötzlich, als hätte jemand einen Witz gemacht. »Ja, ja, ja, so ist das.«

Mark und Thomas grillten. Ich hätte mich so gerne zu ihnen gestellt. Mit ihnen geplaudert, als würde ich dazugehören.

Ich nahm all meinen Mut zusammen, da drehte Mark sich plötzlich um und kam zu mir. »Wir reden später«, sagte er zu mir, drückte meine Schulter und ließ mich mit Thomas allein. Thomas war fast zehn Zentimeter größer als ich und hatte mächtige Muskeln an Brust, Armen und Beinen. Obwohl ich erst sechzehn war, war ich kräftiger als die meisten, aber nicht so kräftig wie Thomas.

Er betrachtete die Schachtel in meiner Hand. »Joe hat die Schleife selbst gebunden«, sagte er. »Niemand durfte ihm dabei helfen.«

Ach so? »Ich hätte das Geschenk beinahe abgelehnt.«

Eine hochgezogene Augenbraue. »Warum das?«

»Es kommt mir so ... wertvoll vor.«

»Das ist es.«

»Und warum?«

»Warum was?«

»Warum hat er es *mir* geschenkt?«

»Warum nicht?«

Tolle Antwort. »Ich habe keine wertvollen Sachen«, sagte ich.
»Du lebst allein mit deiner Mutter, oder?«
»Ja.« Ich verstand nicht sofort, was er meinte.
»Es gibt im Leben nur wenige Dinge, die einem allein gehören«, sprach Thomas weiter und winkte Kelly heran, damit er ihn am Grill ablöste. »Gehen wir ein Stück zusammen, Ox.«
Ich folgte ihm zwischen die Bäume, weg vom Haus. Einem Mann, den ich erst seit einem Tag kannte, und doch zögerte ich kein bisschen. Ich sagte mir, es läge daran, dass ich mich nach Aufmerksamkeit sehnte, nichts weiter.
»Früher haben wir hier gewohnt«, begann er. »Ist schon lange her. Carter war erst zwei, als wir weggingen. Wir wollten nicht so lange wegbleiben, aber das ist das Eigenartige am Leben. Und das Beängstigende: Irgendwas passiert, und kaum blinzelst du einmal, sind zehn Jahre vorbei. Oder mehr.« Er streckte den Arm aus und strich mit seinen Fingern über die Kerben in einem Baumstamm. Sie passten nahezu perfekt zu seinen Fingern, und ich fragte mich, was diese Kratzer hinterlassen haben könnte. Sie sahen aus, als stammten sie von Klauen.
»Warum sind Sie weggezogen?«, fragte ich, obwohl es mich nichts anging.
»Die Pflicht. Eine Verantwortung, vor der ich mich nicht drücken konnte, egal, wie sehr ich es mir gewünscht hätte. Meine Familie lebt schon sehr lange in diesen Wäldern.«
»Es muss schön sein, wieder nach Hause zu kommen.«
»Das ist es«, bestätigte er. »Mark hat ab und zu nach dem Rechten gesehen, aber das ist nicht das Gleiche, wie selbst wieder zwischen diesen Bäumen zu stehen. Er ist sehr angetan von dir, weißt du?«
»Mark?«
»Ja, der auch. Du versuchst dich zu verstecken, Ox, aber dein Gesicht verrät viel. Wie du atmest. Dein Herzschlag.«
»Ich möchte es nicht.«

»Ich weiß, aber warum tust du es dann?«

Weil es einfacher war. Weil ich es schon so machte, seit ich denken konnte. Weil es sicherer war, als mich zu zeigen und die Menschen in mein Herz zu lassen. Lieber verstecken und träumen, als sich zeigen und die Wahrheit erfahren müssen.

Genau das hätte ich sagen können. Mit erstickter Stimme, stockend und verbittert zwar, aber irgendwann hätte ich die Worte schon gefunden und sie ausgesprochen.

Stattdessen sagte ich gar nichts.

Thomas lächelte mich still an, dann schloss er die Augen und drehte das Gesicht in die Sonne. »Es gibt keinen zweiten Ort wie diesen«, seufzte er und atmete tief ein.

»Mark hat das Gleiche gesagt. Über den Geruch von Zuhause.«

»Tatsächlich? Im Diner?«

»Hat er es Ihnen erzählt?«

Thomas lächelte wieder, seine Zähne blitzten. »Das hat er. Er scheint dich für einen Seelenverwandten zu halten. Und dann noch das, was du mit Joe gemacht hast.«

Ich taumelte erschrocken einen Schritt zurück. »Was denn? Geht es ihm nicht gut? Das tut mir leid. Ich wollte nicht ...«

»*Ox.*« Seine Stimme klang plötzlich tiefer, und als er mir die Hände auf die Schultern legte, war es wie ein Befehl, und die Spannung wich aus meinem Körper, als wäre sie nie da gewesen. Bevor ich merkte, was ich tat, legte ich den Kopf leicht in den Nacken, als würde ich meine Kehle entblößen. Selbst Thomas schien überrascht von der Geste. »Wie heißt du mit Nachnamen?«, fragte er.

»Matheson.« Panik kribbelte unter meiner Haut, aber Thomas' Stimme war immer noch tief, und seine Hände lagen immer noch auf meinen Schultern, sodass sie nicht an die Oberfläche drang.

Er öffnete den Mund und schloss ihn wieder. Als er schließlich sprach, kam jedes Wort sorgsam und überlegt: »Gestern, als du Joe begegnet bist, wer hat da als Erster gesprochen?«

»Er. Er hat mich gefragt, ob ich das auch rieche.« Ich verspürte den Drang, den Steinwolf wieder aus der Schachtel zu holen, um ihn zu betrachten.

Thomas ließ seine Hände sinken und schüttelte den Kopf. Ein Staunen trat auf sein Gesicht. »Mark hat ja gesagt, dass du anders bist. Auf eine gute Art.«

»Anders als die meisten, anscheinend«, bestätigte ich.

»Ox, Joe hat fünfzehn Monate lang nicht mehr gesprochen. Bis gestern.«

Die Bäume, die Vögel und die Sonne verschwanden. »Warum?«, fragte ich fröstelnd.

Thomas lächelte traurig. »Weil das Leben entsetzlich sein kann. Und die Welt.«

Das konnte sie. Entsetzlich und chaotisch und wunderschön.

Und die Menschen auch.

Ich hörte es in dem Getuschel hinter meinem Rücken.

Ich hörte es in den Beleidigungen, die sie mir ins Gesicht sagten.

Ich hörte es in dem Geräusch, als mein Vater damals die Haustür hinter sich schloss.

Ich hörte es in der zitternden Stimme meiner Mutter.

Thomas sagte mir nicht, warum Joe aufgehört hatte zu sprechen, und ich fragte auch nicht danach. Es stand mir nicht zu.

Menschen konnten grausam sein.

Wunderbar, aber auch grausam.

Als könnte alles Schöne nicht *nur* schön sein, als müsste es gleichzeitig auch hart und hässlich sein. Es war kompliziert, und ich verstand es einfach nicht.

Ich konnte nichts Grausames entdecken, als ich mich zum ersten Mal an den Tisch der Bennetts setzte. Mark saß links von mir, Joe rechts. Das Essen war aufgetragen, aber niemand griff nach Gabel oder Löffel, also tat ich es auch nicht. Alle Augen waren auf Thomas gerichtet, der am Kopfende saß. Eine warme

Brise wehte, und er bedachte jeden mit einem Lächeln, dann nahm er den ersten Bissen.

Alle folgten seinem Beispiel.

Die Schachtel mit dem Steinwolf lag auf meinem Schoß, und Joe sagte Dinge wie *Ich finde es toll, wenn in einem Film Sachen in die Luft fliegen* und *Was passiert eigentlich, wenn man auf dem Mond furzt?* und *Einmal habe ich vierzehn Tacos gegessen, weil Carter gesagt hat, ich würde es nicht schaffen, und danach konnte ich mich zwei Tage lang nicht mehr bewegen.*

Er sagte:

Maine war Maine. Ich vermisse meine Freunde, aber jetzt habe ich dich.

Das ist überhaupt nicht lustig, kein bisschen!

Kannst du mir mal den Senf geben, bevor Kelly ihn wieder wegfuttert?

Er sagte:

Einmal waren wir in den Bergen und sind Schlitten gefahren.

Ich bin voll schlecht bei Videospielen, aber Carter meinte, ich werde schon noch besser.

Ich wette, ich kann schneller rennen als du.

Er sagte:

Darf ich dir ein Geheimnis verraten?

Manchmal habe ich einen Albtraum und kann mich danach nicht mehr daran erinnern.

Manchmal erinnere ich mich an alles.

Es wurde still am Tisch, und Joe hatte nur Augen für mich.

Ich sagte: »Ich träume auch manchmal schlecht. Aber dann fällt mir wieder ein, dass ich wach bin und die schlechten Träume mich hier nicht erreichen können. Dann geht es mir wieder besser.«

»Okay«, sagte Joe. »Okay.«

Ich bestand alle meine Prüfungen. Scheiß auf Stonewall Jackson.

Schönling / Arschlecken

Meine Mutter lernte die Bennetts bei einem Sonntagsessen mitten im Sommer kennen. Sie war genauso nervös, wie ich es gewesen war. Sie strich ihr Kleid glatt, spielte mit ihren Locken und sagte: »Sie wirken immer so elegant«, und ich lachte, weil sie genau das waren und gleichzeitig auch nicht.

Mom lächelte nervös, als Elizabeth sie umarmte. Später standen sie mit einem Glas Wein in der Küche und kicherten, Moms Wangen leicht gerötet von Alkohol und Glück.

Thomas arbeitete von zu Hause aus. Ich kapierte nicht ganz, was er machte, aber er telefonierte ständig: spät nachts nach Japan oder Australien, frühmorgens nach New York und Chicago.

»Finanzgeschäfte«, sagte Carter mit einem Achselzucken zu mir. »Irgendwas mit Geldtransfers und so Blabla, todlangweilig. Bei dem Level *kann* man noch nicht draufgehen, Ox. Es ist *kinderleicht*.«

Elizabeth malte. Sie meinte, diesen Sommer hätte sie ihre grüne Phase. Sie legte eine Platte auf den alten Crosley und sagte Dinge wie: »Heute, heute, heute«, oder: »Ab und zu frage ich mich«, und dann fing sie an. Es war eine Art kontrolliertes Chaos. Manchmal hatte sie Farbe in den Augenbrauen und ein Lächeln auf dem Gesicht.

»Sie scheint ganz gut zu sein«, erklärte mir Kelly. »Ihr Zeug hängt in Museen und so. Verrate ihr nicht, dass ich das gesagt habe, aber für mich sehen ihre Bilder alle gleich aus. Ich meine, ich kann eine Leinwand auch mit Farbe bespritzen, aber bin ich reich und berühmt?«

Nach der Arbeit ging ich die Straße entlang und Joe wartete schon auf mich. »Hey, Ox«, sagte er und lachte so unglaublich strahlend.

An manchen Tagen durfte ich sie nicht besuchen, und dann meistens gleich drei bis vier Tage hintereinander nicht. »Familienzeit, Ox«, wie Elizabeth mir erklärte. Oder Thomas sagte: »Die Jungs bleiben heute zu Hause, Ox. Komm am Dienstag wieder, in Ordnung?«
Ich verstand das, ich gehörte schließlich nicht zur Familie. Ich wusste nicht genau, wie sie zu mir standen, und schluckte meinen Schmerz hinunter. Ich konnte ihn nicht gebrauchen, nicht noch einen mehr zu all den anderen. *Sie meinen es nicht böse*, sagte ich mir.
Und dann, ein paar Tage später, wartete Joe auf der Straße auf mich, warf mir die Arme um den Hals und sagte: »Ich hab dich vermisst.« Wir gingen zu ihm nach Hause, und Elizabeth sagte: »Da ist unser Ox ja wieder«, und Thomas fragte: »Geht's dir gut?« Alles war wieder, als wäre nichts passiert.
In den Nächten davor lag ich nachts im Bett, dachte nach und hörte Geräusche aus dem Wald, die sich verdammt nach heulenden Wölfen anhörten. Der Mond stand dick und rund am Himmel und erhellte mein Zimmer, als wäre es mitten am Tag.

Sie kamen nie zu mir nach Hause. Ich lud sie nie ein, und sie fragten auch nie. Ich kam gar nicht auf die Idee.

»Haust du heute wieder früher ab?«, fragte Gordo an einem feuchten Tag Ende August.

Ich blickte von der Lichtmaschine auf, die ich gerade reparierte. »Yep. Muss zur Einschreibung.« Ich hatte Wechselklamotten dabei, damit ich nicht nach Metall und Öl stank.

»Ist deine Ma bei der Arbeit?«

»Yep.«

»Soll ich mitkommen?«

Ich schüttelte den Kopf.

»Das erste Jahr kann hart sein.«

Ich verdrehte die Augen. »Halt die Klappe, Gordo.«

»Nimmst du den Schönling mit, *papi*?«, rief Rico vom anderen Ende der Werkstatt.

Ich wurde rot, obwohl es eigentlich gar keinen Grund gab.

Gordo sah mich mit zusammengekniffenen Augen an. »Welchen Schönling?«

»Unser Großer hat einen ziemlichen Aufriss gemacht«, erklärte Rico. »Tanner hat sie vorgestern Abend miteinander gesehen.«

Ich stöhnte. »Das war nur Carter.«

»*Carter* ...«, seufzte Tanner theatralisch.

»Carter?«, wiederholte Gordo. »Wer ist der Kerl? Ich möchte ihn sehen. In meinem Büro, damit ich ihm das Fell über die Ohren ziehen kann. Gottverflucht, Ox, versprich mir, dass ihr Kondome benutzt.«

»Genau«, bestätigte Chris. »Und nehmt die Fick-Kondome, nicht die normalen. Die sind besser zum Ficken.«

»Oje, der Arme!«, rief Rico.

»Ich hasse euch alle«, murmelte ich.

»Das ist eine glatte Lüge«, konterte Tanner. »Du *liebst* uns. Wir bringen Freude und Glück in dein Leben.«

»Du gehst also mit ihm ins Bett?«, fragte Gordo mit gerunzelter Stirn.

»Großer Gott, Gordo, *nein*. Er ist mein Freund und wir haben Pizza für seine kleinen Brüder geholt. Sie sind gerade erst hergezogen. Ich *stehe* nicht auf ihn.« Obwohl ich Gordos Gedankengang durchaus nachvollziehen konnte. Ich hatte schließlich Augen im Kopf.

»Wie hast du ihn kennengelernt?«

Neugieriger Mistkerl. »Sie haben vor Kurzem das Nachbarhaus gemietet. Oder schon länger, ich weiß es nicht genau. Sie heißen Bennett. Den Namen schon mal gehört?«

Und dann geschah etwas Seltsames. Ich hatte Gordo angepisst erlebt, ich hatte ihn so krass lachen sehen, dass er sich beinahe in die Hosen gemacht hätte, ich hatte ihn aufgewühlt gesehen und traurig.

Aber nie verängstigt. *Nie.*

Nicht ein einziges Mal, seit mich mein Dad zum ersten Mal in die Werkstatt mitgenommen und Gordo gesagt hatte: »Hey, Kleiner, hab schon viel von dir gehört. Was meinst du, sollen wir uns eine Cola aus dem Automaten holen?« Hätte jemand mich gefragt, hätte ich gesagt, dass Gordo einfach nicht in der Lage war, Angst zu empfinden, egal, wie lächerlich sich das anhört.

Aber *jetzt* hatte er Angst. Seine Augen wurden groß, und sein Gesicht wurde kreidebleich. Volle zehn Sekunden lang, vielleicht waren es auch fünfzehn oder zwanzig. Und dann war es wieder vorbei, als wäre nichts gewesen.

Aber ich hatte es gesehen.

»Gordo ...«

Er ging in sein Büro und schlug die Tür hinter sich zu.

Rico brachte es auf den Punkt: »Was war *das* denn?«

»Eifersüchtiger Pinsel«, murmelte Tanner.

»Sei still«, warnte Chris mit einem Blick in meine Richtung.

Ich starrte weiter die geschlossene Bürotür an.

»Es tut mir leid«, sagte ich später zu Gordo. »Was auch immer ich falsch gemacht habe.«

Er seufzte. »Ist nicht deine Schuld, Kleiner. Ich möchte nur ... Kannst du dir nicht andere Freunde suchen? Reichen wir dir nicht?«, fragte er unglücklich.

»Das mit euch ist was ganz anderes.«

»Du musst vorsichtig sein.«

»Warum?«

»Vergiss es, Ox. Pass einfach gut auf dich auf.«

»Ich habe einen seltsamen Anruf von Gordo bekommen«, sagte Mom eines Abends.

»Wie meinst du das?«

»Er wollte, dass ich dich von unseren neuen Nachbarn fernhalte.«

»*Wie bitte?*«

Sie sah verwirrt aus. »Er meinte, sie sind keine guten Leute.«

»Mom ...«

»Ich habe ihm gesagt, dass er sich um seinen eigenen Kram kümmern soll.«

»Keine Ahnung, warum er plötzlich so einen Stock im Arsch hat«, erwiderte ich.

Mom sah mich an. »Pass auf, was du sagst. Du bist hier nicht in der Werkstatt.«

Ich platzte in Gordos Büro. »Was zum Teufel hast du eigentlich für ein Problem?«

»Eines Tages wirst du mir noch danken«, erwiderte er, ohne von seiner Computertastatur aufzublicken. Als hätte er dafür nicht den ganzen verdammten Tag Zeit.

»Zu schade, dass Mom deine Meinung scheißegal ist. Ich bin nämlich alt genug, meine eigenen Entscheidungen zu treffen.«

Jetzt blickte er doch auf. Angepisst.
Ich stürmte zurück in die Werkstatt.

Er wollte mich jeden Tag nach der Arbeit nach Hause fahren. Ich habe gelacht und ihm gesagt, dass er mich am Arsch lecken kann.

»Ox! Schau mal, wie viele Pommes da reinpassen!« Joe schob sich mindestens dreißig Stück in seinen weit aufgerissenen Mund und gab dabei Knurrgeräusche von sich.

»Eklig«, stöhnte Carter. »Genau das ist der Grund, warum du nicht allein aus dem Haus darfst.«

Kelly schnaubte. »Du willst nur die Kellnerin beeindrucken.«

Carter boxte ihn in die Schulter. »Sie ist heiß. Ist sie auch auf unserer Schule, Ox?«

»Glaub schon. Aber in einer höheren Klasse.«

»Der werd ich's so was von besorgen.«

»Ah, die Freuden der Jugend«, seufzte Mark. »Joe, Pommes gehören nicht in die Nase.«

»Es ihr besorgen?«, fragte Kelly ungläubig. »Widerlicher Macho.«

»Oh, tut mir leid, wenn ich deine zarten Gefühle verletzt haben sollte. Ich meinte natürlich *Liebe mit ihr machen*.«

»Bitte erzähl Thomas und Elizabeth nichts davon«, sagte Mark zu mir. »Ich bin den Jungs ein wirklich guter Onkel, Ehrenwort.«

»Hey, Ox! Ich bin ein Walross mit Pommes-Zähnen! Schau mal ...«

Plötzlich wurden alle mucksmäuschenstill.

»Ihr bleibt hier«, knurrte Mark und sprang mit geballten Fäusten vom Tisch auf.

»Was ist denn los?«, fragte ich.

Kelly machte Anstalten, ihm zu folgen, aber Carter hielt ihn zurück.

»Lass mich los, verdammt!«

»Nein«, sagte Carter. »Wir bleiben hier. Wegen Ox und Joe. Du weißt das.«

Kelly nickte und stellte sich mit verschränkten Armen vor unseren Tisch, als wollte er uns von irgendwas abschirmen.

Ich schaute zum Fenster des Diners hinaus und sah Mark auf der anderen Straßenseite stehen. Mit Gordo. Sie schienen nicht glücklich.

»Arschloch«, murmelte ich und stemmte mich vom Tisch hoch.

Kelly packte mich am Arm. »Nein, Ox, du kannst nicht einfach ...«

Ich bleckte die Zähne, und Kelly taumelte mit weit aufgerissenen Augen einen Schritt zurück.

Carter stand auf und folgte mir wortlos zur Tür hinaus.

Im Näherkommen hörte ich nur Bruchstücke des Gesprächs, sah den wütenden Ausdruck auf Gordos Gesicht, Marks angespannten Kiefer.

»Gordo, das ist *nicht* dasselbe ...«

»Ihr seid *gegangen*. Ich habe diese Stadt beschützt, nachdem ihr abgehauen seid ...«

»Wir mussten. Wir konnten schließlich nicht einfach ...«

»Ich werde Schutzzauber um ihn wirken und die um sein Haus verstärken. Ihr werdet ihn *niemals* ...«

»Es ist seine Entscheidung, Gordo. Er ist alt genug.«

»Lass ihn da raus. Er hat nichts damit zu tun.«

»Du weißt, was mit Joe passiert ist. Ox hilft ihm. Er heilt ihn.«

Gordo trat einen Schritt zurück. »Du kannst ihn nicht einfach benutzen wie ein Werkzeug, du verdammter Bast...«

»*Gordo!*«

Er sah mich mit weit aufgerissenen Augen an. »Ox, beweg deinen Arsch hierher. Sofort!«

»Was zum Teufel ist dein Problem, Mann?«, schrie ich, schob mich an Mark vorbei und baute mich wenige Zentimeter vor Gordo auf. Ich hatte meine Körpergröße noch nie benutzt, um jemanden einzuschüchtern.

Aber das machte nichts, denn Gordo ließ sich nicht einschüchtern. Auch wenn wir beide gleichzeitig festzustellen schienen, dass ich ihn irgendwann während der letzten Monate überholt hatte und er jetzt zu mir aufschauen musste. »Stell dich hinter mich, Ox. Lass mich das regeln.«

»Worum geht es eigentlich? Du hast mir nicht gesagt, dass du sie kennst. Was ist hier los?«

Er trat einen Schritt zurück. Seine Tattoos schienen heller zu leuchten als sonst. »Altes Familiendrama«, sagte er mit zusammengebissenen Zähnen. »Lange Geschichte.«

»Okay, das respektiere ich«, erwiderte ich und deutete zwischen uns beiden hin und her. »Aber du kannst mir nicht vorschreiben, was ich zu tun und zu lassen habe. Nicht in dieser Sache. Ich tue nichts Falsches.«

»Es geht nicht um dich ...«

»Sieht aber verdammt danach aus.«

Gordo schloss die Augen und atmete einmal tief durch. »Ox, ich will nur, dass du in Sicherheit bist.«

»Warum sollte ich das nicht sein?« Ich verstand nicht, wovon er redete.

»Scheiße«, murmelte Mark. »Er ist dein Anker.« Er lachte düster. »Welch Ironie des Schicksals!«

Gordos Augen blitzten auf. Er versuchte, an mir vorbeizukommen, aber ich ließ ihn nicht.

»Beruhige dich erst mal, Mann«, sagte ich. »Mach einen Spaziergang.«

Gordo schäumte innerlich, doch schließlich wandte er sich ab und verschwand.

Ich drehte mich zu Mark um. »Was zum Teufel war das?«

Mark schaute Gordo hinterher. »Ein altes Familiendrama.«
»Was?«
»Ist nicht wichtig, Ox. Schnee von gestern.«

Ich bat Gordo um eine Erklärung, fragte ihn, woher er Mark und die anderen kannte. Warum er mich getäuscht und es mir nicht schon früher gesagt hatte.

Er schaute mich nur finster an, bis ich mich umdrehte und ging.

Ich fragte Mark, woher er Gordo kannte. Mark wurde todtraurig, und damit kam ich nicht zurecht, also sagte ich, dass es mir leidtat, und schnitt das Thema nie wieder an.

Es war das letzte Sonntagabendessen, bevor die Schule wieder anfing. Joe und ich saßen auf der Veranda und beobachteten die Bäume.

»Ich wünschte, ich könnte mir dir kommen«, murmelte Joe.
»Kannst du auch. Nächstes Jahr.«
Er zuckte die Achseln. »Ja, wahrscheinlich. Aber das ist nicht dasselbe. Du wirst viel weg sein.«
Ich legte ihm einen Arm um die Schultern. »Ich gehe nirgendwohin.«
»Ich habe Angst.«
»Wovor?«
»Dass die Dinge sich ändern«, flüsterte er.
Das hatte ich ebenfalls. Mehr, als Joe ahnte. »Das werden sie auch. Müssen sie sogar. Aber das mit dir und mir wird sich *nie* ändern, versprochen.«
»Okay.«
»Alles Gute zum Geburtstag, Joe.«
Er legte den Kopf auf meine Schulter. Seine Nase berührte meinen Hals, und er atmete tief ein, während wir den Son-

nenuntergang beobachteten. Er war rosa und orange und rot, und es gab keinen Ort auf der Welt, an dem ich lieber gewesen wäre.

»Verdammter Idiot«, zischte Clint mich am zweiten Schultag an. Das war nun mal sein Ding.

Ich ignorierte ihn wie immer und stopfte meine Bücher in den Spind. Es war einfacher so.

Aber anscheinend nicht für Carter. Er packte Clint am Hinterkopf, stieß ihn gegen den Spind und presste sein Gesicht gegen das kalte Metall. »Wenn du noch einmal so mit ihm redest, reiß ich dir das Herz raus«, fauchte er. »Sag allen, dass Ox unter dem Schutz der Bennetts steht und ich jedem die Arme breche, der ihn nur schief anschaut. Lasst Ox in Ruhe.«

»Du hättest das nicht tun müssen«, sagte ich kurz darauf leise zu ihm. Carter hatte mir einen Arm um die Schultern gelegt, Kelly fasste mich am Ellbogen. »Sie tun mir nichts.«

»Von wegen«, knurrte Carter.

»Die sollen ihre verdammten Finger von dir lassen«, knurrte Kelly.

Sie kamen in die Schule mit ihren schicken Klamotten, ihren makellosen Gesichtern und ihren Geheimnissen, und alle redeten über sie. Die Bennett-Boys.

Auf der Highschool ist es überall dasselbe: Gerüchte, Andeutungen und Klischees.

Sie sind in einer Gang, tuschelten sie.

Sie sind Drogendealer.

Sie sind von ihrer alten Schule geflogen, weil sie einen Lehrer umgebracht haben.

Sie wechseln sich ab, wenn sie Ox vögeln.

Ox vögelt sie beide.

Ich kam aus dem Lachen nicht mehr heraus.

Wir saßen in der Kantine, und ich hatte Freunde. Manchmal wollte ich reden. Manchmal hatte ich nichts zu sagen und schaute stattdessen in ein Buch. Sie blieben trotzdem.
Sie blieben mit mir am Tisch sitzen, ganz nah.

Sie waren sehr körperlich, die ganze Familie.
Eine Hand in meinen Haaren.
Eine Umarmung.
Elizabeths Kuss auf meiner Wange.
Joe neben mir auf der sonnenbeschienenen Straße. Er nahm meine Hand und lehnte den Kopf an meine Schulter, während wir nach Hause gingen.
Kelly rempelte mich an, wenn wir uns auf dem Flur begegneten.
Carters Arm auf meiner Schulter, wenn wir ins Klassenzimmer gingen.
Thomas' kräftiger, schwieliger Händedruck.
Marks Daumen an meinem Ohr.
Zuerst war es nur ich.
Aber kurz vor dem Winter bezogen sie auch meine Mom mit ein.

Gordo erzählte mir von Joe, einen Teil zumindest.
Und ich hasste ihn dafür.
»Du musst vorsichtig bei ihm sein«, sagte er. Wir machten gerade eine Raucherpause, obwohl ich gar nicht mehr rauchte.
»Ich weiß«, erwiderte ich.
»Tust du nicht. Du weißt gar nichts.« Er berührte den Raben auf seinem Arm. Rauch kräuselte sich um seine Finger.
»Gordo ...«
»Er wurde entführt, Ox.«
Ich erstarrte.
»Mitten in der Nacht. Sie wollten sich an seinem Vater rächen. An seiner ganzen Familie. Sie haben ihn wochenlang gequält.

Und als er zurückkam, war er gebrochen. Er wusste nicht mal mehr seinen eigenen Namen.«

»Sei still«, krächzte ich. »Kein verdammtes Wort mehr.«

Gordo schien zu merken, dass er zu weit gegangen war, und schloss die Augen. »Tut mir leid.«

»Ich liebe dich«, sagte ich zu ihm. »Aber im Moment hasse ich dich. Ich habe dich noch nie gehasst, aber jetzt tue ich es, und ich weiß nicht, wie ich wieder damit aufhören kann.«

Wir sagten beide lange nichts mehr.

Und dann wurde alles anders.

Oder nie / Acht Wochen

Chris' Mom starb. Es war schlimm.

Er weinte mitten in der Werkstatt, und ich legte meinen Kopf auf seine Schulter. Rico berührte seinen Hals. Tanner legte seinen Kopf auf Chris' Rücken. Gordo fuhr ihm durch die zerzausten Haare.

Er ging für eine Weile fort.

Und kam mit Jessie zurück, seiner kleinen Schwester. Sie war gerade siebzehn geworden und würde ab jetzt mit ihm in Green Creek leben.

Sie sah genauso aus wie ihr Bruder. Braune Haare und schöne grüne Augen. Helle Haut mit Sommersprossen auf der Nase sowie den Wangen und einer auf ihrem Ohr, die mich ganz besonders faszinierte. Er nahm sie mit in die Werkstatt, und sie lächelte still, während er uns ihr vorstellte.

»Und das ist Ox«, sagte er, und ich war wie vom Blitz getroffen.

Die Jungs starrten mich an.

»Ist er …?«, fragte Gordo.

»Krass«, bestätigte Tanner.

»Hi«, sagte ich mit tiefer Stimme. »Ich bin Ox. Oxnard. Nenn mich einfach Ox.« Ich versuchte, mich lässig an die Motorhaube eines 2007er Chevy Tahoe zu lehnen, rutschte ab und schlug mir den Ellbogen auf. »Oder Oxnard«, fügte ich hinzu und rappelte mich wieder hoch. »Wie auch immer.«

»Oje«, meinte Rico. »Ich kann kaum hinschauen. Wir sollten ihn retten. Oder verschwinden.«

Niemand rettete mich. Oder verschwand.

»Hi, Ox«, erwiderte Jessie, »freut mich, dich kennenzulernen.«

Ihr Grinsen hatte etwas Schelmisches, und mein Mund wurde trocken, weil ihre Lippen so schön waren. Und die Augen erst!

»Ja, ich ... ähm ... mich auch?«

»Vielleicht kann Ox dir nächste Woche das Schulgebäude zeigen?«, schlug Chris vor.

Der Schraubenschlüssel entglitt meiner Hand und fiel mir auf die Zehen.

Jessies erster Schultag war an einem Dienstag im Frühling. Ich war unsicher und fühlte mich nicht wohl – selbst als sie über den Witz lachte, den ich ihr gerade erzählt hatte, ohne es zu wollen. Ihr Lachen war tief und kehlig, und ich fand, dass es eines der schönsten Geräusche war, die ich je gehört hatte.

Carter und Kelly schienen sie ganz gut leiden zu können, aber sie weigerten sich, in den Unterrichtspausen von meiner Seite zu weichen, und beim Mittagessen rückten sie noch näher als sonst. Für Außenstehende muss es ein seltsamer Anblick gewesen sein: drei große Kerle auf einer schmalen Bank, und ihnen gegenüber ein zierliches Mädchen mit allem Platz der Welt. Jessie zog eine Augenbraue hoch, doch Carter und Kelly schienen nicht gewillt, sich zu bewegen. So waren sie nun mal, wie ich Jessie erklärte.

»Beschützerinstinkt?«, fragte sie, den Blick auf die beiden gerichtet.

»Könnte man so sagen. Kommt schon, Jungs.«

Die beiden warfen mir einen finsteren Blick zu, dann Jessie. Sie lachte.

Nach der Schule begleitete sie mich zur Werkstatt. Ich wurde rot, als ihr Arm den meinen streifte, hielt ihr die Tür auf, und sie nannte mich einen Gentleman. Als ich über meine eigenen Füße stolperte und Jessie dabei beinahe umstieß, rief Rico, dass es eindeutig Liebe war.

Die Sonne ging bereits unter, als ich mich mit Bildern von hübschen Mädchen mit braunen Haaren im Kopf auf den Heimweg machte.

Joe wartete schon auf mich. Sein Lächeln verblasste, als er mich sah.

»Was ist das?«, fragte er, als ich vor ihm stand.

»Was?«

»Dieser Geruch.«

Ich schnupperte. Die Luft roch wie immer. Nach Wald und Blättern und Gras und Blumen, scharf und voll. Und genau das sagte ich ihm.

Er schüttelte den Kopf. »Egal.« Sein Lächeln kehrte zurück, dann nahm er meine Hand und wir gingen nach Hause. Joe erzählte mir, was er heute alles gelernt hatte und dass er es kaum erwarten konnte, bis er endlich mit mir, Carter und Kelly zur Schule gehen konnte. Ob ich nicht auch fand, dass dieser Baum wie eine tanzende Frau aussah? Wie mir der Stein mit der Kristallader da drüben gefiel? Ob ich den Trailer zu dem neuen Superheldenfilm gesehen hatte, den wir uns im Sommer unbedingt anschauen mussten? Ob ich zum Abendessen bleiben würde? Und danach Comics lesen!

»Ja, Joe«, antwortete ich.

Ja zu allem.

Es war Donnerstag, als ich endlich den Mut fand.

»Sie wird mich komisch anschauen und ich werde keine Luft mehr bekommen!«, jammerte ich Carter und Kelly vor.

»Du musst nichts tun, was du nicht willst«, meinte Kelly.

»Ich *will* aber.«

»Bist du sicher?«, fragte Carter. »Du wirkst nicht so. Vielleicht denkst du lieber noch ein paar Tage drüber nach.«

»Oder ein paar Wochen«, meinte Kelly.

»Oder Jahre«, fügte Carter hinzu.

»Oder gar nicht«, schlug Kelly vor.

»Da ist sie!«, rief ich. Vielleicht war es aber auch eher ein Quieken.

»Hey, Jungs«, sagte Jessie und setzte sich zu uns.

»Jessie«, erwiderte Carter betont gelangweilt.

»Wie schön, dich wiederzusehen.« Kelly klang nicht so, als würde er es ernst meinen, und beide rückten so nahe, dass ich kaum noch Luft bekam.

»Hi«, sagte ich. »Du siehst klasse aus.«

Kelly prustete.

»Danke«, erwiderte Jessie.

»Also ...«, begann ich.

Alle drei schauten mich an.

»Es ist ... einiges los. Dieses Wochenende, meine ich.«

»Echt?«, fragte Carter. »Was denn alles, Ox?«

»Sachen.« Ich trat ihm unter dem Tisch gegen das Schienbein. Er zuckte nicht mal.

»Sachen?«, wiederholte Jessie. »Klingt spannend.«

»Vielleicht ...«

»Vielleicht was?«

»Vielleicht möchtest du ja ...? Sachen machen? Mit mir.«

Kelly stöhnte.

Jessie grinste. »Was für ein Draufgänger du doch bist, Oxnard Matheson. Am Samstag kann ich nicht, da muss ich mit Chris zu Moms Grundstück. Aber wie wär's mit Sonntagnachmittag?«

»Da kann *er* nicht«, antwortete Carter.

»Ich kann nicht?«, fragte ich.

»Abendessen«, rief Kelly mir ins Gedächtnis.

»Ach, richtig. Aber könnte ich vielleicht passen, nur dieses eine Mal? Ich kann nächsten Sonntag wieder dabei sein.«

Carter und Kelly funkelten mich an.

»Klingt gut«, meinte Jessie und wurde leicht rot.

Wow!, dachte ich.

»Das musst du Joe aber selbst sagen«, erklärte Carter.

»Genau«, meinte Kelly. »Ich ziehe vorsichtshalber jetzt schon den Kopf ein.«

»Joe?«, fragte Jessie.

»Unser kleiner Bruder«, antwortete Carter, als wäre es das Offensichtlichste der Welt.

»Ox' bester Freund«, betonte Kelly.

»Er ist ein großartiger Kerl«, sagte ich und spürte einen Anflug von schlechtem Gewissen, ohne zu wissen, weshalb.

»Wo steckt er?«, erkundigte sich Jessie.

»Er wird zu Hause unterrichtet. Nächstes Jahr ist er dann auch dabei.« Ich konnte es kaum erwarten.

»Wie alt ist er?« Jessie klang verwirrt.

»Elf.«

»Dein bester Freund ist elf Jahre alt?«

Carter und Kelly sahen aus wie zwei Schlangen kurz vorm Zubeißen.

»Wie süß!«, meinte Jessie und lächelte uns alle drei an.

»Was auch immer.« Das kam von Carter.

»Vergiss nicht, es Joe zu sagen«, murmelte Kelly.

Ich vergaß, es Joe zu sagen.

Ich weiß nicht, warum. Vielleicht wegen der Arbeit. Oder der Schule. Oder der Tatsache, dass ich mein erstes Date mit einem hübschen Mädchen hatte. Vielleicht war ich auch abgelenkt, weil die Jungs in der Werkstatt mich sofort aufzogen, als sie davon erfuhren.

»Pack ihn gut ein, *papi*«, meinte Rico. »Chris verpasst dir eine Ladung Schrotkugeln, wenn nicht.«

Chris sah mich entsetzt an und stellte mir eine Tracht Prügel in Aussicht, wenn ich auch nur daran dachte, seine Schwester anzurühren.

Tanner und Gordo lachten sich tot. Vor allem Gordo wirkte sehr erfreut über die Sache.

Chris brachte mir am Samstag eine Packung Kondome mit, die ich in die Mülltonne hinter der Werkstatt warf, damit Mom sie nicht in unserem Hausmüll fand. Ich schämte mich zu Tode.

Und vergaß, es Joe zu sagen.

Jessie machte lächelnd die Apartmenttür auf, als ich klopfte. Chris warf mir einen finsteren Blick zu, dann zerzauste er meine Haare und sagte, wir sollten brav sein.

Und das waren wir.

Jessie erzählte mir von einer verbrannten Lasagne und wie ihr Pferd einmal vor einer Schlange erschrak, als sie sieben war. Das Pferd ging mit ihr durch und blieb fast eine Stunde lang nicht mehr stehen. Seitdem ritt sie nicht mehr, aber Schlangen fand sie okay.

Sie trank Wasser aus einem Weinglas, als wären wir erwachsen und würden Erwachsenendinge tun, und ich glaubte zu spüren, wie ihr Fuß den meinen berührte.

Sie sagte: »Wir wussten, dass sie sterben würde. Schon lange. Aber als es dann so weit war, kam es trotzdem so überraschend, dass ich geglaubt habe, ich würde daran zerbrechen. Aber mit der Zeit wurde es besser. Viel schneller, als ich dachte.«

Ich öffnete den Mund, wollte ihrer Tragödie meine eigene hinzufügen, wie mein Dad uns eines Tages einfach verlassen hatte, aber ich fand die richtigen Worte nicht. Nicht weil sie nicht da waren, sondern weil Jessie so offen und freundlich war und ich nicht wusste, wie ich darauf reagieren sollte.

Als die Sonne unterging, holten wir uns ein Eis.

Wir gingen im Park unter den Laternen spazieren.

Sie nahm meine Hand und ich stolperte über meine eigenen Füße.

Es war absolut perfekt.

Bis sie fragte: »Und was macht Joe gerade?«

»Oh Scheiße«, sagte ich und begleitete Jessie nach Hause. Entschuldigte mich bei ihr, weil ich unser erstes Date so abrupt abbrach, worauf sie etwas verdutzt, aber nett reagierte. Sie sagte, ich könnte es beim nächsten Mal wiedergutmachen, und ich spürte, wie meine Wangen zu glühen begannen. Jessie lachte, und bevor ich wusste, wie mir geschah, stellte sie sich auf die Zehenspitzen und gab mir einen Kuss. Er schmeckte freundlich und süß, und ich hoffte, dass bei Joe alles okay war.

»Bis morgen?«, fragte sie.

»Ja«, brachte ich heraus.

Jessie schenkte mir ein Lächeln und ging nach drinnen.

Ich berührte meine immer noch kribbelnden Lippen, da fiel mir wieder ein, dass es zwei Meilen bis nach Hause waren. Handy hatte ich keines, weil wir uns keines leisten konnten.

Ich rannte den ganzen Weg.

In Joes Haus brannte Licht, und die Tür ging auf, noch bevor ich die Veranda erreichte.

Thomas stand im Rahmen, Carter neben ihm. Sie sahen aus, als erwarteten sie einen Überfall. Thomas' Nasenflügel blähten sich, und ich glaubte seine Augen kurz aufleuchten zu sehen, sagte mir aber, dass es eine optische Täuschung war, nichts weiter.

Carter eilte zu mir, befühlte meinen Hals und meinen Kopf. »Alles okay?«, fragte er. »Was ist passiert? Wovor hast du solche Angst?«

Ich merkte es erst jetzt: Angst, dass ich meinen besten Freund enttäuscht hatte.

Thomas kam zu uns. »Keine Verfolger«, sagte er, und ich spürte die Wärme, die von den beiden ausging.

»Und er ist nicht verletzt.« Carter legte seine Hände auf meine Schultern und sah mir in die Augen. »Hat dir jemand wehgetan?«

Ich schüttelte den Kopf. »Joe«, keuchte ich. »Ich hab's vergessen. Er ...«

»Ah«, meinte Thomas. »Das ist es also.«

Carter ließ die Hände sinken und trat einen Schritt zurück. Er sah nicht mehr besorgt aus, sondern nur noch verärgert. »Du bist ein Trottel, Ox.«

»Carter«, knurrte Thomas. »Das reicht.«

»Aber er ...«

»*Genug.*«

Er sagte nur dieses eine Wort, und ich wünschte mir nichts mehr, als die Dinge wieder in Ordnung zu bringen. Zu tun, was auch immer Thomas mir auftrug. Ich hatte keine Ahnung, warum.

Carter seufzte. »Sorry, Ox. Es ist nur ... Joe ist eben Joe.«

Ich ließ den Kopf hängen.

»Dad«, sagte Carter leise. »Meinst du nicht, dass er es wissen sollte? Er gehört schließlich zum Rudel.«

»Rein mit dir«, erwiderte Thomas.

Carter ging wortlos nach drinnen und schloss die Tür hinter sich.

»Alles in Ordnung bei Joe?«, fragte ich Thomas, ohne ihm in die Augen sehen zu können.

»Im Moment nicht, aber bald wieder.«

»Ich wollte nicht ...«

»Ich weiß.« Thomas klang nicht wütend, sondern nur traurig. »Ich bringe dich nach Hause, Ox.«

Ich wollte widersprechen, wollte ihm sagen, dass ich Joe nur kurz sehen wollte, ihm erklären, dass es mir leidtat. Aber Thomas' Tonfall ließ keinen Widerspruch zu, also nickte ich nur und schlurfte mit hängendem Kopf hinter ihm her.

»Ist sie nett?«, fragte er.

»Wer?«

»Das Mädchen.«

Ich zuckte die Achseln. »Ganz in Ordnung, glaube ich. Sie scheint ein guter Mensch zu sein.«

»Und davon gab es nicht viele in deinem Leben.« Es war keine Frage.

»Jetzt schon«, erwiderte ich und meinte es auch so.

»Richtig«, sagte Thomas. »Manchmal vergesse ich, dass du erst sechzehn bist. Du bist eine alte Seele, Oxnard.«

Ich wusste nicht, ob das etwas Gutes oder Schlechtes bedeutete, also schwieg ich.

»Magst du sie?«

»Glaub schon.«

»*Ox.*«

»Ja, ich mag sie.«

»Gut«, sagte Thomas. »Das ist gut. Als ich Elizabeth kennenlernte, war ich siebzehn und sie fünfzehn. Seitdem gab es keine andere mehr für mich.«

»Aber Joe, ist er ...«

Thomas seufzte. »Joe war sehr traurig. Versteh mich bitte nicht falsch, Ox, ich sage das nicht, um dir ein schlechtes Gewissen zu machen, aber Joe ist ... anders. Was auch kein Wunder ist nach allem, was er durchgemacht hat.«

»Gordo sagte ...« Ich biss mir auf die Zunge, aber der Schaden war bereits angerichtet.

»*Was* hat Gordo dir gesagt?« Thomas neigte den Kopf. Seine Stimme klang gefährlicher denn je.

»Dass jemand ihm wehgetan hat«, flüsterte ich. »Ich habe ihm gesagt, er soll die Klappe halten«, fügte ich mit gesenktem Blick hinzu.

»Warum?«

»Weil er kein Recht hatte, es mir zu erzählen, und ich kein Recht habe, es zu erfahren. Und ehrlich gesagt weiß ich nicht, ob ich es wirklich wissen will. Nicht weil Joe mir egal ist, sondern weil ich sein Freund sein möchte, egal, wie sehr er mich braucht.« Ich scharrte mit meinem Stiefel im Schotter. »Und das werde ich, solange er mich lässt.«

»Sieh mich an, Ox.«

Ich tat es. Ich hätte nicht anders gekonnt, selbst wenn ich gewollt hätte.

Thomas' Augen waren dunkel und größer, als ich sie je gesehen hatte, aber als er sprach, klang seine Stimme sanft und ruhig. Die Worte strömten auf mich ein wie ein Fluss, und ich konnte ihn nicht aufhalten, egal, wie sehr ich mich dagegenstemmte. Egal, wie sehr ich mir wünschte, er würde sein verdammtes Maul halten.

Joe war von einem Mann entführt worden, der sich an Thomas rächen wollte, an den Bennetts. Er hielt ihn wochenlang bei sich fest und quälte ihn. Körperlich. Seelisch. Er brach ihm seine kleinen Finger. Seine kleinen Zehen. Seinen Arm. Seine Rippen. Er ließ ihn bluten, weinen und schreien. Manchmal rief er sie an. Der böse Mann. Er rief die Bennetts an, und sie hörten Joe im Hintergrund sagen, dass er nach Hause wollte. Alles, was er wollte, war nach Hause.

Acht Wochen lang. Es dauerte acht Wochen, bis sie Joe fanden.

Und als sie ihn fanden, sprach er nicht mehr.

Er kannte sie, sie waren schließlich seine Familie. Er weinte stumm, und seine Arme und Schultern zitterten.

Aber er sagte nichts.

Selbst wenn er sich nachts, von Albträumen geplagt, im Bett hin und her wälzte, auf der Flucht vor dem bösen Mann, und schreiend aufwachte, sagte er nichts.

Sie versuchten es mit einer Therapie, aber es war zwecklos. Nichts brachte Joe zum Sprechen.

»Bis du gekommen bist«, sagte Thomas, und ich war offensichtlich doch noch kein Mann, denn trotz aller Wut kullerte eine Träne über meine Wange.

»Wer?«, fragte ich. Es war nur ein einziges Wort, aber es erschütterte mich wie ein Erdbeben.

»Ein Mann, der etwas wollte, das er nicht haben konnte«, antwortete Thomas.

»Haben Sie ihn getötet?«

Seine Augen wurden noch dunkler. »Warum?«

»Weil *ich* es tun werde, falls er noch lebt. Ihn bezahlen lassen.«

»Das würdest du tun?«

»Für Joe? Ja.«

»Du bist um so vieles tiefer, als es auf den ersten Blick den Anschein hat«, erwiderte Thomas. »Gerade wenn ich denke, ich habe den Boden erreicht, verschwindet er, und darunter kommt die nächste Schicht zum Vorschein.«

»Kann ich ihn sehen?«

»Gib ihm ein paar Tage Zeit, Ox.« Thomas drückte meine Schulter. »Er wird zu dir kommen, wenn er bereit ist. Und du kümmerst dich inzwischen um dein Mädchen. Sie hat es verdient.«

Ich wurde rot. »Sie ist nicht mein Mädchen«, murmelte ich.

»Aber sie könnte es sein.«

»Vielleicht. Gehöre ich zu Ihrem Rudel?«

Und zum ersten Mal, seit ich ihn kannte, war Thomas Bennett überrascht. Er riss die Augen auf, machte einen Schritt zurück und sagte: »Was?«

»Ihr Rudel. Oder wie Carter es genannt hat.«

Thomas schwieg, und ich fragte mich, ob ich eine Grenze überschritten hatte. »Ich wollte nicht ...«, begann ich, aber ich wusste nicht, wie ich den Satz zu Ende bringen sollte, also ließ ich es.

»Was verstehst du unter Rudel?«, erwiderte Thomas schließlich.

»Familie«, antwortete ich prompt.

Er lächelte. »Ja, Ox. Du gehörst dazu.«

Am nächsten Tag waren Carter und Kelly nicht in der Schule, und ich machte mir Sorgen. Sonst nahmen sie mich immer mit dem Auto mit, aber heute kamen sie nicht. Mom musste einspringen, und ich wäre beinahe zu spät gekommen.

»Bestimmt ist alles in Ordnung«, sagte Jessie in der Mittagspause und drückte meine Hand. Ich tat mein Bestes und rang mir ein Lächeln ab, während sie erzählte. Dass es ihr in Green Creek weit besser gefiel, als sie gedacht hatte. Dass sie den Sommer kaum erwarten konnte. Dass sie ihre Mom vermisste. Dass sie sich fragte, wie lange es noch so wehtun würde.

»Das weiß ich nicht«, antwortete ich, obwohl ich eigentlich sagen wollte: *wahrscheinlich für immer*.

Sie gab mir einen Kuss auf die Wange, und ich machte mich auf den Weg in die Werkstatt.

Die Jungs verarschten mich. Chris behauptete, Jessie wäre gestern Abend ganz verzückt nach Hause gekommen.

»Unser Ox sieht so verträumt aus heute«, hauchte er mit hoher Stimme. »Und wie seine Augen strahlen, *oh mein Gott*!«

Ich wurde feuerrot und versuchte, mich auf den Ölwechsel zu konzentrieren.

»Schaut euch nur sein Gesicht an!«, rief Rico schadenfroh. »Er sieht aus wie 'ne Tomate!«

»Unser süßer Kleiner wird erwachsen«, seufzte Tanner.

»Wo ist Gordo?«, fragte ich. In seinem Büro war alles dunkel.

»Hat sich heute freigenommen«, antwortete Rico. »Muss sich um irgendeine Angelegenheit kümmern.«

»Was für eine Angelegenheit?« Ich konnte mich nicht erinnern, dass er etwas gesagt hätte. Er nahm montags nie frei.

»Zerbrich dir nicht deinen hübschen kleinen Kopf«, erwiderte Tanner. »Denk lieber drüber nach, wie du deine Freundin am besten beeindruckst.«

»Sie ist nicht meine Freundin!«

»Ganz bestimmt«, meinte Chris. »Das scheint *sie* aber anders zu sehen.«

Diesmal wartete Joe nicht auf mich. Bei den Bennetts war alles dunkel, als wäre niemand da. Ich überlegte, ob ich anklopfen sollte, ging dann aber nach Hause und auf mein Zimmer. Dort nahm ich den Steinwolf vom Regal und merkte, dass Thomas meine Frage nicht beantwortet hatte. Ob der böse Mann, der Joe wehgetan hatte, noch lebte.

Am nächsten Morgen ertönte eine Hupe vor dem Haus. Carter und Kelly warteten im Auto. Ich war nervös.

»Hey, Ox«, sagten sie, als ich auf dem Beifahrersitz Platz nahm. Kelly saß hinter mir.

»Hi«, erwiderte ich angespannt.

»Alles wieder in Ordnung«, sagte Carter, während wir über die Schotterstraße schaukelten.

Ich atmete auf. »Bist du sicher?«

»Er wird wieder.«

»Dafür sorgen wir«, fügte Kelly hinzu.

»Euer Dad meinte, dass ich zum Rudel gehöre«, sagte ich, um zu sehen, ob die beiden der gleichen Meinung waren.

Carter trat so plötzlich auf die Bremse, dass ich in meinen Sicherheitsgurt fiel. Kelly schlang von hinten die Arme um mich, Carter presste seine Stirn auf meine Schulter. »Natürlich tust du das«, sagte er, und Kelly umarmte mich noch fester.

Danach sprachen wir nicht mehr viel, und das war in Ordnung so.

Carter lachte über etwas, das Jessie beim Mittagessen sagte, und sogar Kelly grinste. Ich war im Himmel.

Gordo war wieder da. Ich war kaum durch die Tür, da stand er schon vor mir.

Er hatte Ringe unter den Augen und sah blass aus. Sogar die Tattoos auf seinen Armen wirkten kraftlos.

»Alles in Ordnung bei dir?«, fragte ich.

Er nickte. »Ja. Und bei dir?« Seine Stimme klang gequält.

»Du warst gestern nicht da.«

»Ich weiß.«

»Vielleicht solltest du nach Hause gehen, Mann. Du siehst nicht gut aus.«

»Jetzt geht's mir schon wieder besser«, erwiderte er und umarmte mich.

Ich war überrascht. Wir machten das nicht oft, aber schließlich erwiderte ich die Umarmung. Weil er nun mal Gordo war. Ich legte alles hinein, was ich hatte. Ich brauchte das.

»Ich besorg dir ein Telefon«, murmelte Gordo. »Mobil. Es kotzt mich an, dass du keins hast. Ich konnte dich nicht mal anrufen.«

»Hey, nein. Du musst mir nicht ...«

»Halt die Klappe, Ox.«

Ich gehorchte.

Joe wartete nicht auf mich. Die Lichter im Haus waren an, und ich gehörte zum Rudel, aber ich ging trotzdem nach Hause.

Ich schlief mit dem Steinwolf in meiner Hand.

Carter und Kelly strahlten, als ich am nächsten Morgen zu ihnen ins Auto stieg. Ich wollte sie nach Joes Entführung fragen, brachte es aber nicht fertig. Beide fanden eine Möglichkeit, mich zu berühren. Ein Klopfen auf meinem Rücken, eins auf meiner Brust.

Eigentlich war klar, was sie waren. Aber ich habe auch nicht nach dem Unfassbaren gesucht, das sich im Alltäglichen verbarg.

»Wie geht's Joe?«, fragte Jessie beim Mittagessen.

Carter und Kelly erstarrten.

»Hab ihn nicht gesehen«, murmelte ich.

»Warum nicht?« Jessie sah verdutzt aus.

»Er ist krank«, antwortete Carter, bevor ich etwas sagen konnte, und Kelly drückte unter dem Tisch meine Hand. Sie saßen nach wie vor dicht bei mir, wenn wir in der Cafeteria waren.

»Oh«, machte Jessie. »Tut mir leid, das zu hören. Ich hoffe, es geht ihm bald wieder besser.«

»Wird es«, sagte ich – anscheinend mit zu viel Nachdruck, denn sie warf mir einen irritierten Blick zu.

Carter und Kelly rückten noch näher, und ich wusste, was sie damit sagen wollten.

Gordo gab mir ein Handy. Nichts Besonderes, rein funktional. Es war toll. Er hatte seine Nummer eingespeichert, die von der Werkstatt, vom Diner und von den Jungs.

»Du trägst es immer bei dir, okay? Aber wage nicht, es im Unterricht zu benutzen, außer es ist ein Notfall.«

Ich nickte und berührte vorsichtig das Display. »Habe ich jetzt eine eigene Telefonnummer?«, fragte ich ehrfürchtig.

Gordo setzte dieses Lächeln auf, von dem ich wusste, dass es nur für mich bestimmt war. »Genau, Mann. Deine eigene Telefonnummer.«

»Danke«, sagte ich und umarmte ihn noch einmal.

Er lachte neben meinem Ohr, und ich vergaß, dass ich ihn eine Zeit lang gehasst hatte.

Es war Mittwoch, und Joe war wieder nicht da.

Carter und Kelly wiesen mich an, ihre Nummern einzuspeichern. Sie gaben mir auch die von ihren Eltern. Und die von Joe, der offensichtlich auch ein Handy hatte, obwohl er erst elf war. Ich hatte keine Ahnung, wozu ein Kind ein Handy brauchte, aber sobald ich die Nummer hatte, konnte ich die Augen nicht mehr davon abwenden. Ich wusste nicht, wie man eine SMS schreibt, also tat ich gar nichts.

Chris erzählte mir, Jessie hätte Andeutungen gemacht, dass ich sie wieder um ein Date bitten sollte. Ich verdrehte die Augen. Die Jungs johlten und pfiffen.

Ich ging die Straße entlang, kleine Staubwolken wirbelten unter meinen schlurfenden Schritten auf. Der Himmel war grau, die Wolken drohten mit Regen.
    Und da stand er. Mit großen, leuchtenden Augen.
    Ich kannte Joe jetzt seit fast einem Jahr. Er war gewachsen in der Zwischenzeit. Seine Brüder bezeichneten ihn zwar immer noch als Zwerg, aber ich glaubte nicht, dass er noch lange einer bleiben würde. Er würde groß und kräftig werden wie die ganze Familie. Er war schließlich ein Bennett.
    Er ließ mich nicht einen Moment aus den Augen, während ich langsam auf ihn zuging, unsicher, ob ich noch dazugehörte. Er streckte nicht die Hand nach mir aus. Ein Teil von mir war wütend und wollte sagen: *Es war nur ein verdammtes Abendessen, nur ein Tag, den ich verpasst habe, es ist nicht fair, sich deshalb so aufzuführen.* Nur ein kleiner Teil, aber er war da, und ich hasste mich dafür.
    Da sagte Joe: »Hey, Ox«, und das so leise, wie es überhaupt nicht zu ihm passte, und all meine Wut verflog.
    »Hi, Joe«, erwiderte ich. Meine Stimme klang heiser.
    Er sah aus, als wollte er meine Hand berühren, tat es aber nicht. Ich wartete, wollte ihn nicht drängen.
    Er sagte: »Ich wollte dich sehen.« Dann schaute er auf seine Füße und trat ein vertrocknetes Blatt weg. Irgendwo sang ein Vogel ein Lied voller Schmerz.

Ich sagte das Einzige, was mir einfiel. »Ich hab jetzt ein Handy. Und deine Nummer. Aber ich weiß nicht, wie man eine SMS schreibt. Kannst du mir helfen? Ich möchte dir nämlich was schreiben. Ich weiß nur nicht, wie.«

Joe sah mich mit seinen großen Augen an, seine Unterlippe bebte. »Aber ja, natürlich helfe ich dir. Es ist gar nicht schwer. Liebst du sie?«

Ich sagte: »Nein. Nicht so.«

Joe sprang mich an, schlang die Arme um meinen Hals und weinte. Ich hielt ihn fest, und anscheinend war ich immer noch kein Mann, denn auch aus meinen Augen kullerten Tränen. Ich sagte ihm, wie leid es mir tat, dass ich am Sonntag nicht da gewesen war, und dass es nie wieder vorkommen würde, weil er Joe war und ich Ox und damit basta.

Er zitterte und schluchzte, und mein Hals fühlte sich schon ganz klebrig an, aber schließlich beruhigte er sich wieder und kuschelte sich an meine Brust. Irgendwann atmete er so tief ein, als wollte er mich in sich aufsaugen. Ich trug ihn nach Hause.

Alle warteten schon auf uns. Joe schlief, das Gesicht an meinen Hals gebettet, seine Arme hingen schlaff an den Seiten herab.

»Er war müde«, erklärte ich und dachte: *Rudel*.

»Er hat dich vermisst«, sagte Elizabeth. Ihre Stimme klang warm. »Wir auch.«

»Es tut mir leid«, sagte ich.

»Es gibt nichts, was dir leidtun müsste«, sagte Mark.

Ich runzelte die Stirn. Das stimmt nicht. Ich ...

»Ox?«

Ich sah Elizabeth an. »Du bist sechzehn und darfst dich mit Mädchen verabreden. Aber vielleicht solltest du Joe vorher Bescheid geben.«

Ich nickte.

»Hast du Hunger?«

Ich nickte wieder, obwohl es eigentlich gar nicht stimmte. Ich wollte nur mit ihnen allen nach drinnen gehen.

»Warum bringst du Joe nicht nach oben, während ich ein paar Reste für dich warm mache? Danach kannst du uns von deinem hübschen Mädchen erzählen.«

Ich folgte ihnen ins Haus.

Ich blieb eine bisschen bei Joe. Nur um mich zu vergewissern, dass er nicht schlecht träumte.

Am nächsten Tag zeigte er mir, wie man eine SMS schreibt. Es war mein erstes Mal.

hi joe hier ist ox danke dass du mir geholfen hast

Ich brauchte fünf Minuten, um sie zu tippen. Joe durfte nicht mitlesen, während ich mit meinen dicken Fingern das Display bearbeitete.

Als ich fertig war, piepte sein Handy beinahe sofort, und ich staunte, wie schnell man Worte verschicken konnte. Der Gedanke war beängstigend.

Nachdem Joe die Nachricht gelesen hatte, bekam er einen solchen Lachanfall, dass ihm Tränen in die Augen stiegen und er beinahe hingefallen wäre.

Später bekam ich meine erste SMS:

Du hilfst mir auch sehr

Klauen und Zähne /
Schütteln vor Lachen

Ich wurde siebzehn und hatte mein erstes Highschool-Jahr hinter mir. Die nächsten drei Monate würde ich mit harter Arbeit, dem Rudel und Jessie verbringen. Ich konnte nicht glauben, dass alles war, wie es war. Es schien zu schön. Zu sehr wie in einem Traum.

Eine Weile lief alles normal.

Gordo sagte: »Schön, dich wieder den ganzen Tag hier zu haben.«

Mom sagte: »Ich glaube, es ist Zeit, dir ein Auto zu besorgen. Gordo kann uns bestimmt helfen.«

»Alles Gute zum Geburtstag!«, riefen alle.

Carter sagte: »Ich brauche dringend Sex.«

Kelly sagte: »Das wollte ich nicht hören.«

Tanner sagte: »Kannst du Mrs. Epstein anrufen und ihr sagen, dass ihr Jeep fertig ist? Ich habe mir die Knöchel an dem Scheißkarren aufgeschlagen und blute wie Sau.«

Elizabeth sagte: »Ich habe meine grüne Phase hinter mir. Ich glaube, es ist Zeit für Picasso und Blau. Was meinst du, Ox?«

Rico sagte: »Ich bin froh, dass du wieder Vollzeit hier arbeitest, *papi*. Gordo ist viel netter, wenn du da bist.«

Thomas fragte: »Kennst du Platons Höhlengleichnis? Nein? Macht nichts. Denk einfach daran, dass die Schatten nur ein Teil der Wahrheit sind.«

Chris sagte: »Ich mag dich, Ox. Aber brich Jessie nicht das Herz, sonst muss ich *dir* was brechen. Und wenn sie dir deines bricht, gib mir Bescheid, dann trete ich ihr in den Hintern. Man muss nett zu seinen Liebsten sein.«

Mark sagte: »Joe geht es jeden Tag ein bisschen besser. Ich bin so froh, dass wir dich gefunden haben.«

Joe sagte: »Ox! Hey! Du musst sofort mitkommen. Ich habe da ein paar Bäume gefunden, die sind total verrückt, sehen aus wie ein Fort oder so, keine Ahnung, du *musst* sie einfach sehen!«

Und Jessie sagte: »Ich glaube, wir sollten Sex haben.«

Ich blinzelte. »Was?«

»Wir sollten Sex haben.«

Ich sagte das Erste, was mir in den Sinn kam. »Dein Bruder wird mich umbringen.«

Jessie verdrehte die Augen und legte die Füße auf mein Bett. Sie hatte schlanke Zehen. Keine Ahnung, warum sie mich so faszinierten. Die Nägel waren rot lackiert. In einem Farbton, den ich sexy fand.

»Wir sind alt genug, um unsere eigenen Fehler zu machen«, sprach sie weiter.

»Ähm, wir sind siebzehn. Und ich weiß nicht, ob du es einen Fehler nennen solltest, wenn du mich verführen willst.«

Sie boxte mich lachend in den Arm. »Verführen? Großer Gott!«

»Und jetzt?«, fragte ich.

Sie zog eine Augenbraue hoch.

»Hm. Vielleicht.« Meine Hände wurden feucht und meine Kehle trocken. »Oder vielleicht auch besser nicht.«

»Das war ... deutlich. Wie immer.«

»Ich bin nicht gut in ... diesen Dingen.«

»Das stimmt nicht.«

Und dann wurde ich verführt.

Danach lagen wir auf meinem Bett, verschwitzt und satt. Ich hatte Sachen mit meinem Mund gemacht und sie mit ihrem, aber wir hatten keine Kondome, weshalb ansonsten nicht viel passiert war. Aber das spielte keine Rolle, denn ich war glücklich, und in meinem Kopf war es still. Mein Zustand erinnerte mich an den alten Fernseher in Dads Garage, der nur Bildschirmflimmern und weißes Rauschen zeigte. Ich war ein kaputter Fernseher, vergessen und unter Jahren von Erinnerungen vergraben. Bei dem Gedanken musste ich lachen, und als Jessie mich fragte, was so lustig sei, sagte ich nur: »Nichts.«

»Was ist das?«, fragte sie.

Ich konnte nicht sehen, worauf sie deutete. »Was denn?«

»Sieht aus wie ein Hund.« Sie kletterte von mir herunter.

»Hmm?« Mein Gehirn war immer noch auf der Suche nach dem richtigen Sender.

»Ganz schön schwer«, sagte Jessie leise.

Plötzlich war ich wieder glasklar im Kopf. Ich setzte mich ruckartig auf und nahm es ihr aus der Hand.

»*Ox*«, keuchte sie erschrocken.

»Ich ... Das ist ...« Ich wollte nicht, dass sie ihn anfasste. Niemand durfte das. Ich fand nur nicht die richtigen Worte, um es ihr zu erklären.

»Die Figur sieht sehr alt aus«, sagte Jessie.

»Joe hat sie mir geschenkt. Zum Geburtstag.«

»Joe ...« Jessie seufzte. »Werde ich ihn je kennenlernen?«

»Vielleicht.«

»Vielleicht? Er ist dein bester Freund, Ox, und ich bin deine Freundin. Du hast meine Freundinnen auch kennengelernt.« Das stimmte. Ein paar Mädchen aus der Schule: Cassie und Felicia und, und, und. Ich fühlte mich nicht wohl mit so vielen neuen Menschen. Sie schienen nett zu sein, aber mir war aufgefallen, wie sie zwischen mir und Jessie hin- und herschauten und sich fragten: *Echt jetzt?*

»Du kennst Carter und Kelly.«

»Ox.«

»Er ist nun mal ... Joe.«

»Das weiß ich.«

»Es geht ihm nicht immer gut.«

»Auch das weiß ich. Diese Sache, über die mir niemand was verraten will.«

Ich schluckte meinen hochkochenden Zorn hinunter. Meinen Zorn auf sie. »Weil du nichts darüber zu wissen brauchst.«

Jessie zuckte zusammen. »Ich tue mal so, als hätte ich deinen Tonfall überhört. Warum kommt er dich nie besuchen? Seine ganze Familie nicht?«

»Es ist einfacher, wenn ich zu ihnen gehe.«

»Das ist seltsam, Ox.«

Ich seufzte und stellte den Steinwolf zurück ins Regal.

»Sie will dich kennenlernen.«

»Oh«, sagte Joe.

»Sie weiß, wie wichtig du mir bist.«

»Wirklich?«

»Ich würde nie zulassen, dass jemand dir was tut.«

»Das weiß ich«, erwiderte er.

»Du kannst Nein sagen.«

Joe sah mich an. Wir gingen die Schotterstraße entlang, Sonnenstrahlen fielen durch das Blätterdach auf sein Gesicht. Er hielt meine Hand. »Bedeutet sie dir was?«

»Ja.«

»Bedeute ich dir was?«

»*Ja.*«

»Okay«, sagte Joe.

»Okay?«

Er zuckte die Achseln. »Okay.«

Anfang Juli kam sie zum Sonntagabendessen. Sie war nervös. Ich sagte ihr, dass es keinen Grund dafür gibt. Sie sah hübsch aus in ihrem Sommerkleid. Es war gelb, und Jessie war golden. Ich strich ihr durchs Haar. Sie wirkte so klein im Vergleich zu meiner Hand.

»Aber sie sind deine Familie«, sagte sie, als wir auf das Haus zugingen. Ihre Worte erfüllten mich mit so viel Wärme, dass ich fast keine Luft mehr bekam.

»Du hast doch schon meine Mom kennengelernt«, ächzte ich.

»Das ist was anderes, und das weißt du.«

Die Haustür ging auf, noch bevor wir die Veranda erreichten. Wie immer. Als wüssten sie, dass ich komme.

Joe lief uns entgegen. Sein Gesicht erstrahlte, als er mich sah, dann schaute er Jessie an, und etwas weit Komplexeres huschte über sein Gesicht, das ich nicht einmal ansatzweise deuten konnte. Seine linke Hand ballte sich kurz zur Faust und entspannte sich dann wieder.

»Hey, Ox«, sagte er.

»Hi, Joe.«

Er umarmte mich nicht wie sonst, sondern blieb unsicher auf der Verandatreppe stehen.

Ich ließ Jessies Hand los und machte einen Schritt auf ihn zu.

Joe sprang von der obersten Stufe und warf mir die Arme um den Hals.

Ich fing ihn lachend auf. »Alles okay?«, flüsterte ich.

Joe zuckte erst die Achseln, dann nickte er. Er rieb seine Stirn an meiner Schulter.

Jessie wollte dazukommen, aber ich schüttelte den Kopf. Schließlich rutschte Joe von mir herunter, nahm meine Hand und stellte sich steif neben mich.

»Hi«, murmelte er in Jessies Richtung. Er sah sie kurz an, dann wieder weg. Schließlich senkte er den Blick.

»Hi, Joe«, erwiderte sie. »Ich habe schon so viel von dir gehört und freue mich, dich endlich kennenzulernen.«

»Ich auch.« Joe verzog das Gesicht, weil seine Worte so unaufrichtig geklungen hatten. »Sorry.«

»Schon gut«, sagte Jessie. »Es gibt nichts, wofür du dich entschuldigen müsstest.«

Dann zog er mich ins Haus, und Jessie folgte uns.

Ich merkte gleich, dass Jessie die Bennetts nicht verstand. Nicht so wie ich. Sie berührten mich: mit Umarmungen, mit Händen auf meinem Hals und in meinen Haaren, auf meinen Armen und dem Rücken. Ich war das gewohnt, sie nicht.

Thomas und Elizabeth begrüßten Jessie mit einem warmen Lächeln, fassten sie aber nicht an. Kein Händeschütteln, kein Kuss auf die Wange.

Sie waren weder unhöflich noch reserviert. Sie lachten mit Jessie, ließen sie Geschichten erzählen, bezogen sie ins Gespräch mit ein und sorgten dafür, dass nicht zu viele Insider-, Familien- oder Rudel-Witze gemacht wurden, bei denen sie außen vor blieb.

Aber sie berührten Jessie nicht.

Ich setzte mich wie immer neben Joe. Jessie saß auf meiner anderen Seite, dem Platz meiner Mom. Manchmal sagte Joe etwas, manchmal wirkte er abwesend. Einmal glaubte ich, ihn knurren zu hören, aber er wich meinem Blick aus. Er hatte die Fäuste geballt, dann entspannte er sie wieder. Seine Schultern waren nach vorne gezogen, und sein Gesicht sah aus, als hätte er Schmerzen.

»Was ist los?«, fragte ich mit gerunzelter Stirn.

»Ich bin nur ein bisschen steif«, murmelte er. Seine Stimme war leise und kratzig.

»Bist du krank?«

Er schüttelte den Kopf.

Ich blickte auf und sah, wie Mark, Elizabeth und Thomas uns beobachteten. Carter und Kelly unterhielten sich mit Jessie. In den Augen der drei Erwachsenen standen Antworten, die ich nicht verstand.

Joe holte tief Luft und blies sie langsam wieder aus. Schließlich lächelte er. Er hatte viele Zähne.

»Die Bennetts sind ... seltsam«, sagte Jessie, bevor sie in ihr Auto stieg.

Ich sah sie an. »Nein, sind sie nicht.«

»Irgendwie schon.«

»Sei nett.«

»Bin ich. Ich weiß, dass du nichts auf sie kommen lässt, aber sie haben diese ... Vibes. Ich weiß nicht, wie ich es anders ausdrücken soll.«

»Sie sind mein Rudel.«

Jessie legte die Stirn in Falten. »Dein *Rudel*?«

»Familie, meine ich.«

Sie küsste mich auf den Mund. »Joe ist toll«, sagte sie leise.

»Ich weiß.«

»Aber er mag mich nicht besonders.«

Ich neigte den Kopf. »Doch, tut er. Er hat nur viel durchgemacht.«

»Du siehst es nicht, oder?« Jessie klang amüsiert.

»Was denn?«

»Er hat einen ausgeprägten Beschützerinstinkt, was dich betrifft.«

»Er ist mein Freund.«

»Ah«, machte sie mit einem Lächeln. Dann fuhr sie.

Ich konnte endlich SMS schreiben.

Mittwoch:

> hi bin bei der Arbeit

> Hi, Ox! Wie lange hast du gebraucht, um das zu tippen lol

> was bedeutet lol

> Laugh Out Loud:
> sich schütteln vor Lachen

> ich glaube ich kann
> das nicht gut lol

> Du machst deine Sache gut. Ehrlich

Freitag:

> Möchtest du heute mit uns einen Film schauen?

> kann nicht jessie will ausgehen

> Oh. Okay!

> komm mit

> Ihr wollt mich mitnehmen?

ja

Ich frage Mom!! =D

was ist das

Ein Smiley

Lol

Donnerstag:

Mom meinte, ich soll dir Bescheid geben, dass wieder Familienzeit ist. Ich werde ein paar Tage weg sein

ok

Ich wünschte, du könntest mitkommen

ich auch

Eines Tages. Versprochen <3

was ist das

Ist jetzt nicht wichtig.
Wir sprechen uns später.

Sonntag:

Wir sind wieder da!

schön dass dir nichts passiert ist

Ich bin kein kleines Kind
mehr, Ox

bist du schon

Wie auch immer.
Kommst du zum Abendessen?

natürlich es ist sonntag

> Bringst du Jessie mit?

> nein sie muss was erledigen

Dienstag:

> was wünschst du dir zum geburtstag

> Bis dahin ist es noch über einen Monat!

> und was wünschst du dir

> Caveman

> joe sag mir was du dir wünschst

> Alles!

> ok kriegst du <3

> Wie bitte?

> Ox?

> Ox!

Es war zwei Uhr morgens, als mein Handy klingelte.
»Hm?«
»Ox.« Marks Stimme war angespannt.
Ich war sofort hellwach. »Was ist passiert?«
»Es geht um Joe.«
Ich sprang aus dem Bett und fingerte nach den Shorts, die ich auf dem Boden liegen gelassen hatte. »Ist er okay?«
»Nein. Er hatte einen Albtraum, und wir können ihn nicht beruhigen. Ich glaube, er braucht dich.«
»Okay. Bin auf dem Weg.«
Carter erwartete mich an der Tür. Er hatte noch nicht einmal den Mund aufgemacht, da hörte ich einen lauten Schrei von oben. Ich schob mich an Carter vorbei. »Joe! *Joe!*«
Als ich auf der Treppe war, brüllte Joe schon wieder. »Nein! Er darf ihn nicht mitnehmen. Bitte, Mom! Bitte lass ihn Ox nicht mitnehmen.« Seine Stimme klang rasselnd und gebrochen, und mein Herz zersprang beinahe.
Mark und Kelly standen vor Joes Zimmertür. Beide schauten mich mit weit aufgerissenen, müden Augen an. Ich ignorierte sie, wollte nur zu Joe. Ich musste zu ihm und ...
Er lag in seinem Bett. Thomas und Elizabeth hatten sich von beiden Seiten an ihn gekuschelt. Er hatte das Gesicht an Elizabeths Hals vergraben und zitterte heftig, hielt sich mit aller Kraft an ihr fest und schrie und schrie und schrie.
»Oh, Joe«, flüsterte ich und hob ihn auf meine Arme, ohne vorher auch nur eine Sekunde darüber nachzudenken. Seine

Eltern fuhren mich nicht an und versuchten auch nicht, mich aufzuhalten. Thomas' Gesicht lag in tiefen Sorgenfalten. Elizabeth weinte. Der Anblick ihrer dicken Tränen schmerzte in meiner Brust.

Joe krampfte kurz, dann hielt er sich an mir fest, als hinge sein Leben davon ab, die Beine um meine Taille geschlungen, die Hände an meinem Hinterkopf.

Seine Eltern standen vom Bett auf, berührten mich kurz am Arm, und Thomas flüsterte, dass sie meiner Mutter sagen würden, wo ich war. Dann schlossen sie die Tür hinter sich.

Ich setzte mich auf den Boden, den Rücken ans Bett gelehnt, und drehte Joe so, dass sein Kopf an meiner Brust ruhte.

Schließlich sagte er: »Ich hatte einen Albtraum.«

»Ich weiß«, flüsterte ich.

»Es ist immer dasselbe. Oder meistens. Er kommt und nimmt mich mit und macht ... Dinge.«

Ich wollte mein Entsetzen hinausschreien, aber ich beherrschte mich und sagte nur: »Ich bin hier.«

Joe sagte: »Manchmal holt er meine Mutter. Manchmal meinen Vater.«

Ich streichelte seine Haare.

»Dieses Mal hat er dich geholt, und wenn er dich in meinen Träumen finden kann, kann er dich auch im echten Leben finden.«

»Ich werde dich beschützen«, sagte ich. Ich hatte noch nie in meinem Leben etwas so ernst gemeint.

Als die Sonne aufging, schlief Joe ein.

Ich machte lange kein Auge zu.

Danach fragte oder schrie oder *brüllte* Joe jedes Mal nach mir, wenn er einen Albtraum hatte, und ich kam.

Er bebte und schluchzte, sein Blick halb verrückt von den Nachwirkungen des Albtraums. Ich streichelte in langsamen, beruhigenden Kreisen seinen Rücken, bis von dem Anfall nur noch ein zitternder Atem und ein nasses Gesicht übrig waren.

Drei Wochen später entdeckte ich ihr Geheimnis.

Mond

»Ox.«

»Lass mich.«

»Ox, wach auf, verflucht!«

Ich öffnete die Augen. Es war mitten in der Nacht, das einzige Licht kam vom Vollmond draußen.

Jemand war in meinem Zimmer und schüttelte mich.

»Was soll der Scheiß ...«, murmelte ich.

»Zieh dich an.«

»Gordo? Was ist los, verdam...«

»Du musst mitkommen«, sagte er mit zusammengekniffenen Augen.

Mir blieb das Herz in der Brust stehen. »Ist was mit Mom?«

»Deiner Mom fehlt nichts. Sie schläft tief und fest und wird nicht das Geringste mitbekommen. Sie ist in Sicherheit.«

Ich schlüpfte in ein T-Shirt und zog meine kurze Hose an, während Gordo vor meiner Zimmertür wartete. Ich folgte ihm über den Flur in Richtung Treppe. Die Tür meiner Mutter stand einen Spaltbreit offen, ich konnte sie schlafen sehen.

Gordo zog mich weiter und sprach erst wieder, als wir draußen waren. Die Nachtluft war warm auf meiner Haut. Alles fühlte sich zu laut an.

»Es gibt Dinge«, begann er, während ich in meiner Schlaftrunkenheit versuchte, seine Worte zu verarbeiten. »Dinge, die du heute Nacht sehen wirst. Dinge, die du noch nie zuvor gesehen hast. Du musst mir vertrauen. Ich werde nicht zulassen, dass dir was passiert. Du bist in Sicherheit, Ox, denk dran.«

»Was ist denn los?«

Gordos Stimme zitterte. »Ich wollte nicht, dass du es auf diese Weise erfährst. Ich dachte, wir hätten mehr Zeit. Wenn du es überhaupt jemals erfahren würdest.«

»Was denn?«

Ein Heulen drang aus der Tiefe des Waldes, und ein eiskalter Schauer lief mir über den Rücken. Ich hatte dieses Lied schon einmal gehört. Es klang verzweifelt.

»Scheiße«, murmelte Gordo. »Wir müssen uns beeilen.«

Das Haus am Ende des Feldwegs war dunkel.

Der Mond stand rund und weiß am Himmel.

Und da waren Sterne, so viele Sterne. *Zu* viele. Ich war mir noch nie so klein vorgekommen.

Wir betraten den Wald und rannten fast.

Ich hörte Gordo nur halb zu, während ich versuchte, nicht über Wurzeln und Baumstümpfe zu stolpern. Er stotterte, fing falsch an und brach wieder ab, bis seine Worte sich endlich zu etwas Sinnvollem aneinanderfügten. Er konnte kaum sprechen vor Angst und Anspannung.

»Es ist wie ... Es gibt Dinge, die ...«

Da wurde es plötzlich ein bisschen heller.

»Gordo?«, unterbrach ich.

»Was?«

»Deine Tattoos leuchten.«

Das taten sie. Der Rabe, all die Linien, Wirbel und Spiralen. Sie glitzerten und bewegten sich über Gordos Arme, als wären sie lebendig.

Er sagte: »Ja, das ist eines davon.«

Ich sagte: »Okay.«

Er sagte: »Ich bin eine Hexe.«

»Klar«, erwiderte ich, weil ich dachte, dass ich wahrscheinlich träumte.

Gordo lachte, aber es klang erstickt.

Ich stieß mit meinem Schienbein gegen etwas Hartes. Der Schmerz fuhr hell und kantig in meinen Kopf und zerriss den Nebel, und da wurde mir klar, dass ich noch nie in einem Traum Schmerz empfunden hatte, dass ich mal gelesen hatte, dass man im Traum gar keinen Schmerz empfinden *konnte*.

»Scheiße«, sagte ich. »Du bist *was*?«

»Eine Hexe.«

»Wie lange schon?«

»Mein ganzes Leben.«

»*Wie* bitte?«

Ein weiteres Heulen, näher jetzt. Wir waren mindestens eine halbe Meile tief in den Wald gelaufen, vielleicht auch mehr. Vor uns erstreckte sich nichts als Bäume, Tausende von Morgen weit. Und ich hatte mich mehr als einmal darin verirrt. »Was war das?«

»Dein Rudel«, antwortete Gordo, und seine Stimme klang so bitter, dass ich es schmecken konnte.

»Mein ... Ich weiß nicht ...« Ein Traum. Es *musste* einer sein, Schmerz hin oder her.

»Ich habe versucht, sie von dir fernzuhalten«, sprach Gordo weiter. »Mit aller Macht. Ich wollte dieses Leben nicht für dich. Ich wollte nicht, dass du da mit reingezogen wirst. Ich wollte dich raushalten, ganz ... Denn du bist das Einzige in meinem Leben, das es wert ist.«

»Gordo ...«

»Hör mir zu, Ox. Monster sind real, und Magie ist real. Die Welt kann dunkel und beängstigend sein, und es ist real.«

»Wie ...«

Er schüttelte den Kopf. »Hab keine Angst.«

Eine Wolke schob sich vor den Mond, und das einzige Licht kam von dem Kaleidoskop aus Farben, das sich über Gordos

Arme bewegte. Prismen aus Blau und Grün und Rosa und Rot.

»Tut es weh?«, fragte ich.

»Was?«

»Die Farben.«

»Nein. Es zieht ein bisschen, und ich halte dagegen, aber es tut nicht weh. Nicht mehr.«

»Wohin gehen wir?«

»Zu ihrer Lichtung«, antwortete Gordo.

Das Heulen wurde wieder lauter, aber jetzt war es mehr als eines. Es waren viele Stimmen, die sich vermischten und gemeinsam erhoben, ihr Lied einen Halbton zu hoch und dann wieder zu tief, falsch und misstönend, bis es nicht mehr falsch war, und dann war es wunderschön.

»Wessen Lichtung?«, fragte ich und spürte ein Kribbeln am ganzen Körper.

»Ich habe alles versucht, um es zu verhindern«, sagte Gordo nur. Seine Stimme klang verzweifelt, flehend, während das Lied immer lauter wurde.

komm, sagte das Lied. *komm schnell jetzt. hier. bitte. schnell schnell schnell denn du bist wir und wir sind du.*

Gordo sagte: »Ich habe ihnen gesagt, dass sie sich von dir fernhalten sollen, dich aus dieser Sache raushalten.«

Ox. es ist Ox er ist hier und er gehört zu uns. riecht ihn schmeckt ihn er gehört zu uns und wir brauchen ihn denn er kann unser lied hören.

»Aber als ich mitbekommen habe, dass sie wieder in Green Creek sind und du sie bereits kennengelernt hast, war es zu spät.«

»Sie rufen mich«, sagte ich.

»Ich weiß«, erwiderte Gordo durch zusammengebissene Zähne. »Du kannst ihnen nicht vertrauen, Ox.«

»Doch, kann ich«, widersprach ich, obwohl ich nicht mal wusste, was er meinte. »Hörst du es nicht?«

Ox Ox Ox Ox. bringt ihm essen hasen hühner rehe. zeigt ihm dass wir für ihn sorgen denn er ist RudelUnserMeinBruderSohnLiebe.

»Doch«, sagte Gordo. »Aber nicht so wie du, denn ich gehöre nicht zum Rudel. Nicht mehr.«

Rudel.

Großer Gott, Rudel!

Ich rannte los.

»Ox!«, brüllte Gordo mir hinterher.

Ich ignorierte ihn. Ich musste näher ran, weil ich ein Glühen in meiner Brust spürte, als stünde ich in Flammen, und weil meine Haut juckte, dass ich dachte, ich würde den Verstand verlieren. Der Wind heulte in meinen Ohren, die Wolke gab den Mond wieder frei, und der Wald wurde fast taghell. Das Lied war so lebendig und voller Kraft, dass ich mich nur mit Mühe beherrschen konnte, nicht den Kopf in den Nacken zu werfen und diese Melodie mitzuheulen, die meine Seele berührte. *ich höre euch ich kenne euch ich komme zu euch ich liebe euch.* Ich wollte, dass der ganze Wald und selbst der Mond es hörten. Mein Herz schlug wie eine Trommel, und der Rhythmus hämmerte gegen meine Brust, bis ich dachte, ich würde in tausend Stücke zerspringen, und alles, was von mir übrig bliebe, wären die zwischen den Bäumen herabregnenden Splitter, in denen sich der Mond spiegelt.

OX OX OX OX OX OX

Äste peitschten mir ins Gesicht und gegen meine Arme, kleine Schmerzensstiche, aber das Lied übertönte sie.

HIER HIER HIER HIER

Ich dachte an meinen Vater, wie er sagte: »Die Leute werden dich wie Scheiße behandeln.«

UNSER UNSER UNSER UNSER

Ich dachte an meine Mutter, wie sie sagte: »Du hast eine Seifenblase auf dem Ohr.«

ZUHAUSE ZUHAUSE ZUHAUSE

Ich dachte an Gordo, wie er flüsterte: »Du gehörst jetzt zu uns.«
Wirklich?

JA JA JA JA JA

Ich dachte an Joe und das Lied, dieses vielstimmige Heulen, das nur noch ein kleines Stück entfernt war, nur ein paar letzte Schritte noch, ich musste dorthin, musste sehen, was es zu sehen gab und ...

Ich erreichte die Lichtung und blieb stehen.

Ich fiel auf die Knie.

Schloss die Augen und sank auf meine Fersen.

Wandte mein Gesicht dem Mond zu.

Sie sangen immer noch.

Als sie aufhörten, atmete ich tief ein und öffnete die Augen wieder.

Vor mir stand das Unmögliche:

Ein weißer Wolf mit schwarzen Flecken auf der Brust, den Beinen und dem Rücken. Seine Augen blitzten rot im Mondlicht.

Er war so groß wie ein Pferd, seine Pfoten waren doppelt so groß wie meine Hände, und seine Schnauze war so lang wie mein Arm. Spitze Zähne lugten unter seinen Lefzen hervor.

Hinter ihm bewegte sich etwas, aber ich hatte nur Augen für den Wolf, der langsam auf mich zuging. Ich konnte mich nicht bewegen.

»Ein Traum«, flüsterte ich nur. »Ein Traum.«

Der Wolf senkte den Kopf und beschnupperte meinen Hals. Sein Atem war wie Feuer auf meiner Haut, und ich sagte mir, dass ich Angst haben sollte, aber ich hatte keine. Es gab keinen Grund.

Der Wolf blies seinen Atem gegen meinen Hals, meine Haare, mein Gesicht.

OxRudelOxGeborgenOxOxOx, flüsterte es in meinem Kopf.

Ich kannte diese Stimme. *Alle* diese Stimmen.

Ich streckte die Hand aus, berührte das weiche Fell und die feste Haut darunter.

»Ox!«, schrie jemand hinter mir.

Der Wolf knurrte.

»Krieg dich wieder ein, Thomas«, sagte Gordo und kam näher. »Die Schutzzauber halten stand.«

ThomasThomasThomas. »Thomas?«, wiederholte ich mit zitternder Stimme.

Der Wolf sah wieder mich an. Seine Augen leuchteten rot. Er drückte seine Schnauze gegen meine Stirn und schnaubte.

»Was für große Augen du hast ...«, krächzte ich.

Der Wolf stupste meinen Kopf kurz an, dann setzte er sich auf seine Hinterläufe und wartete. Worauf, wusste ich nicht.

Ich stand langsam auf und fragte mich, ob er mich gleich fressen würde. Ich hoffte nur, dass es schnell gehen würde.

Der Wolf neigte den Kopf.

»Und jetzt?«, fragte ich. »Ich glaube nicht, dass ich träume.«

»Du träumst nicht«, bestätigte Gordo.

»Okay. Deine Arme leuchten, weil du ein Zauberer bist.«

Der Wolf stieß ein Schnauben aus, das fast wie ein Lachen klang.

»Eine Hexe«, korrigierte Gordo. »Und meine Arme leuchten nicht.«

»Das ist eine Lüge«, murmelte ich. »Du strahlst wie eine Taschenlampe.«

»*Das* ist es, was dich im Moment beschäftigt? Du erfährst, dass die Bennetts Werwölfe sind, und alles, worüber du nachdenkst, sind meine *Arme*?«

»Werwölfe«, stammelte ich. »Das ist ... *Wow!*«

Der Wolf schüttelte scheinbar amüsiert den Kopf.

»Großer Gott, Thomas«, murmelte Gordo. »Hol endlich den Rest der Meute her, damit ihr eure Hinterteile beschnuppern könnt. Ich passe inzwischen auf.«

Thomas knurrte wieder, und seine roten Augen wurden heller.

»Dein Alphatier-Gehabe zieht bei mir nicht«, sagte Gordo und trat vor. Seine Tattoos schimmerten. »Ich könnte dir mit einem Fingerschnippen das Fell vom Leib brennen, du sabbernder Köter.«

Ich sah wieder Thomas an. »Ich ...« Ich wusste nicht, was ich sagen sollte.

Thomas drehte den Kopf und ein Brummen löste sich aus seiner Brust. Ich hörte eine Art Jaulen, und dann kamen zwei weitere Wölfe angelaufen, einer etwas größer als der andere, aber beide kleiner als Thomas. Sie rieben sich an mir, stießen ihre Schnauzen gegen meine Brust, meinen Kopf. Der größere war dunkelgrau mit kleinen schwarzen und weißen Flecken an den Hinterläufen. Der kleinere war ähnlich gefärbt, nur dass die Flecken bei ihm schon im Gesicht begannen und sich von dort über die Schultern zogen. Ihre Augen glommen orange, während ihre Zungen über meine Haut schlabberten.

»Igitt«, sagte ich mit einem Grinsen.

Sie lachten. Nicht wie ein Mensch, aber sie lachten, und die Vertrautheit des Geräuschs bescherte mir ein Ziehen in der Brust.

»Carter, Kelly!«, stammelte ich, ehrfürchtig wie ein Fünfjähriger.

Sie lachten wieder und sprangen um mich herum wie übermütige Welpen, schnappten spielerisch nach meinen Shorts, meinem T-Shirt, meinen Fingern, und es war kein Traum.

Ich streichelte ihren Rücken, ihr Fell schimmerte im Mondlicht, und sie waren glücklich. Irgendwoher wusste ich, dass sie glücklich waren. Ich spürte es in meinem Kopf und in meiner Brust, und es war so *klar*.

Ich drehte mich wieder zu Thomas um. Ein großer brauner Wolf hatte sich rechts neben ihn gesetzt und beobachtete mich aufmerksam. Er war nicht annähernd so groß wie Thomas, aber seine Augen leuchteten wie ein Halloween-Kürbis, feurig und warm. Er schnaubte mich an, und ich sah die zu einem Lächeln hochgezogenen Lefzen.

»Mark«, sagte ich, während er mir übers Gesicht leckte.

»Ja, ja, ihr schleckt gerne«, seufzte ich. »Später werdet ihr euch dafür schämen, und ich werde euch *nicht* abschlecken.« Ich überlegte kurz. »Wahrscheinlich *nie*.«

Es schien sie nicht zu kümmern. Ich wusste nicht einmal, ob sie mich verstanden. Oder ob irgendetwas hiervon überhaupt real war.

Gordos Tattoos hatten sich inzwischen beruhigt. Sie leuchteten immer noch, aber sie bewegten sich nicht mehr. Er sah blass aus und seine Augen waren eingesunken.

Er sah Thomas an. »Es wird nicht funktionieren. Der Anker wird nicht halten, selbst wenn er sich an einen von euch binden sollte.« Sein Tonfall wurde hart, anklagend. »Und ich glaube, das wusstet ihr von Anfang an.«

Da hörte ich ein Geräusch, nass und knirschend und schrecklich wie ein Stöhnen von Muskeln und Haut, und das weiße Fell des Leitwolfs verschwand. Es dauerte nur Sekunden, aber wo gerade noch ein Wolf gewesen war, stand nun Thomas. Er war immer noch halb Tier, gefangen zwischen Mensch und Wolf. Seine Finger endeten in schwarzen Krallen und sein Gesicht war länglich. Er hatte Zähne, scharfe Zähne, und seine Augen leuchteten rot.

Und er war nackt, was den Anblick noch unwirklicher machte.

»Wir wussten, dass das passieren könnte«, sagte er zu Gordo mit einem leichten Lispeln wegen seiner Reißzähne. *Reißzähne*.

»Wie kannst du Ox das antun?«, fragte Gordo. »Du hast ihm keine Wahl gelassen.«

»Du etwa?«

Gordos Tattoos flammten auf. »Das ist nicht dasselbe, und das weißt du.«

»Du bist kein kleiner Junge mehr«, fuhr Thomas ihn an. »Also verhalte dich auch nicht so. Diese Dinge geschehen von selbst. Dein Vater hat dich Besseres gelehrt als das, egal, was seither aus ihm geworden ist.«

»Wage es nicht, ihn da mit reinzuziehen. Ox ist ...«

»... direkt neben dir«, brachte ich heraus.

Beide sahen mich überrascht an, als hätten sie meine Anwesenheit ganz vergessen.

Und da merkte ich es.

»Joe?«, fragte ich. »Wo ist Joe?«

Carter und Kelly drückten sich winselnd an mich. Thomas seufzte. »Es ist seine erste Verwandlung. Er kommt ... nicht gut zurecht.«

Angst durchfuhr mich. »Wo ist er?«

»Ox«, sagte Gordo beschwörend. »Du hast die Wahl, du musst das nicht tun.«

»Das ist mir egal. Es interessiert mich nicht, was das hier ist, ob ich träume oder wach bin oder ob ich den Verstand verloren habe. Wölfe, Hexen, das alles ist mir scheißegal. *Wo zum Teufel ist Joe?*«

Meine Hände waren zu Fäusten geballt. Carter und Kelly legten ihre Ohren an und duckten sich winselnd zu Boden.

»Er braucht deine Hilfe«, sagte Thomas.

Und Gordo sagte: »Lass das. Das kannst du ihm nicht antun.«

Da packte Thomas ihn am Hals, wieder mehr Wolf als Mensch, obwohl er immer noch auf zwei Beinen stand. Das weiße Fell war zurückgekehrt, und seine Krallen waren wieder länger. Seine Zähne ragten aus dem Mund wie Nägel, und das Geräusch, das aus seiner Kehle drang, machte mir eine Gänsehaut.

»Du bist hier«, knurrte Thomas ihn an, »weil ich den Pakt respektiere und deinen Vater. Oder zumindest das, was er einmal war. Aber du gehörst nicht mehr zum Rudel, vergiss das nicht.«

»Trotzdem hast du mich gerufen«, röchelte Gordo und versuchte, sich aus Thomas' Griff zu befreien. »Und ich bin gekommen.«

»Er ist mein Sohn und der nächste Rudelführer, ihm gebührt dein *Respekt*.«

»Fick dich.«

»Hört auf damit«, sagte ich.

Und sie taten es.

Thomas entließ Gordo aus seinem Griff, der keuchend ins Gras fiel.

Und dann sah ich es. Hinter ihnen. Auf der Lichtung. Im Mondlicht.

Eine dunkle Gestalt lag dort zusammengerollt auf dem Boden. Ein grünes Schimmern umgab sie und verschwand wieder, bevor ich mir ganz sicher sein konnte. Ich schob mich an Gordo und Thomas vorbei. Ich hatte keine Zeit für ihr Gezänk.

Carter und Kelly blieben an meiner Seite, die Zungen hingen ihnen aus dem Maul, und Mark lief dicht hinter mir, seine Schnauze an meinen Rücken gedrückt.

Ich sah einen weiteren Wolf, er war fast so groß wie Mark, und ich musste sofort an Elizabeth denken. Ihr Fell war weiß und grau und schwarz wie das ihrer Söhne. Sie hob den Kopf, als ich mich näherte. Ihre Augen leuchteten blau, und ich erinnerte mich daran, wie sie mir erzählt hatte, dass ihre grüne Phase nun vorbei war. Wie sie mich lachend im Kreis herumgewirbelt hatte, die Hände voller Farbspritzer. Es waren dieselben Augen, aber ich konnte die Traurigkeit sehen, die jetzt darin stand.

»Ich ...«, begann ich und schüttelte den Kopf.

»Sie kann dich nicht hören«, sagte Gordo leise hinter mir. »Ich habe eine silberhaltige Erdbarriere um sie herum errichtet, die alle Geräusche und Gerüche fernhält.«

Es gab einen weiteren grünen Blitz, und da sah ich die Furche im Boden, die die beiden umschloss wie ein Kreis.

»Sie sind da drin *gefangen*?«, fragte ich entsetzt.

»Aus freien Stücken«, erwiderte Gordo. »Es ist sicherer für Joe in seinem jetzigen Zustand.«

Ich machte einen Schritt auf Elizabeth zu, aber Gordo hielt mich am Arm zurück. »Du musst mir zuhören, bevor ...«

»Bevor *was*?«

Elizabeth ließ mich nicht aus den Augen. Sie leuchteten jetzt orange. Ich konnte Joe nicht mehr sehen und mein Kopf schmerzte.

»Wir haben ... wir brauchen etwas, das uns an unsere Menschlichkeit bindet«, sagte Gordo und lockerte seinen Griff um meinen Arm etwas, ließ aber nicht los. Ein Kribbeln ging von der Berührung aus, fast wie Elektrizität, und ich fragte mich, ob es an seinen Tattoos lag. Oder an ihm. Oder an was auch immer. »Magie verlangt einem viel ab. Sie bringt einen an Orte, deren Existenz man nie für möglich halten würde. Dunkle Abgründe, denen man besser fernbleibt.«

»Und was hat das mit Wölfen zu tun?«

»Wölfe brauchen etwas, damit sie nicht vergessen, dass sie auch Menschen sind. Vor allem geborene Wölfe. Sie verlieren sich viel leichter in dem Tier in ihnen. Und genau das passiert, wenn nichts sie an die rationale Welt bindet.«

»Nichts von dem hier ist rational«, krächzte ich. Ich hatte das Gefühl, als würde ich da in etwas hineingeraten, aus dem es kein Zurück mehr gab.

Gordo brach durch den Panikschleier, der sich über mich gelegt hatte. »Aber genau das wird mit Joe passieren, Ox. Ohne Anker wird er verwildern. Normalerweise dient sein Rudel oder seine Familie als Anker, Liebe oder ein Gefühl der Zugehörigkeit. Selbst Wut oder Hass, irgendwas, aber im Moment hat er nichts von alledem. Es wird nicht sofort passieren, vielleicht auch nicht im nächsten Jahr, aber wenn nicht etwas oder jemand ihn an seine Menschlichkeit bindet, wird er sich eines Tages nicht mehr zurückverwandeln, und ein Wolf ohne Anker ist gefährlich. So gefährlich, dass ... eine Entscheidung getroffen werden muss.«

Eine Erinnerung blitzte in mir auf. *Anker*. Ich hatte schon einmal davon gehört. »Mark hat gesagt ...«

Gordo seufzte. »Ja, das hat er. *Du* bist mein Anker, Ox.«

»Seit wann?«

»An deinem fünfzehnten Geburtstag. Als ich dir die Arbeitshemden gegeben habe.«

»Warum habe ich nichts davon gemerkt?«

»Doch, hast du.«

Du gehörst jetzt zu uns.

»Scheiße«, flüsterte ich.

»Es ist einfach passiert«, sprach Gordo mit beinahe flehender Stimme weiter. »Mir wäre nie in den Sinn gekommen, dass ...«

»Kann ich es für euch beide sein?«

»Wie meinst du das?«

»Für dich und ihn.«

»Ich ... Vielleicht. Wenn irgendjemand das kann, dann du.«

»Warum? Ich bin ein Nichts, ein Niemand.«

Gordo drückte meinen Arm. »Du bist größer als wir alle, Ox. Ich weiß, dass du es noch nicht sehen kannst, aber es ist die Wahrheit.«

Ich war jetzt ein Mann, also ignorierte ich das Brennen in meinen Augen. »Was muss ich tun?«

»Bist du dir wirklich sicher?«, fragte Thomas hinter mir.

Ich spürte die anderen Wölfe um mich herum, aber mein Blick blieb auf Elizabeth gerichtet.

»Ja«, sagte ich. Denn ich tat es für Joe.

»Es wird sehr schnell gehen«, erklärte Gordo. »Sobald die Barriere sich öffnet, wirst du ihn hören können. Er ist sehr ... laut. Lass dir davon keine Angst machen, er wird dich am Geruch erkennen. Rede mit ihm, lass ihn deine Stimme hören. Er sieht im Moment nicht aus wie Joe, aber es ist immer noch er, verstanden?«

»Verstanden.«

Mein Herz raste.

Das hier war kein Traum.

»Ich werde nicht zulassen, dass dir etwas passiert«, sprach Gordo leise weiter.

»Verstanden.«

»Aber du hast immer noch die Wahl.«

Ich sah ihn endlich an. »Ich habe sie gerade getroffen.«

Gordo hielt meinen Blick fest, suchte in meinem Gesicht nach irgendwas. Ich wusste nicht, ob er es gefunden hatte, aber schließlich nickte er knapp, streckte seinen linken Arm aus und drehte die Handfläche nach oben. All seine Tattoos verschwanden – bis auf zwei tiefgrüne, gewellte Linien, die exakt parallel zueinander verliefen. Er berührte sie mit zwei Fingern und murmelte etwas. Ich hörte ein Knistern in der Luft und spürte einen Druck auf den Ohren.

Ich sah wieder Elizabeth an. Der schimmernde Kreis um sie herum blitzte kurz auf und verlosch dann. Tot, leblos.

Und dann hörte ich es.

Ein Gurgeln und Knurren, leise und voller Wut.

Ich machte einen Schritt auf Elizabeth zu und hielt ihr meine Hand hin.

Sie legte ihre Schnauze hinein, atmete ein und aus.

Da hörten die Geräusche plötzlich auf.

Hände streckten sich von der mir abgewandten Seite über Elizabeths Rücken. Hände mit schwarzen Krallen daran.

»Joe«, sagte ich leise.

Er stürzte sich sofort auf mich. Ein kurzes, hartes Knurren, dann wurde ich von den Füßen gerissen und fiel auf den Rücken. Krallen gruben sich in meine Schultern und brannten wie Nadeln. Ich sah Zähne aufblitzen, Augen, die orange und rot und blau und grün flackerten. Ich spürte eine Schnauze an meinem Hals, an meiner Wange, sie atmete mich ein.

»Ox«, sagte er, seine Stimme leise und dunkel und wütend. Er war auf halbem Weg zwischen Mensch und Wolf gefangen, genau wie Thomas vorhin. Aber Thomas hatte seine Verwandlung unter Kontrolle gehabt. Joe nicht.

Weißes Fell wuchs an seinen Armen und in seinem Gesicht und verschwand wieder. Reißzähne brachen durch sein Zahnfleisch und zogen sich wieder zurück. Er war ein Junge, dann ein halber Wolf, dann wieder ein Junge.

»Es tut so weh, Ox, so weh«, röchelte er, und der Rest ging unter, als der Wolf wieder durchbrach und seine Worte sich in spuckendes Knurren verwandelten. Joes Augen flackerten in sämtlichen Farben, dann blieben sie einen Moment lang violett, und die Krallen auf meinen Schultern gruben sich noch tiefer ein. Ich wimmerte vor Schmerz, hörte Rufe um mich herum. Es klang, als wollten die anderen Joe von mir herunterreißen, aber das konnte ich nicht zulassen. Ich konnte nicht zulassen, dass sie ihn mir wegnahmen.

»Mein Vater hat uns verlassen, als ich zwölf war«, flüsterte ich.

Die anderen Stimmen verstummten, und die Krallen auf meinen Schultern zogen sich ein Stück zurück.

»Er hat getrunken, und ich habe mir eingeredet, dass alles in Ordnung ist, aber das war es nicht. Ich glaube, er hat meine Mutter geschlagen, aber ich weiß nicht, ob ich jemals den Mut aufbringen werde, sie danach zu fragen. Einmal hat sie ein Kleid zu einem Picknick getragen, und ich glaube, er hat es zerrissen. Wenn ich je herausfinde, dass *er* das war, dass er ihr wehgetan hat und ich nichts davon wusste, werde ich ihn dafür bezahlen lassen.«

Joe winselte leise.

»Er hat einen Koffer neben die Tür gestellt, und dann ist er gegangen. Er sagte, dass ich dumm bin und die Leute mich wie Scheiße behandeln werden. Dass er nicht bereuen will, mich bekommen zu haben, und dass er deshalb gehen muss. Aber ich glaube, er hat es längst getan, hat sein ganzes Leben bereut, aber in manchen Dingen hatte er recht. Ich *war* dumm, denn ich habe tatsächlich geglaubt, dass er zurückkommt. Dass er eines Tages wieder da ist und genauso riechen würde wie früher, nach Motoröl und Bier und Schweiß, genau das war sein Geruch.«

So war es gewesen, immer.

»Aber er ist nicht zurückgekommen und wird es auch nicht. Das weiß ich jetzt. Aber nicht, weil ich etwas falsch gemacht habe. *Er* war derjenige, der was falsch gemacht hat. Er ist gegangen und hat uns im Stich gelassen, und das war falsch. Aber ich kann damit leben. Ich kann es, weil ich meine Mutter habe. Ich habe Gordo und die Jungs. Und ich habe dich. Joe, wenn mich mein Vater damals nicht im Stich gelassen hätte, hätte ich dich nicht, also konzentrier dich, okay? Denn ich kann nicht zulassen, dass dir was zustößt. Ich brauche dich hier bei mir, und es ist mir scheißegal, ob du ein Junge oder ein Wolf bist. Diese Dinge interessieren mich nicht. Du bist mein Freund, und ich darf dich nicht verlieren. Ich werde die Freundschaft mit dir nie bereuen. Niemals.«

Ich hatte noch nie so lange an einem Stück gesprochen. Mein Mund fühlte sich trocken an, meine Zunge war geschwollen, und mein ganzer Körper schmerzte. Ich hörte die Stimme meines Vaters in meinem Kopf, er lachte mich aus. Sagte, dass es nicht funktionieren würde. *Die Leute werden dich wie Scheiße behandeln,* sagte er.

Ich hatte nicht mitbekommen, wie Gordo sich an mich gebunden hatte, nicht bewusst. Aber *jetzt* wusste ich es. Ich konnte es spüren, diese Wärme in meiner Brust, die sich über meinen Nacken und meine Arme ausbreitete, mein Gesicht und meine Beine. Wie Lichtstrahlen, die durchs Blätterdach dringen.

Die Wölfe um mich herum begannen zu heulen. Ihr Gesang rollte über mich hinweg, und ich dachte, mein Herz würde zerreißen. Ich heulte mit ihnen, meine Stimme verschmolz mit den ihren, und auch wenn es sich bestimmt nicht wie der Gesang eines Wolfes anhörte, sondern eher wie das klägliche Wimmern eines Menschen, legte ich hinein, was ich konnte, gab alles, was ich hatte.

Das Heulen verstummte.

Der Druck auf meinen Schultern verschwand.

Ich öffnete die Augen.

Vor mir stand ein Wolf. Er war kleiner und dünner als die anderen und am ganzen Körper weiß, ohne einen einzigen Fleck. Seine Ohren zuckten und seine Nüstern blähten sich.

Seine wunderschönen Augen sahen auf mich herab. Sie weiteten sich kurz und leuchteten orangefarben auf, dann nahmen sie wieder das vertraute Blau an, und da wusste ich, dass Joe wieder da war. Ich wusste, dass er immer noch der kleine Junge war, der fand, dass ich nach Kiefernzapfen und Zuckerstangen roch. Nach toll und fantastisch. Um nicht davon überrollt zu werden, blendete ich aus, wie viele Dinge jetzt plötzlich einen Sinn ergaben, und sagte nur: »Hey, Joe.«

Er legte den Kopf in den Nacken und sang.

Sie rannten über die Lichtung, verschwanden zwischen den Bäumen, tauchten plötzlich wieder auf, jagten sich gegenseitig, schnappten nach den Fesseln des Wolfes vor ihnen.

Joe stellte sich ein bisschen an, war schlaksig und unsicher. Er stolperte über seine eigenen Pfoten, fiel mit dem Gesicht voraus hin, überwältigt von all den Sinneseindrücken, Geräuschen und Gerüchen.

Er raste mit voller Geschwindigkeit auf mich zu und täuschte einen Sprung nach links an. Ich hob schützend die Arme, dann schoss er heulend an mir vorbei. Kam zurück, rieb sich an meinen Beinen wie eine Katze, presste seine Schnauze gegen meine Hand und jagte wieder davon.

Thomas und Elizabeth blieben in seiner Nähe und knurrten ihn leise an, wenn er zu übermütig wurde. Mark saß neben mir, sein Kopf fast auf einer Höhe mit meinem, und schnaufte leise vor sich hin, während er Joe beobachtete.

Carter und Kelly rasten in den Wald. Ich hörte Äste und Unterholz knacken und dachte, dass lautlose Räuber sich eigentlich anders anhören sollten.

Und da traf es mich wie der Blitz. Meine gesamte Welt brach in sich zusammen, und ich sog scharf die Luft ein.

Mark stieß ein leises Winseln aus.

»Alles in Ordnung?«, fragte Gordo.

»Ach du Scheiße«, murmelte ich. »Sie sind verdammte *Werwölfe*!«

»Ja, Ox.«

»Und du bist ein verdammter Zauberer.«

»Eine Hexe«, korrigierte er finster.

»*Warum zum Teufel hast du mir das alles verheimlicht?*«, schrie ich ihn an.

Ich meinte es nicht so, die Worte sollten ruhig und vernünftig herauskommen, aber ich war wütend und verängstigt und verwirrt, weil gerade meine gesamte Welt über den Haufen geworfen worden war. Alles ergab jetzt viel mehr Sinn und gleichzeitig auch nicht. Überhaupt nicht. Die Welt war nicht voller Monster und Magie, sondern banal und voller *verdammter Idioten* und *die Leute werden dich wie Scheiße behandeln, Ox*.

Und meine Wut blieb nicht auf Gordo beschränkt.

Nein, sie betraf *alles*: Wölfe, Hexen, diese verfluchte Verbindung zwischen uns.

Bring mich nicht dazu, dich auch noch zu bereuen, hatte mein Vater gesagt, und aus irgendeinem Grund musste ich an die Staubflocken denken, die im Sonnenlicht tanzten, während ich den geschwungenen Schriftzug auf seinem Hemd berührte. *Curtis, Curtis, Curtis*.

Aber das war damals, und jetzt war jetzt.

Ich war (nicht mehr) zwölf.

Ich war (k)ein Mann.

Ich gehörte (nicht) zum Rudel. Ich war der Anker, und, großer Gott, wie es an mir *zerrte* ...

Plötzlich stand Gordo vor mir. Das Rudel kam heran und umzingelte ihn, knurrte, als er nach meinen Armen griff, aber Gordo ignorierte sie.

»Ox«, sagte er. »Du musst atmen.«

»Ich versuche es ja.« Meine Stimme klang hell und gebrochen, und ich konnte einfach nicht, konnte nicht atmen. Die Luft steckte irgendwo zwischen meinem Hals und meiner Lunge fest, kleine Lichtblitze tanzten vor meinen Augen, und meine Finger fühlten sich taub an.

Einer der Wölfe winselte, und ich wusste, es war Joe. Vor einer Stunde hatte ich noch nicht einmal gewusst, dass Werwölfe tatsächlich existierten, und jetzt erkannte ich Joe bereits an seiner Stimme.

Es mochten nur kleine Dinge sein, aber sie fügten sich endlich zusammen: die ständigen Berührungen und die Gerüche und das Heulen tief im Wald. Die Familienabende, bei denen ich nicht dabei sein durfte, waren immer dann, wenn der Mond hell und rund am Himmel stand. Der Steinwolf. Die Art, wie sie sich bewegten, wie sie sprachen. Und der böse Mann, der Joe entführt hatte, weil ...

Eines Tages werde ich der Anführer sein, hatte Joe zu mir gesagt, und war ich nicht stolz und glücklich gewesen, als ich das hörte, auch wenn ich nicht die geringste Ahnung hatte, was es bedeutete?

Andere Dinge hingegen, wenn auch wenige, waren immer sonnenklar gewesen:

Mein Name war Oxnard Matheson.

Meine Mutter war Maggie Callaway.

Wir lebten in Green Creek, Oregon.

Mein Vater verließ uns, als ich zwölf war.

Ich war nicht klug, sondern dumm wie Ox, der Ochse.

Manche Leute behandelten mich wie Scheiße.

Ich wünschte mir nichts mehr, als einen Freund zu haben.

Gordo war mein Vater, mein Bruder und mein Freund.

Meine Mutter tanzte gerne.

Tanner, Chris und Rico waren meine Freunde. Wir gehörten zusammen.

Die Bennetts waren meine Freunde, mein Rudel, wir aßen Sonntagabend immer zusammen, weil es Tradition war.

Jessie war meine Freundin.

Und Joe war mein, mein, mein ...

Das war's mit den einfachen Wahrheiten in meinem Leben.

Meine Realität veränderte sich. Verbog. Zerbrach.

Ich stand mitten auf einer mondbeschienenen Lichtung, während mein Vater-Bruder-Freund mit seinen Tattoos, die in mehr Farben schimmerten, als überhaupt existierten, mich schüttelte, mich anschrie und brüllte: »*Ox, Ox, Ox, es ist okay, alles okay, hab keine Angst, ich bin bei dir!*«

Ich stand mitten auf einer mondbeschienenen Lichtung, während mein Rudel sich um mich drängte und ich in den geheimen Tiefen meines Herzens das Band spürte, von dessen Existenz ich nichts geahnt hatte. Es trug mir ein Flüstern zu, ein Lied, gesungen nur für *mich*.

Elizabeth sang: *still KindSohnWelpe. still es gibt nichts zu fürchten.*

Thomas sang: *Ox, Ox, Ox ich bin dein Alpha und du bist ein teil von dem was uns zu einem ganzen macht.*

Carter sang: *sei nicht traurig FreundRudelBruder denn wir werden dich niemals im stich lassen.*

Kelly sang: *ich werde nicht zulassen, dass dir etwas zustößt. ich werde immer an deiner seite sein.*

Mark sang: *es gibt keinen grund mehr allein zu sein, du wirst nie wieder allein sein.*

Und Joe. Joe sang am lautesten von allen.

du gehörst zu mir.

Meilen über Meilen /
Die Sonne zwischen uns

M öchtest du ein Wolf werden?«, fragte Thomas.
Es war der Sonntag nach dem Vollmond. Thomas und ich machten vor dem Abendessen einen Spaziergang durch den Wald. Joe hatte versucht, uns zu folgen, aber Thomas befahl ihm, zurück ins Haus zu gehen. Seine Augen blitzten rot, und ich fragte mich, warum ich es nicht schon vorher kapiert hatte. Wie hatte mir die Bedeutung von etwas so Offensichlichem entgehen können? Joe warf einen letzten Blick in meine Richtung und gehorchte.

Thomas wartete, bis wir weit genug vom Haus entfernt waren, damit die anderen uns nicht hören konnten. Ich hatte während der letzten Tage viel über Wölfe gelernt: hochentwickelter Geruchssinn. Das Gehör auch. Schnelle Wundheilung. Sie konnten sich verwandeln, ganz oder auch nur halb. Es gab Alphas, Betas und Omegas. Omegas hatten keinen Anker, keine Bande und waren gefährlich.

Ich lernte Dinge, die ich nie für möglich gehalten hatte.

Und wir gingen durch den Wald, nur er und ich. Thomas berührte die Bäume, wie es so seine Art war, und atmete tief ein. Ich fragte ihn, warum.

»Dieser Wald ist mein Revier«, antwortete er. »Er gehört mir, meiner Familie, und das schon sehr lange.«

»Ihrem Rudel.«

Er nickte. »Ja, Ox. Meinem Rudel. Unserem Rudel.«

Oh, wie warm mir in der Brust wurde, als er das sagte!

»Diese Bäume, dieser Wald«, sprach er weiter, »sind voller alter Magie. Sie durchströmt mich wie das Blut in meinen Adern.«

»Aber irgendwann sind Sie fortgegangen«, entgegnete ich.

Thomas seufzte. »Es gibt Dinge, die wichtiger sind als das Zuhause. Manchmal müssen wir zuerst unseren Pflichten nachkommen, bevor wir uns unseren Wünschen widmen können. Aber ich habe diesen Ort immer gespürt, an jedem einzelnen Tag, den ich fort war. Ich habe sein Lied gehört, und das tat weh. Mark kam ab und zu her, weil ich es nicht konnte. Um nachzusehen, ob alles noch steht.«

»Warum?«

Er lächelte. »Weil ich der Alpha bin und nicht sicher war, ob ich es geschafft hätte, mich wieder von hier loszureißen.«

»Wie weit geht es? Ihr Revier, meine ich.«

»Meilen über Meilen. Und ich laufe sie alle ab, ich spüre den Boden unter meinen Füßen und die Luft in meiner Lunge. Es gibt nichts, das damit vergleichbar wäre, Ox.«

Ich berührte den Baum neben mir und versuchte zu fühlen, was Thomas fühlte. Meine Finger fuhren über die Rinde und ich schloss die Augen. Ich lachte leise. Es war lächerlich. Ich war nicht wie sie.

Und Thomas fragte: »Möchtest du ein Wolf werden?«

Ich öffnete die Augen wieder und spürte noch etwas: Bande, dünn und unsichtbar, die an meinen Gedanken zerrten und an meinem Herzen. Ich konnte dem noch keinen Namen geben, weil alles noch so neu war, aber ich war nahe dran.

Außer dem Band zu Joe. Das war einfach.

»Möchten Sie, dass ich ein Wolf werde?«, fragte ich zurück.

Thomas grinste. »So viele Schichten«, murmelte er und ging weiter.

Ich würde nicht wie sie werden, nicht ganz. So viel hatte ich bereits begriffen. Das konnte ein Mensch auch gar nicht, denn es war ein Unterschied, ob man gebissen oder geboren wurde. Die Bennetts hatten lebenslange Erfahrung, ich würde umhertapsen wie ein Kind.

»Ich wäre anders«, sagte ich laut.

»Das wärst du«, bestätigte Thomas.

»Ein Beta.«

»Ja, einer von meinen. Und schließlich von Joe.«

»Warum wird Carter nicht der nächste Alpha? Oder Kelly?«

»Weil sie nicht dazu geboren wurden«, antwortete Thomas. »Joe schon.«

Ich wollte ihn nicht beleidigen, aber ich konnte die Worte nicht zurückhalten. »Ich hätte etwas, dass Sie nicht haben.«

»Tatsächlich? Und das wäre?«

Ich berührte den Baum noch einmal. »Ich würde mich daran erinnern, wie es ist, ein Mensch zu sein.«

Thomas wurde nicht wütend. Er legte mir einen Arm um die Schultern, und ich spürte seine Wange an meinem Haar. Einmal, zweimal, ein drittes Mal. So waren die Bennetts eben, und jetzt wusste ich auch, warum. Ich gehörte zu ihnen, und deshalb musste ich auch so riechen wie sie. Es war eigenartig. Und tröstlich.

Er richtete sich wieder auf. »Das würdest du«, sagte er leise. »Und du wärst ein guter Wolf.«

»Meine Mom«, sagte ich, um Zeit zu schinden, während sich in meinem Kopf alles drehte.

»Die Entscheidung liegt bei dir.«

»Gehört sie auch zum Rudel?«

»Auf ihre Art.«

»Ich müsste es ihr sagen.«

»Ich vertraue dir, Ox.«

Ich schloss die Augen. Das waren keine leichten Worte, nicht nach dem, was seine Familie durchgemacht hatte.

»Würde ich mich verlieren?«, fragte ich. »Den Teil, der mich zum Menschen macht?«

»Nein. Du wärst immer noch du, nur ...«

»... mehr?«

»Anders«, widersprach Thomas. »Ox, du brauchst nicht *mehr* zu sein. Du bist perfekt, so wie du bist. Menschliche Rudelmitglieder sind ... besonders. Wir verehren sie und werden dich immer beschützen. Du wirst immer geliebt werden.«

Eine Biene flog vorbei. Ich folgte ihr mit meinem Blick, bis sie außer Sichtweite verschwand.

»Weil du immer eine Wahl hast. Unser Leben wird von den Entscheidungen bestimmt, die wir treffen. Und wenn du gebissen werden willst, wenn du achtzehn wirst, werde ich es tun.«

Ich sah ihn an. Er beobachtete mich genau. »Ich könnte mit Ihnen laufen«, sagte ich schüchtern. »Bei Vollmond.«

Thomas lachte. »Das wirst du so oder so. Du bist vielleicht nicht so schnell wie wir, aber wir lassen dich nicht zurück.«

»Warum sagen Sie mir all das erst jetzt?«

Sein Lachen verschwand. »Um dich zu schützen.«

»Wovor?«

»Es gibt Dinge, die weit größer sind als du und ich, Ox. Gute wie schlechte. Die Welt ist größer, als du es dir vorstellen kannst. Im Moment sind wir hier in Sicherheit, aber vielleicht nicht für immer. Dieser Wald ist ein Ort der Macht, und solche Orte erregen Aufmerksamkeit.«

»Und was ist jetzt anders als früher?«

»Joe.«

Ich schaute weg. »Hätten Sie es mir auch gesagt, wenn er ...«

»Ja, eines Tages.«

Ich beschloss, es dabei zu belassen. »Zeit fürs Essen, glaube ich«, sagte ich. »Das ist Tradition.«

Thomas' Lachen kehrte zurück.

Ich fragte mich, ob Thomas aufgefallen war, dass ich ihm keine Antwort gegeben hatte. Ob ich ein Wolf werden wollte. Ich glaubte schon. Thomas wusste alles.

»Ich halte dich also auf dem Boden«, sagte ich wenige Tage später zu Gordo. Wir waren allein in der Werkstatt und sperrten gerade zu. Die Schule fing bald wieder an und ruhige Momente wie dieser würden selten werden.

Er antwortete nicht gleich, aber das war in Ordnung so.

Ich schloss die Vordertür ab, dann folgte ich ihm auf den Hof, wo er seine Zigarette rauchte und wir noch zehn Minuten plaudern würden wie immer, bevor wir nach Hause gingen.

Er ließ sich in seinen zerschlissenen Klappstuhl sinken und spielte mit seinem Feuerzeug, eine Zigarette hinters Ohr geklemmt. Schaute einem Vogelschwarm am Himmel hinterher.

»Mein Vater«, begann er.

Ich wartete.

Er räusperte sich. »Mein Vater«, versuchte er es noch einmal, »war kein ... netter Mann.«

Ich wollte schon erwidern, dass wir damit noch eine Gemeinsamkeit mehr hatten, aber die Worte erstarben mir auf der Zunge.

»Du kennst diese Welt noch nicht, Ox. Sonst hättest du schon von ihm gehört. Er war sehr mächtig. Er war stark und tapfer, und die Leute haben ihn angebetet, ich mit eingeschlossen. Aber er war kein netter Mann.«

Mein Vater war toll gewesen. Ich hatte ihn für stark und tapfer gehalten und ihn angebetet. Aber er war nie besonders nett.

Und ich war dumm wie ein Ochse.

Die Leute würden mich wie Scheiße behandeln.

»Rudel wie die Bennetts, alte Rudel mit einer langen Geschichte, nehmen irgendwann eine Hexe in ihre Reihen auf. Sie soll für Frieden und Ausgleich sorgen und die Macht des Alphas stärken. Mein Vater war die Hexe von Abel Bennett, von Thomas' Vater. Das Bennett-Rudel war damals noch größer. Und stärker. Verehrt und gefürchtet.«

»Was ist passiert?«, fragte ich leise.

»Er hat seinen Anker verloren«, antwortete Gordo mit einem bitteren Lachen.

»Deine Mutter?«

»Nein, eine andere Frau. Sie ... Es spielt keine Rolle. Sie ist gestorben. Ein Werwolf hat sie getötet. Und dann fing mein Vater an, Leute umzubringen.«

Ich war wie betäubt.

»Ich habe seinen Platz eingenommen«, sprach Gordo weiter. »Damals war ich zwölf und noch nicht bereit für die Verantwortung. Ich habe Fehler gemacht, und mein Vater ist von der Bildfläche verschwunden. Ich weiß nicht mal, ob er noch lebt. Aber ich hatte jetzt wenigstens ein Zuhause, einen Ort, an dem ich sein konnte.«

»Gordo?«

»Was?«

»Ich bin dein Anker.«

»Ja.«

»Wer war es vor mir?«

Gordo schaute weg. »Das spielt keine Rolle.«

Oh doch, das tat es. »Wie lange schon?«

»*Großer Gott!*«

»Wie lange warst du ohne Anker?«

Ich rechnete nicht mit einer Antwort, aber er sagte: »Mehrere Jahre.«

»Du verdammter Trottel«, stöhnte ich. »Warum hast du mich nicht einfach gefragt?«

»Ich glaubte nicht ...«

»Ach ja? Hast du eine Ahnung, was alles mit dir hätte passieren können?«

Er zündete seine Zigarette an und nahm einen langen Zug.
»Ich hatte es unter Kontrolle.«
»Von wegen.«
Er fixierte mich. »Nur weil du jetzt dazugehörst, heißt das noch lange nicht, dass du dich auskennst, Ox. Ich mache das schon mein Leben lang, und du bist noch ein verdammtes Kind.«
Ich richtete mich zu meiner vollen Größe auf. »Ein Kind, das zum Bennett-Rudel gehört und an dich und an Joe gebunden ist.«
Gordo musterte mich mit einem seltsamen Gesichtsausdruck.
»Tu das nie wieder, verstehst du? Du verheimlichst mir nie wieder was.«
»Du kannst ganz schön beängstigend sein, Kleiner, weißt du das? Anscheinend steckt ein bisschen Alpha in dir.«
Ich sagte nichts, sondern funkelte ihn nur weiter an.
Gordo seufzte. »In Ordnung.«
»Wer war es?«
Rauch kräuselte sich um sein Gesicht, als er endlich antwortete: »Mark. Ich habe ihn geliebt. Als er gegangen ist, bin ich geblieben und war verloren in der Dunkelheit, bis ich dich gefunden habe. Du hast mich zurückgeholt, Ox, und ich darf dich nicht verlieren. Auf keinen Fall.«

Die anderen wussten es nicht. Tanner, Rico und Chris.
Gordo meinte, es wäre besser so.
Manchmal dachte ich, dass er nicht einmal selbst an seine Lügen glaubte.

Die Schule fing wieder an. Mein letztes Jahr.
Draußen hupte ein Auto.
Ich machte die Tür auf.
Joe winkte mir strahlend vom Rücksitz aus zu.
»Hey, Ox!«, rief er. »Jetzt bin ich wie ihr. Lass uns endlich loslegen!«

Auf dem Waldspaziergang, als Thomas mich fragte, ob ich ein Wolf werden wollte, sagte er außerdem: »Anker sind wichtig, Ox. Vor allem, wenn es Menschen sind. Emotionen wie Wut und Hass sind allumfassend, sie schwelen im Innern, bis die Bande zu schwarzer Asche verbrannt sind. Ist der Anker aber ein ganzes Rudel, verteilt es sich auf alle Mitglieder, und alle tragen die Last gemeinsam.«

»Und wenn es nur ein einzelner Mensch ist?«, fragte ich. Eine Brise fuhr durch mein Haar und ich schloss die Augen.

»Wenn es ein einzelner Mensch ist«, antwortete Thomas leise, »wird er wie ein Schatz behandelt. Das hat auch etwas Besitzergreifendes, aber so ist das nun mal. Es ist eines der wichtigsten Dinge, die es für einen Wolf gibt.«

»Was ist Ihr Anker?« Ich wollte meine Worte sofort wieder zurücknehmen. Es war eine so zutiefst persönliche Frage, und ich hatte kein Recht, sie zu stellen.

»Mein Rudel«, antwortete Thomas ohne Umschweife. »Das war es schon immer. Nicht die einzelnen Mitglieder, sondern das, wofür das Rudel steht.«

»Familie«, sagte ich.

»Ja. Und noch so viel mehr. Es kann die Sache schwerer machen, wenn es nur ein einzelner Mensch ist.«

»Und was, wenn es zwei sind?«

Thomas runzelte die Stirn. »Das werden wir sehen.«

Es gibt noch einen dritten Bennett-Bruder, tuschelten sie auf den Gängen.
Er sieht genauso aus wie die anderen.
Warum geben sie sich immer noch mit Ox ab?

Wir brauchten einen größeren Tisch in der Cafeteria.

Oder vielleicht auch nur eine breitere Bank.

Ich war von Bennetts umzingelt. Kelly links von mir, Joe rechts und neben ihm Carter. Sie saßen so dicht an mich gedrängt, wie sie nur konnten. Joe plapperte von diesem und jenem und überhaupt allem, was ihm gerade einfiel.

Jessie saß uns amüsiert gegenüber. Ich glaubte, noch etwas anderes in ihrem Grinsen zu erkennen, kam aber nicht dahinter, was es war.

Ich dachte mir, dass wir ein ziemlich seltsames Bild abgeben mussten. Wir vier auf der einen Seite, Jessie auf der anderen.

Es war mir egal.

Joe redete und redete. Mit mir, mit Carter, mit Kelly. Aber nie mit Jessie.

Er gab mir ein Stück Apfel.

Ich gab ihm eine Handvoll Kartoffelchips.

»Ich bin so froh, hier zu sein. Mit dir«, sagte er.

»Ich auch«, erwiderte ich.

»Hast du ihn geliebt?«, fragte ich Mark an einem Nachmittag im Herbst.

»Wen?«

»Gordo.«

»Lass es«, sagte er und ging.

Ich ließ ihn.

Ich brachte Gordo dazu, die Schutzzauber um unser Haus aufzuheben, und danach kamen die Bennetts an einem Sonntag zu uns zum Essen.

Anfangs hatte er sich geweigert. »Es ist nicht sicher«, hatte er gesagt.

»Ich gehöre zu einem Rudel Werwölfe mit ausgeprägtem Beschützerinstinkt, die gleich nebenan wohnen. Ich glaube kaum, dass es einen sichereren Ort für mich gibt.«

»Gott im Himmel«, murmelte er. »Weißt du noch, wie du kaum gesprochen hast? Das waren gute Zeiten damals.«

Das tat mehr weh, als ich erwartet hatte, und Gordo schien es mir anzusehen.

»*Ox*«, seufzte er.

»Ja?« Ich schaute auf meine Stiefel. Ich sagte vielleicht nicht immer die schlauesten Sachen, aber ich strengte mich an und hatte geglaubt, ich wäre besser geworden.

Er legte mir eine Hand in den Nacken, und ich spürte etwas zwischen uns pulsieren. Es war nicht so stark wie mit Joe oder dem Rudel, aber es war da. Es war warm und freundlich und fühlte sich nach Zuhause an.

»Tut mir leid«, sagte er leise.

»Ich weiß«, erwiderte ich mit einem Achselzucken. »Schon okay.«

Der Druck seiner Finger wurde stärker. »Nein, ist es nicht. Niemand sollte dich je so behandeln, am allerwenigsten ich. Das ist inakzeptabel.«

»Ich weiß.«

»Ich werde mich bessern, okay? Ich bin nicht gerade ein Held in diesen Dingen, aber ich werde mich anstrengen. Ich schwöre es.«

»Ich weiß.«

Er drückte noch mal kurz meinen Nacken und ließ seine Hand sinken. »Ich werde die Schutzzauber nicht aufheben. Zumindest nicht ganz. Nur für Joe, Carter und Kelly.«

»Und für den Rest des Rudels.«

Gordo schaute weg. »Ja. Und für den Rest.«

Wir luden zum ersten Mal jemanden zu uns zum Essen ein.

Mom war sehr nervös und sprang in der Küche herum wie ein Vogel im Käfig.

Als ich sie fragte, warum, sagte sie: »Sie sind so elegant, Ox, und wir überhaupt nicht.«

»Solche Dinge sind ihnen vollkommen egal.«

»Das weiß ich.«

»Du siehst schön aus«, sagte ich, denn es stimmte. Das tat sie immer. Selbst wenn sie müde war oder traurig.

»Halt die Klappe, du«, sagte sie mit einem Lachen, versetzte mir einen Klaps mit dem Geschirrtuch und trug mir auf, den Salat zu machen, während sie sich um die Lasagne kümmerte.

Joe kam als Erster rein. Sein Blick huschte von hier nach dort, seine Augen waren so weit aufgerissen, als wollten sie aus den Höhlen springen, und seine Brust hob und senkte sich, während er so viel wie möglich von allem in sich aufsaugte.

»Joe«, mahnte Thomas hinter ihm. »Schön ruhig und gleichmäßig atmen.« Der Kommandoton in seiner Stimme jagte mir einen Schauer über den Rücken, und endlich wusste ich, woher dieses Gefühl kam. Thomas war der Alpha, und obwohl ich kein Wolf war, wollte ich mich ihm sofort unterwerfen.

»Es ist ...«, erwiderte Joe leise, während er versuchte, seinen Atem zu verlangsamen, »ziemlich viel auf einmal.«

Ich verstand nicht, was er damit sagen wollte, aber wahrscheinlich sollte ich das auch gar nicht.

Elizabeth kam herein, gefolgt von Carter, Kelly und Mark. Mom redete ununterbrochen, und entweder wollte sie es übersehen, oder es fiel ihr gar nicht auf, wie die Bennetts so gut wie alles in ihrer Reichweite berührten und mit den Händen darüberfuhren: die Couch, den Esstisch, die Stühle, die Arbeitsplatte.

Schließlich setzten sich Carter und Kelly und machten sich so breit, wie sie irgend konnten. Ich wusste, warum sie das taten. Sie wollten, dass es im Haus nach ihnen roch, nach dem Rudel. Düfte waren wichtig. Der von mir und Mom allein genügte nicht. *Sie* mussten auch dabei sein.

Ich umarmte alle nacheinander. Carter und Kelly rieben ihre Nase an meinem Hals.

Joe nahm meine Hand. »Dein Zimmer«, sagte er. »Ich möchte dein Zimmer sehen.«

Er zog mich die Treppe hinauf, ohne auf meine Antwort zu warten. Ich musste ihm nicht einmal den Weg zeigen. Er streckte den Arm aus und ließ seine Finger über die Wand gleiten, während sein Blick von links nach rechts sprang. Einmal knurrte er kurz und umklammerte meine Hand fester. Ich fragte nicht, warum. Ich war nicht sicher, ob ich es wissen wollte.

Wir betraten mein Zimmer und Joe war überall. Er verharrte nie länger als eine Sekunde und berührte alles, was er in die Finger bekam.

»Es ist stark hier drinnen, so stark«, murmelte er und: »Aber ich kann es überdecken, kann es wegmachen« und: »Meins, meins, meins.«

Ich ließ ihn. Ließ ihn tun, was er tun musste.

Vor meinem Schreibtisch blieb er plötzlich stehen und schnappte nach Luft.

»Joe?«, fragte ich und machte einen Schritt auf ihn zu.

»Du hast ihn behalten?«

»Wen?«

Er antwortete nicht.

Ich stellte mich hinter ihn. Er war größer geworden. Sein Kopf reichte mir jetzt bis zur Brust, und ich verspürte einen bittersüßen Schmerz. Warum, wusste ich nicht.

Da sah ich, was Joe gerade anstarrte.

Den kleinen Wolf aus Stein.

»Natürlich habe ich ihn behalten«, erwiderte ich verwirrt.

»*Ox*«, sagte Joe mit erstickter Stimme. Seine Hände krallten sich in den Schreibtisch und hinterließen kleine Kratzer im Holz, seine Augen blitzten orange.

»Hey«, sagte ich und legte ihm eine Hand auf die Schulter. Ich spürte wieder diese Wärme wie bei Gordo, aber bei ihm war es eher eine Flamme gewesen. Bei Joe war es wie die Sonne.

Er seufzte und ließ von der Tischplatte ab.

»Ich mag dein Zimmer«, sagte er leise. »Es ist genau so, wie ich es mir vorgestellt habe: unaufgeräumt und sauber.«

»Kiefernzapfen und Zuckerstangen?«, fragte ich.

Er lächelte. »Und toll und fantastisch.«

Er berührte den Kopf des Steinwolfs mit der Fingerspitze, und die Sonne zwischen uns brannte so unglaublich hell.

Wolfsding /
Wir sind allein

Sie trainierten. Die Werwölfe. Das Rudel.
 Sie bewegten sich schnell und leise zwischen den Bäumen hindurch.

Verfolgten mich durch den Wald, während ich versuchte, sie von meiner Fährte abzubringen.

Thomas sagte: »Angriff«, sie fuhren ihre Krallen aus, und er täuschte nach links an, nach rechts, nach oben und nach unten.

Einmal fragte ich ihn, warum wir das alles trainierten.

»Damit wir bereit sind«, antwortete er.

»Wofür?«

Thomas legte mir die Hand auf die Schulter. »Zu beschützen, was uns gehört.«

»Wovor?«

»Vor allem, was unser Rudel oder unser Revier bedrohen könnte.«

Seine Augen blitzten rot, und mir lief ein Schauer über den Rücken.

Ich trainierte härter.

»Frohe Weihnachten, Ox.«

Ich zog Joe an mich und legte mein Kinn auf seinen Kopf. Er grinste.

»Du hast dich verändert«, sagte Gordo und nahm einen Zug von seiner Zigarette.

»Ach ja?«

»Du bewegst dich anders.«

»Vielleicht werde ich einfach erwachsen.«

»Du hast mehr Selbstvertrauen. Hältst dich aufrechter.«

»Das ist so ein Wolfsding.«

»Du bist kein Wolf.«

»Aber fast.«

Er kniff die Augen zusammen. »Er hat es nicht getan, oder?«

»Wer?«

»Thomas. Er hat angeboten, dich zu beißen.«

Ich hörte Rico in der Werkstatt laut lachen. Tanner und Chris riefen etwas.

»Ja«, antwortete ich.

»Ox«, sagte Gordo mit warnendem Unterton.

»Die Entscheidung liegt bei mir. Er würde es erst tun, wenn ich achtzehn bin, aber die Entscheidung liegt bei mir.«

»Verflucht, Ox.« Gordo war aufgebracht. »Denk an die Konsequenzen. Man würde dich für den Rest deines Lebens jagen. Es gibt Dinge da draußen, Menschen und Monster, die deinen Kopf auf einem Spieß sehen wollen!«

»Wenn ich ein Wolf bin?«, fragte ich. »Oder jetzt schon, weil ich zum Rudel gehöre?«

Gordo sagte nichts.

»Oder weil ich durch ein Band mit einer Hexe verbunden bin?«

»Ich habe dir gesagt, dass ich ...«

»Ich bin kein Kind mehr, Gordo.«

»Aber du bist alles, was ich habe«, erwiderte er mit bebender Stimme.

»Gut«, sagte ich. »Dann weißt du auch, dass ich dich nie im Stich lassen werde. Dich nicht und auch sonst niemanden.«

Er schloss die Augen und atmete tief durch.

»Du hast abgelehnt«, sagte ich aufs Geratewohl. »Den Biss.«

Gordo öffnete seine Augen langsam wieder. »Mir ist noch nie im Leben eine Entscheidung so leichtgefallen.«

Wir wussten beide, dass das eine Lüge war.

Ich sagte ihm nicht, dass ich beschlossen hatte, ein Mensch zu bleiben.

Für den Moment.

»Jessie war heute im Diner«, sagte Mom.

Ich konzentrierte mich wieder auf meine Matheaufgaben. Irgendwas hatte ich falsch gemacht.

»Sie meinte, sie hätte dich seit Tagen nicht gesehen.«

»Ich war beschäftigt«, murmelte ich. »Mit Hausaufgaben und meiner Arbeit bei Gordo's.« Und Vollmond mit den Werwölfen.

»Es ist gut, wenn man Prioritäten hat, Ox. Aber vergiss all die anderen guten Dinge nicht.«

Mit den Wölfen zu laufen, war das Beste überhaupt.

Ein dunkles Pulsieren der Sonne zwischen Joe und mir.

Wir hatten gerade Geschichtsunterricht, ich saß mit dem Kopf auf die Tischplatte gestützt und fuhr ruckartig hoch. War aus dem Klassenzimmer, noch bevor ich wusste, was ich tat.

JoeFindenSicherheit war alles, was ich denken konnte.

Zwei Lichtblitze, kurz und heftig.

Carter und Kelly.

Rudel.

Die Sonne brannte zornig. Noch war der Ausbruch unter Kontrolle, aber nicht mehr lange, so viel wusste ich immerhin. Aber nicht, woher.

Die Jungentoilette. Auf dem Flur.

Ich stieß die Tür auf.

Joe stand mit dem Rücken zur Wand, sein Rucksack lag vor seinen Füßen. Hefte und Stifte waren über den Boden verstreut.

Drei Kerle um ihn herum, einer drückte ihm seinen Unterarm gegen die Kehle. Ich sah die Szene vage durch den roten Schleier, der sich über mein Blickfeld gesenkt hatte. Zehntklässler. Und Arschlöcher.

Joe hatte keine Angst. Oder nur wenig. Ich schwöre, dass ich seinen nur leicht erhöhten Herzschlag hören konnte. Und er wehrte sich nicht. Weil er wusste, dass dann der Wolf aus ihm hervorbrechen würde.

Dann sah er mich.

Seine Augen wurden groß und die Sonne explodierte.

Den mit dem Unterarm auf Joes Hals nahm ich mir als Ersten vor.

Ich packte ihn von hinten und riss ihn weg. »Was ...«, begann er und verstummte, weil er bereits auf dem Boden lag, mein Knie auf seiner Brust, meine Hände an seiner Kehle. Seine Augen weiteten sich, während ich ihn mit gefletschten Zähnen anknurrte.

Die anderen beiden packten mich an Armen und Schultern und versuchten, mich von ihm herunterzuziehen, und ich dachte an das, was Thomas mir im Training beigebracht hatte: ruhig bleiben und die Kontrolle behalten.

Ich ließ mich von ihnen wegziehen, nutzte den Schwung der Bewegung und rammte dem rechts von mir mein Knie in den Bauch, dem links von mir meinen Ellbogen ins Gesicht. Der eine klappte röchelnd zusammen, der andere schrie, während es rot zwischen seinen Fingern hervorquoll. Dann wirbelte ich herum und schob Joe hinter mich. Er krallte sich an meinem Hemd fest und presste seine Stirn an meinen Rücken.

Carter und Kelly stürmten herein, die Augen weit aufgerissen, und ich wurde ruhiger. Sie schienen zufrieden mit dem, was sie sahen. Nicht überrascht, sondern zufrieden. Als hätten sie gewusst, dass ich zurechtkommen würde.

»Eure Namen«, sagte Carter.

»Fick dich«, nuschelte der Typ mit der blutigen Nase.

»Falsche Antwort«, sagte ich und stellte mich neben Kelly.

»Eure Namen!«, bellte Carter.

»Henry«, sagte der eine.

»Tyler«, der andere, die Hände immer noch auf seinen Bauch gepresst.

Und der Typ auf dem Boden keuchte: »Fahrt zur Hölle.«

Carter packte ihn an der Kehle und hob ihn hoch, bis seine strampelnden Beine den Boden nicht mehr berührten. Carter war kurz davor, aber noch hatte er sich unter Kontrolle. »Dein. Name.«

»Dex«, würgte der Kerl hervor.

»Gemerkt?«, fragte Carter an Kelly gewandt.

Kelly atmete tief ein und nickte. »Henry. Tyler. Dex. Ich hab sie.«

Ihre Gerüche.

»Wenn ihr meinem Bruder noch einmal zu nahe kommt, bringe ich euch um«, knurrte Carter. »Alle. Wenn nicht ich, dann wird Kelly es tun. Und wenn *er* es nicht tut, dann gnade euch Gott, wenn Ox euch in die Finger bekommt.«

Dann ließ er Dex los, der schreiend zu Boden fiel.

Carter und Kelly stellten sich neben mich, um Joe abzuschirmen. Kelly legte mir eine Hand auf den Arm, Carter drückte seine Schulter gegen meine.

Henry ergriff als Erster die Flucht, dann Tyler. Dex grinste hämisch, aber es war das stotternde Grinsen eines Feiglings, kurz bevor auch er rannte, so schnell er konnte.

Ich brannte wie die Sonne.

Der Direktor sah mich mit funkelnden Augen an. Meine Mom. Die Bennetts. »Fünf Tage Schulausschluss«, sagte er.

Carter, Kelly und ich blieben stumm, wie wir es vereinbart hatten.

»Fünf Tage?«, fragte meine Mutter. »Und was ist mit den drei, die angefangen haben?«

»Sie werden ebenfalls bestraft«, antwortete der Direktor, und ich konnte die Schweißperlen an seinem Haaransatz sehen.

»Werden sie?«, hakte Elizabeth nach. »Das will ich doch hoffen, nachdem sie meinen zwölfjährigen Sohn auf der Toilette verprügeln wollten.«

»Und Ox daraufhin einem von ihnen die Nase gebrochen hat!«, entgegnete der Direktor. »Er kann froh sein, dass er nicht angezeigt wurde.«

»Und wie«, sagte Elizabeth. »In diesem Fall hätte es allerdings eine Gegenanzeige gegeben.«

Der Direktor tupfte sich die Stirn.

»Mark?«, fragte Thomas ruhig.

»Ja?«

»Wie viel Geld wollten wir dem Schulamt von Green Creek dieses Jahr spenden?«

»Fünfundzwanzigtausend Dollar.«

»Ach ja. Danke, Mark.«

»Sehr gern geschehen.«

»Nun, Mr. Bennett«, begann der Direktor, »ich bin sicher, dass wir ...«

»Mit Ihnen bin ich fertig«, schnitt Thomas ihm das Wort ab. »Ich kann Ihre Gegenwart nicht ertragen. Kommt, Zeit zu gehen.«

Thomas und Elizabeth nahmen mich beiseite.

»Du hast dein Rudel beschützt«, sagte Thomas mit rot leuchtenden Augen. »Ich bin sehr stolz auf dich.«

Er war mein Alpha und seine Worte ließen meine Haut kribbeln. Ich legte den Kopf in den Nacken und entblößte meine Kehle.

Thomas legte mir eine Hand in den Nacken und drückte sanft. Elizabeth umarmte mich.

Der Schulausschluss wurde ohne Angabe von Gründen aufgehoben.

»Ich wäre auch allein zurechtgekommen«, grummelte Joe.
»Ich weiß«, erwiderte ich.
»Ich hätte sie alle drei fertiggemacht.«
»Ich weiß.«
»Ich bin kein kleines Kind mehr.«
»Ich weiß.«
»Kannst du auch mal was anderes sagen?«
»Ich bin froh, dass ich dich beschützen konnte«, antwortete ich aufrichtig. »Und ich werde es wieder tun. Immer.«
Joe schaute mich mit seinen großen blauen Augen an, dann wurde er rot. Es begann am Hals und breitete sich über sein ganzes Gesicht aus. Schließlich schaute er weg und trat nach dem Schotter auf der Straße.
Ich wartete, bis er zu einer Entscheidung gelangt war.
Schließlich nahm er meine Hand, und wir gingen weiter.

Der nächste Streit.
»Sie sind meine *Familie*«, fuhr ich sie an.
Jessies Gesicht war rot, ihre Augen funkelten. »Das akzeptiere ich«, erwiderte sie mit harter Stimme. »Auch wenn ich ihre seltsame Faszination für dich nicht ganz verstehe.«
»Sie ist nicht seltsam.«
»Ox«, sagte sie, »ist sie wohl. Sind sie eine Art Sekte oder so was?«
»Hör auf damit, Jessie. Sie haben nie etwas Schlechtes über dich gesagt, also rede nicht so über sie.«
»Außer Joe«, murmelte sie.

»Was?«

Sie sah mich von meinem Bett aus an. »Ich sagte: außer Joe. Er mag mich nicht.«

Ich lachte. »Quatsch!«

»Ox, es ist so. Warum siehst du das nicht? Warum bist du so blind, wenn es um ihn geht?«

»Lass ihn da raus«, sagte ich, lauter jetzt.

Sie zuckte frustriert die Achseln. »Ich möchte nur Teil deines Lebens sein, aber du lässt mich nicht und verschweigst mir wichtige Dinge. Ich weiß, dass es so ist. Warum vertraust du mir nicht?«

»Doch, tue ich«, widersprach ich, auch wenn es sich beinahe wie eine Lüge anfühlte.

Jessie lächelte, aber es sah gezwungen aus.

Kurz nach Thanksgiving schrieb Mom mir eine SMS, dass ich nach der Arbeit gleich nach Hause kommen solle.

Etwas im Haus fühlte sich anders an, und die Veränderung traf mich mitten ins Herz. Da war Wut. Trauer. Aber auch Erleichterung. So viel Erleichterung.

Es musste am Rudel liegen. Ich hatte all diese Dinge noch nie in unserem Haus gespürt. Ich war kein Wolf, aber auch kein Mensch mehr, sondern irgendwas dazwischen.

Ich konnte die Farben beinahe *sehen*. Die Wut war violett, schwer und drückend. Die Trauer war ein flackerndes Blau um das Violett herum. Die Erleichterung war grün, und ich fragte mich, ob Elizabeth in ihrer grünen Phase genau das empfunden hatte: Erleichterung.

Mom saß am Küchentisch. Ihr Gesicht war trocken, aber ihre Augen waren gerötet. Sie hatte geweint, und ich wusste genau, was sie sagen würde. Spätestens da wusste ich außerdem, dass ich nicht mehr ganz normal war.

Ich ließ sie es trotzdem laut aussprechen. Das war ich ihr schuldig. »Ox«, begann sie, »du musst mir jetzt gut zuhören, okay?«

»Ja, sicher«, erwiderte ich und legte meine Hand auf ihre. Meine Hand, die so viel größer war als die der winzig kleinen Frau vor mir, die ich so sehr liebte.

»Wir haben einander«, sagte sie.

»Ich weiß.«

»Wir sind stark.«

»Das sind wir.« Ich lächelte.

»Dein Vater ist tot«, sagte sie. »Er ist betrunken gegen einen Baum gefahren.«

»Okay«, sagte ich, noch während sich meine Brust zusammenzog.

»Ich bin für dich da«, sagte Mom. »Ich werde immer für dich da sein.«

Wir entschieden uns beide, über ihre Lüge hinwegzusehen, denn niemand konnte so etwas versprechen.

»Wo?«, fragte ich.

»In Nevada.«

»Er ist nicht besonders weit gekommen, was?«

»Nein, ist er nicht.«

»Alles in Ordnung?«, fragte ich und strich mit dem Daumen über Moms Wange.

Sie nickte. Dann zuckte sie die Achseln. Ihr Gesicht verzog sich ein wenig, und sie wandte den Blick ab.

Ich wartete, bis sie weitersprechen konnte.

»Ich habe ihn geliebt«, sagte sie schließlich. »Lange.«

»Ich auch.« Und ich tat es immer noch. Mom vielleicht nicht, aber ich.

»Er war nett. Eine Zeit lang. Er war ein guter Mann.«

»Ja.«

»Er hat dich geliebt.«

»Ja.«

»Jetzt sind wir allein.«

»Nein, sind wir nicht«, entgegnete ich.

Mom sah mich an, eine Träne lief ihr über die Wange. »Wie meinst du das?«

»Es gibt mehr als nur uns beide«, antwortete ich zitternd.

»Ox, was ist los?«, fragte sie besorgt.

»Wir sind nicht allein. Wir haben die Bennetts. Und Gordo. Sie ...«

»Ox?«

Ich nahm einen tiefen Atemzug und blies die Luft ganz langsam wieder aus. Ich konnte Mom nicht in dem Glauben lassen, dass wir allein waren. Nicht mehr. Denn die Dinge hatten sich geändert.

»Ich werde dir etwas zeigen«, sagte ich schließlich. »Du musst mir vertrauen. Ich werde nicht zulassen, dass dir etwas passiert. Ich werde dich immer beschützen und dafür sorgen, dass du in Sicherheit bist.«

Mom weinte jetzt. »*Ox ...*«

»Vertraust du mir?«, fragte ich.

»Ja, ja, natürlich«, antwortete sie mit leisen Schluchzern nach jedem Wort.

»Wir haben auch ohne ihn überlebt. Wir brauchen ihn nicht.«

»Wirklich? *Wirklich?*«

Ich nahm sie bei der Hand und zog sie hoch. Legte meinen Arm um ihre Schultern und führte sie zur Haustür. Es war kalt draußen, also schmiegte ich mich ganz eng an sie. Mir war wärmer als ihr, immer.

»Hab keine Angst«, sagte ich. »Hab niemals Angst.«

Sie sah mich an, und Tausende Fragen standen in ihren Augen.

Ich legte den Kopf in den Nacken und schaute in den Nachthimmel.

Dann sang ich.

Mein Lied war nicht so gut wie das der Wölfe und würde es auch nie sein, denn was auch immer ich sein mochte, ich war nach wie vor mehr Mensch als irgendetwas anderes. Thomas hatte mir das gesagt, als er mich im Wald unterrichtet hatte. Aber mein Heulen war stark, selbst wenn meine Stimme manchmal zitterte. Ich legte alles hinein, was ich hatte. Meinen violetten Zorn. Meine blaue Trauer. Meine grüne Erleichterung, die verdammte Erleichterung darüber, dass er tot war, tot, tot, tot, und ich mich nie wieder fragen musste, wo er wohl steckte und wie es ihm ging. Kein Was-wäre-wenn? mehr. Kein Warum und kein Leiden. Denn wir waren nicht allein. *Die Leute werden dich wie Scheiße behandeln*, hatte mein Vater gesagt, aber scheiß auf *ihn*. Verdammt, wie ich ihn geliebt habe!

All das legte ich in mein Lied.

Und noch bevor das Echo verhallt war, kam schon die Antwort vom Haus am Ende des Feldwegs.

Joe.

Dann noch eine Stimme: Carter.

Kelly, Mark und Elizabeth.

Thomas sang am lautesten von allen. Es war der Ruf des Alphas.

Sie hatten mein Lied gehört, und nun sangen sie eines für mich.

»Mein Gott«, flüsterte meine Mutter und drückte sich noch enger an mich.

Ich hörte ein Rascheln und Knacken in der Ferne, das Trommeln von Pfoten auf gefrorenem Laub.

Violett war Zorn.

Blau war Trauer.

Grün war Erleichterung.

Und zwischen den Bäumen leuchtete es rot und orange, die Farben von Vertrautheit und Familie und Zuhause.

Ich konnte sie hören, sie sangen *BruderSohnFreundLiebe wir sind hier wir sind dein rudel wir gehören zu dir und nichts wird daran etwas ändern*.

Meine Mutter klammerte sich wimmernd an mich. Ihr ganzer Körper zitterte.

»Sie würden dir nie etwas tun«, sagte ich.

»Woher willst du das wissen?«, fragte sie panisch.

»Weil wir zum Rudel gehören.« Ich machte mich los und bedeutete Mom, ruhig zu bleiben, als sie versuchte, mich zurückzuhalten. »Es ist alles okay«, sagte ich, »alles okay.«

Dann ging ich rückwärts die Verandastufen hinunter, ganz langsam, damit ich nicht auf dem Eis ausrutschte, und ohne sie aus den Augen zu lassen. Mein Atem stieg in weißen Wolken auf, denn die Luft war kalt, doch sobald ich den gefrorenen Boden erreicht hatte, war ich umgeben von Wärme. Die Wölfe rieben sich an mir, knabberten an meinen Fingern und Händen und Armen. Joe sprang an mir hoch und legte mir seine Vorderpfoten auf die Schultern, leckte mir übers Gesicht und lachte und lachte und lachte.

Thomas saß im Hintergrund und wartete. Irgendwann gab er ein leises Knurren von sich. Die anderen hielten sofort inne und machten Platz.

Ich hörte, wie meine Mutter laut nach Luft schnappte, als er sich erhob. Dann kam er zu mir, langsam und gemessen, legte den Kopf auf meine Schulter und presste seinen Hals an meinen, berührte mit der Schnauze meine Haut und meine Haare. Ein tiefes Rumpeln drang aus seiner Brust. Es war das erste Mal, dass ich ihn ganz allein gerufen hatte, und er war stolz auf mich.

In sieben Monaten war mein achtzehnter Geburtstag, aber ich schien immer noch kein Mann zu sein, denn ich musste meine Tränen wegblinzeln. »Mein Vater ist gestorben«, flüsterte ich, und Joe winselte, kam aber nicht näher. »Mom denkt, dass wir jetzt allein sind.«

Das Rumpeln in Thomas' Brust wurde lauter, und durch das Band zwischen uns hörte ich *still nein niemals allein wir sind hier weine nicht RudelSohn weine nicht niemals allein.*

Ich krallte die Finger in Thomas' Fell und hielt mich daran fest.

Er gewährte mir diesen Moment der Trauer, denn er wusste, dass es nur ein Moment war. Schließlich ging er vorbei, wie solche Dinge es meist früher oder später tun.

Er leckte mir die Tränen von den Wangen, und ich lachte leise. Er presste seine Stirn an meine, und ich sagte: »Okay. Ich bin wieder okay. Danke.«

Thomas sah meine Mutter an. Sie stieß einen kleinen, erstickten Laut aus und wich zitternd einen Schritt zurück.

Ich sagte: »Hab keine Angst, es ist alles in Ordnung.«

Sie sagte: »Das ist ein Traum.«

»Nein«, sagte ich.

»Ox, *was ist das?*«, rief sie.

Thomas trabte zu ihr und drückte seine Nase gegen ihre Stirn.

»Oh«, sagte Mom.

Kämpfe für mich / Familie ist alles

»In was für einer seltsamen Welt wir doch leben«, sagte meine Mutter und lachte.

Und dann weinte sie.

Das Rudel nahm sie in die Mitte, bis am nächsten Morgen die Sonne aufging.

»Mom weiß Bescheid«, sagte ich.

Gordo schloss die Augen. Ich konnte das Band zwischen uns spüren, während er darum kämpfte, seine Wut unter Kontrolle zu halten. Violett vermischt mit Blau, dazwischen etwas Gold. Ich zog und zupfte daran, bis ich erkannte, dass es Eifersucht war. Gordo blies die Luft aus, und die Farben verblassten.

»Sie sind dein Rudel«, sagte er, sein Gesicht ausdruckslos, seine Stimme gleichgültig.

Violett in mir. »Dad ist tot.«

Blau, Blau, Blau. »Das tut mir sehr leid.«

Dann spürte ich seine Arme um mich, und ich war sein Anker, und ich dachte, dass er vielleicht auch ein Teil von meinem war.

Kurz vor meinem Geburtstag küsste mich Jessie. Sie schob mich rückwärts, bis meine Unterschenkel gegen mein Bett stießen.

Ich plumpste auf die Matratze.

Sie setzte sich auf meinen Schoß.

Ich lachte leise und dachte an den Vollmond in der kommenden Nacht. Mom wollte zum ersten Mal mitkommen, nur um zu sehen, wie es war.

Jessie sagte: »Ich glaube, wir sollten uns trennen.«

Ich sagte: »Okay.«

Stille.

Sie schob sich von mir herunter und stand auf. »Ox.« Ihre Augen waren zusammengekniffen.

»Was?«

»Das ist alles? Mehr hast du nicht zu sagen?«

Ich war verwirrt. »*Du* hast es gesagt!«

Sie verdrehte die Augen. »*Kämpfe* um mich.«

»Oh.«

»Ox.«

»Was?«

»Willst du um mich kämpfen oder nicht?«

»Jessie«, begann ich, »warum tust du das?« Ich tastete nach unserem Band, wollte sehen, welche Farbe es hatte. Aber dann fiel mir wieder ein, dass wir keines hatten, und das machte mich traurig.

Jessie begann, auf und ab zu laufen. »Du bist nie hier.«

»Hier? Ich bin *immer* hier. Das ist unser Haus, das ist mein Zimmer.«

»Nein. Hier, bei mir. *Wenn* wir uns mal sehen. *Wenn* du daran denkst, mich zurückzurufen. *Wenn* du daran denkst, mir zu schreiben. Wenn, wenn, wenn, weil du immer abgelenkt bist. Du bist immer weg, immer irgendwo anders, und das habe ich nicht verdient, Ox. Das verdiene ich nicht.«

Sie hatte recht. Sie hatte das nicht verdient. Und das sagte ich ihr.

»Dann bring es in Ordnung.«

»Ich kann nicht«, erwiderte ich, und Jessie verstand.

Ich will nicht.

Sie machte einen Schritt zurück, und ich fragte mich, was sie wohl sah. Ob ich mich verändert hatte, zu einem anderen geworden war. An manchen Tagen fühlte ich mich immer noch wie der gute alte Ox. An anderen wollte ich ein Lied singen, das die Bäume im Wald erzittern ließ.

»Warum?«, fragte sie.

»Hör zu, Jessie«, begann ich und spürte, wie mein Herz ein kleines Stückchen brach. »Ich habe ... Sachen zu tun.« Ich war nie gut mit Worten gewesen, und jetzt ließen sie mich ganz im Stich. Ich rang mit mir und klammerte mich an das Erste, was mir in den Sinn kam. »Prioritäten. Ich habe Prioritäten.«

»Und ich gehöre nicht dazu.«

»Doch«, widersprach ich, denn das stimmte nicht. »Tust du.« Aber so stimmte es auch wieder nicht. Es war entsetzlich. »Scheiße«, murmelte ich.

»Ich liebe dich, Ox«, sagte Jessie. »Merkst du das nicht?«

Doch, tat ich, und ich liebte sie ebenfalls. Auf meine Art. »Du gehst weg«, sagte ich schließlich. »In ein paar Monaten.« Auf eine Uni in einem anderen Bundesstaat.

»Ja, das werde ich. Und wir wollten es versuchen.«

»Vielleicht sollten wir es sein lassen.«

Sie schüttelte den Kopf. »Warum?«

»Weil ich dir nicht geben kann, was du brauchst. Und das ist nicht fair.«

»Es ist wegen Joe, oder? Wegen diesem kleinen Scheißer ...«

Ich stand abrupt auf. »Tu das nicht.«

Ihre Augen weiteten sich, und ihre Lippen bebten. Sie sagte: »Es tut mir leid. Das war ... Ich weiß nicht, warum ich das gesagt habe.«

»Das hier ist nur zwischen uns beiden«, sagte ich. »Lass ihn da raus.«

Schließlich ging sie.

»Ich kann es riechen«, sagte Joe leise. Wir saßen auf der Veranda und beobachteten den Sonnenuntergang. »Du bist traurig.«

»Ja«, sagte ich, denn er hatte recht.

»Möchtest du darüber reden?«

Ich schüttelte den Kopf. »Noch nicht.«

Er legte seinen Kopf auf meine Schulter. »Okay.«

Später, als die Sonne verschwunden war und die Sterne am Himmel leuchteten, sagte er: »Ich werde immer bei dir sein.«

»Du Bastard«, sagte Chris. »Jessie ist völlig fertig. Fick dich, Ox.«

Gordo nannte ihn ein Arschloch.

Tanner sagte, dass Liebe nun mal so sei.

Rico nannte mich einen Herzensbrecher.

Chris sprach drei Tage lang nicht mit mir.

Am vierten kam er zu mir. Er sah nervös aus.

Das konnte ich nicht ertragen und umarmte ihn.

Er erwiderte meine Umarmung und sagte: »Ich hab dich vermisst. Ich bin ein Trottel. Verzeihst du mir?«

»Natürlich«, sagte ich.

Er grinste und gab mir nach der Arbeit ein Sandwich aus.

Er sagte nichts mehr über Jessie und ich auch nicht.

Ich wurde achtzehn. Thomas fragte nicht, ob ich gebissen werden wollte, und ich bat ihn auch nicht darum.

Green Creek war klein. Unsere Abschlussklasse bestand aus nur vierunddreißig Leuten, aber man hätte meinen können, dass es Tausende waren, so laut schrien wir alle, als Carter auf die Bühne ging. Er zwinkerte uns zu und nahm grinsend sein Abschlusszeugnis entgegen.

Später sagte jemand: »Oxnard Matheson«, und das Gebrüll, das darauf folgte, verschlug mir den Atem. Die Bennetts. Meine

Mutter. Gordo und die Jungs. Sie alle schrien und johlten, als hätte ich die größte Tat der Menschheitsgeschichte vollbracht.

Ich will ehrlich sein: Das hatte ich nicht erwartet. Und es tat weh, aber auf eine gute Art.

Manchmal kann Schmerz etwas Gutes sein.

»Ich bin ja nicht weit weg«, sagte Carter. »Eugene ist nur ein paar Stunden entfernt.«

»Ja, ist keine große Sache«, stimmte Kelly zu.

»Wir werden uns ständig sehen«, meinte Joe.

»Ich find's trotzdem scheiße«, sagte ich.

Alle seufzten. »Ja, das ist es.«

Wir lagen im Gras und beobachteten die Sterne, alle kreuz und quer neben- und übereinander. Joe hatte den Kopf auf meiner Brust, seine Beine waren von mir weggestreckt. Carters Beine lagen schwer auf meinen, Kellys Kopf ruhte auf meiner Schulter.

Mir war warm. Ich fühlte mich geborgen. Und ich war traurig.

»Alles wird gut«, sagte Carter. »Versprochen.«

»Was, wenn du nicht zurückkommst?«, fragte Joe leise.

Ich streichelte seine Haare.

»Ich *komme* zurück«, beharrte Carter. »Du wirst mein nächster Alpha, schon allein deshalb komme ich zurück. Wegen dir und Kelly und Ox. Wir sind ein Rudel, und eines Tages wirst du uns anführen.«

»Aber ich weiß nicht, wie«, erwiderte Joe. »Ich glaube nicht, dass ich meine Sache besonders gut machen werde.«

»Du wirst der Beste sein«, widersprach ich. »Der beste Alpha, den es je gegeben hat.«

Joe blähte seine Brust.

Carter und Kelly lachten.

Sie dachten, ich mache Witze. *Der alberne Ox.*

Aber ich glaubte von ganzem Herzen daran.

Manchmal ging Thomas mit Joe in den Wald. Sie blieben stundenlang weg. Ich habe nie gefragt, worüber sie sprachen oder was sie dort machten, weil ich dachte, dass es mich nichts angeht.

Bis Thomas mir das Gegenteil erklärte.

Er bestellte mich mitten im Sommer zu sich. Carter tauchte mit einem eigenartigen Leuchten in den Augen vor der Werkstatt auf. Er sah aus, als stünde sein ganzer Körper unter Strom, und wenn ich es nicht besser gewusst hätte, hätte ich gedacht, er würde gleich die Kontrolle verlieren.

»*Papi!*«, rief Rico. »Dein Loverboy ist da. Mach Pause. Zehn Minuten sollten euch beiden reichen.«

Chris und Tanner johlten und pfiffen, während ich die Augen verdrehte.

Gordo stand mit vor der Brust verschränkten Armen in der Tür zu seinem Büro und beobachtete, wie ich nach draußen ging. Etwas war im Busch, und das wusste er. Er gehörte nicht zum Rudel, aber er konnte es spüren. Die Wölfe kamen nie hierher. Die Schutzzauber hielten sie fern. Gordo konnte manchmal ein Idiot sein, aber ich kannte seine Geschichte nicht, nicht die ganze. Ich versuchte, ihm keinen Vorwurf zu machen.

Und da stand Carter, nervös und mit einem orangen Leuchten in den Augen.

»Stimmt was nicht?«, fragte ich.

»Der Alpha will dich heute Abend sehen«, antwortete er mit rasselnder Stimme, als würde der Wolf in ihm jeden Moment hervorbrechen.

Ich wollte ihn nach dem Grund fragen, aber ich wusste es besser. Carters Worte waren eine Botschaft an mich.

Also schloss ich ihn in die Arme, und er presste mit einem leisen Winseln seine Nase an meinem Hals, bis er endlich aufhörte zu zittern.

»Alles okay?«, flüsterte ich.

Er nickte und machte sich von mir los. »Ich warte hier«, sagte er, jetzt wieder mit seiner normalen Stimme. »Und ich fahr dich nach Hause.«

Ich ging zurück in die Werkstatt.

»Was war das?«, fragte Gordo.

Ich sagte: »Rudelangelegenheiten«, und machte mich wieder an die Arbeit.

Carter redete während der Fahrt nicht viel. Nur Kleinigkeiten über sein College und Mädchen, also sagte ich etwas, worüber ich schon lange nachdachte: »Neulich war ein Typ in der Werkstatt. Ich fand ihn attraktiv. Manchmal checke ich Typen ab.« Es kam sehr schnell heraus, weil ich es zum ersten Mal laut aussprach. Es war eine Erleichterung. Und entsetzlich.

Carter schwieg eine Minute lang. Dann sagte er: »Echt? Okay. Hast du seine Eier geleckt?«

Ich lachte so sehr, dass ich dachte, ich müsste sterben. Carter lachte mit.

Er sagte: »Du weißt, dass mir das scheißegal ist, oder? Von allen Sachen auf der Welt, über die man sich aufregen kann, ist das eindeutig die letzte.«

»Ja, Carter, ich weiß.« Mein Herz pochte wie wild.

»Hey, Ox, beruhige dich.«

Verdammte Werwölfe. »Okay, mach ich.«

»Bin ich der Erste, dem du das erzählst?«

»Ja.«

Er grinste. »Du hast gerade deine Unschuld an mich verloren!« Er runzelte die Stirn. »Nein, warte.«

»Großer Gott!«

»Das passt nicht.«

»Großer Gott!«

»Ich war *dein Erster*.« Er blieb vor einer roten Ampel stehen und schnitt eine Grimasse. »Das war auch nicht besser.«

»Großer Gott!«

»Hast du schon mal einen Mann geküsst?«

Ich wurde rot. »Nein.«

Bevor ich reagieren konnte, beugte er sich zu mir herüber und presste mir einen schmatzenden Kuss auf die Lippen. »Jetzt schon.«

»Großer Gott!«

»Du klingst viel zu sehr wie Joe.«

»Das war, als hätte ich meinen Bruder geküsst«, stöhnte ich.

»Leck mich, Oxnard«, erwiderte Carter mit einem Grinsen. »Du hast Glück, dass ich hetero bin. Sonst hätte ich dich schon vor langer Zeit niedergeknutscht.« Er schnupperte in der Luft und verzog beleidigt das Gesicht. »Du bist ernsthaft nicht erregt? Wirklich *kein* bisschen?«

Ich schloss verzweifelt die Augen.

»Irgendwas muss ich wohl falsch machen.«

»Das muss es sein«, krächzte ich.

»Stehst du immer noch auf Mädchen?«

Ich zuckte die Achseln. »Glaub schon.«

Er schlug mir auf den Arm. »Wahre Schönheit kommt von innen, was?«

Ich lachte.

»Es wird die Dinge einfacher machen«, sprach er weiter.

»Welche Dinge?«

Carter zuckte die Achseln. »Die Zukunft. Und alles, was damit zusammenhängt.«

Mehr verriet er nicht, bis wir das Haus am Ende des Feldwegs erreichten. Thomas und Joe erwarteten uns bereits.

»Hab keine Angst, Ox, alles wird gut«, sagte Carter noch zu mir, dann ging er nach drinnen.

»Ox«, sagte Thomas herzlich. »Danke, dass du gekommen bist.«

Ich lächelte nervös.

Er konnte meine Anspannung riechen. »Du brauchst nicht nervös zu sein«, sagte er, und ich sagte: »Okay.«

Joe nahm meine Hand und rieb seine Stirn an meiner Schulter. Er war groß geworden. Er war jetzt knapp dreizehn Jahre alt und schoss in die Höhe wie Unkraut. Genau das sagte ich ihm, und er strahlte mich an.

Thomas ging ohne ein weiteres Wort in den Wald.

Joe zog an meiner Hand und wir folgten ihm.

Ich nahm mir ein Beispiel an den beiden und schwieg.

Schließlich erreichten wir die Lichtung.

Joe ließ meine Hand los und stellte sich neben seinen Vater. Dann setzten sie sich einander gegenüber im Schneidersitz ins Gras und sahen sich an.

»Was bedeutet es, ein Alpha zu sein?«, fragte Thomas.

»Es bedeutet, andere um jeden Preis zu beschützen«, antwortete Joe.

»Auch wenn es das eigene Leben kostet?«

»Ja. Das Rudel ist wichtiger als alles andere.«

Oh, wie gerne hätte ich etwas dazu gesagt, aber ich hielt den Mund. Thomas warf mir einen kurzen, warnenden Blick zu, doch er lächelte dabei, um mir zu zeigen, dass er mich verstand.

»Und warum ist das Rudel wichtiger?«

»Weil das Rudel die Familie ist«, antwortete Joe. »Und Familie ist alles.«

»Ox«, sagte Thomas. »Setz dich zu uns.«

Ich tat es. Ich war mir nicht sicher, ob ich wirklich hierhergehörte. War mir nicht sicher, warum ich eingeladen worden war. Außerdem wusste ich nicht, was ich sagen sollte, also tat ich das, was ich am besten konnte, und sagte gar nichts.

Und Thomas und Joe auch nicht. Sie saßen einfach da und beobachteten die Blätter in den Bäumen, ihre Hände strichen durchs Gras, und alles war grün. Grün wie die Flügel der Libelle, die ich an dem Tag meiner ersten Begegnung mit Joe gesehen hatte. Grün wie Elizabeths Phase an dem Tag meiner ersten Begegnung mit ihr. Grün wie Gordos Erdmagie, intensiv und stechend. Grün wie Erleichterung, und das so sehr, dass ich völlig überwältigt davon war.

Das war ich tatsächlich. Ich saß in einem Kreis mit einem Alpha-Werwolf und einem zukünftigen Alpha-Werwolf, und ich *gehörte* zu ihnen. Und sie gehörten zu mir.

Ich spürte die Bande zwischen uns. Die Bande zwischen mir und meinem Alpha. Die Bande zwischen mir und Joe.

Wir saßen noch Stunden so da und sagten kein Wort.

Von da an begleitete ich sie fast jedes Mal. Manchmal saßen wir nur. Manchmal sah ich zu, wie Thomas und Joe mit fliegenden Krallen und gefletschten Zähnen Zweikampf trainierten.

Und wieder fragte ich Thomas: »Wozu ist das gut?«

»Was?«

»Die Zweikämpfe. Das Training. Alles.«

Er antwortete: »Damit wir unser Revier beschützen können, wenn die Zeit kommt.«

»Vor wem?«

Er zuckte die Achseln. »Vor allen.«

»Thomas«, begann ich und hielt inne, wieder einmal unsicher, was ich sagen wollte.

Er wartete, wie er es immer tat.

Ich will gebissen werden.

Genau das wollte ich sagen, wirklich. Ich öffnete den Mund, aber ich brachte die Worte nicht heraus. Sie wollten einfach nicht.

Thomas wusste es. Natürlich. »Falls du eines Tages bereit bist, werde ich da sein«, sagte er nur. »Und wenn nicht ich, dann Joe.«

»Er wird seine Sache großartig machen«, erwiderte ich leise. »Weil Sie es ihm beigebracht haben.«

Thomas lächelte. Das war selten, und es tat gut, es zu sehen. »Ein Alpha ist nur so stark wie sein Rudel.«

Eines Tages fragte ich ihn, wann Joe der Alpha werden würde.
Er sagte, wenn die Zeit reif dafür war.
Ich fragte, was dann mit ihm passieren würde.
Er sagte, er wäre dann ein Beta im Rudel seines Sohnes.
Ich fragte, wie es sich anfühlt, die Privilegien eines Alphas aufzugeben.
Grün, sagte er.
Woher er das wusste, fragte ich nicht.

Manchmal schickte Thomas mich und Joe allein auf die Lichtung.
Manchmal redeten wir.
Manchmal sprachen wir kein einziges Wort.
Thomas sagte, es wäre für das Band zwischen uns.

Manchmal glaubte ich, dass sie mir etwas verheimlichten.
Es war nur so ein Gefühl.

DIE ERDE, AUF DER DU WANDELST / DER GEFALLENE KÖNIG

Sie war in der Küche und sang das Lied im Radio mit, als ich fragte: »Mom, kann ich mit dir reden?«

Sie rührte gerade in einem Topf auf dem Herd. »Hi, mein Kleiner«, sagte sie über die Schulter, und ich hätte mich am liebsten umgedreht und wäre rausgerannt. Ich war *achtzehn* und hatte Angst vor meiner Mutter.

Sie muss es mir am Gesicht angesehen haben, denn sie drehte den Herd herunter, kam zu mir und fasste mich am Arm. »Alles okay?«

Ich schüttelte den Kopf. »Wahrscheinlich. Ich glaube schon. Vielleicht.«

Sie wartete.

Ich liebte sie, und sie liebte mich, also sagte ich: »Ich bin mir ziemlich sicher, dass ich Mädchen mag.«

»Okay.«

»Und Jungs.« Meine Hände waren schweißnass.

»Okay.«

»Also, du weißt schon.«

Ihre Augen weiteten sich ein kleines Stück. »Oh! Das ist ...« Sie blinzelte mich an. »Und beide gleich?«

»Was?«

»Du magst Mädchen *und* Jungs, beide gleich viel? Oder das eine mehr als das andere?«

Ich zuckte die Achseln. »Gleich viel, denke ich. Ich kann es nicht genau sagen, weil ich noch nie etwas mit einem Jungen hatte.« Ich zuckte zusammen. »Ich wünschte, ich hätte das nicht gesagt.«

Mom wurde rot. »Na ja, du bist jetzt achtzehn und kannst, du weißt schon ... es tun. Als Erwachsener.«

»Oh Gott«, stöhnte ich.

»Nein, nein, ist schon okay!« Sie klang nervös. »Ich wollte nur ... Man hört immer, dass Eltern solche Dinge über ihre Kinder wissen. Aber ich wusste es nicht.« Sie runzelte die Stirn. »Macht mich das zu einer schlechten Mutter?«

»Nein! Äh, bestimmt nicht. Du bist ... toll. Als Mama.«

Sie seufzte. »Ox.«

»Ja?«

»Solche Dinge sind mir egal.«

»Was denn?«

»Ob du schwul bist oder nicht.«

»Bisexuell«, entgegnete ich, als ob das irgendetwas besser machen würde.

»Bisexuell«, wiederholte sie. »Okay.«

»Komische Situation.«

»Findest du?«

»Findest du nicht?«

»Du siehst verängstigt aus.«

Ich senkte den Blick. »Ich wollte dich nicht wütend machen«, brachte ich heraus.

Und dann spürte ich ihre Arme um meine Taille und ihren Kopf an meiner Brust. Ich legte meine Stirn auf ihre Schulter und erwiderte die Umarmung.

»Ich könnte nie wütend auf dich sein, nur weil du bist, wer du bist«, sagte Mom leise. »Und es tut mir aufrichtig leid, wenn du das jemals geglaubt hast.«

»Es ist also nicht seltsam oder sonst was?«

Sie lachte. »Ox. Du bist Mitglied eines Werwolfrudels und fragst mich, ob ich *das* seltsam finde?«

»Du gehörst auch zum Rudel«, sagte ich hastig.

Denn es stimmte. Bis zu einem gewissen Grad. Seit dem Moment, als Thomas sie mit der Schnauze angestupst hatte und ihr bewusst wurde, wie seltsam die Welt sein konnte, gehörte sie dazu. Sie hatte Wochen gebraucht, um zu akzeptieren, was sie gesehen hatte. Und vielleicht sogar noch länger, um es wirklich zu glauben. Kelly erzählte mir, dass sie noch lange nach Angst gerochen hatte, wenn sie mit ihm oder jemand anderem aus seiner Familie sprach. Ich meinte, er solle es nicht persönlich nehmen, und er lachte nur, legte mir einen Arm um die Schultern und sagte: »Natürlich nicht.«

Mom kam nur selten mit auf die Lichtung, aber Thomas bestand darauf, dass sie trainierte wie wir anderen auch, wann immer sie konnte. Anfangs war sie sehr still und unbeholfen und machte nur wenig.

Ich weiß nicht, was dann passiert ist. Vielleicht lag es an dem Waldspaziergang mit Thomas, auf dem er mit ihr über Dinge sprach, nach denen ich sie später nie fragte. Vielleicht lag es an dem Lunch, zu dem Elizabeth sie eingeladen hatte, bei dem sie Pfirsichwein tranken und kicherten wie kleine Mädchen. Vielleicht lag es auch an mir und daran, wie sehr ich das alles brauchte. Mein Rudel.

Ich wusste nicht, was der Grund für die Veränderung war, aber eines Tages sprang Mom mit blitzenden Augen auf mich zu, ihre Haare waren zu einem strammen Pferdeschwanz gebunden, und sie schlug mir mit ihrem Fuß die Beine weg. Ich lag benommen auf dem Rücken und schaute zu den Bäumen hinauf, während sie lachte.

Gott, wie ich diese Frau liebte!

Und genau deshalb hatte ich solche Angst, dass ich sie enttäuschen könnte. Wegen etwas so Bescheuertem wie Sex.

»Gibt es ... du weißt schon ...« Sie sah mich an. »... jemand Besonderen?«

Ich schüttelte den Kopf. »Nicht seit Jessie.«

»In Green Creek hast du auch nicht viel Auswahl.«

»Hm.«

»Du wirst jemanden kennenlernen«, sagte sie entschlossen. »Ein Mädchen oder einen Jungen, und er oder sie wird dich anbeten, denn genau das hast du verdient. Und ich werde dir sagen, dass ich es dir ja gesagt habe. Denn wenn jemand auf dieser Welt verdient hat, angebetet zu werden, dann du.«

Carter ging jetzt aufs College, und an einem Wochenende besuchte ich ihn. Kelly und Joe wollten mitkommen, aber sie hatten Hausaufgaben zu erledigen, und Elizabeth sagte Nein.

Carter machte das nichts aus.

Er hatte ein Zimmer im Studentenwohnheim für sich allein.

Er stellte mich ein paar Leuten vor, aber ich vergaß ihre Namen fast sofort, weil ich Carter schon seit Wochen nicht mehr gesehen hatte. Ihm schien es genauso zu gehen, denn er schickte die Leute bald wieder weg, und wir legten uns auf den Boden. »Du riechst nach Zuhause«, sagte er, den Kopf auf meine Beine gelegt.

So blieben wir, bis die Sonne unterging.

Danach nahm er mich mit in einen Club und schaffte es tatsächlich, dass wir beide reinkamen. Er meinte, es lag wahrscheinlich daran, dass wir größer waren als alle anderen.

Die Musik war laut, überall blinkten Lichter. Ich verstand nicht, wie er das mit seinen geschärften Sinnen aushielt. Ich roch Alkohol und Schweiß und den süßlichen, klebrigen Duft einer Frau, die aus dem Nichts auftauchte und sich an mir rieb, um dann wieder in der Menge zu verschwinden.

Carter lachte nur.

Er sagte: »Hier«, und reichte mir ein Glas.

Ich trank es. Es schmeckte fruchtig und brannte in meiner Kehle. Er trank das Gleiche, aber Alkohol hat keine Wirkung auf Werwölfe, es sei denn, sie trinken so viel davon, dass ein normaler Mensch daran sterben würde. Er hatte mir einmal erzählt, dass er einfach den Geschmack mochte und sich fragte, wie es sich anfühlen mochte, betrunken zu sein. Und *ich* fragte mich, wie es sich anfühlen mochte, wenn man die Anziehungskraft des Mondes spüren konnte.

Seine Augen glitzerten orange.

Es war heiß im Club, stickig und feucht.

Wir standen neben der Tanzfläche, und ich lachte, als zwei Frauen herankamen, Carter in die Mitte nahmen und ihn mit sich zogen.

Im nächsten Moment sah ich zwei hübsche grüne Augen vor mir. Blasse Haut. Ein anzügliches Lächeln auf den Lippen.

Er fragte: »Wie heißt du?«

Ich sagte: »Ox.«

»Ox. Das ist mal einzigartig.«

Ich grinste, weil mir danach war. »Wahrscheinlich. Und du?«

Ich fühlte mich locker, spürte den Bass auf meiner Haut.

Er sagte: »Eric«, und: »Möchtest du tanzen?«

»Ich bin nicht besonders gut. Ich bin zu groß.«

Sein anzügliches Lächeln wurde noch breiter. »Ist das so?«

Als Eric mich auf die Tanzfläche zog, fing Carter meinen Blick auf und stellte mir eine stumme Frage. Ich zuckte die Achseln und drehte mich weg.

Eric presste sich an mich, ich spürte Hitze, Schweiß und Fleisch. Seine Hüften rieben sich an meinen, und ich sagte: »Wow!« Er lachte.

Das nächste Lied. Ich spürte Lippen an meinem Hals und ein kurzes Lecken mit der Zunge.

Später, in einer Toilettenkabine, kniete Eric vor mir. Mein Schwanz war in seinem Mund, und ich hatte den Hinterkopf an die warmen Wandfliesen gelehnt, die im Takt der Musik vibrierten. Meine Finger waren in seine Haare gekrallt, und alles war heiß und feucht. Ich stöhnte warnend, Eric zog seinen Kopf zurück und holte mir einen runter, bis ich auf den schmutzigen Boden kam. Dann stand er auf und küsste mich, während er es sich selbst besorgte. Er seufzte in meinen Mund und schmeckte nach abgestandenem Bier und Minze, als er in seine Hand kam. Ich fühlte mich ausgelaugt und verletzlich.

»Danke«, sagte Eric und machte seinen Reißverschluss wieder zu. »Du warst großartig.«

»Klar«, sagte ich, weil mir nichts anderes einfiel. »Du auch.«

Und dann ging er.

Ich stand noch eine Weile in der Toilette. Es roch nach Pisse, und mein Kopf schmerzte.

Ich konnte Carter nicht finden und versuchte, diese Verbindung in meinem Innern zu aktivieren, dieses Ding, das sagte *BandRudelBruder*. Aber ich war viel zu überwältigt von allem und stammelte nur: »Carter, Carter, Carter ...«

Einen Moment lang passierte nichts, dann stand er plötzlich mit zusammengekniffenen Augen vor mir. Seine Hände lagen auf meinen Armen, während er mich von oben bis unten musterte, um herauszufinden, wo ich verletzt war.

Schließlich blähte er die Nasenflügel und fragte: »War es einvernehmlich?«

Ich wurde rot und schaute weg. Nach ein paar Sekunden nickte ich.

Er legte mir einen Arm um die Schultern und kicherte mir ins Ohr, während er seine Stirn an meine Schläfe drückte. »Läufiger Köter«, flüsterte er.

»Sagt der Werwolf.«

Er knurrte. »War's gut?«

»Halt die Klappe.«

»Oder fantastisch?«

»Halt die Klappe, Carter.«
»Bist du ohnmächtig geworden?«
»Verdammt noch mal!«
»Schau dich an. Besorgt sich in der Öffentlichkeit einen Blowjob. Der kleine Ox ist ganz schön groß geworden.«
»Größer als du«, murmelte ich, und er lachte und lachte.
Schließlich zog er mich weg. Erst als wir auf der Straße waren, sah ich den Lippenstift, der über seinen Mund und seinen Hals verschmiert war. Ich nannte ihn einen Aufreißer, er knurrte mich an, und dann rannte ich. Er nahm verspielt die Verfolgung auf und tat so, als könnte er mich nicht einholen.

Wir schliefen im selben Bett, eng aneinandergekuschelt, weil wir zum selben Rudel gehörten und ich wusste, dass er sein Zuhause vermisste.

Am nächsten Morgen duschte ich lange, bevor ich ging.

Als ich zurückkam, fragte Joe: »Hast du Spaß gehabt?«

»Klar, Joe«, antwortete ich, aber es fühlte sich wie eine Lüge an.

Nick kam ein Jahr später. Er betrat die Werkstatt, von oben bis unten voller Staub von der Straße. Die Kupplung an seinem Motorrad hatte ein paar Meilen vor Green Creek den Geist aufgegeben. Er blieb eine Woche. An den letzten drei Tagen vögelten wir. Dann fuhr er weiter und ich sah ihn nie wieder.

Joe war vierzehn und redete drei Wochen lang nicht mehr mit mir. Sagte, er wäre beschäftigt. Er hätte Prüfungen, müsste lernen und so.

»Klar«, sagte ich und versuchte mir keine Sorgen zu machen wegen der Anspannung in seiner Stimme. »Alles okay?«

»Sicher, Ox.« Er seufzte ins Telefon. »Alles okay.«

Ich glaubte ihm fast.

Ich war gerade zweiundzwanzig geworden, als die Monster nach Green Creek kamen.

Trotz all der Warnungen von Gordo, wie groß und beängstigend die Welt sein konnte, trotz Thomas' Beharren darauf, dass wir unser Revier schützen mussten, war nie etwas passiert. Niemand kam. Niemand griff uns an. Ich habe nie nach anderen Rudeln gefragt oder was es außer Werwölfen sonst noch gab. Ich lebte in einer Blase in einer Kleinstadt mitten in den Bergen und dachte, dass das für immer so bleiben würde.

Alles war gut. Alles war in Ordnung.

Carter hatte gerade seinen Abschluss gemacht und war wieder hergezogen, um bei seinem Vater zu arbeiten.

Kelly belegte Online-Kurse, um nicht von seiner Familie getrennt zu sein.

Joe war sechzehn und wartete immer noch fast jeden Tag auf mich.

Gordo überlegte, in der Nachbarstadt eine weitere Werkstatt zu eröffnen.

Mom strahlte, wenn sie nachts mit den Wölfen lief.

Jessie zog wieder nach Green Creek und wurde Lehrerin an unserer Schule.

Tanner, Rico und Chris luden mich zum Bier ein, und wir aßen Chicken-Wings, bis wir platzten.

Mark war kurz davor, mir von ihm und Gordo zu erzählen.

Elizabeth malte in Rosa- und Gelbtönen.

Thomas ließ seinen Blick lächelnd über die Bäume schweifen wie ein zufriedener König.

Ich hätte mehr Fragen stellen sollen. Über das, was da draußen war. Über das, was sie wollen könnten. Aber ich war naiv. Gefährlich naiv.

Ich kratzte den Dreck von meinen Fingernägeln und ging ins Diner zum Mittagessen. Meine Hände waren schwielig, ein Zeichen harter Arbeit, und ich staunte, dass ich meinen Platz gefunden hatte. In Green Creek. Mein Vater hatte gesagt, die Leute würden mich wie Scheiße behandeln, aber er war tot und ich hatte meinen Platz gefunden. Freunde. Familie. Leute. All das. Ich war jemand.

Es war ein sonniger Junitag, ich war glücklich und freute mich, am Leben zu sein.

Und eine Frau sagte: »Na hallo.«

Ich blieb stehen und blickte auf.

Sie sah falsch aus. Dunkel. Zu schön mit ihren roten Haaren, der blassen Haut und ihrem Haifischlächeln voller Zähne. Sie trug ein hübsches Sommerkleid in Blau- und Grüntönen. Sie ging barfuß, und ich fragte mich, ob ihre Füße nicht wehtaten auf dem heißen Asphalt.

»Hallo«, erwiderte ich. Es schien niemand außer uns auf dem Bürgersteig zu sein.

Sie trat einen Schritt näher und neigte den Kopf zur Seite und ich dachte: *Falsch. Falsch, falsch, falsch.*

»Ich heiße Marie«, sagte sie. »Und du?«

»Ox.«

»Ox«, hauchte sie. »Der Name gefällt mir.«

Sie stand jetzt direkt vor mir, und ich wusste nicht, warum ich es so weit hatte kommen lassen. »Danke«, sagte ich. »Nett von dir.«

Sie schloss die Augen und atmete tief ein. »Du riechst nach ...«

»Wonach?«

Als sie die Augen wieder öffnete, blitzten sie violett. Wie bei einer Omega. »Mensch. Sag mir, Mensch, spielst du mit Wölfen?« Sie kam noch näher.

Ich machte einen Schritt zurück. In meinem Kopf hörte ich Thomas sagen, ich solle an mein Training denken. Daran, was er mir beigebracht hat. Ich glaubte nicht, dass er wirklich in Gedanken zu mir sprach, war mir aber nicht sicher. Gordo hatte überall in der Stadt Schutzzauber gewirkt. Er würde es sicher merken, wenn ein fremder Wolf sie durchbrach.

»Du solltest gehen«, sagte ich, »bevor ...«

»Bevor *was?*«

»Du weißt, warum.«

»Was ist los, Ox?«

Ich spähte über Maries Schulter und sah Mom in der Tür des Diners stehen. Sie schaute besorgt in meine Richtung.

»Geh wieder rein«, blaffte ich.

Marie drehte sich um und winkte Mom mit ihren blau lackierten Fingernägeln zu. »Sie riecht wie du. Wusstest du das? Nach Rauch und Herbstlaub. Ich weiß das jetzt, und das Geruchsgedächtnis vergisst nicht, Ox.«

»Ox?«, sagte Mom.

»Geh wieder rein«, fauchte ich.

Sie tat es. Ich wusste, dass sie drinnen sofort nach dem Telefon greifen würde.

Marie lachte. »Der Kleine hat ganz schön Biss. Haben die Wölfe dir das beigebracht?«

»Du befindest dich auf Bennett-Territorium«, sagte ich. »Du gehörst nicht hierher.«

»Die *Bennetts*. Als ob dieser Name noch irgendwas bedeuten würde. Lass mich dir etwas über die Bennetts erzählen.«

»Was ist hier los?« Gordo stand plötzlich neben mir, sein Gesicht wutverzerrt, seine Tattoos unter den Ärmeln seines Arbeitshemds verborgen, aber ich wusste, dass sie sich bereits bewegten.

»Hexe«, zischte Marie.

»Wölfin«, knurrte er zurück. »Du hast echt Nerven, hier aufzutauchen. Thomas Bennett ist auf dem Weg. Was glaubst du, wird er mit dir machen, wenn er dich hier findet?«

Ein Anflug von Angst huschte über ihr Gesicht, verschwand aber sofort wieder. Sie zeigte lächelnd ihre Reißzähne. »Der gefallene König kommt aus seinem Versteck gekrochen? Oh, ich zittere schon!«

»Es ist nicht sein Versteck, sondern sein Revier«, sagte ich.

»Mit *Menschen* in seinem Rudel. Schlechter Stil, sogar für ihn. Robbt er neuerdings bäuchlings durch den Schlamm?«

Ich ballte die Fäuste, Marie grinste. »Du bist wirklich goldig. Ich könnte dich ausweiden, gleich hier, weißt du? Dein Alpha versteckt sich schon so lange, und er ist schwächer denn je. Ich kann es bis hierher spüren. Ich könnte dich einfach mitnehmen, und er könnte nicht das Geringste dagegen tun.«

»Versuch's doch«, knurrte ich und merkte, wie Gordo sich bereit machte.

Aber sie tat es nicht. Sie machte einen Schritt zurück, schaute noch einmal kurz Richtung Diner und lächelte mich an: »Grüße an deine Mutter, Ox«, sagte sie und verschwand.

Sie kamen zwei Tage später.

Sie waren zu viert und verwildert. Kein Rudel, weil sie keinen Anführer hatten, aber irgendetwas verband sie. Vor allem der Fehler, sich offen zu zeigen.

Nachdem Marie mich auf der Straße angesprochen hatte, hatte Thomas Mom und mich angewiesen, im Haus der Bennetts zu bleiben. Ich hatte erwidert, dass ich Gordo auch dabeihaben wollte, und Thomas widersprach nicht. Gordo schon, aber ich fuhr ihn an, dass er verdammt noch mal die Klappe halten solle. Vielleicht war ich auch ein bisschen hysterisch.

Mom ging zum Diner, Carter und Kelly begleiteten sie.

Gordo und ich gingen in die Werkstatt. Er ließ mich nicht aus den Augen, auch nicht während der verlängerten Mittagspause, in der er die Schutzzauber verstärkte.

Joe ging nicht zur Schule. Ich sagte ihm lediglich, was sie als Hausaufgaben aufbekommen hatten.

Thomas zog sich mit Mark ins Büro zurück, wo sie den ganzen Tag in zischendem Flüsterton mit Leuten telefonierten, von denen ich noch nie gehört hatte.

Elizabeth beruhigte unsere Nerven, indem sie uns im Vorbeigehen über die Haare strich und dergleichen.

Am zweiten Abend saßen wir gerade beim Essen zusammen und unterhielten uns leise. Silberne Messer kratzten über Tonteller, als Gordo plötzlich scharf die Luft einsog. »Sie kommen«, sagte er.

Alpha- und Beta-Augen leuchteten auf.

Mom und ich kannten den Plan. Genau für Fälle wie diesen hatten wir trainiert.

Ich erwartete, dass meine Hände zittern würden, wenn ich die mit Silber legierte Brechstange aufhob – ein Geschenk von Gordo.

Sie zitterten nicht.

Thomas, Mark, Carter und Gordo waren bereits draußen auf der Veranda. Wir anderen blieben drinnen. Elizabeth und ich traten vor, Kelly stand mit Joe und meiner Mom hinter uns.

Ich sah sie im Dunkeln näher kommen, sah ihre violetten Augen zwischen den Bäumen hervorleuchten.

»Das ist Bennett-Territorium«, sagte Thomas ruhig. »Ich gebe euch hiermit Gelegenheit, wieder zu verschwinden. Ich schlage vor, ihr ergreift sie.«

Sie lachten.

Ein Mann sagte: »Es ist tatsächlich der leibhaftige Thomas Bennett.«

»Und eine Hexe«, fügte ein anderer hinzu. »Du riechst nach ... Livingstone. War er dein alter Herr?«

Robert Livingstone, Gordos Vater, der seinen Anker verloren und sehr vielen Menschen wehgetan hatte.

Aber Gordo antwortete nicht. Es stand ihm nicht zu, denn der Alpha sprach für alle. Auch für die, die nicht zum Rudel gehörten.

Und Thomas sagte: »Eine zweite bekommt ihr nicht.«

Der dritte Mann sagte: »Die Kinder werden leiden, vor allem der kleine Joseph. Ich glaube nicht, dass es viel braucht, um ihn endgültig zu brechen.«

Er grinste hämisch, und ich hätte ihn auf der Stelle umgebracht, wenn Elizabeth mich nicht am Arm zurückgehalten hätte.

»Das hättest du nicht sagen sollen«, erwiderte Thomas.

Und Marie sagte: »Du redest zu viel.«

Ein fauchendes Knurren, dann stürzten sich die halb verwandelten Wölfe aufeinander. Thomas' Augen glühten feuerrot, er schien größer als die anderen, so viel größer, und ich fragte mich, wie die Omegas auf die Idee kamen, dass sie in diesem Kampf eine Chance hatten.

Gordo griff an, seine Tattoos erstrahlten.

Ich konnte die verbrannte Luft um ihn herum riechen, konnte das Knistern kurz vor der Entladung hören. Dann bebte die Erde unter den Füßen des vordersten Omega, eine Felssäule schoss aus dem Boden und schleuderte ihn rücklings gegen eine Eiche.

Carter stürzte sich in einem Wirbel aus Klauen und Zähnen auf den zweiten und brüllte, als der Omega ihm seine Klauen über den Rücken zog. Kelly machte knurrend einen Schritt auf die beiden zu, aber Joe hielt ihn an der Hand zurück.

Mark packte den dritten, hob ihn hoch und zerbrach ihn über seinem Knie wie einen Zweig. Das Knacken der Wirbelsäule hallte scharf und nass zwischen den Bäumen wider. Der Omega fiel zu Boden, seine Glieder zuckten noch ein letztes Mal, dann bewegte er sich nicht mehr.

Thomas nahm sich Marie vor. Das rote Haar um ihr Wolfsgesicht flog auf, während er jede ihrer Bewegungen genau verfolgte. Er war Anmut, sie war rohe Gewalt. Ihre Krallen schlugen Funken sprühend gegeneinander. Thomas bewegte sich wie flüssiger Rauch, Marie stotternd wie ein Stakkato. Sie hatte bereits verloren und wusste es nur noch nicht.

Aber.

Wir ahnten nicht, dass es noch einen fünften gab. Vielleicht hätten die Wölfe ihn wittern müssen, vielleicht hätten Gordos Schutzzauber ihm einen Hinweis geben müssen, aber der Kampf war zu chaotisch, es war zu viel Magie in der Luft und Blut und berstende Knochen. Das Rudel würde den Sieg davontragen, aber nicht ohne ...

»Ox«, sagte meine Mom hinter mir.

Ich drehte mich um.

Ein Omega hatte sie gepackt. Er hatte von hinten einen Arm um sie geschlungen, sein Ellbogen drückte gegen ihre Brüste, während die Krallen seiner anderen Hand ihren Hals umklammerten.

»Nein«, sagte ich.

»Pfeif sie zurück«, sagt der Omega.

Ich sagte: »Das wirst du bereuen. Jede Sekunde, die dir in deinem erbärmlichen Leben noch bleibt.«

Er sagte: »Nicht doch. Ich werde sie töten, hier und jetzt.«

Ich sagte: »Das wirst du *bereuen*.«

Der Omega lächelte. »*Mensch*«, fauchte er.

»Ox«, sagte Mom, ihre Stimme so leise und sanft und voller Tränen.

Ich machte einen Schritt auf sie zu. »Lass sie *los*.«

»Pfeif. Sie. Zurück«, wiederholte der Omega.

Und dann Joe. Der kleine, sechzehnjährige Joe, den der Omega vollkommen vergessen hatte, weil er nur mich anstarrte, als hätte *ich* dem Rudel irgendetwas anzuschaffen. Entweder täuschte er sich, oder er spürte etwas in mir, von dem ich selbst noch nichts ahnte.

Aber Joe. Noch bevor ich irgendetwas tun konnte, sprang er in hohem Bogen über mich hinweg, direkt auf den Omega zu, und grub ihm die Krallen ins Gesicht.

Der Omega presste schreiend die Hände auf seine blutenden Augen, und Mom reagierte sofort. Sie stieß dem Kerl ihren Ellbogen in den Bauch und rammte ihm die Ferse in die Eier, dann duckte sie sich weg.

Joe sprang von den Schultern des Omegas und landete auf dem Boden.

»Wir werden nicht die Einzigen bleiben«, knurrte der nun blinde Wolf.

»Du hättest meine Mutter nicht anrühren sollen«, sagte ich und schwang meine Brechstange. Der Schlag traf ihn am Scheitel, sein Schädel zersprang, Blut spritzte, seine Kopfhaut fing Feuer und seine Haare verdampften.

Der Omega kippte stöhnend zu Boden. Seine Brust hob sich noch einmal zitternd, dann nicht mehr.

Die Kampfgeräusche vor dem Haus hörten auf.

Ich holte tief Luft und schmeckte Blut auf meiner Zunge.

Mom berührte meinen Arm. »Alles okay, Ox?«

»Ja«, sagte ich. »Und bei dir?«

Und sie sagte: »Ja, so gut wie.«

»Joe«, sagte ich.

Er sah mich mit weit aufgerissenen Augen an, seine von Blut tropfenden Hände steif an den Körper gepresst. Ohne nachzudenken, zog ich ihn an mich, und er krallte sich an mir fest. Seine Klauen schnitten leicht in meine Haut, aber das war mir egal, denn der Schmerz sagte mir, dass ich nicht träumte und dass wir noch am Leben waren. Seine Nase drückte gegen meinen Hals, weil er so groß geworden war. So viel größer als der kleine Junge, dem ich damals auf dem Feldweg begegnet war. Er atmete mich ein, und sein Herz schlug gegen meine Brust, während das Blut des Werwolfs, den ich getötet hatte, sich zu unseren Füßen sammelte.

Ein paar Tage später fragte ich Gordo: »Was gibt es noch alles da draußen?«

»Alles, was du dir nur vorstellen kannst«, antwortete er.

Wie sich herausstellte, konnte ich mir eine Menge vorstellen.

Ich ging mit Thomas durch den Wald, und er erzählte mir, dass es viele Rudel gab, wenn auch nicht mehr so viele wie früher.

Sie brachten sich gegenseitig um. Menschen jagten und töteten sie, als wäre es ein Sport. Andere Monster machten Jagd auf sie.

»Der Überfall war ein Ausreißer«, sagte er. »Alle anderen begreifen, dass sie nicht hierherkommen dürfen.«

Ich wusste nicht, wen er damit zu überzeugen versuchte, sich selbst oder mich. Also fragte ich: »Warum?«

»Wegen dem, wofür der Name Bennett steht.«

»Wofür steht er?« Ich dachte daran, wie Marie ihn einen gefallenen König genannt hatte. Marie, deren Asche nun im Wald verstreut lag.

»Respekt«, antwortete er. »Und diese Omegas haben das nicht verstanden. Sie glaubten, sie könnten in mein Revier eindringen, in mein Zuhause, und es mir wegnehmen. Wir haben ihr Blut vergossen, weil sie ihren Platz nicht kannten.«

»Ich habe einen von ihnen getötet, weil er meine Mutter bedroht hat.«

Thomas legte mir eine Hand in den Nacken und drückte sanft. »Du warst sehr mutig und hast die Deinen beschützt«, sagte er leise. »Du wirst Großes vollbringen, und die Menschen werden zu dir aufschauen.«

»Thomas?«, sagte ich.

Er sah mich an.

»Wer *sind* Sie?« Denn da war noch etwas anderes, das ich nicht ganz verstand.

Er sagte: »Ich bin dein Alpha.«

Ich akzeptierte seine Antwort.

KNAPPE SHORTS / DU UND JOE

Es geschah nicht langsam.
    Moment, das stimmt nicht.
    Ich *merkte* nicht, wie es langsam immer stärker wurde, aber genau so muss es gewesen sein.
    Denn es ist die einzige Erklärung für die kosmische Explosion, dieses Gefühl von Sehnsucht und Wollen und *mein-mein-mein*. Die Wucht, mit der es mich überkam, war fast schon lächerlich.

Im August wurde Joe siebzehn, und wir feierten wie immer. Es gab Torte und Geschenke, und er strahlte mich mit seinem umwerfend breiten Grinsen an.
    Im September begann sein letztes Jahr auf der Highschool. Kelly stand am Anfang seines Masterstudiums. Carter arbeitete mit Mark und Thomas zusammen. Elizabeth tat die Dinge, die sie glücklich machten. Gordo beschloss, mit der Eröffnung einer zweiten Werkstatt noch zu warten. Mom lächelte mehr als früher. Ich schuftete und atmete und lebte. An meinen Händen klebte Blut, aber es war im Dienst des Rudels passiert. Ich hatte Albträume von toten Wölfen mit eingeschlagenen Köpfen und wachte schweißgebadet auf, aber jedes Mal, wenn ich Moms Lächeln sah, wurden meine Schuldgefühle ein bisschen weniger.
    Eines Abends im Oktober küsste mich Jessie. Ich erwiderte den Kuss und machte mich dann von ihr los. Sie lächelte traurig

und sagte, dass sie es versteht. Ich sagte ihr nicht, dass ich seit der Nacht des Omega-Überfalls mit niemandem mehr zusammen gewesen war, weil ich mich nicht ablenken lassen durfte. Auf keinen Fall. Und dass ich nicht mehr so für sie empfand wie früher. Also sagte ich nur: »Sorry«, und wurde rot. Sie schüttelte den Kopf und ging nach Hause.

Im November ging Carter mit einem Mädchen namens Audrey aus, sie war hübsch und nett und hatte ein heiseres Lachen. Sie tanzte und trank gern, und eines Tages kam sie nicht mehr. Carter zuckte die Achseln und sagte, dass es ohnehin nichts Ernstes war, nur Spaß.

Im Dezember begann es zu schneien, und ich lief mit den Wölfen durch den Pulverschnee, der Wintermond über uns, mein Atem ein weißer Strich hinter mir her, während das Rudel seine Lieder heulte.

Im Januar kam ein Mann zu den Bennetts und sprach lange mit Thomas. Er war groß, hatte kluge Augen und bewegte sich wie ein Wolf. Sein Name war Osmond, und als er am Abend wieder aufbrach, blieb er vor mir stehen und sagte: »Ein Mensch, hm? Nun, jedem das Seine.« Seine Augen leuchteten kurz orange auf, dann ging er, und ich überlegte ernsthaft, ihm meine Teetasse an den Hinterkopf zu werfen.

Im Februar folgte Joe ein junger Mann von der Schule nach Hause. Joe wirkte unbehaglich, schickte ihn aber nicht weg. Er war in Joes Alter und hieß Frankie. Er war klein, hatte schwarze Haare und große braune Augen, die Joe überallhin folgten. Er hatte Angst vor mir, was Joe sehr amüsierte. Mitte des Monats kam ich in Joes Zimmer und sah, wie Frankie ihn auf die Lippen küsste. Joe erstarrte. Ich erstarrte. Aber nur für einen Moment, dann ging ich wieder und schloss leise die Tür hinter mir. Ich lächelte still in mich hinein, trotz des Knotens in meinem Magen. Ich ging nach Hause und hoffte, dass Joe glücklich war. Der Knoten in meinem Magen verschwand nie ganz, aber ich lernte, ihn zu ignorieren.

Es war März, als Joe um drei Uhr morgens an unsere Tür klopfte und rief: »Ox, Ox, Ox!« Panik erfasste mich, ich packte die Brechstange und wies meine Mutter an, in ihrem Zimmer zu bleiben. Sie hatte bereits einen Dolch in der Hand, und ich verharrte kurz, um ihr zu sagen, dass sie damit verdammt cool aussah. Sie verdrehte die Augen und sagte, dass ich nachsehen solle, was los war.

Ich öffnete die Tür, und Joe sagte: »Ox.«

Er war nicht verletzt. Ich sah kein Blut und es verfolgte ihn auch niemand. Ihm fehlte nichts, körperlich, aber das war egal. Ich zog ihn an mich, er vergrub die Hände in meinen Haaren und zitterte.

»Was ist passiert?«, fragte ich.

»Frankie«, sagte er, und ich begann mir Sorgen über meine geistige und emotionale Verfassung zu machen, weil ich sofort den Tod eines siebzehnjährigen Jungen plante, der auf Comics und Erdnussbutter mit gerösteten Nüssen stand. Wenn er Joe etwas angetan hatte, würde nicht genug von ihm übrig bleiben, um ihn überhaupt zu beerdigen.

»Was hat er gemacht?«

»Nichts«, antwortete Joe. »Er hat *gar nichts* gemacht.«

»Was ist dann los?«

»Du *Arschloch*!«, schrie Joe und riss sich von mir los.

Ich sagte: »*Wie* bitte?«

»Schau mich an!«

Ich tat es.

»Was siehst du?«

»Dich«, sagte ich. Vielleicht ein bisschen zerknittert. Vielleicht mit kleinen Tränensäcken unter den Augen. Vielleicht ein bisschen blass, und wenn er kein Werwolf wäre, hätte ich mich gefragt, ob er krank wurde. Aber das konnte er gar nicht, also verschwendete ich keinen weiteren Gedanken daran.

»Du *siehst* es nicht!«, schrie er. »Du siehst es verdammt noch mal nicht.« Ich hatte ihn noch nie so wütend erlebt.

»Ich verstehe nicht ...« Es war Feststellung und Frage zugleich.

»Leck mich!«, brüllte Joe und seine Augen flammten orange und dann rot. Dann drehte er sich um und ging.

Am nächsten Tag entschuldigte er sich bei mir. Sagte, er wäre müde gewesen. Ich sagte: »Klar, Joe. Kein Problem.«

Dann nahm er meine Hand, und wir gingen den Feldweg entlang, wie wir es immer taten.

Es war April, als Frankie nicht mehr vorbeikam. Ich wollte Joe danach fragen, fand aber nicht die richtigen Worte. Kelly sagte, sie hätten Schluss gemacht, und ich sagte: »Oh«, obwohl ich heimlich dachte: *Gut. Gut. Gut.*

Die Explosion kam im Mai, und sie war das Bizarrste von allem.

Die Tage waren schwül. In den Nachrichten hieß es, es würde der heißeste Sommer seit Jahren werden. Eine Hitzewelle, möglicherweise wochenlang.

Es war kurz vor meinem dreiundzwanzigsten Geburtstag, und ich fand, es wäre vielleicht an der Zeit, bei Mom auszuziehen. Aber die Vorstellung, nicht mehr direkt neben dem Rudel zu wohnen, machte mir zu schaffen, also unternahm ich nicht allzu viel in der Richtung. Mom beschwerte sich nicht. Es gefiel ihr, dass ich immer da war. Und es bedeutete, dass ich sie beschützen konnte, falls die Monster wiederkommen sollten.

So war die Lage, als ich zum Sonntagsessen zu den Bennetts ging. Elizabeth gab mir einen Kuss auf die Wange und bat mich, ein paar Tomaten aus dem Garten zu holen.

Joe, Carter und Kelly kamen gerade aus dem Wald zurück, als ich wieder hineingehen wollte.

Sie lachten und schubsten sich, wie Brüder es eben so tun. Ich liebte alle drei.

Nur dass ...

... Joe winzige, tief sitzende Shorts trug.

Und sonst nichts.

Er war jetzt fast so groß wie ich. Unsere Augen waren auf gleicher Höhe oder so nahe beieinander, dass es keine Rolle spielte, womit er knapp eins neunzig sein musste.

Schweiß schimmerte auf seinem Oberkörper. Blonde Haare kräuselten sich auf seiner Brust, die aussah wie aus Granit gemeißelt. Sanft definierte Bauchmuskeln und ein kleines Rinnsal Schweiß, das sich vom Nabel bis zum feucht glänzenden Bund seiner Shorts zog.

Er drehte sich um und sagte etwas zu Carter, und ich sah die Grübchen über seinem Hintern. Das Spiel seiner Muskeln, als er sein Gewicht von einem Fuß auf den anderen verlagerte.

Er gestikulierte wild Richtung Wald, und da war eine blaue Ader an seinem Bizeps, die ich am liebsten mit den Fingern berührt hätte, denn seit wann hatte er die?

Und diese Hände ... Diese verdammt großen Hände, die ...

Joe war erwachsen geworden.

Und aus irgendeinem Grund fiel mir das erst auf, als ich es direkt vor meiner Nase sah.

Er musste mich aus dem Augenwinkel gesehen haben, denn er drehte sich um und grinste mich an.

Woraufhin ich schnurstracks gegen die Hauswand lief. Mein Kopf knallte gegen die Holzverschalung, die Tomaten wurden in meinen Händen zerquetscht, und ich dachte nur: *Oh, Scheiße*.

Ich trat von der Wand zurück. Tomatenbrei tropfte von meinen Fingern ins Gras.

Verdammt.

Ich spürte, wie ich feuerrot wurde, während ich den Blick der Bennett-Brüder erwiderte, die mich mit besorgten Gesichtern beobachteten.

»Was zum Teufel ...?«, fragte Carter. »Du weißt, dass da ein Haus steht, oder? Seit ungefähr einer Ewigkeit.«

»Äh«, sagte ich mit möglichst tiefer Stimme, ich konnte nichts dagegen tun. »Hey, Leute. Was glotzt ihr so? Ich pflücke nur Tomaten.« Ich verschränkte die Arme vor der Brust und verschmierte dabei den roten Brei auf meinem T-Shirt. Ich wollte mich gegen das Haus lehnen, stand aber weiter weg, als ich dachte, und landete im Gras.

»Was ist denn mit *dem* los?«, keuchte Kelly.

Joe kam auf mich zu, seine Bauchmuskeln spannten sich, und ein unterschwelliges Verlangen durchströmte mich. Da fiel mir wieder ein, dass Werwölfe so was riechen konnten.

Ich sprang auf und machte entsetzt einen Schritt zurück. »Hey ...«, sagte ich noch einmal, dann versagte mir die Stimme. Ich räusperte mich und versuchte es noch einmal. »Hey! Also, es gibt da so eine Sache, um die ich mich kümmern muss. Zu Hause. Jetzt.«

Alle sahen mich fragend an. Sie konnten meine unmoralische, rasende Lust, oder was auch immer es war, noch nicht riechen. Meine Gefühle, die ich eigentlich nicht haben sollte.

Joe kam noch einen Schritt auf mich zu, und seine Brust ... war wunderschön und brachte mich auf Ideen.

»Ganz ruhig, Cowboy«, sagte ich und schämte mich sofort für diesen Schwachsinn.

»Um *was* musst du dich kümmern?«, fragte der Mistkerl und begann tatsächlich, in der Luft zu schnuppern.

»Ox«, sagte Carter. »Dein Herzschlag spielt verrückt.«

Verdammte Werwölfe. Joe stand jetzt direkt vor mir. Mit all seinen Muskeln.

»Umziehen!«, quiekte ich, und alle drei zuckten zusammen. Ich senkte meine Stimme wieder. »Ich muss mich umziehen. Mein T-Shirt.« Ich zeigte auf den Tomatenfleck. »Das geht nicht beim Abendessen. Hahaha.«

»Ich habe keine Ahnung, was hier vorgeht«, murmelte Kelly.

Also sagte ich: »Bin gleich wieder da«, drehte mich um und versuchte, nicht zu rennen.

»Äh, Ox?«

Ich blieb stehen. »Ja, Joe?«

»Euer Haus ist in der anderen Richtung.«

»Stimmt genau.« Aber ich wollte nicht, dass sie meine Ausdünstungen wahrnahmen, wenn ich an ihnen vorbeiging, weshalb ich den langen Weg um die Rückseite herum nahm. Als ich bei Moms Haus wieder in Sichtweite kam, standen sie immer noch da und beobachteten mich.

Ich ging nach drinnen und schloss die Tür hinter mir ab.

»Was ist mit deinem T-Shirt passiert?«, fragte Mom.

»Tomaten«, sagte ich.

»Dein Gesicht ist knallrot«, sagte sie.

»Es ist heiß draußen.«

»Ist etwas passiert, Ox?«

»Nein, gar nichts.«

»Du atmest schwer.«

»Das ist so eine Angewohnheit von mir. Großer Kerl, große Atemzüge, verstehst du?«

»Ja«, sagte Mom. »Trotzdem ungewöhnlich.«

»Ich muss mein T-Shirt wechseln«, nuschelte ich und weigerte mich, ihr in die Augen zu sehen.

»Soll ich so lange warten?«

Ich schüttelte den Kopf. »Nein, nein, ist schon in Ordnung.« Ich wollte, dass sie endlich verschwand, damit ich auf irgendetwas einschlagen konnte.

Sie wartete, bis ich ihr den Weg frei machte, ging zur Tür und versuchte, den Knauf zu drehen. »Hast du abgeschlossen?«, fragte sie mit gerunzelter Stirn.

Ich lächelte möglicherweise ein bisschen verrückt. »Noch so eine Angewohnheit.«

»Aha.« Sie holte ihren Schlüssel heraus, sperrte wieder auf und ging.

Ich schlug mit der Faust gegen die Wand. Es tat verflucht weh.

Es war *falsch*.

Joe war erst *siebzehn*.

Aber er war auch fast achtzehn.
Was, nun ja ...
Aber er war *Joe*.
Ich überlegte hin und her, hin und her, bis mein Handy summte.
Eine SMS.
Von Joe.
Wo bleibst du???
Ich schaute auf die Uhr. Ich war seit zwanzig Minuten hier.
»Scheiße«, murmelte ich.
Ich konnte nicht *nicht* zu diesem Abendessen gehen. Es war schließlich Tradition. Und wenn ich behauptete, ich wäre krank, würde jemand kommen und nach mir sehen. Höchstwahrscheinlich Joe.
Also *musste* ich hin.
Gegen meinen Herzschlag konnte ich nichts tun. Sie würden ihn so oder so hören.
Aber der Geruch.
Das ging auf keinen Fall.
Ich rannte die Treppe hinauf, riss mir das T-Shirt vom Leib und zog ein frisches aus der Schublade. Streifte es über, während ich ins Badezimmer lief und eine alte Flasche Kölnischwasser hervorkramte, die ich seit Jahren nicht mehr benutzt hatte, weil die Bennetts den Geruch nicht mochten. *Es überdeckt dich*, hatte Joe einmal zu mir gesagt. *Größtenteils jedenfalls.*
Ich sprühte mich sechsmal damit ein und schrieb zurück:
bin schon unterwegs
Es dauerte weitere zwanzig Minuten, bis ich endlich losging.
Ich sagte mir, dass ich mich zusammenreißen sollte, weil ich verdammt noch mal fast dreiundzwanzig Jahre alt war. Ich hatte verdammt noch mal gegen Monster gekämpft (einmal) und mit Wölfen trainiert (viele Male).
Und es war schließlich nur Joe.
Mit dem ich anscheinend Dinge ... machen wollte.

Mein Herz pochte jetzt sogar *noch* heftiger, und jeder Schritt, den ich auf das Haus der Bennetts zumachte, fühlte sich an wie ein Schritt Richtung Schafott.

Ich konnte sie im Garten hören. Wahrscheinlich bereiteten sie gerade das Essen vor. Gelächter. Gespräche. Rufe.

Und dann verstummten sie schlagartig, noch bevor ich den Garten erreicht hatte.

»Ist das Ox?«, hörte ich Mark besorgt fragen.

Ich hörte ein Krachen und schnelle Schritte.

Alle kamen um die Ecke gerannt und blieben wie angewurzelt stehen.

»Wo sind sie?!«, rief Mark.

»Werden wir angegriffen?«, fragte Thomas, bereit, sich zu verwandeln. Seine Augen glühten rot.

»Ox?«, fragte Carter. »Dein Herzschlag, Mann. Hast du gerade einen Infarkt?«

»Hey, Leute«, sagte ich. Ich hatte früh gelernt, dass man nie vor einem Wolf weglaufen sollte. Triggert den Jagdinstinkt und so.

Ich wollte nichts so sehr wie weglaufen.

Weil Joe fast direkt vor mir stand.

Er hatte sich umgezogen. Weiße Shorts und ein grünes Shirt, das *nichts* verbarg. Außerdem war er barfuß, und seine Füße sahen verdammt sexy aus.

»Hey, Leute«, sagte ich noch einmal.

»Warum habe ich das Gefühl, dass mir gerade was Wichtiges entgeht?«, murmelte Kelly.

Joes Nase zuckte. »Was ist das für ein Geruch?«

Und natürlich schnupperten daraufhin *alle* Bennett-Männer in der Luft, was nicht so lustig war, wie es sich vielleicht anhört, überhaupt nicht.

Carter machte einen Schritt auf mich zu. »Was ist das für ein Zeug, Mann? Hast du darin *gebadet*?«

»Gar nichts«, sagte ich verteidigend. »Ich habe keine Ahnung, wovon du redest.«

»Ox«, sagte Joe mit gerunzelter Stirn. »Ist alles in Ordnung bei dir?«

Ich konnte ihn nicht einmal ansehen, als ich erwiderte: »Mir geht's gut.«

»Das ... ist eine glatte Lüge«, erklärte Kelly.

Joe machte einen Schritt auf mich zu, ich einen zurück.

»Ist etwas passiert?«, fragte Thomas.

Ich wollte erwidern, dass ich mir möglicherweise vorgestellt hatte, seinen minderjährigen Sohn nackt zu sehen, war aber nicht sicher, ob man das zu einem Alpha-Werwolf sagen sollte.

Also sagte ich: »Gar nichts ist passiert. Ich wollte nur ... anders riechen.«

Die Bennett-Männer starrten mich an. Ich starrte irgendwo anders hin.

Joe sagte: »Ox.«

»Ja«, sagte ich und betrachtete einen Baum.

»Hey.«

»Was?«

»Sieh mich an.«

Gott im Himmel! Ich schaute ihn an.

Tiefe Sorge stand in seinem Gesicht. Seinem bescheuerten, wunderschönen Gesicht.

Ich spürte, wie ich rot wurde.

»Vielleicht sollten wir ...«, begann Mark, da sagte Carter: »Oh, auf keinen Fall«, und ich sagte: »Carter, kann ich kurz mit dir reden? Jetzt? Bitte?«

Carter grinste das breiteste Grinsen, das ich je gesehen hatte, während Joe mit zusammengekniffenen Augen zwischen uns hin- und herblickte. »Was geht hier vor?«, fragte er.

»Absolut gar nichts«, erwiderte Carter und klang aus irgendeinem Grund ziemlich erfreut über irgendwas. »Aber es ist toll.«

»Carter«, bellte ich. »*Jetzt!*«

Bevor die anderen protestieren konnten, packte Carter mich am Arm und zog mich Richtung Wald. »Es wird nicht lange dauern«, rief er im Gehen gut gelaunt über die Schulter.

»*Was* wird nicht lange dauern?«, hörte ich Joe fragen.

»Oh, ich bin sicher, das wirst du noch früh genug erfahren«, antwortete Mark.

Ich war verloren.

Da Werwölfe höllisch ungeduldig sind, zog Carter mich nur so weit, bis wir außer Hörweite waren, dann ließ er meinen Arm los und sagte: »Du hast einen Ständer. Wegen meinem kleinen Bruder.«

Ich musste es zumindest versuchen. »Ich habe keine Ahnung, was du meinst.«

Carter sagte: »Du hast dich mit dem übelriechendsten Zeug eingesprüht, das du finden konntest, um den Geruch deines Ständers zu überdecken.«

»Hör auf, Ständer zu sagen!«

Er wackelte mit den Augenbrauen.

Ich schaute ihn finster an.

Er sagte: »Wurde auch Zeit.«

Und ich sagte: »Wofür?«

Er blinzelte mich an. »Dich und Joe.«

»Was ist mit mir und Joe?«

»Du willst also ernsthaft weiter den Ahnungslosen spielen?«

Entweder das oder eine Panikattacke bekommen. »Ja, will ich.«

»Es ist okay«, erwiderte Carter. »Du darfst wegen meinem siebzehnjährigen Bruder einen Ständer haben.«

Ich vergrub stöhnend das Gesicht in den Händen. »Du machst alles nur noch schlimmer.«

Er schnaubte. »Das bezweifle ich. Wenn du glaubst, dass es für *dich* unangenehm ist, dann denk mal daran, wie *ich* mich gerade fühle.«

»Du sagst *ständig* Ständer!«

»Ja«, bestätigte er gelassen. »Und ich amüsiere mich köstlich dabei.«

»*Carter!*«

»Warum flippst du so aus?«

»Warum tust du es *nicht*?«

»Ist es wegen diesem Werwolf-Ding?«

»Was? Nein. Das ist mir egal.«

»Aber daran, dass er ein Mann ist, kann es auch nicht liegen. Du warst schon oft mit Männern im Bett.«

»Was zur Hölle ...? Warum erzählst du es nicht gleich deiner ganzen Familie?«

»Ist es, weil er erst siebzehn ist?«, fragte Carter. »Dad macht das nichts aus. Na ja, größtenteils wahrscheinlich.«

Ich starrte ihn entsetzt an. »Wovon redest du überhaupt?«

»Ox«, sagte er so langsam, als würde er mit einem Kleinkind sprechen. »Das ist Joe, Mann. Was hast du denn gedacht, was passieren würde?«

»Ich weiß nicht ... er ... trug diese engen Shorts und ...«

Carter schnitt eine Grimasse. »Okay, es zu riechen, war das eine, aber es laut ausgesprochen zu hören, geht eine Stufe zu weit. Du redest hier schließlich über meinen kleinen Bruder.«

Ich stieß einen leicht erstickten Laut aus.

»Ox, du hast doch wohl gewusst, dass das passieren würde, oder?«

Ich erstarrte. »Was?«

»*Der Wolf.*«

»Ich habe dir gerade gesagt, dass es mir egal ist, dass er ein ...«

Carter schüttelte den Kopf. »Nicht das. Der *Stein*wolf. Der, den er dir zum Geburtstag geschenkt hat.«

»Was ist damit?«

Carter seufzte. »Mann, das wird nicht gut ankommen.«

Was die Dinge bestimmt nicht besser machte. Und genau das sagte ich ihm.

»Sieh mal«, begann er, »jeder Werwolf bekommt von seinem Alpha einen aus Stein gemeißelten Wolf. Manchmal überreichen sie ihn selbst, manchmal lassen sie das von jemand anderem erledigen, aber jeder geborene Werwolf bekommt einen. Ich weiß nicht, wann das angefangen hat, und ehrlich gesagt ist es anachronistischer Schwachsinn, aber was soll's. Es ist Tradition, und du weißt, wie Dad über Traditionen denkt.«

Ich nickte.

»Es ist der wertvollste Besitz eines Wolfes«, fuhr Carter fort. »Etwas, das es zu beschützen und zu ehren gilt. Zumindest wird uns das so beigebracht.«

»Warum hat er ihn dann *mir* gegeben?«

Carter lächelte mich still an. »Weil er genau dafür gedacht ist.«

»Ich fürchte, ich verstehe nicht ganz ...«

»Wenn wir alt genug sind, wird uns gesagt, dass wir eines Tages jemandem begegnen werden. Jemandem, der uns guttut, der unser Herz höherschlagen lässt. Jemandem, der uns vervollständigt. Der uns erdet und an unser Menschsein erinnert.«

Ich bekam eine Gänsehaut.

Die Vögel zwitscherten in den Bäumen.

Die Blätter zitterten in der Brise.

Alles fühlte sich grün an, so unglaublich grün.

»Und wenn wir diese Person gefunden haben«, fuhr Carter fort, »diesen Jemand, der uns alles Schlechte vergessen lässt, das uns je widerfahren ist, nun ... dafür ist der Wolf da. Er ist ein Geschenk, Ox. Ein Versprechen.«

»Ein Versprechen worauf?«, krächzte ich.

Er zuckte die Achseln. »Es kann vieles bedeuten: Freundschaft. Familie. Vertrauen.« Er schloss die Augen und lauschte dem Rauschen des Waldes. »Oder mehr.«

»Mehr?«

»Liebe. Hingabe.«

»Er hat ...«

»Ja, Mann. *Hat* er.«

»Er war zehn.«

Carter öffnete die Augen. »Und hat dich angesprochen, nachdem er über ein Jahr lang kein einziges Wort mehr gesagt hatte. Und da wussten wir es. Alle. Damals schon.«

Aus irgendeinem Grund fühlte ich mich verraten. »Noch etwas, das ihr mir verheimlicht habt?«, fragte ich, unfähig, die Bitterkeit in meinem Tonfall zu verbergen.

Carter schüttelte den Kopf. »Du warst sechzehn, Ox, und wusstest nicht mal, dass es Werwölfe überhaupt gibt.«

»Aber *als* ich es wusste ...«

»Jessie«, sagte Carter.

Und plötzlich ergaben so viele Dinge einen Sinn. »Heilige Scheiße«, keuchte ich. »Deshalb ...«

»Ja, *deshalb*. Und weil du dich wie ein Arsch verhalten hast.«

Ich funkelte ihn an.

Er zuckte die Achseln.

»Ich werde *gar* nichts tun«, erklärte ich. »Er ist noch jung. Er wird aufs College gehen und sein Leben leben. Er wird mein Freund sein und wir werden ...«

Carter schnaubte. »Ja, viel Glück dabei, Oxnard. Glaub mir, wenn Joe es merkt – und das *wird* er –, wird dir gar nichts anderes mehr übrig bleiben.«

»Wird er *nicht*«, widersprach ich entschlossen. »Und du wirst schön den Mund halten.«

Carter grinste nur.

Carter schickte mich unter die Dusche. Solange ich so stank, könnte ich auf keinen Fall mit ihnen essen, sagte er.

Ich boxte ihn, so fest ich konnte.

Er lachte.

Ich versuchte, die Dusche so lange wie möglich auszudehnen und an absolut alles zu denken, nur nicht an Joe.

Die Dusche dauerte vier Minuten.

Zehn Minuten später war ich angezogen und ging zurück zum Haus der Bennetts.

Ich konnte sie alle im Garten hören, einschließlich Mom. Elizabeth lachte. Carter schrie Kelly an. Meine Mutter unterhielt sich mit Mark.

Da spürte ich eine Hand auf meiner Schulter.

Ich musste mich nicht einmal umdrehen, um zu wissen, wer es war.

Ich tat es trotzdem.

Joe stand direkt hinter mir. Er musterte mich besorgt und fasste mich sanft am Ellbogen. Wir waren nur wenige Zentimeter voneinander entfernt. Ich konnte seine Wärme spüren, unsere Knie berührten sich.

»Hey«, sagte er.

»Hi«, brachte ich heraus.

»Alles okay?«

»Klar. Alles gut.«

»Aha. Versuch's noch mal.«

»Ich habe keine Ahnung, was du meinst.«

»Ox«, sagte er in diesem Tonfall, in dem er absolut alles von mir haben konnte. Das wussten wir beide. Und jetzt, da ich außerdem wusste, was *alles* bedeuten konnte, bekam ich kaum noch Luft.

»Der Wolf«, platzte es aus mir heraus.

»Welcher Wolf?«

»Der, den du mir gegeben hast.«

Ich sah, wie sich eine leichte Röte über Joes Hals ausbreitete, aber er schaute nicht weg.

»Was ist damit?«, fragte er.

»Ich wollte nur ... ich meine ... Danke dafür. Glaube ich.«

»Gern geschehen. Warum ... *Moment*. Worüber hast du mit Carter gesprochen?«

»Ähm ... nichts.«

»Wirklich? *Das* ist deine Antwort?«

»Nichts«, beharrte ich.

»Du benimmst dich komisch.«

»*Du* benimmst dich komisch.«

Joe verdrehte die Augen. »Zuerst diese Sache mit dem Geruch, dann gehst du mit Carter in den Wald, und jetzt erwähnst du aus heiterem Himmel den Steinwolf. Ganz zu schweigen davon, dass du gleich zu Anfang gegen die Hauswand gelau...«

Ich kannte diesen Ausdruck auf seinem Gesicht. Ich wusste, was er bedeutete. Es war der Blick, wenn Joes Gedanken auf Hochtouren liefen und er all die kleinen Puzzleteile zusammensetzte.

»Wir sollten wahrscheinlich zu den anderen gehen«, sagte ich hastig. »Wir wollen sie schließlich nicht warten lassen. Das wäre unhöflich.«

Joes Augen weiteten sich.

Scheiße.

»Ox«, sagte er, und ein Hauch Werwolf schimmerte aus seinen blitzenden Augen. »Gibt es etwas, das du mir mitteilen möchtest?«

»Nein«, sagte ich hastig. »Auf keinen Fall.«

»Bist du dir sicher?« Sein Griff um meinen Ellbogen wurde fester.

Ich schaffte es gerade so, meinen Arm zu befreien. »Ich habe Hunger«, sagte ich heiser. »Wir sollten ...«

»Klar. Gehen wir.«

Ich blinzelte ihn an.

Er lächelte.

Mein Herz setzte einen Schlag lang aus.

Sein Lächeln wurde breiter.

Niemand gab einen Kommentar ab, als wir den Garten betraten, obwohl ich sicher war, dass alle außer meiner Mutter das gesamte Gespräch mitgehört hatten. Carter zwinkerte mir zu. Kelly sah sehr zufrieden aus. Mark lächelte still. Elizabeth bedachte mich mit einem liebevollen Blick. Mom sah lediglich verwirrt aus.

Aber Thomas … Thomas wirkte entspannter denn je.

Joe setzte sich neben mich und ließ keinen Millimeter Platz zwischen uns.

Das Essen war die reinste Qual.

Er beugte sich oft zu mir herüber, hauchte mir seinen Atem in den Nacken und flüsterte mir ins Ohr.

Er berührte meinen Arm, meine Hand, meinen Oberschenkel.

Er trank seine Limo mit einem Strohhalm. Joe benutzte *nie* einen Strohhalm. Aber jetzt hatte er irgendwo einen hervorgezaubert und klimperte mich mit seinen Wimpern an, während er mit hohlen Wangen daran saugte.

Meine Gabel fiel klappernd auf den Teller.

»*Joe*«, seufzte Thomas. »Wirklich?«

»Ups«, machte Joe. »*Sorry.*« Er klang nicht so, als würde ihm irgendwas leidtun.

Kelly sagte: »Oh Mann, jetzt kapier ich's endlich. Wie *eklig.*«

»Ich habe Kuchen zum Nachtisch gemacht«, sagte Elizabeth, die gerade an den Tisch zurückkam. »Mit Schlagsahne.«

Ich stöhnte.

Joe strahlte.

Und das sogar noch mehr, als er mit dem Finger durch die Sahne fuhr und sie ableckte, ohne mich aus den Augen zu lassen.

Carter und Kelly beobachteten die Szene mit Entsetzen.

»Joe, hör *auf* damit«, zischte ich.

Er neigte den Kopf, beugte sich noch näher heran und wisperte: »Ach, Ox. Ich fange gerade erst an.«

Und eine Fliege /
Alles für dich

Ich hätte wissen müssen, dass er nicht damit aufhören würde. Er gab mir drei Tage, um mir den Kopf zu zerbrechen. Über jedes kleine Detail jeder Interaktion, die wir jemals hatten.

Jetzt ergab alles einen Sinn: Jessie, die Männer, mit denen ich geschlafen hatte, und wie er danach jedes Mal für mehrere Tage aus meinem Leben verschwunden war.

Und Frankie. Frankie war sein Versuch gewesen ... Ein normales Leben zu führen? Jemanden zu finden, der *nicht* ich war?

Mir fiel auf, dass ich Frankie nie gemocht hatte.

Drei Tage. Er ließ mich volle drei Tage lang schmoren.

Drei Tage, in denen er mich anlächelte.

Drei Tage, in denen ich versuchte, die versteckte Bedeutung hinter jeder SMS zu entdecken, die er mir schickte.

Montag und Dienstag wartete er auf dem Feldweg auf mich, wenn ich von der Arbeit heimkam.

»Hey, Ox«, sagte er, und ich wurde rot.

Wir gingen zusammen nach Hause, und ich versuchte, die richtigen Worte zu finden, um ihm zu sagen, dass das nicht passieren durfte. Dass er etwas viel Besseres als mich verdient hatte und dass er erst zehn gewesen war – und wie hatte er das tun können, mit nur *zehn* Jahren? Aber ich fand sie nicht.

Unsere Hände berührten sich oft, und ab und zu dachte ich daran, seine zu nehmen.

Am dritten Tag wartete er nicht auf mich.

Ich wollte erleichtert aufatmen.

Stattdessen war ich enttäuscht.

Bis ich nach Hause kam.

Meine Mutter hatte frei, zum ersten Mal seit Langem.

Natürlich war sie zu Hause, als ich heimkam.

Und Joe ebenfalls.

Er saß an unserem Küchentisch.

Er trug eine Anzughose und ein Hemd.

Und eine Fliege.

Was sich, ohne dass ich je etwas davon geahnt hätte, als eine meiner größten Schwächen herausstellte.

Ich sah die Fliege und lief direkt gegen die Küchentür.

»Hm«, meinte Mom. »Jetzt wird mir einiges klar.«

Ich rieb mir die schmerzende Nase und funkelte die beiden finster an. »Was geht hier vor?«

»Joe hat gefragt, ob er mit mir sprechen kann«, antwortete Mom.

»Ich habe ihr Blumen mitgebracht!«, platzte Joe heraus und klang außer Atem dabei.

»Und er hat mir Blumen mitgebracht.« Mom neigte den Kopf in Richtung der Vase auf dem Tisch. Schwertlilien, ihre Lieblingsblumen. Wie Joe das herausgefunden hat, werde ich wahrscheinlich nie erfahren.

»Warum bringst du ihr Blumen mit?«, fragte ich.

»Weil meine Mutter gesagt hat, dass es eine nette Geste ist, mit der ich mich bei ihr einschmeicheln kann, wenn ich sie frage, ob es okay ist, wenn ich dich für den Rest meines Lebens behalte«, antwortete Joe. Dann weiteten sich seine Augen. »Scheiße. Ich wollte das so nicht sagen.«

»Oh, mein Gott«, stöhnte ich leise.

»*Wie* lange wolltest du ihn behalten?«, schaltete Mom sich wieder ein.

»Äh«, machte Joe. »Mist. Das läuft nicht so, wie ich es geplant hatte. Wartet kurz.« Er griff in seine Hosentasche und zog einen Zettel hervor. Er war zerknittert und an den Ecken eingerissen. Joe starrte das Gekritzel darauf an, während sein Mund sich lautlos bewegte. Ein Schweißtropfen rann ihm über die Schläfe.

Das musste ein Traum sein.

»Joe, vielleicht sollten wir ...«, begann ich.

Schließlich sah er meine Mutter entschlossen an. »Guten Tag, Miss Callaway«, begann er. »Diese Blumen sind für Sie.«

Ich stöhnte.

»Danke, Joe«, erwiderte meine Mutter. Ihre Mundwinkel zuckten. »Das habe ich übrigens schon vor zehn Minuten gesagt, als du sie mir gegeben und dich dann hingesetzt hast, um mich anzustarren, während du darauf gewartet hast, dass Ox nach Hause kommt.«

»Richtig«, bestätigte er. »Gern geschehen. Apropos Ox: Ich bin hier, um mit Ihnen über ihn zu sprechen.«

»Du trägst eine Fliege«, sagte ich überflüssigerweise.

Er warf mir einen kurzen Blick zu. »Meine Mutter hat gesagt, ich soll mich schick machen.«

Ich hörte ein leises Lachen durch das offene Fenster über dem Waschbecken und wusste sofort Bescheid.

Ich ging zur Spüle und schaute nach draußen.

Die gesamte Bennett-Familie saß in unserem Garten versammelt.

Verdammte Werwölfe.

»Hallo, Ox«, sagte Elizabeth ohne einen Hauch von Scham. »Schöner Tag, nicht wahr?«

»Um euch kümmere ich mich später«, keifte ich.

»Oh«, machte Carter. »Ich habe jetzt schon eine Gänsehaut.«

»Wir sind nur zur Unterstützung hier«, erklärte Kelly. »Und um darüber zu lachen, wie peinlich Joe ist.«

»Das habe ich *gehört*!«, rief Joe hinter mir.

Ich schlug meinen Kopf auf das Fensterbrett.

»Maggie«, fuhr Joe fort. Dann: »Darf ich Sie Maggie nennen?«

»Klar.« Meine Mutter hörte sich an, als würde sie die Situation tatsächlich genießen. Diese Verräterin! »Du kannst mich gerne Maggie nennen.«

»Gut«, sagte Joe erleichtert. »Kennen Sie Ox, der gerade da drüben am Fenster steht?«

»Hab ihn schon mal irgendwo gesehen«, murmelte Mom.

»Okay.« Joe warf einen Blick auf seinen Zettel, bevor er wieder zu meiner Mutter aufsah. »Im Leben jedes Werwolfs kommt irgendwann der Zeitpunkt, an dem er alt genug ist, um gewisse Entscheidungen über seine Zukunft zu treffen.«

Ich überlegte, ihn mit etwas zu bewerfen und ihn dann aus der Küche zu zerren, solange er noch abgelenkt war, und schaute auf der Suche nach einem geeigneten Gegenstand aus dem Fenster.

Carter winkte mir zu. Dieses Arschloch!

»Und meine Zukunft«, sprach Joe weiter, »ist Ox.«

Das plötzliche Ziehen in meiner Brust war kaum auszuhalten.

»Ist das so?«, fragte Mom. »Und wie kommst du darauf?«

»Ox ist sehr nett«, antwortete Joe ernst. »Er riecht gut und macht mich glücklich. Und ich würde nichts lieber tun, als ihn überall abzulecken.«

»Tja«, seufzte Thomas. »Wenigstens haben wir's versucht.«

»Er ist eben unser Jüngster«, rief Elizabeth ihm ins Gedächtnis.

»Du willst *was*?«, fragte ich ungläubig.

Joe zuckte zusammen. »Ich habe mich falsch ausgedrückt.« Er sah wieder meine Mutter an und schwitzte stärker denn je. »Ich will um Ihren Sohn werben.«

»Was soll das heißen?«, fragte sie.

»Es bedeutet, dass ich mich um ihn kümmern möchte, um zu beweisen, dass ich ihn verdient habe«, antwortete Joe. »Und dann, wenn er zugestimmt hat, dass er mir gehört, werde ich ihn besteigen und beißen, damit jeder sehen kann, dass wir zusammen sind.«

Ich begann schwer zu keuchen.

»Joe!«, rief Elizabeth durchs Fenster herein. »Vielleicht solltest du noch nicht über diesen Teil sprechen. Oder auch überhaupt nie.«

»Okay«, erwiderte Joe und lockerte seine Fliege etwas. »Vergessen Sie, was ich gerade gesagt habe.«

»Ich weiß nicht, ob ich das kann«, sagte Mom und schaute zwischen mir und Joe hin und her.

»Besteigen?«, krächzte ich. »Von allen Dingen, die du hättest sagen können, hast du dich ausgerechnet für *besteigen* entschieden?«

»Ich bin nervös!«, rief Joe. »Das ist nicht meine Schuld! Es war das einzige Wort, das mir eingefallen ist!«

»Du hast einen *Zettel*«, zischte ich.

»Du hast es einfach so dahingesagt, als wäre es das Normalste auf der Welt«, merkte Mom an.

Ich ignorierte das unterdrückte Gelächter draußen.

»Okay«, sagte Joe. »Versuchen wir es noch einmal. Hallo, Maggie. Wie geht es Ihnen? Diese Blumen sind für Sie. Ich finde, Ihr Sohn ist das Tollste auf der Welt.«

Alle verstummten.

»Meinst du das ernst?«, fragte Mom.

Er nickte. »Ja, tue ich. Es gibt vieles, was Sie nicht wissen. Über mich. Es war schwer. Eine Zeit lang. Manchmal ist es das immer noch. Aber Ox ... Ich habe Albträume. Von bösen Männern. Von Monstern. Und Ox lässt sie verschwinden.«

Ich schluckte schwer.

»Ich habe gewartet«, sprach Joe weiter. »Darauf, dass er mich so ansieht, wie *ich* ihn ansehe. Jetzt tut er es endlich, und ich werde alles tun, was ich kann, damit das auch so bleibt. Denn ich will ihn für immer.«

»Du bist siebzehn«, entgegnete Mom. »Wie kannst du jetzt schon wissen, was du willst?«

»Ich bin ein Wolf«, antwortete Joe. »Wir sind ... anders gestrickt.«

»Und wenn er Nein sagt?«

Joe wurde blass. »Dann ... ähm ... ich schätze, wäre das okay für mich?«

»Wäre es das?«

Er nickte. Seine Hände waren zu Fäusten geballt. »Vielleicht auch nicht. Aber ich würde es respektieren. Denn Ox ist vor allem mein bester Freund, und ich nehme ihn so, wie ich ihn haben kann.«

»Hmm«, machte Mom. Dann: »Ox? Wie denkst du darüber?«

Alle hielten den Atem an.

Und ich ...

Starrte wahrscheinlich. Meine Haut fühlte sich zu eng an. Als würde ich gleich platzen.

Als würde ich gleich platzen und dann aufwachen, weil alles nur ein Traum war.

Nur ein Traum.

Also fragte ich: »Warum?«, denn das war das Einzige, was ich nicht ganz verstand. Mein Vater lebte nicht mehr, aber er hatte gesagt, die Leute würden mich wie Scheiße behandeln, und das hier war keine Scheiße. Es war furchterregend und es war eine Chance. Es war Verantwortung, aber keine Scheiße. Eigentlich das Gegenteil davon.

»Warum was?«, fragte Joe verwirrt.

»Warum ich?«

Er runzelte die Stirn. »Warum *nicht?*«

»Du wirst eines Tages ein Alpha sein.« *Und zwar ein großartiger.*

»Und?«

Ich schaute auf meine Hände. »Das ist eine wichtige Aufgabe.«

»Ich weiß.«

»Ich bin ...«

»Du bist *was*?«

»Du weißt schon. Ein Niemand.«

Plötzlich stand Joe stinksauer vor mir. Er vibrierte förmlich vor Wut. »Halt den Mund«, fauchte er. »Halt einfach den Mund.«

Ich sagte: »Joe ...«, aber er schnitt mir das Wort ab.

»So was darfst du nicht sagen. Du darfst es nicht mal *denken*.«

»Du bist siebzehn ...«

Joe knurrte jetzt, und ich wusste, wenn ich aufblickte, würde ich den Wolf in ihm durchschimmern sehen. »Und? Glaubst du, ich weiß nicht, was ich tue? Glaubst du, nur weil ich erst siebzehn bin, weiß ich nicht, wovon ich rede? Ich bin schon lange kein Kind mehr, Ox. Das wurde mir genommen, als er mich zum ersten Mal ins Telefon schreien ließ, damit meine Mutter hört, wie er mir die Finger bricht. Ich bin kein Kind mehr, seit er das Kind in mir herausgerissen und etwas anderes daraus gemacht hat. Ich weiß, was ich tue. Ja, ich bin erst siebzehn, aber seit dem Tag, als ich dich zum ersten Mal gesehen habe, weiß ich, dass ich *alles* für dich tun werde. Ich werde alles tun, um dich glücklich zu machen, weil noch nie jemand so gerochen hat wie du. Nach Zuckerstangen und Kiefernzapfen. Toll und fantastisch. Und nach Zuhause. Du hast wie mein Zuhause gerochen, Ox. Ich hatte vergessen, wie das ist. Ich hatte es vergessen, weil er es mir weggenommen hat und ich es erst wiederentdeckt habe, als ich dich traf. Also sitz nicht da und sag, ich bin erst siebzehn. Mein Vater war siebzehn, als er Mom seinen Wolf geschenkt hat. Es geht nicht ums Alter, Ox. Sondern darum, wann man es *weiß*.«

Meine Stimme war heiser, als ich sagte: »Aber ich bin nicht ...«

»Halt die Klappe!«, schrie er. »Weißt du, was? Du *kannst* gar nicht entscheiden, was du wert bist, weil du es offensichtlich nicht weißt. Du darfst es nicht, weil du keine verdammte Ahnung hast, dass du *alles* wert bist. Was denkst du, ist das hier? Ein Witz? Eine Entscheidung, die ich nur zum Spaß getroffen habe? Ist es nicht. Es ist kein Schicksal, Ox. Du bist nicht daran gebunden. Noch hast du die Wahl. Die gibt es immer, und mein Wolf hat *dich* gewählt. *Ich* habe dich gewählt. Und wenn du mich nicht willst, dann ist das deine Entscheidung, und ich werde gehen und wissen, dass du deinen eigenen Weg gehen musst. Aber ich schwöre bei Gott, wenn du mich wählst, werde ich dafür sorgen, dass du jeden Tag für den Rest unseres Lebens das Gewicht deines Wertes spürst, denn darum geht es hier. Ich werde eines Tages ein verdammter Alpha sein, und es gibt niemanden, den ich dabei lieber an meiner Seite hätte als dich. Du *bist* es, Ox. Du warst es schon immer.«

»Okay«, sagte ich und schaute Joe an. Der Wolf in ihm war kurz vorm Durchbrechen.

»Okay?«, fragte er.

»Okay«, wiederholte ich. »Ich weiß nicht, ob ich die Dinge sehen kann, die du siehst.«

»Ich weiß.«

»Und ich weiß nicht, ob ich gut genug bin.«

»Aber *ich* weiß es«, erwiderte er, und seine Augen leuchteten orange.

»Aber ich habe es dir versprochen. Ich habe zu dir gesagt, dass ich immer da sein werde.«

Joes Lippen begannen zu beben: »Das hast du.«

»Ich bin nicht viel«, sprach ich weiter. »Und ich habe nicht viel. Manchmal komme ich mir dumm vor und sage dumme Dinge. Mein Vater hat uns verlassen und ich mache ständig Fehler. Ich war nicht auf dem College und komme mit schwarzen Fingernägeln und ölverschmierter Hose nach Hause. Ich habe nicht viele Freunde. Aber ich habe dir ein Versprechen gegeben, und obwohl ich mir wünsche, dass du jemand Besseren findest, halte ich meine Versprechen. Also ja, Joe. Einfach Ja.«

Ich war wohl noch kein Mann, denn meine Augen brannten ein wenig. Mom weinte am Tisch, und ich konnte Elizabeth vor dem Fenster schniefen hören.

Joe, der kleine Junge, der an meinem sechzehnten Geburtstag auf dem Feldweg auf mich gewartet hatte. Der kleine Junge, der inzwischen ein Mann geworden war und nun ein paar Tage vor meinem dreiundzwanzigsten Geburtstag vor mir stand und fand, dass ich etwas wert bin. Ich versuchte, ihm zu glauben.

Er drückte seine Stirn gegen meine und atmete meinen Geruch ein, und da war sie wieder, die Sonne zwischen uns, dieses Band, das so hell brannte. Weil er mich erwählt hatte.

Und ich erwählte *ihn*.

Das Leben /
Ich brauche dich

Gefährten waren also wichtig.
Ich erfuhr außerdem, dass ich noch immer nicht das Geringste über Werwölfe wusste.

»Ich finde, das hätte mir jemand verraten sollen«, sagte ich.
Thomas sah mich im Schatten der Bäume an. »Findest du?«
»Ja.«
»Ah.«
»Elizabeth ist also Ihre Gefährtin.«
»In Ermangelung eines besseren Wortes, ja. Wir können es so nennen, aber sie bedeutet mir so viel mehr.«
»Woher wussten Sie es?«
Er lachte. »Weil ich mir jedes Mal, wenn ich sie gesehen habe, nichts mehr wünschte, als dass wir immer zusammen sind.«
Ich verstand das. Vollkommen.
»Und bei Joe und mir, da wussten Sie es auch?«, sprach ich weiter.
»Ja.«
»Und deshalb ...« Ich hielt inne.
Er wartete.
»... nehmen Sie mich mit, wenn Sie ihn trainieren.«
»Ja.«
»Wegen dem, was ich für ihn bin.«

»Ja.«

»Sein Gefährte.«

»Wenn du es so nennen willst. Das klingt sehr romantisch, aber ich nehme an, einen besseren Ausdruck werden wir nicht finden.«

»Was sollte ich denn sonst sein?«

Er sah mich überrascht an. »Du bist Ox.«

Und ich sagte: »Für ihn. Was ist Elizabeth für Sie?«

»Das ist vielschichtig«, antwortete er mit einem leisen Lachen. »Unendlich viele Schichten. Sie gehört zu mir und ich würde alles für sie tun. Sie macht mich stärker. Ein Alpha braucht das mehr als jeder andere. Ohne sie wäre ich kein Anführer.«

»Und werde ich das Gleiche für Joe sein?«

»Vielleicht. Oder mehr. Du bist anders, Ox. Ich kann nur erahnen, wie sehr. Es wird überwältigend, und ich kann kaum erwarten, es zu sehen.«

»Was zu sehen?«

»Was du alles bist.«

Die Sonne verschwand hinter einer Wolke. »Warum haben Sie es ihm erlaubt?«

»Was erlaubt?«

»Dass er mir seinen Wolf gibt.«

»Weil er sich dafür entschieden hat.«

Ich runzelte die Stirn. »Sie hätten es ihm verbieten können.«

»Ich nehme es an.«

»Carter sagte, Sie hätten es versucht.«

»Weil wir dich nicht kannten.«

»Und dann haben Sie ihn trotzdem gelassen. Warum?«

Thomas berührte meine Schulter. »Weil gerade Joe die Möglichkeit haben sollte, eine Wahl zu treffen. Nach allem, was er durchgemacht hat. Und zum ersten Mal, seit er wieder bei uns war, *hatte* er eine Wahl. Er hat sich entschieden, mit dir zu sprechen. Er hat sich entschieden, dich mit nach Hause zu nehmen.

Er hat sich entschieden, deine Hand zu halten. So ist das Leben, Ox: Entscheidungen. Die Entscheidungen, die wir treffen, bestimmen, was aus uns wird. Joe wurde seine Entscheidungsfreiheit genommen, und danach wurden seine Entscheidungen von Angst beherrscht. Aber dann kamst du, und er hat sich für *dich* entschieden. Ja, ich hätte ihn aufhalten können. Ich hätte ihm sagen können, dass er warten soll. Ich hätte es ihm verbieten können. Aber das habe ich nicht, weil er eine Entscheidung getroffen hatte: für dich, Ox.«

»Wer war es?«

Thomas schaute weg.

»Ich muss es wissen«, beharrte ich.

»Warum?«

»Weil ich mich, wenn ich mich für etwas entscheide, für *alles* entscheide.«

Er hieß Richard Collins. Er war ein Alpha gewesen, bis ihm die Position entzogen wurde. Er hatte Mitglieder seines eigenen Rudels vergewaltigt und getötet. Er hatte die verwildertsten von ihnen mit Menschen gefüttert. Er war ein Monster und es war ihm egal. Sie rissen ihm den Alpha aus dem Leib, aber danach entkam er.

Thomas und er waren als Kinder Freunde gewesen. Hier, in diesem Revier. Sie hatten zum selben Rudel gehört und sich geliebt wie Brüder.

Eines Tages kamen Jäger. Thomas und sein Vater waren nicht da, als es passierte. Die Jäger haben Richards Eltern vor seinen Augen gefoltert. Und viele andere auch.

Es roch nach verkohltem Fleisch und die Luft war voller Asche. Ein Großteil des Bennett-Rudels war tot, und Richard ging fort.

Niemand wusste, wie er zum Alpha geworden war. Magie vielleicht. Mord. Opferrituale. Er war grausam, nahm anderen Leben und Hoffnung, bis er gefangen wurde.

Aber dann entkam er.

Thomas wurde gebeten, an die Ostküste zurückzukehren und den anderen Rudeln bei der Suche nach ihm zu helfen. Um ihn aufzuhalten.

Sie suchten Jahre über Jahre, im ganzen Land.

Thomas glaubte nicht, dass es noch Hoffnung für seinen alten Freund gab, aber davon ließ er sich nicht abhalten.

Sie waren in Maine, als der Anruf kam.

Joe war weg. Aus dem Vorgarten ihres kleinen Hauses am Meer entführt.

Sie konnten ihn nirgendwo finden, konnten seine Spur nicht verfolgen. Die Witterung war verflogen, als hätte sie nie existiert.

Sie suchten drei Tage lang.

Am dritten Tag klingelte das Telefon.

Richard sagte: »Thomas. Thomas, Thomas, Thomas.«

Und Thomas sagte: »Du Scheißkerl.«

Richard sagte: »Du warst nicht da. Du hast nichts getan, um sie aufzuhalten. Sie haben um Hilfe geschrien. *Ich* habe um Hilfe geschrien. Nach deinem Vater. Aber ihr wart nicht da.«

Thomas flehte: »Mein Sohn. Richard, mein Sohn. Bitte.«

Und Richard Collins sagte: »Nein.«

Er rief ein paarmal pro Woche an und Joe schrie. Er brachte Joe zum Schreien, und Thomas dachte, er würde den Verstand verlieren.

Es dauerte acht Wochen, bis sie ihn fanden. Eine Mischung aus Gerüchen und purem Glück führte sie zu einer Hütte im Wald, die viel näher war, als sie gedacht hatten. Dort fanden sie ihn, misshandelt und allein, und er war nicht mehr derselbe. Er war in Wolfsgestalt, dabei verwandeln sich Wölfe nie vor der Pubertät. Seine Wunden heilten, aber nur langsam.

Und er wollte nicht sprechen.

Als ich sicher war, dass meine Stimme wieder funktionierte, fragte ich: »Was wollte er?«

»Schmerzen zufügen«, antwortete Thomas. »So viele wie möglich.«

Ich stellte die Frage, die ich ihm schon einmal gestellt hatte. »Ist er tot?«

Und Thomas sagte: »Nein. Er wird den Rest seiner Tage in einer magischen Zelle vor sich hin rotten. Die Magie erlaubt ihm nicht, sich zu verwandeln. Sie haben ihm den Wolf entrissen.«

Ich ballte die Fäuste. »Warum haben Sie ihn nicht getötet?«

Thomas musterte mich traurig. »Weil Rache der Weg des Tiers ist. Weil es schwieriger ist, Gnade zu zeigen. Ich habe ihm Gnade gezeigt, weil er sie meiner Familie verweigert hat.«

Und da hasste ich Thomas. Ich dachte, dass er schwach war, ein Feigling, und er wusste es. Er muss jeden Gedanken gekannt haben, der mir in diesem Moment durch den Kopf ging, und wartete.

Schließlich verging mein Hass. Weil ich Thomas kannte. Aber ich musste ehrlich zu ihm sein.

»Ich weiß nicht, ob ich an Ihrer Stelle genauso gehandelt hätte«, sagte ich schließlich.

»Wahrscheinlich nicht«, erwiderte er nicht unfreundlich.

Dann gingen wir weiter durch den Wald.

»Ist es das, was du willst?«, fragte Mom.

»Ja«, antwortete ich.

»Er ist siebzehn, Ox.«

»Und bis er achtzehn ist, wird auch nichts passieren.« Ich wollte nicht mit ihr über diesen Teil sprechen. Allein der Gedanke kribbelte unter meiner Haut, und mir wurde heiß. Es war schlicht zu viel. Der Gedanke, ihn zu berühren. Von ihm berührt zu *werden*.

Mom schaute aus dem Fenster in die Sommersonne. »Was, wenn es zwischen euch nicht klappt?«

Daran wollte ich erst recht nicht denken, also sagte ich: »Es ist ein Risiko. So wie alles im Leben.«

»Zuallererst sind wir Freunde«, flüsterte Joe mir ins Ohr. »Du bist mein bester Freund, Ox, und daran wird sich nie etwas ändern, versprochen. Wir werden nur ... noch mehr sein.«

»Muss ich ein Wolf werden?«, fragte ich Thomas. »Um mit Joe zusammen zu sein?«
»Nein, musst du nicht.«
»Ich habe ernsthaft daran gedacht«, sprach ich leise weiter.
»Tatsächlich?«
»Ja.«
Er wartete.
»Ich muss wirklich nicht?«, hakte ich nach.
»Nein«, sagte er noch einmal. »Du bist perfekt, so wie du bist.«
Ich fragte mich, ob es sich so anfühlt, einen Vater zu haben, der einen trotz aller Fehler so sehr liebt, dass er bleibt.

Elizabeth sagte: »Ich hätte niemand anderen für ihn ausgesucht, Ox. Ihr werdet erstaunliche Dinge gemeinsam vollbringen. Er wird ein Anführer sein und als Alpha das Rudel über alles andere stellen, aber du wirst immer sein Herz und seine Seele bleiben.«

Mark sagte: »Ich wusste es. Vom ersten Tag an wusste ich, dass du für etwas Großes bestimmt bist. Ich bin stolz, dass du mein Freund und Mitglied meines Rudels bist.«

Carter sagte: »Ich hoffe, du bist bereit, Bekanntschaft mit Werwolfausdauer zu machen. Das meine ich ernst. Du wirst so was von wund sein ... tagelang.«

Kelly sagte: »Ich wünschte, ich hätte Carter das nicht sagen hören. Jetzt muss ich mir die Ohren ausspülen ... tagelang.«

Ich träumte von Wölfen und einem blutroten Mond. Sie sangen, und ich nahm ihr Lied und machte es zu meinem eigenen. Ich rannte auf vier Beinen mit ihnen, und mein Herz donnerte in meiner Brust. Ich roch, sah und hörte alles, und alles war grün, grün, grün und Beta-Orange und Alpha-Rot. Die Farben passten zu dem Lied, das wir sangen. Weil wir ein Rudel waren. *Eins, eins, eins.*

»Ähm, Ox?«, rief Mom, als ich mich gerade für die Arbeit fertig machte. Draußen wurde es allmählich heller.

»Ja?«

»Ich glaube, es hat angefangen.«

»Was?« Ich ging die Treppe hinunter und steckte im Laufen mein Hemd in den Hosenbund.

Sie war auf der Veranda, die Haustür stand offen. Ich stellte mich hinter sie.

Sie sagte: »Wenigstens hat er sich an meine Anweisung gehalten und es nicht auf die Veranda gelegt.«

Ein Kaninchen lag im Gras, mit durchgebissener Kehle und weit aufgerissenen, blinden Augen. Darunter sammelte sich Blut. Fliegen schwirrten um den Kadaver herum und landeten auf den steifen Pfoten.

»Das esse ich nicht«, war das Erste, was ich sagte.

Mom stieß mir ihren Ellbogen in den Bauch. »Vielleicht hört er zu!«, zischte sie.

»Ich meine ... ähm ... *wow*! Das sieht aber lecker aus!«, rief ich fast.

»Sehr subtil, Ox.«

»Ein Werwolf umwirbt mich mit einem toten Kaninchen. Nichts daran ist subtil.«

»Blumen kamen wohl nicht infrage«, murmelte Mom und zog ihre Gummistiefel an.

»*Dir* hat er welche geschenkt«, rief ich ihr ins Gedächtnis, während sie die Stufen hinunterging.

»Ich meinte für dich.« Sie packte das Kaninchen an den Ohren und hob es hoch. An der Unterseite klebte Gras. »Seltsames Balzverhalten.«

»Warum fasst du das *an*?«, fragte ich entsetzt.

»Wir können es nicht einfach liegen lassen. Er wäre bestimmt beleidigt.«

»Ehrlich gesagt, bin ich das bereits.«

»Schnell«, sagte Mom und lief an mir vorbei ins Haus. »Schau im Internet nach Kaninchenrezepten, bevor du zur Arbeit gehst.«

»Du tropfst den ganzen Boden voll!«

»Jetzt werd nicht gleich hysterisch, Ox. Es ist nur ein totes Kaninchen.«

»Ich bin nur *hygienisch*.«

Ich war nicht sehr gut in Internet-Dingen, also googelte ich: »Was tun, wenn dein zukünftiger Werwolf-Gefährte/Geliebter/bester Freund dir ein totes Kaninchen mitbringt?«

Die ersten Ergebnisse waren nur Pornos.

Etwas weiter unten stand ein Rezept für maltesischen Kanincheneintopf.

Es war köstlich.

Das Kaninchen, nicht die Pornos.

Die Pornos waren seltsam.

»Ein Korb mit achtzig Minimuffins wurde für dich abgegeben.«

»Minimuffins?«, fragte ich und blickte von dem 2012er Ford Escape auf, an dem ich gerade die Reifen wechselte.

»Äh, ja. Achtzig Stück.«

»Das sind aber viele Muffins.«

»Lynda hat sie von der Bäckerei rübergebracht. Na ja, eigentlich ihr Sohn, weil ihr der Korb zu schwer war.«

Ich seufzte.

Gordo kniff die Augen zusammen. »Das war eindeutig ein Sehnsuchtsseufzer«, sagte er vorwurfsvoll und folgte mir in sein Büro.

Tatsächlich stand dort ein Korb voller Minimuffins. Es war der größte Korb, den ich je in meinem Leben gesehen hatte.

Ich wusste, warum Joe das gemacht hatte: Muffins waren keine Jagdbeute, und Gordo würde bestimmt keine toten Tiere in seiner Werkstatt dulden.

In dem Korb lag außerdem ein Umschlag mit einem Zettel darin.

Auf dem Zettel stand: *Doch, das zählt absolut als Jagdbeute.*

Ich seufzte wieder.

»Ox«, sagte Gordo.

»Was?«, sagte ich. »Gefährten sind nun mal wichtig.«

Und er sagte: »*Ox!*«

»Du bist noch ein Kind!«, schrie Gordo mich an, nachdem die anderen nach Hause gegangen waren. Ich hatte es den ganzen Tag lang kommen sehen.

»Ich bin dreiundzwanzig und schon sehr lange kein Kind mehr.«

Er kniff die Augen zusammen. »Weißt du überhaupt, was das bedeutet, worauf du dich da eingelassen hast? Das gilt für den Rest deines Lebens, Ox. Wenn der Wolf einmal zugebissen hat, lässt er nicht mehr los.«

»Ich weiß.« Thomas hatte es mir gesagt. Ich hatte einen mittleren Nervenzusammenbruch bekommen, aber das war gestern gewesen. Heute sah ich die Sache anders.

»Und du hast trotzdem Ja gesagt? Hast du deinen verdammten Verstand verloren?«

»Witzig«, erwiderte ich. »Ich dachte, es wäre *mein* Leben, nicht deins.«

Gordo begann, vor mir auf und ab zu laufen. »Wie zum Teufel soll ich dich beschützen, wenn du dich in solche Dinge stürzt?«

»Ich kann mich selbst beschützen. Dazu brauche ich weder dich noch sonst jemand.«

»Blödsinn! Du weißt, ich brauche ...« Er verstummte mit einem Knurren.

»Du brauchst mich, das weiß ich.«

»Das habe ich nicht gemeint!« Er schlug mit der Hand auf seinen Schreibtisch.

»Gordo.«

»Leck mich, Ox.«

»Er wird eines Tages ein Alpha sein.«

»Das ist mir egal.«

Ich sprach trotzdem weiter: »Und er wird eine Hexe brauchen.«

Gordo taumelte zurück, als hätte ich ihn geschlagen. »Lass das. Wage es ja nicht!«

»Was zum Teufel ist passiert?«, fuhr ich ihn an. »Warum hasst du die Bennetts so?«

Er lachte bitter. »Das spielt jetzt keine Rolle mehr.«

»Doch, tut es, wenn du weiter so bist. Ich weiß, dass du dir Sorgen um mich machst. So bist du nun mal. Aber du musst mir vertrauen. Ich habe schon genug Zweifel, ich kann nicht auch noch deine gebrauchen. Ich *brauche* dich, Mann. Du musst mir den Rücken freihalten.«

Es war nur ein einziges Wort, aber Gordo stürzte sich natürlich sofort darauf. »Zweifel? Warum *machst* du es dann?«

»Ich zweifle nicht an *ihm,* sondern an *mir*«, antwortete ich. »Was, wenn ich nicht gut genug für ihn bin? Was, wenn ich nicht das sein kann, was er braucht?«

Gordo blieb stehen. »Ox, so kannst du nicht denken.«

Ich schnaubte. »Ach ja? Geht aber ganz einfach.«

»Dein Vater hat dir das angetan«, erwiderte er finster. »Ich hätte ihm in den Arsch treten sollen, als ich die Gelegenheit dazu hatte.«

Ich sah ihn überrascht an.

»Ich sage das nicht gern«, sprach Gordo weiter, »aber ich tue es trotzdem, okay? Jeder, der dich an seiner Seite hat, sollte sich glücklich schätzen. Ich gebe dir meine Zustimmung nicht, weil du sowieso nicht auf mich hören würdest. Nichts, was ich jetzt noch sagen kann, ist von irgendeiner Bedeutung.« Seine Stimme wurde zu einem Krächzen. »Aber ich hoffe für ihn, dass er dich wie den größten Schatz auf Erden behandelt, denn wenn er es nicht tut, bringe ich ihn um.«

Ich drückte seine Schulter und versuchte, meine zitternden Knie zu beruhigen. Natürlich waren seine Worte für mich von Bedeutung. Wie konnte er etwas anderes glauben? »Gordo«, sagte ich. »Sein Wolf. Er hat mir seinen Steinwolf gegeben.«

Er lächelte traurig. »Das dachte ich mir schon. Als er euch in eurem Haus besucht hat?«

Ich schüttelte den Kopf. »An dem Tag, nachdem wir uns das erste Mal begegnet sind. Er war damals zehn, und ich wusste nicht, was es bedeutete. Sie haben zu mir gesagt, dass ich die Wahl habe.«

Und da war er wieder, dieser Ausdruck auf seinem Gesicht, diese *Angst*.

»Schon damals?«, fragte er.

»Schon damals«, sagte ich, und dann: »Gordo, *Gordo*«, weil mir klar wurde, wie verdammt blind ich gewesen war.

»Ja, Ox.«

»Hat ...?« Ich verstummte und hätte um ein Haar den Mund gehalten, doch dann: »Mark hat dir seinen Wolf gegeben, oder?«

Die Tätowierungen auf seinen Armen flammten kurz auf, und er ließ den Kopf hängen.

Ich fuhr ihm mit der Hand durchs Haar. Es war schon lang. Ich musste ihn daran erinnern, mal wieder zum Friseur zu gehen. Gordo vergaß vieles, wenn ich ihn nicht daran erinnerte.

»Ja«, antwortete er mit einem Husten. »Hat er. Und ich habe ihn zurückgegeben.«

Wir liefen unter dem Vollmond.

Die Wölfe umringten mich, während die Bäume an uns vorbeirauschten.

Sie fiepten und jaulten und lebten und lachten.

Joe presste sich immer dichter an mich. Er war jetzt fast so groß wie Mark. Wenn er der Alpha wurde, würde er genauso groß wie Thomas sein.

Wir erreichten unsere Lichtung. Die anderen verteilten sich und jagten hintereinander her, schnappten nach Pfoten und Schwänzen.

Joe wich nicht von meiner Seite.

Er hatte mir einmal erzählt, dass er, wenn der Wolf die Kontrolle übernahm, alle menschliche Vernunft vergaß. Sein Verstand war noch da, er war immer noch Joe und konnte sich an alles erinnern, aber auf einer niederen Ebene, war ganz Tier und Instinkt.

Das offensichtlich der Meinung war, dass ich nicht genug nach ihm roch: Joe rieb seinen Rumpf an meinen Beinen und Schenkeln. Er drückte seinen Kopf und seine Schnauze gegen meine Brust und meinen Hals und fuhr mit der Nase über meine Haut.

Carter und Kelly kamen dazu. Sie wollten spielen.

Joe knurrte sie an, ein warnendes Grollen. *Bleibt weg.*

Sie schauten ihn fragend an und pressten sich flach auf den Boden.

Er drehte sich wieder zu mir um und schnaufte mir ins Ohr und in den Nacken.

Carter und Kelly robbten näher heran.

Joe ignorierte sie, weil er hinter meinem Ohr einen interessanten Geruch entdeckt hatte.

Sie robbten näher.

Joe berührte meine Stirn mit der Nase.

Sie robbten näher.

Joe drehte sich um und funkelte sie an.

Carter gähnte gelangweilt.

Kelly legte den Kopf auf seine ausgestreckten Pfoten.

Joe drehte sich wieder zu mir um.

»Du bist albern«, sagte ich.

Er fletschte die Zähne, glänzend und scharf.

Ich schlug ihm auf die Schnauze. »Ich habe keine Angst vor dir.«

Carter und Kelly machten einen Satz nach vorn und rieben sich von beiden Seiten an mir.

Joe knurrte sie mit blitzenden Augen an.

Sie lachten ihn nur aus.

Später gingen sie auf die Jagd.

Ich legte mich auf den Rücken und beobachtete den Mond über mir.

Die Luft war warm, und ich war glücklich.

Joe hatte ein Reh erlegt. Er schleppte es aus dem Wald heran und legte es vor mir ab.

Die Zunge hing ihm aus dem Maul, seine blinden Augen waren weit aufgerissen.

»Ist das dein Ernst?«, fragte ich.

Er hob seine blutverkrustete und mit Dreck verschmierte Schnauze.

»Es *ist* dein Ernst«, seufzte ich.

Er sagte: »Als ich dich gefunden habe, gab es für mich nur noch dich auf der Welt.«

Er sagte: »Ich habe dir meinen Wolf gegeben, weil er für dich gemacht war.«

Er sagte: »Als Jessie kam, hat es mir das Herz gebrochen.«

Er sagte: »Ich habe versucht, sie zu mögen. Ehrlich. Ich tue es immer noch.«

Er sagte: »Aber ich habe sie gehasst. Ich habe sie so sehr gehasst.«

Er sagte: »Als ihr euch getrennt habt, bin ich in den Wald gerannt und habe den Mond angeheult.«

Er sagte: »Und dann habe ich Männer an dir gerochen.«

Er sagte: »Ich habe sie an dir gerochen und musste mich mit aller Macht beherrschen, dich nicht in Stücke zu reißen.«

Er sagte: »Ich wollte dir sagen, dass du auf mich warten sollst.«

Er sagte: »Aber ich konnte nicht. Weil es nicht fair gegenüber dir gewesen wäre.«

Er sagte: »Und dann kam Frankie und ich ... Ich weiß nicht. Ich hätte nie gedacht ...«

Er sagte: »Du verwirrst mich. Du ärgerst mich. Du bist toll und unglaublich, und manchmal möchte ich meine Zähne in dich schlagen, nur um dich bluten zu sehen. Ich möchte wissen, wie du schmeckst. Ich möchte meine Spuren auf deiner Haut hinterlassen. Ich will dich decken, bis du nur noch nach mir riechst. Ich will, dass dich nie wieder jemand anfasst außer mir. Ich will dich, jeden noch so kleinen Teil von dir. Ich will dir sagen, dass du das Band mit Gordo lösen sollst, weil es mich verletzt, dass du mit noch jemandem außer mir verbunden bist. Ich würde gerne zu dir sagen, dass ich ein guter Mensch sein kann, aber ich will, dass du weißt, dass ich es *nicht* bin. Ich will dich verwandeln, Ox. Ich will, dass du ein Wolf wirst, damit wir gemeinsam durch den Wald laufen können. Ich will, dass du ein Mensch bleibst, damit du diesen Teil von dir nie verlierst. Wenn dir etwas zustoßen würde und du im Sterben liegst, würde ich dich beißen, weil ich dich nicht verlieren darf. Ich kann nicht zulassen, dass du mich verlässt. Ich kann nicht zulassen, dass irgendetwas dich mir wegnimmt.«

Er sagte: »Richard hat mir Dinge erzählt. Entsetzliche Dinge.«

Ich bekam einen Moment lang keine Luft mehr und hörte auf, seinen Kopf zu streicheln.

Die Sterne leuchteten über uns. Das Gras fühlte sich kühl an unter meinem Rücken, Joes Kopf lag schwer auf meinem Bauch. Ich schaute auf ihn hinunter. Seine Augen funkelten dunkler und wilder, als ich es je gesehen hatte.

Ich hätte sagen können: *Sei still. Wir müssen nicht über ihn reden.*

Ich hätte sagen können: *Es spielt keine Rolle. Er kann dir nichts mehr tun.*

Ich hätte sagen können: *Ich werde ihn finden und für dich töten. Sag mir, wo er ist.*

Was ich sagte, war: »Hat er?«

Ich wusste nicht, ob das die richtige Reaktion war.

Joe stieß einen zitternden Atemzug aus. »Ja.«

»Okay.«

»Ox.«

»Ja?«, brachte ich trotz der Wut und der Mordlust in meinem Innern heraus.

»Es ist okay.«

Natürlich konnte er es riechen. Ich fragte mich, welchen Geruch Wut wohl hatte. Wahrscheinlich brennend, dachte ich.

Also sagte ich: »Okay.«

»Du musst es wissen. Vorher.«

»Vor was?«

Er drehte den Kopf ein Stück und rieb seine Nase an meinen Rippen. »Damit du es weißt. Alles.«

»Du bist nicht gebrochen.«

Er sagte: »Das weißt du nicht.«

Ich sagte: »Doch. Du lebst. Solange du noch atmen kannst, solange du noch einen Schritt machen kannst, bist du nicht gebrochen. Gezeichnet vielleicht, geschunden, aber nicht gebrochen.«

Er sagte: »Richard hat gesagt, dass meine Familie mich nicht mehr wollte. Dass sie mich ihm gegeben haben, damit er mich bluten lässt.«

Ich musste mich beherrschen, nicht ein Lied der Verzweiflung zu heulen.

Er sagte: »Er hat gesagt, es wäre meine Schuld. Dass das alles nicht passiert wäre, wenn ich ein besserer Junge gewesen wäre, ein besserer Sohn. Er sagte, dass sie mich hassen, weil ich nicht der Alpha bin, den sie sich wünschen. Dass ich zu klein bin und kein guter Wolf. Dass ich es nicht verdiene, Alpha zu werden, weil ich das Rudel auseinanderreißen und alle sterben würden. Dass ich für den Rest meines Lebens mit dieser Last zurechtkommen müsste.«

Er seufzte. »Ich weiß nicht, ob ich es dir erklären kann, dieses Gefühl, ein Alpha zu sein. Noch bin ich keiner, aber es wird nicht mehr lange dauern. Es brodelt direkt unter der Oberfläche. Es gibt Zeiten, in denen ich nur daran denken kann, dich zu markieren, damit jeder weiß, dass du mir gehörst. Meinen Namen in deine Haut zu ritzen, damit du mich nie vergisst. Meine Familie vor der Welt zu verstecken, damit niemand ihr jemals wehtun kann. Ich muss beschützen, was mir gehört. Richard hat versucht, mir das zu nehmen, und ich glaube, das hat all diese Wünsche nur noch verstärkt. Ich glaube nicht, dass er wusste, dass er es damit noch schlimmer macht.«

»Es ist nicht schlimm«, widersprach ich, ohne sicher zu sein, ob das wirklich stimmte.

Joes Augen blitzten mich im Dunkeln an, orange mit roten Flecken darin. Seine Stimme war ein Knurren, als er sagte: »Ich will dein Blut auf meiner Zunge schmecken. Ich will dich aufbrechen und in dich hineinkriechen. Ich bin ein Monster, das dir Dinge antun könnte, von denen du mich nicht abhalten kannst.«

Er schaute weg und atmete tief durch. Einmal, dann noch einmal. Als er wieder sprach, war seine Stimme wieder ruhiger.

»Dad weiß das. Mom auch. Deshalb gehe ich mit ihm in den Wald. Um Kontrolle zu lernen. Für mich. Für sie. Und für dich. Weil Richard etwas in mir zerbrochen hat. Er hat mich zu dem gemacht, was ich bin: ein Monster, das Dinge tun will, von denen ich manchmal glaube, dass ich sie vielleicht nicht verhindern kann.«

Ich strich ihm eine Haarsträhne aus der Stirn. »Ich habe keine Angst vor dir. Das hatte ich nie.«

»Vielleicht solltest du das aber.«

»Joe.« Ein Anflug von Ärger lag in meiner Stimme.

»Ich würde für dich töten«, sagte er hart. »Wenn jemand versucht, dir wehzutun, werde ich ihn töten.«

Ich sagte: »Ich weiß.« Und dann sagte ich: »Weil ich dasselbe für dich tun würde.«

Er lachte, und es klang ganz nach Wolf, war ganz Schnappen und Knurren. »Manchmal sehe ich ihn, wenn ich die Augen schließe.«

»Ich weiß.«

»Und ich weiß nicht, ob das jemals aufhören wird.«

»Auch das weiß ich.«

»Und du sagst trotzdem Ja?«

»Tue ich«, erwiderte ich und fuhr ihm mit der Hand durchs Haar.

Er seufzte.

Wir beobachteten die Sterne.

Sie waren so viel größer, als wir es je sein würden.

Jemand hat mir erzählt, dass das Licht der Sterne Hunderttausende von Jahren alt ist. Dass der Stern längst tot sein könnte und wir es nicht einmal merken würden, weil er immer noch lebendig aussieht. Ich fand den Gedanken schrecklich, dass Sterne lügen können.

Ich sagte: »Hast du Angst?«

»Ja«, sagte Joe sofort. Dann: »Wovor?«

»Ein Alpha zu sein.«

»Vielleicht. Manchmal. Ich glaube, dass ich meine Sache gut machen werde. Und dann glaube ich es wieder nicht.«

»Du wirst deine Sache gut machen.«

»Ja?«

»Und ich werde dir dabei helfen.«

Er schwieg eine Weile. »Ich hätte nicht gedacht, dass wir es so weit schaffen.«

Das tat weh. Uns beiden. »Das tut mir leid.«

Joe schüttelte den Kopf. »Muss es nicht. Du hast eine Wahl, denn du bist ein Mensch.«

Ich sagte: »Und du? Hast du eine Wahl?«

»*Du* bist meine Wahl. Und ich würde mich immer wieder für dich entscheiden. Es ist mir egal, ob es mein tierischer Instinkt ist oder Schicksal, ob du eigens für mich geschaffen worden bist oder was auch immer. All das spielt keine Rolle, denn ich würde mich trotzdem immer wieder für dich entscheiden.«

Ich dachte darüber nach, ihn zu küssen. Eine ganze Weile sogar, aber ich tat es nicht. Ich hätte es tun sollen.

Stattdessen sagte ich: »Du bist kein Monster«, und berührte seine Wange. Seine Ohren. Seine Lippen. »Bist du nicht, das verspreche ich dir. Ich *schwöre* es.«

»Ox, Ox, Ox«, erwiderte Joe zitternd, dann brach er zusammen, und ich mit ihm.

Ich glaube, danach haben wir beide geweint.

Weil wir noch keine Männer waren.

Dir einen Bären holen / Dir wehtun

Manchmal fuhr ich in dem alten Truck nach Hause, den Gordo mir geschenkt hatte.

Meistens ging ich zu Fuß, weil ich wusste, dass Joe auf mich wartete.

Ich konnte mich darauf verlassen. Es brauchte keine Erklärung. Es war einfach so.

Natürlich stand er auch ein paar Tage später wieder im Schatten der alten Ulme. Das Sonnenlicht fiel durch die Blätter und tanzte über seine Arme und den Hals. Er war so klein gewesen an jenem ersten Tag. Das Nesthäkchen. Der kleine Tornado.

Aber das war jetzt vorbei. Zum Teil war es seine normale körperliche Entwicklung. Ein anderer Teil davon war, dass er zum Alpha wurde. Er wuchs in sich hinein, und ich weiß, dass er hören konnte, wie mein Herz zu stottern begann, denn er lächelte erfreut.

»H... hi, Joe.«

»Hi, Ox.«

Ich blieb unsicher vor ihm stehen. Es war erst eine Woche her, dass diese ... Sache begonnen hatte. Diese Sache zwischen uns.

»Hey«, sagte ich wie ein Idiot.

Dann starrten wir uns an.

Es war bescheuert.

Also sagte ich: »Es ist irgendwie komisch.«

»Ich möchte ein Date mit dir«, sagte Joe im gleichen Moment.

Ich hustete und hätte fast meine Zunge verschluckt. »Ja, klar«, erwiderte ich schließlich. »Klingt toll. Wann? Jetzt?«

»Jetzt sofort?«

»Nein!«, rief ich. »Ich wollte nicht, du weißt schon. Wir könnten ...«

»... vielleicht irgendwo hingehen.«

»Oder willst du mir vorher noch Minimuffins vorbeibringen?«, platzte ich heraus. »Du musst natürlich nicht ...« Ich hatte nicht mal einen davon abbekommen. Die Jungs in der Werkstatt haben sie alle aufgefressen. Außer Gordo, der die Muffins nur finster anstarrte.

Joe musterte mich. »Oder ein totes Tier? Ich könnte es jetzt gleich machen! Ein Reh oder einen Bären. Ich hole dir einen Bären!«

Er begann, sich die Kleider vom Leib zu reißen, und ich sagte: »Du willst dich ausziehen?«

Da war plötzlich so viel Haut überall.

Joes Hemd lag bereits auf dem Boden, als er fragte: »Was?«

Ich sagte das Einzige, was mir im Moment einfiel: »Du bist erst siebzehn!«

»Nicht mehr lange«, entgegnete Joe lüstern.

Anstatt darauf einzugehen, sagte ich: »Ich brauche keinen Bären.«

»Ein Reh vielleicht?«

Ich schüttelte den Kopf. Die Vorstellung, wie er ein totes Reh aus dem Wald vor unsere Terrasse zerrte, war mir unangenehm.

»Du solltest dein Hemd wieder anziehen«, schlug ich vor.

Joe kniff die Augen zusammen. »Warum?«

»Weil ... du weißt schon. Wegen dem hier.« Ich deutete vage auf seinen nackten Oberkörper.

Joe grinste verschlagen und blähte die Brust. »*Dem* hier?«

»Ja«, brachte ich heraus.

Er machte einen Schritt auf mich zu. »Wir könnten, nun ja, du weißt schon ...« Er wackelte mit den Augenbrauen.

Scheiße, dachte ich und machte einen Schritt zurück. »Wir könnten auch warten, bis du achtzehn bist.«

Seine Augen blitzten, und der Wolf in ihm schimmerte durch. »So funktioniert das nicht.«

»Als ob du das beurteilen kannst.«

»Ich kann es kaum erwarten, bis ich endlich ein Alpha bin und dir vorschreiben kann, was du zu tun hast.«

»Ich werde deinem Dad sagen, dass du nur ein Alpha werden möchtest, weil du mir an die Wäsche willst.«

Joe stöhnte. »Hör auf, von meinem Dad zu sprechen, wenn ich dich gerade verführe.«

»Sei still«, flehte ich. »Bitte.«

Da tauchten plötzlich Carter und Kelly auf.

Natürlich.

Sie blieben stehen und starrten uns an.

Wir starrten zurück.

Ich bekam ein schlechtes Gewissen, weil ihr minderjähriger Bruder mit nacktem Oberkörper vor mir stand und wir beide wahrscheinlich stanken wie ein Bordell.

»Sieht komisch aus«, sagte Kelly.

»Es ist nichts passiert!«, rief ich.

»Hier stinkt's nach Sex«, meinte Carter.

»Ich werde ihm einen Bären bringen«, erklärte Joe.

Fragende Blicke. Schließlich sagte Kelly: »Ich fühle mich irgendwie unwohl hier.«

»Zieh dich wieder an«, sagte ich zu Joe.

»Ich glaube, ich ersticke gleich an all den Pheromonen in der Luft«, murmelte Carter.

»Oder ein Reh«, sprach Joe weiter.

Noch mehr fragende Blicke.

»Ich hoffe, ihr wisst, dass ihr mich gerade für den Rest meines Lebens versaut habt«, erklärte Kelly.

»Dein Hemd, Joe«, beharrte ich. »Zieh es wieder an.«

Da sagte Carter, der Idiot: »Wie gut, dass sich Ox vor ein paar Jahren bei mir geoutet hat. Gern geschehen, übrigens, der Kuss.« Dann rannte er lachend davon.

Joe verwandelte sich und nahm brüllend die Verfolgung auf, wobei seine Shorts natürlich zerrissen.

Kelly und ich standen allein auf dem Feldweg.

»Tja«, sagte ich.

»Genau«, meinte Kelly.

»Will er wirklich einen Bären für mich erlegen?«

Kelly schnaubte. »Wahrscheinlich. Jetzt, da er weiß, dass du mit Carter geknutscht hast.«

»Habe ich *nicht*!«

»Aber du hast ihn geküsst.«

»Er hat *mich* geküsst.«

»Ich sehe da keinen Unterschied.«

»Carter ist hetero.«

Kelly zog eine Augenbraue nach oben. »Soweit ich weiß, sind Werwölfe in dieser Hinsicht flexibel.«

»Aber er hat ... zu mir gesagt ...«

Kelly verdrehte die Augen.

»Mit Werwölfen kenne ich mich nicht aus und will es auch gar nicht«, murmelte ich, da hörten wir Joe im Wald brüllen.

»Ich glaube, wir werden gerade Ohrenzeugen eines Fratrizids«, kommentierte Kelly.

»Das Wort kenne ich nicht.«

»Joe wird Carter umbringen«, erläuterte er.

»Im Ernst?«

Kelly zuckte die Achseln. »Wahrscheinlich. Hört sich jedenfalls so an.«

»Du scheinst dir aber keine allzu großen Sorgen zu machen.«

»Na ja«, meinte Kelly. »Was könnte ich schon dagegen tun? Ich habe übrigens noch nie Sex gehabt. Weder mit einem Mann noch mit einer Frau.«

»Aha. Danke für die Information.«

»Aber ich habe dran gedacht«, sprach er weiter.

»Okay.«

»Scheint ein Haufen Arbeit zu sein.«

Ein Klatschen ertönte, als wäre nicht allzu weit weg gerade ein Wolf gegen einen Baum geschleudert worden.

»Ist es«, bestätigte ich.

»Aber ich habe mal mit einem Typen geknutscht.«

»Echt? Wann?«

»Keine Ahnung. Und dann war da noch dieses Mädchen. Ich weiß allerdings nicht, ob das wirklich zählt. Sie hat mir einfach übers Gesicht geleckt.«

»Aha.«

»Ist es schlimm, wenn man mit einundzwanzig immer noch Jungfrau ist?«, fragte Kelly.

»Ähm ... nein. Warum willst du das ausgerechnet von mir wissen?«

Er funkelte mich an. »Als zukünftiger Gefährte unseres zukünftigen Alphas hast du solche Fragen zu beantworten.«

»Wirklich?«

»Natürlich. Das ist dein Job.«

»Oh. Das hat mir noch niemand gesagt.«

»Was hast du denn geglaubt, was deine Aufgabe sein wird?«

»Wenn ich ehrlich sein soll, habe ich noch nicht drüber nachgedacht. Es kam alles ein bisschen ... plötzlich.«

»Als du wegen Joe einen Ständer bekommen hast?«, fragte Kelly mitfühlend.

»Großer Gott!«, stöhnte ich.

»Du wirst so eine Art Ratgeber sein und dem Rudel bei seinen Problemen helfen. Im Moment macht Mom das. Das hat sie auch früher schon, als das Rudel noch größer war.«

»Ich bin nicht deine Mutter.«

Kelly winkte ab. »Könntest du aber sein. Oder auch mein Dad.«

»Weißt du, was? Ich werde dafür sorgen, dass du ewig Jungfrau bleibst.«

Er zuckte die Achseln. »Wenn ich so weit bin, wird es passieren, da bin ich mir sicher.«

Ich nickte. »Und keinen Tag früher. Lass dich in dieser Sache von niemandem unter Druck setzen.«

Kelly grinste. »Danke, Dad.«

Ich atmete tief durch, um ihm nicht ins Gesicht zu schlagen. Sein blaues Auge würde ohnehin in Sekundenschnelle wieder verheilen, während ich mir wahrscheinlich die Hand brach.

»Ich bin nicht besonders gut im Reden«, sagte ich schließlich. »Oder Ratschläge erteilen. Oder sonst irgendwas, fürchte ich.« Aber wenn das Rudel mich brauchen sollte, würde ich selbstverständlich tun, was ich konnte.

»Du machst deine Sache gut«, beschwichtigte Kelly.

Ich lächelte. »Wirklich?«

»Nur mit Carter zu knutschen, als Joe noch klein war, hättest du dir vielleicht sparen sollen.«

»Na toll«, seufzte ich.

»Joe will mit mir ausgehen«, sagte ich zu Mom. Ich erzählte ihr inzwischen alles. Es machte die Dinge einfacher.

»Tatsächlich? Wohin denn?«

Ich zuckte die Achseln. »Keine Ahnung. Er will vielleicht einen Bären erlegen.«

Sie nickte. »Klingt gut. Dann ... viel Spaß dabei. Ich muss jetzt ins Diner. Aber geh noch nicht mit ihm ins Bett.«

Ich wäre beinah vom Stuhl gefallen. »Okay?«

Mom seufzte. »Auch wenn du es gerne würdest.«

»Gott im Himmel, Mom ...«

»Soll ich dir Kondome mitbringen? Ich glaube, ich habe noch einen Gutschein für den Drugstore.«

Ich schlug meinen Kopf auf den Küchentisch. »Bitte lass mich jetzt allein, Mom.«

Sie küsste mich auf den Scheitel und machte sich auf den Weg zur Arbeit.

Wir gingen aus.

Es war komisch.

Aber nicht wegen uns.

Na ja, nicht *nur* wegen uns.

Joe klopfte.

Ich machte auf, noch bevor das Geräusch verhallt war.

Er sagte: »Die sind für dich«, und gab mir noch mehr Minimuffins. »Ich konnte keinen Bären finden«, fügte er mit einem Murren hinzu.

»Schon okay«, erwiderte ich, denn ich hätte beim besten Willen nicht gewusst, was ich mit einem Bärenkadaver anfangen sollte.

Er kratzte sich am Hinterkopf. »Sorry.«

»Dann also Minimuffins?«

»Minimuffins!«, bestätigte er strahlend.

»Für mich geht das absolut in Ordnung.«

»Du siehst scharf aus«, platzte Joe heraus und runzelte dann die Stirn. »Ich meine natürlich *gut*. Mom hat gesagt, ich soll meine guten Manieren nicht vergessen.«

Ich schaute an mir hinunter. Ich trug Jeans und ein rotes Hemd.

»Danke?«, sagte ich. So hatte das nicht herauskommen sollen, also fügte ich hinzu: »Danke!«

Dann: »Du siehst auch gut aus.« Obwohl mein verräterischer Mund um ein Haar *unglaublich heiß* gesagt hätte. »Mir gefällt deine ... Hose.«

»Meine Hose?«, wiederholte Joe.
Grauer Stoff. Wolle vielleicht?
Ich starrte das Material an.
»Was genau gefällt dir daran?«, fragte er weiter. »Vielleicht, wie sie aussehen würde, wenn sie auf dem Boden liegt?« Er zuckte zusammen. »In meinem Kopf hat sich das stilvoller angehört.«

Wie war es möglich, dass er plötzlich so dicht vor mir stand, dass ich seinen Atem auf meinem Hals spüren konnte?

»Wir«, begann ich krächzend, »sollten jetzt gehen, glaube ich.«

»Wir könnten auch bleiben«, entgegnete Joe mit seinen Lippen an meiner Wange.

»Danke für die Muffins«, sagte ich und machte einen Schritt zurück.

Er funkelte mich an. »Ich kann es riechen, schon vergessen?«

»Das ist nicht normal«, brummte ich.

Er verdrehte die Augen und zog mich nach draußen, wo Elizabeths Auto stand.

Es war ein teurer Schlitten mit unglaublich vielen Knöpfen. Als ich einen davon drückte, begann mein Sitz zu vibrieren, und ich sagte: »*Oh.*«

Wir gingen in den einzigen schicken Laden in Green Creek. Und mit schick meine ich, dass es das einzige Restaurant mit Tischtüchern und Servietten war.

Und natürlich war Frankie unser Kellner.

»Hi, Joe!«, sagte er strahlend. »Und Ox«, fügte er hinzu. Es klang leicht gestelzt.

»Ich wusste es nicht«, entschuldigte sich Joe mit großen Augen bei mir.

»Schon okay«, erwiderte ich, denn das war es. Es war mir egal. Dass Frankie vor mir mit Joe zusammen gewesen war, kratzte mich nicht im Geringsten. Ich meine, wirklich *überhaupt nicht*.

»Hi, Frankie. Schön, dich wiederzusehen.«

Frankie ignorierte mich und sagte: »Wie geht's dir denn so? Ich habe dich den ganzen Sommer nicht gesehen. Schon aufgeregt wegen deinem letzten Schuljahr?«

»Ganz gut. Ich war ...«

»Ich hätte gerne eine Limo«, unterbrach ich. »Und gibt es heute irgendwelche Spezialitäten auf der Karte?«

Frankie erdolchte mich mit seinem Blick, und Joe schien kurz davor, sich kaputtzulachen, während Frankie uns – betont gelangweilt – die Spezialitäten aufzählte.

»Sorry wegen der Unterbrechung, Joe«, meinte er schließlich. »Was wolltest du gerade sagen?«

Und Joe sagte: »Ich glaube, wir brauchen noch ein bisschen mit der Bestellung.«

»Sicher?«, fragte Frankie.

»Ja«, sagte ich.

»Das war *toll*«, rief Joe, als Frankie gegangen war.

Ich starrte die Speisekarte an. Die Hälfte der Sachen darauf kannte ich nicht. Ich wollte nur einen verdammten Hamburger.

»Du bist *eifersüchtig*«, johlte Joe.

»Bin ich nicht.«

Er trat mir gegen das Schienbein.

Ich ignorierte den Tritt, weil ich gerade die Hamburger gefunden hatte.

»Ox.«

Ich starrte weiter die Karte an.

»*Ox.*«

»*Was* denn?«

»So was von eifersüchtig«, flüsterte er.

Frankie kam mit meiner Limo. Sie schwappte über, als er sie auf den Tisch stellte. »Ups«, sagte er und setzte behutsam Joes Wasserglas ab. Dann wartete er.

»Wir brauchen noch«, erklärte ich.

Frankie sah Joe an.

»*Ox?*«, fragte eine Frau hinter mir.

Joe begann sofort zu knurren, und Frankie schaute ihn mit hochgezogenen Augenbrauen an.

Ich drehte mich um. An dem Tisch hinter uns saß Jessie mit einer Frau, die ich nicht kannte. »Hi, Jessie«, sagte ich.

»Joe«, sagte Frankie unterdessen, »ich habe nachgedacht.«

»Hi, Jessie«, sagte Joe.

Sie spähte über meine Schulter. »Hi, Joe. Schön, dich zu sehen.« Ein Lächeln huschte über ihr Gesicht, als wüsste sie etwas, das ich nicht wusste. »Heute mal in der Stadt unterwegs?«, fragte sie mich.

»Ja«, antwortete ich.

»Joe, ich habe nachgedacht«, wiederholte Frankie. »Wir könnten ...«

»Ich glaube, ich bin nächstes Jahr in einem deiner Kurse«, sagte Joe zu Jessie.

»Bloß nicht«, stöhnte ich.

»Ach, wirklich?«, fragte sie.

Und Frankie sagte: »Ja, ich auch«, aber alle außer mir ignorierten ihn. Ich versuchte, ihn durch Gedankenkraft zum Gehen zu bewegen, aber es funktionierte nicht.

»Das ist ja schön«, erwiderte sie. »Wir werden tolle Bücher lesen und ein paar coole Projekte machen. Im Unterricht dürft ihr mich allerdings nicht mit Jessie ansprechen, sondern ...«

»Echt?«, fiel Joe ihr ins Wort. »Ich kann's kaum erwarten.« Es klang nicht sehr überzeugend.

»Wir sind noch nicht so weit mit der Bestellung«, sagte ich zu Frankie, der meinen Gedankenbefehl offensichtlich immer noch nicht verstanden hatte.

»Ox?«, fragte die andere Frau an Jessies Tisch. »Ist das nicht dein ...?« Sie wurde rot und verstummte.

»Ja«, bestätigte Jessie. »Das ist Ox.«

»Er ist so ... groß«, erwiderte die Frau, als säße ich nicht direkt daneben. »Sieh dir mal seine Hände an.«

Alle taten es. Ich legte sie auf meinen Schoß.

Jessie grinste. »Du weißt ja, was man über Männer mit großen Händen ...«

»Wir haben gerade ein Date«, unterbrach Joe.

»Ihr habt *was*?«, fragte Frankie. »Der ist doch viel zu alt.«

»Ihr habt *was*?«, fragte Jessie. »Der ist doch viel zu jung.«

»*Hey*«, sagten Joe und ich gleichzeitig.

»Er ist erst dreiundzwanzig«, erklärte Joe.

Und ich: »Er ist fast achtzehn.«

Es musste das schwachsinnigste Gespräch aller Zeiten gewesen sein.

»Ich hab's gewusst«, zischte Frankie. »Die ganze Zeit hab ich's gewusst.«

Und Jessie sagte: »Ich hab's kommen sehen.« Sie wirkte amüsiert und verletzt zugleich. Eine seltsame Kombination.

»*Was* kommen sehen?«, fragte ich.

»Nein, Frankie, das stimmt nicht«, sagte Joe. »Okay, es stimmt, aber es hat nichts damit zu tun.«

»Ich bitte dich«, widersprach Frankie. »Du hast jeden Tag und jede Sekunde nur über Ox geredet.«

Jessie sagte: »Es ging immer nur um Joe, Joe, Joe.«

»Hast du keine anderen Tische, um die du dich kümmern musst?«, fragte ich Frankie.

»Wir sind beste Freunde«, sagte Joe zu Jessie.

»Nein«, meinte Frankie. »Ist ein ruhiger Abend heute.«

»Ja, das habe ich gemerkt«, erwiderte Jessie. »Schon als wir noch zusammen waren.«

Joe drückte seinen Fuß gegen meinen und knurrte. Ich drückte zurück. Ich sah, wie seine Augen orange zu flackern begannen.

»Joe«, sagte ich.

Er sah mich an.

»Bleib bei mir.«

»Es ist zu laut hier drinnen«, erwiderte er.

Ich nahm seine Hand. Seine Finger krümmten sich, und ich spürte die Krallen daran.

»*Joe*«, sagte ich noch einmal.

Er sagte: »Ich brauche ...«

»Ja«, sagte ich.

»Joe, ich ...«, begann Frankie.

»Geh«, sagte ich zu ihm. »*Jetzt.*«

»Fehlt ihm was?«, fragte Jessie.

»Gleich nicht mehr«, antwortete ich. »Esst einfach weiter.«

Frankie ging, und Jessie drehte sich wieder zu ihrer Freundin um. Ich hatte nur Augen für Joe.

Seine Nasenflügel blähten sich. »Du blutest«, sagte er.

»Es tut nicht weh«, beschwichtigte ich. »Du würdest mir niemals wehtun.«

Joe sagte: »Ox«, und ich sagte: »Lass uns gehen.«

Das taten wir.

Wir spazierten durch den Wald.

Er nahm meine Hand und hielt sie vor sein Gesicht.

Die Haut war geschwollen und ein bisschen rot. Kleine Striemen aus getrocknetem Blut.

Ich blieb stehen und wartete, bis Joe fertig war mit dem, was auch immer er da gerade machte.

»Ich hab's dir gesagt«, sagte er.

»Was?«

»Schon vergessen?«

»Nein. Trotzdem: *Was?*«

»Dass ich dein Blut sehen will. Dass ich wissen will, wie es schmeckt.«

»Richtig«, sagte ich. »Aber du würdest mich niemals absichtlich verletzen.«

»Woher willst du das wissen?« Für einen kurzen Moment leuchteten seine Augen wieder orange.

»Weil ich dich kenne.«

Er kam näher. »Ich *kann* dir wehtun«, beharrte er.

»Ich weiß.«

»Ich habe Klauen. Und Zähne.« Seine Brust stieß gegen meine.

»Ich weiß. Aber ich lasse mich nicht einschüchtern.«

Joe senkte den Blick. »Ich wollte nicht ...«

»Entweder das oder du stellst mich gerade auf die Probe.«

»Ox, ich ...«

»Aber es wird nicht funktionieren.«

Da war Angst in Joes Augen. Nackte Angst. »*Was* wird nicht funktionieren?«

»Mich zu verscheuchen. Ich weiß, was mich erwartet. Ich wäre schon längst abgehauen, wenn ich damit nicht klarkäme. Mein Dad hat zu mir gesagt, dass die Leute mich mein Leben lang wie Scheiße behandeln würden, und ich habe ihm geglaubt. Aber jetzt nicht mehr. Also versuch's erst gar nicht. Das ertrage ich nicht.«

Ich spürte seinen Atem auf meinem Gesicht.

Er war Joe.

Und ich war Ox.

Seine Nase berührte meine.

Meine Hände fanden seine Taille. Er erschauerte unter der Berührung.

Es rumorte tief in seiner Brust.

Er sagte: »Mein.«

Meine Wange kratzte an seiner.

Der Wolf knurrte: »Mein.« Es war großartig und schrecklich.

Also sagte ich: »Ja, Joe. Ja, ja, *ja*.«

Ich drehte den Kopf ein Stück, um ihn zu küssen.

Kurz bevor sich unsere Lippen berührten, schallte ein Heulen durch die Bäume. Vögel flogen auf. Der Wald bebte.

Es war Thomas. Es gab keinen Zweifel, ich kannte meinen Alpha.

Aber sein Lied war so voller Wut und Verzweiflung, dass ich zurücktaumelte und das Band in meinem Kopf und meinem Herzen in Rot und Blau aufglühte.

Und in Violett. So viel Violett, dass es mich fast erschlug.

Joes Augen flammten auf und er sang seine Antwort. Ich konnte die Angst darin hören. Nackte, kalte Angst. Sein Lied war Alpha-Rot und Beta-Orange. Und Blau. So viel Blau.

Dann erstarb das Lied.

Alles war still, ich konnte kaum atmen.

»Wir müssen uns beeilen«, sagte Joe mit funkelnden Augen.

Und wieder änderte sich alles.

Ein Wort der Warnung /
Es ist mein Recht

Vor dem Haus der Bennetts standen schwarze SUVs und Männer, die ich noch nie gesehen hatte.

Sie hörten uns kommen und sahen uns mit orange leuchtenden Augen an. Einen Moment lang fragte ich mich, ob Joe und ich mit ihnen fertigwürden. Wir waren in der Unterzahl, aber nicht wehrlos. Dank Thomas.

Aber das war gar nicht nötig. Thomas kam mit einem leisen Knurren auf die Veranda, und die Fremden traten einen Schritt zurück.

Hinter ihm kam noch jemand: Osmond. Der Mann, der im Winter hier gewesen war.

»Ruhig«, sagte er, und die Männer neben den SUVS drehten sich weg und behielten statt uns den Wald im Auge.

»Wo ist deine Hexe?«, fragte Osmond an Thomas gewandt.

»Er wird kommen«, antwortete Thomas, während ich überlegte, was Gordo wohl davon halten würde, als Thomas' Hexe bezeichnet zu werden.

»Was ist passiert?«, fragte Joe.

»Geh nach drinnen«, erwiderte Thomas nur. »Das Rudel wartet.«

Joe sah aus, als wollte er widersprechen, aber Thomas' Augen blitzten rot auf, und Joe schlich stumm an seinem Vater vorbei ins Haus.

Ich wollte ihm folgen, aber Thomas berührte mich an der Schulter, und ich hielt inne.

»Es tut mir leid«, sagte er.

»Was denn?«

»Ich weiß, dass ihr ein Date hattet.«

Ich zuckte die Achseln. »Ist es was Wichtiges?«

»Ja.«

»Dann ist es okay«, erwiderte ich.

Thomas seufzte. »Joe hat großes Glück.«

»Ein Date?«, fragte Osmond dazwischen. »Mit *Joe*? Thomas, er ist ein *Mensch* und ...«

Bevor ich reagieren konnte, hatte Thomas ihn schon gegen die Hauswand gedrückt. Die Betas vor der Veranda knurrten, kamen aber nicht näher. Sie mochten zu Osmond gehören, aber sie wussten, wer hier Herr und Meister war.

Ich stellte mich trotzdem vor Thomas und funkelte sie an. Ich wollte den Rücken meines Alphas auf keinen Fall ungeschützt lassen.

»Ein Wort der Warnung«, sagte Thomas mit kalter Stimme zu Osmond. »Du kommst nicht in mein Revier, in mein *Zuhause* und urteilst über Dinge, von denen du nichts verstehst. Mein Sohn hat seine Entscheidung getroffen, und das geht dich nichts an. Speziesismus hat weder in Green Creek noch in meinem Rudel etwas zu suchen.«

»Aber er wird der nächste *Alpha* sein. Was glaubst du ...«

Thomas' Reißzähne brachen hervor, und Osmond verstummte.

»Es. Geht. Dich. Nichts. An.«

Osmond nickte.

»Entschuldige dich bei Ox.«

Ein oranges Leuchten.

»*Jetzt*«, knurrte Thomas.

Ich drehte mich um, und Osmond fing meinen Blick auf.

»Ich wollte dich nicht beleidigen«, sagte er steif. »Entschuldige, Ox.«

Ich sagte nichts.

Thomas trat einen Schritt zurück, und Osmond sackte gegen die Hauswand.

»Geh rein zu den anderen, wenn du willst«, sagte Thomas zu mir, ohne Osmond aus den Augen zu lassen.

Ich berührte ihn am Arm. »Sind Sie sicher? Ich könnte hierbleiben.«

Er lächelte leicht. »Es dauert nur einen Moment.«

Ich ging nach drinnen.

Die anderen waren im Wohnzimmer. Mark stand vor dem Fenster und spähte mit zusammengekniffenen Augen nach draußen. Elizabeth sprach leise mit Joe, aber ich konnte nicht hören, was sie sagten.

Carter und Kelly standen sofort auf und drückten sich an mich. Ich spürte ein Vibrieren tief in ihrer Brust und fragte mich, wen sie damit beruhigen wollten: mich oder sich selbst.

»Alles in Ordnung?«, frage Kelly.

»Ja. Was ist los?«

»Keine Ahnung«, antwortete Carter. »Osmond ist mit seinem Haufen hier aufgetaucht und direkt in Dads Büro gegangen. Fünf Minuten später kam Thomas rausgestürmt, hat die Tür halb aus den Angeln gerissen und nach dir und Joe gerufen.«

»Mom«, fragte ich. »Wo ist meine Mom?«

»Gordo holt sie gerade vom Diner ab«, beschwichtigte Kelly.

»Ist es schlimm?« Die beiden wussten bestimmt mehr als ich.

Sie schauten weg.

Thomas kam herein und ging direkt zu Joe und Elizabeth.

»Was ist passiert?«, hörte ich Joe fragen, aber Thomas erwiderte nur: »Später.«

Osmond kam ebenfalls herein und vermied demonstrativ, mir in die Augen zu sehen.

Wenige Minuten später kam ein Auto den Feldweg heraufgefahren. Osmonds Schultern versteiften sich sofort, aber Thomas winkte ab. »Das sind nur die Hexe und Ox' Mutter«, sagte er.

Kurz darauf kam Mom mit weit aufgerissenen Augen herein. Sie ging sofort zu mir und nahm meine Hand. Ich sagte ihr, dass ich auch nicht wusste, was los war.

Gordo folgte direkt hinter ihr. »Osmond«, sagte er etwas steif.

»Livingstone«, erwiderte Osmond genauso förmlich.

»Das bedeutet nichts Gutes, oder?«, fragte Gordo.

Osmond seufzte. »Nein. Es tut mir leid, dass es so weit gekommen ist, aber ...«

»Ox«, sagte Thomas, und Osmond verstummte.

»Erinnerst du dich, was ich dir über Bande und Anker gesagt habe?«

Er hatte vieles darüber gesagt. Und genau das teilte ich ihm mit.

»In Zeiten großer Unsicherheit wirst du ein Ziehen verspüren. Stärker als alles, was du je in deinem Leben gekannt hast, und dann musst du das Band mit aller Kraft festhalten. Hast du das verstanden?«

»Thomas«, unterbrach Gordo. »Was zum Teufel ist hier eigentlich los?«

Thomas ignorierte ihn. Er hatte nur Augen für mich. »*Hast du das verstanden?*«

»Ja«, antwortete ich. Ich glaubte zumindest, dass ich es verstanden hatte. Ich spürte die Anspannung im Raum und ein Kribbeln auf meiner Haut. In meinem Kopf. Meiner Brust. Das Band zog mich zu Joe. Zu Gordo. Ich tastete danach und sandte den beiden ein Gefühl von Ruhe, von Frieden, dass alles gut werden würde, weil wir ein Rudel waren, selbst wenn Gordo nicht wirklich dazugehörte. Aber er war mit mir verbunden und ich mit ihm.

»Ein Band?«, fragte Osmond. »Mit *wem*?«

»Mit mir«, antwortete Joe mit orange blitzenden Augen.

»Und mir«, sagte Gordo, während der Rabe auf seinem Arm kurz aufglühte, als wollte er sich in die Luft erheben.

Osmond musterte mich mit geneigtem Kopf. »Wer bist du?«
»Ich bin Ox«, antwortete ich. »Das ist alles.«
Aus irgendeinem Grund schien er mir nicht zu glauben. Es war eigenartig.
»Richard Collins ist entkommen«, sagte Thomas schließlich.
Es wurde totenstill im Haus.
Wer?, hätte ich um ein Haar gefragt, dann fiel es mir wieder ein, und die Wut, die in mir hochkochte, brannte wie Feuer. Es war pure Raserei, und zum ersten Mal in meinem Leben dachte ich darüber nach, welche Folgen ein Mord für die eigene Seele haben würde. Wahrscheinlich würde er sie Schicht für Schicht von innen ausbrennen, bis nur noch eine verkohlte Hülle übrig war. Rauchschwaden in der Luft und der Geschmack von Asche auf der Zunge.
Trotzdem dachte ich an Mord. Scheiß auf die Konsequenzen.
Wäre Richard in diesem Moment aufgetaucht, ich hätte ihn sofort umgebracht.
Er hätte sich mit erhobenen Händen ergeben können, und ich hätte es trotzdem getan.
Selbst wenn er um Verzeihung *gefleht* hätte, hätte ich ohne Zögern sein Blut vergossen.
Die Wut fraß mich fast auf. Denn es ging um *Joe,* und Joe gehörte jetzt zu mir. War es da nicht meine Aufgabe, ihn um jeden Preis zu beschützen? Ja, genau so war es, aber das Band zwischen uns war noch nicht vollständig. Denn Joe hatte zwar Anspruch auf mich erhoben, aber er hatte mich noch nicht markiert. Und das war ungerecht, denn eigentlich hätten wir mehr Zeit haben sollen. Um es genau so zu machen, wie er es wollte. Wie *wir* es wollten.
Ich spürte eine Hand auf meiner Schulter. Es war Moms. Ich spürte eine Hand auf meinem Nacken. Gordo. Er war kein Rudelmitglied, aber das machte keinen Unterschied. Ich war sein Anker, und es sah ganz so aus, als ob er auch der meine war.

»*Wie?*«, fragte ich.

Thomas hatte gesagt, sie hätten Richard in einen Käfig gesperrt. Aus Magie oder irgendwas in der Art. Ich hatte keine Ahnung von diesen Dingen, aber Thomas hatte gesagt, sie hätten ihm den Wolf entrissen, und ich fragte mich, wie ich so blöd sein konnte, alles, was ich hörte, einfach zu glauben.

»*Nein*«, stammelte Gordo. »Nein, nein, *nein*.«

In diesem Moment *wusste* ich es. Weil *Gordo* es wusste. Das Band zwischen uns pulsierte in Blau und Violett und wandelte sich schließlich in Schwarz. Und Schwarz war Angst. Schwarz war Entsetzen.

Richards Wolf war in einen magischen Käfig gesperrt gewesen. Und ein Käfig aus Magie konnte nur mit Magie aufgebrochen werden.

»Wir glauben, dass es dein Vater war«, sagte Osmond zu Gordo. »Robert Livingstone hat einen Weg gefunden, sich seine Kräfte zurückzuholen, und dann hat er Richard Collins befreit.«

Ich traf eine Entscheidung. All meine Instinkte schrien *JoeJoeJoe*, aber Joe hatte das Rudel, und Gordo hatte nichts. Und als er zur Tür hinausging, folgte ich ihm.

»Gordo!«, rief ich hinter ihm her.

Seine Tattoos flammten auf, aber er ging weiter.

Ich sagte: »Stopp!«

Er legte die Hand auf den Griff der Autotür.

»Gordo«, knurrte ich mit allem, was ich hatte. »Ich sagte *Stopp*.« Es kam heraus wie ein Gewittersturm über einem dunklen Tal.

Die Betas vor den SUVs senkten winselnd den Blick, und Gordo hielt inne.

»Was ist da draußen los?«, rief Osmond von drinnen, aber ich ignorierte ihn.

»Du verstehst das nicht«, erwiderte Gordo mit rauer Stimme.

»Ich weiß.«

»Du hast keine Ahnung, was er getan hat.«

»Und *du* hast keine Ahnung, ob er es überhaupt *war*.«

Gordo ballte die Fäuste. »Jeder Zauber hat eine Signatur, Ox. Sie ist wie ein Fingerabdruck.«

»Aber du hast gesagt, dass sie ihm seine Zauberkräfte genommen haben. Wie hat er sie zurückbekommen?«

Gordo schüttelte den Kopf. »Das *weiß* ich nicht. Aber es gibt ... Mittel und Wege. Dunkle Wege, Ox. Er hat dunkle Magie benutzt, und ich kann mir nicht mal ansatzweise vorstellen, was *noch* alles kommen wird.« Er legte seine Hand wieder auf den Türgriff.

»Du kannst jetzt nicht gehen.«

Er seufzte. »Ox, ich bin hier nicht erwünscht. Ich gehöre nicht zum Rudel und muss herausfinden, wie ...«

»Das ist mir egal. Es ist mir egal, wie du darüber denkst. Du bleibst, und wir ziehen das gemeinsam durch. Das ist das Einzige, was zählt. Ich brauche dich, Mann, und das weißt du. Ich kann das nicht allein.«

»Du *bist* nicht allein«, widersprach er. »Du hast das Rudel.«

»Und wen hast *du* an deiner Seite?«, fragte ich. »Du bist *mein Rudel*.« Ich wusste, dass ich gerade versuchte, ihm ein schlechtes Gewissen zu machen, aber das kümmerte mich nicht. Ich hatte keine Ahnung, womit ich es hier zu tun hatte und wer diese Leute waren. Ich kannte nur die Horrorgeschichten über sie.

»Verdammt noch mal«, murmelte er. »Du kannst echt nerven, Ox.«

»Stimmt.«

Wir sagten eine ganze Weile nichts mehr.

Dann: »Was, wenn er es tatsächlich war?« Gordos Stimme klang leise und erstickt.

In all den Jahren, seit ich ihn kannte, hatte ich ihn noch nie so erlebt. Ich trat einen Schritt vor und legte ihm von hinten eine Hand auf seine Schulter. Er zitterte.

Ich überlegte, was ich zu ihm sagen konnte. Und was ich *nicht* sagen konnte, weil ich es nicht wusste. Ich sagte: »Du bist nicht allein.«

Gordo erschauerte, und ich fragte mich, ob das ein gutes oder ein schlechtes Zeichen war. »Weißt du noch, wie es war, als mein Dad gegangen ist?«

Gordo nickte.

»Ich hatte Angst.«

»Ox ...«

»Aber du hast mir geholfen, keine Angst mehr zu haben.«

»Und?«

»Und jetzt bin ich an der Reihe, *dir* die Angst zu nehmen.«

Er drehte sich so schnell um, dass ich fast umgefallen wäre. Aber dann legte Gordo seine Arme um mich, und ich spürte die Magie in ihm. Ich spürte die Wirbel aus Formen und Farben und suchte nach dem Grün darin, der Erleichterung. Sie war da, tief vergraben unter Violett-, Blau-, Rot- und Orangetönen.

»Joe«, sagte ich, als ich wieder im Haus war.

Er nahm meine Hand und führte mich weg von den anderen. Ich wusste, dass sie uns immer noch hören konnten, wenn sie wollten. Aber ich wusste auch, dass Thomas es ihnen nicht erlauben würde.

Wir suchten uns eine dunkle Ecke, ohne Licht und neugierige Blicke.

Seine Augen funkelten.

Er sagte: »Ich werde nicht zulassen, dass dir etwas passiert.«

»Ich weiß«, erwiderte ich.

»Er wird herkommen.«

»Ich weiß.«

Joe seufzte. »Er will ein Alpha sein.«

»Und Thomas aus dem Weg räumen.«

»Oder mich. Er hat es schon einmal versucht.«

»Aber warum du? Warum Thomas?«

»Ox, es gibt Dinge, die du nicht weißt. Dinge, die ich dir nicht ...«

Ich versuchte, meine Wut im Zaum zu halten. Ich versuchte es wirklich, denn Joe hatte sie nicht verdient. Nicht nach allem, was er durchgemacht hatte.

Aber zu wissen, dass sie mich absichtlich im Dunkeln ließen, dass Joe ...

»Alles klar«, sagte ich.

»Es ist nicht so, wie du denkst«, erwiderte Joe verärgert.

»Sieht aber ganz danach aus.«

»Ox.«

»Ich gehöre zu deinem Rudel.«

»Ja.«

»Und ich bin dein Gefährte.«

»*Ja.*«

»Und trotzdem verschweigst du mir was.«

Und Joe sagte: »Nicht freiwillig.«

»Du hast immer die Wahl«, entgegnete ich, genau wie er es zu mir gesagt hatte.

Joe stöhnte.

»Was *ist* er? Thomas, meine ich.«

»Ich würde dich niemals belügen«, sagte Joe beinahe flehend.

Ich legte ihm eine Hand in den Nacken und drückte meine Stirn an seine. »Ich weiß«, flüsterte ich, genauso zu ihm wie zu mir selbst.

Joe rieb seine Nase an meiner und sagte: »Er war der ranghöchste Alpha von allen. Der oberste Anführer, der für alle Wölfe verantwortlich ist. Er ist zurückgetreten, als Richard mich entführt hat, und seitdem gibt es nur noch Stellvertreter. Aber das Amt liegt in der Bennett-Blutlinie. Es sollte *mir* gehören. Es ist mein *Recht*.«

Thomas hatte gesagt, er müsse gehen, zum Wohl seiner Familie, und sie ließen ihn.

Sie wollten natürlich nicht. Osmond und die anderen in Machtpositionen. Es wurden Räte abgehalten und Zusammenkünfte. Werwolftreffen und Alphaversammlungen.

Und sie machten weiter, ohne Thomas.

Er ging, um seinen Sohn zu retten, und danach kehrte er einfach nicht mehr zurück.

Kein Wunder, dass Osmond so reagiert hat. Weil ich ein *Mensch* war. Und Joes Gefährte.

Joe sollte der nächste große Anführer werden.

So wie er es mir schon als Kind erzählt hatte.

Ich hätte mich mehr anstrengen sollen.

Ich hätte mehr Fragen stellen sollen.

Aber wenn das Fantastische vor einem erstrahlt, wird man leicht blind für alles andere.

Die Bestie /
Feuer und Stahl

Sie holten sie zwei Tage später bei Einbruch der Dunkelheit.

Wir waren vorbereitet.

Seit jenem Tag sage ich mir das wieder und wieder.

Wir waren vorbereitet. Aber es war nicht genug. Konnte es gar nicht sein.

»Ich muss kurz nach Hause«, sagte Mom. »Ein paar Kleider holen und eine Arbeitsuniform für morgen.«

»Ich komme mit«, sagte ich.

Sie sagte: »Bleib hier. Ich muss nur die Straße runter. Du hast auch so schon genug zu tun.«

Das hatte ich. Training mit Thomas, Joe und den anderen. Osmond beobachtete mich aufmerksam, und ich hatte das Gefühl, dass ich ihm etwas beweisen musste. Jetzt, da er wusste, was ich war, innerhalb des Rudels.

Und für Joe.

»Du kannst nicht allein gehen«, sagte ich.

Osmond sagte: »Ich schicke zwei von meinen mit.«

Und ich sagte. »Okay.«

Okay.

Ich sagte okay, als wäre nichts dabei, gar nichts.

Elizabeth war mit Mark im Haus. Rechts von mir kämpften Carter und Kelly mit Zähnen und Klauen gegeneinander. Gordo sah nach seinen Schutzzaubern. Osmond beobachtete das Training, aber sein Blick sprang immer wieder zu mir. Er wurde nicht schlau aus mir. War vorsichtig, neugierig. Und das seit dem Moment, als ich seine Omegas zum Winseln gebracht hatte.

Wir sprachen nicht darüber. Zumindest hörte ich ihn nie darüber sprechen.

Ich war abgelenkt.

Ich sagte: »Okay.«

»Brauchst du irgendwas?«, fragte Mom, als wäre nichts, gar nichts.

Ich schüttelte den Kopf und wischte mir den Schweiß von der Stirn. Täuschte nach links an, als Joe sich wieder auf mich stürzte. Wirbelte herum. Schlug ihm meine Faust in den Nacken und schickte ihn zu Boden.

»Tja«, sagte ich. »Ich bin eben gut.«

Und das war ich. Alles war okay. Das Unbekannte rollte auf uns zu, ein Monster, das zu Unsäglichem imstande war, aber ich hatte meine Familie um mich. Die Sonne schien. Kaum Wolken am Himmel. Ich konnte die Vögel hören, roch das Gras und die Bäume. Alles war grün. So verdammt grün, dass die violetten Ränder mich nicht kümmerten. Denn wir waren ein Rudel. Wir waren stärker als alles, was sich uns in den Weg stellen konnte, und wenn Richard Collins auftauchen sollte, wäre es das Letzte, was er tat. Wenn Robert Livingstone käme, blitzend und knisternd vor Magie, würden wir sie ihm entreißen und Robert ein Ende machen. Das schwor ich mir. Wegen Joe. Wegen dem, was er war. Für sein Rudel. Für Leute wie Osmond. Und für mich.

Ich war fokussiert.

Ich stellte nicht die Fragen, die ich hätte stellen sollen.

Aus welchem Grund Gordos Vater Richard Collins befreit haben könnte.

Was die beiden im Schilde führten.

Wohinter sie her waren.

Wer das schwächste Glied in der Kette war. Wen wir am einfachsten ausschalten konnten. Wer von ihnen gütig war und in Ordnung und es nicht verdient hatte, durch einen hinterhältigen Anschlag getötet zu werden.

»Bin gleich wieder da«, sagte Mom.

Und Joe stürzte sich wieder auf mich.

Thomas sah aufmerksam zu.

Carter und Kelly bissen und knurrten.

Osmond wies zwei seiner Betas an, Mom zu folgen.

Sie waren kräftige Kerle.

Ich dachte mir nichts dabei.

Wir waren hier in Sicherheit. Befanden uns auf Bennett-Land. In ihrem Revier. Geschützt durch die Zauber einer Hexe und einen Wald voller alter Magie, die ich nie verstehen würde. Das musste ich auch nicht.

Das war der Job meines Alphas.

Er würde uns beschützen.

Zwanzig Minuten später wusste ich, dass etwas nicht stimmte.

Mom gehörte zum Rudel.

Aber nicht so wie ich.

Ich war mit den Bennetts verbunden, und die Verbindung war stark. Bei Vollmond konnte ich ihr Flüstern in meinem Kopf hören.

Jetzt nicht.

Wir hatten Neumond.

Und Moms Verbindung war nicht so stark wie meine.

Die Wölfe waren *in* mir, während sie nur immer wieder an den Rändern aufblitzte.

Trotzdem *wusste* ich es.

Es begann schwach. Nur ein leichtes Ziehen irgendwo in meinem Hinterkopf.

Thomas beobachtete Carter, Kelly und Joe.

Ich trank einen Schluck Wasser. Es schmeckte kalt und süß und ich spürte dieses Ziehen.

»Hey«, sagte ich.

»Wie lange schon?«, fragte ich.

»Wie lange sind sie schon weg?«, fragte ich.

»Zwanzig Minuten«, antwortete Osmond mit gerunzelter Stirn. »Ungefähr.«

Ich holte mein Handy. Schickte eine SMS.

was dauert denn so lange

Und wartete.

Ich begann zu schwitzen.

Dann die Antwort. Bin gleich fertig. Kannst du schnell kommen und mir helfen?

klar, schrieb ich.

»Bin gleich wieder da«, sagte ich zu Osmond. »Mom braucht meine Hilfe.«

»Ox ...«, sagte er.

Ich sah ihn an.

»Vergiss es«, sagte er nach kurzem Zögern.

Ich ging nach drinnen.

Elizabeth war mit Mark in der Küche. Sie lächelten. Es sah ein bisschen gezwungen aus, aber sie gaben sich Mühe.

»Alles okay, Ox?«, fragte Elizabeth.

»Ja. Mom braucht nur kurz meine Hilfe.«

Mark sagte: »Warte. Ich komme mit.«

Ich schüttelte den Kopf. »Brauchst du nicht. Es wird nicht lange dauern.«

»Ox ...«

Ich lachte. »Ich komme wieder, versprochen.«

»Aber ... beeil dich, okay?«

»Ja.«

Und ich beeilte mich. Ich ging über die Wiese zu unserem Haus. Ich hielt Augen und Ohren offen, weil es mir so beigebracht worden war. Ich spürte die Schutzzauber. Ich war von Wölfen umgeben. Dem Rudel, zu dem ich gehörte. Ich war groß und stark.

Mein Dad hatte gesagt, ich würde wie Scheiße behandelt werden, aber er war tot und begraben und ich war am Leben. Es gab jemanden, dem ich wichtig war. Mehrere Jemands. Ich hatte Freunde, eine Familie. Und wenn die Scheiße kam, würde ich sie mit Zähnen und Klauen empfangen.

Ich bewegte mich entschlossen.

Ich war aufmerksam.

Alles war in Ordnung.

Nichts fühlte sich falsch an.

Ich war ein Mensch, aber meine Instinkte waren jetzt geschärft.

Es ging mir gut. Alles war gut.

Ich ging trotzdem auf Nummer sicher.

Ich nahm den Seiteneingang zur Küche.

Sobald ich die Tür hinter mir geschlossen hatte, kam ich mir vor, als hätte jemand eine nasse Decke über mich geworfen.

Alles fühlte sich gedämpft an. Schummrig.

Die Luft roch stechend, fast wie Rauch.

Die Verbindung zum Rudel war da, aber sie war grau und stumpf.

»Mom?«

»Hallo«, sagte jemand.

Er lehnte an der Spüle. Ein Mann, groß und drahtig. Schütteres braunes Haar. Fältchen im Gesicht, vor allem um die Augen. Eine scharf geschnittene, kantige Nase über geraden Zähnen. Gebräunte Haut ohne eine einzige Unregelmäßigkeit. Er lächelte mich freundlich an. Voller Lachen und Heiterkeit.

»Ox, oder?«, sagte er.

Ich machte einen vorsichtigen Schritt, denn plötzlich war alles *falsch-falsch-falsch*. »Wo ist meine Mom?«

Er neigte den Kopf. Sein Lächeln verblasste leicht. »Wie unhöflich«, sagte er. »Ich habe dich gerade etwas gefragt.«

Ich sagte nichts.

Er seufzte. »*Ox.*«

Mom bewahrte das Silber in einem Schrank auf der anderen Seite der Küche auf. Ich könnte ...

»Ich habe schon viel von dir gehört«, sprach er weiter. »Der Mann, der mit Wölfen läuft. Der Mensch im Wolfsrudel. Sag mir, Oxnard, spürst du die Kraft des Wolfes in dir? Nagt er manchmal an deiner menschlichen Hülle?«

»Wo ist sie?« Dieses drückende Gefühl war immer noch da, und ich fragte mich, ob es sich so anfühlte, wenn man von Magie umgeben war. Ob Gordo sich ständig so fühlte.

Er runzelte die Stirn. »Ich habe dich etwas gefragt.«

»Ich bin kein Wolf.«

»Das weiß ich. Das war auch nicht meine Frage.«

»Nein, spüre ich nicht.«

»Du lügst«, sagte der Mann. »Warum belügst du mich, Ox?«

»Tut mir leid. Bitte, wo ist sie?«

»Sie können dich nicht hören.«

»Wer?«

»Dein Rudel. Sie wissen nicht ... dass etwas nicht stimmt. Es ist ein mächtiger Zauber.«

»Sagen Sie es mir.«

»Weißt du, wer ich bin?« Seine hellgrünen Augen wurden von Orange verschlungen, aber es war nicht das Halloween-Orange, das ich kannte, voller sprühendem Leben. Es war ein welkes Orange, faulig.

»Nein.«

»Du lügst schon wieder, Ox. Haben sie dir denn gar nichts beigebracht?«

»Tun Sie das nicht«, sagte ich.

Er lachte. »*Was* soll ich nicht tun?«

»Sie verletzen.«

»Ah, natürlich. Du kannst es verhindern, Ox. Wenn du willst.«

»Wie?«

»Ganz einfach: Gib mir Joe und Thomas Bennett, und ich gebe dir deine Mutter. Du rufst sie an und sagst, sie sollen herkommen. Wie du sie dazu bringst, ist mir egal. Nur die beiden, allein. Und wenn ich nur den geringsten Verdacht hege, dass du mich verrätst, streiche ich das Haus mit dem Blut deiner Mutter.«

»Sie können nicht ...«

»Genau da täuschst du dich, denn ich kann sehr wohl. Ich *tue* es gerade. Das hier ist *echt*, Ox. So wahr wir beide hier stehen und atmen, während dein kleines Hasenherz wie wild rast.«

»Sie können nicht ...«

»*Ox*. Lass uns nicht streiten, nicht hierüber. Ich bin eine Bestie. Die Macht und Torheit der Menschen haben mich zu dem gemacht, was ich bin, und ich habe schon lange aufgehört, es zu leugnen. Ich werde mir nehmen, was mir gehört, und alles wird gut.«

»Sie müssen das nicht tun«, sagte ich mit krächzender Stimme.

»Triff deine Entscheidung, Oxnard. Und beeile dich. Du hast eine Minute.«

Ich ballte die Fäuste und machte einen Schritt auf ihn zu. Mein Kopf schmerzte, und alles, was ich denken konnte, war *MOM* und *JOE* und *THOMAS*, und es war so viel Wut in mir, so viel, dass dieser Mann, dieser so schlicht aussehende Mann einfach in unser Haus kommen und versuchen konnte, mir alles zu nehmen, was ich mir aufgebaut hatte. Alles, was ich hatte.

»Richard Collins«, sagte ich.

Er grinste und machte eine kleine Verbeugung. »Zu Diensten.«

»Ich werde Sie töten«, erwiderte ich. »Für alles, was Sie getan haben.«

Sein Grinsen wurde breiter. Seine Zähne waren jetzt eher die eines Wolfes als die eines Menschen. »Ich verstehe, warum Thomas dich mag. Mensch oder nicht, du bist etwas Besonderes, nicht wahr? Fünfundvierzig Sekunden, Ox.«

Ich sagte: »Tun Sie das nicht. Nehmen Sie mich und lassen Sie meine Mom gehen.«

Das Lächeln verschwand. »Du willst dich opfern, so schnell?«

»Nehmen Sie mich.« Noch ein Schritt auf ihn zu. »Ich komme ohne Gegenwehr mit, wohin auch immer Sie wollen.«

»Willst du mich jetzt töten oder mich begleiten? Du verwirrst mich, Ox. Wie wankelmütig die Menschen doch sind!«

Ich rang mühsam nach Atem.

»Dreißig Sekunden, Oxnard. Ich habe keine Verwendung für Menschen, außer durch sie zu bekommen, was ich will. Ich kann mit dir nichts anfangen.«

Noch ein Schritt, und dann sah ich sie. Im Wohnzimmer. Es waren Männer bei ihr. Lauter Omegas. Ihre Augen strahlten violett, und meine Mutter ...

Oh Gott, sie war auf den Knien, geknebelt, und schaute mich an. Tränen glänzten auf ihren Wangen. Ihre Augen weiteten sich ein Stück, als sie mich sah. Sie beugte sich in meine Richtung, einer der Omegas packte sie an den Haaren und riss ihren Kopf zurück, und ...

»Ich bringe euch um«, sagte ich heiser. »Jeden einzelnen von euch. Ich schwöre es bei allem, was ich habe.«

Sie lachten.

Links und rechts von meiner Mutter knieten Osmonds Betas. Sie bluteten aus Wunden, die sich selbst nach Minuten noch nicht wieder geschlossen hatten.

»Fünfzehn Sekunden«, sagte Richard.

Ich sagte: »Ich habe mein Handy nicht dabei. Ich habe es nicht. Ich schwöre es.« Ich konnte nicht atmen, weil es um Mom und Joe und Thomas ging und er mich zwang, mich zwischen ihnen zu entscheiden.

Er sagte: »Tötet die Betas«, und noch bevor ich einen weiteren Schritt machen konnte, traten zwei Omegas vor und packten die knienden Wölfe am Kopf. Eine ruckartige Drehung, dann ein

Knacken von Knochen und Gewebe, und sie fielen zu Boden. Ihre Beine zuckten und ihre Finger verwandelten sich in Klauen. Ihre Köpfe waren so weit zur Seite gedreht, dass die Haut aufgerissen war und Blut aus der Wunde quoll. Von dieser Verletzung gab es kein Zurück mehr und keine Heilung. Die Omegas ragten über ihnen auf und warteten, dass sie starben. Es dauerte nicht lange.

»Ich meine es ernst, Ox«, sprach Richard leise weiter. »Es gibt Dinge, die ich brauche. Dinge, die getan werden müssen, bevor ich hier wegkann. Ich werde alles tun, um mir zu nehmen, was mir zusteht. Siehst du es nicht, Ox? Sie hat *Angst*. Sie ist deine *Mutter*. Du bist noch nicht an Joe gebunden. Du kannst noch jemand anderen finden. Irgendwann wirst du einem netten Mann oder einer netten Frau begegnen, aber du hast nur diese eine Mutter. Es gibt sie nicht noch mal. Bitte zwing mich nicht, ihr wehzutun. Ich täte es nur äußerst ungern. Wirklich.«

Ich wusste, dass er recht hatte. Sie war meine Mutter. Die einzige, die ich je haben würde.

»Ich gehe und hole sie her«, sagte ich. »Ich verspreche es. Ich gehe und hole sie.«

Richard seufzte. »Ox, Ox, Ox. So funktioniert das nicht.« Er klang enttäuscht.

Er ging ins Wohnzimmer, auf meine Mutter zu.

Ich sah sie an und war wieder sieben Jahre alt. Oder sechs. Oder fünf. Ich sah meine Mama an und fragte sie stumm, was ich tun sollte. Ich *flehte* sie an, mir zu sagen, was zum Teufel ich tun sollte, denn alles war Violett und Blau, und die einzige Farbe in mir war Rot.

Mom erwiderte meinen Blick mit ihren dunklen Augen. Sie weinte nicht mehr. Ihr Gesicht war nass und ihre Augen auch, aber es flossen keine Tränen mehr. Ich sah Feuer und Stahl und kalte Entschlossenheit in ihrem Blick, und da wusste ich, was sie vorhatte.

Sie war tapfer und bescheuert und ich hasste sie dafür.

Weil sie mir die Entscheidung abnahm.

Weil sie sich von mir verabschiedete.

»Nein«, sagte ich, »nein, nein, nein«, und machte einen Schritt auf sie zu.

Die Omegas knurrten.

Moms Augen sprangen zu der Tür, durch die ich hereingekommen war. Durch die ich fliehen sollte, sobald sie losschlug.

»Mom.«

»Wie rührend«, kommentierte Richard. »Letzte Gelegenheit, Ox.«

»*Mom!*«, krächzte ich.

Sie lächelte, so gut es mit dem Knebel ging. Es war das leuchtendste, strahlendste und schrecklichste Lächeln, das ich je gesehen hatte.

Dann passierte es.

Es war Anmut. Es war Schönheit. Elegant wie Wasser. Sie beugte sich leicht nach vorn und sprang dann auf. Ihr Kopf schnellte zurück und brach dem Omega hinter ihr die Nase, und ich stolperte los, denn wenn ich schnell genug war, wenn ich diesem Haus und dem Bannzauber darin entflohen war, dann konnte ich das Rudel rufen, und sie würden uns retten, würden Mom retten, und wir müssten nie wieder allein sein.

Richards Finger verkrümmten sich zu schwarzen Klauen, dann hob er den Arm.

Ich dachte an meinen sechzehnten Geburtstag, als wir in der Küche tanzten.

Wie sie mich angelächelt hatte.

An die Seifenblase an meinem Ohr.

Wie sie gelacht hatte.

Und als ich zur Tür stürmte, um das Rudel zu rufen, fuhr die Hand der Bestie auf ihre Kehle nieder.

Der Boden im Wohnzimmer wurde nass.

Das Geräusch, das sie machte, war nass.

Ihre Augen waren nass. Ihre Lippen.

Und ihre Kehle.

Ihre Kehle …

Sie fiel, ich stieß die Tür auf und der Bannzauber zerrte an mir, aber ich riss mich los und heulte mein Lied von Verlust und Entsetzen in die Nacht hinaus.

Ein Loch klaffte in meiner Brust, ein Band war zerrissen, aber ich sang. Ich kroch auf allen vieren und sang.

Ich sang ein Lied für meine Mutter, und die Wölfe antworteten. Ihr Heulen war Wut und Zorn und Verzweiflung, und ich kroch ihnen entgegen, rief, *flehte* sie an, damit sie diesen Schmerz von mir nahmen, bettelte, dass dies ein Traum war. Aber ich hatte gelesen, dass man in Träumen keinen Schmerz empfindet. Daran erinnerte ich mich durch den Schleier aus Magie und Schmerz und Dunkelheit um mich herum. Es konnte kein Traum sein, denn *alles*, was ich fühlte, war Schmerz. Er rollte über mich hinweg, bis ich würgen musste.

Joe kam in Wolfsgestalt. Seine Kleidung, die er nicht abgelegt hatte, hing in Fetzen an ihm herunter. Er drückte sich an mich und zitterte winselnd mit mir, während er seine Nase an mir rieb. Dann verwandelte er sich zurück und knurrte: »Ox, *Ox, bitte*, schau mich an. Was ist passiert? Warum riechst du nach Blut? Hat er dir wehgetan? Bitte sag, dass du nicht verletzt bist. Du darfst nicht verletzt sein, du *darfst* einfach nicht!« Seine Hände strichen über meinen ganzen Körper und tasteten mich ab.

Wölfe jagten an uns vorbei ins Haus.

Die Sonne versank hinter den Bergen.

Joe nahm mein Gesicht zwischen die Hände und küsste meine Stirn, meine Wangen, mein Kinn.

Er sagte: »Es tut mir so leid, so unendlich leid.« Als wäre es seine Schuld. Als hätte er das getan.

Und für einen Moment, einen unfassbar schrecklichen Moment, dachte ich genau das: dass es *seine* Schuld war. Ihrer aller. Denn wenn sie nicht zurückgekommen wären, wenn ich sie nie getroffen hätte, nie von ihren Geheimnissen erfahren hätte, wäre meine Mutter jetzt noch bei mir. Wir wären trauriger, stiller, einsamer.

Aber wir wären zusammen.

Doch der Moment verging.

Er verging, weil ich eine Wahl hatte.

Zwischen ihr und ihnen.

Und ich hatte gewählt.

Die Luft war warm und die Vögel sangen und Joes Hände waren sanft, aber ich bekam nichts davon mit.

Es waren keine Tränen auf meinem Gesicht.

Ich weinte nicht, weil mein Vater mir gesagt hatte, dass Männer nicht weinen.

Ich schob Joes Hände weg und stand auf.

Thomas kam aus unserem Haus. Er hatte sich zurückverwandelt. Er umklammerte das Verandageländer und schloss die Augen. Als Nächstes kam Osmond.

Ich sagte: »Wo ist er?«

Und Thomas sagte: »Er ist in den Wald verschwunden.«

»Können Sie ihn aufspüren?«

Thomas machte einen Schritt auf mich zu. »Ox, ich ...«

»Können Sie ihn aufspüren?«, wiederholte ich.

Osmond sagte: »Ja. Aber das ist genau das, was er will. Wie viele waren es?«

»Fünf oder sechs«, antwortete ich. »Alles Omegas.«

Osmond schloss die Augen. »Sie sammeln sich um ihn. Er führt sie an. Es werden noch mehr kommen. Er versucht, der Alpha aller Omegas zu werden.«

Elizabeth kam aus dem Haus, ihr Gesicht aschfahl. Sie war angezogen, hatte sich nicht verwandelt. Sie schob sich an Osmond und Thomas vorbei und streckte die Hand nach mir aus, noch bevor sie die letzte Stufe der Verandatreppe erreicht hatte. Ihre Arme schlangen sich um mich und hielten mich fest.

Ich rührte mich nicht.

»Wir finden ihn. Noch heute Nacht«, sagte ich, ohne Thomas aus den Augen zu lassen.

Elizabeths Atem stockte. »Oh, Ox«, flüsterte sie.

»Er wird nicht weglaufen«, warf Osmond ein. »Er hat das alles genau so geplant.«

Und Thomas sagte: »Ruf Gordo an. Uns bleibt nicht viel Zeit.«

Ich saß auf der Veranda, die Brechstange in meiner Hand.

Das Rudel war um mich herum, Joe direkt an meiner Seite.

Mir war noch nie so kalt gewesen.

Es war dunkel, als Gordo kam.

Er stieg aus dem Auto und sagte: »Ox.«

Ich stand auf.

Er sagte: »Es tut mir so leid.«

Ich sagte: »Es war nicht deine Schuld.«

»Ich habe ein paar Anrufe gemacht. Jemand wird sich um sie kümmern.«

»Was soll das bedeuten?«

»Ich lasse nicht zu, dass ihr etwas passiert.«

Dafür war es jetzt wohl zu spät. Trotzdem sagte ich: »Gut.«

»Ich kann dich von hier fortbringen. Von allem.«

Das Rudel knurrte.

Ich ignorierte sie. »Wohin?«

»Wohin du willst. Wir können Green Creek hinter uns lassen und nie mehr zurückkehren.«

Joe stand auf und stellte sich vor mich. »Verzieh dich«, zischte er Gordo an, und ich wusste, dass seine Augen glühten.

»Joseph«, sagte Thomas mit seiner Alpha-Stimme. »Halt dich zurück.«

Joe sah aus, als hätte sein Vater ihn geschlagen. Er sagte: »Ox, das kannst du nicht tun.«

Gordo sagte: »Doch, kann er. Er kann tun, was immer er will.«

»Kann ich das?«, fragte ich.

»Ja«, sagte Gordo. »Alles.«

Ich drehte mich zu Thomas um. »Kann ich?«

»Ja, Ox«, antwortete er leise.

»Gut«, sagte ich. »Ich will Richard Collins töten.«

Niemand erwiderte etwas.

»Ox«, sagte Gordo schließlich mit erstickter Stimme und trat einen weiteren Schritt auf mich zu.

Ich umklammerte die Brechstange fester.

»Das hätte sie nicht gewollt«, sagte Gordo.

»Sag mir nicht, was meine Mutter wollte.« Meine Lippen bebten. Ich wusste nicht, ob vor Trauer oder vor Wut. »Wag es bloß nicht.« Denn sie lag immer noch in unserem Haus, in ihrem eigenen Blut, und es stand ihm nicht zu, auch nur *irgendwas* über sie zu sagen. Elizabeth hatte gesagt, dass sie eine Decke über Mom gebreitet hatte. Ich hatte mich bedanken wollen, aber ich tat es nicht, weil es so verdammt *belanglos* war. Eine verdammte *Decke*.

»Bitte«, sagte Gordo. »Lass mich dich von hier wegbringen. Weg von all dem hier.«

»Ich laufe nicht davon«, sagte ich so kalt, wie ich irgend konnte. »Ich bin nicht wie du.«

Gordo taumelte einen Schritt zurück. Seine Augen waren weit aufgerissen.

Eine Hand auf meiner Schulter. Ich dachte, es wäre Joe. Oder Thomas. Vielleicht auch Elizabeth.

Aber es war keiner von ihnen.

Die Finger krümmten sich leicht und ich spürte eine Andeutung von Krallen, als Mark sagte: »Hör auf, Ox. Ich weiß, dass es wehtut. Schlimmer als alles, was du je gefühlt hast. Aber hör auf. Er kann nichts dafür. Sag jetzt nichts, was du später nicht mehr zurücknehmen kannst.«

Meine Zähne knirschten, als ich mir die Worte verkniff, von denen ich wusste, dass sie *wehtun* würden. Das ist die Gefahr, wenn man andere kennt und liebt: Man weiß etwas über sie, mit dem man sie verletzen kann.

Ich *konnte* es. So wie die meisten Menschen.

Es war nur eine Frage der Entscheidung.

Also schluckte ich meinen Schmerz hinunter *(es ist seine Schuld es ist deine Schuld es ist eure Schuld weil ihr mich mit hineingezogen habt ihr habt es geschehen lassen warum konntet ihr uns nicht einfach in Ruhe lassen warum musste Joe mir seinen Wolf geben ich hasse euch alle)* und fragte: »Wirst du mir helfen?«

»Das ist nicht das Ende, okay?«, erwiderte er. »Versprochen. Es fühlt sich zwar so an, aber das stimmt nicht. Das schwöre ich dir.«

Und dann sagte Osmond: »Gordo, da war eine ... Abschirmung auf dem Haus der Mathesons. Eine starke. Sie hat nicht nur die Bande geschwächt, sondern auch dafür gesorgt, dass *nichts* nach außen dringen konnte, nicht einmal der stärkste Hilferuf.«

»Mein Vater«, sagte Gordo. »Die Schutzzauber im Norden wurden verändert, und ich habe es nicht gespürt. Er ist der Einzige, der dafür infrage kommt. Es fühlte sich nach ihm an, nur anders.«

»Kannst du sie wieder in Ordnung bringen?«, fragte Osmond.

Gordo nickte. »Ich bin besser als früher. Er weiß das nicht. Er hat vielleicht gesehen, wie komplex sie sind, aber er ahnt nicht, wie tief sie gehen. Es war wie eine Infektion an der Oberfläche. Ich habe sie geheilt.«

Osmonds Wölfe tauchten aus der Dunkelheit auf. »Sie sind nach Nordwesten gegangen«, sagte einer.

»Wie viele?«

»Zehn ungefähr. Vielleicht mehr, vielleicht weniger.«

Osmond sah Thomas an. »Was ist nordwestlich von hier?«

»Eine Lichtung«, antwortete Thomas. »Eine, die wir oft benutzen. Er kennt sie. Wir haben als Kinder oft dort gespielt. Sie ist ein heiliger Ort für meine Familie.«

»Er muss durchgedreht sein«, murmelte Osmond. »Er kommt in dein Revier, obwohl er genau um die Magie in diesem Wald weiß. Sie ist *alt,* Thomas. Und dann noch nach dem letzten Vollmond? Er kann unmöglich glauben, dass er auch nur den Hauch einer Chance hat.«

»Er hat wohl die Geschichten über den gefallenen König gehört«, sagte Thomas leise. Seine Stimme klang bitter. Es war das erste Mal, dass ich ihn so erlebte. »Er hält mich zweifellos für schwach. Er glaubt, er bräuchte nur einen Keil zwischen uns zu treiben und uns dann einzeln niederzumachen. Und mit den Menschen fängt er an, weil er von ihnen nur weiß, dass sie leicht zu brechen sind. Aber er kennt ihre Stärke nicht.«

Die letzten Worte sagte Thomas voller Stolz, doch ich spürte nichts davon. Ich konnte nicht.

Er sah mich an und sagte: »Wenn ich dich bitten würde, mir zu vertrauen und hierzubleiben, würdest du es tun?«

»Nein.«

»*Ox.*«

Mein Gesichtsfeld verfärbte sich rot, und ich spürte diesen Drang tief in mir, dieses Bedürfnis, mich ihm zu unterwerfen.

»Ich könnte dich dazu zwingen«, sprach Thomas weiter. »Das weißt du.«

»Aber das werden Sie nicht.«

»Ach ja? Und warum nicht? Ich bin dein Alpha. Du tust, was ich sage.«

»So *sind* Sie nicht. Ich vertraue darauf, dass Sie das nicht vergessen, und ich werde *nicht* hierbleiben. Wo Sie hingehen, gehe ich auch hin.«

Thomas sah traurig aus. »Manchmal gehen wir an Orte, an die andere uns nicht folgen können.«

»Er hat sie mir genommen«, erwiderte ich mit bebender Stimme.

»Ich weiß«, sagte Thomas und kam auf mich zu, bis er direkt vor mir stand. Er legte seine Hand auf meinen Nacken und zog mich an sich, barg mein Gesicht an seinem Hals. Ein beruhigendes Grollen stieg aus seiner Brust auf, und er flüsterte: »Es tut mir unendlich leid, was dir passiert ist. Ich wünschte, ich könnte all den Schmerz, den du fühlst, von dir nehmen. Aber selbst wenn ich könnte, würde ich es nicht tun, denn dieser Schmerz zeigt dir, dass du atmest und am Leben bist, dass du weitermachen kannst. Und wo du hingehst, da werde auch ich hingehen. Wir werden das hier beenden, und dann wird das Rudel dir helfen, deine Mutter zu ihrer letzten Ruhe zu betten. Du bist nicht allein, Ox, und du wirst es auch nie sein.«

Ich klammerte mich an ihn und die Brechstange fiel zu Boden.

Ich weinte immer noch nicht.

Alpha

Sie erwarteten uns auf der Lichtung. Die Sterne standen hell am Himmel, die Augen der Omegas schimmerten violett in der Dunkelheit. Ich zählte fünfzehn schattenhafte Gestalten. Normalerweise schlossen Omegas sich nicht zusammen, aber diese hier sahen fast aus wie ein Rudel. Sie hatten keinen Alpha, noch nicht, also konnten sie keine Betas sein. Und doch verband sie irgendetwas.

»Thomas«, sagte Richard.

Und Thomas sagte: »Du hättest nicht herkommen sollen.«

Richard lachte. »Du hast gewusst, dass es eines Tages passieren würde.« Sein Blick sprang zu mir, dann wieder zu Thomas. »Du gibst dich immer noch ernsthaft mit Menschen ab? Hast du wirklich gar nichts aus der Vergangenheit gelernt? Du solltest mir danken, dass ich das Problem für dich aus der Welt schaffe.«

Ich war kein Alpha, trotzdem wurde mein Sichtfeld rot, und alles, woran ich denken konnte, war Blut und Zorn und Töten.

Thomas sagte: »Das war schon immer dein Problem: Du unterschätzt die, denen du dich überlegen fühlst. Aber du täuschst dich.«

Richards Augen blitzten. »Vor dreißig Jahren war deine Götzenverehrung noch amüsant. Jetzt ist sie bedeutungslos.«

»Wo ist er?«, fragte Gordo.

Richard lächelte. »Wer?«

»Du weißt, wer.«

»Mag sein. Ich möchte es trotzdem aus deinem Mund hören.«

Es war ein Spiel für Richard. Alles.

»Mein Vater.«

»Ach ja, *der*. Er hatte ... anderes zu tun. Er lässt dich grüßen. Du wirst ihn sicher bald treffen.« Sein Blick schweifte über unsere Gruppe und blieb schließlich an Joe hängen. »Na, du bist aber groß geworden. Hallo, Joseph. Schön, dich wiederzusehen.«

Das reichte. Ich hatte genug. Zu mir konnte er sagen, was immer er wollte. Er konnte Thomas provozieren und Gordo. Die kamen damit zurecht.

Aber er hatte meine Mutter auf dem Gewissen, und jetzt machte er sich über Joe lustig, und ich hatte genug.

Offensichtlich dachten Carter und Kelly das Gleiche, denn sie preschten mit ausgestreckten Klauen und gefletschten Zähnen vor. Ich schloss mich ihnen an, denn sie waren meine Brüder.

Ich tat es für meine Mutter.

Ich tat es für Joe.

Die Bande zwischen uns leuchteten. Wir waren ein Rudel. In der Unterzahl, aber ein Rudel.

Ich hob meine Brechstange und ließ sie auf eine krallenbewehrte Hand niederfahren, die nach mir schlug. Knochen splitterten, bevor der Klauenhieb mich am Bauch erwischen konnte. Der Omega schrie auf, während seine Haut unter der Berührung des Silbers verbrannte. Er wollte sich gerade verwandeln, doch ich wirbelte herum und schwang die Brechstange wie einen Golfschläger von unten gegen seinen Kiefer. Meine Arme erzitterten unter dem Aufprall. Eine Fontäne aus Zähnen und Blut spritzte dem Omega übers Gesicht, während er rückwärtstaumelte. Das gekrümmte Ende der Stange schnitt durch die Haut unter seinem Kinn und verhakte sich. Ich zog, so fest ich konnte, und riss ihm den Kieferknochen aus dem Schädel.

Ein Schmerz wie von Feuer flammte an meinem Rücken auf. Irgendwo rechts von mir brüllte Joe wutentbrannt, ob wegen des Omegas, der sich von hinten auf mich gestürzt hatte, oder wegen etwas anderem, konnte ich nicht sagen.

Ich drehte mich um und sah eine Frau mit blutverschmiertem Gesicht. Ihr hämisches Grinsen erinnerte mich an Marie.

Sie sagte: »Deine Mutter wird bald anfangen zu verwesen. Ihr Kadaver wird sich mit Gasen füllen und sie wird sich aufblähen wie ein Luftballon.«

Ich wusste, was sie wollte. Thomas hatte es mir beigebracht. Zorn konnte ungeahnte Kräfte freisetzen, aber auf Kosten der Präzision. Es war leicht, sich dem rotglühenden Hass hinzugeben, denn er war allumfassend. Aber er machte dich unvorsichtig.

Die Omega köderte mich.

Und es war knapp.

Denn sie hatte meine Mutter geschmäht.

Maggie Callaway hatte nie jemandem etwas zuleide getan. Sie hatte ihr ganzes Leben lang Scheiße erlebt, dabei war alles, was sie wollte, glücklich zu sein. Sie verlangte nicht viel und sie brauchte auch nicht viel. Sie hatte mich. Und dann auch das Rudel.

Und sie war uns genommen worden.

Mir.

Ich spürte, wie der rote Sog mich nach unten zog. Blut floss meinen Rücken hinunter. Der Schmerz war grell und überwältigend und viel zu nah. Aber dann ging ein Impuls durch die Bande des Rudels, und ich nahm ihn auf. *Heimat* und *Vertrauen* und *Trauer* und *Liebe*, sagte der Impuls.

Doch ein Teil davon fehlte. Weil *sie* nicht mehr da war.

Die Leere brannte wie Säure auf meiner Haut.

Wie Eiswasser in meinen Adern.

»Du hättest nicht herkommen sollen«, sagte ich, als die mit meinem Blut beschmierten Krallen der Omega auf mein Gesicht zurasten.

Ihr Angriff war schnell, aber ich bewegte mich zielgerichtet und präzise. Ich täuschte nach links an, sprang nach rechts und schlug zu. Das gebogene Ende der Brechstange bohrte sich in ihren Hinterkopf. Sie stieß einen erstickten Laut aus und schnappte stöhnend nach Luft.

Ich ging leicht in die Knie, stützte die Brechstange auf meiner rechten Schulter ab, biss die Zähne zusammen und riss die Stange nach vorne. Die Omega wurde von den Füßen gehoben wie ein Fisch am Angelhaken, dann hebelte ich sie über meine Schulter. Sie flog durch die Luft, ihre Füße zeigten einen Moment lang himmelwärts, dann landete sie mit dem Gesicht voraus auf dem Boden und lag zuckend vor mir, während ich erneut ausholte und mit meiner Waffe auf sie einschlug, wieder und wieder.

Etwas traf mich mit solcher Wucht von rechts, dass ich gegen einen Baum geschleudert wurde. Mein Kopf schlug gegen den Stamm, Lichtblitze durchzuckten mein Gesichtsfeld, dann sackte ich stöhnend zu Boden.

Steh auf steh auf steh auf, dachte ich, aber nichts passierte. Es war einfacher, liegen zu bleiben.

Ich hörte Knurren und wütendes Gebrüll um mich herum.

Ich sah immer noch Sternchen.

Ich schloss die Augen.

Ich dachte an Joe.

Ich dachte an meine Mutter.

Wie dunkel es auf der Lichtung war.

Wie entsetzlich mein Rücken schmerzte.

Wie entsetzlich mein Kopf.

Wie entsetzlich mein Herz.

»Ox!«, schrie jemand.

Mir fehlt nichts, wollte ich erwidern.

Stattdessen nuschelte ich: »Lass mich.«

Aber die Stimme sagte: »Ich *brauche* dich.«

Es war Joe. Er kniete neben mir. Joe, dessen Klauen mich sanft berührten. Der immer wieder meinen Namen sagte, dass ich aufstehen, die Augen öffnen, sagen soll, dass mir nichts fehlt, dass mir bitte, bitte nichts fehlt.

Ein Teil von mir war nicht mehr da. Er war zerschmettert und zerstört worden, als ihr Blut auf den Wohnzimmerboden spritzte.

Ein Teil von mir war verbrannt, übrig waren nur noch Rauch und Asche.

Aber ein anderer Teil von mir hielt nach wie vor zusammen.

Der Teil, der zu Joe gehörte. Zu Gordo. Zu meinem Rudel.

Ich öffnete die Augen. Meine Sicht war verschwommen. Ich blinzelte einmal. Zweimal. Dreimal.

Joe kauerte über mir mit seinen orangefarbenen Augen und seinen spitzen Reißzähnen. Er war halb verwandelt und voller Sorge.

Ich streckte den Arm aus und berührte sein Gesicht.

Er schloss die Augen und schmiegte sich in meine Handfläche.

Ich sagte: »Wir müssen es zu Ende bringen.«

Er öffnete die Augen wieder und sagte: »Es ist fast vorbei.« Dann zog er mich hoch.

Es war tatsächlich fast vorbei.

Aber nicht so, wie ich gehofft hatte.

Wir waren zu weit verstreut. Ich konnte weder Carter noch Kelly entdecken, hörte nur ihr wutentbranntes Knurren irgendwo zwischen den Bäumen. Die Bande zwischen uns waren bis zum Zerreißen gespannt und pulsierten von stumpfer Wut.

Ich glaubte kurz, Elizabeth zu sehen. Ihre Wolfsaugen blitzten voller Anmut, dann war sie schon wieder weg, mehrere Omegas folgten ihr dicht auf den Fersen.

Mark lag zusammengekrümmt auf dem Boden und atmete flach. Gordo stand vor ihm, seine Tattoos leuchteten, Blut tropfte aus einer Wunde an seiner Stirn. Eine Gruppe Omegas umringte sie. Gordo grinste sie mit blutverschmierten Zähnen an: »Ja, kommt schon, kommt schon! Traut euch!«

Und dann war da noch Thomas, der Alpha.

»Nein«, keuchte ich. Er war halb verwandelt, seine Augen, Reißzähne und Krallen waren rot. Genau wie jeder Quadratzentimeter Haut auf seinem Körper. Zu seinen Füßen lagen tote Omegas, Blut verteilte sich über das grüne Gras.

Thomas atmete schwer, sein rechter Arm hing schlaff herab, aus dem Unterarm ragte ein Stück Knochen. Und noch immer ergossen sich weitere Omegas auf die Lichtung, und ich verstand nicht, wie es so viele sein konnten. Wie so viele Omegas nach Green Creek kommen konnten, ohne dass wir es gemerkt hatten. Ohne dass Thomas es gemerkt hatte, denn dies war *sein* Land, sein Zuhause, und ich verstand es nicht.

Sie stürzten sich auf ihn.

Sein Brüllen ließ die Bäume ringsum erzittern.

Die Sterne leuchteten hell über uns, und Joe knurrte, bereit, loszustürmen und seinem Vater zur Seite zu stehen, ihn zu retten.

»Hey«, sagte Osmond in diesem Moment, und als wir uns verdutzt zu ihm umdrehten, schlug er Joe mit dem Handrücken ins Gesicht.

Die Wucht des Schlags riss uns beide von den Beinen. Joe krachte gegen einen Baum, sein Rücken knackte fürchterlich, dann fiel er zu Boden und wand sich vor Schmerz.

Ich lag benommen da und blinzelte die Sterne am Himmel an. Ich musste an meine Mutter denken, und für einen Moment vergaß ich, dass sie in unserem Wohnzimmer lag, eine Decke über sie gebreitet, während ihr Blut auf dem Boden langsam abkühlte.

Ich sagte: »Mama, mein Kopf tut so weh ...«

Aber die Sterne antworteten nicht.

Und dann verschwanden sie.

Osmond sah mit geneigtem Kopf auf mich herab.

»*Du* warst das«, fauchte ich.

»Es blieb mir nicht viel anderes übrig«, erwiderte er schlicht.

Dann hob er seinen Fuß über mein Gesicht, und ich fragte mich, ob es wehtat, wenn einem der Schädel eingetreten wurde.

»Lass den Menschen in Ruhe«, sagte Richard. »Ich bin noch nicht mit ihm fertig.«

Osmond setzte seinen Fuß wieder ab, blieb aber bei mir.

Ich drehte meinen Kopf ein Stück zur Seite. Das Gras fühlte sich kühl an unter meiner Wange. Joe lag nur wenige Meter weit weg. Seine Haut glänzte von Schweiß, sein Gesicht war zu einer schmerzverzerrten Grimasse verzogen. Seine Fäuste zitterten.

»Joe«, sagte ich, oder versuchte es zumindest. Es kam nur ein leises Krächzen heraus. Er hörte mich nicht. Und wenn doch, hatte er zu große Schmerzen, um zu reagieren.

Ich konnte Gordo nicht mehr sehen und fragte mich, ob er noch lebte.

Ich drehte meinen Kopf in die andere Richtung. Es kostete mich mehr Kraft, als ich gedacht hatte.

Die Omegas hatten Thomas überwältigt und zu Boden gedrückt. Er kniete vor Richard Collins, und der Anblick, ja allein die Vorstellung, dass Thomas vor irgendjemandem kniete, reichte aus, um mein Blut zum Kochen zu bringen.

»Eigentlich habe ich mehr von dem großen Thomas Bennett erwartet«, höhnte Richard. »Ich bin in der Tat ein wenig ... enttäuscht.«

Blut strömte aus Thomas' Mund, als er mit den Schultern zuckte. »Erwartungen sind so eine Sache«, krächzte er. »Und glaub mir, wenn ich dir sage, dass ich von dir genauso enttäuscht bin.«

Richard nickte. »Ich hatte ganz vergessen, wie es sich anhört, wenn Joes Knochen brechen. Dieses feuchte Knacken. Ich glaube, es war seine Wirbelsäule.«

Thomas knurrte tief in seiner Kehle, aber selbst ich konnte sehen, dass seine Kräfte bereits schwanden. Er hatte zu viele Wunden und nicht genug Zeit zum Heilen. Er war ein Alpha, aber er war nicht unsterblich. Er wehrte sich mit aller Macht, doch die Omegas hielten ihn fest.

Richard sagte: »Bevor du stirbst, möchte ich, dass du eines weißt: Ich gebe *dir* die Schuld. An *allem*. Am Tod meiner Familie, meines Vaters, von allen. Deiner Eltern und deinem Rudel. All der Hexen und Wölfe. Du allein bist für ihren Tod verantwortlich, und deshalb werde ich jetzt *dich* töten. Ich werde der neue Alpha und mir dein Revier unterwerfen. Die uralte Magie dieses Waldes wird *mir* gehören, Thomas. Genau wie deine Frau und deine Söhne. Du bist ein falscher Gott und der Macht nicht würdig, die dir anvertraut wurde.«

Ich war kein Wolf. Ich war ein Mensch und Mitglied eines Wolfsrudels. Ich konnte mich nicht so bewegen wie sie. Meine Wunden heilten nicht so schnell wie ihre und ich konnte nicht kämpfen wie sie. Ich hatte keine Klauen und keine Reißzähne und meine Augen leuchteten nicht.

Ich war Ox, mehr nicht.

Aber wir gehörten zusammen.

Diese Leute waren in unser Heim eingedrungen und hatten mir etwas weggenommen. Sie behandelten mich genau so, wie mein Vater es vorhergesagt hatte. Weil ich Oxnard Matheson war, ein dummer Wichser, der nicht einmal seine eigene Familie beschützen konnte.

Aber damit war jetzt Schluss.

Ein für alle Mal.

Ich konzentrierte mich auf die Bande zwischen mir und meinem Rudel.

Ich konzentrierte mich noch stärker.

Osmond war von Richards Ansprache abgelenkt, als meine tastenden Finger die Brechstange im Gras fanden.

Ich dachte an das, was Thomas mir beigebracht hatte. Mein Dad hatte gesagt, die Leute würden mich wie Scheiße behandeln, aber er war nicht mein richtiger Vater, nicht mehr. Er war an meiner Zeugung beteiligt gewesen, aber es war Thomas, der mich zu dem gemacht hatte, was ich jetzt war.

Wahrscheinlich würden wir sterben. Wir alle. Aber ich würde so viele von den Omegas mitnehmen, wie ich konnte.

Osmond hatte nicht damit gerechnet, dass ich noch einmal aufstehen würde. Er hatte nicht damit gerechnet, dass ich ihm in die Kniekehle treten und ihn zu Fall bringen würde. Ich rannte los, noch bevor er auf dem Boden aufschlug.

Irgendwo zwischen den Bäumen sang ein Wolf, und ich spürte, wie das Lied in mir brannte, spürte die Bande, die sagten: *Ox-GefährteBruderSohnFreund*, und ich bewegte mich schneller als je zuvor in meinem Leben.

Ich war kein Wolf, aber bei Gott, ich war nahe dran.

Richards Omegas hatten keine Chance, mich rechtzeitig aufzuhalten. Die Brechstange drang viel leichter in seinen Rücken, als ich erwartet hatte. Fleisch teilte sich und die Spitze schabte an Knochen entlang. Blut spritzte über meine Hände und mein Gesicht.

Richard begann sich zu verwandeln, griff mit einer klauenbewehrten Hand über seine Schulter, griff nach der Brechstange, griff nach *mir,* versuchte zu schneiden und zu verletzen.

Ich drückte die Brechstange tiefer in die Wunde und hoffte, das Herz des Bastards zu erwischen. Hoffte, dass das reichen würde, denn Thomas blutete stark, und ich wusste nicht, wie lange er noch durchhalten würde.

Richards Krallen fanden meine Schulter und packten zu. Sie bohrten sich in meine Haut, die Brechstange entglitt meinem Griff, dann zerrte er mich vor sich. Obwohl ich mindestens fünfzig Pfund schwerer war als er, fasste er mich am Hals und hob mich hoch. Das faulige Orange seiner Augen blendete mich, sein heißer Atem brannte auf meinem Gesicht.

»Menschlein«, sagte er mit gefletschten Zähnen, »wie ich dich bewundere.«

Ich hörte einen Donnerschlag zu meiner Rechten, der den Wald ringsum erhellte.

Das Geräusch schien von Gordo auszugehen, der Boden unter uns bebte, ein dumpfes Grollen, das immer lauter wurde. Grünes Licht breitete sich über die Lichtung aus, und die Erde stöhnte, als Gordo seine Magie beschwor. Ich sah Symbole unter meinen Füßen aufleuchten, Linien, die Sterne und Mondsicheln bildeten, Raben im Flug, die einen grünen Funkenschweif hinter sich herzogen. Dann schnappte Richard zu und …

Die Erde unter uns brach auf und Richard wurde von den Beinen gerissen. Ich hörte ein Donnerkrachen, sah nur noch Grün und Lichtblitze um mich herum, die mir direkt ins Mark fuhren und etwas tief in meinem Innern zum Singen brachten.

Richard ließ schnaubend von mir ab, überall waren Chaos und das Geschrei der Wölfe. Ich wusste nicht, ob es meine waren oder die Omegas. Ich fiel auf die Knie, meine Schmerzen flammten wieder auf, mir war übel und schwindelig.

Da packte mich eine Hand am Arm und zog.

Ich folgte ihr blind.

Wir waren tief im Wald, bevor ich wieder einen klaren Gedanken fassen konnte.

Es war Thomas, der mich weggeführt hatte, weg, weg, weg.

»Wir müssen zurück«, krächzte ich, versuchte aber nicht, mich loszumachen.

Er sagte: »Vertrau mir.«

Und natürlich vertraute ich ihm. Wie konnte ich nicht?

Mein ganzer Körper schmerzte. Mein Rücken hing in Fetzen.

»Du musst mir jetzt gut zuhören«, sagte Thomas mit rasselndem Atem.

Die Sterne leuchteten über uns.

Die Bäume schwankten leicht.

Er sagte: »Wir *brauchen* dich, jetzt mehr denn je. Die Last des Alphas kann eine schreckliche Bürde sein. Wer sie auf den Schultern trägt, muss stark und standhaft sein.«

»Nein«, sagte ich. »Nein, Sie …«

»*Ox.*«

Der Wind rauschte durch die Blätter, und ich spürte ein Stechen in meinem Kopf und in meinem Herzen.

»Sie brauchen dich«, sagte Thomas und strauchelte. Er stützte ein Knie auf den Boden und umklammerte meinen Arm noch fester. Blut tropfte aus seinem Mund.

Ich machte meinen Arm los und fasste ihn von hinten unter den Achseln. Thomas war schwer, und er hustete, als ich ihn hochhob, während mein Rücken brüllte vor Schmerz.

Das Ächzen der aufbrechenden Erde auf der Lichtung war immer noch zu hören, aber es kam von weit weg.

Wir gingen weiter.

Er sagte: »Sie alle.«

»Warum?«, fragte ich.

Thomas holte tief Luft und wandte das Gesicht dem Himmel zu. Ich fragte mich, ob er den Mond spürte, selbst jetzt, wenn er gar nicht zu sehen war. »Ich wusste, dass du anders bist. Schon als ich dich zum ersten Mal gesehen habe. Selbst wenn Joe nicht gewesen wäre, hätte ich es gewusst.« Seine Augen flackerten rot, und das Flackern rief etwas in mir wach, als würde das Blut in meinen Adern zu kochen anfangen.

»Alles, was ich bin, bin ich wegen Ihnen«, erwiderte ich.

Er sagte: »Oh, Ox! Ich habe dir nur gezeigt, was du bereits in dir getragen hast.«

Ich tastete nach der Verbindung zu unserem Rudel, aber sie ging in einem Dunst aus Schmerz und Gordos Magie unter.

»Hör mich an«, sagte er stolpernd, und ich stöhnte, aber irgendwie schaffte ich es, ihn auf den Beinen zu halten.

»Du wirst ...« Sein ganzer Körper erzitterte unter einem weiteren Hustenanfall. Dann: »Das Wichtigste ist das Band, das euch miteinander verbindet. Du musst jetzt der Anker für *alle* sein. Was ich von dir verlange, ist schrecklich, vor allem jetzt, so kurz nach deinem entsetzlichen Verlust. Aber es geht nicht anders.«

»Ich bin kein ...«

»Doch, *bist* du«, sagte Thomas scharf. »Du bist mehr, als du glaubst, Ox. Die Macht des Alphas geht auf denjenigen über, der sie übernimmt. Wenn Joe es nicht tun kann, dann musst *du* es tun. Er ist nicht hier, und deshalb bitte ich *dich*.«

»*Was?*«

»Richard darf diese Macht nicht bekommen«, sprach Thomas mit blutverschmierten Lippen weiter. »Er *darf* nicht. Die Dinge, die er damit tun würde ... Und ich werde nicht mehr lange durchhalten. Nicht mit diesen Wunden, Ox.«

»Nein«, sagte ich. »Nein. Sie dürfen nicht ...«

»Du musst ein Wolf werden«, fiel Thomas mir ins Wort. »Tu es. Tu es für mich.«

Es war zu viel. Alles. Ich hatte mich noch nicht entschieden, ob ich gebissen werden wollte oder nicht. Und jetzt? Jetzt verlangte er ...

»Sie wollen, dass ich der nächste Alpha werde?«, flüsterte ich.

»Ja.«

Ich konnte nichts darauf erwidern, gar nichts.

Thomas sagte: »Ich glaube an dich, Ox. Schon immer. Du bist genauso mein Sohn wie die anderen. Ich werde immer ...«

»Da seid ihr ja«, sagte Richard Collins hinter uns.

Thomas schob mich mit einer Kraft hinter sich, die ich ihm in seinem Zustand niemals zugetraut hätte. Ich stolperte über meine eigenen Füße und fiel auf die Knie, während Thomas den anderen Wolf nicht aus den Augen ließ.

Richard sah nicht viel besser aus als er. Jemand hatte ihm meine Brechstange aus dem Rücken gezogen, aber er war von Kopf bis Fuß voller Blut. Seine Augen leuchteten dunkel, und seine Zähne glitzerten rot im Sternenlicht.

Er sagte: »Du hast gewusst, dass es so kommen würde, Thomas. Es musste so enden, es war der einzige Weg.«

»Nur weil du dich so entschieden hast«, entgegnete Thomas leise. »Wir waren einmal Freunde. Brüder.«

»Wenn du mein Bruder wärst«, fauchte Richard, »hättest du sie nicht sterben lassen. Oder hättest wenigstens alles getan, um die Täter zur Rechenschaft zu ziehen. Die Menschen sollten leiden für das, was sie unserem Rudel angetan haben. Stattdessen empfängst du sie mit offenen Armen.«

»Es waren nur wenige«, sagte Thomas. »Gerade mal eine Handvoll. Was glaubst du zu gewinnen mit dem, was du tust?«

Richards Krallen wurden noch ein Stück länger. »Ich werde der neue Alpha sein«, knurrte er. »Und dann werde ich sie bezahlen lassen. Für alles. Die Menschen werden sich mir unterwerfen, und ich werde sie vernichten.«

Dann preschte er vor und verwandelte sich mitten im Sprung. Seine Kleidung zerfetzte, Fell wuchs aus seiner Haut. Ich hörte ein Knacken von Knochen und Muskeln, als die beiden Wölfe zuschnappten, sich ineinander verbissen und ihre Pfoten nach Halt suchend über den Boden scharrten.

Thomas war der größere der beiden, aber obwohl auch er sich vollständig verwandelt hatte, strömte das Blut nach wie vor aus seinen Wunden und verklebte sein Fell. Richard biss blindwütig zu, wieder und wieder, während sie heulend und jaulend über den Boden rollten.

Ich wich zurück und suchte nach einer Waffe, irgendwas, mit dem ich Richard aufhalten konnte, bevor er ... Da sah ich einen Stein. Er war nur etwas kleiner als meine Hand. Ich bückte mich ohne Zögern danach, denn Thomas war mein Alpha, und ich konnte ihn nicht sterben lassen.

Er hatte mir etwas gezeigt, hatte mir etwas über mich selbst beigebracht: Was in mir steckte, wer ich sein *konnte*.

Alpha bedeutete Vater.

Du bist genauso mein Sohn wie die anderen.

Es bedeutete Sicherheit.

Es bedeutete Zuhause.

Ich richtete mich lautlos auf und bewegte mich ebenso lautlos auf den weißen Wolf zu, der gegen den braunen kämpfte. Ohne nachzudenken, verfolgte ich ihre Bewegungen und wartete auf den richtigen Moment.

Er kam schneller, als ich gehofft hatte.

Richard stieß Thomas mit entsetzlicher Kraft von sich.

Thomas prallte gegen einen Baum und rutschte winselnd zu Boden. Sein Blick wurde unfokussiert.

Richard zog seine Lefzen zurück und bleckte die Zähne.

Ein tiefes Grollen drang aus seiner Kehle, und ich sah, wie seine Muskeln sich zum letzten Angriff spannten.

Es dauerte nur Sekundenbruchteile.

In einem Moment beobachtete ich noch, und im nächsten ließ ich den Stein auf Richards Schädel niederfahren. Ich hörte ein scharfes Knacken und hoffte, dass ich den Knochen unter dem braunen Fell gespalten hatte. Der Wolf jaulte auf, und einen Moment lang verspürte ich ein makabres Triumphgefühl. Dass wir gewonnen hatten. Dass ich ihn erledigt hatte. Dass er zusammenbrechen und nie wieder aufstehen würde.

Ich sah, wie Blut aus der Wunde quoll, über Richards Schnauze lief und von dort zu Boden troff.

Aber er fiel nicht.

Er drehte sich zu mir um.

Thomas versuchte sich hochzustemmen und brach wieder zusammen.

Ich machte einen Schritt zurück.

Die Bestie folgte mir.

»Komm schon, du Scheißkerl«, krächzte ich und umklammerte den Stein in meiner Hand noch fester.

Ich dachte an Joe und an meine Mutter.

Bekam Schuldgefühle, weil ich die eine für den anderen im Stich gelassen hatte.

Und gleich würde ich es wieder tun.

Aber wenigstens wäre Joe in Sicherheit, wenn ich Richard mit mir in den Tod reißen konnte.

Und das war das Einzige, was zählte.

Ich würde nicht zulassen, dass er Joe etwas antat.

Nicht noch einmal.

Richard legte die Wolfsohren an, und obwohl es unmöglich war, hätte ich schwören können, dass er lächelte.

Als wüsste er, dass er endlich gewonnen hatte.

Ich dachte an alles, was ich gelernt hatte. Mehr konnte ich nicht tun. Und solange ich mich daran erinnerte, konnte ich Joe vielleicht retten. Und Thomas. Das Rudel. Und vielleicht würden sie eines Tages zurückblicken und sich an alles erinnern, was ich seit dem Tag unserer ersten Begegnung getan hatte, anstatt nur an das Letzte, was ich tat.

Thomas und ich gingen einmal im Wald spazieren. Joe durfte nicht mit. Er war nicht begeistert, aber sein Vater warf ihm einen dieser Blick zu, und er hörte auf zu maulen. Größtenteils.

Wir sprachen lange nicht. Es fühlte sich gut an, mit jemandem zu schweigen, kein Gespräch führen zu müssen. Thomas wusste das. Er wusste, dass ich manchmal nicht die Worte fand, um das zu sagen, was ich wollte, und deshalb einfach gar nichts sagte. Er hielt mich nicht für dumm. Nicht so wie andere.

Es gab einen Moment, kurz und grell, in dem ich an meinen Vater dachte. Ich war mir immer noch nicht sicher, was Wölfe anhand von Herzschlag und Geruch ablesen konnten, ob Traurigkeit einen bestimmten Geschmack hatte oder ob sich Angst schwer anfühlte.

Mein Vater hätte das nicht verstanden. Die Wölfe. Das Rudel. Meinen Platz darin. Nichts davon.

Er hätte mich dafür beschimpft.

Er hätte versucht, es mir wegzunehmen.

Mein Vater war kein guter Mensch gewesen.
Das wusste ich jetzt.
Wenn er sprach, dann gleichgültig und gefühllos.
Mit Wut und Gewalt.
Aber ich hatte ihn trotzdem geliebt, weil ich sein Sohn war und er mein Vater.
Ich fragte mich, was es über mich aussagte, dass ich jemanden wie ihn lieben konnte.
Trotz allem, wie er gewesen war.
Ich sagte mir nicht zum ersten Mal, dass es besser war, dass er nicht mehr da war.
Aber vielleicht war es das erste Mal, dass ich es auch tatsächlich *glaubte*.
Das war hart.
Dass ich es gut finden konnte, dass jemand tot war. Denn so war ich nicht.
Ich war nicht gleichgültig und gefühllos.
Nicht wütend und gewalttätig.
Mein Herz begann zu stottern.
Ich holte tief Luft, ein lautloses Keuchen.
Thomas legte seine große Hand auf meinen Nacken und drückte sanft. Dort ließ er sie und sagte nichts, während wir weitergingen. Er *war* einfach. Er war einfach *da*.
Mein Herz beruhigte sich wieder.
Mein Atem normalisierte sich.
Meine Schritte schlurften nicht mehr.
Seltsamerweise war ich es, der als Erster sprach. Aber später, viel später. Ich dachte, vielleicht wartet er darauf, dass ich etwas sage.
Ich sagte: »Woher wissen Sie es jedes Mal?«
Thomas schien nicht überrascht von der Frage. »Du bist mein«, erwiderte er nur. »Ich werde es immer wissen.«
»Weil Sie der Alpha sind?«

»Deshalb auch«, antwortete er und sah mich an.
Und ich hörte alles, was er ungesagt ließ.

Die Bestie wollte mich holen, dort im Wald.

Mein Alpha lag reglos unter einer alten Eiche, deren Äste im Wind raschelten. Seine Rippen hoben sich ein winziges Stück und hielten inne. Dann sanken sie zurück, und es dauerte eine Ewigkeit, bis sie sich wieder bewegten.

Richard machte sich bereit zum Sprung.

»Du hättest nicht in mein Revier kommen sollen«, sagte ich mit zusammengekniffenen Augen.

Er sprang.

Seine Krallen streckten sich nach mir, sein Maul war weit aufgerissen.

Ich holte mit dem Stein aus und ...

Ein weißes Aufblitzen, Richard jaulte auf und wurde zur Seite gerissen.

Ein Wolf stand vor mir, die Nackenhaare aufgestellt, den Kopf gesenkt und die Zähne zu einem wütenden Knurren in Richards Richtung gefletscht, der gerade wieder auf die Beine kam.

Joe.

Joe war hier.

Er war unverletzt.

Und es war kein Traum, denn mein Rücken schmerzte entsetzlich.

Ich streckte die Hand aus und krallte meine Finger in das Fell an seinem Hals.

Ich spürte das Grollen tief in ihm.

Es sang für mich.

Richard starrte ihn mit funkelnden Augen an und ging langsam um uns herum.

Joe folgte seiner Bewegung und blieb immer zwischen uns. Ich konnte die Wut in ihm spüren, den Zorn und den Schmerz.

Ich tastete nach dem Rest des Rudels, nach den Banden zwischen uns, wollte mich versichern, dass die anderen noch lebten, aber alles lag wie in einem Nebel. Mein Kopf schmerzte, und ich konnte mich auf nichts anderes konzentrieren als auf die grüne Erleichterung, dass Joe hier war, dass es ihm gut ging. Dass er nicht mehr unter einem Baum lag, mit gebrochener Wirbelsäule und sich krümmend vor Schmerz.

Wir konnten es schaffen. Wir konnten ...

Richard griff an, und ich spürte, wie Joes Muskeln sich spannten, während ich mit aller Macht gegen den Drang ankämpfte, wegzulaufen, denn ich war kein Feigling. Ich würde verdammt noch mal an der Seite meines Gefährten bleiben und ...

Der Erde unter uns erzitterte mit einem Stöhnen, und eine Lichtsäule schoss empor. Richard prallte dagegen und wurde zurückgeschleudert, als wäre er gegen eine Hochspannungsleitung gekracht. Seine Augen rollten nach oben, dann schlug er auf. Seine Beine zitterten, seine Pfoten scharrten im Dreck.

»Ox«, sagte eine Stimme hinter mir.

Ich drehte mich um und sah Gordo. Er stand keuchend an einen Baum gelehnt. Sein Gesicht war blass und glänzte von Schweiß. Er hielt seinen linken Arm an die Brust gepresst. Seine Kleidung war zerrissen, und jede freie Stelle an seinem Körper blutete.

Seine Tattoos strahlten so hell wie nie zuvor.

»Wie hast du das ...«

»Es ist das Revier«, sagte er mit dünner Stimme. »Es gehört den Bennetts, schon immer, und es mag keine Eindringlinge. Die Erde, ich kann sie hören. Sie spricht zu mir. Ich kann dir Richard vom Leib halten, vorerst, aber nicht für immer. Was geschehen muss, muss *jetzt* geschehen.«

Ich streckte die Hand aus und berührte die Lichtbarriere, die uns von Richard abschirmte. Sie fühlte sich warm und fest an. Ich spürte das Band zwischen mir und Gordo, wie ich es schon immer gespürt hatte. Aber es war nicht so deutlich wie bei den anderen, denn er gehörte nicht zum Rudel.

Aber es war da, hell und stark.

»*Was* muss geschehen?«, fragte ich und war nicht sicher, ob ich die Antwort hören wollte.

»*Ox*«, erwiderte Gordo nur, und da wusste ich es.

»Dad?«, sagte eine leise Stimme.

Ich drehte mich um.

Joe hatte sich zurückverwandelt und kniete neben seinem Vater. Ein dunkler Bluterguss erstreckte sich über seinen gesamten Rücken und wurde an den Rändern bereits heller, noch während ich hinsah. Ich fragte mich, ob er die Verletzung nur überlebt hatte, weil er war, wer er war. Ob Carter oder Kelly es genauso gut überstanden hätten wie Joe.

Sein Vater lag ausgestreckt vor ihm, immer noch als Wolf. Er beobachtete seinen Sohn und winselte leise. Sein Schwanz schlug auf den Boden. Einmal, zweimal.

»Du musst aufstehen«, sagte Joe.

Thomas drückte seine Schnauze in Joes Hand.

»Sie sind wohlauf«, beantwortete er die stumme Frage seines Vaters. »Sie kümmern sich um die anderen, aber sie brauchen dich jetzt, okay? Du musst aufstehen.« Bei den letzten Worten begann seine Stimme zu zittern.

Ein tiefer, rollender Seufzer löste sich aus Thomas' Kehle, als würde alle Angst von ihm abfallen.

Ein wütendes Heulen hinter mir ließ mich herumwirbeln.

Richard Collins warf sich kläffend gegen die Barriere. Seine Augen waren noch dunkler geworden, als wäre er ganz dem Wolf verfallen, nur noch ungezähmte Wut. Jedes Mal, wenn er gegen das grüne Licht prallte, bäumte es sich auf wie eine Welle und warf ihn zurück. Und das machte ihn nur noch rasender.

»Thomas«, krächzte Gordo. »Du *musst* es tun. *Jetzt*. Ich kann nicht ewig ...«

Thomas begann sich zu verwandeln, langsamer, als ich es je gesehen hatte. Die Grimasse auf seinem Wolfsgesicht und die Art, wie sein Körper krampfte, sagten mir, dass es eine schmerzhafte Verwandlung war. Seine gebrochenen Knochen blieben gebrochen. All die stark blutenden Wunden und Schnitte zeigten keinerlei Anzeichen, sich zu schließen.

Joe streckte zitternd die Hände nach seinem Vater aus und zögerte, als wäre er nicht sicher, wo er ihn berühren sollte, während Richard seine brüllenden Attacken unvermindert fortsetzte.

»Dad«, sagte Joe.

Thomas Bennett lächelte ihn an. Seine Lippen waren rot und Blut tropfte von seiner Wange, aber seine Augen waren klar.

Er sagte: »Ich bin froh, dass du wohlauf bist.«

»Du musst aufstehen«, flehte Joe. »Du musst aufstehen und wir müssen gehen. Mom wartet auf dich.«

»Es wird vergehen«, erwiderte Thomas. »Es wird wehtun, eine Zeit lang, aber es wird vergehen.«

Joe schüttelte den Kopf und umklammerte Thomas' Hand. »Ich kann das nicht. Ich bin noch nicht bereit.« Er klang so unglaublich jung.

»Doch, bist du. Schon lange. Wir haben darauf hingearbeitet und du ...«

Ich hörte ein lautes Knirschen von Knochen und Muskeln, und dann sagte Richard: »Ich kann ihn retten, Joe. Ich kann ihn retten. Du musst mir nur geben, was ich will. Ich kann dir helfen. Und ihm.«

Richard stand da, nackt und blutverschmiert, den Blick auf Joe gerichtet, aber nicht in der Lage, Gordos Zauber zu durchbrechen.

»Tu es nicht«, sagte Thomas, ohne seinen Sohn aus den Augen zu lassen. »Hör nicht auf ihn. Er ist ...«

»Du musst das nicht tun«, unterbrach Richard. »Ich kann das alles wieder heil machen. Dein Vater wird wieder gesund, ich werde der Alpha, und all das wird dir vorkommen wie ein Traum, das verspreche ich dir. Du kannst nach Hause gehen und wirst mich nie wiedersehen.«

Ich musste kein Wolf sein, um zu wissen, dass er log.

Und trotz allem, was er war, trotz allem, was er durchgemacht hatte, trotz all des Grauens, das er gesehen hatte, zögerte Joe.

Ich konnte es *sehen*. Es war nur ein Anflug, aber er war da.

Thomas sah es auch.

Und Richard.

Er lächelte.

»Joe«, sagte ich.

Er sah mich mit seinen leuchtenden, feuchten Halloween-Augen an.

»Er gibt Versprechen«, sprach ich weiter, »die er nicht halten kann.«

Joe biss sich auf die Lippe. »Aber ...«

»Er ist ein *Mensch*«, fauchte Richard verächtlich. »Er mag zum Rudel gehören, aber er versteht es nicht. Er wird nie verstehen, was du bist. Was du werden sollst. Seinesgleichen ist der Grund dafür, dass all das überhaupt passiert. Sie werden dich verraten, Joe, so wie sie es immer tun.«

»Ich habe es dir versprochen«, sagte ich und machte einen Schritt auf Joe zu. »Du und ich, für immer. Ich werde immer für dich da sein. Und ich werde dich nie belügen.«

Tränen liefen über sein Gesicht.

»Alles, was sie kennen, sind Lügen!«, brüllte Richard und schlug mit den Fäusten auf die Barriere ein. »Es ist das Einzige, was sie können!«

»Beeil dich, Ox«, sagte Gordo mit zusammengebissenen Zähnen.

»Du hast mir deinen Wolf anvertraut, bevor du mich überhaupt kanntest«, sprach ich weiter. »Damals, als ich mich noch für ein Nichts gehalten habe. Aber du hast mir gezeigt, dass das nicht stimmt. Du hast mir vertraut. Und jetzt bitte ich dich, es noch einmal zu tun.«

Joes Augen waren weit aufgerissen. Sein Atem stockte.

Er riss seinen Blick von mir los und schaute wieder seinen Vater an.

»Das ist nicht das Ende«, flüsterte Thomas. Seine Stimme wurde fast übertönt von Richards Geschrei. »Du wirst sehen. Ich bin so stolz auf dich, was aus dir geworden ist. Und was noch aus dir werden *wird*.«

»Ich kann das nicht allein«, wimmerte Joe. »Ich kann nicht ...«

»Und das musst du auch nicht«, entgegnete Thomas. »Denn ein Alpha ist nichts ohne sein Rudel. Und dein Rudel wird immer bei dir sein.«

»*Ox!*«, rief Gordo warnend. Er war auf die Knie gesunken und schwitzte stark. Seine Brust hob und senkte sich wie im Zeitraffer.

Richard heulte triumphierend.

»Joe«, sagte ich. »Du musst ...«

Noch bevor ich zu Ende gesprochen hatte, fuhr Joe seine Krallen aus, schwarz und scharf. Die grüne Lichtbarriere flackerte, als er sie auf die Brust seines Vaters senkte, direkt über dem Herzen, die Finger gespreizt.

»Erinnerst du dich an den Tag im Wald?«, sagte Joe mit zitternder Stimme. »Wir haben Eichhörnchen gejagt, und du hast zu mir gesagt, dass du froh bist, mich zum Sohn zu haben.«

Thomas lächelte sein leises Lächeln.

»Ich liebe dich auch«, sagte er, da stieß Joe seine Krallen in die Brust seines Vaters.

Die Welt konnte groß und beängstigend sein, hatte Gordo zu mir gesagt. Dass es alles, was ich mir vorstellen konnte, wahrscheinlich irgendwo da draußen gab. Es gab Fragen, die ich nicht stellte, weil ich Angst vor den Antworten hatte. Es gab Fragen, die mir gar nicht erst einfielen und auf die ich so oder so keine Antwort bekommen hätte.

Und dann gab es Fragen, deren Antwort ich nie verstehen würde. Warum hat mein Vater uns verlassen? Warum hat Joe *mich* auserwählt? Was war mein Platz in alldem?

Wie würde Joe zum neuen Alpha werden?

Joe wusste es. Er wusste es, denn er zögerte nicht. Nicht, nachdem er seine Entscheidung getroffen hatte. Ich fragte mich, wann Thomas es ihm erklärt hatte oder ob es vielleicht Instinkt war. Etwas, das ein Wolf einfach wusste.

Joes Krallen sanken in die Haut seines Vaters, bis seine Handfläche flach auf Thomas' Brust lag.

Richard schrie seine Wut heraus, und im ersten Moment geschah gar nichts. Ich fragte mich, ob etwas schiefgegangen war. Andererseits hatte ich so oder so keine Ahnung, was passieren würde, wenn ein Alpha seine Kraft an seinen Nachfolger weitergab. Ich wusste nach wie vor einen Scheißdreck über Werwölfe.

Es begann mit einem Kribbeln auf der Haut.

Wie ein Flüstern in meinem Ohr.

Joe rührte sich nicht.

Thomas rührte sich nicht.

Aber da war dieses entsetzlich starke Kribbeln, das jetzt auf meinen Kopf übersprang und schließlich auch mein Herz erfasste, bis ich mich fragte, ob es sich so anfühlte, wenn man vom Blitz getroffen wurde. Die Rudelbande in meiner Brust glühten auf, und ich konnte sie alle spüren, jeden einzelnen von ihnen. Die Erleichterung war überwältigend, so *grüngrüngrün*, weil sie alle am Leben waren, aber es tat auch weh, so stark war das Band zu Carter und Mark, zu Elizabeth und Kelly und Gordo. Ja, auch zu Gordo, denn zum ersten Mal war auch seines dabei. Ich konnte seine Magie auf der Zunge spüren, stechend scharf und bitter.

Und Joe. Joes Band war das hellste von allen, das stärkste, und es lag so viel Kraft darin, dass ich kaum atmen konnte.

Und Thomas.
Thomas' Band war ebenfalls da.
Aber es war blass. Blass und dünn.
Viel dünner, als es sein durfte.
Als würde es kaum noch zusammenhalten.
Die Barriere schloss sich wieder.
Thomas öffnete die Augen. Sie leuchteten matt orangefarben. Er seufzte, und sein Band flackerte grün.
Er sagte: »Ox, ein Wolf ist nur so stark wie sein Band.«
Er schloss die Augen.
Atmete aus.
Seine Brust hob sich nicht wieder.
Das Band zerriss und verschwand.
»*Dad* ...«, sagte Joe.
Fell spross aus seinen Wangen. Sein Gesicht wurde länger, seine Lippen zogen sich zurück und entblößten spitze Zähne. Dann legte er den Kopf in den Nacken und sang das Lied des Alphas. Seine Augen waren weit aufgerissen und glühten rot.

Offene Wunden /
Der Weg nach Hause

Richard war verschwunden.
Osmond war verschwunden.
Robert Livingstone war nie aufgetaucht.
Die meisten Omegas waren tot.
Die überlebenden waren geflohen.
Aber an all das dachte ich erst später.

Sie wussten es.
Die anderen.
Noch bevor sie uns unter den Eichen fanden, wussten sie es.
Sie hatten den Moment seines Todes gespürt, genau wie ich. Wahrscheinlich sogar noch stärker, denn ich war ein Mensch und kein Wolf.

Carter und Kelly kamen als Erste zwischen den Bäumen hervorgeprescht. Sie liefen auf vier Beinen und gaben ein hohes Wimmern von sich. Sie blieben stehen, als sie uns sahen:

Thomas im Gras, Joe auf den Knien, den Kopf über seinen Vater gebeugt, die Krallen an seinen Seiten. Gordo lehnte an einem Baum, das Gesicht in den Händen vergraben, seine Tattoos leuchteten hell.

Und mich. Ich war wie betäubt wegen meiner Mutter, die jetzt nur noch ein kalter Leichnam unter einer Decke war.

Und wegen Thomas, dessen warmes Blut noch immer aus Dutzenden Wunden sickerte.

Carter bewegte sich als Erster wieder. Er kam heran und fuhr mit seiner Nase Joes Arm entlang, über seinen Hals, durch seine Haare. Er atmete in kurzen Stößen und nahm den Geruch seines neuen Alphas auf. Sein Fell war blutverkrustet und das rechte Vorderbein verletzt.

Schließlich kam Kelly hinzu. Seine Augen waren weit aufgerissen, aus seinem offenen Maul kam ein Jaulen und Krächzen, das fast wie ein Bellen klang. Er ignorierte Carter und Joe und stupste mit der Schnauze die Zehen seines toten Vaters an. Seine Waden. Dann brach er zitternd zusammen und legte den Kopf auf Thomas' Beine.

Als Nächstes kam Mark. Er war in Menschengestalt, seine Hose war zerrissen und zerfetzt, mit Schlamm und Blut verschmiert. Seine offenen Wunden heilten nur langsam, und er hatte eine üble Bisswunde an der rechten Schulter, die aussah, als wäre ein großes Stück herausgerissen worden. Er machte einen stolpernden Schritt auf Thomas zu und blieb stehen. Ging zu Gordo und flüsterte ihm etwas ins Ohr.

Gordo schüttelte nur stumm den Kopf.

Mark blickte auf, seine Augen auf die Bäume ringsum gerichtet, sein Kiefer angespannt.

Und dann kam sie.

Sie bewegte sich langsam, ob aus Trauer oder wegen einer Verletzung, konnte ich nicht erkennen. Ein gebrochenes Herz kann schlimmer sein als ein gebrochenes Glied. Ich war froh, dass sie nach wie vor verwandelt war, denn der Kummer auf ihrem Wolfsgesicht war nichts im Vergleich zu dem, wie sie als Mensch ausgesehen hätte.

Ich glaube nicht, dass ich den Anblick ertragen hätte.

Mir war kalt.

Meine Zähne fingen an zu klappern.

Carter hatte aufgehört, sich an Joe zu reiben. Er stupste seinen toten Vater an und gab leise Geräusche von sich, als würde er Thomas anflehen aufzustehen.

Kelly wälzte sich winselnd am Boden, als wollte er so viel wie möglich von Thomas' Geruch aufnehmen.

Joes Nasenlöcher waren geweitet. Er atmete schwer, und seine Handflächen bluteten aus Wunden, die er sich durch den Druck seiner eigenen Krallen beigebracht hatte.

Mark hielt weiter Wache.

Gordo sank auf die Knie, während seine Tattoos sich wie wild bewegten. Der Rabe auf seinem Arm flog auf, verschwand unter seinem Hemd, tauchte am Hals wieder auf und breitete die Flügel aus.

Und Elizabeth.

Sie ging nicht zu ihrem Mann. Auch nicht zu ihren Kindern oder ihrem Schwager.

Sondern zu mir, langsam, steif. Sie drückte ihre Schnauze in meine Hand.

Ich legte meine Hand auf ihren Kopf und spürte, wie ihr linkes Ohr unter meiner Handfläche zuckte.

Sie drückte noch fester.

Ich schaute nach unten und merkte, dass ich mich geirrt hatte: Der Blick ihrer Wolfsaugen war der menschlichste von allen, und er war voll herzzerreißender Verzweiflung.

»Es tut mir so leid«, brachte ich heraus.

Ich hätte mehr tun müssen. Ich hätte Thomas beschützen sollen. Wenn ich mich nicht von ihm hätte hierherführen lassen, wäre ihm vielleicht nichts passiert. Wenn er sich nicht zwischen Richard und mich gestellt hätte, hätte Elizabeth nicht ihren Gefährten verloren.

Sie nahm meine Hand in ihr Maul, und ihre Zähne gruben sich leicht in meine Haut. Eine Sekunde lang dachte ich, sie würde zubeißen. Mein Blut vergießen, weil ich das hier zugelassen hatte. Und ich hätte sie gelassen.

Stattdessen zog sie nur. Sie zog mich zu den anderen, und ich kam mit, auch wenn ich es nicht verstand.

Sie ließ nicht los, ihr Blick blieb fest auf mich gerichtet, während sie langsam rückwärtsging, und ich konzentrierte mich vollkommen auf sie. Denn das Atmen fiel mir immer schwerer und die Geräusche der anderen machten mir zu schaffen: Gordos leises, zitterndes Stöhnen. Kellys Keuchen, während sein ganzer Körper bebte. Und Carters haltloses Schluchzen, selbst in Wolfsgestalt.

Nur Joe gab keinen Laut von sich.

Aber ich konnte ihn *fühlen*.

Sein Entsetzen.

Seine Qual.

Seine Wut.

Sie waren lauter als alles andere und drohten mich zu überwältigen, mich *zu verschlingen*, aber Elizabeth ließ mich nicht los.

Ich wusste, was sie vorhatte.

Sie flüsterte: *RudelSohnLiebe*.

Sie flüsterte: *du gehörst zu uns*.

Sie flüsterte: *wir gehören zu dir*.

Sie flüsterte: *ich fühle deinen schmerz ich fühle deine trauer wir haben verloren ich habe etwas verloren und du auch*.

Sie flüsterte: *bitte gib uns nicht die schuld bitte hasse uns nicht*.

Sie flüsterte: *sie hätte dir nicht genommen werden dürfen und er hätte uns nicht genommen werden dürfen*.

Ich ließ mich von ihr ziehen, ließ mich von ihren Worten durchströmen, die auch die anderen hören konnten, selbst Gordo, der überrascht den Kopf hob. Irgendwie war er ein Teil davon geworden, ein Teil von *uns*.

Als Elizabeths Hinterbeine gegen Kelly stießen, blieb sie stehen, verstärkte ihren Biss ganz leicht und ließ dann los. Schließlich setzte sie sich neben den Kopf ihres toten Mannes und leckte ihm das Blut vom Gesicht.

Ich hörte die charakteristischen Geräusche einer Verwandlung und sah Mark in Wolfsgestalt herankommen. Er war imposant, der größte Wolf von allen, und setzte sich links neben Elizabeth.

Obwohl Thomas noch nicht lange tot war, wirkte er bereits kleiner. Ich wusste nicht, ob es damit zu tun hatte, dass er als Beta gestorben war, aber irgendwie hatte er im Tod weniger Substanz als im Leben.

Joe saß immer noch rechts neben seinem Vater. Bis auf seine blutroten Augen schien er unverändert, aber er fühlte sich anders an. Etwas strahlte von ihm aus, etwas Großes, größer als je zuvor. Ich wusste nicht, was es bedeutete, ein Alpha zu sein, so stark mit dem Land hier verbunden zu sein, wie er es jetzt war.

Ich wollte ihn berühren, aber mein Körper war wie gelähmt.

Carter und Kelly erhoben sich und setzten sich zu Thomas' Füßen. Elizabeth ließ von Thomas' Gesicht ab und setzte sich neben seinen Kopf. Ein Vorderbein berührte seine Wange. Joe blieb, wo er war.

Da begriff ich, dass sie sich ihrer Stellung im Rudel entsprechend hingesetzt hatten und warteten. Worauf, wusste ich nicht.

Dann sahen mich alle an bis auf Joe, und ich wäre am liebsten weggelaufen. Einfach zwischen den Bäumen verschwunden, um mich zu meiner Mutter zu legen, die Augen zu schließen und einzuschlafen. Und wenn ich wieder aufwachte, wäre alles nur ein Traum gewesen. Es würde immer noch wehtun, aber es wäre trotzdem nur ein Traum gewesen, weil es einfach nicht real sein *konnte*.

In meinem Kopf war nichts als Dunkelheit.

In meinem Herzen war nichts als Tod.

Und es fühlte sich verdammt *real* an.

Die Wölfe warteten immer noch.

Irgendwo rief ein Keilschwanz-Regenpfeifer. Ein seltsamer Vogel, der mitten in der Nacht sang.

Ansonsten schien der ganze Wald den Atem anzuhalten.

»Sie warten auf dich«, sagte Gordo.

Ich drehte mich nicht zu ihm um, denn ich konnte nicht. Nicht, solange das Rudel mich so anstarrte.

»Du gehörst zu ihnen«, sagte er, und diese kleine, gemeine Stimme in meinem Kopf flüsterte mir zu, dass ich nie eine Wahl gehabt hatte. Wenn die Bennetts einfach weggeblieben wären, wäre all das nicht passiert, und ich müsste diese Schuld nicht spüren, die jetzt auf mir lastete. Meine Mutter würde in der Küche stehen und über die Seifenblase an meinem Ohr lachen.

Carter legte die Ohren an und winselte leise. Wahrscheinlich, weil er spürte, was ich dachte. Vielleicht nicht die Nuancen, aber er verstand den Kern.

So wie sie alle.

Schließlich schluckte ich meine Zweifel einfach hinunter.

Gordo legte mir eine Hand auf die Schulter, und ich sagte: »Du spürst es auch.«

Gordo seufzte, und mehr Antwort brauchte ich nicht.

Ich schüttelte seine Hand ab und machte einen Schritt. Dann noch einen und noch einen, bis ich meinen Platz neben Joe eingenommen hatte.

Ich kniete mich neben ihn, und unsere Schultern berührten sich. Aber er blieb steif, unbeweglich, und starrte auf seinen toten Vater hinab. Seine blutroten Augen leuchteten im Dunkeln.

Allmählich wurde ich ruhiger.

Nicht viel, aber das Gefühl war da.

Denn Joe war jetzt mein Alpha.

Und ich war sein Gefährte.

»Warum heulen Sie?«, hatte ich Thomas einmal gefragt.

Er grub seine nackten Zehen ins Gras und lehnte sich mit dem Rücken gegen einen Baum. Die Sonne schien durchs Blätterdach.

Er sagte: »In der Wildnis kann es eine Warnung an andere Wölfe sein, die in mein Revier eindringen. Es kann ein Schlachtruf sein, um das Rudel zu versammeln. Bei der Jagd zeigen wir den anderen damit unseren Standort an. Manchmal heult ein Rudel aus purer Freude und damit es größer wirkt, als es ist. Man nennt es Gruppenheulen, und es ist wunderschön.«

»Und das sind die einzigen Gründe?«

Er schloss die Augen und lächelte. Ich amüsierte ihn. Und er faszinierte mich.

»Ich glaube, wir tun es, weil wir so gerne unseren eigenen Liedern lauschen. Narzissten, die wir sind.« Sein Lächeln verblasste leicht. »Manchmal sollen die Lieder aber auch ein Rudelmitglied nach Hause leiten. Man kann sich leicht verirren, Ox. Die Welt ist groß und furchterregend, und manchmal muss man an den Weg nach Hause erinnert werden.«

Danach schwiegen wir lange.

Ich war kein Wolf und würde wahrscheinlich auch nie einer werden. Nicht aus freien Stücken.

Aber zwei Mitglieder meines Rudels waren nicht mehr da.

Ich legte den Kopf in den Nacken.

Meine Augen brannten.

Die Sterne über mir verschwammen.

Ich sagte: »Oh Gott!«

Es klang rau.

Ich räusperte mich, damit sich meine Kehle nicht noch weiter zuschnürte.

Ich dachte an meine Mutter.

Ich dachte an Thomas.

Sie waren nicht mehr da.

Ich musste sie nach Hause singen.

Also tat ich es.

Es war ein gebrochenes Lied, rissig und voller Splitter. Er war nicht sehr laut, und doch schmerzte es in meinen Ohren. Aber ich gab mein Bestes, auch wenn ich merkte, dass ich vielleicht nicht ganz der Mann war, für den ich mich hielt, denn meine Wangen wurden feucht und der Atem stockte mir in der Brust.

Mein Lied verklang schnell.

Ich holte noch einmal tief Luft.

Mark heulte mit mir, melodisch und voll tiefem Schmerz.

Carter und Kelly fielen mit ein, und schließlich nahm auch Elizabeth unser Lied auf. Ihr Heulen war hell und lang, und das Lied veränderte sich durch sie. Durch den Verlust, den sie erlitten hatte. Die anderen nahmen ihre Melodie auf und machten sie zu ihrer eigenen, verwoben ihre Stimmen mit der von Elizabeth, sangen eine Oktave darüber oder darunter.

Ich spürte auch Gordo, spürte sein Zögern. Seine Ehrfurcht und seine Trauer. Er heulte nicht, aber seine Magie sang für ihn. Sie war in der Erde unter uns und in den Bäumen um uns herum. Er musste nicht mit uns heulen, denn wir fühlten seine Gegenwart auch so.

Joe verwandelte sich neben mir. Es war die schnellste Verwandlung, die ich je bei ihm gesehen hatte.

In einem Moment war er noch ein trauernder Jüngling, verloren und blutverschmiert, im nächsten ein Wolf, strahlend weiß in der Dunkelheit. Und größer. Bisher hatte er mir vielleicht bis zur Taille gereicht, jetzt würde er mir wahrscheinlich bis zur Brust gehen, wenn ich mich hinstellte. Er war nicht so kräftig wie sein Vater, zwar größer als er, aber immer noch drahtig. Doch auch das würde sich im Lauf der Zeit ändern, dachte ich.

Das Rudel ließ sein Lied verklingen, und Joe sah alle nacheinander an. Auf mir verweilte sein Blick am längsten.

Seine Stimme war tiefer als zuvor. Ich spürte jedes einzelne Gefühl, das er in sein Lied legte, *TrauerSchmerzLiebeWarumWarumWarum* sang er, und ich zerbrach beinahe daran.

Dort im Wald, unter einem Neumond und den verlogenen Sternen, sangen wir unser Rudel nach Hause, fanden uns in unserem Gesang.

Danach ging alles sehr schnell.

Die nächsten drei Tage flogen nur so dahin. Das Bennett-Haus füllte sich mit Leuten, die ich noch nie gesehen hatte, Wölfe allesamt. Sie gingen mit Joe und Mark und Elizabeth und Gordo in Thomas' Büro und kamen stundenlang nicht wieder raus. Die Unbekannten tuschelten miteinander und musterten mich, während Carter und Kelly zusammengerollt neben mir lagen. Sie waren immer noch verwandelt und winselten kläglich, während ihre Beine im Traum zuckten.

Ich ließ mich nicht einschüchtern und starrte einfach zurück.

Ich bekam nur Bruchstücke von dem mit, was gesprochen wurde.

Richard war untergetaucht.

Robert Livingstone war nicht gefunden worden.

Osmond hatte alle überrascht. Niemand hatte damit gerechnet, dass er die Seiten wechseln würde. Er war ebenfalls verschwunden.

Es wurmte sie, dass sie einen Verräter in ihrer Mitte gehabt hatten. Vor allem einen so hochrangigen wie Osmond. Ich traute ihnen nicht und hatte den Eindruck, dass es auch ihnen schwerfiel, einander zu vertrauen.

Elizabeth ließ mich nicht in unser Haus zurück. Sie sagte, es wäre nicht richtig. Nicht jetzt und vielleicht für lange Zeit nicht. Ich wohnte in Joes Zimmer und schlief in seinem Bett.

Aber Joe war nie da.

Die Bennetts sagten, es wäre ein Einbruch gewesen, der aus dem Ruder gelaufen sei. Meine Mutter sei nach Hause gekommen und habe jemanden im Haus überrascht. Ich hatte natürlich ein Alibi und war bei den Bennetts gewesen. Den Bennetts, vor denen jeder Respekt und Ehrfurcht hatte. Die Einwohner von Green Creek mochten sie vielleicht nicht verstehen, aber sie verstanden ihren Reichtum und die Dinge, die sie für die Stadt getan hatten.

Der Gerichtsmediziner sagte, es sähe so aus, als wäre die Kehle meiner Mutter mit einem Jagdmesser oder etwas Ähnlichem aufgeschlitzt worden.

Ich sagte der Polizei, dass wir nichts dergleichen im Haus hatten. Die Waffe musste wohl dem Einbrecher gehört haben.

Wo ist Thomas?, fragte die Polizei.

Auf Geschäftsreise, antwortete Elizabeth. *In Übersee. Mehrere Monate lang.*

Später sagte sie, Thomas sei im Ausland an einem Herzinfarkt verstorben.

Im Moment war er nicht da.

Wann kommt er wieder zurück?, fragte die Polizei.

Hoffentlich bald, antwortete Elizabeth.

Ihre Stimme blieb ruhig.

Außenstehende konnten die Risse darin nicht hören.

Ich schon.

Meine Mutter wurde an einem Dienstag beerdigt.

Es gab keinen besonderen Grund dafür, es war nur der erste Tag, an dem Zeit dafür war.

Green Creek trauerte mit uns.

Mit mir.

Der Prediger sagte besänftigende Dinge über Gott und seinen unergründlichen Plan. Dass wir nicht immer verstehen können, warum manche Dinge geschehen. Aber wir können hoffen, dass es einen Grund gibt, aus dem sie geschehen.

Die Sonne schien, als meine Mutter in die Erde hinabgelassen wurde.

Das Rudel wich nicht von meiner Seite.

Joe hielt die ganze Zeit meine Hand, aber wir sprachen kein Wort miteinander.

Tanner, Chris und Rico waren da. Sie schoben alle anderen zur Seite, scharten sich um mich und klammerten sich an mir fest, ohne mir vorher auch nur die Hand zu schütteln. Ich spürte ein Kribbeln auf meiner Haut, es schien von ihnen auszugehen, aber ich war zu abgelenkt, um dem nachzuspüren.

Jessie war auch da. Sie wartete, bis sie direkt vor mir stand, und flüsterte mir etwas ins Ohr, an das ich mich nicht mehr erinnern kann. Ihre Lippen drückten sich gegen meine Wange und verweilten dort kurz.

Joe sah zu, wie Jessie meine Hand drückte.

Als sie ging, schaute er weg.

Später, nachdem die Schlange sich aufgelöst hatte, die Leute an mir geweint, mir die Hand geschüttelt und mir gesagt hatten, wie leid es ihnen tat, stand ich vor dem Loch im Boden, in dem meine Mutter lag. Es würde erst zugeschüttet, wenn alle weg waren.

Das Rudel stand ein Stück abseits zwischen den Bäumen und wartete.

Es war nicht fair. Nichts von alldem war fair.

Ich sagte: »Es tut mir so leid«, und dachte an den Tag, an dem wir im Gras gelegen hatten, sie in ihrem hübschen Kleid mit den blauen Schleifen, und die Wolken über uns beobachtet hatten.

Thomas wurde Dienstagnacht verbrannt.

Es gab keinen besonderen Grund dafür, aber wir hatten am Nachmittag bereits meine Mutter beerdigt, und es war besser, alles hinter uns zu bringen.

Dieselben Leute, die in den Tagen nach Richards Überfall das Haus der Bennetts gefüllt hatten, füllten nun den Wald. Einige waren in Menschengestalt, aber die meisten hatten sich in Wölfe verwandelt. Mein Rudel ebenfalls, bis auf Gordo und mich, aber wir gingen mit ihnen, Elizabeth links von Joe, ich rechts. Ich grub die Finger in das Fell auf Joes Rücken und hielt mich mit aller Kraft daran fest.

Niemand sprach über Gott und seinen unergründlichen Plan. Tatsächlich war kaum ein Geräusch zu hören, als wir auf der Lichtung vor dem Scheiterhaufen mit Thomas' Leiche standen. Mein Rudel scharte sich um mich, alle anderen blieben auf Abstand.

Gordo entzündete das Feuer.

Er näherte sich dem Scheiterhaufen, und ich fragte mich, ob Thomas ihn als Teil des Rudels empfunden hatte, bevor er seinen letzten Atemzug tat. Ob er das Gefühl gehabt hatte, dass die Hexe seines Rudels endlich heimgekehrt war. Niemand hatte mit mir darüber gesprochen, was jetzt passieren würde, was es bedeutete, aber ich hatte auch nicht danach gefragt. Meinen Groll darüber, dass sie das Treffen in Thomas' Büro ohne mich abgehalten hatten, verdrängte ich.

Gordo legte beide Hände auf den Scheiterhaufen.

Seine Tätowierungen erwachten zum Leben.

Er senkte den Kopf.

Flammen leckten aus seinen Fingern.

Sie erfassten das Holz, die Flammen breiteten sich aus, und ich stand da und sah zu, wie Thomas verbrannte.

Dann übernahm Joe.

Wir nennen es Chorheulen, flüsterte Thomas mir zu. *Die Harmonien lassen unsere Feinde glauben, das Rudel wäre weit größer, als es ist.*

Es stimmte. Das Heulen klang, als käme es aus Hunderten Kehlen, nicht aus Dutzenden.

Gordo hatte die Lichtung abgeschirmt, damit niemand etwas mitbekam. Seine Magie konnte sehr nützlich sein, wenn er es zuließ.

Ich fragte mich trotzdem, ob die Leute in Green Creek es nicht doch hörten. Oder zumindest die Machtübergabe von einem König zum anderen spürten. Sie lebten schließlich in seinem Territorium.

Ich spürte es jedenfalls. Alles.

Die Hitze der Flammen brannte auf meinem Gesicht, die Lieder all der Wölfe um mich herum waren so laut, wie ich es noch nie erlebt hatte.

Es höhlte mich aus. Meine Haut fühlte sich trocken und spröde an. Im Vergleich zu dem, was ich noch vor wenigen Tagen gewesen war, war ich nur noch eine leere Hülle, und ich wusste nicht, womit ich diese Leere füllen sollte. Ich wusste nicht, ob das überhaupt möglich war.

Das Feuer brannte herunter, bis nur noch Glut und Asche übrig waren, die später im gesamten Revier verteilt werden würden.

Die fremden Wölfe verschwanden, nur das Rudel blieb.

Wir atmeten den Rauch ein und er füllte unsere Lungen damit, bis wir ihn weghusteten.

Gordo ging als Erster, die Hände tief in den Hosentaschen vergraben, den Kopf gesenkt.

Mark war der Nächste. Er verkroch sich irgendwo tief im Wald und wir sahen ihn zwei Tage lang nicht mehr.

Carter und Kelly nahmen ihre Mutter in die Mitte, stützten sie, als sie stolperte, dann waren auch sie verschwunden.

Blieben nur noch Joe und ich.

Er saß auf seinen Hinterläufen und beobachtete, wie das letzte Flämmchen verlosch, den letzten Funkenflug.

Ich setzte mich neben ihn und lehnte mich an seine Flanke.

Sein Atem ging schneller, seine Augen blitzten.

Die Hitze des Scheiterhaufens begann zu schwinden und ich drückte mich fester an ihn.

Wir blieben trotzdem.

Die Nachtvögel sangen.

Eine Eule rief.

Ich sagte: »Ich bin hier.«

Joe scharrte mit seiner riesigen Pfote im Gras.

Ich sagte: »Wann immer du bereit bist.«

Seine Ohren zuckten.

»Wir werden es schaffen.«

Ein Winseln tief in seiner Kehle.

»Wir müssen.«

Er senkte den Kopf und fuhr mit seiner Nase über meine Wange. Über meinen Nacken. Die Stelle hinter meinem Ohr. Er blies seinen Geruch auf mich, wie er es nicht mehr getan hatte, seit er der neue Alpha geworden war.

Ich *liebte* es, und ich liebte *ihn*, aber ich konnte es nicht sagen. Die Worte blieben mir im Hals stecken, und ich hoffte, dass er es an meinem Geruch merkte. Es war alles, was ich ihm im Moment geben konnte.

Und dabei hätte ich es belassen sollen. Das hätte das Ende dieses schrecklichen Tages sein sollen.

War es aber nicht.

Weitere Worte fanden ihren Weg aus meinem Mund, und ich sagte Dinge, die ich niemals hätte sagen sollen.

Aber ich war wie ein Ertrinkender. Ertrinkend in Wut und Trauer.

Ich dachte nicht an das, was passieren könnte.

Nur an das, was ich *wollte*.

Ich sagte: »Er hat uns etwas genommen.«

Ich sagte: »Er hat uns einen Teil unseres Rudels genommen.«

Ich sagte: »Er hat uns wehgetan.«

Ich sagte: »Er hat mir meine Mutter genommen.«

Joe begann zu knurren.

Ich sagte: »Er ist fort.«

Ich sagte: »Wir müssen ihn finden.«

Ich sagte: »Wir dürfen nicht zulassen, dass das Gleiche noch jemand anderem passiert.«

Ich sagte: »Wir dürfen nicht zulassen, dass es sich wiederholt.«
Ich sagte: »Wir müssen die anderen beschützen.«
Ich sagte: »Und wir müssen ihn bezahlen lassen.«
Das genügte.
Später wurde mir klar, dass das der Beginn des Abschieds war.

INS GERIPPE / DICH VERLIEREN

Ich hatte es nicht kommen sehen.
 Kann sein, dass ich blind war, aber ich habe es einfach nicht kommen sehen.

Nach einer Weile verschwanden die fremden Wölfe wieder.
 Die, die ich nicht kannte.
 Gingen dorthin zurück, wo auch immer sie hergekommen waren.
 Aber erst, nachdem sie noch eine ihrer geheimen Besprechungen abgehalten hatten.
 Ich hatte nicht die Kraft, irgendwelche Fragen zu stellen, auch nur das geringste Interesse dafür aufzubringen, wer diese Leute waren.
 Ich starrte die geschlossene Tür an, drehte mich um und ging.

Sie brachen auf, und es kehrte wieder Ruhe ein.
 Carter und Kelly verbrachten Stunde um Stunde im Wald und liefen rastlos zwischen den Bäumen umher. Wenn sie nachts nicht nach Hause kamen, fand ich sie auf der Lichtung. Dort lagen sie neben einem Flecken verbranntem Gras auf dem Bauch, ihr Schwanz trommelte einen Rhythmus auf den Boden, den nur sie hören konnten.
 Elizabeth blieb oft lange weg. Ich folgte ihr nicht und habe nie herausgefunden, wohin sie ging.

Mark blieb auf der Veranda und behielt die Bäume im Auge. Ich wusste, wonach er suchte, glaubte aber nicht, dass etwas passieren würde. Richard war nicht mehr da.

Und er würde auch nicht wiederkommen. Wegen Gordo. Gordo, der die folgenden Tage damit verbrachte, die Schutzzauber zu verstärken, die er um Green Creek errichtet hatte. Jetzt, da er wieder zum Rudel gehörte, konnte er auf Bereiche seiner Magie zugreifen, die ihm davor verwehrt gewesen waren. Ich spürte es jedes Mal, wenn er etwas veränderte, spürte dieses seltsame Gefühl, als würde ich eine Treppe hinuntergehen und die letzte Stufe übersehen.

Und Joe verbarrikadierte sich in Thomas' Büro, während ich versuchte, alles zusammenzuhalten.

Ich lag mit Carter und Kelly unter den Sternen im Gras.

Wenn Elizabeth zu Hause war, sorgte ich dafür, dass sie etwas aß.

Ich stand neben Mark auf der Veranda und fuhr mit den Fingern durch sein Fell, während wir die Bäume beobachteten.

Ich folgte Gordo auf seinen Touren. Er murmelte leise vor sich hin, während ich darauf achtete, dass niemand sah, wie sich die Tätowierungen auf seinen Armen bewegten. Er sagte, es wäre nicht nötig, niemand würde etwas merken. Ich begleitete ihn trotzdem.

Joe sprach kaum mit mir, auch nicht, wenn er in Menschengestalt war.

Ich verstand nicht, was er gerade durchmachte. Ich verstand nicht, was Thomas ihm gegeben hatte und was es bedeutete, der neue Alpha zu sein. Alles, was ich tun konnte, war zu hoffen, dass ich als Anker genügte.

Natürlich hatte er aufgehört, mich zu umwerben.

Es machte mir nichts aus. Ich wusste, dass es andere Dinge gab, auf die er sich konzentrieren musste. Wichtigere Dinge.

Irgendwann ging ich in die Werkstatt, um einfach mal etwas anderes zu tun.

Gordo war nicht da. Er war bei Joe, um Dinge zu besprechen, die nicht für meine Ohren bestimmt waren.

Vielleicht habe ich ihnen einen bösen Blick zugeworfen, während sie mich nur mit ausdruckslosen Gesichtern anstarrten.

Vielleicht habe ich auch die Tür zugeschlagen, als ich ging.

Ich war nicht stolz darauf.

Und da mir nichts Besseres einfiel, ging ich in die Werkstatt.

Ich mied die Hauptstraße. Ich wollte nicht, dass jemand mich ansprach. Um sich mit mir zu unterhalten oder mir sein Beileid auszusprechen. Ich hatte die Beileidsbekundungen satt.

Dass ich sauer auf Joe und Gordo war, machte meine Laune nicht besser. Ich unterdrückte meine Wut, so gut es ging, aber sie hatten mir noch *nie* etwas verheimlicht. Oder nur wenig.

Aber als ich die Werkstatt nach Tagen zum ersten Mal wieder betrat, verflog ein Teil meiner Wut. Es machte meine Trauer erträglicher. Vielleicht konnte die Werkstatt meine Zuflucht sein. Zumindest für eine Weile.

Ich ging hinein. Die Glocke über der Tür läutete, und das Geräusch ließ mein Herz ein wenig schmerzen, aber auf eine gute Art.

»Bin gleich da!«, rief jemand aus dem hinteren Teil der Werkstatt.

Ich kannte die Stimme.

Meine Kehle schnürte sich ein bisschen zu.

»Willkommen bei Gordo's«, sagte Rico schließlich und wischte sich mit einem Lappen die verschmierten Hände ab. Der Lappen roch nach Kokosnussöl – Rico schwor darauf, während wir anderen Wasser und Seife benutzten. Aber über Geschmack lässt sich nun mal nicht streiten, wie Rico immer sagte. »Wie kann ich Ihnen behilf...?«

Er hielt inne und starrte mich an.

»Hey«, sagte ich. »Hi, Rico.«

»Hi.« Rico schnaubte. »*Hi* sagt er einfach wie ein dahergelaufener ... Beweg schleunigst deinen Arsch hier rüber, Ox.«

Ich bewegte meinen Arsch rüber.

Die Umarmung fühlte sich gut an. Richtig gut.

»Schön, dich zu sehen«, flüsterte Rico und drückte mich fest.

Ich nickte an seinem Hals, dann zog er mich in die Werkstatt.

Auf den Hebebühnen standen ein paar Autos.

Aus dem Radio dröhnte Tanners Countrymusik, irgendetwas über einen Mann, dessen Ex-Frauen alle in Texas lebten, er selbst aber in Tennessee.

Tanner stand über den Motor eines 2012er Toyota Corolla gebeugt und sang mit. Es sah so aus, als würde er gerade den Zahnriemen austauschen.

Chris machte einen Diagnoselauf an einem alten Truck und starrte mit zusammengekniffenen Augen auf den Computerbildschirm. Seine Brille hatte er nach oben geschoben. Er fand, dass er damit beschissen aussah.

Ich atmete den Geruch von Fett und Schmutz und Metall und Gummi so tief ein, wie ich konnte. Es war derselbe wie damals als Kind, als ich mit meinem Vater hereinkam und Gordo anbot, mir eine Cola aus dem Automaten zu kaufen.

Nur Gordo fehlte.

Aber das war in Ordnung. Er hatte anderes zu tun.

»Seht mal, wen die Katze angeschleppt hat!«, rief Rico.

Sie schauten auf.

Ich winkte unbeholfen.

Noch bevor ich einen Schritt rückwärts machen konnte, hingen sie schon an mir dran.

Sie lachten. Sie hielten mich fest. Sie strichen mir über den Kopf. Fuhren mir durch die Haare. Legten mir einen Arm um die Schultern, drückten ihre Stirn an meine. Sagten, mein Anblick wäre eine Wohltat für ihre Augen. Dass sie mich vermisst hätten. Dass sie mich bis zum Umfallen arbeiten lassen würden, sobald ich wieder so weit sei.

Ich fand nicht die Worte, um etwas zu erwidern. Manchmal ist das Herz so voll, dass einem die Stimme wegbleibt und man nichts anderes tun kann, als sich mit aller Kraft an den anderen festzuhalten.

Ich ging in der Dämmerung nach Hause.

Niemand wartete auf mich.

Ich hatte auch nicht damit gerechnet.

Es tat trotzdem weh.

Die untergehende Sonne schien durch die Bäume.

Ich fuhr mit der Hand durch das hohe Gras neben dem Weg.

Ich fragte mich, wohin ich ging.

Was ich da tat.

Wie lange es dauern würde, bis ich wieder frei atmen konnte, ohne dieses Gewicht auf meiner Brust.

Wie lange es dauern würde, bis mein Rudel wieder heil war.

Wie lange es dauern würde, bis Joe wieder mit mir reden würde.

Oder mit überhaupt jemandem.

Ich fragte mich viele Dinge.

Ich blieb vor unserem Haus stehen.

Unserem, nicht dem am Ende des Feldwegs.

Ich starrte es an.

Sagte mir, dass ich weitergehen sollte.

Zu den Bennetts. Dortbleiben wie schon in der letzten Woche.

Ich musste nach ihnen sehen. Sicherstellen, dass es ihnen gut ging. Sicherstellen, dass sie etwas gegessen hatten. Ich konnte die Wölfe nicht hungern lassen.

Stellt euch also meine Überraschung vor, als ich mich vor unserer Haustür wiederfand und meine Hand über dem Knauf schwebte.

Geh weiter, sagte ich mir.

Ich legte meine Hand auf den Knauf und drehte.

Er bewegte sich nicht.

Ich verstand es nicht.

Und dann wurde mir klar, dass die Tür abgeschlossen war. Mom und ich schlossen *nie* ab. Nicht einmal, nachdem mein Vater gegangen war, denn es gab keinen Grund dafür. Wir lebten auf dem Land. Das Haus am Ende des Feldwegs hatte leer gestanden, und dann waren Wölfe dort eingezogen. Es gab keine Verbrechen und keine Monster, die nachts aus dem Wald kamen.

Zumindest hatte es davor keine gegeben.

Etwas hatte sich verändert, und meine Hand zitterte.

Ich hatte meinen Schlüssel nicht dabei. Ich wusste nicht mal, wo er war. Ich hatte ihn nie gebraucht ...

Wir legen ihn hierhin, flüsterte meine Mutter. *Falls du ihn mal brauchen solltest.*

Den Ersatzschlüssel.

Sie hatte einen Ersatzschlüssel unter der Veranda versteckt, unter einem Stein.

Ich war neun, vielleicht zehn, als sie mir das Versteck zeigte.

Eine Sekunde später kauerte ich vor der Veranda und tastete mit der Hand.

Ich konnte den Stein nicht finden. Abgestorbene Blätter und Spinnen, aber nicht den verdammten Stein ...

Meine Knöchel stießen gegen etwas Hartes.

Ich legte die Finger darum und zog es unter der Veranda hervor. Der Stein passte genau in meine Hand. Genau wie der im Wald. Genau wie der, mit dem ich Richard ...

Aber der Schlüssel war nicht da.

Ich holte tief Luft.

Schüttelte den Kopf.

Schaute noch mal hin.

Da war er ja. Nur ein bisschen in die Erde gedrückt. Ein Kartoffelkäfer lag zusammengerollt daneben, seine glänzende Schale war grau.

Ich nahm den Schlüssel und merkte, dass meine Mutter die letzte Person gewesen war, die ihn berührt hatte.

Mein Vater hatte ihn nie benutzt. Er hatte ihn nie gebraucht. Wenn er spät nach Hause kam und benebelt vom Bier aus seinem Truck stolperte, war die Tür immer offen.

Ich hatte ihn nie benutzt. Ich kam von der Schule, von der Arbeit, aus der Bibliothek oder von einem Waldspaziergang, auf dem ich Thomas' Revier durch meine Adern pulsieren gespürt hatte.

Mom war die Letzte gewesen, die diesen Schlüssel berührt hatte.

Ich dachte an den Tag, an dem ich zum ersten Mal mein eigenes Arbeitshemd in der Hand hielt, mit meinem Namen darauf gestickt.

Ich dachte an das erste Mal, als ich Joes Hand hielt, an den kleinen Wirbelwind, der sagte, dass ich nach Tannenzapfen und Zuckerstangen rieche. Nach toll und fantastisch.

Das hier fühlte sich genauso wichtig an.

Ich ging wieder die Stufen zum Haus hinauf.

Ich steckte den Schlüssel ins Schloss.

Es klickte.

Ich drehte ihn herum.

Drückte meine Stirn gegen die Holztür und atmete tief durch.

Die Sonne in meinem Rücken verblasste allmählich, die Schatten wurden länger.

Ich zog den Schlüssel ab und verstaute ihn sicher in meiner Tasche.

Ich drehte den Knauf und öffnete die Tür. Sie quietschte in den Angeln.

Drinnen war es dunkel. Ich machte einen Schritt, und der Geruch von Möbelpolitur und Pine-Sol schlug mir entgegen. Von

Frühlingsblumen und Herbstlaub. Von Zucker und Gewürzen. Es roch warm und abgestanden, der Geruch von *Zuhause*. Es war kein Traum, denn ich konnte den Schmerz in meiner Brust deutlich spüren.

Ich schloss die Tür hinter mir.

Ich wollte in die Küche gehen. Oder nach oben, in ihr Zimmer oder meins, um mir neue Klamotten zu holen. Ich hatte die ganze Woche welche von Carter getragen und roch nach Rudel, aber ich musste auch nach *mir* riechen. Ich hatte einen Plan, und zwar einen guten. Ich würde nach oben gehen, mir frische Kleider holen, noch ein paar zum Wechseln, und dann würde ich …

Ich stand im Wohnzimmer.

Man hatte mir gesagt, wie es sein würde.

Einer der fremden Wölfe hatte mich darauf vorbereitet.

Er hatte gesagt: »Es tut mir leid. Wir haben alles versucht. Wir haben es so gut wie möglich weggemacht, aber es … ist eingesickert. In das Holz und …«

Es war da. Ein dunkler Fleck mit ausgefransten Rändern. Sie hatten geschrubbt, hatten sogar einen Hochdruckreiniger benutzt, hatten abgekratzt, was ging, aber sie hatten es nicht restlos entfernen können.

Das Blut meiner Mutter war in das Gerippe des Hauses eingesickert.

Das war nur recht und billig. Denn sie war ein Teil davon. Es war ihr Zuhause und sie war darin gestorben.

Im nächsten Moment war ich auf Händen und Knien und übergab mich in den Rasen. Galle spritzte auf meine Hand, gleich neben dem Daumen. Ich stöhnte krächzend, ein Speichelfaden hing mir von der Unterlippe.

Irgendwo weit weg spürte ich ein Zittern von Angst. Ein Brüllen, viel tiefer, als ich es jemals gehört hatte.

Das Zittern wurde zu einem Beben und ich hörte den Atem eines großen Tieres. Das Trommeln großer Pfoten auf der Erde.

Joe war da, gerade als ich mich zum zweiten Mal übergab. Ein Knacken und Ächzen von Knochen und Muskeln, und dann stand er vor mir, seine Hände strichen über meinen Rücken, meine Arme. »Ox«, flüsterte er.

»Joe«, stöhnte ich und spuckte die restliche Galle aus. »Alles gut, alles ist ...«

»Ich habe es *gespürt*«, krächzte er. »Über allem anderen. Ich war im Haus, und du warst plötzlich nicht mehr da, und ich wusste nicht, wo du bist, und dann spürte ich dieses Stechen am ganzen Körper. Ich kenne dieses Gefühl schon immer, aber es war noch nie so stark wie jetzt. So etwas hat es noch nie in meinem Leben gegeben. So jemanden wie dich.«

»Ich weiß nicht ...«

»So muss mein Vater sich gefühlt haben, Ox, die ganze Zeit über. Du gehörst zu meinem Rudel, und es ist so allumfassend, dass ich nicht weiß, wie ich damit zurechtkommen soll.«

Es war seltsam, Joe nach einer Woche Schweigen so zu hören. Er klang wieder wie das Kind, das fünfzehn Monate lang kein einziges Wort gesprochen hatte, um dann an mir hinaufzuklettern wie an einem Baum, um zu erkunden, woher dieser Geruch kam. Es war verstörend und beruhigend zugleich.

Dann wartete er still, während ich versuchte, wieder zu Atem zu kommen.

Schließlich nahm er meine verschwitzte und mit Galle beschmierte Hand und fragte: »Warum bist du da reingegangen?«

Ich sah mich um. Die Nacht brach herein. Der Himmel über uns war orange, rot, violett und schwarz, und die ersten Sterne funkelten. Das erste Schimmern der Mondsichel.

»Ich musste«, antwortete ich. »Ich habe mir den Ersatzschlüssel geholt, und dann bin ich rein.«

»Du *kannst* da nicht allein reingehen.«

»Ich *wohne* hier.«

Joes Augen blitzten. »Ich bin dein Alpha.«

Das Rot in seinen Augen ließ meinen ganzen Körper erzittern. Ich verspürte einen unglaublich starken Drang, meinen Hals zu entblößen und mich ihm zu unterwerfen. Ich schloss die Augen, biss die Zähne zusammen und wartete, dass es vorbeiging.

Es dauerte nicht lange, denn Joe gab nach.

»Scheiße, Ox, verzeih mir«, stammelte er und sah plötzlich so unfassbar jung aus.

»Mach das nicht mit mir«, erwiderte ich heiser. »Nie wieder.«

»Ox, ich ... Wir ... Ich habe es nicht so gemeint, okay? Ich schwöre, ich wollte es nicht.« Er drückte meine Hand so fest, dass ich glaubte, er würde sie mir brechen.

»Ich weiß«, sagte ich. Denn so war er nicht. *Nichts* von alledem war so, wie wir waren. Es war einfach *beschissen*. »Ich weiß.«

Er sah völlig am Boden zerstört aus, dieser siebzehnjährige Junge, auf dessen Schultern jetzt alles lastete. Aber es war auch Wut in ihm, leise und pulsierend, und ich hatte keine Ahnung, was ich dagegen tun sollte. Vor allem, weil sie meiner eigenen Wut so ähnlich war.

Er sagte: »Du kannst da nicht wieder reingehen. Nicht allein. Nicht, bis wir ...«

»Du kannst es nicht wiedergutmachen«, unterbrach ich so freundlich, wie ich konnte. »Nicht jetzt.«

Joe zuckte zurück, aber ich hielt seine Hand fest.

»Ox, ich ...«

»Es war nicht so gemeint, wie du denkst.«

»Du ... weißt ja wahrscheinlich nicht mal selber, wie du es gemeint hast.«

»Vielleicht. Keine Ahnung. Im Moment ist alles seltsam.«

»Ich weiß.«

»Aber wir kriegen es hin.«

»Ich weiß.«

»Das werden wir«, beharrte ich.

Joe schaute weg. »Wir müssen reden, Ox. Ich habe eine Entscheidung getroffen. Über das hier. Über alles. Ich möchte, dass du ... Wir müssen einfach reden, okay?«

Mir wurde kalt.

Wir standen in Thomas' Büro, das ganze Rudel. Es war das erste Mal seit Richards Überfall, dass alle in Menschengestalt waren. Auch Gordo war dabei.

Gordo, der jetzt anscheinend einen festen Platz im Rudel hatte. In der Nacht von Thomas' Tod war etwas passiert, das ihn mit dem neuen Alpha verband, genau wie uns alle. Ich wusste nicht, ob Gordos Magie der Grund dafür war, der Wechsel des Alphas oder eine Kombination aus beidem. Gordo wollte nicht darüber reden. Und auch sonst niemand.

Ich hielt es für sehr wahrscheinlich, dass alle außer mir wussten, was vorging.

Elizabeth sah blass und abgemagert aus. Sie hatte sich eine Häkeldecke um die Schultern gelegt.

Carter und Kelly standen Seite an Seite neben Joe, die Stirn in tiefe Falten gelegt.

Mark spähte mit vor der Brust verschränkten Armen aus dem Fenster.

Gordo lehnte an der Wand und starrte seine Hände an.

Joe saß hinter Thomas' Schreibtisch und sah aus wie ein Kind, das Erwachsener spielt.

Und dann war da noch ich. Der von nichts eine Ahnung hatte.

Niemand sprach.

Also fragte ich: »Was ist hier eigentlich los?«

Alle Blicke richteten sich auf mich, aber ich hatte nur Augen für Joe.

Er seufzte. »Wir brechen auf.«

»Was? Wann?«

»Morgen.«

»Du weißt, dass ich noch nicht wegkann«, widersprach ich. »Ich muss in zwei Wochen mit dem Anwalt Moms Testament durchgehen. Und dann ist da noch das Haus und ...«

»Nicht du, Ox«, sagte Joe leise.

Ich erstarrte.

»Und auch Elizabeth und Mark nicht.«

Meine Haut kribbelte.

Joe wartete.

»Aber *du*«, sagte ich langsam, nicht ganz sicher, ob ich ihn richtig verstanden hatte. »Und Carter und Kelly.«

»Und Gordo.«

»Und Gordo«, wiederholte ich tonlos. »Warum?«

»Um zu tun, was richtig ist«, antwortete er, ohne mich aus den Augen zu lassen. Die Anspannung wurde größer, die Anspannung zwischen mir und ihm, und das war nicht gut. Alles war *falsch, falsch, falsch*.

»Nichts von dem, was hier passiert, ist richtig«, sagte ich. »Warum hast du mir nichts davon erzählt?«

»Ich tue es *jetzt*.«

»Weil *das* das Richtige ist ... Was habt ihr vor?«

»Richard aufspüren.«

Ich hätte es kommen sehen müssen.

Hatte ich aber nicht.

Es traf mich wie ein Hammerschlag.

»Warum?«, fragte ich.

»Weil er uns etwas weggenommen hat«, antwortete Joe mit geballten Fäusten. »Mir, dir, uns *allen*. Du hast selbst gesagt, dass wir ihn ...«

»Ich war *wütend*!«, schrie ich. »Und wenn Menschen wütend sind, sagen sie manchmal Dinge, die sie nicht so meinen.«

»Ich bin es *immer* noch! Und du solltest es auch sein, Ox. Er ...«

»Und was genau hast du vor? Was glaubst du, damit zu erreichen?«

Joe fuhr seine Krallen aus. »Ich werde ihn jagen und töten für alles, was er mir genommen hat.«

»Du darfst das Rudel jetzt nicht auseinanderreißen«, entgegnete ich verzweifelt. »Nicht jetzt. Du bist der verdammte Alpha, Joe. Das Rudel *braucht* dich. Wir alle. Glaubst du wirklich, die anderen lassen dich einfach ...«

»Ich habe es ihnen schon vor Tagen gesagt.« Joe zuckte zusammen. Dann: »Scheiße.«

Das Kribbeln auf meiner Haut wurde stärker. »Du hast *was?*« Ich schaute alle nacheinander an.

Carter und Kelly starrten auf den Boden.

Mark und Elizabeth begegneten meinem Blick. Elizabeths Augen waren stumpf und ausdruckslos. Mark sah ernster aus, als ich ihn je erlebt hatte.

Und Gordo ...

»Ox ...«, begann er.

»Nein«, bellte ich. »Um dich kümmere ich mich später.«

Er seufzte.

Ich sah wieder Joe an. Er wirkte niedergeschlagen, aber entschlossen.

»Die Entscheidung ist also gefallen.«

»Ja.«

»Du willst Jagd auf ihn machen.«

»Ja.«

»Und ihn zur Strecke bringen.«

»Ja.«

»Und uns hier zurücklassen, damit wir ... *was* tun? Auf dich warten? Hoffen, dass er dich nicht tötet? Hoffen, dass er nicht zurückkommt, nachdem du uns schutzlos zurückgelassen hast? Ist es das, was ein Alpha tut?« Den letzten Teil hatte ich nicht sagen wollen. Es brach einfach aus mir heraus, und ich sah den Schmerz in Joes Augen kurz aufblitzen, bevor er sich wieder fing und eine ausdruckslose Miene aufsetzte.

Das hatte er mir noch nie angetan: sich vor mir verbergen. Wir waren immer offen zueinander gewesen. Bis auf die letzte Woche, in der er anscheinend weit mehr vor mir geheim gehalten hatte, als ich ihm zugetraut hätte.

Er sagte: »Ich erwarte nicht, dass du es verstehst, Ox, aber ich muss das tun.«

»Musst du *nicht*. Du musst einen Scheiß tun. Glaubst du wirklich, dass Thomas das gewollt hätte? Für dich und für ...«

Joes Augen leuchteten rot auf, und als er sprach, sah ich seine Reißzähne. »Er war *mein* Vater, nicht deiner. Du hast kein Recht ...«

»Joseph«, ging Elizabeth dazwischen, ihre Stimme wie ein Peitschenknall.

Aber der Schaden war bereits angerichtet.

Ich machte einen Schritt zurück und fing an, an allem zu zweifeln. An meinen Platz im Rudel. Meinem Platz an Joes Seite. Es war eigenartig, wie so wenige Worte mich plötzlich alles infrage stellen ließen.

Joe stieß einen gequälten Laut aus, gebrochen und leise. »Ox«, sagte er. »Ich habe es nicht so gemeint.«

Das wusste ich. Oder glaubte es zumindest.

Es tat trotzdem mehr weh als alles andere. Vor allem von ihm. Mein Vater verfolgte mich immer noch, obwohl er längst unter der Erde lag. Und zum ersten Mal setzte auch ich eine Maske auf. Drängte den Schmerz zurück, die Wut, die blanke Angst bei dem Gedanken, dass Joe weggehen würde. Ich hatte keine Angst um uns, um die, die er zurückließ. Sondern Angst um *ihn*.

Und sie hatten diese Entscheidung gemeinsam getroffen, ohne mich.

Ohne den Menschen im Rudel.

»Wie lange?«, fragte ich mit belegter Stimme.

»Ox ...«, begann Joe sanft.

»Du willst das durchziehen?«, unterbrach ich. »Schön. Du willst Entscheidungen treffen, ohne mich einzubeziehen? Nur zu. Offensichtlich liegen die Dinge nicht so, wie ich immer dachte. Aber da du in der Lage bist, solche Entscheidungen zu treffen, kannst du auch meine verdammte Frage beantworten: Wie. Lange?«

Die Leere in Joes Gesicht war verschwunden. Er sah jetzt aus wie ein verängstigter kleiner Junge, nicht wie der neue Alpha des Bennett-Rudels. So gut wie alles in mir schrie danach, zu ihm zu gehen, ihn festzuhalten und nie wieder loszulassen. Alles wiedergutzumachen, wie ich es für meine Aufgabe hielt.

Aber ich tat es nicht.

»So lange es eben dauert«, antwortete er schließlich.

»Und was machen wir anderen bis dahin?«

»Ihr bleibt hier.«

»Und wenn er zurückkommt? Oder jemand anderes? Omegas auf der Suche nach einem Revier, Leute wie Marie, oder was auch immer es da draußen gibt und von dem ihr mir nichts erzählt?«

»Ich habe ... Vorsichtsmaßnahmen getroffen«, sagte Gordo.

Ohne Joe aus den Augen zu lassen, erwiderte ich: »Genau wie damals, als dein Vater kam.« Noch ein Tiefschlag, aber ich konnte nicht anders.

»Dieses Mal bin ich besser vorbereitet«, entgegnete Gordo. »Jetzt, da ich es weiß. Richard *kann* nicht nach Green Creek zurückkehren. Genauso wenig wie mein Vater oder Osmond.«

»Aber andere können es.«

»Aber sie *werden* nicht«, sagte Joe und klang selbst nicht überzeugt.

Meine Maske verrutschte ein Stück. »Woher willst du das wissen? Du wirst nicht einmal *hier* sein.«

Joe zuckte zusammen.

»Nur damit ich das richtig verstehe: Meine Mutter ist gestorben und dein Vater ist gestorben und du hast seinen Platz eingenommen. Und deine erste Handlung als Alpha ist, dein Rudel zu spalten, damit du Rache nehmen kannst?«

Joes Augen färbten sich wieder rot. »Richtig«, antwortete er kühl. »Ich bin der Alpha und werde tun, was ich für richtig halte. Du magst nicht meiner Meinung sein, Ox, aber du wirst meine Entscheidung respektieren, weil *ich* sie getroffen habe.«

»So funktioniert das nicht«, widersprach ich, noch während ein nicht kleiner Teil von mir danach schrie, mich ihm zu fügen. »Nur weil du bist, wer du bist, heißt das nicht, dass ich dir blind folge. Dein Vater hat das verstanden. Du anscheinend nicht.«

Joes Krallen gruben sich in das Holz der Schreibtischplatte. Carter und Kelly blickten wimmernd zwischen uns hin und her. Elizabeth war blass, selbst Mark sah besorgt aus.

Und Gordo? *Scheiß auf ihn.*

»Was, wenn er noch andere überfällt?«, fragte Joe, als er sich wieder im Griff hatte. »Was, wenn er versucht, jemand anderem die Familie wegzunehmen? Glaubst du, ich könnte damit leben? Er verletzt Leute, und das einfach, weil er es *kann*. Das werde ich nicht zulassen.«

»Dann gehen wir alle«, sagte ich. »Wenn du gehst, dann nimm uns mit.«

Er schüttelte den Kopf. »Nein, kommt nicht infrage.«

»Warum?«

»Weil ich das Leben meiner Mutter nicht aufs Spiel setzen werde. Außerdem können wir das Revier nicht unbewacht lassen.«

Ich unterdrückte den Impuls, ihn darauf hinzuweisen, dass sie Green Creek jahrelang unbewacht gelassen hatten, ohne dass etwas passiert war. »Na gut«, sagte ich. »Dann soll eben Carter bleiben. Oder Kelly. Mark ist sowieso hier, aber ich komme mit.«

»Nein.«

»Warum nicht?«

»Weil ich es sage.«

»Das reicht nicht.«

»Ach, wirklich?«, fragte Joe wütend. »Willst du wissen, warum, Ox? Weil ich gerade meinen Vater verloren habe und am Boden zerstört bin. Ihn zu verlieren, ist das Schlimmste, was mir je passiert ist. Aber wenn dir etwas zustoßen würde, würde es mich *umbringen*. Nichts hätte mehr einen Sinn ohne dich, und deshalb: Nein. Du bleibst hier, weil ich dich mehr liebe als alles andere auf dieser ganzen verdammten Welt, und es ist mir scheißegal, wenn du deshalb sauer bist oder mich hasst. Zu wissen, dass du in Sicherheit bist, ist alles, was zählt. *Deshalb*, du Bastard.«

Ich wollte nichts sehnlicher, als Joe genau dasselbe zu sagen.

Aber ich ließ nicht locker. Denn was er tat, war nicht richtig. »Du kannst mich nicht wegen deinen Gefühlen hier festhalten. So funktioniert das nicht. Ich werde nicht schön stillhalten, nur damit du ...«

»*Das ist mir egal!*«, brüllte er und schlug mit der Faust auf den Tisch, dass das Holz splitterte. »Du bist mein *Anker*, Ox. Und du bist *Gordos* Anker. Was glaubst du, würde passieren, wenn wir dich verlieren?«

»Herrgott, Joe, manchmal bist du ein echtes Arschloch.«

»Meine Entscheidung ist gefallen.«

»Offensichtlich. Ich weiß nur nicht, warum ich dann überhaupt noch hier bin. Warum wir reden, wenn du sowieso tust, was du willst. Du willst gehen? Schön, geh. Ich werd dir nicht im Weg stehen. Nicht mehr.«

»Ox ...«

»Deine Entscheidung steht?«

Er nickte und schaute weg.

»Gut. Dann kommst du sicher auch mit den Konsequenzen zurecht.«

Ich drehte mich um und ging.

Bevor du gehst /
Bittersüss

Gordo kam als Erster zu mir.

Ich lag in der Nähe unserer Lichtung auf dem Rücken und starrte durch das Blätterdach zu den Sternen hinauf. Ich konnte auch die Stelle sehen, wo sich Thomas' Scheiterhaufen befunden hatte, die verbrannte Erde dort. Ich hatte es nicht über mich gebracht, näher ranzugehen.

Ich musste nicht einmal nachsehen, wer es war. Ich fragte mich, wann ich angefangen hatte, die Rudelmitglieder allein an den Banden zwischen uns zu erkennen. Ich hatte das Gefühl, dass die meisten ganz in der Nähe waren, sich aber zurückhielten. Alle außer Joe. Er war nicht im Wald.

»Als wir unterwegs waren«, sagte ich tonlos, während mein Blick das Sternbild Großer Hund streifte, »und du die Schutzzauber verstärkt hast. Da wusstest du es bereits, oder?«

Gordo zögerte. Dann: »Ja.«

»Und er hat dir gesagt, dass du mir nichts sagen sollst.«

»Ja. Aber ich war auch so der gleichen Meinung wie er.«

Ich schnaubte. »Natürlich.«

Gordo seufzte. Aus dem Augenwinkel sah ich ihn rechts von mir im Dunkeln näher kommen. »Er hat nicht unrecht, Ox.«

»Sagst du das, weil er recht hat oder weil du glaubst, dass mir etwas zustoßen wird?«

Gordo antwortete nicht. Sein Schweigen sprach Bände.

»Ich kann selbst auf mich aufpassen.«

»Ich weiß«, erwiderte er.

»Diese ganze Sache ist einfach Scheiße, Gordo.«

»Ja.« Er setzte sich neben mich, die Knie an die Brust gezogen.

»Und du machst mit.«

»Jemand muss aufpassen, dass er sich nicht umbringt.«

»Und dieser Jemand bist du. Weil du wieder zum Rudel gehörst.«

»Sieht ganz so aus.«

»Freiwillig?«

»Ich denke schon.«

»Es suchen doch bestimmt noch andere nach ihm. Wegen dem Rang, den Thomas einmal gehabt hat, meine ich. Sie werden das nicht einfach so hinnehmen.«

»Werden sie nicht«, bestätigte Gordo. »Aber sie werden auch nicht so suchen wie wir.«

»Wie meinst du das?«

Seine Tattoos flammten auf.

Ich wandte den Blick ab. »Ihr zieht los, um zu töten.«

Gordo seufzte.

»Findest du das in Ordnung?«

»Nichts an alldem ist in Ordnung, Ox, aber Joe hat recht. Wir können nicht zulassen, dass das noch jemandem passiert. Richard wollte Thomas' Rudel, aber wie lange wird es dauern, bis er sich ein anderes aussucht, nur um ein Alpha zu werden? Wie lange wird es dauern, bis er sich eine noch größere Gefolgschaft aufgebaut hat, größer als seine vorige? Die Spur wird bereits kalt, Ox. Wir müssen das beenden, solange wir noch können. Für alle. Es ist nichts anderes als Rache, aber wir haben einen guten Grund dafür.«

»Das glaubst du doch nicht wirklich.«

»Vielleicht. Aber Joe glaubt es, und das reicht mir.«

Wir schwiegen eine Weile und hingen unseren eigenen Gedanken nach.

Dann: »Ich werde ihn heil zurückbringen, Ox.«

Alles schmerzte.

»Vertraust du mir, dass ich das schaffe?«

Ich wollte es nicht, aber wenn jemand das konnte, dann Gordo. Genau das sagte ich ihm.

»Gut«, erwiderte er und stupste mich mit seinem Stiefel an der Hüfte.

»Du solltest mit ihm reden. Bevor du gehst.«

»Mit Joe?«, fragte er verwirrt.

»Mit Mark.«

»Ox ...«

»Was, wenn du nicht zurückkommst? Willst du wirklich, dass er glaubt, er wäre dir egal? Das wäre beschissen, Mann. Du kennst mich, aber manchmal scheinst du zu vergessen, dass ich dich genauso gut kenne. Vielleicht sogar besser.«

»Tja, Scheiße.«

»Genau.«

»Seit wann bist du so schlau?«

»Ich bin es auf jeden Fall nicht wegen dir, so viel ist sicher.«

»Dann musst du dasselbe tun.«

Ich runzelte die Stirn. »*Was* tun?«

»Mit Joe reden, bevor wir gehen. Du kannst das nicht so stehen lassen.«

»Kann ich schon«, erwiderte ich. »Sehr leicht sogar.«

»Aber das willst du nicht.«

»Wie kommst du darauf?«

Gordo zuckte die Achseln. »Du liebst ihn.«

»Er hat es mir verheimlicht.«

»Weil er gewusst hat, wie du reagieren würdest.«

»Das macht es nicht besser.«

»Das habe ich auch nicht behauptet.«

Ich funkelte ihn an. »*Du* hättest es mir sagen sollen.«

Gordo seufzte. »Wahrscheinlich. Aber dafür ist es jetzt wohl zu spät. Ich hatte vergessen, wie es ist, zu einem Rudel zu gehören. Dein freier Wille ist noch da, aber du bist mit den anderen verschmolzen, und Joe ist der Alpha. Ich muss auf ihn hören.«

»Vertraust du ihm?«

»Tust du es?«

Ich schüttelte den Kopf. »Nicht, wenn es darum geht, auf sich selbst aufzupassen.«

Gordo tätschelte meine Hand. »Umso besser, dass ich bei ihm sein werde. Und ja, ich glaube, ich vertraue ihm. Er ist jung, aber das war ich auch, als das alles anfing. So viel haben wir zumindest gemeinsam.«

»Reicht das?«

»Wir werden sehen.«

Wir schwiegen eine Weile. Und dann sagte ich, einfach weil ich es konnte: »Du bist jetzt die Hexe eines siebzehnjährigen Alphas. Steile Karriere.«

Er boxte mich auf die Schulter. »Halt die Klappe, Kleiner.«

»Arschloch.«

»Zicke.«

Er lachte.

Und ich möglicherweise auch. Nur ein bisschen.

Gordo ging.

Ich wartete auf die Wölfe, weil ich wusste, dass sie kommen würden.

Carter und Kelly tauchten als Erste auf, die Ohren angelegt, den Schwanz zwischen die Beine geklemmt. Sie legten sich so weit entfernt hin, dass ich sie gerade noch erkennen konnte, aber nahe genug, dass ich ihr flehendes Winseln hörte, ihr leichtes Schnaufen.

Als ich sie weder anbrüllte noch wegschickte, kamen sie näher und warteten.

Näher.
Und warteten.

Es dauerte nicht lange, da pressten sie sich an mich, legten die Köpfe auf meine Brust und schauten mich mit großen Augen an, während ihre zuckenden Ohren den Geräuschen des Waldes lauschten.

»Ich bin sauer auf euch.«

Kelly winselte und drückte seine Nase gegen mein Kinn.

»Ihr seid Idioten, alle beide.«

Carter schnaubte und legte seine Pfote auf meine Hand.

»Ihr müsst aufeinander aufpassen. Und auf *ihn*. Wenn es schlecht läuft, wenn sich rausstellt, dass der Kampf eine Nummer zu groß für euch ist, dann packt ihr ihn und schleift seinen Arsch hierher. Es ist mir egal, ob er der Alpha ist. Kämpft dagegen an. Kämpft gegen *ihn*, wenn es sein muss. Verstanden?«

Sie blitzten mich mit ihren orangefarbenen Augen an, und ich hörte sie in meinem Kopf flüstern.

Sie sagten Dinge wie *Bruder* und *Liebe* und *bitte sei nicht böse auf uns, bitte hasse uns nicht, bitte verlass uns nicht.*

Ich brachte es nicht über mich, sie zu korrigieren.

Ich verließ sie nicht.

Sie verließen *mich*.

Carter döste.

Kelly hing die Zunge aus dem Maul, während ich ihn an den Ohren kraulte.

Dann kamen Mark und Elizabeth. Elizabeth als Wolf, Mark nicht. Er ging neben ihr, nackt, die Schultern leicht gebeugt.

Ich spürte Elizabeth, aber ganz anders als Carter und Kelly. Bei ihr waren es Wellen von Schmerz und Trauer. Eine entsetzliche Traurigkeit. Kein bisschen Grün, es war keinerlei Erleichterung in ihr. Elizabeth war tief in ihrer blauen Phase, und ich war nicht sicher, ob sie da jemals wieder rauskommen würde.

Sie legte sich vor meine Füße und schloss die Augen.
Es dauerte nicht lange, dann schlief sie ein.
Mark saß neben mir.
Er sagte: »Ich glaube, sie wird so bleiben. Für eine Weile.«
»Als Wolf?«
»Ja.«
»Warum?«
»Es ist einfacher, Dinge zu verarbeiten. Wir können uns an alles erinnern, wenn wir Wölfe sind, aber es ist anders. Einfacher. Alles Komplexe ist weit, weit weg, unsere Handlungen sind eher grob. Wir erkennen die Gestalt der Dinge, aber nichts Genaueres. Das ist ihre Art, damit umzugehen. Die Traurigkeit eines Wolfes ist nicht dieselbe wie die eines Menschen, meistens jedenfalls nicht.«

Ich verstand, was Mark meinte. Für mich hörte es sich ein bisschen nach Mogeln an. »Ich bin kein Wolf«, sagte ich.

»Nein, bist du nicht.«
»Und mein Herz blutet.«
»Ja.«
»Ich kann es nicht wegschieben.«
»Wolfsein macht es nicht einfacher, damit zurechtzukommen, Ox. Es macht es nur leichter zu verstehen.«
»Ich glaube, es gibt vieles, das ich nicht verstehe«, gab ich zu.
»Geht mir genauso.« Und: »Wir werden dich brauchen. Du bist sehr wichtig für uns.«
»Warum?«
»Warum du wichtig bist? Oder warum wir dich brauchen werden?«
»Beides.«
»Unsere Herzen bluten genauso wie deines, Ox. Wir verstehen deinen Schmerz vielleicht nicht, aber wir fühlen ihn trotzdem. Jeder Mensch leidet anders. Und wenn ein Rudelmitglied stirbt, vor allem, wenn es der Alpha ist, reißt das eine große Lücke.

Sie fühlt sich an wie ein gähnender Abgrund, und wir wollen sie unbedingt schließen. Sie verschwinden lassen oder zumindest vergessen, wenigstens für kurze Zeit. Ob wir uns dazu nachts im Wald verkriechen oder ...«

»... Jagd auf denjenigen machen, der alles überhaupt erst verursacht hat«, sagte ich.

Mark lächelte leise. »Ich habe ihm gesagt, dass er es lassen soll. Ich habe ihm gesagt, dass er einen Fehler macht.«

»Hat er dich gehört?«

»Ich glaube es zumindest.«

»Das reicht nicht.«

»Zu hören, was man nicht hören will, ist schwer, wenn man verzweifelt ist und voller Wut.«

»Aber es ist einfacher, wenn wir zusammen sind. Dafür ist das Rudel schließlich da.«

Mark nickte. »Das ist genau der Grund, warum wir dich brauchen werden, beide. Und ich hoffe, dass du *uns* brauchst. Denn wir sind noch da, Ox. Das verspreche ich dir. Wir lassen dich nicht im Stich.«

Ich versuchte, ihm zu glauben.

Ich ließ sie im Wald zurück.

Mark rollte sich zusammen und kuschelte sich an Elizabeth. Carter und Kelly winselten, als ich aufstand, blieben aber liegen. Sie wussten, wohin ich ging.

Was sie nicht wussten, war, was ich dort vorhatte.

Denn ich hatte mich entschieden.

Du wirst es gut bei mir haben, flüsterte meine Mutter.

Du hast dein Rudel beschützt. Ich bin sehr stolz auf dich, flüsterte Thomas.

Ich glaubte, sie hinter mir zu spüren, war mir aber nicht sicher. Ich wusste nicht, ob ich noch in der Lage war, den Unterschied zwischen Erinnerungen und Geistern zu erkennen.

Das Band zwischen uns war zerrissen, aber ich spürte, wie meine Mutter mich am Ohr berührte, wie Thomas meine Schulter drückte.

Und ich träumte nicht, denn mein Herz tat entsetzlich weh.

Joe saß immer noch in Thomas' Büro und starrte mit leeren Augen in die Ferne. Ich konnte kaum glauben, dass unser erstes Date erst eine Woche her war, dieses unbeholfene Aufflackern von Hoffnung in meinem Bauch. Konnte kaum glauben, wie er an unserem Küchentisch gesessen hatte mit einer Fliege um den Hals und mit meiner Mutter gesprochen hatte, als gäbe es für ihn nichts anderes auf der Welt. Als wäre er stolz auf mich.

Joe sah mich nicht an. Aber er wusste, dass ich da war.

Ich versuchte, die richtigen Worte zu finden, um auszudrücken, was ich fühlte.

Ich sagte: »Ich möchte, dass du mich beißt.«

Und Joe sagte: »Nein.«

Danach war es lange Zeit still im Raum.

Schließlich sagte ich: »Die Entscheidung liegt bei mir.«

»Ich weiß«, erwiderte er und sah mich an.

»Und ich habe sie getroffen.«

»Ich weiß.«

»Ich will es.«

»Wirklich?«

»Ja.«

»Seit wann? Gestern nicht, und letzte Woche auch nicht.«

»Letzte Woche war alles noch anders. Genauso wie vor all den Jahren, als Thomas es mir angeboten hat.«

»Wann?«

Ich blinzelte. »Wann *was*?«

Joe sah müde aus. »Wann hat mein Vater es dir angeboten?«

»An meinem achtzehnten Geburtstag.«

»Hat er das?«

»Du klingst überrascht.«

Joe rieb sich mit der Hand übers Gesicht. »Das bin ich. Ich meine ... ich wusste, dass er es tun würde. Aber nicht, wann.«
»Er hat es dir nicht gesagt?«
»Warum sollte er? Es ging nicht um mich.«
»Wirklich nicht?«
»Ich verstehe nicht, worauf ...«
»Natürlich ging es um dich, Joe. Bei allem. Das ist es, was ich *bin*. Es ist *alles*, was ich im Moment noch bin.« Weil ich mich nicht mehr als Sohn von jemandem fühlte. Ich war nicht sicher, ob man sich mit dreiundzwanzig noch als Waise bezeichnen konnte. Aber wenn ja, dann war ich jetzt eine.
»Aber du hast abgelehnt.«
»Richtig.«
»Warum?«
Einen Moment lang wusste ich nicht, was ich antworten sollte. Aber dann erinnerte ich mich an etwas, das Thomas zu mir gesagt hatte. »Ich musste nicht anders werden, um zum Rudel zu gehören. Zu euch. Thomas meinte, dass ich genüge, so wie ich bin. Und ich glaube, dass ich erst den Beweis dafür sehen wollte, bevor ich mich entscheide, etwas anderes zu werden.«
»Und hast du das?«
Ich sah ihn finster an. »Darum geht es nicht.«
»Ich werde dich nicht beißen, Ox.«
»Und das war's? Weil du es sagst, wird es so sein?«
»Ich bin der Al...«
»Diese Scheiße funktioniert bei mir nicht«, bellte ich. »Gerade du solltest das wissen. Es ist mir scheißegal, welche Farbe deine Augen haben. Für mich bist du einfach Joe, okay? Also wage es nicht, diese Nummer bei mir abzuziehen.«
»Ich gehe weg.«
Jetzt wurde ich erst recht sauer. »Ein Grund mehr, mich zu beißen. Damit ich bereit bin, während du weg bist und tust, was auch immer du vorhast.«

»Wir brechen morgen auf.«

Wollte er mir *noch* mehr wehtun? »Das weiß ich.«

Joe schüttelte den Kopf. »Ich kann einen frisch gebissenen Wolf nicht allein lassen, vor allem nicht einen aus meiner eigenen Familie. Wenn du gebissen wurdest, brauchst du deinen Alpha, damit er dir bei deinem ersten Vollmond hilft. Das kann ich nicht, wenn ich weg bin. Du hast gesehen, wie schlimm meine erste Verwandlung war, und das, obwohl mein Vater dabei war.«

»Ein Grund mehr, mich mitzunehmen.«

Joes Nasenflügel blähten sich, und ich war mir einen Moment lang sicher, seine Lippen zittern zu sehen. »Du weißt, dass das nicht geht.«

»Scheiß auf dein *das geht nicht*«, fuhr ich ihn an. »Du willst nur, dass alles genau so läuft, wie du es dir vorstellst. Und seit wann haben wir Geheimnisse voreinander? Gibt es noch etwas, was du mir nicht sagst? Was habt ihr noch alles für mich entschieden? Bitte, Joe, sag's mir. Sag mir, wie die Dinge für mich laufen sollen. Sag mir, was ich tun soll.«

»Ich erwarte nicht, dass du das verstehst ...«

»Und das tue ich auch nicht, Joe. Es ist beschissen, verstehst du? Verdammt beschissen. Meine Mutter ist tot. Dein Vater ist tot. Und jetzt riskierst du, dass ich auch noch dich verliere? Weißt du, was du mir da antust?«

Seine Augen waren feucht, seine Wangen gerötet. »Es geht hier nicht um dich.«

»Er hat meine *Mutter* getötet!«, brüllte ich. »Und ob es hier auch um mich geht.«

Er weinte jetzt. Joe weinte und, oh Gott, wie ich es hasste. Ihn mit Tränen im Gesicht zu sehen, ihn als den siebzehnjährigen Jungen zu sehen, der er war. Ein Junge, der glücklich sein und auf Dates gehen sollte. Der Junge, der nach der Hölle, durch die dieses Monster ihn geschickt hat, alles Gute dieser Welt verdient hatte. Das Kind, das sich keine Sorgen machen müssen sollte, weil es der neue Alpha war, das niemals die Last eines ganzen Rudels auf seinen Schultern tragen sollte. Denn genau das war er: ein Kind.

Und ich war keine Hilfe. Ich verletzte ihn, weil *ich* verletzt war. Weil ich innerlich ein bisschen tot war.

»Du kannst nicht gehen«, sagte ich mit gebrochener Stimme. »Du kannst mich nicht verlassen, Joe.«

»Meinst du, ich will das?«, schrie er. »Ich will nicht von dir getrennt sein, Ox! Ich will nie irgendwo sein, wo du nicht bist. Du bist *alles* für mich. Als ich dich und meinen Vater mit diesem Mann gesehen habe ... Ich hatte noch nie im Leben solche Angst, verstehst du? Richard hat mich entführt und gefoltert. Wochenlang. Aber der schlimmste Moment meines Lebens war, als ich dachte, er könnte *dir* etwas antun. Also wirst du verdammt noch mal hierbleiben! Du wirst verdammt noch mal tun, was ich sage, denn ich darf dich nicht verlieren, Ox. Nicht dich auch noch.«

Als Joe fertig war, schluchzte er. Er, der Alpha-Werwolf, weinte bei dem Gedanken, dass mir etwas zustoßen könnte.

Ich konnte vieles ertragen.

Ich war nicht schwach.

Ich war stark. Die meiste Zeit zumindest.

Das Rudel hatte mich so gemacht.

Aber der Anblick von Joe in diesem Zustand ... Ich konnte nicht mehr.

Ich war auf der anderen Seite des Schreibtisches, noch bevor ich wusste, was ich tat.

Ich nahm ihn in den Arm, und es war, als wäre er wieder der kleine Wirbelwind und ich der große, dumme Ox, der nicht wusste, was es bedeutet, zu jemandem zu gehören.

Ja, ich spürte die Kraft in ihm.

Ja, ich spürte das Band zwischen uns.

Aber er war einfach nur Joe.

Und ich war einfach nur Ox.

Und vielleicht hatte mein Vater unrecht, als er sagte, dass Männer nicht weinen. Manche behandelten mich wie Scheiße, genau wie er es prophezeit hatte, aber ich war trotzdem ein Mann und weinte zusammen mit Joe. Weil alles auseinanderfiel und ich nicht wusste, wie ich es aufhalten konnte.

Wir lagen in seinem Bett, und unsere Knie berührten sich, unsere Gesichter waren nur Zentimeter voneinander entfernt. Der Raum war dunkel. Joes Augen leuchteten und ich spürte seinen warmen Atem auf meinem Gesicht. Ich hatte keine Ahnung, wie viel Uhr es war, aber ich wusste, dass es spät sein musste. Und ich wusste, dass Joe nicht mehr da sein würde, wenn ich wieder aufwachte.

Also musste ich wach bleiben.
Solange ich konnte.
Weil ich den Gedanken nicht ertrug, allein aufzuwachen.

Er beobachtete mich, und ich spürte ein Pulsieren zwischen uns, eine tiefe Verbindung, so jung sie auch sein mochte. Nicht die Verbindung zwischen einem Alpha und seinem Rudel, sondern die Verbindung zwischen Gefährten. Ich wollte sie festhalten, denn der Gedanke, dass sie nicht mehr da sein könnte, wenn ich aufwachte, machte mir entsetzliche Angst.

Joe streckte die Hand nach mir aus und fuhr mit den Fingern über meine Augenbrauen. Meine Wangen. Meine Nase. Meine Lippen. Ich drückte einen sanften Kuss auf seine Fingerspitzen, und er schloss seufzend die Augen.

»Es ist zum Kotzen.«
»Ja«, sagte ich. Denn das war es.
Joe öffnete die Augen wieder. »Es sollte alles ganz anders sein.«
»Ich weiß.«
»Du musst ihr helfen, Ox.«
Ich wusste, wen er meinte. »Das werde ich.«
Sein Atem stockte. »Du *musst*. Sie ist meine Mutter.«

»Ich weiß.«

Joe nahm meine Hand und hielt sie fest. In seinen Augen waren rote Schlieren, die vorher nicht da gewesen waren. Er sagte: »Ich habe es ernst gemeint.«

»Was?«, fragte ich und versuchte, ihn ganz in mich aufzusaugen, jedes Detail von ihm zu erfassen für die Momente, von denen ich wusste, dass sie kommen würden: wenn ich nicht einschlafen konnte, weil Joe nicht da war.

»Dass ich dich liebe.«

Mein Herz stolperte. »Das weiß ich, Joe.«

»Ich tue es wirklich.«

»Ja.«

»Ich wollte nur ... dass du das weißt.«

»Und ich liebe dich auch. Schon lange. Das weißt du.«

»Ja, Ox.« Er stieß einen zitternden Atemzug aus. »Es ist nicht fair. Wir hätten mehr Zeit haben sollen.«

»Das ist schon okay«, sagte ich, obwohl es das ganz und gar nicht war. Ich wollte ihm sagen, dass es seine Schuld war, seine Entscheidung, aber ich hatte nicht mehr die Kraft, mit ihm zu streiten. Nicht jetzt. Nicht so. »Aber jetzt sind wir hier.«

»Du darfst mich nicht vergessen«, sagte er und drückte meine Hand, bis sie schmerzte. »Egal, was passiert. Du darfst mich nie vergessen.«

»Das könnte ich nicht, selbst wenn ich es versuchen würde. Du tust, was du tun musst, und dann kommst du zurück und alles ist wieder gut, okay? Es wird vorbei sein, noch bevor du es merkst. In ein paar Wochen, vielleicht sind es sogar nur Tage. Ich verspreche es.«

»Und dann sind wir Gefährten?«

»Sicher, Joe.«

»Für immer.«

»Ja.« Und selbst das fühlte sich zu kurz an.

»Ox?«

»Ja?«

Er fing meinen Blick auf und hielt ihn fest. Dann: »Darf ich dich küssen?«

Die Frage kam so schüchtern, so zögerlich, dass es mich fast zerriss. »Möchtest du das denn?«, fragte ich leise.

Joe nickte, ein kurzes Rucken mit dem Kopf.

»Dann ist es wohl in Ordnung, schätze ich.«

»Es ist nicht dein erstes Mal.«

»Nein.«

»Und meins auch nicht.«

»Nein«, sagte ich mit angespanntem Kiefer.

»Aber du bist der Einzige, der zählt. Also ist es so, als wäre es das erste Mal. Für uns beide.«

Und dann küsste ich ihn. Ich konnte nicht mehr anders.

Joe stieß einen überraschten Laut aus, als sich unsere Lippen berührten, ein leises Ausatmen, das fast wie ein Seufzen klang. Seine Lippen waren leicht geöffnet, und seine Augen schienen so unendlich tief. Er drückte seine Nase sanft gegen meine und umklammerte meine Finger noch fester. Ich legte meine andere Hand auf seine Wange, die Finger an seinem Ohr, und hielt ihn fest.

Der Kuss war flammend, bittersüß und berauschend.

Ich zog mich als Erster wieder zurück.

Joe schauderte und drückte seine Stirn an meine.

Er sagte: »Ich werde zurückkommen, zu dir.«

Ich versuchte, ihm zu glauben.

Ich kämpfte dagegen an, solange ich konnte.

Aber schließlich holte mich alles ein: Thomas, meine Mutter, dass Joe der neue Alpha war. Die Beerdigung. Der Scheiterhaufen. Joes Entscheidung.

Alles.

Ich versuchte wach zu bleiben.

Ich schrie mich an, dass er nicht mehr da sein würde, wenn ich meine Augen das nächste Mal wieder aufmachte.

Er flüsterte: »Schlaf, Ox.«

»Aber dann bist du weg«, flüsterte ich zurück.

Er schenkte mir ein trauriges Lächeln. »Je eher ich gehe, desto eher werde ich wieder zurückkommen.«

Mir fielen die Augen zu. Ich öffnete sie mit aller Kraft wieder. »Ich werde dich vermissen«, sagte ich. »Jeden Tag.«

Joe wandte den Blick ab, aber ich hatte das Schimmern in seinen Augen bereits gesehen.

Ich kämpfte mit aller Macht, doch mein Körper wehrte sich.

Ich konnte meine Augen nicht mehr offen halten und bekam sie auch nicht wieder auf.

Ich spürte Joes Hände in meinem Haar.

Ich spürte seine Lippen auf meiner Stirn.

Und als die Dunkelheit mich verschlang, hörte ich Joe noch etwas sagen.

Er sagte: »Ich werde zu dir zurückkommen.«

Dann war ich weg.

Wenn ich träumte, dann von ihm.

Wir gingen durch den Wald, der Vollmond leuchtete über uns.

Er hielt meine Hand, und seine Augen waren rot.

Von den Schatten zwischen den Bäumen schallte das Trommeln von Pfoten herüber.

Die Wölfe umkreisten uns, aber wir hatten keine Angst.

Denn es waren unsere.

»Alles wird gut«, sagte Joe, und ich lächelte.

Ich erwachte langsam.

Ich wusste nicht, wo ich war.

Und in diesem Moment, bevor ich ganz wach war, tat nichts weh, weil nichts falsch war.

Meine Mutter lebte noch.
Thomas lebte noch.
Doch etwas lastete auf mir.
In meinem wirren Kopf dachte ich, ich wäre bei den Bennetts eingeschlafen, umgeben von meinem Rudel. Ich erinnerte mich an einen vollen Mond und dachte, wir hätten die Nacht damit verbracht, durch den Wald zu laufen.
Ich musste Gordo anrufen. Er machte sich jedes Mal Sorgen, wenn Vollmond gewesen war. Er konnte nicht warten, bis ich in die Werkstatt kam. Er musste es *jetzt* wissen.
Ich wusste nicht mehr, ob Mom in der Nacht dabei gewesen war, also musste ich auch sie anrufen.
Joe und ich würden gleich frühstücken. Vielleicht würden sich unsere Füße unter dem Tisch berühren, und vielleicht würde ich den Mut aufbringen, seine Hand zu halten. Carter und Kelly würden sich wahrscheinlich über uns lustig machen, sobald sie hörten, wie unsere Herzschläge außer Kontrolle gerieten, aber das war in Ordnung. Elizabeth würde sie ermahnen und Mark würde sein leises Lächeln aufsetzen und Thomas würde uns zufrieden von seinem Platz am Kopfende des Tisches aus beobachten. Und wenn ich seinen Blick auffing, würde er mir mit seinen roten Augen zuzwinkern, und ich würde wissen, was es bedeutet, wieder einen Vater zu haben, würde wissen ...
Der Nebel begann sich zu lichten, und der Schmerz setzte ein.
Zuerst nur leicht. Ein Jucken direkt unter meiner Haut. Ich kratzte.
Das machte alles nur noch schlimmer.
Ich holte keuchend Luft und war wach.
Sie waren weg.
Mom. Thomas.
Carter und Kelly.
Gordo.
Und Joe.

Ich öffnete die Augen.

Zwei Wölfe hatten sich zusammengerollt an mich geschmiegt.

Elizabeth und Mark.

Ihr Atem ging tief und gleichmäßig im Schlaf.

Ich beneidete sie.

Denn der Schmerz war jetzt wieder voll da, gläsern und scharf.

Ich streckte meine Sinne, versuchte, die anderen zu finden. Versuchte, sie zu spüren. Die Bande zwischen uns.

Aber da war nichts.

Ich versuchte es noch einmal.

Nichts. Als wären wir voneinander abgeschnitten.

Der Verlust war so groß, dass ich einen Moment lang keine Luft bekam. Ich versuchte, die Fäuste zu ballen, da spürte ich etwas in meiner linken Hand. Einen Gegenstand.

Ich schaute nach unten.

Eine Wolfsfigur lag dort. Sie war aus Stein.

Ich musterte sie lange.

Ich wusste, was sie bedeutete. Wer sie in meine Hand gelegt hatte.

Schließlich nickte ich.

»Okay, Joe«, sagte ich. »Okay.«

Und dann begann das Warten.

Das erste Jahr /
Kleine Nadelstiche

Das erste Jahr war das schwerste.
Weil wir nicht damit gerechnet hatten, dass noch ein zweites folgen würde.

»Schreib mir«, hatte ich zu ihm gesagt, als wir im Bett lagen. Ich schmeckte Joe immer noch auf meinen Lippen und wollte nichts mehr, als ihn wieder zu küssen. »Jeden zweiten Tag, damit ich Bescheid weiß.«

»Ich werde dir nicht verraten, wo wir sind«, entgegnete er. »Weil ich weiß, was du dann tun würdest.«

Ich warf ihm einen finsteren Blick zu. »Na gut. Aber du schreibst mir, verstanden?«

Er tat es.

Ich vermisse dich, stand in der ersten SMS drei Tage später.
Ich starrte sie stundenlang an.

»Sie hat Ihnen alles hinterlassen«, sagte der Anwalt, als ich ihm in seinem Büro gegenübersaß. Elizabeth und Mark versteckten sich in der Nähe im Wald. »Das Haus, die Konten, und irgendwann wird die Lebensversicherung ausgezahlt, aber das dauert. Das Geld sollte für die Hypothek reichen, und es wird sogar noch etwas übrig bleiben, wenn es so weit ist. Sie wollte sicherstellen, dass

Sie versorgt sind, falls ihr etwas zustößt. Damit wären wir fürs Erste auch schon fertig, Ox. Ich bereite alle Unterlagen vor, damit Sie es so einfach wie möglich haben und sich auf Ihre Erholung konzentrieren können. Sie haben es sich weiß Gott verdient.«

Ich nickte und schaute aus dem Fenster. Dachte an Seifenblasen an meinem Ohr.

Carter und Kelly streiten ständig, stand in einer SMS. Ich habe ihnen gesagt, dass sie aufhören sollen. Sie gehorchten nicht, also wurde ich zum Alpha. Jetzt streiten sie nicht mehr.

»Was zum Teufel soll das bedeuten?«, rief Chris und starrte den Brief an, den Gordo in der Werkstatt hinterlegt hatte.

Ich muss für eine Weile weg. Tanner, du bist für den Laden verantwortlich. Achte darauf, dass du alle Einnahmen an den Buchhalter schickst. Er kümmert sich um die Steuern. Ox hat Zugang zu allen Bankkonten, sowohl zu den privaten als auch zu den geschäftlichen. Alles, was du brauchst, wickelst du über ihn ab. Wenn du zur Entlastung jemanden einstellen musst, tu es, aber nimm keinen Versager. Wir haben zu hart gearbeitet, um dorthin zu kommen, wo wir jetzt sind. Chris und Rico, ihr kümmert euch um die täglichen Abläufe. Ich weiß nicht, wie lange das hier dauern wird, und ihr müsst euch gegenseitig den Rücken freihalten. Ox wird euch brauchen.

Rico und Tanner standen in Gordos Büro, während Chris mit zitternden Händen den Brief vorlas. Seine Stimme wurde mit jedem Wort leiser.

»Du musst sie hinhalten«, hatte Gordo zu mir gesagt. »Sie werden dich in die Enge treiben und Antworten verlangen, aber du musst sie so lange wie möglich hinhalten. Sie sind meine Brüder. Ich wollte nie, dass sie in unsere Welt hineingezogen werden, aber ich weiß nicht, wie lange das noch möglich sein wird. Jetzt, nach allem. Es tut mir leid, dass ich dir das aufbürde. Ich wollte das nie. Für dich nicht, und für sie auch nicht.«

Alle drei sahen mich an.

»Wusstest du davon?«, fragte Tanner.

»Ja«, sagte ich. Mein Herz war gebrochen, und ich war todmüde. Die Albträume ließen mich nicht schlafen.

»Dieses Arschloch«, knurrte Rico. »Wie zum Teufel konnte er dich einfach so sitzen lassen nach allem, was passiert ist?«

»Wo ist er hin?«, fragte Chris und legte den Brief zurück auf den Schreibtisch.

Sie schauten mich erwartungsvoll an.

Ich war sauer. Auf Gordo und Joe. Wegen der Lage, in die sie mich gebracht hatten. Ich stand mit dem Rücken zur Wand und wusste nicht, wie ich die Fragen der drei beantworten sollte, ohne sie zu verarschen.

Joe war weggegangen.

Und Gordo mit ihm.

Sie ließen mir keine andere Wahl.

Und vielleicht hatte ich es auch satt, die ganze Last allein zu tragen.

Also sagte ich: »Was wisst ihr über Werwölfe?«

Ich dachte wir hätten was gefunden, **schrieb er**. Ein Stück außerhalb von Calgary, aber es war eine falsche Fährte. Eine verdammte Sackgasse. Es tut so weh.

Ich überlegte, ihn anzurufen.

Aber er hatte mich gebeten, es nicht zu tun. *Ich muss fokussiert bleiben*, hatte er gesagt.

Es war kein bisschen Grün in alledem.

»*Dios mío*«, keuchte Rico, als Mark sich vor seinen Augen verwandelte, zuerst noch Mensch, dann plötzlich ein Wolf.

»Muss ich Angst haben?«, fragte Tanner mit Piepsstimme. »Ich glaube, ich sollte. Ja, ich habe definitiv Angst.« Er quiekte laut, als Elizabeth aus dem Haus kam und sich auf die Veranda setzte, um die drei mit geneigtem Kopf zu beobachten, während ihr Schwanz leise gegen die Holzlatten schlug.

»Abgefahren«, stammelte Chris. »Ich glaub, ich bin im falschen Film!«

Die drei schauten mich an und warteten.

»Was ist?«, fragte ich.

»Du bist dran«, erklärte Rico.

»*Tu's* einfach«, drängte Tanner.

»Zeig uns deine Version von American Werewolf!«, rief Chris.

»Großer Gott«, murmelte ich. »Ich bin keiner.«

Sie wirkten sehr enttäuscht.

Mitten in der Nacht kam eine SMS.

Bitte sag, dass es dir gut geht, stand darin.

> mir gehts gut

> Ich habe schlecht geträumt

> wovon

Er antwortete nicht.

»Gordo ist also eine Hexe«, wiederholte Tanner.

»Halt die Klappe«, sagte Chris.

»Ich wusste, dass er uns irgendwas verheimlicht«, meinte Rico. »Er opfert Hühner bei Mitternacht und badet in ihrem Blut, oder?«

Wir schauten ihn entgeistert an.

»*Was?* Hätte doch sein können! Ich habe schon einiges gesehen und kenn mich aus, Mann. Meine Großmutter zum Beispiel, sie hat früher ständig Hühner geschlachtet. Das war echt hardcore.«

»Das erklärt einiges«, murmelte Chris. »Ich meine seine seltsame Art und so.«

»Dass seine Tätowierungen immer mal wieder den Platz wechseln, zum Beispiel«, ergänzte Tanner.

»Oder wie er um unsere Häuser herumgegangen ist und dabei vor sich hin gemurmelt hat, als wir hergezogen sind«, stimmte Rico mit ein.

»Oder dass er es gar nicht lustig fand, als ich an Halloween dekorieren wollte«, überlegte Chris. »Dabei war es *so* lustig.«

»Oder seinen Vaterkomplex, den er uns nie wirklich erklärt hat«, meinte Tanner. »Ich dachte immer, sein Vater wäre einfach ein Arschloch. Ich hatte keine Ahnung, dass er auch noch ein *böses* Arschloch ist.«

»Es gab genug Hinweise«, seufzte Rico. »Ich bin tatsächlich ein bisschen enttäuscht von uns.«

»Wir sind wohl nicht sehr aufmerksam«, erklärte Chris mit gerunzelter Stirn.

»Heilige Scheiße!«, keuchte Tanner. »Er kann *zaubern*.«

»Ja«, seufzte ich. »Und seine Arme leuchten.«

»Sie *leuchten*?«, fragte Rico. »Wie, wann?«

»Wenn er zaubert.«

»Leuchtende Arme«, murmelte Tanner. »Das ist ... erstaunlich.«

»Magie«, sagte Chris. »Keine Ahnung, was ich mit dieser Information anfangen soll.«

»Und was ist mit *dir*?«, fragte Rico. »Wie hat es dich da mit reingezogen?«

»Redest du von Schicksal oder irgend so einem Schwachsinn?«, fragte ich.

»Großer Gott, Ox, dein Leben ist wie einer dieser Hochglanz-Vampirfilme ... die ich nie gesehen habe und auch nie sehen werde.«

»Oh Mann! Das erklärt auch das mit Jessie. Sie hatte nie eine Chance gegen dein Hochglanz-Vampirschicksal.«

Ich vergrub das Gesicht in den Händen.

Danach ging das Gespräch noch drei Stunden so weiter.

Es war Tanner, der schließlich sagte: »Deine Mutter war eine tolle Frau.«

Dann umarmte er mich, und ich hielt mich mit aller Kraft an ihm fest.

Schließlich kamen auch Rico und Chris dazu.

Eine SMS von Gordo.

Joe geht es gut. Es gab ein paar Probleme und er schläft sich gerade aus. Du sollst dir keine Sorgen machen.

Ich schlief nicht viel in dieser Nacht.

Sie kamen zu uns nach Hause, Rico, Tanner und Chris. Zuerst nur alle paar Tage und nur für eine Stunde. Sie waren misstrauisch, erschraken wegen jeder Kleinigkeit und lachten zu laut. Sie sprachen mit Mark. Sie beobachteten Elizabeth. Und sie stellten Fragen, so viele Fragen.

Doch schon bald kamen sie fast jeden Tag. Beim zweiten Vollmond nach Joes Aufbruch aßen wir zusammen zu Abend. Rico, Tanner und Chris waren nervös, und ich sagte ihnen, dass es keinen Grund dafür gab. Ich wusste nicht, warum, aber ich begann, sie anders zu sehen. Als ich Mark fragte, woran das liegen konnte, lächelte er nur sein leises Lächeln – wenn auch einen Hauch weniger strahlend als früher.

Elizabeth war nach wie vor in Wolfsgestalt, also konnte ich sie nicht fragen. Ich sprach trotzdem mit ihr. Sie schien den Klang meiner Stimme zu mögen. Ich hatte keine Ahnung, ob sie mich verstand. Vor allem, weil sie schon so lange ein Wolf war. Mark sagte, es würde ihr immer schwerer fallen, sich zurückzuverwandeln, je länger sie so blieb, aber dass sie es eines Tages tun würde. Wenn sie bereit war. Er vertraute ihr und meinte, ich sollte dasselbe tun.

Mark und Elizabeth liefen gemeinsam im Mondlicht, sangen aber nicht. Keiner von uns sang. Wir fanden keine Lieder, die gezeigt hätten, was wir fühlten.

Wie geht es ihnen?, erkundigte sich Joe.

okay, schrieb ich zurück. deine mom hat sich immer noch nicht zurückverwandelt. Dass die anderen jetzt Bescheid wussten, schrieb ich nicht. Ich wollte nicht, dass Gordo davon erfuhr. Zumindest noch nicht.

Ich wartete auf seine Antwort.

Es dauerte mehrere Tage.

Mark gab eine Todesanzeige für Thomas auf, ohne Einzelheiten zu nennen. Er bat um Privatsphäre. Beileidsbekundungen wurden geschickt. Und Blumen. So viele Blumen. Sie waren rot und orange, violett und blau. Und es war so viel Grün dabei.

Elizabeth berührte sie alle mit der Schnauze und saugte den Duft in sich hinein.

Manchmal konnte ich kaum atmen.

»Wir werden Prepaidhandys benutzen, die nicht zurückverfolgt werden können«, hatte Joe mir zugeflüstert, als wir nebeneinanderlagen. »Wir werden sie ab und zu austauschen, aber ich verspreche dir, dass ich in Kontakt bleibe.«

»Ich glaube, ich verstehe nicht«, hatte ich erwidert.

»Ich weiß«, hatte er gesagt und mir mit dem Finger über die Wange gestrichen. »Ich weiß.«

»Wirst du dich je wieder zurückverwandeln?«, fragte ich Elizabeth.

Sie leckte meine Hand und verschwand im Wald.

Ich wartete lange auf ihre Rückkehr.

Keine SMS von Joe diesmal.

Nur ein Foto. Der Vollmond.

Ich strich mit dem Daumen darüber und schaute es stundenlang an, als könnte ich so herausfinden, wo er war.

Es funktionierte nicht.

Fünf Wochen nach Joes Aufbruch und zwei Tage nach dem letzten Vollmond klopfte es an der Tür.

Ich kam gerade von der Arbeit nach Hause, und damit meine ich das Haus der Bennetts, weil der Fleck auf dem Boden von unserem immer noch zu sehen war. Ich saß am Küchentisch, mein Rücken schmerzte, und meine Finger waren schwarz. Elizabeth kam herein und legte sich zu meinen Füßen. Ihre Schnauze ruhte auf meinem Stiefel, ihre Augen waren geschlossen und sie atmete tief. Mark stand in der Küche. Was auch immer er da kochte, es roch würzig, und der Duft ließ meinen Magen knurren. Ich hatte einen Bärenhunger.

Kurz vor dem Geräusch versteiften sich Elizabeth und Mark plötzlich.

Klopf-Klopf-Klopf.

Es war nicht Rico, Chris oder Tanner. Ich hatte die Werkstatt erst vor einer Stunde verlassen. Außerdem klopften sie nicht mehr, sondern kamen einfach rein und brachten Staub und Gelächter und Ölschmiere mit. Sie waren nicht so wie die anderen, und ich glaubte, das war gut so.

Sie konnten es also nicht sein, und obwohl Gordo mir gesagt hatte, dass sich dank seiner Schutzzauber niemand dem Haus nähern könnte, der etwas Böses im Schilde führte, waren wir immer noch auf der Hut.

Elizabeth war an der Tür, noch bevor das Klopfen verklang.

Mark beugte sich ans Fenster und überprüfte, ob wir umzingelt waren.

Ich nahm meine Brechstange.

Die Bande zwischen uns dreien leuchteten.

Aber da waren noch weitere, neue.

Dünn, aber sie waren da. Ich konnte nicht erkennen, wohin sie führten, aber sie pulsierten sanft.

Es klopfte wieder.

Ich stand auf und näherte mich der Tür.

Elizabeth knurrte leise. Sie war in Kauerstellung und bereit zum Angriff.

Mark stellte sich neben mich, allerdings so, dass die Person auf der anderen Seite der Tür ihn nicht sehen würde.

Ich legte meine Hand auf den Knauf.

Holte Luft.

Und öffnete.

Ein Mann, den ich noch nie gesehen hatte, stand dort.

Er war nicht viel älter als ich, aber kleiner und schlanker, seine dunklen Augen waren von einer dicken schwarzen Brille umrahmt. Seine Haut war blass, und seine schwarzen Haare waren fast so kurz wie bei einem Soldaten. Er trug Jeans und staubige Stiefel, als wäre er schon eine Weile unterwegs. Er war ein Beta, und zwar ein ziemlich attraktiver, und wie ich sehen konnte, wusste er das.

Er zog eine Augenbraue hoch, als Elizabeths Knurren noch lauter wurde.

»Wolf«, sagte ich.

»Ox«, erwiderte er grinsend. Seine weißen Zähne blitzten. »Ich komme in Frieden und bringe frohe Kunde. Mein Name ist Robbie Fontaine. Du kanntest wahrscheinlich meinen Vorgänger, Osmond.«

Elizabeth fauchte, und ich hörte Mark irgendwo rechts von mir knurren.

Robbie zuckte zusammen. »War wahrscheinlich nicht die beste Idee, den Namen zu erwähnen. Mein Fehler. Kommt nicht wieder vor. Na ja, eigentlich kann ich das nicht versprechen. Ich werde wahrscheinlich allen möglichen Mist sagen, den ich nicht so meine, und das tut mir leid. Es ist alles noch so neu für mich.«

»Was ist neu?«

»Meine Aufgabe.«

»Und welche ist das?«

Er neigte den Kopf und musterte mich. »Nun«, sagte er, »ich bin hier, um euch zu beschützen.«

»Beschützen«, schnaubte ich.

Er lächelte wieder. »Genau. Ich muss mit eurem Alpha sprechen.«

Robbie Fontaine kam von der Ostküste.

Es gab eine neue Alpha. Vorerst. Ihr Name war Michelle Hughes. Sie war in Thomas' alte Position aufgestiegen und damit das Oberhaupt aller Rudel in den Vereinigten Staaten.

Auch von meinem.

»Eine gute Frau«, sagte Mark. »Mit Köpfchen. Sie wird alles richtig machen, solange wir sie brauchen.«

Bis Joe zurückkommt, sagte er nicht.

Wir saßen auf der Couch im Wohnzimmer, Robbie uns gegenüber in einem Sessel. Mark drückte sich von der einen Seite an mich, Elizabeth von der anderen. Ich dachte, das würde vielleicht genügen, damit sie sich zurückverwandelte. Tat es nicht.

»Sie lässt ihr Beileid übermitteln«, sagte Robbie. »Sie wäre selbst gekommen, aber es gibt ... dringendere Angelegenheiten, wie ihr sicher versteht.«

Mark nickte. Es war alles sehr förmlich.

»Wo ist Joe?«, fragte Robbie.

»Er ist nicht hier«, antwortete ich, obwohl Robbie das bereits wusste. Er hatte es in dem Moment gewusst, als er das Haus betrat, wahrscheinlich sogar schon vorher. Und über die Frage, warum Elizabeth und Mark ihn nicht schon viel früher hatten kommen hören, wollte ich gar nicht erst nachdenken.

Ich wartete darauf, dass Mark wieder übernahm, aber er tat es nicht. Zu meiner Überraschung sah er mich an, als würde er auf irgendwas warten. Robbie entging der kleine Austausch zwischen uns nicht.

»Er ist nicht hier«, wiederholte ich langsam.

»Dein Name war Ox, oder?«, fragte Robbie.

Ich nickte.

»Ich habe viel von dir gehört.«

»Ach ja?«

»Nur Gutes. Sie reden über dich, die Wölfe. Sie sagen, du bist zwar ein Mensch, aber trotzdem genauso stark wie wir. Es ist nicht leicht, sie zu beeindrucken, das kannst du mir glauben, Aber du hast es geschafft.«

»Ohne dass ich was dafür getan hätte«, erwiderte ich.

»Vielleicht«, meinte Robbie. »Oder du verstehst nur nicht, *was* du getan hast. Wirklich bemerkenswert.«

»Ich kenne dich nicht.«

»Nein«, bestätigte er.

»Aber ich kannte Osmond ein bisschen.«

Robbie runzelte die Stirn. »Es war eine Überraschung. Für uns alle.«

»War es?«, fragte ich.

»Ja.«

»Eine Überraschung.«

»Ja.«

»Eine Überraschung, die mit dem Tod meiner Mutter geendet hat. Und dem meines Alphas.«

Robbie wurde blass. »Ich ...«

»Ich kenne dich nicht, und ich wusste auch nicht, dass du kommen würdest. Damit bist du auch so eine Überraschung, und ich mag keine Überraschungen.«

»Ich bin nicht hier, um euch Schaden zuzufü...«

»Osmond hätte dasselbe gesagt«, fiel ich ihm ins Wort.

Robbie sah Elizabeth an, dann Mark. Beide blieben stumm. Ich wartete.

Er richtete seinen Blick wieder auf mich. »Merkwürdig«, sagte er.

»Was?«

»Du. Du bist nicht so, wie ich dich mir vorgestellt habe.«

»Das höre ich öfter.«

»Ist das so?«

»Warum bist du hier?«, fragte ich.

Robbie blinzelte, als wäre ihm gerade etwas wieder eingefallen. »Osmond war Thomas' Verbindungsmann zu Hughes. Ich habe seine Position übernommen.«

»Thomas ist tot.«

»Das ist er«, bestätigte Robbie. »Aber Joe nicht, und die Bennett-Linie ist stark. Wo ist er?«

Ich beugte mich vor. »Weißt du, wer ich bin?«

»Oxnard Matheson«, antwortete Robbie prompt.

»Und hat Osmond oder einer seiner Wölfe dir gesagt, was ich für *Joe* bin?«

Robbies Blick sprang zu meinem offenen Arbeitshemd und wanderte dann meinen Hals entlang. »Der Mensch, der mit einem Alpha zusammen ist«, antwortete er. »Aber ihr habt euch noch nicht vereinigt.«

»Aber wir werden es.«

Robbie lächelte. Es war ein nettes Lächeln, trotzdem traute ich ihm nicht. »Wie romantisch.«

»Wie viele Wölfe suchen nach Richard Collins?«, fragte ich.

Robbie zuckte leicht zusammen. Ich wusste nicht, ob es an meiner Frage lag oder daran, dass ich so plötzlich das Thema wechselte. Es war kaum zu sehen, aber *ich* sah es, und das war neu.

»Viele«, antwortete er.

»Wie viele genau?«

Sein Lächeln verschwand, und ich glaubte, seine Augen orange aufleuchten zu sehen. »Sieben Teams, bestehend aus je vier Wölfen. Ein Hexenzirkel ist ebenfalls beteiligt. Wegen Livingstone.«

»Und Osmond?«

»Sie werden ihn finden.«

»Sie suchen schon sechs Wochen.«

»Solche Dinge brauchen Zeit. Wo ist dein Alpha? Ich muss ihm meinen Respekt erweisen. Und es sind noch andere hier, seine Brüder, wie ich gehört habe. Außerdem der Livingstone-Erbe.«

»Wie du gehört hast.«

Robbie zuckte die Achseln. »Ich bin gut in dem, was ich tue.«

Ich schnaubte. »Anscheinend. Sonst hätte Hughes dich nicht geschickt.«

Danach schwiegen wir, während die Standuhr auf dem Flur die Sekunden herunterticke.

Es war ein Geduldsspiel.

Ich schaute nicht weg.

Komischerweise tat Robbie es nach ein paar Sekunden. Er legte den Kopf leicht in den Nacken und schaute nach unten links. Ich staunte innerlich, denn bisher hatte ich nur erlebt, dass Leute sich gegenüber Thomas so verhielten. Es war ein Zeichen der ...

»Er ist wirklich nicht hier, oder?«, fragte Robbie.

Ich sagte nichts.

Robbie seufzte. »Scheiße.«

Ich spürte ein Brennen wie von kleinen Nadelstichen entlang der neuen Bande in meinem Rudel.

Sie kamen.

Ich schloss die Augen und fragte mich, wann das passiert war. Wann sie zu den Meinen geworden waren. Zu den Unseren. Ich konnte sie *spüren*. Sie würden in ein paar Minuten hier sein, alle drei, und sie waren schnell unterwegs.

»Verfolgt er Richard?«, fragte Robbie.

»Er hat getan, was er für richtig hielt«, sagte ich.

»Er ist der *Alpha*!«, keuchte Robbie leicht entsetzt. »Er hat das Revier *und* das Rudel verlassen?«

Ich hielt seinen Blick fest. Die kleinen Nadelstiche brannten jetzt noch stärker.

»Warum hast du ihn nicht zurückgehalten?«, fragte Robbie.

»Sein Platz ist *hier*. Er muss an die verdammte Zukunft denken!«

»Glaubst du wirklich, dass jemand einem Alpha sagen kann, was er zu tun hat?«, mischte Mark sich ein. »Vor allem einem *neuen* Alpha?«

»Das ist nicht richtig.«

Ein Truck näherte sich dem Haus am Ende des Feldwegs.

Robbie ging ans Fenster und spähte nach draußen.

Wir rührten uns nicht, denn irgendwoher wussten wir bereits Bescheid.

»Menschen«, sagte Robbie. »Sie sind zu dritt und unbewaffnet. Obwohl es so aussieht, als ob einer von ihnen einen Hammer dabeihat. Wir müssen ...«

»Setz dich«, sagte ich ganz entspannt.

Robbie blieb, wo er war, und einen Moment lang dachte ich, er würde nicht reagieren.

Schließlich setzte er sich doch und schaute mich mit großen Augen an.

Tanner, Chris und Rico kamen hereingestürmt. Rico schwang einen Hammer über dem Kopf, als würde er gleich jemandem den Schädel einschlagen.

»Wo ist das Ding, das wir töten müssen?«, knurrte Tanner und ließ seinen Blick durch den Raum schweifen.

»Ich kann Karate«, erklärte Chris. »Ich hatte drei Monate Unterricht, als ich zehn war.«

»Und ich habe einen Hammer«, fügte Rico hinzu.

»Großer Gott«, murmelte ich und warf Mark einen Blick zu. »Hast du sie auch gespürt?«

»Ja, aber sie sind ... *Menschen*«, stammelte er beinahe.

»Hey«, sagte ich und schlug ihm auf den Arm. »Das bin ich auch.«

Er schüttelte den Kopf. »Bei dir ist das was anderes. Du gehörst zu Joe. Aber die hier sind wegen *dir* hier. Und dass ich sie gespürt habe, liegt *ebenfalls* an dir.«

Noch bevor ich darüber nachdenken konnte, was das bedeutete, sprang Elizabeth von der Couch, lief zu den dreien und drückte jedem kurz ihre Schnauze gegen die Hand.

Ich musste an das Geräusch denken, das meine Mutter damals gemacht hatte. An das leise *Oh*, als Thomas sie zum ersten Mal mit der Schnauze berührte.

Und jetzt war es Elizabeth, die Tanner, Chris und Rico begrüßte.

Denn irgendwie waren sie in den wenigen Wochen, seit unsere Welt zusammengebrochen war, Teil unseres Rudels geworden.

Ich wusste nur nicht, wie.

Joes SMS wurden immer seltener. Manchmal kamen sie mitten in der Nacht, manchmal verging eine ganze Woche. Ich nahm mein Handy überallhin mit und wartete.

Einmal schrieb ich als Erster.

die dinge ändern sich gerade. ich weiß nicht was ich tun soll

Er antwortete um drei Uhr morgens.

Ich weiß.

Ich zog mir die Decke über den Kopf und wartete auf den Sonnenaufgang.

Robbie blieb.

Wir wollten ihn nicht im Bennett-Haus haben, weil wir ihm nicht vertrauten, und er wollte in der Nähe bleiben. Es gab ein paar Motels in Green Creek, aber die Leute würden Fragen stellen, wenn jemand sich zu lange dort einmietete. Mark fand Robbie in Ordnung, und ich fragte, ob er ihn von früher kannte. Er schüttelte den Kopf. Aber er hatte ein paar Anrufe gemacht und sich vergewissert, dass Robbie auch der war, für den er sich ausgab. Außerdem hatten ihn Gordos Schutzzauber nicht ferngehalten. Und da ich den beiden vertraute, sagte ich Robbie, dass er unser altes Haus benutzen konnte.

Unser *altes* Haus. So nannte ich es inzwischen.

Ich glaubte nicht, dass ich je wieder dort wohnen würde. Zumindest lange nicht.

Denn es gab Nächte, in denen ich aufwachte und spürte, wie der Zauber von damals mich niederdrückte und mich vom Rudel abschnitt.

Es gab Nächte, in denen ich nicht wusste, ob ich träumte oder wach war. Meine Mutter stand neben meinem Bett, Tränen trockneten auf ihrem Gesicht, während ihr Blick hart wurde und sie mir sagte, dass ich rennen soll, rennen und …

Das waren die Nächte, in denen ich Joe am meisten vermisste.

Ich hatte noch nie unter Albträumen gelitten.

Aber jetzt?

Jetzt hatte ich fast *nur* noch Albträume.

Ich dachte an all die Nächte, in denen Joe aufgewacht war und nach mir geschrien hatte.

Ich schrie nicht, wenn ich die Augen aufriss, obwohl ich es wollte.

Ich unterdrückte es, ließ den Schrei in meiner Kehle ersticken, während mir der Schweiß herunterlief.

Es war einfacher so.

Ich konnte nicht in unser altes Haus zurück, nicht, solange der Fleck noch da war. Nicht, solange die Erinnerung an den Ausdruck auf Moms Gesicht noch so frisch war. An das nasse Geräusch, mit dem sie zu Boden schlug.

Robbie stellte keine Fragen, und auch nach seiner ersten Nacht im alten Haus sagte er nichts. Das Einzige, worum ich ihn bat, war, dass er Moms Zimmer nicht betrat. Er hatte dort nichts zu suchen, und ich wollte nicht, dass er irgendwo seinen Geruch hinterließ. Die Tür war geschlossen und würde es bleiben, bis ich sie eines Tages öffnete, um *sie* einzuatmen.

»Klar, Ox«, sagte er. »Mach ich.« Dann: »Sie wollte, dass du weißt, dass sie deinen Verlust bedauert. Vor allem, da du noch so jung bist. Sie ... kennt Verlust.«

»Wer?«, fragte ich verwirrt.

»Die Alpha.«

Meine Augen weiteten sich ein Stück. »Sie weiß, wer ich bin?«

Robbies Mundwinkel zuckten. »Ja, Ox. Viele Leute wissen, wer du bist.«

»Oh«, sagte ich, weil ich nicht wusste, was ich sonst sagen sollte.

Also sagte ich gar nichts.

Zwei Wochen vergingen, ohne dass ich etwas von Joe hörte.

Ich begann zu verstehen, wie es sich anfühlt, wenn man langsam den Verstand verliert.

Ich stellte mir alles Mögliche vor: dass er gefangen genommen worden war. Gefoltert. Getötet. Ich dachte, ich würde es merken, wenn etwas nicht stimmte. Ich dachte, ich würde es spüren, wenn ihnen etwas zustieß. Aber die Realität war, dass ich immer weniger spürte, je länger sie weg waren, je größer die Distanz zwischen uns wurde. Ich glaubte nicht mehr daran, dass ich es merken würde, wenn einer von ihnen verletzt war. Wenn Joe verletzt war.

Ich spürte die anderen, die in Green Creek geblieben waren, weit stärker als ihn.

Stärker, als ich je ein anderes Rudelmitglied gespürt hatte.

Elizabeth war blau, so verdammt blau. Ich wusste, sie sollte ihren Kummer dem Mond entgegenheulen, aber sie behielt ihr Lied für sich und ließ es in ihrem Innern schwelen.

Mark war stark und unerschütterlich wie immer, aber ich wusste von dem Foto, das er in einer Schublade aufbewahrte. Das Foto, von dem er dachte, es wäre sein Geheimnis. Das Foto, auf dem er und Gordo sich grinsend im Arm hielten. Gordo lächelte in die Kamera und sah jünger aus, als ich ihn je gesehen hatte. Aber Mark. Er hatte nur Augen für Gordo.

Ich hatte Gordo nicht gefragt, ob er mit ihm gesprochen hatte, bevor sie aufbrachen.

Ich hoffte es.

Aber ich hatte nicht den Mut, es herauszufinden.

Tanner, Chris und Rico wurden jeden Tag stärker. Es war ein langsamer Prozess, aber sie verbanden sich immer enger mit dem Rudel.

Trotzdem. Nach vier Monaten hatte ich das Gefühl, dass alles kurz vorm Auseinanderbrechen war.

Vielleicht war das der Grund, warum diese zwei Wochen Schweigen von Joe so viel mehr wehtaten, als sie eigentlich sollten.

Vielleicht war ich deshalb wütend, als endlich eine SMS kam. Von einer neuen Nummer, die alten Handys hatten sie offensichtlich weggeworfen.

Die Nachricht war kurz.

Uns geht es gut.

Und dann drehte ich durch.

Ich wählte die Nummer.

Es klingelte ein paarmal, dann kam eine automatische Ansage, der Teilnehmer sei nicht erreichbar. Keine Mailbox.

Ich probierte es wieder.

Und wieder.
Und wieder.
Beim fünften oder sechsten Mal ging Joe dran.
Er sagte nichts.
»Du verdammtes Arschloch«, knurrte ich ins Telefon. »Das kannst du nicht mit mir machen! Hast du gehört? Das geht nicht! Verschwendest du auch nur einen einzigen Gedanken an uns? Wenn ja, wenn du dich auch nur einen Funken für mich interessierst – für *uns* –, dann frag dich bitte, ob es das wert ist. Deine Familie *braucht* dich. *Ich* brauche dich, verdammt noch mal.«
Er sagte nichts.
Ich wusste trotzdem, dass er da war, denn ich konnte hören, wie ihm der Atem stockte.
»Du Arschloch«, murmelte ich und war plötzlich sehr, sehr müde. »Du verdammter Mistkerl.«
Wir blieben eine Stunde lang am Telefon und hörten einander beim Atmen zu.
Als ich die Augen wieder öffnete, war es Morgen und mein Akku war leer.

Sechs Monate nach ihrem Aufbruch wurde mir klar, dass sich etwas ändern musste.
Wir konnten nicht so weitermachen.
Joe schrieb jetzt regelmäßiger, vielleicht einmal alle paar Tage, aber die Nachrichten waren genauso vage wie vorher. Und je länger sie weg waren, desto weniger Hoffnung hatte ich, dass ich sie je wiedersehen würde.
Wie sich herausstellte, wusste Robbie weniger als wir. Zumindest behauptete er das. Er schien genauso frustriert wie wir. Ab und zu erwischte ich ihn dabei, wie er leise telefonierte. Ich konnte zwar nicht hören, was er sagte, aber sein Gesichtsausdruck reichte mir: Die Teams, die nach Richard, Robert und Osmond suchten, kehrten stets mit leeren Händen zurück. Niemand

wusste, ob er sich versteckte oder gerade neue Omegas um sich scharte. Jeder registrierte Alpha wurde benachrichtigt, aber Mark sagte mir, dass höchstens vier von fünf tatsächlich registriert waren. Richard könnte versuchen, einen der unregistrierten aufzuspüren.

Und wenn der nicht wusste, was ihm bevorstand, hatte er keine Chance. Vor allem nicht, solange Richard Robert Livingstone an seiner Seite hatte.

Es gab Gerüchte, dass Richard Collins in Texas war. Oder in Maine. Vielleicht auch in Mexiko. Jemand hatte Robert Livingstone in Deutschland gesehen. Osmond war in Anchorage.

Kein einziges davon hatte sich bisher bewahrheitet.

Michelle Hughes war nicht erfreut, dass Joe und die anderen weg waren. Keines der gesichtslosen hohen Tiere, die mich anscheinend kannten, war das. Robbie schien von einer Mischung aus Freude und Schrecken erfüllt, als er uns erzählte, dass die Suchteams außerdem Anweisung hatten, Joe festzunehmen und an die Ostküste zu bringen, falls sie ihm begegneten.

Sie fanden auch ihn nicht.

Aber etwas musste sich ändern. Elizabeth hatte sich immer noch nicht zurückverwandelt, und ich fürchtete, dass der Tag kommen würde, an dem sie es nicht mehr konnte.

Mark wurde immer stiller. Er sagte nur etwas, wenn er angesprochen wurde, und selbst dann nur ein paar Worte, um dann wieder in Schweigen zu versinken.

Tanner, Chris und Rico wussten nicht, was sie tun sollten. Sie gehörtem jetzt zum Rudel, aber sie verstanden nicht, was das bedeutete. Die anfängliche Aufregung über all das Neue verebbte. Elizabeth blieb auch bei Vollmond im Haus. Mark schien kurz davor, gänzlich zu verschwinden.

Ich ging durch den Wald, das Sonnenlicht drang durch die Bäume.

Es wird nicht mehr lange gut gehen, sagte Thomas.

»Ich weiß«, erwiderte ich, obwohl er gar nicht da war.

Es muss sich etwas ändern, sagte meine Mutter und strich mit der Hand über die Rinde einer Douglasie.

»Ich weiß«, sagte ich, obwohl sie sechs Meilen entfernt unter der Erde lag.

Sie hatten recht. Die Geister. Die Erinnerungen. Diese wenigen Dinge, die mir geblieben waren.

Es ist nicht die Farbe der Augen, die einen zum Alpha macht, sagte Thomas, als ich einen Kiefernzapfen vom Waldboden aufhob.

Weißt du noch, als er uns verlassen hat?, fragte Mom. *Du hast in der Küche gestanden und zu mir gesagt, dass du jetzt der Mann im Haus sein wirst. Dein Gesicht war nass, aber du hast es gesagt. Ich habe mir Sorgen gemacht um uns. Um dich. Um alles. Aber ich habe dir geglaubt.*

Das hatte sie.

Beide hatten an mich geglaubt.

Ich fand mich vor dem Haus wieder.

Dem alten.

Es sah aus wie immer.

Lange Zeit stand ich einfach da.

Schließlich stupste mich etwas an der Hand.

Ich schaute nach unten.

Elizabeth sah mich mit weisen Augen an.

Ich sagte: »Wir müssen etwas ändern. So funktioniert es nicht. Nicht mehr.«

Sie winselte.

»Ich weiß, dass es wehtut«, sagte ich. »Ich weiß, dass es so leichter für dich ist. Aber so kann es nicht weitergehen.«

Sie stupste mich wieder an der Hand.

Ich sah wieder das Haus an.

Sie wartete, bis ich bereit war.

Sie war gut darin.
Ich sagte: »Ich muss da reingehen.«
Ich sagte: »Ich möchte, dass du mitkommst.«
Ich sagte: »Und wenn wir wieder rauskommen, möchte ich deine Stimme hören.«
Ich sagte: »Weil es Zeit ist. Für uns beide.«
Sie folgte mir nach drinnen.

Robbie hatte es geschafft, den Fleck wegzumachen.
Der Boden im Wohnzimmer sah wieder aus wie zuvor.
Mein Zimmer war größtenteils unverändert.
Ich fuhr mit den Fingern über das Bücherregal.
Ich zog das Buick-Reparaturhandbuch heraus, das Mom mir vor so langer Zeit zum Geburtstag geschenkt hatte.
Zwischen den Seiten steckte eine Karte.

WIE NENNT MAN EINEN WOLF,
DER SEINEN NAMEN VERGESSEN HAT?
EINEN WER-WOLF!
DIESES JAHR WIRD BESSER.
IN LIEBE, MOM

Ich wusste nicht, ob ich wach war oder träumte.
Ich steckte die Karte zurück und fragte mich, ob ich Seifenblasen am Ohr hatte.
Elizabeth beobachtete mich genau und wartete.
Ich weinte. Nur ein bisschen. Ein paar Tränen, die ich mit dem Handrücken wegwischte.
Ich stand vor Moms Tür, die Hand auf dem Knauf.
Ich musste all meinen Mut zusammennehmen. Ich hatte es mit Omegas aufgenommen, mit Osmond, Richard.
Aber das hier war schwieriger.
Endlich, endlich öffnete ich die Tür.

Es roch nach ihr. Doch das hatte ich schon vorher gewusst.
Der Geruch war schwach, aber er war da.
Staubflocken fingen das Sonnenlicht ein.
Es war wie früher, nachdem mein Vater gegangen war.
Ich ließ die Tür offen, als ich ging.

»Ich habe es ernst gemeint«, sagte ich. »Wenn wir wieder rausgehen, möchte ich deine Stimme hören.«
Elizabeth schaute von mir zur Haustür und dann wieder zu mir.
»Es ist schwer«, sagte ich. »Und das wird es auch noch lange bleiben. Aber deshalb haben wir einander. Deshalb haben wir das Rudel. Wir müssen uns nur wieder daran erinnern.«
Ich hielt ihr eine Steppdecke hin, damit sie sich bedecken konnte. Ich wollte sie nicht noch mehr unter Druck setzen, weil ich fürchtete, es könnte zu viel werden.
Sie starrte die Decke lange an.
Ich fürchtete, dass ich versagt hatte.
Aber schließlich nahm sie die Decke vorsichtig zwischen die Zähne und lief damit um die Ecke.
Ich hörte ein Knacken von Knochen und Muskeln. Es klang schmerzhaft nach so langer Zeit.
Dann ein Seufzer.
Ich wartete.
Schlurfende Schritte.
Elizabeth Bennett kam um die Ecke, ihre Augen waren müde, aber menschlicher als seit langer, langer Zeit. Ihr helles Haar fiel über die Decke, die sie sich fest um die Schultern geschlungen hatte.
Als sie sprach, klang ihre Stimme trocken und kratzend.
Es war wundervoll.
Sie sagte: »Es macht mir nichts aus, einsam zu sein, wenn mein Herz mir sagt, dass auch du einsam bist. Erinnerst du dich?«

»Dinah Shore«, sagte ich. »Du hast getanzt. Du warst in deiner grünen Phase.«

»Und ich habe dir gesagt, dass es darum geht, zurückzubleiben, wenn andere in den Krieg ziehen.«

Ich spielte meine Rolle. »Zurückzubleiben oder zurückgelassen zu werden?«

»Ja«, erwiderte sie, »das ist ein Unterschied.«

> sie hat sich zurückverwandelt

> Das warst du, oder?

> nein sie wollte es selber

> Du warst das, Ox. Glaub mir.

> du musst zurückkommen

> joe

> bist du noch da

> JOE

Manchmal lächelte sie. Manchmal sah sie aus, als wäre sie weit, weit weg.

Mark umarmte sie, als wir zurückkamen. Sie sprachen kaum miteinander, sondern klammerten sich einfach aneinander fest.

Elizabeth weinte nicht.

Mark schon.

Er sagte: »Es tut mir leid. Es tut mir so leid.«

Nicht zum ersten Mal dachte ich, dass alles, was mein Vater mir erzählt hatte, Schwachsinn war.

Robbie war voller Ehrfurcht vor ihr.

»Weißt du nicht, wer sie ist?«, fragte er mich.

Ich wusste es. »Sie ist Elizabeth.«

»Sie ist eine *Legende*.«

Tanner, Chris und Rico schüttelten ihr unbehaglich die Hand und wurden knallrot, als Elizabeth jedem von ihnen einen langen Kuss auf die Wange gab.

Als ich sie später damit aufzog, wurden sie wieder rot.

Ich hatte keine Ahnung, ob Elizabeth versuchte, Joe, Carter oder Kelly anzurufen. Ob sie Elizabeth vielleicht besser spürten, als ich es je könnte. Ich erzählte ihr, was ich wusste, wie lange sie schon fort waren und von Joes vagen SMS.

Sie nickte, schaute in die Ferne und sagte: »Wir sollten am Sonntag zusammen essen.«

Also taten wir es.

Es war Tradition.

Elizabeth war in der Küche und schwang die Hüften zu einem leisen Lied aus dem Radio. Ich glaubte nicht, dass es Dinah Shore war. Im Moment wäre der Text vermutlich zu nahe an der Realität.

Mark und Tanner standen draußen am Grill, obwohl es kalt war. Rico und Chris deckten den Tisch.

Robbie stand unsicher in der Nähe der Küchentür.

»Hast du die Zwiebeln fertig geschnitten, Ox?«, fragte Elizabeth.

»Ja«, sagte ich und reichte ihr die Schüssel. Wir taten, als wäre alles normal.

»Danke«, sagte sie mit einem Lächeln. Es war nur noch ein Schatten dessen, was es einmal gewesen war, aber es war noch da. Elizabeth war stärker, als ich ihr zugetraut hatte. Diesen Fehler würde ich nicht noch einmal machen.

Sie rührte die Zwiebeln um und sagte: »Robbie, oder?«

»Ähm«, machte Robbie. »Ja?«

»Sicher? Du klingst unsicher.«

»Ja«, sagte er. »Ich *bin* sicher.«

Er klang immer noch unsicher.

»Robbie wer?«

»Fontaine.«

»Fontaine«, wiederholte sie und warf ihm einen kurzen Blick zu, bevor sie sich wieder dem Herd zuwandte. »Ah! Deine Mutter hieß Beatrice.«

»Du kanntest meine Mutter?«, fragte er und klang ein wenig schockiert.

»Wir sind zusammen zur Schule gegangen. Es tut mir leid, dass sie nicht mehr unter uns ist.«

Er zuckte unbeholfen die Achseln. »Das ist schon lange her.«

»Trotzdem. Sie war eine kluge Frau. Sehr freundlich. Wir standen uns nicht so nahe, wie ich es mir gewünscht hätte. Aber so ist das nun mal, wenn man unterschiedliche Wege einschlägt.«

»Ja«, sagte er heiser.

»Hast du ein Rudel?«

Im Gegensatz zu ihm hörte ich die Schwere ihrer Worte.

Robbie zuckte wieder die Achseln. »Manchmal. Nichts Dauerhaftes. Ich reise viel herum. Die Bindungen, die ich eingehe, sind eher vorübergehend.«

»Vorübergehend? Das kann sich nicht gut anfühlen.«

»Es ist, wie es ist.« Er wirkte unbehaglich, nervös. Ich erinnerte mich, dass es mir am Anfang in ihrer Gegenwart genauso gegangen war.

»Aber du bist hier.«

»Weil es mir aufgetragen wurde.« Robbies Augen weiteten sich kurz. Seine nächsten Worte klangen hastig, überstürzt. »Nicht, dass ich lieber woanders wäre oder so.«

»Natürlich«, erwiderte Elizabeth ruhig. »Jemand muss Michelle schließlich über jeden unserer Schritte Bericht erstatten.«

Er errötete heftig. »Nicht über jeden Schritt.«

»Nein?«

»Ich habe ihr nicht erzählt, dass ... du weißt schon.«

»Was?«

»Dass du dich zurückverwandelt hast.«

»Warum nicht?«

Aus irgendeinem Grund antwortete Robbie nicht sofort, sondern sah mich an. Elizabeth merkte es und kicherte leise.

»Es schien mir nicht richtig«, sagte er schließlich.

»Interessant. Sei ein Schatz und hol den Essig aus der Speisekammer, ja?«

Robbie schien die Aufforderung genauso zu überraschen wie mich. Aber er tat es schnell und ohne zu zögern.

»Er passt zu uns«, sagte Elizabeth, als er weg war.

Ich zog eine Augenbraue hoch. »Tut er das?«

»Spürst du es nicht?«

»Ich weiß es nicht.« Weil ich nicht mehr wusste, was ich fühlte.

»Was für ein seltsames Wesen du doch bist, Ox. Das habe ich mir schon immer gedacht. Wie wunderbar!«

Ich schaute weg.

Wir ließen Thomas' Platz am Kopfende des Tisches frei.

Weil er jetzt Joe gehörte.

Ich ging zu meinem üblichen Stuhl, aber Mark schüttelte den Kopf und zeigte auf den, auf dem Elizabeth normalerweise saß: am anderen Ende des Tisches, dem Alpha gegenüber.

Sie versuchte nicht einmal, sich dort hinzusetzen, sondern nahm stattdessen meinen alten Platz ein, während sie sich leise mit Rico unterhielt. Ohne zu zögern. Sie sah mich nicht einmal an.

Ich verstand nicht ganz, was gerade geschah.

Ich war der Gefährte des Alphas.

Ich hatte einen festen Platz im Rudel, und mein Rang war höher als zuvor.

Aber ich war kein Wolf.

Wir hatten uns noch nicht vereinigt.

Und Joe war nicht hier.

Das Essen wurde serviert.

Alle warteten, also tat ich es auch.

Bis mir klar wurde, dass sie auf *mich* warteten.

Ich schaute sie der Reihe nach an.

Keiner senkte den Blick.

Ich wusste, dass ich etwas sagen sollte. Aber Worte waren noch nie meine Stärke gewesen.

Ich musste es trotzdem versuchen. Für sie, weil sie es brauchten. Und ich glaube, ich brauchte es auch.

Ich sagte: »Wir sind ein Rudel. Es ist Zeit, dass wir uns wieder wie eines verhalten.«

Obwohl wir nicht vollzählig waren (und ich nicht zu hoffen wagte, dass wir es je wieder sein würden, zumindest noch nicht) und obwohl die Abwesenheit derer, die wir liebten, schmerzte wie ein entzündeter Zahn, nahm ich den ersten Bissen.

Die anderen folgten meinem Beispiel.

Erst später wurde mir klar, dass das noch nie zuvor passiert war. Selbst wenn Thomas beim Abendessen fehlte, warteten wir nie darauf, dass Elizabeth als Erste aß. Das tat man nur für seinen Alpha.

Gegen Ende des ersten Jahrs kam mitten in der Nacht eine Nachricht.

Ich habe sie erst am nächsten Morgen gesehen.

Es tut mir leid, stand darin.

Ich verstand nicht.

was denn

Die Antwort kam fast sofort.

Nachrichtenübermittlung fehlgeschlagen. Die Nummer ist nicht vergeben oder nicht mehr aktiv.

Ein eiskalter Schauer lief mir über den Rücken.

Ich rief die Nummer an.

Es klingelte einmal.

Eine automatische Ansage.

Keine Verbindung.

Nummer nicht vergeben.

Alles okay, sagte ich mir. Alles okay, weil sie Prepaidhandys benutzten und gerade auf neue gewechselt hatten. Joe hatte nur vergessen, mir die Nummer zu geben. Wie immer.

Ich brauchte nur zu warten.

Ich legte mein Handy weg und zog Joes Bettdecke enger um mich. Sie roch nicht nach ihm. Nichts in seinem Zimmer roch nach ihm. Nicht mehr.

Aber das war okay.

Alles, was ich tun musste, war warten.

Das zweite Jahr /
Kriegslied

Es war in der Mitte des zweiten Jahrs, als die Omegas kamen. Sie waren nicht auf uns vorbereitet.

»Hey, Ox«, sagte Jessie.

Wir waren in der Werkstatt. Tanner, Chris, Rico und ich. Robbie war auch dabei. Er hatte beschlossen, dass er sich langweilte und lernen wollte, wie man Autos reparierte. Es ging nur langsam voran, weil er sich wirklich *ziemlich* anstellte. So sehr, dass ich es kaum über mich brachte, ihn unbeaufsichtigt einen Ölwechsel machen zu lassen.

Aber er versuchte es.

Ich erfuhr viel über ihn. Er war ein Jahr jünger als ich. Seine Mutter war bei einem Revierkampf zwischen rivalisierenden Rudeln getötet worden, als er noch klein war. Sein Vater lebte in Detroit. Er war ein Mensch, und Robbie sah ihn nur hin und wieder, weil er seit dem Tod von Robbies Mutter nichts mehr mit dem Rudelleben zu tun haben wollte. Sie waren erwachsen und unabhängig, es gab keinen echten Grund, warum ihre Wege sich öfter kreuzen sollten. Manchmal machte ihn das traurig, aber er wollte auch nichts daran ändern. Er hatte keinen Gefährten. Er hatte einmal einen Freund gehabt, vor langer Zeit, und später eine Freundin, aber sein Fokus lag woanders. Er hatte einen Job zu erledigen.

Er verwirrte mich. Das war nicht gut.

»Warum bist du immer noch hier?«, fragte ich ihn.

Er zuckte die Achseln und schaute weg. »So lautet mein Auftrag.«

Ich glaubte ihm nicht. Nicht mehr. Nicht, nachdem ich gehört hatte, wie er mit den gesichtslosen Leuten von der Ostküste telefonierte und sagte, dass er nicht ersetzt werden wollte, dass es ihm hier gut ging und dass er bleiben wollte. Seit er da war, war nichts passiert, und er wollte dafür sorgen, dass das auch so bleibt.

Gegenüber uns ließ er es so klingen, als wäre es nur ein Job.

Er log, aber ich fand das nicht schlimm.

Trotzdem wurde ihm irgendwann langweilig.

Also kam er mit in die Werkstatt.

Wir brauchten ihm nicht viel zu bezahlen, denn er bekam ja bereits einen uns unbekannten Betrag dafür, dass er in Green Creek war.

Wir achteten nur darauf, dass es nicht in den Büchern auftauchte.

Es war aber gut, mal jemand anderen zum Reden zu haben.

Ich spürte, wie es sich aufbaute. Das Bedürfnis, ihn an uns zu binden. Genau wie bei Tanner, Chris und Rico. Ihn zu einem Teil von uns zu machen. Das kam nicht oft vor, denn er war ein Fremder, und das zu einer Zeit, in der Vertrauen ein kostbares Gut war. Die anderen Jungs kannte ich seit Jahren. Sie waren meine Freunde.

Er nicht.

Zumindest nicht gleich.

Aber er wurde zu ... etwas.

Ich wusste, dass wir alle es fühlten. Aber wir sprachen nie darüber.

Jedenfalls war er da, als Jessie kam. Sie schien nicht überrascht, mich zu treffen. Wir hatten uns seit der Beerdigung nicht mehr gesehen. Höchstens im Vorbeigehen, im Straßenverkehr oder im Supermarkt, aber ich war so gut wie nie allein. Es war immer jemand aus dem Rudel bei mir.

Für Jessie war keine Zeit.

Nicht, dass das vorher anders gewesen wäre.

Das war einer der Gründe, warum es mit uns nicht funktioniert hatte.

Aber selbst wenn es anders gekommen wäre, war da immer noch Joe. Irgendwann hätte alles zu Joe geführt. Eigentlich war ich dankbar, dass wir uns im Guten getrennt hatten. Es machte die Dinge einfacher.

Und deshalb konnte ich sie anlächeln, als sie sagte: »Hey, Ox.« Ich erinnerte mich an das leichte Flattern in meinem Herz und meinem Bauch, das ich immer bekommen hatte, wenn ich sie sah. Vor allem beim ersten Mal, als sie Chris nach dem Tod ihrer Mutter in eine Kleinstadt mitten im Nirgendwo gefolgt war und mit ihm in die Werkstatt kam. Es fühlte sich an, als wäre das im Leben eines anderen passiert.

»Hey, Jessie«, sagte ich, und sie schloss mich in die Arme, ohne sich von meinen schmutzigen Händen abschrecken zu lassen.

Ich ignorierte das warnende Knurren hinter mir, weil es wahrscheinlich ohnehin so tief war, dass Jessie es nicht hören konnte. Und selbst wenn, hätte sie es nicht verstanden. Robbie kannte Jessie nicht, und er gehörte zwar nicht direkt zum Rudel, aber ich glaubte, dass es nicht mehr lange dauern würde. Wenn er wollte. Wenn wir *alle* es wollten.

»Schön, dich zu sehen«, sagte sie und trat einen Schritt zurück.

Um die Dinge nicht noch komplizierter zu machen, tat ich das Gleiche. Ich dachte daran, wie Carter, Kelly und Joe auf die Vertrautheit zwischen Jessie und mir reagiert hatten, und wollte keinen Ärger.

Ich warf Robbie einen strengen Blick zu, der zumindest den Anstand hatte, verlegen dreinzuschauen. Und verwirrt, als wüsste er selbst nicht, warum er eben geknurrt hatte.

»Geht mir auch so«, erwiderte ich. »Was führt dich her?«

»Lunch mit Chris«, sagte sie und hielt eine Fast-Food-Tüte hoch. »Ich dachte, ich schaue mal vorbei. Ich war schon eine Weile nicht mehr hier. Der Laden sieht gut aus.«

»Danke. Chris ist im Büro und telefoniert. Er kommt bestimmt gleich. Rico und Tanner holen gerade ein paar Ersatzteile ab.«

Sie nickte und spähte über meine Schulter. »Ich glaube nicht, dass wir uns schon mal begegnet sind«, sagte sie zu Robbie. »Ich bin Jessie, Chris' Schwester.«

»Hi«, sagte Robbie. Und kein Wort mehr. Ich konnte mich gerade noch beherrschen, nicht mit den Augen zu rollen. *Bescheuerte Werwölfe.*

»Hi«, erwiderte Jessie und versuchte erst gar nicht, ihr Schmunzeln zu verbergen. Sie sah mich an. »Er passt gut zu euch.«

Ich wusste nicht, ob das eine Beleidigung war oder nicht, also nickte ich nur.

»Wie geht es dir?«, fragte sie.

Ich zuckte die Achseln. »Okay.« Ich wusste, was sie eigentlich wissen wollte, was sie weggelassen hatte, das *seit deine Mutter gestorben ist*. Aber das war in Ordnung. Sie bemitleidete mich nicht, und das war gut so.

Ihr Blick wurde sanfter. »Das ist gut«, sagte sie. »Ich weiß, dass es ... sehr plötzlich kam.«

Ich spürte einen stechenden Schmerz in der Brust, ein anschwellendes schwarzes Ding, so plötzlich war es gekommen, damals. Dunkel und mit dem Gedanken befleckt, dass die Werwölfe schuld waren. *Wenn sie mir gesagt hätten, was los ist, hätte ich sie retten können, aber sie hatten Geheimnisse vor mir, und schau, was dann passiert ist.* Das waren die Dinge, die mir manchmal durch den Kopf gingen, wenn ich allein im Bett lag und um drei Uhr morgens immer noch nicht schlafen konnte.

Aber all das wusste Jessie nicht. Sonst hätte sie nicht gefragt: »Und wie geht's Joe? Ich weiß, dass er auf eine Privatschule gewechselt hat. Er bereitet sich gerade aufs College vor, oder?«

Das war die Ausrede, die wir allen erzählt hatten. *Die Trauer über den Tod seines Vaters war zu groß, er konnte einfach nicht mehr in Green Creek bleiben und wollte weg. Also ist er zurück nach Maine. Carter und Kelly sind ebenfalls weggezogen.* Niemand schien sich über Gordos Verschwinden zu wundern. Nicht sehr zumindest.

In Wirklichkeit wussten wir nicht, wo sie waren. Niemand hatte von ihnen gehört, seit sie offensichtlich ihre Handys weggeworfen und jeglichen Kontakt abgebrochen hatten.

Robbie hatte gesagt, an der Ostküste wüssten sie auch nicht mehr. Niemand hatte etwas von ihnen gesehen oder gehört.

Elizabeth sagte, dass es bestimmt seinen Grund hatte. Dass wir darauf vertrauen mussten, dass sie wussten, was sie taten.

Mark sagte gar nichts.

Ich fand es zum Kotzen. Ich war noch nie wütend auf Joe gewesen, nicht wirklich, hatte nie etwas verspürt, das sich in meinem Innern festsetzen und dort schwelen konnte. Aber jetzt passierte es, und es gab Zeiten, in denen ich mir sagte, dass er uns im Stich gelassen hatte. Dass er nur an sich selbst und seinen egoistischen Rachewunsch dachte. Dass es unfair war. Mir gegenüber, gegenüber seinen Brüdern und gegenüber dem Rudel. Dass er sich grundlos in Gefahr begab, für nichts und wieder nichts. Und wir ihn dabei anscheinend zu sehr ablenkten, um den Kontakt zu uns aufrechtzuerhalten.

Das redete ich mir ein.

Ob es stimmte oder nicht, spielte keine große Rolle.

»Ja«, sagte ich. »College und so.« Es klang beinahe glaubwürdig.

Jessie sah mich an. »Seid ihr immer noch ...?«

Ich zuckte die Achseln. Ich wusste nicht, was ich darauf antworten sollte. Waren wir immer noch ... *was*?

Das waren die anderen kleinen Gedanken, die ich hatte: Die, die mir sagten, dass ich ihm nichts bedeutete. Dass er nicht nur uns verlassen hatte, sondern auch *mich*. Dass andere Dinge wichtiger waren als ich. Dass er noch ein Kind war, das nicht wusste, was es wollte.

Mit den meisten Dingen hatte mein Vater unrecht gehabt, aber er hatte gesagt, dass die Leute mich wie Scheiße behandeln würden.

Und genau das tat Joe gerade.

»Hm«, meinte Jessie. »Ich dachte immer, es wäre so gut wie beschlossene Sache.«

»Dinge ändern sich«, erwiderte ich und zwang mich zu einem Lächeln. »Wir werden sehen, was passiert, wenn er zurückkommt.«

Falls er zurückkommt, sagte die leise Stimme in meinem Hinterkopf.

Jessie nahm meine Hand und drückte sie sanft. »Er wird zurückkommen«, sagte sie, als wüsste sie genau, was ich gerade gedacht hatte. Und vielleicht wusste sie es tatsächlich. Es gab eine Zeit, in der wir einander sehr gut gekannt hatten. »Das weißt du doch, Ox.«

Robbie knurrte erneut, stotternd wie ein Motor, der nicht anspringen will.

»Ja«, sagte ich. Denn es war einfacher so, als mit ihr über Dinge zu streiten, die sie nicht verstand.

»Wir sollten uns mal treffen. Wenn du Zeit hast.«

»Ich denke, das müsste sich ...«

»Wir haben diese Sache, Ox«, unterbrach Robbie.

»Welche *Sache*?«, fragte ich und versuchte, nicht endgültig die Geduld zu verlieren.

»Diese *Sache*«, beharrte er, »die viel von deiner Zeit in Anspruch nehmen wird.«

»Ich weiß nicht, wovon du ...«

»Du wirst eine ganze Weile keine Zeit haben.«

»Ist er ein Bennett?«, fragte Jessie amüsiert. »Er klingt auf jeden Fall wie einer.«

»Ein Fontaine«, korrigierte ich stirnrunzelnd. Ich verstand nicht, worauf sie hinauswollte.

»Klar«, meinte Jessie. »Wie auch immer, ruf an, wenn du Zeit hast. Meine Nummer ist immer noch die gleiche.«

Ich nickte, während sie sich dem Büro zuwandte, wo Chris gerade aufgelegt hatte.

»Was sollte das?«, fragte ich Robbie.

»Nichts«, antwortete er. »Ich meine, ich weiß nicht, wovon du sprichst.«

»*Robbie.*«

»Ox. Lass uns den Ölwechsel fertig machen.«

»Wir sind gerade dabei, die Lichtmaschine zu reparieren.«

»Ach?« Er schaute auf das Auto hinunter. »Scheint mir auch logischer ...«

»Sie ist eine alte Freundin von mir.«

Sein Blick verfinsterte sich. »Du hast weder ihren Herzschlag gehört, noch hast du sie gerochen.«

»Oh Gott, wie ich Werwölfe hasse!«, murmelte ich.

»Sie hat *gestunken* vor Erregung.«

»Man schnuppert fremden Leuten nicht hinterher!«

»Ich kann nichts dafür! Sag ihr, sie soll nicht so riechen, als wollte sie dich sofort bespringen!«

»Wer will wen bespringen?«, fragte Rico und kam mit Tanner herüber.

»Niemand«, sagte ich hastig.

»Das Mädchen«, antwortete Robbie. »Diese Jessie.«

Ich stöhnte.

»Das ist Ox' Ex-Freundin«, erklärte Tanner.

»Von der Highschool«, fügte Rico hilfsbereit hinzu. »Beziehungen aus dieser Phase halten ewig.«

Robbie sah leicht entsetzt aus. »Du warst mit ihr *zusammen*?«

Ich vergrub mein Gesicht in den Händen.

»Aber du bist mit dem Alpha vereint!«

Ich hatte genug. Ich ließ meine Hände sinken, funkelte Robbie an und sagte: »Ich bin mit *niemandem* vereint. Wenn ich es wäre, dann wäre er jetzt hier und ...«

Ich verstummte, und die anderen starrten mich an. Es war nicht der richtige Zeitpunkt. Nicht jetzt. Vielleicht nie.

»Ox«, sagte Rico vorsichtig, als würde er sich einem in die Enge getriebenen Tier nähern. »Du weißt, er würde ...«

»Lass es.«

Er ließ es.

Ich murmelte, dass ich Mittagessen gehen würde oder etwas in der Art, und ließ die anderen allein.

Vier Tage später kamen sie.

Während dieser vier Tage wurde ich immer wütender. Ich hatte Probleme und konnte mir nicht vorstellen, wie ich sie je loswerden sollte.

Denn Werwölfe waren mein Problem.

Rudel waren mein Problem.

Vielleicht wollte ich einfach ein normales Leben, weit weg von allem, was es eigentlich gar nicht geben sollte.

Vielleicht wollte ich all das hinter mir lassen und einen Ort finden, an dem kein Wolf meinen Namen kannte.

Thomas hatte mir einmal erzählt, dass der Geruch des Rudels umso stärker an einem Menschen haftet, je länger er in einem Rudel ist, bis der Geruch zu einem Teil von ihm wird, tief in seinem Wesen verwurzelt.

Jeder Wolf wusste sofort, dass ich zu einem Rudel gehörte, egal, wie sehr ich meine Haut schrubbte.

Und das nervte mich.

Ich hielt mich von den anderen fern, so gut es ging. Ich arbeitete lange und verließ die Werkstatt erst spät nach Mitternacht. Die Jungs drängten mich, nicht so lange zu schuften, aber ich schnauzte sie an, sie sollten mich in Ruhe lassen.

Mark und Elizabeth drängten mich nicht.

Ich wollte auch nicht, dass sie es taten, und überlegte verwirrt, warum ich fand, dass sie es trotzdem tun sollten.

Ich hätte wissen müssen, dass Elizabeth warten würde, bis sie spürte, dass ich bereit war. Manchmal glaubte ich, dass sie mich besser kannte als ich mich selbst.

Ich rieb mir mit der Hand übers Gesicht, während ich die Straße entlang zu dem Haus am Ende des Feldwegs ging. Es war wahrscheinlich dumm von mir, mich mitten in der Nacht allein draußen rumzutreiben, aber ich hatte Vertrauen in Gordos Schutzzauber. Wenn auch nicht mehr unbedingt in ihn selbst.

Ich war erschöpft. Von vielen Dingen.

Ich spürte Elizabeth, noch bevor ich sie sah oder hörte. Ich glaubte nicht, dass allzu viele Menschen in Wolfsrudeln das konnten, aber ich kannte niemanden, den ich hätte fragen können. Und allein der Gedanke, noch mehr Fragen zu stellen, war anstrengend. Ich hatte den Kopf so schon voll genug.

Ich sagte: »Ich weiß, dass du da bist«, und erwartete, sie als Wolf zwischen den Bäumen hervorkommen zu sehen.

Stattdessen sagte sie: »Natürlich weißt du das. Ich habe nichts anderes erwartet.«

Sie löste sich aus den Schatten und bewegte sich mit übermenschlicher Anmut. Sie trug eine weite Jogginghose und ein altes Sweatshirt von Thomas, dessen Ärmel ihr bis über die Hände reichten. Ihre Augen leuchteten kurz in diesem warmen Halloween-Orange, das mich so sehr an Joe erinnerte. Allein der Gedanke an ihn schmerzte mich in der Brust.

Und sie wusste es. So war sie nun mal.

Sie sagte: »Ah! Ich habe mich schon gefragt, ob es daran liegt.«

»Ich wünschte, du würdest das lassen«, brummte ich.

Sie lachte leise. »Ich kann nicht. Ich bin, was ich bin.«

»Mitten in der Nacht im Wald herumzuschleichen ist also dein Ding?«

»Ich schleiche nicht herum.« Sie klang leicht beleidigt.

»Irgendwie schon. Es gehört schließlich zu ... all dem hier.«

»Ich mag dich«, sagte sie ernst. »Sehr sogar.«

Ich hätte mir das Lächeln auf meinem Gesicht nicht verkneifen können, selbst wenn ich es versucht hätte. »Ich weiß. Ich mag dich auch.«

Ich ging auf das Haus am Ende des Feldwegs zu.

Elizabeth begleitete mich.

»Du hast uns gemieden«, sagte sie.

»Ich hatte viel zu tun.«

»Ah«, machte sie. »In der Werkstatt.«

»Ja.«

»Muss groß gewesen sein.«

»Was?«

»Der Andrang. Alle Leute in Green Creek scheinen zur gleichen Zeit ihr Auto repariert haben zu wollen.«

Ich funkelte sie an.

Sie lächelte gelassen.

»Mehrere Dutzend«, antwortete ich.

»Du bist sauer.«

Ich blieb stehen und ballte die Fäuste.

»Es ist in Ordnung, wenn du sauer bist.«

»Ich *bin* nicht sauer«, knurrte ich.

»Natürlich nicht. Du meidest nur dein Rudel, und wenn du uns siehst, dann behandelst du uns, als würdest du uns verachten. Kein bisschen sauer.«

»Ich verachte niemanden.«

»Das *kann* gar nicht stimmen. Es gibt viele verachtenswerte Menschen.«

»Elizabeth ...«

»Wir nehmen es dir nicht übel.«

Ich blinzelte. »Was denn?«

»Dass du es uns übel nimmst.«

Ich trat einen Schritt zurück. »Ich nehme euch *gar* nichts ...«

»Es ist okay, Ox. Ich weiß nicht, ob ich an deiner Stelle nicht genauso reagieren würde.«

Ich ließ den Kopf hängen.

»Wenn du nie von Wölfen gehört hättest«, fuhr sie fort, »wäre all das nie passiert. Wenn wir nicht nach Green Creek zurückgekommen wären, hättest du uns nie getroffen und deine Mutter würde jetzt in ihrem Bett schlafen. Oder besser gesagt, ich hoffe, dass es so wäre, denn man weiß nie, was passiert. Das Leben beschreitet manchmal seltsame Wege.«

»Warum erzählst du mir das?«, fragte ich.

»Weil jemand es tun muss. Und da Joe nicht hier ist, übernehme ich das.«

Meine Wut flammte auf, hell und brennend.

»Er wollte dich nicht verlassen, Ox«, sagte Elizabeth.

Ich lachte bitter. »Wirklich? Denn für jemanden, der nicht wollte, ist er verdammt schnell abgehauen.«

»Er hatte ...«

»Sag mir nicht, dass er keine andere Wahl hatte«, schnauzte ich sie an. »Denn die hatte er. Er hätte sich für *uns* entscheiden können. Er hätte ...« Ich wollte den Gedanken nicht zu Ende spinnen, denn das hätte ihn nur noch realer gemacht.

Aber Elizabeth wusste es auch so. »Er *hat* sich für dich entschieden, Ox«, sagte sie und ignorierte die Wut in meiner Stimme. »Erinnerst du dich nicht mehr? Er hat dir seinen Wolf gegeben, nur dir. Für ihn gab es immer nur dich.«

»Das hilft uns jetzt auch nicht weiter. Er ist gerade Gott weiß wo mit Carter und Kelly. Mit Gordo. Scheiße, wir wissen nicht mal, ob er noch *lebt*. Ob überhaupt ein Einziger von ihnen noch am Leben ist.«

»Sind sie.«

Ich starrte sie an. »Du weißt es.«

»Ja.«

»Weil ...«

»Weil ich ihre Mutter bin. Und ich bin eine Wölfin. Wenn sie tot wären, wüsste ich es. So wie ich es auch bei Thomas wusste.«

Meine Kehle fühlte sich trocken an. »Ich kann sie nicht mehr spüren. Nicht so wie früher.«

Sie streckte ihre Hand aus und streichelte mir über den Arm. Ich war nicht sicher, ob ich wollte, dass sie mich berührte, aber sie zog ihre Hand weg, bevor ich einen Schritt zurücktreten konnte. »Das weiß ich«, sagte sie. »Du bist kein Wolf. Auch wenn du es mehr bist als früher, es ist nicht dasselbe.«

»Hast du mit ihm gesprochen?« Mein Herz pochte wie wild.

»Nein«, antwortete Elizabeth traurig. »Habe ich nicht. Mit keinem von ihnen. Wenn, wüsstest du davon. Ox, ich verstehe, warum er getan hat, was er getan hat, auch wenn ich nicht damit einverstanden bin. Einen Elternteil zu verlieren, ist schrecklich. Du weißt das besser als jeder andere, und ich will nicht herunterspielen, was dir passiert ist. Aber Joe hat seinen Vater *und* seinen Alpha verloren. Und dann musste er die Rolle, auf die er sich vorbereitet hatte, schon viel früher übernehmen, als er dachte.«

»Es geht ihm nicht darum, was richtig ist«, widersprach ich. »Sondern um Rache. Hast du überhaupt versucht, ihn aufzuhalten?«

Elizabeth sah aus, als hätte ich sie geohrfeigt, und das war Antwort genug.

»Ich ...«

»Was hättest *du* an seiner Stelle getan?«, fragte sie. »Was hättest du getan, wenn du die Chance gesehen hättest, die Dinge in Ordnung zu bringen? Sie ausgeschlagen, um später festzustellen, dass andere wegen deiner Untätigkeit zu Schaden gekommen sind?« Sie sagte das nicht tadelnd, sondern neugierig.

»Ich hätte das Rudel an oberste Stelle gesetzt«, antwortete ich aufrichtig. »Auch wenn ich wütend bin und mir nichts sehnlicher wünsche, als Richard Collins tot zu sehen, hätte ich das Rudel zusammengehalten. Um es zu beschützen. Um es nicht auseinanderzureißen. Und sobald sich alle erholt hätten, hätten wir eine Entscheidung getroffen. Gemeinsam. Das ist es, was Thomas mir beigebracht hat. Er sagte, dass das Rudel immer an oberster Stelle steht.«

Elizabeth lächelte ein kleines, zittriges Lächeln. »Er hat dich geliebt. Sehr sogar. So wie wir. Vor allem Joe. Ich weiß nicht, ob du das verstehst, Oxnard, aber wir brauchen dich. Mehr, als du dir vorstellen kannst.«

Meine Augen brannten, und ich wünschte mir nichts sehnlicher, als dass ihre Worte wahr wären. »Aber was ist mit dem, was *ich* brauche?«, fragte ich.

»Du brauchst uns genauso wie wir dich.«

»Ich brauche *ihn*.«

»Ich weiß.«

»Sie *müssen* zurückkommen.«

»Ich weiß.«

»Werden sie es tun?«

Sie berührte meinen Arm. »Sobald sie es können.«

Das war nicht gut genug, aber ich wusste, dass das alles war, was Elizabeth mir geben konnte.

Sie sagte: »Lass uns gehen.«

Mein Handy klingelte.

Es war erschreckend laut in der Stille des Waldes.

»Tut mir leid«, murmelte ich, und mein Herz machte einen Satz, weil ich *wusste*, dass er es war. Joe, der sagen würde, wie leid es ihm tut, dass er nie so lange wegbleiben wollte, dass er jetzt nach Hause kommt, dass er mir nie wieder von der Seite weichen wird und dass alles gut wird.

Ich fischte mein Handy aus der Tasche. Das Display war so grell in der Dunkelheit und blendete mich, ich konnte nichts erkennen, konnte ...

»Hallo?« krächzte ich. »Joe, ich bin's ...«

»Ox?«, sagte eine zitternde Stimme. »Sie ... tun mir weh, Ox.«

Nicht Joe.

»Jessie?«, fragte ich verwirrt, wütend und verletzt zugleich. Denn es war nicht Joe, es war nicht Joe, *es war nicht* ...

»Ox«, sagte sie. Sie weinte. »Ihre *Augen*, sie *leuchten* und ...«

»Wo bist du?«, presste ich hervor.

Und dann *schrie* sie.

»Jessie!«

Der Schrei verstummte.

»Hallo, Ox«, sagte eine andere Stimme. Sie klang, als würde sie durch einen Mund voller scharfer Zähne sprechen.

»Wer ist da?«, knurrte ich.

»Ich habe eine Freundin von dir getroffen. Sie riecht wie du. Ein bisschen zumindest. Vielleicht wie eine Erinnerung aus längst vergangenen Zeiten. Sie wollte gerade zurück in den Schutz eurer kleinen ... Zauber.«

»Ich schwöre bei Gott, wenn du ihr auch nur ein Haar krümmst, bringe ich dich um.«

»Oh nein«, gurrte die Stimme. »Dann wirst du mich wohl töten müssen. Ihr Blut, es schmeckt so gut.«

»Was willst du?«

»Schon besser. Ich danke dir. Es ist ganz einfach. Ich will *dich*, Ox. Die Überreste deines Rudels. Er wird sehr zufrieden mit mir sein. Er wird mich lieben, weil ich geschafft habe, was er nicht konnte.«

»Du hast keine Ahnung, mit wem du es ...«

»Ox«, knurrte der Wolf, denn es konnte nichts anderes als ein Wolf sein. Ich hatte lange genug mit ihnen zu tun, um es zu wissen. Wie wütend sie werden konnten. »Ich glaube, du hörst nicht richtig zu.«

Jessie schrie wieder, hell und bebend vor Schmerz. »Tu es nicht«, flehte ich. Denn es war meine Schuld. Er tat ihr das meinetwegen an. »Tu ihr nicht mehr weh. Was willst du?«

»Komm zu mir«, sagte der Wolf. »Außerhalb dieser ... klebrigen, brennenden Dinger. Komm raus, dann sehen wir weiter.«

»Wo?«, fragte ich mit zusammengebissenen Zähnen.

»Die Brücke. Ich habe gehört, es gibt nur eine. Du hast zwanzig Minuten, Oxnard. Ich fürchte, ich muss darauf bestehen. Zwanzig Minuten, oder ihr Blut klebt an deinen Händen.«

Der Wolf legte auf.

Ich ließ das Handy sinken. Meine Hände zitterten.

»Hast du alles gehört?«, fragte ich.

»Alles«, sagte Elizabeth, und ihre Augen leuchteten orange.

»Sie wissen es nicht, oder?«

»Nein. Sie halten uns für schwach.«

»Gut«, knurrte ich. »*Ihr* Pech.«

Elizabeth verwandelte sich halb, ihre Krallen und Reißzähne kamen hervor. Fell kräuselte sich auf ihren Wangen und ihrer Stirn.

Und zum ersten Mal seit ihrem Trauerheulen nach Thomas' Tod legte Elizabeth Bennett den Kopf in den Nacken und sang.

Aber dieses Mal war es ein Kriegslied.

Wir waren zersplittert.

Einige von uns waren nicht da, das Rudel war nicht vollzählig. So weit hatte er recht.

Aber wir hatten es wieder wettgemacht. Wir hatten die Lücken gefüllt, so gut wir konnten, und zusammengehalten, was uns geblieben war.

»Was soll das alles?«, hatte Rico gefragt, während er schweißdurchnässt mit den anderen im Wald trainierte.

Ich dachte an das, was Thomas mir gesagt hatte. Über das Rudel. Den Schutz des eigenen Territoriums. »Nur für den Fall«, hatte ich geantwortet.

Tanner und Chris waren in Hörweite, ihr Atem ging stoßweise. Mark war halb verwandelt, Elizabeth ganz, und ihrer aller Augen blitzten.

»Für den Fall, dass was passiert?«, fragte Tanner.

»Egal was. Macht weiter.«

Und das taten sie.

Weiter und immer weiter.

Es war ein merkwürdiger Treffpunkt, den der Wolf ausgesucht hatte. Eine alte überdachte Holzbrücke außerhalb von Green Creek. Die Farbe blätterte ab und das Holz hatte Risse. Eigentlich sehr malerisch. Im Herbst, wenn die Blätter sich verfärbten, kamen Leute von weit her, um Fotos zu machen. Sie überspannte ein Bachbett mit kaltem Wasser aus den Bergen.

Das bedeutete aber auch, dass der Treffpunkt abseits lag, sodass niemand aus Green Creek verletzt werden würde.

Mark stieß zu uns, er war bereits verwandelt, seine Augen leuchteten, sein Schwanz zuckte. Elizabeth zog sich gerade aus, als Tanner anrief, nachdem er ihr Lied gehört hatte.

»Ist das echt?«, fragte er.

»Ja«, sagte ich mit zusammengebissenen Zähnen. »Sie haben Jessie.«

»Fuck! Chris, er wird ...«

»Ich kümmere mich darum. Trommle du inzwischen die Jungs zusammen. Wir treffen uns in der Werkstatt.«

»Ox ...«

»Bewegung«, bellte ich. »Jetzt.«

Er schnaubte und legte auf.

Ich wandte mich wieder den anderen zu.

Robbie war ebenfalls da, ein grauer Wolf mit schwarzen Streifen im Gesicht. Er war kleiner als Mark und Elizabeth und schlanker, aber seine Zähne waren scharf und seine Pfoten groß. Das dünne Band zwischen uns pulsierte sanft, und ich spürte seine Verbindung zum Rudel. Wir hatten Robbie noch nicht ganz akzeptiert, denn der Verrat saß tief. Natürlich war er nicht Osmond, doch er arbeitete für dieselben Leute ...

Aber jetzt war er hier, und das schon lange. Er trainierte mit uns und aß mit uns an einem Tisch. Ich glaubte nicht, dass es noch lange dauern würde, bis die Mauer zwischen uns endgültig fiel.

Ich fragte mich, ob Joe uns spüren konnte.

Ich fragte mich, ob es ihn überhaupt interessierte.

Sie folgten mir zwischen den Bäumen hindurch, rannten im Dunkeln an meiner Seite. Ich musste nicht achtgeben, wohin ich trat. Ich kannte diesen Ort, kannte diese Bäume, diesen Wald. Ich kannte jeden Zentimeter davon. Thomas hatte es mir beigebracht. Er hatte mir gezeigt, dass ein Revier ein Zuhause ist, und das hier war *mein* Zuhause. Ich wusste, wo ich springen musste. Wo ich mich ducken musste. Ich dachte nicht darüber nach, wie oder warum. Es war einfach so.

Als wir in Green Creek ankamen, hielten wir uns an die Schatten. Es war spät, sehr spät, und die Straßen waren leer, aber es gab bereits Gerüchte über Wölfe in den Wäldern. Die Leute sollten nicht auch noch glauben, dass sie jetzt schon durch die Stadt liefen.

Die Werkstatt war dunkel, doch ich konnte die Jungs bereits spüren. Ihre Stimmen verstummten, als wir hereinkamen. Tanner warf mir meine Brechstange zu und achtete darauf, Robbie nicht damit zu berühren, der seine Flanke gegen sein Bein presste.

»Wir haben es gehört«, sagte Chris. »Das Heulen. Es war ...«

»... in euren Köpfen?«

Alle drei nickten.

»Man gewöhnt sich dran«, beschwichtigte ich. »Größtenteils.«

»Was ist passiert?«, fragte Rico.

»Chris«, sagte ich. »Du musst mir jetzt gut zuhören.«

Er runzelte die Stirn. »Was ist denn los?«

»Omegas«, sagte ich. »Außerhalb der Schutzzauber.«

»Sie können doch nicht an ihnen vorbei, oder?«, fragte Rico. »Warum sind wir dann ...«

»Sie haben Jessie«, antwortete ich und sah dabei Chris an.

Chris wurde blass. »Was?«, flüsterte er.

»Sie haben sie gezwungen, mich anzurufen.«

Er trat einen Schritt vor, am ganzen Körper bebend vor Wut. »Aber sie lebt?«

»Ja.« Und das bestimmt noch eine ganze Weile, sie brauchten schließlich ein Druckmittel. Uns blieben noch neun Minuten, vielleicht zehn. »Ich habe ihre Stimme gehört.«

»Was hat sie gesagt?«

Sie hat geschrien, aber das brauchte er nicht zu wissen. »Dass ihre Augen leuchten.«

»Verdammt«, murmelte Rico.

»Sie haben sie entführt«, sagte Chris.

»Ja.«

»Aber wir werden sie zurückholen.«

»Ja.« Ich legte meine Hände auf seine Schultern und drückte meine Stirn an seine.

»Ox«, stammelte er. »Sie ist alles, was ich habe. Sie ist meine *Schwester*. Das können sie nicht *machen*.«

»Wir holen sie zurück«, versprach ich. »Wir holen Jessie zurück, und diese Hunde werden bereuen, dass sie je nach Green Creek gekommen sind.«

Chris atmete schwer, seine Schultern zitterten unter meinen Händen. Aber ich konnte den Moment spüren, in dem er es beiseiteschob, in dem er seinen Entschluss fasste. Seine Augen wurden dunkel, und er fletschte die Zähne.

»Sie halten uns für ein Nichts«, sagte ich so laut, dass auch die anderen es hören konnten. »Glauben, sie könnten einfach herkommen und sich nehmen, was sie wollen. Dass wir gebrochen sind.«

Die Wölfe knurrten.

»Wir werden ihnen zeigen, wie sehr sie sich getäuscht haben.«

Und vielleicht, ganz vielleicht, konnte ich Joes Entscheidung einen winzig kleinen Moment lang verstehen.

Als Erstes spürte ich Gordos Schutzzauber. Sie hörten zehn Meter vor der Brücke auf. Wir waren nicht gefangen. Wir konnten Green Creek jederzeit verlassen, wenn wir wollten. Es ging nicht darum, uns drinnen zu halten, sondern darum, alle fernzuhalten, die dem Rudel Schaden zufügen wollten. Und wenn irgendetwas stark genug war, um durchzukommen, würden wir es merken, weil Gordo die Zauber in einer Art Alarmsystem mit den Banden des Rudels verbunden hatte. Er glaubte allerdings, dass nicht einmal sein Vater das schaffen würde.

Die Zauber summten auf meiner Haut, warm und vibrierend flüsterten sie Gordos Lied. Die Schutzzone reichte bis tief in die Wälder hinein, wie ich wusste. Sie deckte zwar nicht das gesamte Bennett-Revier ab, aber genug davon, dass wir in Sicherheit waren.

Die Wölfe standen vor der Brücke, außerhalb der Schutzzauber.

Ich ging auf sie zu, während die anderen sich außer Sichtweite hielten. Die Zauber beeinträchtigten die Sinne der Omegas, weshalb es unwahrscheinlich war, dass sie unsere Zahl erraten würden. Vielleicht waren sie sogar dumm genug zu glauben, ich wäre allein gekommen.

Violette Augen beobachteten mich. Ich zählte zehn Paare, die jeden meiner Schritte verfolgten.

Ich konnte Jessie nicht sehen. Ich hatte für den Moment vergessen, dass ich sie nicht spüren konnte wie die anderen. Ich dachte an den Tag in meinem Zimmer, den Tag unserer Trennung, als ich es versucht hatte. Aber sie gehörte nun mal nicht zum Rudel.

Kurz bevor die Schutzzauber endeten, blieb ich stehen. Irgendwo rechts von mir hatte Gordo eine Rune in einen der Bäume gebrannt. Die unsichtbare Grenze vor mir summte, und es roch nach Ozon.

»Kommst du allein, Mensch?«, knurrte der Wolf, mit dem ich am Telefon gesprochen hatte.

»Wie heißt du?«, fragte ich. Ich konnte nur seine Omega-Augen erkennen.

Er sagte: »Wo sind die anderen? Die Überreste von dem, was ihr einmal wart.«

»Ich habe dich was gefragt.«

Die Omegas um ihn herum lachten, und er trat einen Schritt vor. Er war immer noch größtenteils von Schatten verborgen, aber meine Augen waren an Dunkelheit gewöhnt.

Er schien nicht viel älter zu sein als ich. Sein Bart war schütter, die Haare hatte er sich mit einem Lederriemen zurückgebunden. Die Spitzen seiner Reißzähne berührten seine Unterlippe, als würde er lächeln.

»Du«, sagte er mit rasselnder Stimme, »hast *mir* eine Frage gestellt?«

Seine Begleiter lachten wieder.

»Deinen Namen«, wiederholte ich.

»Menschen haben uns keine Fragen zu stellen«, fauchte er. »Ihr seid der Abschaum unter unseren Füßen. Der gefallene König hat sein Rudel entweiht, und schau, was es ihm gebracht hat. Sein Blut ist auf seinem eigenen Boden vergossen.«

Ruhig, sagte ich mir. *Ganz ruhig.*

Denn die Gefahr war groß, dass ich mich einfach auf ihn stürzte, ohne Rücksicht darauf, wie viele Gegner es waren.

Er will dich nur provozieren, flüsterte Thomas. *Er begreift nicht, was du bist.*

Ich verstand es selber nicht. Nicht mehr. Ich konnte mir nicht vorstellen, dass irgendein anderer Mensch sich so fühlte wie ich, selbst wenn er einem Rudel angehörte.

Thomas hatte gesagt, ich bräuchte kein Wolf zu werden. Dass ich nicht mehr sein müsste, als ich bereits war. Er hatte mir angeboten, mich zu beißen, aber als Geschenk. Um meine Verbindung mit ihm zu stärken, mit dem Rudel. Nicht weil er wollte, dass ich ein anderer wurde.

Und jetzt hörte ich seine Stimme, obwohl er gar nicht hier war. Genauso wie ich manchmal die meiner Mutter hörte. Aber das waren nur Erinnerungen, Teile von ihnen, die ich abgespeichert hatte und die aus mir herausbrachen, wenn ich am wenigsten damit rechnete.

Ich überlegte, ob Thomas gewusst hatte, zu was ich eines Tages werden würde. Ab und zu hatte ich ihn dabei ertappt, wie er mich beobachtete, fast, als wartete er auf etwas. Ich hatte nie Gelegenheit gehabt, ihn danach zu fragen.

Ich sagte: »Ich frage dich noch ein letztes Mal.«

»*Mensch*«, fauchte der Wolf.

Ich legte mir die Brechstange über die Schulter. Das Metall schabte an meinem Ohr. Die Bande leuchteten, als stünden sie unter Strom. Ich spürte Mark und Elizabeth, Tanner, Chris und Rico. Und Robbie, dessen gleichmäßiges Pulsieren immer stärker wurde. Er war hier, um an unserer Seite zu kämpfen.

Joe wäre bestimmt stolz.

Vielleicht würde er mir das eines Tages sogar sagen.

Falls er je zurückkam.

Falls ich ihm je verzeihen würde.

Ich sagte: »Wie. Heißt. Du?«

»Komm her«, zischte der Omega. »Raus aus der Schutzzone.« Er neigte den Kopf, seine bereits länger werdenden Ohren zuckten leicht.

»Ich erkläre dir jetzt, wie das laufen wird«, antwortete ich, denn ich hatte genug von ihm. Genug von alldem hier. »Du gibst mir das Mädchen, und sobald ich sehe, in welchem Zustand sie ist, entscheide ich, ob du gehen darfst oder ob du kriechen wirst.« Ich hielt kurz inne. »Oder wie tief ich dich vergrabe.«

Diesmal lachte niemand.

Ich sah, wie zwei oder drei von ihnen einen Schritt zurück machten. Ich würde sie verschonen falls möglich.

»Du«, erwiderte der Omega, »bist ein Rätsel. Warum bist du so, wie du bist?«

»Wegen meinem Vater«, antwortete ich. Und damit meinte ich Thomas.

Der Omega musterte mich einen Moment lang. Schließlich rief er über die Schulter: »Bringt das Mädchen her.«

So einfach konnte es nicht sein.

Zwei Gestalten traten aus den Schatten unter der Brücke. Die eine stolperte bei jedem Schritt, während die andere sie unsanft hinter sich herzerrte.

Jessie.

Sie konnte aus eigener Kraft laufen, aber ich hörte ihren stockenden Atem. Sie hinkte und konnte ihren rechten Fuß kaum belasten. Ihre Augen waren groß und ihre Wangen waren feucht. Aber ihr Mund war ein schmaler Strich, ihr Kiefer angespannt. Sie war verängstigt, aber auch wütend, und das war gut so, denn Wut war ein besserer Motivator als Angst. Es bedeutete außerdem, dass die Wölfe sie wahrscheinlich unterschätzten. Genauso wie sie mich und mein Rudel unterschätzten.

»*Ox*«, sagte Jessie mit krächzender Stimme.

»Alles wird gut«, erwiderte ich. »Sieh einfach nur mich an, und alles wird gut.«

»Wohl kaum«, sagte der Omega und packte Jessie am Arm. Sie wehrte sich nach Leibeskräften, aber sein Griff war fest wie Eisen. »Sag mal, Ox, glaubst du, diese lächerliche Stange wird mich davon abhalten, ihr vor deinen Augen die Kehle rauszureißen? Glaubst du, du könntest mich aufhalten, bevor ihr Herz aufhört zu schlagen?«

»So was Ähnliches hat schon einmal jemand zu mir gesagt«, antwortete ich leise. »Er hatte meine Mutter, so wie du jetzt Jessie hast. Ich habe ihm den Schädel eingeschlagen. Er ist einen sehr schmerzhaften Tod gestorben.«

»Geschichte wiederholt sich nicht.«

Ich zuckte die Achseln. »Soll schon vorgekommen sein.«

»Aber nicht diese«, knurrte der Omega mit einem bösartigen Lächeln. »Sag mir, Ox: Wenn du deine Mutter beim ersten Mal retten konntest, warum dann nicht auch beim zweiten Mal?«

Ganz ruhig, flüsterte Thomas mir zu.

»Was willst du?«, fragte ich.

Seine Augen leuchteten violett auf. »Ganz einfach: dich. Euer Alpha hat euch im Stich gelassen, und jetzt braucht er einen Anreiz, um aus seinem Versteck zu kommen. Dieser Anreiz wirst du sein. Und dann bringen wir dich und deinen Alpha zu Richard.«

»Und wenn ich mich nicht ausliefere?«

»Das Mädchen«, sagte er. »Sie wird sterben. Alle in Green Creek werden sterben. Was von deinem Rudel übrig ist, wird sterben.«

Ich schnaubte. »Die Schutzzauber halten. Du kommst weder an das Rudel ran noch an die Bewohner dieser Stadt.«

»Ox, was zum Teufel geht hier vor?«, fragte Jessie mit zitternder Stimme.

»Aber wie lange noch?«, fragte der Wolf. »Es werden Fehler passieren. Du kannst nicht für immer da drinbleiben, aber ich für immer hier draußen. Und wann immer ein Mensch euer Städtchen verlässt, werde ich da sein und ihn töten. Einen nach dem anderen.«

»Du hättest mir deinen Namen nennen sollen«, sagte ich. »Das ist alles, was ich wollte.«

Die Augen des Omegas verengten sich. »Du weißt offensichtlich nicht, mit wem du es ...«

»Du hattest die Wahl«, schnitt ich ihm das Wort ab und ließ meiner Wut endlich freien Lauf. Meine Stimme wurde tiefer, und ich spürte, wie die Bande des Rudels sich regten. »Du hättest gehen können oder kriechen, aber du hast deine Chance nicht genutzt.«

BruderRudelLiebeSohnFreund.

Sie waren da, alle.

Oder die, die noch hier waren.

Und wir waren ein Rudel, wir lebten zusammen, wir aßen zusammen, und wir trainierten zusammen. Seit dem Tag, an dem Elizabeth sich zurückverwandelt hatte, war alles anders geworden. Seit Tanner und Chris. Seit Rico und Robbie. Sie waren zu uns gestoßen, als wir allein waren. Sie hatten das Rudel nicht wieder heil gemacht, aber fast, und wir hielten zusammen. Es gab auch Zweifel, vor allem in mir, wegen all der Dinge, die ich nicht loslassen konnte: meine Wut über Osmonds Verrat, über den Tod meiner Mutter. Über die Trümmer, die Joe und die anderen hinterlassen hatten.

Aber wir waren nicht am Boden.

Ich hatte mein Rudel.

Und mein Rudel hatte mich.

»Es wird gleich laut werden«, sagte ich zu den Omegas. »Es wird Chaos geben, und es wird Blut fließen, und ich möchte, dass ihr euch an etwas erinnert, wenn das passiert: Ich wollte nur seinen Namen.«

Sie waren zu zehnt.

Wir waren sieben.

Aber das wussten die Omegas nicht.

Dann kamen sie, die Wölfe zuerst. Sie fletschten die Zähne und knurrten die Omegas an, die es wagten, die Grenzen unseres Reviers zu verletzen. Die es wagten, es noch einmal zu versuchen.

Elizabeth und Mark standen rechts von mir, Robbie zu meiner Linken, alle drei so dicht, dass ich ihre Muskeln und ihr gesträubtes Fell spüren konnte.

Tanner und Rico schlossen zu Robbie auf, beide hatten Pistolen mit Silberkugeln. Gordo hatte sie mir für den Notfall gegeben. Bis vor einem Jahr hatte Rico noch nie eine Waffe in der Hand gehalten, jetzt war er der bessere Schütze der beiden.

Chris stellte sich zwischen Elizabeth und Mark und drückte auf seine Handgelenke. Zwei mit Silber versetzte Klingen schossen unter seinen Ärmeln hervor – Springmesser, die er nach Plänen aus dem Internet in der Werkstatt angefertigt hatte, wie er mir erzählt hatte. Er drehte den Kopf einmal nach links, dann nach rechts, und sein Nacken knackte laut in der Stille.

»Was ...?«, stammelte der Omega. Weiter kam er nicht.

Er hatte das Wort noch nicht einmal zu Ende gesprochen, da preschten wir vor. Das einzige Geräusch war das unserer Füße auf dem feuchten Boden. Ich glaube, sie haben erst gemerkt, was passiert, als es fast schon zu spät war.

Jessie sah uns kommen und wartete nicht darauf, gerettet zu werden. Sie riss ihr rechtes Bein hoch und trat ihrem Entführer seitlich gegens Knie. Ich hörte seine Knochen brechen, ließ ihm aber keine Zeit, den Schmerz zu spüren, und schwang meine Brechstange wie einen Golfschläger von unten gegen sein Kinn. Blut und Zähne flogen durch die Luft, als er auf dem Rücken landete, sein verletztes Bein in einem unnatürlichen Winkel zur Seite weggestreckt.

Wölfe und Omegas stürzten sich knurrend aufeinander, bissen und rissen mit Zähnen und Klauen. Ich packte Jessie und zog sie weg von dem Kampf. Als ich spürte, wie sich die Schutzzauber wieder über uns legten, bellte ich: »Du rührst dich nicht von der Stelle. Hier können sie dich nicht erreichen.«

»Ox ...«

Aber ich rannte schon wieder zurück, mitten hinein in das Getümmel aus Zähnen und Klauen.

Ein halb verwandelter Omega stürmte brüllend auf mich zu, streckte seine Klauen nach mir aus und sprang. Ich ließ mich auf die Knie fallen und rutschte mit nach hinten gebeugtem Oberkörper auf ihn zu. Meine Hose zerriss und Steinchen gruben sich in meine Haut, während der Omega über mich hinwegsegelte.

Dann stieß ich die Spitze der Brechstange mit aller Kraft nach oben. Sein Brustkorb knackte, das Silber schnitt rauchend in seine Haut und schlitzte ihn bis zum Bauch auf. Er landete krachend auf der Seite, rollte halb herum und blieb mit dem Gesicht nach unten liegen, während sich sein Blut in einer Pfütze unter ihm sammelte.

Ich sprang wieder auf die Beine und sah Elizabeth, die ihre Zähne in den Hals eines Omegas geschlagen hatte, der mit kraftlos zappelnden Beinen unter ihr lag. Mark überragte seine Gegner fast um die Hälfte und hatte bereits zwei von ihnen mit blutgetränkten Zähnen niedergestreckt, noch bevor ich überhaupt einen Schritt weit gekommen war.

Jessies Entführer kämpften viel unkoordinierter als die Omegas damals auf der Lichtung. Ich glaube nicht, dass Richard Collins sie geschickt hatte. Sie kämpften *gegen* uns, aber sie kämpften nicht *zusammen*, nicht wie ein Rudel.

Robbie schrie auf, als ein Omega seine Krallen in seinen Rücken grub. Er riss den Kopf herum und schnappte nach den Beinen des Omegas, da war ich schon bei ihm und riss den Angreifer mit einem Hechtsprung von Robbie herunter. Wir fielen gemeinsam zu Boden, rollten ein Stück, und der Omega versuchte, meine Kehle zu erwischen. Bevor ich ihn von mir stoßen konnte, war Chris zur Stelle und stieß ihm seine Silberklinge ins Genick. Der Omega begann zu zucken, seine Krallen scharrten über meine Haut, da riss Chris seinen Arm zurück. Der Omega wurde mit hochgehoben, bis die Klinge wieder freikam, und Chris war schon wieder weg, noch bevor ich den toten Wolf von mir herunterrollen konnte.

Da sah ich Tanner und Rico. Sie hatten sich Rücken an Rücken gestellt, die Arme ausgestreckt, und schossen jeden Omega nieder, der in ihre Nähe kam. Sie drehten sich langsam im Kreis und feuerten in kurzen Salven. Wenn der eine nachlud, gab der andere ihm Deckung.

Ein Omega pirschte sich tief geduckt an die beiden heran. Er fletschte die Zähne und ging in die Hocke, bereit zum Sprung.

»Auf zwei Uhr!«, rief ich.

Tanner duckte sich, Rico riss seinen Arm herum, zielte und feuerte. Der Schuss traf den Omega im Hals und schleuderte ihn zurück. Die Silberkugel würde sich sofort zersetzen und in seinem Blutkreislauf verteilen, wie ich wusste, um seine Heilung so stark zu verlangsamen, dass er nicht überleben würde.

Dann wurde es still.

Rico und Tanner ließen ihre Waffen sinken.

Chris rannte bereits zu Jessie, die zitternd hinter den Schutzzaubern ausgeharrt hatte.

Ich holte tief Luft und blies sie langsam wieder aus. Ein kurzer Schmerz flammte in meinem Arm auf. Ich hatte eine Wunde in der Nähe der Schulter, nicht tief, aber lang. Von einem Zahn oder einer Klaue. Wahrscheinlich musste das genäht werden, damit keine Narbe blieb. Aber Narben kümmerten mich nicht. Sie waren ein Zeugnis für das, was ich durchgemacht hatte. Und ein Zeichen, dass ich noch am Leben war. Außerdem blutete der Schnitt kaum und würde auch so verheilen.

Mark stand neben Robbie und knurrte drei Omegas an, die sich während des Kampfes nicht verwandelt hatten. Die Angst stand ihnen ins Gesicht geschrieben, und ich fragte mich, ob sie freiwillig hier waren oder ob man sie gezwungen hatte. Thomas hatte mir gesagt, dass die meisten Omegas verloren waren, halb verwildert und mehr Tier als Mensch. So wie Marie es gewesen war. Ob es für die drei hier noch einen Weg zurück gab, konnte ich nicht sagen.

Elizabeth bewachte ihren Anführer. Den, der das Reden übernommen hatte. Er war noch bei Bewusstsein, aber die Wunde an seiner Brust schwelte nach wie vor von dem Silber. Früher oder später würde sie sich wieder schließen. Wenn ich es zuließ.

Um uns herum lagen sechs tote Omegas, und die Schüsse waren bestimmt nicht unbemerkt geblieben. Wir hatten nicht viel Zeit.

»Rico!«, rief ich.

»Schon dabei«, erwiderte er, holte sein Handy heraus und wählte 911. »Hallo? Ich glaube, ich habe Schüsse gehört. Hat das jemand gemeldet? Könnten das Jäger gewesen sein? Sie kamen aus den Wäldern südlich von Green Creek.«

Was die entgegengesetzte Richtung war.

Ich ging zu Elizabeth. Ein tiefes, gleichmäßiges Grollen drang aus ihrer Kehle, während der Wolf unter ihr an seinem eigenen Blut würgte.

Ich strich ihr über den Rücken und kniete mich neben sie. Sie drückte sich gegen meine Hand, ohne den Omega aus den Augen zu lassen.

»Gah«, machte der Omega. Blutblasen quollen aus seinem Maul, feine, rote Sprenkel tupften seine Wangen und seine Stirn. »Gah.«

»Du hättest mir deinen Namen nennen sollen«, sagte ich leise. »Aber das war nicht dein erster Fehler. Ich würde nicht einmal sagen, dass hierherzukommen der erste Fehler war. Weißt du, was es war?«

»Gah. Gah. Gah ...«

»Dein erster Fehler war, dass du mich unterschätzt hast. Mich und mein Rudel. Ich mag ein Mensch sein, aber ich lebe mit Wölfen.«

Ich stand wieder auf und ging zu den anderen drei überlebenden Omegas. Mark und Robbie hatten sie auf die Brücke zugetrieben. Als ich mich zwischen sie stellte, pressten sie sich sofort gegen meine Beine, ließen mich ihre Wärme spüren.

»Ihr habt euch nicht verwandelt«, sagte ich zu den Omegas. »Warum?«

Sie duckten sich ein Stück und beobachteten mich mit angsterfüllten Augen, aber keiner von ihnen sprach.

Ich machte einen weiteren Schritt auf sie zu.

Sie wimmerten.

Und dann entblößten sie ihre Kehlen.

Ich blieb stehen.

Das konnte nicht sein. Diese Geste war nur für ...

Ich war kein ...

Es war schlicht *unmöglich*.

Irgendetwas an meinem Geruch oder mein hochschnellender Puls muss mich verraten haben, denn plötzlich waren Mark, Robbie und Elizabeth um mich, berührten mich, strichen mit ihren Nasen über meine Beine und Arme. Rico, Tanner und Chris waren auch dabei, ich konnte sie spüren, hell und laut. Robbies Band leuchtete stärker als je zuvor und sagte *Freund* und *Zuhause* und *Rudel*.

Ich konnte kaum atmen.

»Ihr werdet sie mitnehmen«, brachte ich heraus. »Eure Toten. Ihr werdet keine einzige Spur hinterlassen und dorthin zurückgehen, wo ihr hergekommen seid. Wenn ihr Richard Collins seht, erzählt ihr ihm, was heute hier passiert ist. Und solltet ihr noch einmal hierherkommen, wird es das Letzte sein, was ihr tut.«

Sie gehorchten und sammelten ihre Toten ein, während ihr Anführer ganz langsam wieder auf die Beine kam und mich hasserfüllt anstarrte.

Ich sagte nichts, als er an mir vorbeihumpelte und den anderen Omegas über die Brücke folgte. In der Ferne heulten Sirenen auf und wurden schnell leiser. Sie kamen nicht zu uns. Zumindest *noch* nicht.

Ich starrte lange in die Schatten unter dem Dach der Brücke.

Rico und Tanner sammelten unterdessen ihre Patronenhülsen auf. Chris bedeckte das vergossene Blut mit feuchter Erde. Und Jessie verlangte Antworten, fragte, wer diese Leute waren, wo zum Teufel sie herkamen, ob das Wölfe waren, *oh mein Gott, Chris, was hat das alles zu bedeuten*?

Robbie und Mark waren irgendwo links von mir und beschnupperten den Boden, um sicherzugehen, dass keine weiteren Omegas im Verborgenen darauf lauerten, dass wir ihnen den Rücken zukehrten.

Es war Elizabeth, die schließlich zu mir kam.

Sie setzte sich direkt vor mich, das Haupt hoch erhoben, königlich und stolz. Dann wartete sie, bis ich ihren Blick nicht mehr ignorieren konnte und sie anschaute. Ihre Augen blitzten, und das Ziehen in mir wurde stärker denn je.

»Ich *kann* es nicht sein«, sagte ich.

Elizabeth reagierte nicht.

»Du weißt, dass das nicht geht. Ich bin kein Wolf.«

Das Band zu ihr vibrierte. Es sagte *alberner junge das spielt keine rolle es ist das richtige für das rudel*. Und noch etwas, das ich nicht hören wollte. Ein Wort, das völlig ausgeschlossen war. Das sich wie ein Verrat an Joe anfühlte.

»Ich will es nicht.«

Elizabeth schnaubte streng.

»Ich meine es ernst. Ich kann nicht ...« Ein weiterer Gedanke. Ich bekam eine Gänsehaut. »Hast du es *gewusst*?«

Sie neigte den Kopf.

Das war keine Antwort.

»Hat *er* es gewusst?«, fuhr ich auf.

Nicht Joe, doch Elizabeth wusste, wen ich meinte. Ich konnte spüren, wie eine Woge der Trauer sie durchlief.

»Antworte mir!« Denn ich konnte an nichts anderes mehr denken, als dass sie von Anfang im Bilde gewesen waren, seit dem allerersten Tag, als sie auf der Veranda ihres Hauses standen und ...

Es *konnte* nicht sein.

Aber was, wenn *doch*? Was, wenn all das nur passiert war, um zu diesem Moment, zu dieser einen verdammten Erkenntnis zu führen? Hatte irgendjemand eine Wahl in dieser Sache? Hatte *Joe* eine gehabt?

Ich?

Mark kam dazu und setzte sich neben Elizabeth. Er drückte seine Nase an ihr Ohr und sah mich dann mit dem gleichen Ausdruck an wie sie.

Robbie kam ebenfalls, aber er ging langsam, unsicher. Seine Schultern waren gesenkt und er hat die Ohren angelegt. Sein Schwanz war zwischen seinen Beinen eingerollt. Er sah verängstigt aus, als fürchtete er, zurückgewiesen zu werden, wenn er sich zu schnell bewegte. Und er hielt den Blick gesenkt, als er sich neben Elizabeth setzte.

»Was zum Teufel ist hier los?«, hörte ich Jessie fragen.

»Sie erkennen ihn an«, antwortete Chris leise.

Ein weiterer Schlag gegen die Mauer, die ich eilig um mich herum errichtet hatte. Um *das* hier. Wenn sogar die Jungs es spürten, dann ...

»Als was?«, fragte Jessie.

»Warum?«, sagte ich. Es war mein letzter Ausweg. Meine Stimme zitterte, ich konnte nichts dagegen tun. »Ich bin *nichts*. Ich bin *niemand*. So war das nicht gedacht! *Er* sollte es sein. Joe wird zurückkommen, okay? Er wird zurückkommen und ...«

Ich hörte das charakteristische Ächzen von Knochen und Muskeln.

Die Wölfin nahm wieder menschliche Gestalt an. Nur der Ausdruck in ihren Augen blieb der gleiche.

»Ox«, sagte sie.

»Hier passiert gerade was«, murmelte Jessie. »Mrs. Bennett ist nackt und irgendwas passiert hier gerade.«

Wir ignorierten sie.

Ich wartete darauf, dass Elizabeth weitersprach. Denn ich hatte nichts mehr zu sagen.

Es dauerte nicht lange.

»Manchmal geht es nicht darum, ob man sich verwandeln kann oder nicht«, begann sie. »Manche werden mit einem Wolf im Herzen geboren. Die Farbe deiner Augen spielt keine Rolle. Auch die Tatsache, dass du ein Mensch bist, spielt keine Rolle. Was zählt, ist, dass du deinen Platz einnimmst, so wie es dir bestimmt war.«

»Ich will das nicht«, widersprach ich verzweifelt.

»Ich weiß«, erwiderte sie leise. »Aber du bist genau das, was wir jetzt brauchen.«

»Mein Vater ...«

Ihr Blick wurde hart. »Dein Vater hat nie verstanden, wer du bist. Wer deine Mutter war. Ich habe dich in seinem Schatten heranwachsen sehen, und ich weiß, was er zu dir gesagt hat. Aber du *gehörst* ihm nicht. Seit mein Sohn dir begegnet ist, gehörst du zu uns.«

»Wusstest du es? Wusste Thomas es? Habt ihr das alles *deshalb* getan? Ist das der Grund, warum Joe ...«

... *mir seinen Wolf gegeben hat?* Ich brachte die Worte nicht über die Lippen. Denn der Gedanke, dass Joe etwas aufgezwungen worden war, ohne dass er die Wahl hatte, etwas, das er nicht einmal *wollte*, ließ mich erschauern.

»Nein«, sagte Elizabeth sanft. »Wir wussten, dass du ein außergewöhnlicher junger Mann bist, Ox, freundlich und gütig.

Und dass du eine wunderbare Ergänzung für unser Rudel wärst. Aber alles andere, *das* hier? Damit hätten wir niemals gerechnet. Man kann für das Leben planen, aber das Leben macht seine eigenen Pläne. Wenn Thomas nicht gestorben wäre, wenn deine Mutter nicht gestorben wäre, wenn Richard Collins nicht entkommen wäre und unsere Familie in Ruhe gelassen hätte – so viele Wenn.« Ihre Augen leuchteten orange, und ich spürte die Bande zwischen uns, wie ich sie noch nie gespürt hatte. »Aber jetzt geht es nicht mehr um das Wenn.«

Mark legte den Kopf in den Nacken und entblößte seine Kehle.

Robbie tat das Gleiche, sein Schwanz klopfte nervös.

Elizabeth drehte den Kopf zur Seite, die Haut an ihrem Hals schimmerte sanft im Sternenlicht.

Dann sagte sie es.

Das eine Wort.

Ich hoffte, dass Joe mir verzeihen würde.

Denn so verzweifelt gerne ich dagegen angekämpft hatte, ich hatte schlicht nicht die Kraft dazu.

Nicht mehr.

»*Alpha*«, sagte Elizabeth.

Das dritte Jahr /
Mystische Mondverbindung

Im dritten Jahr zog Robbie ins Haupthaus, kurz nachdem er als Mitglied des Bennett-Rudels anerkannt worden war. Seine Vorgesetzten schienen nicht überrascht. Ein schroffer Kerl kam zu uns, er trug einen zerknitterten Anzug und eine schmale Krawatte. Seine Augen weiteten sich kurz, als ich hereinkam, denn er spürte etwas in mir, das ich selbst nach wie vor nicht ganz verstand.

Er kam direkt zur Sache: Sie hatten seit über einem Jahr keinen Hinweis mehr auf Richard Collins gefunden, die Suchteams kehrten stets mit leeren Händen zurück. Es gab nicht einmal mehr Gerüchte über ihn. Das Gleiche galt für Joe und die anderen.

Auch wir hatten nichts von ihnen gehört, obwohl Elizabeth immer wieder betonte, dass sie noch lebten, dass sie es wissen würde, wenn ihnen etwas zugestoßen wäre, ihren Söhnen. Ich brachte es nicht übers Herz, ihr zu widersprechen, obwohl ich nachts wach lag und mir hundert Dinge ausmalte, die passiert sein könnten. Dass sie Richard gefunden hatten und er sie getötet hatte. Dass sie zwar noch am Leben waren, aber nie mehr zurückkommen würden. Dass ich Carter nie wiedersehen würde. Oder Kelly und Gordo.

Und Joe nicht. An ihn dachte ich weit öfter als an die anderen.

Der Abgesandte sagte zwar, dass sie die Suche fortsetzen würden, aber es klang eher halbherzig. Er sprach so, als wäre Hughes zur Dauerlösung geworden, als würde sie Thomas' Platz als Chef-Alpha bald fest übernehmen. »Wir werden natürlich noch warten«, fügte er nach einem Schluck von seinem schwarzen Kaffee hinzu. »Aber nicht ewig.«

Dann bat er darum, mich unter vier Augen sprechen zu dürfen. Ich sah Elizabeth an. Sie nickte und deutete auf Thomas' altes Büro. Ich zögerte noch kurz, dann ließen die anderen uns allein.

Der Abgesandte wartete, bis er sicher sein konnte, dass die anderen außer Hörweite waren, und schloss die Bürotür hinter sich. Ich saß hinter dem Schreibtisch und war stärker verunsichert, als ich erwartet hatte. Ich versuchte, es zu verbergen, aber ich glaube, er merkte es trotzdem.

Dann: »Sie ist neugierig auf dich.«

Damit hatte ich nicht gerechnet. »Wer?«

»Alpha Hughes.«

»Warum?«

Er schnaubte. »Weil du ein Mensch bist, der zum Alpha wurde. Und das ausgerechnet im Bennett-Rudel.«

»Joe ist der Alpha des Bennett-Rudels«, widersprach ich. Das hier war nur vorübergehend. Ich akzeptierte meinen momentanen Rang zwar, aber das Ganze war und blieb eine Übergangslösung. Eine, die hoffentlich sehr, sehr bald enden würde.

»Joe ist nicht hier.«

»Er wird kommen.« Ich fragte mich, ob der Kerl das verräterische Pochen meines Herzens hören konnte.

»Wie hast du es gemacht?«, fragte er. »Sie wird es wissen wollen. Nicht weil du etwas falsch gemacht hast oder weil sie dir etwas wegnehmen will.«

Ich sah ihn mit zusammengekniffenen Augen an. »Warum sollte ich diese Frage beantworten?«

Er zuckte die Achseln. »Ich mache dir keine Vorwürfe und sie dir auch nicht. Dieses Rudel hat eine Menge durchgemacht, und das ist noch eine Untertreibung. Vertrauen ist ein kostbares Gut.«

»Es gibt nicht viele Leute, denen man vertrauen kann.«

»Alpha Hughes ...«

»... kenne ich nicht«, unterbrach ich ihn. »Sie kann also kaum von mir erwarten, dass ich ihr vertraue.«

»Du erstaunst sie.«

»Weshalb sie mich im Auge behält. Durch Robbie.«

»Durch Robbie«, bestätigte er. »Würdest du mir glauben, wenn ich dir sage, dass seine Nachrichten im Laufe der Zeit immer vager geworden sind?«

Ich glaubte ihm. Denn genau so war es gewesen. Robbie gehörte nicht mehr zu ihm, auch nicht mehr zu Alpha Hughes. Sondern zu mir. Zu meinem Rudel.

»Hughes versteht Robbies Verhalten.«

»Tut sie das?«, fragte ich.

»Wahrscheinlich besser, als du denkst. Ich kann nicht sagen, über welche Instinkte du verfügst, denn ich weiß nicht, was du bist. Aber ein Wolf merkt, wenn er zu einem Rudel passt. Wenn er ein Zuhause gefunden hat. Da ist ein Ziehen in seinem Kopf und in seiner Brust. Es fängt klein an und wird immer stärker, wenn man es zulässt. Und du *hast* es zugelassen.«

»Er kommt nicht zurück«, sagte ich rundheraus.

Der Abgesandte musterte mich einen Moment lang, dann: »Das würde ich auch nicht von ihm verlangen. Oder von dir.«

»Er gehört jetzt zu mir.« Etwas Ursprüngliches in mir freute sich unbändig über diese Vorstellung.

»Das wissen wir. Es ist nicht gerade ideal, aber ...«

»... besser als Osmond.«

Mein Gegenüber zuckte zusammen. »Stimmt.«

»Stimmt? Ich glaube, das ist eine Untertreibung.«

»Osmond war ... nicht vorherzusehen.«

»Osmond war ein *Fehler*. Und ich glaube, Thomas wusste das, noch bevor es passiert ist.«

»Niemand konnte das ahnen.«

»Vielleicht haben Sie nicht genau genug hingesehen. Wissen Sie überhaupt, wie es passiert ist und wann? Wurde er umgedreht, oder hat er schon immer zu Richard Collins gehört?«

Der Abgesandte rieb sich mit der Hand übers Gesicht. »All diese Fragen werden wir ihm stellen, falls er gefunden wird.«

»*Sobald* er gefunden wird.«

»Für jemanden, der mir nicht vertraut, hast du erstaunlich großes Vertrauen in unsere Suchteams.«

»Ich spreche nicht von Ihren Teams«, entgegnete ich kühl.

»Wie dem auch sei, Robbie wird weiter für uns arbeiten. Und wir bitten dich, uns über alle ... Veränderungen auf dem Laufenden zu halten.«

»Veränderungen?«

»In deinem Rudel. Normalerweise werden neue Rudelmitglieder streng überprüft. Um auszuschließen, dass der Betreffende verborgene Interessen verfolgt.«

Ich blinzelte. »Wurde *ich* überprüft?«

»Flüchtig. Thomas hat für dich gebürgt, und er bekam selten ein Nein zu hören, selbst nach seinem Rücktritt. Er konnte sehr ... überzeugend sein.«

Etwas an seiner Reaktion gefiel mir nicht. »Sie wollen Kontrolle.«

»Wir wollen auf der sicheren Seite sein«, widersprach er. »Wir sind nicht mehr so zahlreich wie früher. Die Dinge ändern sich. Wenn es so weitergeht, wird es bald mehr gebissene als geborene Wölfe geben. Und wenn eine Art am Aussterben ist, muss sie alles tun, um die zu retten, die noch übrig sind. Hier geht es nicht um Kontrolle, sondern ums nackte Überleben.«

»Richard Collins schert sich einen Dreck um das alles.«

»Richard Collins ist ein Psychopath.«

»Na schön«, erwiderte ich. »Robbie kann Ihnen weiter Bericht erstatten. Aber wenn Sie versuchen sollten, Dinge aus ihm herauszubekommen, über die er nicht sprechen darf, wenn Sie versuchen, mich zu hintergehen ...«

»Du brauchst mir nicht zu drohen«, versicherte der schroffe Kerl. »Trotzdem würde ich lügen, wenn ich behaupte, dass du keinen Ärger bekommen wirst.«

Ich erstarrte innerlich einen Sekundenbruchteil lang.

Der Abgesandte merkte es und zog eine Augenbraue hoch.

Ich räusperte mich. »Wie?«

»Einige werden einen Menschen als Alpha nicht gutheißen. Es gibt schon kaum Toleranz gegenüber gebissenen Alphas, aber du? Du bist nicht mal ein Wolf. Manche werden es als einen Schlag ins Gesicht empfinden. Andere werden glauben, dass du ein doppeltes Spiel treibst.«

»Glauben *Sie* es?«

Er schüttelte bedächtig den Kopf. »Vielleicht, bevor ich hierherkam. Vielleicht hatte ich schon viele Geschichten über dich gehört – den Menschen im Wolfsrudel – und vielleicht habe ich nicht alles geglaubt, was ich da gehört habe. Thomas sagte immer, wir sollten die Menschen achten, obwohl sie versuchten, uns auszurotten. Trotzdem hat er dich vor uns versteckt. Wir wussten zwar von dir, aber die Tatsache, dass du der Gefährte des zukünftigen Alphas bist? Das hat er uns verschwiegen. Niemand wusste davon, bis Osmond das erste Mal herkam. Wir waren ... besorgt.«

»Besorgt genug, um einen Verräter und eine Handvoll Betas zu uns zu schicken, ohne zu wissen, wem sie die Treue geschworen hatten?«

»Wir hatten keine Ahnung, dass er ...«

»Das verstehe ich. Aber mir scheint, als hätten Sie allgemein nicht allzu viel Ahnung von irgendwas.«

»So oder so«, erwiderte er, »es wird Widerstand geben. Gegen dich. Nicht von mir, denn ich bin hier, in deinem Revier, und ich spüre, wie sehr du dich damit verbunden fühlst. Und mit deinem Rudel. Aber andere werden das nicht so sehen.«

»Das ist nicht mein Problem. Ich suche keine Anerkennung, sondern möchte nur, dass mein Rudel in Ruhe gelassen wird.«

»Dann hättest du dir ein anderes aussuchen sollen«, entgegnete der Abgesandte trocken. »Die Bennetts wurden noch nie in Ruhe gelassen. Sollte die ... Situation noch länger so bleiben, musst du dich registrieren lassen. Alle Alphas müssen das. So können wir die Population besser im Auge behalten und sicherstellen, dass kein Alpha ohne unsere Erlaubnis ein neues Rudel gründet.«

»Wenn *was* so bleibt?«

»Du. Das hier. Wenn Joe nicht zurückkommt.«

»Ich bin und bleibe ein Mensch«, rief ich ihm ins Gedächtnis. »Ich kann keine Wölfe erschaffen.«

Er sah mich lange an. Es war beunruhigend, wie wenig er dabei blinzelte. »Das bedeutet nicht, dass sie nicht trotzdem zu dir kommen werden. Du musst sie nicht beißen, um sie zu den Deinen zu machen. Siehe Robbie. Du kannst dein Rudel vergrößern, ohne jemals selbst ein Wolf zu werden.«

»Sie klingen, als wäre ich jemand, vor dem man Angst haben muss.«

»Wir wissen nicht, was du bist«, erwiderte er. »Und das Unbekannte flößt immer auch ein bisschen Angst ein.«

»Er wird.«

»Was?«

»Joe. Er wird zurückkommen.«

»Du vertraust ihm«, stellte er ein wenig überrascht fest.

»Immer«, sagte ich.

Das war nahe genug an der Wahrheit, dass dem schroffen Kerl nichts auffiel.

Ich vertraute Joe tatsächlich.

Wenn auch mit der Zeit immer weniger, wenn ich ehrlich war.

Robbie wartete nervös vor der Veranda. Der Wagen von Hughes Abgesandtem war kaum die Straße hinunter verschwunden, da kam er schon angerannt.

»Und?«, fragte er, sah mich an und dann schnell wieder weg.

»Und?«, wiederholte ich.

»Ox!«

Ich verdrehte die Augen. »Du kannst bleiben. Du wirst weiter für Alpha Hughes arbeiten, aber ...«

»Sie *ist* nicht meine Alpha«, fiel er mir hastig ins Wort. »Sie kann es gar nicht sein, nicht so wie ... Nun ja, es geht einfach nicht.«

»Warum?«, fragte ich neugierig. »Ich weiß, dass du nie zu ihrem Rudel gehört hast. Oder überhaupt zu einem Rudel. Aber du arbeitest für sie. Also warum?«

»Ich passe nicht zu ihnen«, antwortete Robbie. »Ich passe *nie* dazu. Auch bei den anderen Rudeln, die mich nach dem Tod meiner Mom aufgenommen haben, hat es sich nie ... richtig angefühlt. Sie haben mich beschützt, haben für mich gesorgt und mir geholfen zu trauern, aber es ging einfach nicht. Sie wollten, dass ich bleibe, aber ich konnte nicht. Also bin ich gegangen, sobald ich volljährig war. Ich habe mich treiben lassen. Dann kam Alpha Hughes und hat mich gebeten, eine Aufgabe für sie zu übernehmen. Und wenn das passiert, dann fragst du nicht, sondern tust, was sie sagt. Also kam ich hierher, und das war gut so, ehrlich. Du hast mir lange nicht vertraut – keiner von euch hat das –, aber seit ich hier bin, bin ich so sehr ich selbst wie schon seit ... Ich weiß gar nicht, seit wie lange.«

Als er zu Ende gesprochen hatte, waren seine Wangen rot und seine Augen flackerten orange. Sein Atem ging schnell und abgehackt, als fürchtete er, ich könnte ihn wieder wegschicken.

»Robbie«, begann ich eigenartig gerührt. »Du bist ...«
»Weil *du* mein Alpha bist«, platzte er heraus. »Ich will keinen anderen als dich. Absolut niemanden. Mein Wolf ... Du *bist* es einfach, okay?«

Also sagte ich: »Alles ist gut, Robbie. Du kannst bleiben. Bei uns. Bei mir.«

Sein Mund klappte auf. »Ist das dein Ernst?«

Ich nickte.

Das Strahlen auf seinem Gesicht blendete mich fast.

Und obwohl ich mir ein bisschen wie ein Kind beim Spielen vorkam, spürte ich einen überwältigenden Stolz in mir aufsteigen. So stark, dass ich kaum wusste, wohin damit. Was ich aber wusste, war, dass ich ihn um nichts in der Welt hergeben würde.

Jessie verschwand für eine Weile.

Ich konnte es ihr nicht verdenken.

Ich war erst sechzehn gewesen, als ich die Wahrheit erfuhr. Jung und naiv genug, um an das Unmögliche zu glauben.

Aber Jessie war keine sechzehn mehr, sondern Mitte zwanzig. Und zynisch. Ich nahm es ihr nicht übel. Das konnte ich gar nicht. Sie hatte Dinge gesehen, die die meisten Menschen hoffnungslos überfordern würden. Die sie niemals verarbeiten könnten. Sie war geschlagen und als Geisel genommen worden in einem Kampf, mit dem sie nicht das Geringste zu tun hatte.

Sie hatte sich an dem Abend mit Freunden in einer Nachbarstadt getroffen. Sie gingen essen und bestellten ein paar Drinks, aber nicht so viele, dass Jessie danach nicht mehr hätte fahren können.

Auf der Heimfahrt sah sie ein Auto am Straßenrand. Eine Frau stand daneben, die Warnblinkanlage war an.

Jessie hielt an, weil es das Richtige war. Die Frau war allein. Unsere Gegend war sicher, aber Jessie sagte, sie hätte es sich niemals verziehen, wenn sie einfach weitergefahren wäre und danach erfahren hätte, dass *doch* etwas passiert war.

Die Frau lächelte. Ihr Auto sei stehen geblieben, rief sie Jessie zu. Und jetzt war auch noch ihr Handy-Akku leer! So viel Glück musste man erst mal haben, sagte sie.

Und dann ging alles ganz schnell. Jessie war kaum ausgestiegen, da wurde sie umzingelt. Von Leuten, deren Augen im Dunkeln violett leuchteten.

Sie schlugen Jessie, bis sie blutete.

Sie begrapschten sie nicht oder dergleichen, aber ein traumatisierender Übergriff war es trotzdem.

Danach ging Jessie auf Distanz zu Chris. Ich sah sie zwar kaum, aber ich wusste, dass die beiden immer sehr eng miteinander gewesen waren. Das Ausmaß der Wut, die Chris nach Jessies Entführung an den Tag legte, hatte ich noch nie bei ihm erlebt. Er trainierte wie ein Besessener, bis seine Muskeln zitterten und er am ganzen Körper von Schweiß tropfte. Ich sagte ihm, dass er aufhören, eine Pause einlegen sollte, in eine andere Stadt gehen, wenn es ihm half. Das Rudel Rudel sein lassen und sich auf Jessie konzentrieren, wenn er glaubte, dass das im Moment das Richtige war.

Er sah mich wie vom Donner gerührt an. »Du schickst mich weg?«, fragte er verunsichert.

Ich hatte keine Ahnung gehabt, wie groß mein Einfluss auf sie war. Auf das Rudel. Nicht bis zu diesem Moment. Aber wenn ich Chris gesagt hätte, er solle gehen, dann hätte er es getan. Er hätte uns verlassen, hätte sich um seine Schwester gekümmert und sich vom Rudel ferngehalten, weil ich es ihm befohlen hatte. Obwohl es ihm – und mir – verdammt wehgetan hätte.

Aber ich war egoistisch. Ich hätte ihn wegschicken sollen.

Ich tat es nicht.

»Nein, nein«, sagte ich. »Ich möchte, dass du bleibst.«

Er atmete erleichtert auf.

Aber sie kam zurück während des Sommers.

Das Glöckchen über dem Eingang zur Werkstatt läutete.

Ich ignorierte das Bimmeln und konzentrierte mich auf den Kühlerventilator, den ich gerade einbaute. Robbie war an der Rezeption. Wir hatten uns darauf geeinigt, dass es besser war, wenn er sich von allen Werkzeugen fernhielt, da er dazu neigte, sich und andere zu verletzen, sobald er auch nur in die Nähe von scharfen Gegenständen kam. Er nahm Anrufe an, kümmerte sich um die Kunden und machte die Termine aus. Die Leute, die in den Laden kamen, liebten ihn, und er liebte es, sich um sie zu kümmern. Es machte das Leben einfacher für uns alle.

Bis zu dem Tag, an dem ich schrille Stimmen aus dem Vorraum hörte.

»Es ist mir egal, wer du bist, du wirst mich da reinlassen, denn ich habe ihnen etwas zu sagen!«

»Gute Frau, das geht jetzt nicht.«

»Ich heiße Jessie, du Arschloch.«

»Also gut, *Jessie*. Du kannst nicht einfach ...«

»Geh mir aus dem Weg, verdammt!«

Chris seufzte. »Das wird nicht leicht. Wie ich sie kenne, hat sich das schon eine ganze Weile in ihr aufgestaut.«

»Hauptsache, du bekommst es ab, nicht ich«, schnaubte Tanner.

»Wahrscheinlich wird sie gleich unseren Alpha hier drüben anschreien«, erwiderte Rico.

»Was habe ich denn getan?«, sagte ich mit einem Stöhnen.

»Chef, was hast du *nicht* getan?«

»Mistkerl«, murmelte ich und stellte den Ventilator ab. »Robbie, lass sie rein.«

Robbie verstummte, und ich hörte, wie die Tür zur Werkstatt aufgerissen wurde.

»*Ox!*«, brüllte Jessie.

»Es könnte laut werden«, murmelte Chris.

»Sollen wir gehen?«, fragte Tanner.

»Nein«, meinte Rico. »Ich will sehen, was passiert.«

»Als euer Alpha befehle ich euch, mich zu beschützen«, sagte ich leise.

Sie blinzelten mich nur an. *Nutzloses Pack.*

Jessie war eindeutig auf dem Kriegspfad. Sie hatte die Haare zu einem strammen Pferdeschwanz gebunden, ihr Gesicht war feuerrot und ihre Augen blitzten. Robbie trottete vorsichtig hinter ihr her, als wüsste er nicht, ob er sie angreifen sollte, sobald sie uns zu nahe kam. Auf mein Kopfschütteln hin entspannte er sich ein wenig und stellte sich zu den anderen.

Jessie blieb direkt vor mir stehen, die Lippen zu einem schmalen Strich zusammengepresst. Sie hatte immer noch die kleine Sommersprosse, die ich früher so gerne geküsst hatte. Keine Ahnung, warum mir das gerade jetzt einfiel.

Sie sagte: »Du verdammter Drecksack.«

Ich seufzte.

Sie sagte: »Du hast davon gewusst! Die ganze Zeit!«

»Jessie«, erwiderte ich ruhig. »Hi. Willkommen in Gordos Werkstatt.«

Sie starrte mich an. Sie war stinksauer. Ich konnte es ihr nicht verdenken.

Ich war zwar ein Alpha, aber Jessie konnte sehr furchterregend sein, also sagte ich: »Chris weiß auch schon eine Weile davon.«

»Hey!«, rief Chris. »Warum wirfst du mich ihr zum Fraß vor?«

Jessie kniff die Augen zusammen. »Oh, keine Sorge, er wird sein Fett schon noch abbekommen. Das kann ich dir versprechen.«

»Du bist der schlechteste Alpha aller Zeiten«, murmelte Chris.

Robbie knurrte ihn prompt an.

»Aber *du*«, sprach Jessie weiter und stieß mir den Finger gegen die Brust. »Das ist alles deine Schuld.«

»Wieso ist alles *meine* Schuld?«, fragte ich ein wenig beleidigt.

»*Werwölfe!*«, schrie sie.

»Ja«, sagte ich. »Es ist aber schon sechs Monate her, dass du das rausgefunden hast. Warum kommst du erst jetzt?«

Sie blinzelte mich an. »Ich habe Zeit zum Verarbeiten gebraucht.«

»Okay«, sagte ich. »Und jetzt *hast* du es verarbeitet.«

»Werwölfe«, wiederholte sie.

»Werwölfe«, bestätigte ich.

»Und du hast es gewusst. Die ganze Zeit.«

»Nicht die ganze Zeit.«

»Stimmt«, meinte Rico. »Nur *fast* die ganze Zeit.«

Jessie stieß mich wieder in die Brust, während ich Rico anfunkelte.

Er zwinkerte.

»Bist du einer von ihnen?«, fragte sie.

»Nein«, sagte ich langsam.

»Also bist du ein Mensch.«

»Nein«, sagte ich noch langsamer.

»Was soll *das* denn heißen?«

»Es bedeutet, dass ich nicht genau sagen ka...«

»Willst du mich beißen?«, fiel sie mir ins Wort.

»Es hat dir nichts ausgemacht, als wir noch ...«

»Nicht jetzt, Ox!«

»Stimmt«, sagte ich hastig. »Ich bin immer noch nicht gut im Witzereißen. Außerdem erwische ich nie den richtigen Zeitpunkt.«

»Du *kannst* mich nicht beißen!«

»Das werde ich auch nicht! Ich bin kein Wer...«

»Aber du *bist* irgendwas.«

Mein Kopf fing allmählich an zu schmerzen. »Aber niemand, der dich irgendwie verändern könnte.«

»Du hast meinen Bruder verändert. Er hat es mir erzählt. Er hat gesagt, dass er dich *spüren* kann. Dass er ein Teil von dir und deinem ... *Rudel* ist.« Sie spuckte das Wort aus wie einen Fluch.

Das hatte ich nun davon.
Mist.
Sie stupste mich ein drittes Mal an. »Du wirst mir alles erzählen.«

»Jetzt gleich?«, fragte ich und musste ein Winseln unterdrücken. Ich war der verdammte *Alpha*. Wie kam sie dazu, mir zu sagen, was ich zu tun hatte?

»Genau. Jetzt.«

Gottverdammt.

Also tat ich es.

Es dauerte ein paar Stunden. Kann sein, dass ich an ein paar Stellen ins Stolpern geriet (und ein paar andere beschönigt habe, denn obwohl der Tod von Mom und Thomas schon zwei Jahre zurücklag, war es immer noch schmerzhaft für mich), aber ich habe versucht, so wenig wie möglich wegzulassen. Ich hatte das Gefühl, dass ich ihr das schuldig war. Wegen all der Scheiße, die ich ihr angetan hatte. Ich muss ihr allerdings zugutehalten, dass sie mich nur selten unterbrochen hat, und wenn, dann nur, wenn sie etwas nicht verstand und eine genauere Erklärung brauchte. Je länger ich redete (mehr als je zuvor in meinem Leben), desto stiller wurde sie.

Am Ende starrte sie mich lange an. Mein Hals tat weh, also sagte ich nichts und wartete einfach ab.

Schließlich sagte sie: »Und das ist alles wirklich passiert.«

»Ja.«

»Du hast nie viel über ihn gesprochen.«

Ich stellte mich dumm. »Über wen?«

Jessie merkte es natürlich, trotzdem sagte sie: »Joe.«

Ich versuchte, die Galle runterzuschlucken, die in mir aufstieg. »Da gibt es nicht viel zu sagen.«

Sie verdrehte die Augen. »Abgesehen davon, dass er dein Gefährte ist und sich in dich eingebrannt hat wie in einer verdammten *Twilight*-Fanfiction?«

Ich zuckte die Achseln. »Ich weiß weder, was *Twilight* ist noch Fanfiction.«

»Ich schon«, warf Rico ein. »Auch wenn ich zugebe, dass ich nicht stolz darauf bin.«

»Dich und Joe verbindet ein mystisches Mondschicksal«, sagte Jessie verärgert.

Ich blinzelte sie an. »Ein *was?*«

»Dein Ding. Mit Joe.«

»Es ist kein ...«

Sie seufzte. »Gott, ich bin so froh, dass ich rechtzeitig den Absprung geschafft habe.«

Ich ignorierte den kleinen Seitenhieb. »Es war kein Schicksal«, sagte ich. »Er hat sich für mich *entschieden*.«

»Und du hast dich für *ihn* entschieden. Als du bereits wusstest, was das bedeutet.«

Das hatte ich – und mir damit all das überhaupt erst eingebrockt. Also sagte ich nichts.

»Das erklärt so einiges«, meinte Jessie.

»Tut es?«

Sie schaute mich an wie einen Vollidioten.

»*Was?*«

»Joe hat mich gehasst, Ox.«

»Er hat dich nicht gehasst.« Starke Abneigung empfunden vielleicht, aber gehasst? Ich glaubte nicht, dass Joe überhaupt dazu fähig war. Nicht einmal bei Richard Collins. Zumindest damals nicht. Aber jetzt? Ich wusste nicht, was jetzt war. Ich kannte Joe nicht mehr gut genug, um irgendetwas über ihn sagen zu können.

»Du bist so bescheuert«, erklärte Jessie. »Diese ganze Sache ist bescheuert.«

»Irgendwie schon«, bestätigte ich.

»Nur weil du mir zustimmst, bist du noch lange nicht aus dem Schneider«, warnte sie mich.

»Ich weiß.« Tat ich nicht, aber *jetzt* wusste ich es, und das bedeutete, dass ich vielleicht auch mal widersprechen konnte.

»Wenigstens erklärt es, warum du seit über zwei Jahren so geknickt bist.«

»Ich bin nicht ge...«

»Irgendwie schon«, unterbrach Rico. »Vielleicht nicht die ganze Zeit.«

»Aber die meiste«, mischte Tanner sich ein.

»Er starrt manchmal in die Ferne«, ergänzte Chris hilfsbereit. »Die Augen voller Entschlossenheit. Und Angst.«

»Ich hasse euch alle«, brummte ich.

»Ich habe doch gar nichts gesagt«, entgegnete Robbie.

»Joe war nie auf dem College«, sprach Jessie weiter. »Noch so eine Lüge, die du mir aufgetischt hast. Und allen anderen auch.«

»Es war nicht als Lüge gedacht.«

»Warum suchst du nicht nach ihm?«

Als ob mir das nicht schon selbst in den Sinn gekommen wäre. »Ich wüsste nicht mal, wo ich anfangen soll. Und ich habe ihm versprochen, dass ich hierbleibe. Um auf die anderen aufzupassen. Auf das Rudel.«

»Du kannst ihn trotz eurer mystischen Mondverbindung nicht finden?«

»Unsere mystische ... Großer Gott, hör auf, es so zu nennen!«

»Er hat dir einen Wolf aus Stein gegeben, der dich für immer an ihn bindet«, erwiderte sie schlicht. »Wenn das keine mystische Mondverbindung ist, dann weiß ich nicht, was.«

»Irgendwie ist es das«, stimmte Robbie zu und zuckte zusammen, als ich ihn anfunkelte. »Sorry, Ox.«

»Du willst also weiter hier rumsitzen und nichts tun?«, fragte Jessie seltsam enttäuscht.

»Ich tue nicht nichts.«

»Deine Sprache, ein Gedicht«, kommentierte Rico.

»Du weigerst dich, nach ihm zu suchen!«

»Er hat seine Wahl getroffen«, schnauzte ich.

»Und lässt es einfach so passieren?«

»Es passiert doch schon die ganze Zeit! Nur weil du erst jetzt davon erfahren hast, heißt das nicht, dass wir anderen uns nicht schon seit *Jahren* damit rumschlagen.«

»Ich verstehe nicht, warum du nichts dagegen unternommen hast.«

»Was hätte ich denn tun sollen?«, fragte ich heiser. »Es gab Dinge, die offensichtlich wichtiger waren als ich.«

Zum ersten Mal, seit sie die Werkstatt betreten hatte, wurde Jessies Blick ein wenig sanfter, fast mitleidig.

Ich wollte ihr Mitleid nicht. »Hör mal ...«, begann ich.

»Ich glaube nicht, dass ihm irgendetwas wichtiger ist als du.« Sie drückte meine Hand. »Vielleicht hast du es nicht gemerkt, aber ich schon. Die Art, wie er dich angesehen hat.« Sie lächelte traurig. »Du warst sein Ein und Alles. Und ich denke nicht, dass sich daran was geändert hat.«

»Das kannst du nicht wissen.« Ich zog meine Hand weg. Jessie schaute mich stirnrunzelnd an. »Wir wissen nicht mal, ob er überhaupt noch ...« Ich verstummte und schüttelte den Kopf. »Das spielt keine Rolle. Er ist nicht hier. *Sie* sind nicht hier, sondern wir. Und ich habe eine Aufgabe zu erledigen. Eine, mit der ich nie im Leben gerechnet hätte, aber so ist es jetzt nun mal. Also ja: Werwölfe gibt es wirklich. Und anscheinend bin ich der ... Alpha. Oder so was in der Art. Und es tut mir leid, dass du deswegen zu Schaden gekommen bist. Aber ich werde dafür sorgen, dass das nie wieder passiert.«

»Wie?«, fragte sie. »Das *kannst* du gar nicht versprechen.«

»Nein«, bestätigte ich. »Aber ich kann mein Bestes tun. Und es würde die Sache leichter machen, wenn du eine von uns wärst.«

»Ich will nicht gebissen werden!«, rief sie. »Kommt nicht infrage!«

»Das ist im Moment auch gar nicht möglich«, erwiderte ich. »Und falls du *doch* einwilligen solltest, wenn du ein Teil von uns wirst, dann wirst du ganz automatisch anfangen, dich mir unterzuordnen. Ich weiß selbst nicht, wie es funktioniert, aber es wird passieren.«

»Mal sehen«, sagte Jessie, aber ich wusste bereits, dass sie zustimmen würde, auch wenn es ihr selbst noch nicht klar war.

Sie brauchte nicht lange für ihre Entscheidung.

Das hatte ich auch nicht erwartet.

Elizabeth nahm sie eine Woche später mit in den Wald und warnte uns, ihnen nicht zu folgen. Sie musste allein mit Jessie reden, von Frau zu Frau. Jessie schien ein bisschen mulmig bei dem Gedanken zu sein, aber auch fasziniert, also ließ ich Elizabeth gewähren. Sie würde ihr nicht wehtun.

Vier Stunden später kamen sie zurück. Mit roten Wangen, ausgelassen und glücklich. Jessie lachte, und Elizabeth strahlte, die Falten um ihre Augen und ihren Mund waren ein bisschen weniger tief.

»Sie wird bestens zurechtkommen«, sagte Elizabeth im Vorbeigehen zu mir und strich mit den Fingern über meine Schulter.

Und das war's.

Es kamen noch andere.

Nach Jessies Entführung war es ruhig geworden, aber wir blieben wachsam. Robbie erfüllte seinen Auftrag weiterhin und hielt Kontakt zu seinen Vorgesetzten, wenn auch immer seltener, da er jetzt mein Beta war. Hughes bat ihn nie um ein Gespräch mit mir, aber ich war nicht sicher, wie lange das noch so bleiben würde. Manchmal lag ich nachts wach und fragte mich, ob sie kommen und versuchen würde, mir das Rudel wegzunehmen. Weil ich nicht der war, den sie wollten. Aber sie tat es nicht. Trotzdem wartete ich jeden Tag auf die nächste Hiobsbotschaft.

Sie suchten immer noch nach Richard Collins, Osmond und Robert Livingstone. Vergeblich.

Und ich glaube, sie suchten auch weiter nach Joe, dem verschwundenen Alpha. Weniger, um ihn nach Hause zu bringen, als vielmehr, um ihn im Auge zu behalten.

Robbie versicherte mir, dass er keine Rudelangelegenheiten nach außen weitergab, und ich glaubte ihm, weil ich ihm vertraute. Er würde mich nicht belügen. Nicht in dieser Sache. Da war ich mir sicher.

Und Jessie. Sie war schon immer eine starke Frau gewesen und weigerte sich, noch einmal die Jungfrau in Nöten zu sein. Sie trainierte wie besessen und ließ die anderen schon bald hinter sich. Chris' Gesichtsausdruck, als sie ihn das erste Mal mit einem gut getimten Stockschlag von den Beinen fegte, war stolz, schockiert und wütend zugleich. Jessie ragte grinsend über ihm auf, ihre Stirn schweißnass, den Stab lässig über die Schulter gelegt.

»Wer ist der Nächste?«, fragte sie, während Rico und Tanner unbemerkt zu verschwinden versuchten.

Sie merkte es.

Zehn Minuten später lagen sie beide im Staub, während Jessie jubelte.

Wir waren also bereit, als die anderen kamen.

Doch diesmal waren es keine Omegas.

Der erste war ein normaler Mann.

Und er überbrachte eine Nachricht von Joe.

Ich war noch bis spätabends in der Werkstatt und schrieb die Rechnungen für den letzten Monat. Normalerweise kümmerte sich Chris darum, aber ich hatte ihm freigegeben, weil er ein Date mit einem Mädchen aus der Nachbarstadt hatte. Es war zwanglos, hatte er mir versichert. Zumindest im Moment. Ich wollte nicht daran denken, was passieren würde, wenn mehr daraus wurde.

Jessie sagte, dass alles in Ordnung war, dass sie süß und nett war und ich mir keine Gedanken über Dinge machen sollte, die noch gar nicht passiert waren.

So funktionierte das nicht, aber es war eine schöne Vorstellung.

Ich überlegte, ob ich zusammenpacken und den Rest am nächsten Tag erledigen sollte. Ich hatte bereits drei Drohnachrichten auf meinem Handy – eine von Mark, die anderen beiden von Elizabeth. Sie schrieben, dass sie mich holen würden, wenn ich nicht innerhalb einer Stunde nach Hause kam. Da ich die Drohungen ernst nahm, beschloss ich, mich auf den Weg zu machen.

Ich schaltete gerade das Licht aus, da klopfte es an der Ladentür.

Ich hielt inne.

Wer auch immer das war, gehörte nicht zu mir.

Es war schon nach neun. Bestimmt niemand, der noch schnell einen Ölwechsel brauchte.

Ich zögerte einen Moment, ging aber lieber auf Nummer sicher und schickte eine Nachricht in unsere Gruppe.

haltet euch bereit

Alle antworteten innerhalb von zwanzig Sekunden, sogar Chris. Die Bande zwischen uns flammten auf, und ich sandte so viel *RuheFriedenLiebeRudel* zurück, wie ich konnte.

Denn es war nichts.

Na ja, *wahrscheinlich* war es nichts.

Es klopfte wieder.

Wer auch immer das war, schien zumindest entschlossen.

Ich hatte Vertrauen in Gordos Schutzzauber, wenn auch weniger in Gordo selbst.

Nicht mehr.

Er hatte mir gesagt, dass seine Zauber stark waren, aber nicht unfehlbar. Sie würden nicht ewig halten.

Konnten sie gar nicht, hatte er gesagt.

Doch darüber brauchte ich mir keine Sorgen zu machen. Denn bis dahin würde er zurück sein, hatte er gesagt.

Und ich hatte ihm geglaubt.

Ich nahm meine Brechstange. Sie war wie ein Teil von mir geworden, ich ging nirgendwo mehr ohne sie hin. Ein Alpha war für die Sicherheit seines Rudels verantwortlich. Meine Brechstange war eines der Mittel, um diese Sicherheit zu gewährleisten. Ihr Gewicht fühlte sich vertraut an. Ich dachte nicht an Blut und Gewalt, daran, wie leicht es mir fallen würde, denjenigen zu töten, der mir und den Meinen Böses wollte. Denn wenn ich es täte, würden nur meine Hände zittern. Ich würde zögern, und dafür war keine Zeit. Nicht mehr.

Ich ging durch die schummrige Werkstatt. Sogar das Schild draußen war dunkel, automatisch abgeschaltet, sobald wir zumachten. Das Licht im Büro war von draußen nicht zu sehen, also konnte der Besucher nicht wissen, dass noch jemand hier war.

Es sei denn, er hatte die Werkstatt beobachtet.

Ich kniff die Augen zusammen und wartete, bis sie sich an die Dunkelheit gewöhnt hatten.

Es klopfte wieder, leise und höflich. Die Scheibe zitterte nicht. Das Klopfen war nicht zornig, nur hartnäckig.

Ich erreichte den Empfangsbereich.

Im Licht des Baumarktschildes auf der anderen Straßenseite zeichneten sich die Umrisse einer Person ab. Harvey schaffte es nie, die Zeitschaltuhr einzustellen. Die Person schien nichts bei sich zu haben, aber ich wusste, dass das nichts zu bedeuten hatte. Man konnte eine Waffe auch im Ärmel verstecken. Oder seine Reißzähne ausfahren. Gordo hatte gesagt, dass es da draußen alles gab, was ich mir nur vorstellen konnte. Und ich konnte mir eine Menge vorstellen.

Ich schaltete das Licht an.

Es war ein Mann. Schon älter, das Gesicht voller grau-weißer Stoppeln, seine dunklen Augen blinzelten gegen die plötzliche Helligkeit an. Er neigte den Kopf und runzelte leicht die Stirn. Dann lächelte er mit großen, schiefen Zähnen und klopfte wieder.

»Wir haben geschlossen«, sagte ich laut.

Sein Lächeln wurde breiter. »Ich bin nicht wegen meinem Truck hier, Ox.«

Ich hielt mein Gesicht ausdruckslos. »Woher kennst du meinen Namen?«

»*Jeder* kennt deinen Namen«, sagte er durch die Scheibe. »Du bist hier in der Gegend nicht gerade unbekannt. Ich brauchte nur zu fragen. Die Leute im Diner scheinen dich sehr zu mögen.«

»Was hattest du dort zu suchen?«

»Mach die Tür auf. Es ist besser, wenn wir von Angesicht zu Angesicht reden.«

»Hm, ich glaube nicht, dass das passieren wird.«

Sein Lächeln verschwand. »Ich könnte einfach die Scheibe einschlagen.«

»Das ist eine Straftat.«

Er schnaubte. »Ruf die Polizei und lass mich verhaften. Aber dann wirst du nie hören, was ich dir zu sagen habe.«

»Warum sollte mich interessieren, was du zu sagen hast?«

»Wegen deiner Wölfe.«

Mein Adrenalinspiegel schoss in die Höhe, wachsam, wütend. Das war eindeutig eine Drohung.

»Meine Wölfe«, sagte ich. »Ich habe keine Ahnung, wovon du redest.«

Er verdrehte die Augen. »Wirklich? Ich habe gehört, du wärst gar nicht so dumm, wie du aussiehst, Oxnard. Fang jetzt nicht damit an.«

»Wer bist du?«

»David King«, antwortete der Mann mit einer kleinen Verbeugung. »Zu deinen Diensten.«

»Ich kenne dich nicht.«

»Nein«, stimmte er zu. »Aber ich kenne *dich*.«

Und vielleicht hatte ich es allmählich satt, dass die Leute das zu mir sagten. »Du bist kein Wolf.«

»Ein Mensch durch und durch«, bestätigte er. »Was man von dir nicht gerade behaupten kann.«

»Und du kommst hierher«, sagte ich und fletschte die Zähne, »in mein Revier?«

»*Dein* Revier«, wiederholte er amüsiert. »Faszinierend. Ich frage mich, wie das gehen soll. Du hast dich nicht beißen lassen. Es ist nicht mal jemand hier, der es tun könnte.«

»Mein Rudel ist bereit.«

»Bereit?«, fragte er. »Zu was?«

»Egal was.«

»Du würdest mich töten?«

»Wenn es sein muss. Du hast mich und die Meinen bedroht.«

»Du bist nicht wie die anderen.«

»Welche anderen?«

»Wölfe.«

»Ich bin kein Wolf.«

»Nein«, bestätigte er. »Aber nahe dran. Näher, als es einem Menschen möglich sein sollte. Wie machst du das nur?«

»Was willst du?«

»Ich bin hier, um eine Nachricht zu überbringen.«

»Dann tu's.«

Er blinzelte. »Mehr nicht?«

Ich erwiderte nichts.

Er seufzte. »Ehrlich gesagt, habe ich mir das Ganze ein bisschen dramatischer vorgestellt.«

»Tut mir leid, wenn ich dich enttäuscht habe.«

»In der *Sache* schon, aber du selbst? Überhaupt nicht. Ein Mensch als Alpha? Das gab's noch nie. Jetzt verstehe ich, warum er so unbedingt wollte, dass ich herkomme.«

Ich hatte seine Spielchen satt. »*Wer?*«, knurrte ich und sah zufrieden, wie sich die Augen des Kerls vor Schreck ein Stück weiteten.

»Joe«, antwortete er. »Joe Bennett schickt mich.«

Alles wurde unscharf wie bei dem alten Fernseher, an dessen Antennen mein Dad immer so lange herumgedreht hatte, bis endlich ein flimmerndes Bild erschien. Ich blinzelte heftig und hörte das Blut in meinen Ohren rauschen.

»Joe«, krächzte ich.

»Habe ich jetzt deine Aufmerksamkeit?«, fragte David und lächelte wieder. »Gut.«

Ja, hatte er.

Und würde es gleich bereuen.

Ihm blieb keine Zeit zu reagieren, als ich meinen rechten Arm an die Brust zog und mit der Schulter durch die Glastür brach. Die Scheibe zersprang, scharfe Stiche kribbelten auf meiner Haut und ich stöhnte. David stieß einen unterdrückten Schrei aus und taumelte mit rudernden Armen rückwärts. Ich prallte gegen ihn und riss uns beide von den Füßen. Er landete auf dem Rücken, Glassplitter knirschten unter ihm. Ich kam blitzschnell wieder hoch, setzte mich rittlings auf seinen Bauch und drückte ihm die Brechstange unter den Kiefer, bis sich die scharfe Spitze in seine Haut grub.

»Ein Stoß«, sagte ich, »und die Spitze bohrt sich in dein Gehirn.«

»Beeindruckend«, keuchte David und hörte auf, sich zu wehren. Das Glas hatte einen dünnen Schnitt auf seiner rechten Wange hinterlassen, ein Blutstropfen floss langsam Richtung Ohr. »Das ... kam überraschend. Meine Schuld.«

»Wo ist er?«

»Mein Gott, wie viel wiegst du bloß? Ich bekomme keine Luft mehr!«

»Letzte Chance«, knurrte ich.

»Ich weiß nicht, wo er ist!«

»Du lügst!«

»Tue ich nicht! Ich schwöre bei Gott. Ich bin nicht hier, um dir oder deinem Rudel Schaden zuzufügen. Ich versuche, dir zu *helfen*, du zu groß geratener ...«

»Ist er am Leben?«

»*Was?*«

»Ist er am *Leben?*«

»Ja! Ja, als ich ihn das letzte Mal gesehen habe.«

»Wann?«

»Vor drei Monaten.«

»Wo?«

»Alaska.«

»Wer war bei ihm?«

»Seine Brüder. Eine Hexe. Ich habe sie nicht nach ihren Namen gefragt!«

Ich drückte fester. Noch mehr Blut quoll unter der Spitze der Brechstange hervor. »Was hast du mit ihnen gemacht?«

»Nichts, gar nichts! Sie haben mich gerettet. Mein Gott, sie haben mich *gerettet*!«

»Wovor?«

»Richard Collins!«

Ich erstarrte.

Der Kerl log nicht. Keine Ahnung, woher ich das wusste, aber er sprach die Wahrheit.

»Was hat er gesagt?«, krächzte ich. »Eine Nachricht. Du hast gesagt, du hättest eine Nachricht.«

»Wenn du endlich von mir runtergehen würdest ...«

»Raus damit!«, brüllte ich ihm ins Gesicht, dass die Speichelfäden nur so flogen.

»Er sagte *noch nicht*. Er sagte, ich soll dir *noch nicht* sagen. Er meinte, du würdest wissen, was es bedeutet.«

Noch nicht.

Dieser verdammte Mistkerl!

»Und sonst noch?«, fragte ich kühl.

»Nichts. Nur Oxnard Matheson, Green Creek, Oregon und *noch nicht*.«

David King war einmal Werwolfjäger gewesen. Er gehörte zum King-Clan, sein Vater und sein Großvater hatten ihm das Handwerk beigebracht. Er war dazu erzogen worden, alles zu erschießen, was spitze Zähne hatte. Aber mit siebzehn, nach seiner ersten Tötung, als er das Licht in den Augen einer weiblichen Beta erlöschen sah, während sie an ihrem eigenen Blut würgte, hörte er auf, und sein Clan verstieß ihn. Knapp vierzig Jahre war das jetzt her.

Die Kings waren diejenigen gewesen, die Richard Collins' Familie niedergemetzelt hatten. David war nicht dabei gewesen. Das war nach seiner Zeit.

Inzwischen gab es nicht mehr viele Kings. Sie wurden einer nach dem anderen umgebracht, und die übrigen waren untergetaucht.

»Herausgerissene Kehlen«, sagte David und zuckte zusammen, als er sich einen kleinen Glassplitter aus der Haut zog. »Und jedes Mal die gleiche Botschaft an der Wand, mit Blut geschrieben.«

»Wie lautete sie?«

David seufzte. »Dass er sich uns alle holen würde.«

David nutzte alte Familienverbindungen und verschwand von der Bildfläche. Die meisten Jägerclans wiesen ihn ab, weil sie nichts mit einer Fehde zu tun haben wollten, die sie mit Sicherheit den Kopf kosten würde. Aber manche hatten noch alte Schulden zu begleichen, bei ihnen konnte David Tage, manchmal sogar Wochen bleiben, ohne ständig ängstlich über die Schulter schauen zu müssen.

»Es gab Zeiten, in denen ich dachte, ich hätte es vielleicht geschafft«, sagte er. »Dass ich frei bin. Schließlich hatte ich nichts mehr mit meinem Vater zu tun. Ich war nicht an dem Massaker beteiligt gewesen, und mein Großvater war schon lange tot. Krebs, ob du's glaubst oder nicht. Kämpft sein ganzes Leben lang gegen Werwölfe, und dann holt ihn der Krebs.«

»Was ist mit deinem Vater passiert?«, fragte ich leise.

David lachte hohl. »Er war ein alter Mann in einem Pflegeheim in Topeka. Sein Gedächtnis hatte ihn schon lange im Stich gelassen. Wie ich gehört habe, mussten sie das, was noch von ihm übrig war, von den Wänden abkratzen.«

Aus einem Monat wurden zwei, aus drei Monaten wurden vier, und David hatte schon geglaubt, dass die Welt ihn vergessen hatte, dass er auf keinem Radar mehr zu finden war.

»Das ist alles, was es braucht«, sprach er weiter. »Selbstgefälligkeit. Ein einziger, kurzer Moment, und du wirst nachlässig. Vielleicht habe ich mich irgendwo blicken lassen, wo ich es nicht hätte tun sollen. Vielleicht habe ich meinen Geruch irgendwo hinterlassen, wo er nicht hingehört. Ich habe keine Ahnung, wie, aber er hat mich gefunden.«

Ein Stückchen außerhalb von Fairbanks. Der Schnee schmolz bereits, das Gras schaute durch, hell und grün, und dann kam *er*.

»Er fragte mich, ob ich wüsste, wer er ist«, sagte David. »Ist einfach an meiner Tür aufgetaucht und hat ganz höflich geklopft.«

Richard Collins lachte nur, als David versuchte, die Tür zuzuschlagen und sein Gewehr zu holen. Er schaffte es sogar beinahe, glaubte aber, dass Richard ihn absichtlich so weit hatte kommen lassen. »Für ihn war es nur ein Spiel. Der große böse Wolf hat gehustet und geprustet, und dann hat er meine verdammte Tür eingetreten.«

Das Nächste, woran David sich erinnerte, war, wie er in seinem vorübergehenden Zuhause an den Armen aufgehängt von der Decke hing, die Beine zusammengebunden.

»Er hat mich geschnitten«, sprach David weiter und zog sein Hemd hoch. Sein Oberkörper war ein Labyrinth aus Narben, einige noch rosa, die meisten aber weiß und dick und starr. Sie zogen sich kreuz und quer über seine Brust und den Bauch und über die Flanken bis zum Rücken. Wie es schien, hätte er um ein Haar eine Brustwarze verloren. »Mit seinen Krallen, stundenlang. Die Sache mit Schmerzen ist, dass man eine Menge davon ertragen kann, bevor man ohnmächtig wird. Ich habe an diesem Tag sehr, sehr viel ertragen.«

Als es zu Ende war, war David im Delirium.

»Und dann war er plötzlich weg und ein rotäugiger Wolf stand vor mir. Ein Alpha.«

»Joe«, flüsterte ich.

»Joe«, bestätigte David. »Ich hatte mitbekommen, was mit Thomas Bennett passiert war. Ich bin ihm nie selbst begegnet, aber ich hatte von ihm gehört. Praktisch jeder Eingeweihte hatte das. Er war eine verdammte Legende. Wenn es je eine Wolfsdynastie gegeben hat, dann waren es die Bennetts. Ich bin kein Werwolf-Fan, verstehst du? Manche von ihnen sind kaputt, manche sind Monster, aber das ist bei Menschen nicht anders. Ich weiß das, denn ich habe einige von diesem Schlag gekannt. Aber Thomas ... Er war für die meisten Jäger tabu. Sicher, es gab welche, die behaupteten, dass sie ihn eines Tages töten würden, er war schließlich der Alpha aller Alphas. Aber keiner von ihnen hat es je auch nur versucht. Es war reine Angeberei.«

Anscheinend war Richard schon eine gute Stunde wieder weg gewesen, als Joe David fand. Es waren noch zwei andere Wölfe und eine Hexe bei ihm. Sie flickten ihn wieder zusammen und dann löcherten sie ihn mit Fragen. Joe war sehr wütend.

»Warum?«

»Weil er noch nie so nahe an Richard dran gewesen war«, antwortete David. »Zumindest sagten sie das.«

Und dann verschwanden sie genauso schnell wieder, wie sie gekommen waren. Aber erst, nachdem Joe ihn gebeten hatte, eine Nachricht zu überbringen.

Noch nicht.

Ich musterte ihn finster. »Und du hast drei Monate gebraucht, um es bis nach Green Creek zu schaffen?«

»Lass du dich mal von einem tollwütigen Werwolf halb ausweiden«, schnauzte David. »Meine Wunden mussten heilen, und ich musste sichergehen, dass es ihm nicht noch einmal gelingt, mich ausfindig zu machen. Ich hätte auch wegbleiben können.«

Da hatte er recht. Und ein Teil von mir wünschte sich, er hätte es getan. Denn *noch nicht* war nicht genug.

»Wie haben sie ausgesehen?«, fragte ich. »Ging es ihnen … gut?«

David lächelte mich traurig an. »Müde«, antwortete er. »Mit den anderen habe ich nicht wirklich gesprochen, aber sie sahen alle müde aus.«

Ich nickte stumm.

Dann: »Er weiß es nicht. Oder doch?«

»Was?«, fragte ich.

»Über dich. Dass du ein Alpha bist.«

»Nein«, antwortete ich. »Woher weißt *du* es?«

»Ich bin mit diesen Dingen aufgewachsen, Junge, da lernt man das ein oder andere. Gehört sozusagen zum Handwerkszeug. Meistens sind es die roten Augen, die es verraten.«

»Ich habe keine roten Augen.«

»Deshalb sagte ich ja auch *meistens*. Aber wenn du in der Gegenwart eines Alphas bist, merkst du es. Da ist dieses Gefühl von … Macht, von *mehr*. Vor allem, wenn man dem Alpha in seinem eigenen Revier begegnet. Ich habe außer dir und Joe noch einen Alpha getroffen. Ich war damals noch ein Junge, aber ich habe exakt dasselbe gefühlt.« Er sah mich mit geneigtem Kopf an. »Wie hast du es gemacht?«

»Ich habe gar nichts gemacht«, erwiderte ich erschöpft. »Es ist einfach ... passiert.«

»Mein Gott, Junge, du bist wirklich nicht zu beneiden.«

»Warum?«

»Weil die Leute es nicht verstehen werden«, antwortete David und klang dabei fast wie Hughes' Gesandter.

»Ich gebe einen Scheiß auf diese Leute.«

»Das wird ihre Meinung auch nicht ändern.«

»Solange sie uns in Ruhe lassen, können sie denken, was sie wollen.«

»Meinst du wirklich, dass sie das tun werden?«

»Sollen sie doch kommen«, sagte ich mit einem tiefen Grollen in der Stimme. »Wir sind schon mit Schlimmerem fertiggeworden.«

David zuckte gerade so viel, dass ich wusste, dass er verstanden hatte.

»Hast du einen Ort, wo du bleiben kannst?«

Er lachte. »Bestimmt nicht hier, im Revier eines Alphas. Sobald wir fertig sind, verschwinde ich. Er hat mich einmal gefunden, und das heißt, dass er es auch ein zweites Mal kann. Ich muss in Bewegung bleiben, solange es geht.«

»Das ist kein Leben.«

»Vielleicht«, sagte David. »Aber es ist das einzige, das ich noch habe.«

»Er wird dem ein Ende machen. Joe, meine ich.«

»Ich bezweifle nicht, dass du das glaubst, und vielleicht gelingt es ihm sogar. Aber ich werde kein Risiko eingehen. Ich bin jetzt ein Geist, verstehst du? Vielleicht muss ich das eines Tages nicht mehr sein, aber bis ich höre, dass Richard Collins der Kopf vom Körper getrennt wurde, werde ich einer bleiben.«

Er erhob sich langsam und verzog das Gesicht vor Schmerzen.

»Es tut mir leid«, sagte ich.

»Was denn?«

»Die ... Sache mit der Scheibe.«

Er schnaubte. »Ich bin unangekündigt in das Revier eines Alphas eingedrungen. Dafür bin ich noch glimpflich davongekommen, glaube ich.«

Das stimmte. »Trotzdem.«

»So was kommt vor«, beschwichtigte er. »Ich habe schon Schlimmeres durchgemacht, trotzdem werde ich es morgen bestimmt spüren. Ich bin nicht mehr so jung, wie ich mal war. Ich finde allein nach draußen. Es war ... interessant.« David drehte sich um und machte Anstalten zu gehen.

»Es ist besser, wenn du das hier für dich behältst«, sagte ich leise.

Er hielt inne. »Was denn?«

»Was ich bin und was du hier gesehen hast.«

Er schnaubte. »Es gibt niemanden, dem ich es verraten könnte, selbst wenn ich es wollte, und das ist auch besser so. Mach dir keine Sorgen, Alpha, ich werde dich nicht verpfeifen.«

Ich stand nicht auf. Meine Beine, mein ganzer Körper, fühlte sich zu schwer an.

Vor der Bürotür blieb David noch einmal stehen. »Weißt du«, begann er, ohne sich umzudrehen, »da war so etwas in Joes Augen, als er deinen Namen gesagt hat. Dieses Licht. Zuerst dachte ich, es wäre Wut. Rot vermischt mit Violett, wie bei einem Omega-Alpha vielleicht. Aber dann hat er deinen Namen gesagt und ... etwas an ihm hat sich verändert. Es hat sich ... grün angefühlt, falls das irgendeinen Sinn ergibt. Ich dachte jedenfalls, du solltest es wissen.«

Dann ging er.

falscher alarm. nur ein paar jugendliche. haben eine scheibe eingeschlagen.

Die erleichterten Antworten kamen sofort.
Nur Elizabeth fragte:

> bist du sicher?

> ja

Danach kam nichts mehr.
Ich blieb noch lange im Büro.
Noch nicht, dachte ich.
Noch nicht.

Ich erzählte ihnen nicht von David King.
Es schien mir einfacher so.

Gegen Ende des dritten Jahres küsste Robbie mich.
Ich wünschte, ich könnte behaupten, ich hätte es kommen sehen. Aber das habe ich nicht, und das war meine Schuld.
In einem Moment liefen wir noch durch den Wald, nur er und ich, wie ich es mit allen meinen Betas tat, wir lachten und redeten über nichts Besonderes. Und im nächsten waren seine Lippen auf meinen, seine Hände auf meiner Brust, sein Atem auf meinem Gesicht. Er schmeckte warm und süß, und ich hasste mich dafür, dass ich ihn nicht sofort wegschubste. Ich könnte behaupten, dass ich erschrocken war, dass ich nicht damit gerechnet hatte. Aber Tatsache ist, dass ich ihn nicht weggestoßen habe, zumindest nicht sofort.
Ich erwiderte den Kuss nicht. Ich stand einfach da, die Hände an den Seiten, die Augen weit aufgerissen, und das Lachen blieb mir im Hals stecken.

Es passierte nicht viel. Er hielt mich nur ein paar Sekunden lang, dann wich er zurück und das Herz schlug ihm bis zum Hals. Seine Zunge schnellte vor und fuhr über seine feuchten Lippen, als wollte er meinen Geschmack festhalten.

Wir starrten uns an.

Ich wusste nicht, was ich tun sollte.

Er sagte: »Ox, ich ...«

Ich hob eine Hand.

Ich überlegte tatsächlich, ob ich mich darauf einlassen sollte. Es wäre so einfach gewesen. Einfach nehmen. Hier. Jetzt.

Ich war seit Joes Aufbruch mit niemandem mehr zusammen gewesen. Ich hatte es auch nicht vor, aber ich war mir nicht mehr sicher, wo mein Platz in Joes Leben war.

Und es wäre so einfach gewesen.

Ich mochte Robbie. Das tat ich wirklich. Er war nett. Freundlich. Und gut aussehend. Alles, was man sich wünschen konnte.

Aber ich konnte ihm nicht geben, was er wollte. Was er verdiente. Robbie hatte jemanden verdient, der ihm sein Herz schenkte, und meines gehörte seit langer Zeit einem Jungen mit blauen Augen, der auf einem Feldweg auf mich gewartet hatte.

»Robbie«, seufzte ich.

»Ich hätte das nicht tun sollen«, murmelte er und blickte zu Boden.

»Vielleicht«, sagte ich. »Aber es ist auch nicht schlimm.«

»Wirklich?« Ein Hoffnungsschimmer.

»Weil nichts daraus werden kann.«

Er seufzte und ließ die Schultern hängen. »Wegen Joe?«

»Ja, wegen Joe.«

»Er ist nicht hier.«

»Nein, ist er nicht, aber das ändert nichts. Vielleicht eines Tages, aber nicht jetzt.«

»Ich wollte nur ...«

Ich sagte: »Hey, mach dir keine Sorgen. Es ist okay. So was kommt vor.«

»Du bist mein Freund und mein Alpha«, sagte er frustriert. »Ich möchte auch etwas für *dich* sein. Ich weiß, dass du vorher Jessie hattest, und ich dachte, vielleicht könnte ich ... danach kommen.«

»Du *bist* schon etwas für mich.« Ich legte meinen Finger unter sein Kinn und hob seinen Kopf an. »Weit mehr, als ich mir erhofft hatte.«

Er schenkte mir ein gequältes Lächeln. »Aber nicht genug.«

»Es geht nicht um genug«, widersprach ich, »sondern darum, was richtig ist. Ich bin nicht der Richtige für dich, weil ich der Richtige für jemand anderen bin. Eines Tages wirst du genauso fühlen, wenn du die richtige Person getroffen hast.«

Robbie stieß ein kurzes, bellendes Lachen aus. »Vielleicht. Aber ...« Er schüttelte den Kopf. »Niemand hat je so sehr an mich geglaubt wie du. Ich weiß nicht, ob ich jemals anders fühlen *will*.«

»Du bist mein Freund«, sagte ich leise. »Das genügt mir. Und ich hoffe, dir auch.«

Er nickte, und ich ließ meine Hand sinken.

Wir gingen weiter durch die Bäume.

Nach einer Weile sagte er: »Du musst ihn wirklich sehr lieben, so wie du reagiert hast.«

»Er würde genauso reagieren«, erwiderte ich und wusste, dass es die Wahrheit war. Egal, was ich sonst noch fühlte, daran glaubte ich mit allem, was ich hatte.

Und wir gingen weiter.

In dieser Nacht träumte ich von Joe.

Er wartete am Ende des Feldwegs auf mich, die Sonne brach durch die Blätter und malte kleine Lichtflecken auf das Gras, die wie Wellen über den Boden tanzten. Er lächelte, als ich meine Hand nach ihm ausstreckte und unsere Finger sich verschränkten, wie sie es immer getan hatten.

Wir gingen langsam auf das Haus am Ende des Feldwegs zu.

Wir sprachen nicht miteinander.

Das mussten wir auch nicht.

Es genügte, einfach nur zu *sein*.

Danach war Robbie ein paar Wochen lang in meiner Nähe unsicher und gehemmt. Er stotterte, wurde rot und ging mir aus dem Weg, wann immer es möglich war.

Elizabeth lächelte und meinte, so sei das nun mal.

»Er könnte sich sehr glücklich schätzen«, sagte sie zu mir, als wir auf der Veranda saßen und den Sonnenuntergang beobachteten. »Das könntet ihr beide.«

»Ich gehöre einem anderen«, entgegnete ich.

»Tust du das?«

»Ja.«

»Es macht mich sehr glücklich, das zu hören.«

Sie sprach nie wieder darüber.

Es kamen noch weitere Omegas.

Wir waren noch stärker geworden.

Besser. Schneller.

Vollständiger.

Mit gefletschten Zähnen liefen sie gerade außerhalb der Schutzzauber auf und ab. Es mussten mindestens fünfzehn sein. Vielleicht zwanzig.

»*Mensch*«, fauchte einer mich an.

»Ich sage euch das nur einmal«, erwiderte ich.

Violette Augen blitzten auf.

»Geht, solange ihr noch könnt.«

Sie knurrten.

Ich ließ die Brechstange auf meiner Schulter wippen. »Wenn ihr unbedingt wollt, könnt ihr es so haben.«

Mein Rudel brüllte hinter mir, Menschen und Wölfe zugleich.

Die Omegas taumelten einen Schritt zurück, plötzlich verunsichert.

Zu mehr kamen sie nicht.

Drei Jahre.
   Ein Monat.
   Sechsundzwanzig Tage.

Zuhause

Es war ein Mittwoch.
Wir waren gerade in der Werkstatt, als ich merkte, wie die Schutzzauber sich veränderten, sich hoben. Als würden sie brechen.

Ich saß im Büro und hatte das Gefühl, als wäre ich vom Blitz getroffen worden.

»Was zum Teufel ist da los?«, hörte ich Tanner rufen. Ein Metallteil fiel scheppernd zu Boden.

»Großer Gott!«, stammelte Rico.

»Ox?«, rief Chris. »Du ...«

Die Tür zum Vorraum flog auf, und Robbie kam durch die Werkstatt ins Büro gerannt. »Hast du das gespürt? Ist alles in Ordnung bei dir?«

»Alles in Ordnung«, sagte ich mit zusammengebissenen Zähnen, obwohl ich ein Gefühl hatte, als stünde meine Haut unter Strom. »Die Schutzzauber. Irgendwas ist mit ihnen passiert.«

Robbie wurde blass. »Noch mehr Omegas?«

Ich schüttelte den Kopf. »Nein, was anderes.« Die anderen kamen dazu, Chris rief bereits Jessie an, als mein Handy klingelte. Ich ging dran.

»Du hast es gespürt«, sagte Elizabeth.

»Ja. Was war das?«

»Ich weiß es nicht«, sagte sie. »Irgendetwas kommt in unsere Richtung.«

»Ist die Schutzzone durchbrochen worden?«

»Nein. Ich glaube nicht ... aber etwas ist anders. Irgendwie.«

»Könnte es Robert sein?«

»Das weiß ich nicht, Ox. Aber ich glaube, es kommt direkt zu uns.«

»Du bleibst, wo du bist«, knurrte ich. »Mit Mark. Wir machen uns sofort auf den Weg.«

»Seid vorsichtig.«

Ich legte auf.

»Hast du das gehört?«, sagte Chris gerade zu Jessie. »Fahr zu unserer Wohnung.«

»Halte sie am Telefon«, wies ich Chris an und stand auf. Er nickte. »Robbie, Tanner, ihr kommt mit mir. Rico, du fährst mit Chris. Ihr folgt uns, und wenn wir bei Jessie sind, steigt sie bei euch ein. Verstanden?«

Alle nickten mit zusammengekniffenen Augen und gefletschten Zähnen.

Wir erreichten Jessie, ohne jemandem zu begegnen, aber das Gefühl von Strom auf meiner Haut wurde immer stärker, je näher wir kamen. Ich hielt das Lenkrad so fest umklammert, dass meine Knöchel weiß waren.

Sie wartete bereits auf uns und stieg sofort bei Chris und Rico ein, die Haare zurückgebunden, ihren Stock in den Händen. Ich beobachtete im Rückspiegel, wie sie die Tür schloss, dann fuhren wir mit durchdrehenden Reifen los.

Wir kamen zuerst am alten Haus vorbei. Es sah aus wie immer. Das Bennet-Haus ebenso. Elizabeth und Mark erwarteten uns auf der Veranda. Sie waren halb verwandelt, ihre Augen leuchteten sogar im Sonnenlicht.

»Und?« rief ich und stieß die Tür des Trucks auf.

»Nichts«, antwortete Mark. »Niemand hat sich dem Haus genähert.«

»Aber bald«, sagte Elizabeth und schaute zu den Bäumen hinüber.

Ich ging rückwärts auf die Veranda zu und behielt den Wald im Auge. Alles war wie immer. Die Bäume schwankten im Wind, Vögel sangen. Das Revier fühlte sich an wie meines, wie unseres, aber da war noch etwas anderes, das sich darüber schob. Es passte nicht ganz, war aber nahe dran. Richard und Robert vielleicht, die versuchten, uns irgendwie auszutricksen. Denn es fühlte sich an wie etwas, das ich eigentlich wiedererkennen müsste. Und das verunsicherte mich, machte mich aggressiv. Am liebsten wäre ich sofort losgestürmt, um alle potenziellen Eindringlinge in Stücke zu reißen.

Die anderen gingen auf der Veranda in Formation, wie wir es so oft trainiert hatten, ohne dass ich etwas sagen musste. Sie wussten es einfach. Die Wölfe nahmen die Menschen in ihre Mitte, die Krallen ausgefahren und bereit. Ich konnte ihre Stärke in meinem Rücken spüren, jeden einzelnen von ihnen, und hoffte, dass derjenige, der dumm genug war, uns anzugreifen, es ebenfalls spürte.

Noch mehr Strom auf meiner Haut.

»Es kommt aus nördlicher Richtung«, murmelte Mark. »Von der Lichtung.«

»Was ist es?«, fragte Rico nervös.

»Das weiß ich nicht«, antwortete Mark. »Es ist fast, als würde ...«

Seine Wolfsohren nahmen ein Geräusch auf, das für Menschen zu leise war, und er verstummte.

»Sie sind zu viert«, knurrte Robbie. »Und kommen schnell näher.«

»Bleibt zusammen«, sagte ich. »Was auch immer das ist, wir bleiben zusammen.«

Dann hörte auch ich es. Im Wald. Schnelle Schritte. Sie rannten. Farben flackerten zwischen den Bäumen auf, etwas Rotes und etwas Oranges und ...

»Oh mein Gott«, keuchte Elizabeth, die es als Erste begriff.

Einmal, als wir allein im Haus waren, beschloss Elizabeth, dass es an der Zeit war, mal wieder Dinah Shore zu spielen. Joe und die anderen waren damals seit fast zwei Jahren fort.

Sie legte die alte Schallplatte auf, und während Dina über Einsamkeit sang, bat sie mich, mit ihr zu tanzen.

»Ich weiß nicht, wie das geht«, sagte ich und versuchte, nicht rot zu werden.

»Unsinn«, widersprach sie und nahm meine Hand. »Jeder, der zählen kann, kann das.«

Sie bewegte sich langsam mit mir im Kreis und zählte die Schritte ab. Ihre Hand sah so winzig aus in meiner, während das Lied immer wieder von Neuem anfing, wieder und wieder.

Als sie spürte, dass es mir in Fleisch und Blut übergegangen war, sagte sie: »Wir sind zurückgeblieben, weil wir mussten.«

Meine Schritte gerieten ins Stottern, aber ich fing mich wieder. Elizabeth lächelte still, während ich leise meine Schritte abzählte. Dann: »Mussten wir das?«

Sie drehte mich im Kreis.

Sie sagte: »Ja. Sie *wollten* uns nicht verlassen, Ox. Keiner von ihnen. Joe, Gordo, Carter und Kelly. Thomas und deine Mutter. Keiner von ihnen wollte gehen.«

»Und trotzdem haben sie es getan. Alle.«

»Manchmal liegt die Entscheidung nicht bei uns«, sprach sie weiter. »Manchmal wollen wir nicht gehen, aber wir müssen.«

»Joe wollte unbe...«

»Du hältst ihn für egoistisch«, unterbrach sie mich. »Und vielleicht hast du sogar recht. Aber vergiss nicht, dass er alles, was er tut, auch für *dich* tut. Der wird Tag kommen, an dem ihr euch wiedersehst, und dann liegt es an dir, wie es weitergeht.«

»Ich bin wütend«, gestand ich. »So unglaublich wütend.«

Elizabeth drückte sanft meine Hand. »Ich weiß, deshalb tanzen wir ja. Es ist schwer, wütend zu sein, wenn man tanzt. Irgendetwas daran nimmt einem die Wut.«

»Glaubst du ...?« Ich verstummte.
»Was, Ox?«
»Glaubst du wirklich, dass er zurückkommen wird?«
Sie sagte: »Ja, das glaube ich. Wegen dir. Immer.«
Und wir tanzten.
Und tanzten.
Und tanzten.

»Oh mein Gott«, sagte Elizabeth Bennett.
»Was ist?«, fragte Rico, seine Stimme eine Oktave höher als normal. »Sind es die Bösen? Böse Ome...«
»Nein«, sagte Mark. »Sind es nicht. Es ist ein Alpha. Er ...«
Robbie legte mir eine Hand auf die Schulter, seine Krallen stachen durch mein Arbeitshemd und bohrten sich in meine Haut. Die Berührung gab mir Halt. Sie machte mir klar, dass ich nicht träumte, denn im Traum konnte man keinen Schmerz empfinden. Und der Schmerz war da, stechend, aber erträglich.
»Ox?«, fragte Tanner leise. »Was sollen wir tun? Was sollen wir jetzt ...«
Gar nichts, sie mussten gar nichts tun.
Vier Männer traten zwischen den Bäumen hervor. Alle vier hatten kahl geschorene Köpfe, und der vorderste, der Alpha, trug einen Bart, blond und voll. Er war genauso groß und einschüchternd wie die beiden anderen Wölfe und bewegte sich mit einer Anmut, die er vorher nicht gehabt hatte. Der vierte, ein Mensch, war kleiner als seine Begleiter, aber die Tätowierungen unter seinen hochgekrempelten Ärmeln strahlten so hell wie eh und je, als der Rabe auf seinem Arm die Flügel ausbreitete. Ansonsten sahen sie fast gleich aus: staubige, schwarze Jeans, abgewetzte Stiefel und Jacken.
Die beiden Wölfe kreisten förmlich um ihren Alpha, entfernten sich nie mehr als einen oder zwei Schritte von ihm.

Sie näherten sich uns langsam, aber entschlossen. Wie wir bildeten sie eine Formation und bewegten sich synchron zueinander, als hätten sie das schon oft gemacht. Viele, viele Male.

Als sie den Feldweg erreichten, blieben sie stehen.

Das einzige Geräusch war ihr Atem.

Joe.

Carter.

Kelly.

Gordo.

Hey! Hey, du da! Hallo!

Keines meiner Rudelmitglieder kam nach vorn, obwohl ich spürte, wie sehr sich Elizabeth und Mark zurückhalten mussten.

Sie warteten auf die Reaktion ihres Alphas.

Meine.

Wer bist du?

Denn wir waren kein Rudel mehr.

Sondern zwei.

Ox? Ox! Riechst du das?

Robbies Griff auf meiner Schulter wurde fester.

Joe hatte mich nicht aus den Augen gelassen, seit sie zwischen den Bäumen hervorgekommen waren. Seine Finger zuckten leicht, als er Robbies Hand sah, aber mehr nicht.

Nein, nein, nein. Was Größeres.

Die anderen waren ebenfalls da: meine Brüder Carter und Kelly. Mein Freund, Bruder und Vater Gordo. Ich hatte sie seit achtunddreißig Monaten nicht mehr gesehen. Sie waren in die Wildnis verschwunden und hatten uns allein hier zurückgelassen.

Aber ich hatte nur Augen für Joe.

Du bist es! Warum riechst du so?

Er sah anders aus als früher. Als vorher. Damals war er groß und schlank gewesen, hatte erst noch zu dem Mann heranwachsen müssen, der er eines Tages sein würde. Jetzt war er wahrscheinlich genauso groß wie ich, seine Brust war breit, und die Muskeln an seinen Armen und Beinen sprengten beinahe den Stoff darüber.

Woher kommst du? Lebst du im Wald? Was bist du? Wir sind gerade erst angekommen. Endlich. Wo steht euer Haus?

Das war nicht mehr der Junge, den ich einmal gekannt hatte. Der, dem ich damals auf dem Feldweg begegnet war. Er war jetzt ein Alpha durch und durch. Seine Reise hatte Spuren hinterlassen, die dunklen Ringe unter seinen Augen hoben sich deutlich von seiner blassen Haut ab, aber die Kraft in ihm war ebenso deutlich zu sehen. Der verspielte Junge, den ich gekannt hatte, existierte nicht mehr, zumindest nicht körperlich. Wie viel ansonsten noch von ihm übrig war, konnte ich nicht sagen.

Wir sollten zu meiner Mom und meinem Dad gehen. Die wissen bestimmt, was es ist. Sie wissen alles.

Ich wusste nicht, was ich tun sollte.

Ich wollte nicht als Erster sprechen.

Weil ich sicher war, dass ich etwas sagen würde, das ich sofort bereuen würde.

Weil ich so gottverdammt *wütend* war.

Ihn hier zu sehen, in Sicherheit, lebendig und wohlauf, hätte mich glücklicher machen sollen, als ich es je gewesen war.

Das tat es auch.

Aber meine Wut war stärker.

Und dann, als würde auch er die Erinnerung an den Tag unserer ersten Begegnung spüren, sagte Joe Bennett: »Es tut mir leid.«

Ich nahm das Stichwort auf und spielte mit. »Was denn?«

Er sagte: »Was auch immer dich gerade traurig gemacht hat.«

»Ich träume. Manchmal fühlt es sich so an, als wäre ich wach, dabei bin ich es gar nicht.«

Ich musste mir mit aller Macht ins Gedächtnis rufen, dass wir nicht mehr dieselben waren wie damals, der kleine Junge auf dem Feldweg und der große, dumme Ox, den die Leute wie Scheiße behandelten.

Joes Stimme zitterte, als er sagte: »Aber jetzt bist du wach. Ox, Ox, Ox, verstehst du nicht?«

»Verstehe ich *was* nicht?«

Und dann, als könnte es unwahr werden, wenn er zu laut sprach, flüsterte er: »Wir sind uns so nahe.«

Es war nicht mehr so wie damals, als er der kleine Wirbelwind auf meinem Rücken war, aber es genügte. Denn es waren *wir*, und Joe hatte recht: Wir waren uns so verdammt nahe wie seit über drei Jahren nicht mehr. Ich brauchte nur den ersten Schritt zu tun. Ich brauchte nur die Arme zu öffnen, dann wäre er da.

Wenn Joe es wollte.

Wenn *ich* es wollte.

Ich bewegte mich nicht.

Doch Joe war noch nicht fertig. »Mom«, sagte er, ohne den Blick von mir zu wenden. »Du musst an ihm *riechen*. Ich war gerade im Wald unterwegs und habe unser Revier erkundet, damit ich später machen kann, was Dad machte, und es war toll.« Er schloss die Augen, und alle hielten den Atem an. Schließlich sprach er weiter: »Und dann stand er plötzlich da und hat mich nicht gesehen, weil ich beim Jagen immer besser werde. Ich hab *Raurrr* gemacht und *Grrr*, aber dann hab ich noch mal geschnuppert und gemerkt, dass *er* es ist und es hat *Kabumm* gemacht!« Als er die Augen wieder öffnete, leuchteten sie rot. »Du musst an ihm schnuppern und mir erklären, warum er so nach Zuckerstangen und Kiefernzapfen riecht und toll und fantastisch.«

Seine Stimme erstarb.

Eine Lerche sang in den Bäumen.

Das Gras wogte im Wind.

Er sagte: »Ox«.

»Alpha«, erwiderte ich, kaum in der Lage, meine Wut zu bändigen.

Joe zuckte leichte zusammen, dann nickte er. »Alpha.«

Es war keine Wiederholung, sondern eine Anerkennung.

Denn das Revier gehörte nicht mehr ihm.

Irgendwie war es zu meinem geworden.

Robbie drückte sanft meine Schulter, und Joes Blick sprang wieder zu ihm. Zu seinem Gesicht. Zu der Hand auf meiner Schulter. Zurück zu mir.

Dann knurrte er. Eine Warnung. Da war ein fremder Wolf, einer, den er nicht kannte, und er *berührte* mich.

Robbie erwiderte das Knurren, und bevor ich dazwischengehen konnte, sprang er mit einem Satz über mich hinweg und landete in Kauerstellung mit gefletschten Zähnen vor Joe und den anderen.

Carter und Kelly drängten sich enger um Joe, mit ausgefahrenen Krallen und gefletschten Reißzähnen warteten sie ab, was Robbie tun würde. Mein Rudel tat das Gleiche, machte sich bereit, seinen Alpha zu beschützen und zu kämpfen, wenn es sein musste.

So sollte es nicht laufen.

Und ich träumte nicht.

Ich träumte nicht.

Ich sagte: »Genug.«

Robbie richtete sich wieder auf.

Carter und Kelly traten zurück, weg von Joe.

Gordo hatte sich die ganze Zeit nicht bewegt, weder zum Angriff noch zur Verteidigung.

Robbie kratzte sich verlegen am Kopf und nahm wieder seinen Platz hinter mir ein. Im Vorbeigehen streifte er mich an der Schulter und murmelte: »Ich würde es wieder tun.«

»Ich weiß«, erwiderte ich. »Aber das wird nicht nötig sein.«

Dann sah ich Joe an.

»Du bist hier«, sagte ich. Kurz. Auf den Punkt gebracht.

»Bin ich.«

»Und hast du erreicht, was du wolltest?«

Ein kurzes Zögern. Dann: »Nein.«

Das ... Ich wusste nicht, was ich damit anfangen sollte. »Warum nicht?«

»Die Dinge haben sich geändert.«

»Dann war also alles umsonst.«

»Das würde ich nicht sagen. Sieh dich nur an!«

»Sieh mich an«, wiederholte ich tonlos.

»Sind wir willkommen?«, fragte Joe.

Es war die wichtigste Frage von allen, denn kein Alpha konnte das Revier eines anderen ohne dessen Erlaubnis betreten. So liefen die Dinge nun mal.

Aber das sollten sie nicht. Nicht bei Joe. Nicht hier.

»Du bist hier zu Hause«, antwortete ich mit zusammengebissenen Zähnen. »Du brauchst nicht zu fragen.«

»Doch«, widersprach Joe, und das Rot in seinen Augen wurde für einen Moment zu einem gewöhnlichen Blau, dem Blau eines Menschen. »Das weißt du genauso gut wie ich, Ox. Besonders jetzt, da du ... *du* bist.«

Ich überlegte tatsächlich, Nein zu sagen. *Nein, ihr seid hier nicht willkommen. Nein, wir brauchen dich nicht. Nein, wir wollen dich nicht. Weil du zu lange weg warst und uns allein gelassen hast. Weil du egoistisch und grausam warst. Damals haben wir dich gebraucht, habe* ich *dich gebraucht, verdammt, aber du bist gegangen.*

Ich sagte: »Ihr seid willkommen. Jeder von euch.«

Wölfe und Menschen entspannten sich ein wenig, nur Joe und ich nicht.

»Für wie lange?«, fragte er.

Ein Riss. »So lange, bis du dich entschließt, wieder wegzurennen.«

Es war raus, bevor ich es verhindern konnte.

Joe, Carter, Kelly und Gordo sahen aus, als hätte ich sie geohrfeigt.

Eigentlich hätte es mir jetzt besser gehen müssen.

Aber das tat es nicht.

»Ihr könnt zu ihnen«, sagte ich.

Elizabeth und Mark stürmten sofort los. Gordo wich einen Schritt zurück, als Elizabeth ihre drei Söhne packte und sie so fest an sich drückte, wie sie konnte. Ihre Arme waren kaum lang genug für alle drei, während sie ihr Gesicht an ihren Wangen rieb, ihren Duft auf ihre Söhne übertrug und den Duft ihrer Söhne auf sich selbst.

Dem Alpha in mir gefiel die Vorstellung nicht, dass mein Rudel wie ein anderes roch, aber ich verdrängte den Gedanken. Darum ging es hier nicht. Nicht für Elizabeth und ihre Wolfssöhne.

Mark kam hinzu und fuhr mit den Händen über ihre geschorenen Köpfe, fügte Elizabeths Duft den seinen hinzu, während Carter und Kelly sich weinend an ihrer Mutter festklammerten. Dann ging er weiter zu Gordo.

Gordo rührte sich nicht. Die beiden starrten einander an und unterhielten sich in einer stummen Sprache, die ich nicht kannte.

Joe sah immer noch mich an.

Ich sagte: »Eure Zimmer gehören immer noch euch. Ich nehme an, ihr möchtet euch ausruhen.«

Und dann, weil ich es nicht mehr ertragen konnte, weil ich Joes Nähe nicht mehr ertragen konnte, ging ich.

Ich schloss die Tür des alten Hauses hinter mir, lehnte mich mit dem Rücken dagegen und versuchte, meinen Atem zu beruhigen.

Ich war schon lange nicht mehr hier gewesen, und Robbie war schon vor einer ganzen Weile zu den Bennetts gezogen, weshalb das alte Haus normalerweise leer stand. Wir behielten es aber, nur für den Fall. Falls wir mehr Platz brauchten, weil das Rudel sich vergrößerte. Falls Leute herkamen und Zuflucht suchten.

Falls die anderen nach Hause kamen.

Elizabeth und der Rest des Rudels wechselten sich beim Putzen ab und sorgten dafür, dass regelmäßig gelüftet wurde. Normalerweise teilten wir uns solche Aufgaben, aber das war etwas, das sie mich nicht machen ließen. Sie wussten, wie es mir ging, wenn ich hier war. An diesem Ort.

Denn auch wenn es längst weggeschrubbt war, das Blut meiner Mutter war in das Gerippe des Hauses gedrungen.

Sie war überall.

Die meisten ihrer Kleider hatten wir gespendet, nachdem ich mein Einverständnis gegeben hatte.

Aber es gab so viel mehr als das.

Mom war in jedem Winkel des Hauses.

An meinem Ohr klebten Seifenblasen.

Sie war nervös, weil die schicken Bennetts zu Besuch kamen.

Sie setzte ihren Namen unter die Scheidungsurkunde.

Sie stand mit mir in der Küche und fragte, warum ich weinte. Ich sagte, dass ich gar nicht weinen konnte, weil ich jetzt ein Mann war.

Sie zeigte mir auf der Landkarte, wohin mein Freund gezogen war, und sagte, dass niemand lange in Green Creek blieb.

Sie war mein Rudel gewesen, mein erstes.

»Ah!«, sagte ich und versuchte, einen weiteren Atemzug zu nehmen. »Ah, ah!«

Ich ließ mich an der Tür zu Boden gleiten und stützte meinen Kopf auf die Knie.

Wenn ich aufschaute, konnte ich die Stelle sehen, an der sie gestorben war. Wo sie mich mit diesem stählernen Blick angesehen hatte. Mom hatte gewusst, dass sie gehen musste, und sie tat es zu ihren Bedingungen, indem sie mir eine Chance verschaffte, zu fliehen und das Lied unseres Rudels zu heulen.

Der Tag schritt voran, die Schatten wurden länger, und ich konnte die anderen spüren. Ihre Freude. Ihre Verwirrung. Ihre Trauer. Ihre Wut.

Ich spürte Carter und Kelly nicht mehr so intensiv wie früher. Ich fühlte mich nicht mehr so stark mit Gordo verbunden wie früher. Auch wenn er die meiste Zeit gar nicht zum Rudel gehört hatte, war immer etwas zwischen uns gewesen, spätestens seit er mir an meinem fünfzehnten Geburtstag die Arbeitshemden geschenkt hatte.

Aber Joe.

Ihn *konnte* ich spüren.

Weil er ein Alpha war. Mehr als ich.

Dieser Ort, dieses Revier, hatte einmal ihm gehört.

Und jetzt, da er wieder hier war, sollte es wieder ihm gehören.

Ich hätte erleichtert sein sollen.

Weil ich die Verantwortung nun nicht mehr allein tragen musste.

Und das war ich auch. Größtenteils wenigstens.

Aber ein Teil von mir sagte: *mein, mein, mein.*

Dass dieser Ort, diese beiden Häuser, diese Leute *mir* gehörten.

Ich schlug meinen Hinterkopf gegen die Tür und versuchte, einen klaren Gedanken zu fassen.

Die Schatten wurden noch länger.

Und dann kam er.

Ich spürte ihn, noch bevor ich ihn hörte.

Ich konzentrierte mich nicht auf das Band zwischen uns. Ich wollte nicht sehen, wie zerfleddert es war. Wenn es überhaupt noch existierte. Etwas, das einst mit jedem Tag stärker geworden war, hing jetzt in Fetzen.

Ich versuchte, meinen Atem und meinen Puls gleichmäßig zu beruhigen.

Ich versuchte, ihn zu verscheuchen, ohne mit ihm sprechen zu müssen.

Meine Atemzüge wurden kürzer. Mein Herz stolperte.

Es funktionierte nicht.

Er sagte nichts, aber er ging auch nicht weg.

Die Veranda knarrte unter seinen langsamen Schritten.

Seine Hand strich über das Geländer, seine Finger schabten über den abblätternden Lack.

Er erreichte die oberste Stufe und blieb einen Moment lang stehen.

Er atmete tief ein und blies die Luft dann langsam wieder aus.

Er nahm den Geruch des Reviers in sich auf.

Des Hauses.

Meinen.

Ich fragte mich, ob er vielleicht merkte, dass ich seit seinem Aufbruch nur wenige Stunden hier verbracht hatte.

Ich fragte mich, ob er immer noch Moms Blut riechen konnte.

Er sagte nichts.

Er machte noch einen Schritt und noch einen, bis er vor der Tür stand.

Er klopfte nicht und berührte auch nicht den Knauf.

Die Tür ruckte nur leicht, als er sich von der anderen Seite mit dem Rücken dagegen lehnte und daran herunterrutschte, genau wie ich es getan hatte.

Wir waren nur durch drei Zentimeter Eichenholz voneinander getrennt, und es dauerte nicht lange, da atmeten wir im gleichen Rhythmus, und unsere Herzen schlugen im Gleichtakt.

Ich versuchte, dagegen anzukämpfen, versuchte es aufzuhalten, aber es ging nicht.

Ich hasste das Gefühl von Frieden, das sich in mir ausbreitete. Die Erleichterung, die gottverdammte grüne Erleichterung, die einfach über mich hinwegrollte, ohne mir auch nur die geringste Chance zu lassen.

Ich hielt mich an meiner Wut fest, so gut ich konnte.

Er blieb, bis ich einschlief.

Ich wachte auf, als die ersten Strahlen der Morgensonne durch die Fenster drangen.

Mir war warm und ich hatte einen steifen Hals.

Ich öffnete die Augen.

Ich lehnte immer noch an der Tür. Mein Rücken schmerzte.

Zwei Wölfe lagen neben mir, ihre Köpfe auf meine Schenkel gebettet. Sie öffneten die Augen, als hätten sie nur darauf gewartet, dass ich aufwachte.

Ein dritter lag zusammengerollt vor meinen Füßen, seine Beine zuckten im Traum.

Elizabeth. Mark.

Robbie.

Die anderen waren ebenfalls da.

Jessie schnarchte leise, ihre Arme waren um mein Bein geschlungen.

Tanner, Rico und Chris lagen ausgestreckt um mich herum und jeder berührte mich irgendwie. Eine Hand auf meinem Fuß. Meinem Arm. Meinem Bauch.

Sonst niemand.

Joe lehnte nicht mehr an der Tür.

Ich hatte ihn nicht gehen hören.

Ich hatte die anderen nicht kommen hören.

Mark schloss die Augen wieder, sein Atem ging tief und langsam.

Elizabeth beobachtete mich nach wie vor.

Ich strich ihr mit den Fingern über die Stirn.

Ihre Ohren zuckten und sie schnaubte leise.

»Ich weiß nicht, was ich tun soll«, flüsterte ich, um die anderen nicht zu wecken.

Sie blinzelte.

»Ich bin so wütend, und ich weiß nicht, wie ich damit aufhören kann.«

Sie nieste.

»Eklig«, sagte ich.

Sie presste ihre Nase in meine Hand.

»Bedürftig«, sagte ich und streichelte sie zwischen den Augen.

Sie winselte kurz.

»Du bist hier«, sagte ich. »Mit mir.«

Ich hatte jahrelange Übung darin, die Mimik von Wölfen zu entschlüsseln, und Elizabeth sah mich an, als würde sie überlegen, wie jemand so etwas sagen und dabei so entsetzt dreinschauen konnte.

»Du solltest bei ihnen sein«, sprach ich weiter.

Sie nahm meine Hand vorsichtig zwischen die Zähne und schüttelte leicht den Kopf.

RudelSohnLiebe, sagte sie.

Ich wusste, was sie da machten, Elizabeth und die anderen. Sie zeigten mir ihre Loyalität, und das machte alles besser. Und so viel schlimmer.

Ich wollte das nicht. Diese Kluft. Und solange ich so fühlte, solange ich meine Wut nicht im Zaum hielt, würde mein Rudel darunter leiden. Thomas hatte mir beigebracht, dass das Rudel wie eine Erweiterung seines Alphas war und sie alles, was ihr Alpha fühlte, auch selbst fühlten. Vor allem bei starken Emotionen. Und im Moment hatte ich *nur* starke Emotionen.

Elizabeth schloss mit einem Seufzer die Augen und legte ihren Kopf auf mein Bein.

Kurz darauf schlief sie wieder ein.

Ich bewegte mich lange nicht, saß einfach nur da, umgeben von meinem Rudel.

Wie ein Wolf /
Hier haben wir gekämpft

Sie waren seit drei Tagen wieder da, und ich ging ihnen aus dem Weg, aus dem Weg, bloß aus dem Weg, so gut ich irgend konnte. Ich brauchte als Erstes wieder einen halbwegs klaren Kopf. Ich wohnte im alten Haus, Joe und die anderen im Haupthaus. Elizabeth und Mark pendelten hin und her, aber die Nächte verbrachte jeder bei seinem Rudel.

Ich wusste nicht, was in ein paar Tagen passieren würde, wenn der nächste Vollmond war.

Hoffentlich hatte ich bis dahin meinen Arsch hochgekriegt und eine Entscheidung getroffen.

Robbie hatte mit der Ostküste telefoniert und Alpha Hughes mitgeteilt, dass Joe und die anderen zurückgekehrt waren. Sie hatte Fragen, die beantwortet werden mussten, was Robbie aber nicht konnte. Er hatte, abgesehen von der kleinen Konfrontation am ersten Tag, praktisch nicht mit Joe gesprochen. Er verbrachte die meiste Zeit bei mir im alten Haus. Der Rest des Rudels kam und ging, wie sie es immer taten. Die Wölfe zog es stärker zu mir als die Menschen, die oft alle gleichzeitig weg waren, während ich eigentlich immer ein oder zwei Wölfe um mich hatte.

Aber mit den anderen hatte ich noch immer nicht gesprochen. Sie bis auf ein paar flüchtige Blicke nicht einmal wirklich gesehen. Es gab einen Moment, als ich gerade auf dem Heimweg von der Werkstatt war und Carter begegnete, und alles, woran ich trotz seiner derben Erscheinung denken konnte, war die Art, wie er gelacht hatte, als Joe herausfand, dass Carter mich vor ihm geküsst hatte. Wie Joe ihn danach durch den Wald gejagt hatte. Wie Kelly mich in seinem trockenen Tonfall *Dad* genannt hatte.

Damals war alles so einfach gewesen.

Carter wollte etwas zu mir sagen, aber ich nickte nur und ging weiter. Ich dachte, er würde die Hand ausstrecken und mich aufhalten, aber er tat es nicht, obwohl ich spürte, wie er mir hinterherstarrte, als ich ins Haus ging und die Tür hinter mir schloss.

Joe ließ sich nicht blicken, aber das hieß nicht, dass er mich nicht beobachtete.

Ich fragte weder Elizabeth noch Mark nach ihm, und sie sagten auch nichts.

»Sieht gut aus«, sagte Gordo.

Ich starrte seit einer Stunde auf die Rechnungen vor mir und zuckte zusammen, weil ich ihn nicht kommen gehört hatte.

Ich blickte langsam zu ihm auf und hatte ein eigenartiges Déjà-vu. Gordo stand da, als wollte er nachsehen, wie es mit meinen Hausaufgaben lief. Damals ließ er mich die Werkstatt erst betreten, wenn ich ihm sieben Fakten über den verdammten Stonewall Jackson aufgezählt hatte, und *so schwer ist das nicht, Ox, komm schon, du kannst das.*

Aber dieser Gordo war nicht mehr derselbe. Er war härter als früher. Die Falten um seine Augen waren noch ausgeprägter. Er war jetzt achtunddreißig, und die letzten drei Jahre hatten ihren Tribut gefordert, obwohl er breiter war als damals. Ich wusste nicht, ob das etwas damit zu tun hatte oder ob sie die ganze Zeit, in der sie weg waren, nichts anderes getan hatten, als zu trainieren.

Aber es waren seine Augen, die mich am meisten verwirrten. Sie waren immer lebhaft gewesen, hell und strahlend. Sie blitzten hell auf, wenn er wütend war, und leuchteten ebenso hell, wenn er glücklich war.

Jetzt waren sie stumpf, flach und leicht eingesunken. Die Augen von jemandem, der drei harte Jahre hinter sich hatte. Ich wollte nicht wissen, was er alles gesehen, alles getan hatte.

Seine Kleidung machte es nicht besser. Kein Arbeitshemd mit aufgesticktem Namen, keine dunkelblauen Dickies. Sondern Jeans und ein enges Tanktop, dazu eine abgewetzte braune Lederjacke mit aufgestelltem Kragen.

»Ja«, erwiderte ich, weil ich nicht wusste, was ich sonst sagen sollte. »Wir haben uns ganz wacker gehalten.«

Obwohl du uns hast hängen lassen, sagte ich nicht, aber Gordo hörte es, auch wenn ich es gar nicht wollte.

Er nickte, fuhr mit einer Hand über den Türrahmen, kratzte an einem kleinen Farbsplitter. »Besser als das, würde ich meinen.«

»Wir sind zumindest nicht pleitegegangen, falls du dir deshalb Sorgen gemacht hast.«

»Das hatte ich auch nicht erwartet.« Er schenkte mir ein Lächeln, das ich nicht erwiderte. »Und ich habe mir auch keine Sorgen deshalb gemacht, Kleiner.«

Ich schaute wieder die Rechnungen an, unsicher, was ich als Nächstes sagen sollte.

Gordo seufzte und betrat das Büro, wobei er alles anfasste, was seine Hände erreichen konnten. Ich kannte diese Angewohnheit eigentlich nur von Wölfen, wenn sie ihren Geruch an etwas oder jemandem hinterlassen wollten. Die Bennetts hatten es bei ihrem ersten Besuch so gemacht, hatten alles in ihrer Reichweite angefasst. Vor allem Joe. Als er in meinem Zimmer war. Als er den steinernen Wolf sah, der auf meinem ...

»Du benimmst dich wie sie«, sagte ich, anstatt der Erinnerung noch länger nachzuhängen. »Und du bewegst dich wie sie.«

Er hob eine Augenbraue. »Das sagt genau der Richtige.«

»Es war keine Anschuldigung.«

»So habe ich es auch nicht aufgefasst.«

»Ich weiß nicht ...«

Gordo wartete. Er hatte nicht unrecht. Wenn überhaupt, dann war ich mehr Wolf als er, auch wenn er die letzten drei Jahre wie in einem Schützengraben mit welchen verbracht hatte, während und ich ... nun ja.

»Ich habe getan, was ich tun musste«, sagte ich schließlich.

»Und du wirst niemanden das Gegenteil behaupten hören.«

Diese ganze Unterhaltung war surreal. Ich fragte mich, ob er es genauso empfand. »Haben sie dir erzählt, was hier inzwischen passiert ist?«

Gordo hielt inne, seine Finger schwebten über dem alten Foto, das auf dem Aktenschrank stand. Von mir und Gordo, Tanner, Chris und Rico. Mein sechzehnter Geburtstag, als ich einen Schlüssel für die Werkstatt bekam. Der Tag, an dem ich die Bennetts kennenlernte. Ich wusste nicht mehr, wer das Foto gemacht hatte – wahrscheinlich ein Kunde –, aber Gordo hatte mir einen Arm um die Schultern gelegt, während ich in die Kamera grinste. Auf Gordos anderer Seite stand Rico. Tanner und Chris standen neben mir. Gordo hatte eine Zigarette hinterm Ohr.

Er berührte das Glas und zeichnete die Gesichter auf dem Foto nach, nur sein eigenes nicht.

»Ein bisschen«, antwortete er. »Aber nur vage. Es steht ihnen nicht zu, denn so was muss von ihrem Alpha kommen. Wir haben ihnen auch nicht viel erzählt oder dir. Das ist Joes Aufgabe.«

»Warum hat er nichts gesagt?« Ich hätte gedacht, dass er wenigstens mit Elizabeth gesprochen hatte. Mit Mark. Sie zumindest auf den neuesten Stand gebracht hatte. Ich war zu tief in meinem Selbstmitleid versunken, um auf ihn zuzugehen. Es war nicht fair, aber ich *musste* egoistisch sein. Oder den Verstand verlieren.

Gordo schnaubte. »Ox, es war das erste Mal seit fast einem Jahr, dass er überhaupt gesprochen hat. Abgesehen von den paar Worten zu diesem Idioten David King. Er war doch hier, oder?«

Eine Gänsehaut kribbelte auf meinen Armen.

Noch nicht.

»Was soll's«, flüsterte ich.

Gordo zuckte die Achseln und zog den Stuhl auf der anderen Seite des Schreibtisches heraus. Schließlich setzte er sich und fuhr seufzend über die Stoppeln auf seinem Kopf. Ein schabendes Geräusch. »Er hat einfach aufgehört zu reden, Ox. Carter und Kelly meinten, es war, als hätte es ein Vor Richard Collins gegeben und dann ein Danach.«

»Aber wie ... Er ist der Alpha, wie zum Teufel hat er euch ... Er brauchte gar nicht zu reden, oder? Die Bande zwischen euch haben genügt.«

Gordo seufzte. »Ja. Es war ... intensiv. Ganz ähnlich wie damals, nachdem mein Vater weg war, schätze ich. Ich war zwölf, als ich zur Hexe des Bennett-Rudels ernannt wurde. Aber nicht ganz. Jetzt ist alles mehr ... Ich weiß es nicht. Einfach *mehr*.«

»Er hat also nicht mehr gesprochen«, fasste ich zusammen.

»So gut wie. Und wenn, dann nur ein oder zwei Worte. Kaum mehr als ein Grunzen.«

»Und ihr habt es einfach zugelassen?«

»Wir haben *gar* nichts zugelassen, Ox. Es *war* einfach so. Versuch mal, einen trauernden Alpha zu irgendwas zu zwingen. Nur zu. Und viel Glück dabei.«

»Ach ja?«, schnauzte ich. »Woher sollte ausgerechnet *ich* wissen, wie sich ein trauernder Alpha fühlt?«

Das erwischte ihn kalt. Seine Wut löste sich von einer Sekunde auf die andere in nichts auf und er sah nur noch müde aus. Und alt.

»Ox«, sagte er leise.

»Nicht zu vergessen, dass auch *du* deinen verdammten Gefährten hier zurückgelassen hast.«

Seine Miene wurde steinern. »Lass ihn da raus.«

»Wenigstens gibst du es jetzt zu.«

»Ich will nicht über ihn reden.«
»Weiß er das?«
»Ox.«
»Drei Fragen.«
Gordo blinzelte. »Was?«
»Ich werde dir jetzt drei Fragen stellen.«
»Lass Mark aus dem Spiel.«
»Nicht über Mark. Aber über alles andere.«
»Ox, ich habe es dir gesagt: Es muss vom Alpha ...«
»Gordo!«
»Gut.« Sein leicht gereizter Ton erinnerte mich wieder an den Gordo, den ich von früher kannte. »Drei Fragen. Und danach bin ich dran.«

Meine Haut juckte. »Gut. Ich fange an.«

Gordo nickte. Aus irgendeinem Grund flackerten die Tattoos auf seinen Armen auf. »Warum habt ihr eure Handys weggeworfen?«

Gordo starrte mich an. Damit hatte er offensichtlich nicht gerechnet.

Ich wartete.

»Joe dachte, es wäre besser so«, sagte er langsam. »Er dachte, wenn wir den Kontakt abbrechen, können wir uns leichter auf unsere Aufgabe konzentrieren. Dass die Erinnerung an zu Hause, an euch alle, alles nur schwieriger macht.«

»Und ihr habt mitgemacht.«

»War das eine Frage?«

»Eine Feststellung.«

»Ja, wir haben mitgemacht. Weil er recht hatte. Denn jedes Mal, wenn er das Handy nahm, jedes Mal, wenn eine Nachricht von dir gekommen ist, wurde es schwieriger, nicht sofort umzukehren und zurückzukommen. Wir hatten einen *Job* zu erledigen, Ox. Und das konnten wir nicht, wenn wir ständig an zu Hause erinnert wurden.«

»Anstatt uns wissen zu lassen, dass es euch gut geht, dass ihr am Leben seid, hast du – entschuldige, hat *Joe* – entschieden, dass es besser für euch ist, uns im Dunkeln tappen zu lassen.«

Gordo zuckte zusammen. »Joe sagte, Mark und Elizabeth würden es verstehen. Dass sie immer noch spüren würden, ob ...«

Ich schlug mit der Faust auf den Tisch. »*Ich nicht*«, knurrte ich ihn an. »Ich habe *gar* nichts gespürt. Und sag jetzt nicht, dass ich ja die beiden hatte, denn das ist nicht dasselbe.«

»Glaubst du, wir *wollten* das?«, fuhr er mich an. »Das alles? Glaubst du, wir *wollten* in diese Lage gebracht werden?«

»War das eine Frage?«, erwiderte ich, wie er es vorhin getan hatte.

Der Anflug eines Lächelns huschte über sein Gesicht wie eine Erinnerung an längst vergangene Tage. »Warum hast du sie eingeweiht?«

Rico. Tanner. Chris. Jessie.

»Weil sie es wissen mussten«, antwortete ich. »Weil sie nicht verstanden haben, warum du gegangen bist. Denn ob du's glaubst oder nicht, sie waren auch *dein* Rudel. Sie mussten begreifen, dass sie nicht allein sind, auch wenn du nicht mehr da bist.«

Gordo schloss die Augen.

»Warum seid ihr zurückgekommen?«, fragte ich.

»David King.«

Ich runzelte die Stirn. »Was ist mit ihm?«

»Was von ihm übrig war, wurde in Idaho gefunden.«

»Was von ihm *übrig* war«, wiederholte ich.

»Einzelteile, Ox.« Gordo öffnete die Augen wieder. »Man hat ihn zerstückelt außerhalb von Cottonwood gefunden. In einem beschissenen Motel 6. Sein Kopf lag in der Mitte des Betts.«

»Wann?«

»Vor ein paar Wochen.«

»Richard.«

»Wahrscheinlich. Es gab eine Nachricht, mit Davids Blut an die Wand geschrieben. Ich habe die Fotos gesehen. Vier Wörter: *Ein weiterer gefallener König*. Und Joe ... nun, er ist durchgedreht, wenn auch nur ein bisschen. Es hatte bereits andere Todesfälle gegeben. In Washington, Nevada und Kalifornien.«

»Und jetzt auch in Oregon«, murmelte ich.

Gordo nickte. »David war der Letzte. Es war, als würde Richard uns verhöhnen. Joe war ... Jedenfalls sind wir sofort zurückgekommen. Wir mussten sichergehen, dass ...« Er schüttelte den Kopf. »Du *musst* mit Joe reden. Er würde dir sagen, dass ... Rede einfach mit ihm. Und jetzt bin ich dran. Wann bist du zum Alpha geworden?«

Nicht *wie*, sondern *wann*. Als ob er gewusst hätte, dass es nur eine Frage der Zeit war.

»Ein Omega-Überfall«, sagte ich.

»Und die Schutzzauber?«

»Jessie hat sich gerade außerhalb davon aufgehalten. Sie roch wie wir, wie ich, und die Omegas haben sie gekidnappt. Tanner, Chris und Rico gehörten zu diesem Zeitpunkt bereits dazu. Wir haben uns mit den Omegas getroffen, es kam zum Kampf, und sie haben verloren. Danach haben alle zu mir aufgeschaut, und da es außer mir niemand gab, der sie hätte anführen können, habe ich getan, was ich tun musste.«

»Wie du es schon immer getan hast«, bestätigte er.

»Ich bin kein Wolf.«

Gordo nickte. »Nein. Aber irgendetwas bist du. Letzte Frage.«

Es gab so viele Dinge, die ich fragen musste. Über die letzten drei Jahre, darüber, wo wir jetzt standen, über Gordo. Ob er noch derselbe war wie davor oder ob dieser Gordo jetzt tot und begraben war. Ob wir jemals wieder das füreinander sein könnten, was wir einmal gewesen waren.

Aber eigentlich gab es nur eine einzige: »Bin ich immer noch dein Anker?«

Gordos Augen weiteten sich.
Seine Hände zitterten.
Seine Unterlippe bebte.
Er nahm einen tiefen, zitternden Atemzug.
Als er sprach, war seine Stimme heiser und brüchig. »Ja, Ox, *ja*. Das warst du schon immer. Selbst als unser Leben immer finsterer wurde, selbst wenn wir irgendwo Hunderte von Meilen von hier entfernt neben der Straße geschlafen haben, ja. Selbst wenn ich so müde war, dass ich dachte, ich könnte keinen Schritt mehr gehen. Selbst als meine Magie mich an Orte gebracht hat, deren Existenz ich nie für möglich gehalten hätte, warst du da. Und du bist es immer noch. Ich habe an dich gedacht, weil du mein Zuhause bist. Es ist mir egal, ob du irgendjemandes Alpha bist. Denn du gehörst zuallererst auch zu *meinem* Rudel.«

Ich traute mich nicht zu sprechen, also nickte ich stumm.

Er sagte: »Jetzt bin ich dran, Ox. Bin ich noch dein Freund? Denn ich weiß nicht, ob ich es ertragen könnte, nicht dein Freund zu sein. Und dein Bruder. Bitte sag, dass ich noch dein Bruder bin. Ich weiß nicht, was ich tun soll, wenn ich es nicht mehr bin. Ox, bitte sag einfach, dass ...«

Ich ließ meinen Kopf auf die Tischplatte sinken und weinte.

Sie fanden uns einige Zeit später, Gordo kauerte an meiner Seite, seine Stirn auf meine Schulter gestützt, während wir uns schniefend die Gesichter abwischten.

»Großer Gott!«, stammelte Tanner.

»Hier riecht's nach Gefühlen«, meinte Rico. »Sagt man so was als Werwolf?«

»Ihr heult euch gegenseitig voll?«, fuhr Chris auf. »Ich dachte, wir wären weiter wütend auf ihn! Ox, du verdammter Verräter!«

Ich lachte rasselnd. Wenn das so weiterging, würde ich nie zu etwas werden, was mein Dad als Mann bezeichnet hätte. Ich fand das gar nicht mehr so schlimm.

Gordo murmelte irgendwas. Seine Stirn lag immer noch an meiner Schulter, und er hielt auch weiter meine Hand fest. Ich glaubte nicht, dass ich schon so weit war, ihn loszulassen.

»Wir bleiben einfach wütend«, erklärte Tanner. »Auch wenn Ox schon eingeknickt ist.«

Rico funkelte mich an. »Drei Tage, Alpha. Du hast ganze drei Tage lang durchgehalten.«

»Seit fünfundzwanzig Jahren sind wir jetzt Freunde«, sprach Tanner an Gordo gewandt weiter.

»Und du hast uns jede Menge verheimlicht«, fügte Rico hinzu. »*Hexe.*«

»Hast zu uns gesagt, dass die Dinge manchmal eben seltsam sind«, meinte Chris.

»Dass deine Tattoos sich nicht bewegen«, ergänzte Tanner. »Dass wir verrückt sind und uns das nur einbilden.«

»Oder dass es eine ganz normale Trennung war, als du mit Mark Schluss gemacht hast«, sagte Rico. »*Und sonst nichts.*«

»Und dass dein Vater wegen Mordes im Gefängnis sitzt«, fügte Chris hinzu. »Kein Wort davon, dass er seine Opfer mit Magie umgebracht hat.«

Tanner runzelte die Stirn. »Im Nachhinein ergibt alles Sinn.«

»Jetzt, da wir es laut ausgesprochen haben, komme ich mir dumm vor«, überlegte Rico.

Chris seufzte. »Warum haben wir ihm auch nur ein einziges Wort geglaubt, nachdem er bei Vollmond immer wieder mal verschwunden ist?«

»Und deshalb sind wir immer noch wütend auf dich«, fasste Tanner zusammen.

»Weil du ein Idiot bist«, sagte Rico.

»Der größte aller Zeiten«, ergänzte Chris.

Sie verschränkten die Arme vor der Brust und funkelten Gordo an.

»Ich habe euch vermisst«, sagte Gordo heiser. »Mehr, als ihr euch vorstellen könnt.«

»Gottverflucht«, murmelte Tanner.

»*Mierda*«, sagte Rico.

»Wir sollten uns jetzt umarmen«, sagte Chris.

Und dann warfen sich alle drei auf uns.

Die Sterne leuchteten, als ich später nach Hause ging.

Ich erreichte die unbefestigte Straße mit dem Feldweg am Ende.

Joe war da.

Ich hatte ihn seit seiner Rückkehr nicht mehr gesehen.

Er trug wieder normale Kleidung. Jeans, Sweatshirt.

Er hatte sich den Bart abrasiert. Ich konnte den Jungen in ihm sehen, der er einmal gewesen war.

Gerade so, aber er war noch da.

Er war nur ... *mehr* geworden.

Er war nicht mehr der siebzehnjährige Bursche von damals. Größer. Stärker. Ein Mann. Ein Alpha.

Er sagte nichts, als ich näher kam.

Er war jetzt genauso groß wie ich, kein Zweifel.

Ich fragte mich, wie groß er in Wolfsgestalt war. Ob er sich mit der gleichen Leichtigkeit verwandelte wie sein Vater und auch aussah wie er.

Ich hatte so viele Fragen.

Aber ich konnte nicht.

»Noch nicht«, sagte ich in vollem Wissen, wie weh es ihm tun würde.

Joe zuckte zusammen, erwiderte aber nichts.

Ich ging weiter, ohne meinen Schritt zu verlangsamen.

Zwei Tage später kidnappten mich Carter und Kelly.

Mehr oder weniger.

Ich kam nach meinem Mittagssandwich aus dem Diner und hatte kaum einen Schritt auf die Straße gemacht, da hielt ein mir wohlbekannter SUV mit quietschenden Reifen vor mir an. Die Beifahrertür flog auf, und zwei Wölfe starrten mich an.

»Steig ein«, sagte Carter.

»Und wenn nicht?«, fragte ich.

»Dann zwingen wir dich«, antwortete Kelly.

»Tatsächlich? Ich schlage vor, ihr versucht es noch mal.«

»Klar«, meinte Carter. »Steig ein. *Jetzt*.«

»Bevor wir dich in den Kofferraum sperren«, fügte Kelly hinzu.

Ich überlegte, ob ich einfach weitergehen sollte.

»Scheiß Werwölfe«, murmelte ich und stieg ein.

Sie sahen mich überrascht an.

»Was?«, fragte ich und zog eine Augenbraue hoch.

»Ich hätte nicht gedacht, dass es so einfach geht«, meinte Carter.

»Ich auch nicht«, stimmte Kelly zu. »Es gab gar kein Imponiergehabe.«

Ich zuckte die Achseln. »Ich weiß nicht mal, was das Wort bedeutet.«

»Er meint, er dachte, wir müssten dich in den Kofferraum sperren«, erläuterte Carter.

»Aha. Ihr wolltet mich also in den Kofferraum ...«

»*Nein*, verdammt! Bei jemanden mit deiner Körpergröße geht das gar nicht.«

»Dann also nicht. Aber dasitzen und mich anstarren, oder was habt ihr jetzt vor?« Ich schüttelte den Kopf. »Großer Gott, wie habt ihr nur so lange ohne mich überlebt?«

Sie funkelten mich an.

Ich funkelte zurück und spürte etwas Warmes in meiner Brust. Ein Loch, das sich allmählich wieder schloss.

Ich bot ihnen einen Ausweg an. »Okay, ich muss zurück in die Werkstatt«, begann ich. »Also bringen wir's hinter uns. Ich hab nicht ewig Zeit.«

»Du gehst heute nicht mehr in die Werkstatt«, widersprach Kelly.

»Gordo ist dort«, fügte Carter hinzu und fuhr los. »Es schien ihm ein guter Zeitpunkt, mal wieder nach dem Rechten zu sehen. Unser Glück, denn jetzt haben wir alle Zeit der Welt.«

»Ist das so?«, fragte ich und wusste nicht genau, ob ich amüsiert oder verärgert sein sollte. Ein bisschen von beidem schien mir angebracht. »Er muss wohl vergessen haben, mir Bescheid zu geben.« Und das aus gutem Grund. Denn ich war nicht sicher, ob ich zugestimmt hätte, jetzt, da die Dinge gerade erst angefangen hatten, sich zu normalisieren.

»Nun, der Laden ist immerhin nach ihm benannt«, erwiderte Carter. »Wahrscheinlich dachte er nicht, dass er das müsste.«

»Er wird das ein oder andere wieder neu lernen müssen«, sprach ich weiter. »Drei Jahre sind eine lange Zeit.«

Beide zuckten zusammen.

»Er macht das ja nicht erst seit gestern«, murmelte Carter.

»Es ist nicht so, dass er alles vergessen hätte«, fügte Kelly hinzu. »So lange waren wir ...«

»Tu das nicht«, fiel ich ihm ins Wort. »Wage nicht, mir zu sagen, es wäre nicht lange gewesen. Du hast keine Ahnung, wie es hier inzwischen war.«

Der Rest der Fahrt verlief schweigend.

Carter fuhr zu der alten überdachten Brücke, wie ich überrascht feststellte. Es war mitten unter der Woche, mitten am Tag, also waren wir allein. Carter stieg als Erster aus und schlug die Tür hinter sich zu. Dann lief er vor dem SUV auf und ab und starrte dabei unentwegt die Brücke an. Sein Knurren war selbst durch die geschlossenen Fenster zu hören.

»Wir können sie riechen«, sagte Kelly. »Die Omegas.«

»Hier ist viel Blut geflossen.«

Kelly beobachtete seinen Bruder. »Mark hat es uns erzählt. Aber nicht alles. Er meinte, der Rest muss von dir kommen. Joe war nicht sehr glücklich darüber.«

Ich schnaubte. »Kann ich mir vorstellen.«

»Es war hart für ihn. Für uns alle.«

»Auch nicht härter als für uns.«

»Wir wollten nicht gehen.«

»Trotzdem seid ihr gegangen.«

»Joe hat ...«, begann Kelly und verstummte. »Nein. Das wäre nicht fair. Wir sind freiwillig mitgekommen. Er hat uns nicht gezwungen.« Er seufzte. »Ich rieche auch dein Blut hier. Und Moms.«

»So ist das bei einem Kampf auf Leben und Tod nun mal.«

»Verstehst du es?«

»Was?«, fragte ich, gerade als Carter stehen blieb und eine Stelle auf dem Boden anstarrte.

»Warum wir uns so entschieden haben.«

Ich hätte lügen können, aber das hätte Kelly gemerkt. Sie beide, denn ich wusste, dass Carter mithörte.

»Nein«, antwortete ich, »tue ich nicht. Ihr habt mir Dinge verheimlicht. Als würde es mich nichts angehen, als wär ich kein Teil von euch. Ihr habt eure Entscheidung ohne mich getroffen.«

»Du hattest gerade deine Mutter verloren.«

»Und deshalb habt ihr beschlossen, dass es das Beste ist, wenn ich auch noch *euch* verliere?«, fragte ich. »Denn genau das ist passiert. Ich habe meine Mutter verloren und meinen Alpha. Und dann auch noch meine Brüder und meinen ... Joe. Genau das ist passiert, weil ihr beschlossen habt ...«

»Wir wollten dich nur *beschützen*«, fiel Kelly mir ins Wort. »Ich weiß, dass du nicht gerade erfreut warst, aber ich hatte gehofft, du könntest es vielleicht wenigstens ein bisschen verstehen.«

Ich lachte. »*Verstehen?* Klar, warum nicht? Und verstehst *du*, warum ich so wütend bin, dass ich kaum noch klar denken kann?

Verstehst du, warum mich euer Anblick gleichzeitig glücklich und krank macht? Dass ich nicht weiß, ob ich euch umarmen oder in den Arsch treten soll?«

Er senkte den Blick.

»Natürlich weißt du das nicht. Weil du den Weg des geringsten Widerstands gegangen bist. Alles, woran ihr denken konntet, woran *er* denken konnte, war Rache. Nicht an die Konsequenzen für die, die hierbleiben mussten. An die Trauer über den Verlust unseres Rudels, unseres gottverdammten *Alphas*. Damit und mit allem, was sonst noch kommen sollte, mussten wir *allein* zurechtzukommen. Also, ja, hier ist Blut. Mein Blut. Und das von deiner Mutter. Das von Mark und jedem anderen Rudelmitglied. Denn wir haben hier gekämpft. Für mich. Für euch. Für *ihn*.«

Carter stand immer noch reglos da. Seine Hände waren zu Fäusten geballt, seine Schultern angespannt. Er hörte mit.

»Wir haben es versucht«, sagte Kelly mit zitternder Stimme. »Wir wollten ... Es ist kein einziger Tag vergangen, an dem wir nicht an dich gedacht haben, okay? An dem wir uns nicht gewünscht haben, wir wären zu Hause bei dir. Und Mom. Und Mark. Ich weiß, dass du deine Mutter verloren hast, Ox. Und wir haben unseren Vater verloren, und als wir gegangen sind, war es das Schwerste, was wir je tun mussten. Glaubst du, wir haben *nicht* getrauert? Das haben wir. Um unseren Vater und unseren Alpha. Aber das war nichts im Vergleich zu dem Schmerz, euch alle hier zurückzulassen.«

»Ihr hättet nach Hause kommen sollen.«

»Das hätten wir.«

»Ihr hättet den Kontakt zu uns nicht abbrechen sollen.«

Kelly wischte sich über die Augen. »Ja«, sagte er. »Ich weiß. Aber ich weiß auch, warum wir es getan haben. Gordo, er ... hat sich dagegen gewehrt. Er hat gesagt, dass es falsch ist. Dass du es nicht verstehen wirst. Aber für uns Wölfe war das etwas ganz anderes. Die Rudelbande, sie haben wehgetan, Ox, so verdammt weh! Wir konnten nicht tun, was wir tun mussten, solange SMS von dir kamen, okay?«

»War es das wert?«

Kelly schaute aus dem Fenster zu seinem Bruder. »Manchmal glaube ich es und manchmal nicht. An den meisten Tagen weiß ich nicht, *was* ich glauben soll. Weil ich nicht weiß, ob wir wieder zusammenfinden werden. Du fühlst es auch, oder?«

Kelly stieg aus und ging zu seinem Bruder.

Ich beobachtete die beiden durch die Windschutzscheibe. Sie standen Schulter an Schulter. Carter sah angespannt aus. Sie beide. Man konnte sie fast für Zwillinge halten. Nicht nur, weil sie sich so ähnlich sahen, sondern weil sie beide den gleichen verzweifelten Gesichtsausdruck hatten. Wegen der Art, wie sie ihre Schuld trugen.

Ihr Aufbruch hatte wehgetan. Der Tod meiner Mutter und Thomas' Tod. Wir haben drei Jahre lang getrauert, und *trotzdem* tat es immer noch weh, wenn auch nicht mehr ganz so heftig.

Kelly und Carter hatten diese Gelegenheit nicht gehabt. Drei Jahre lang waren sie nicht einen Tag zur Ruhe gekommen, hatten keinen Platz für Trauer gehabt.

Der Gedanke tat mir im Herzen weh.

Ich stieg ebenfalls aus.

Sie blickten auf, als ich langsam auf sie zuging.

»Ich weiß nicht, wie ich euch verzeihen soll«, begann ich. »Joe verzeihen.«

»Du hast Gordo verziehen«, sagte Carter verbittert. »Bei ihm scheint es nicht allzu schwer gewesen zu sein.«

»Einen *Dreck* habe ich. Nur weil ich mit ihm gesprochen habe, heißt das noch gar nichts. Glaub mir, er ist in der gleichen Lage wie ihr.«

»Ich würde es wieder tun«, erklärte Carter.

Kelly stieß einen gequälten Laut aus.

»Würdest du?«, fragte ich.

»Wenn alles noch einmal passieren würde, wenn wir alles noch einmal von vorne machen müssten, würde ich es tun.« Er klang trotzig. Wütend. Verängstigt.

»Warum?«

»Weil wir gehen *mussten*.«

»Ihr hättet mich mitnehmen können.«

Carter stöhnte. »Du verstehst das nicht.«

»Ich glaube, an diesem Punkt waren wir schon.«

»Dad wusste es.«

»*Carter*«, brummte Kelly.

Carter ignorierte ihn und hielt seinen Blick fest auf mich gerichtet.

Ich schaute zwischen den beiden hin und her. »*Was* hat er gewusst?«

»Er hat es zwar nicht mit diesen Worten gesagt, aber ...«

»Vielleicht sollte er das besser von Joe ...«, begann Kelly.

Aber Carter sprach einfach weiter: »Er hat gesagt, dass wir dich genauso beschützen sollen, wie wir Mom beschützen würden. Dass du etwas Besonderes bist, anders, und dass wir dafür sorgen müssen, dass du in Sicherheit bist, falls ihm etwas zustößt. Weil du wichtig bist.«

Ich war völlig vor den Kopf gestoßen. Mein Herz brach von Neuem.

»Und dann *ist* ihm etwas zugestoßen. Er ist *gestorben*. Joe wurde unser neuer Alpha, und alles, woran er denken konnte, war, die Sache ein für alle Mal zu beenden. Das Einzige, woran *wir* denken konnten, war deine Sicherheit. Denn wenn Osmond wusste, was du bist, dann wusste Richard es auch.«

»Also seid ihr gegangen«, sagte ich.

»Vielleicht nicht die beste Entscheidung«, gestand Carter. »Aber es war die einzig mögliche.«

»War es ganz sicher *nicht*«, schnauzte ich. »Ihr hättet ...«

»Wir sind gegangen, um die Sache zu *beenden*! Um Jagd auf ihn zu machen und seine Aufmerksamkeit von dir wegzulenken«, beharrte Carter. »Wir sind gegangen und haben dich hiergelassen, im Schutz von Gordos Zaubern. Wir haben unser Bestes getan, Ox. Ich weiß nicht, ob es das Richtige war. Aber ich würde es jederzeit wieder tun, wenn es um deine Sicherheit geht. Und ich glaube, keiner von uns war überrascht, als wir zurückgekommen sind und dich gesehen haben. Ich glaube, Dad hat es schon damals gewusst. Du hast dein eigenes Rudel gegründet, Ox, mit *Menschen*. Niemand außer dir hätte das gekonnt. Es tut mir leid, dass wir gegangen sind und du das Gefühl hattest, wir hätten dich im Stich gelassen. Es tut mir leid, dass wir dir all das nicht gesagt haben. Aber du bist mein *Bruder*. Und du bist *Kellys* Bruder. Wir würden *alles* für dich tun.«

»Ihr dürft nicht noch einmal gehen«, sagte ich mit rauer Stimme. »Das *dürft* ihr nicht. Ihr würdet alles für mich tun? Gut. Dann bleibt hier!«

Die beiden tauschten einen Blick aus, dann zuckten sie die Achseln.

»Sicher«, meinte Carter.

»Gut«, sagte Kelly.

Ich starrte sie an. »Einfach so?«

Sie begruben mich unter sich, noch bevor ich reagieren konnte.

Wir lagen in einem Haufen auf dem Boden, Kellys Kopf lag auf meinen Bauch und hob und senkte sich mit jedem meiner Atemzüge. Carter hielt mit der einen Hand meinen Arm umklammert, die Finger der anderen hatte er fest um meine geschlossen.

Meine Wut schmolz dahin.

Ich versuchte, sie festzuhalten, wollte es ihnen nicht zu einfach machen. Ich glaubte, dass noch mehr passieren musste.

Aber es fühlte sich grün an, meine Wut gehen zu lassen.

Ich hatte ihnen noch nicht verziehen. Gordo nicht und auch nicht den beiden Wölfen, die sich an mich kuschelten. Aber ich würde es tun. Nicht heute und wahrscheinlich auch nicht morgen, aber eines Tages.

Nur Joe. Bei ihm war alles so viel komplizierter. Es schien nicht fair, dass ich allen verzeihen konnte, nur ihm nicht.

Kelly presste sein Gesicht seufzend an meine Brust und rieb seine Nase an mir.

»Okay«, sagte Carter schließlich. »Ich muss das jetzt fragen, denn irgendjemand muss es schließlich tun.«

Das hörte sich nicht gut an.

»Jessie«, begann er.

»Ja«, sagte ich. »Was ist mit ihr?«

»Bumst du sie?«

»*Bumsen*«, wiederholte ich.

»Du riechst nach ihr«, erläuterte Kelly.

»Ich rieche auch nach eurer Mutter, da bin ich mir ziemlich sicher.«

Die beiden sahen mich entsetzt an.

»Ach du Scheiße, so habe ich das nicht gemeint! Sagt ihr bloß nicht, dass ich das gesagt habe. Und, nein, ich bumse *nicht* mit Jessie. Zwischen uns ist schon lange nichts mehr. Sie hatte neulich ein Date mit einem Geschichtslehrer.«

»Du hast sie also nicht gebumst, während wir weg waren?«

»Hör auf, ständig *bumsen* zu sagen!«

»Er hat recht, Carter«, warf Kelly ein. »Das ist ekelhaft.« Dann: »Bumst du Robbie?«

»Großer Gott!«, stöhnte ich.

»Das ist kein Nein.«

»*Nein!*«

»Er beschützt dich«, beharrte Carter.

»Ich bin immerhin sein Alpha.«

»Mir schien ein bisschen mehr dahinterzustecken als das«, widersprach Kelly.

»Ich hasse euch beide.«

»Das ist immer noch kein Nein.«

»Es ist ...«

»Er ist in dich verknallt«, stichelte Carter.

»Er ist *nicht* in mich verknallt.«

»Du hast kein Rudel gegründet, Kumpel, sondern einen *Harem*!«, rief Kelly.

»*Kelly!*«, bellte Carter. »*Mom* gehört zu diesem Harem!«

Kelly wurde blass. »Oh mein Gott! Und Mark auch.«

»Du arbeitest dich durch die gesamte Familie, wie?«, fragte Carter. »Seit du mich damals geküsst hast, kannst du gar nicht mehr genug von den Bennetts bekommen.«

»Wenigstens seid ihr beide noch die gleichen Idioten wie damals«, murmelte ich.

Sie lachten. Es war ein schönes Geräusch, auch wenn es wehtat, es nach so langer Zeit wieder zu hören.

»Joe ist nicht begeistert«, meinte Carter.

»Wovon?«

»Dass Jessie zu deinem Rudel gehört. Und bei Robbie noch weniger. Das war eine ziemliche Ansage, als wir zurückgekommen sind und er dir seine Hand auf die Schulter gelegt hat. Als ob er dich beruhigen wollte.«

»Und genau das hat er getan.«

»Scheiße«, sagte Kelly. »Das wird nicht gut ankommen.«

»Was nicht?«, fragte ich.

»Dass Robbie jetzt dein Anker ist«, antwortete Carter, als würde er zu einem Trottel sprechen.

»Ich bin kein Wolf.«

»Aber ein Alpha«, widersprach Carter.

»Der einzige Unterschied zwischen dir und uns ist, dass du dich nicht verwandeln kannst«, erläuterte Kelly. »Und Robbie ist der Anker, der dich auf dem Boden hält.«

»Joe hat kein Recht, deshalb sauer zu sein«, knurrte ich. »Er hat in dieser Sache nichts zu sagen.«

Die beiden Brüder zuckten zusammen.

»Aber ...«, begann Carter.

»Nein!«, unterbrach ich. »Ich muss ihm *gar* nichts erklären. Selbst wenn Robbie mein Anker wäre, bin ich ihm keine Rechenschaft schuldig, genauso wenig wie *euch*. Ihr seid gegangen und habt uns ausgeschlossen. Ihr sagt, ihr wolltet uns beschützen und würdet wieder exakt genauso handeln, und das ist in Ordnung so. Aber erwartet nicht, dass alles noch genauso ist wie damals. Wir haben getan, was wir tun mussten, um zu überleben. So ist das nun mal. Wir verfallen nicht in Leichenstarre, nur weil ihr ...«

»Das hat auch niemand erwartet«, fiel Carter mir ins Wort und drückte meine Hand. »Aber ich *kenne* Joe. Er hat gehofft, Ox. Auch wenn er nie etwas gesagt hat, auch wenn er sich in ein grüblerisches Alpha-Arschloch verwandelt hat, hat er *gehofft*. Also sei nachsichtig mit ihm. Jetzt, da du dir ...«

Ich stieß die beiden von mir herunter und setzte mich auf. »... jemand Neuen gesucht hast?«

Die beiden tauschten wieder einen ihrer Blicke aus.

»Robbie«, sagte Carter schließlich.

»Zwischen mir und Robbie *ist* nichts. Ja, er hat mich geküsst, aber ich habe *Nein* gesagt, okay? Und er versteht das. Es *ist* nichts zwischen uns, und von meiner Seite aus *wird* es das auch nie sein.«

»Wegen Joe«, sagte Carter ein bisschen zu selbstgefällig.

»Joe hat nichts damit zu tun«, widersprach ich.

Beide grinsten, weil sie meine Lüge durchschauten.

»Du musst diese Sache in Ordnung bringen«, beharrte Carter.

»Du kannst mich mal.«

Kelly blinzelte mich an. »Kann es sein, dass man als frischgebackener Alpha automatisch zum Arschloch wird? Bei dir und Joe jedenfalls ...«

Ich schlug ihm auf die Schulter, fest.

Er drückte mich lachend zurück auf den Boden und legte sich wieder auf mich.

Ich wehrte mich nicht dagegen. Ich wollte nicht.

Carter legte seinen Kopf in meine Armbeuge, aber es fühlte sich nicht so an, als hätte ich vor den beiden kapituliert.

Sondern grün, so grün.

Nur bei Joe wusste ich nicht, was ich tun sollte.

»Es ist nicht nur er«, begann ich.

Sie warteten.

Ich suchte nach den richtigen Worten. »Es ist nicht nur Robbie, es sind sie alle. Das ganze Rudel ist mein Anker.«

Stille.

Schließlich sagte Carter: »Wie bei Dad.«

»Ja, wie bei Dad«, bestätigte Kelly.

Ich berührte ihre Arme. Ihre Schultern. Ihre Hälse. Ihre Gesichter. Sie schmiegten sich in meine Berührung, und alles, was ich denken konnte, war *RudelRudelRudel*.

Als die Sonne langsam unterging, fragte ich: »Glaubt ihr wirklich, dass er es gewusst hat?«

»Wer?«

»Euer Vater. Über mich.«

»Ja, Ox, das tun wir. Ich glaube, wir alle haben es gewusst.«

Wir fuhren zurück und sie setzten mich an der Werkstatt ab.

Gordo war immer noch da. Es war eigenartig, ihn wieder hinter seinem Schreibtisch sitzen zu sehen.

Er sagte: »Das Ganze war ihre Idee.«

Ich schnaubte und lehnte mich gegen den Türrahmen. »Du fällst ihnen in den Rücken, ohne Not?«

Er zuckte die Achseln. »Sie werden es überleben.«

»Wie ist es, wieder hier zu sein?«

Er strich mit den Händen über meinen – *seinen* – Schreibtisch. »Als wäre ich zu lange weg gewesen.«

»Yep.«

»Tanner hatte den Schlüssel zu meinem Haus. Er hat ihn mir zurückgegeben.«

»Wir haben drinnen sauber gemacht, einmal im Monat oder so. Damit alles in Schuss ist, wenn du wiederkommst.«

»Wirklich?«

»Ja.«

»Du hast *wenn* gesagt.«

»Wie meinst du das?«

»Du hast gesagt, *wenn* ich wiederkomme. Nicht *falls*.«

»Oh. Scheint so.«

»Hast du daran geglaubt?«

Ich schaute weg. »Vielleicht. Ich habe es gehofft.«

Gordo räusperte sich. »Es war seltsam, wieder dort zu sein. Als könnte ich mich nicht erinnern, wie ich überhaupt reingekommen bin. Als würde ich träumen.«

Ich verstand, was er meinte. »So geht es mir jedes Mal, wenn ich in unserem alten Haus bin. Als ... wäre ich nicht wach. Als wäre der Moment nicht echt. Aber das ist er. Es wird ein bisschen dauern, bis es sich wieder so anfühlt.«

»Fühlt es sich für *dich* echt an?«

»Meistens«, antwortete ich.

Wir schwiegen eine Zeit lang.

Schließlich sagte Gordo: »Joe patrouilliert nachts, stundenlang.«

»Ich weiß.«

Er trommelte mit den Fingern auf die Tischplatte. »Natürlich. Du kannst es spüren, genau wie er. Vielleicht sogar besser. Genauso wie du gemerkt hast, als wir nach Green Creek zurückgekehrt sind.«

Ich nickte. »Du hast deine Zauber überprüft. Ob sie noch da sind.«

»Ich verstehe nicht, wie das sein kann.«

»Ich auch nicht.« Ich wusste nicht, ob wir das jemals tun würden. Es war seltsam, wenn selbst jemand, der zaubern konnte, keine Erklärung für etwas hatte.

»Du musst mit ihm reden.«

»Sagst du das als mein Freund oder als seine Hexe?«

Gordo versteifte sich leicht. »Ist das wichtig?«

»Ich weiß es nicht.«

»Und was *weißt* du?«

»Dass ich als Erstes *dein* Anker war.« Ich lächelte. »Obwohl Mark mir da wahrscheinlich widersprechen würde.«

Gordo starrte mich an.

Ich starrte zurück.

Er schaute als Erster wieder weg. »Und Joe wahrscheinlich auch«, murmelte er.

Da hatte er nicht unrecht.

»Wirst du es wieder in Ordnung bringen, Ox?«

»Du bist noch nicht mal eine Woche wieder hier«, entgegnete ich. »Nachdem du drei Jahre weg warst. Die Dinge ändern sich.«

»Ist uns aufgefallen.«

»Und das heißt?«

»Es heißt, dass du jetzt dein eigenes Rudel hast. Mit Mitgliedern, die wir nicht mal alle kennen. Das ist scheiße, Ox.«

»Ich musste mit dem zurechtkommen, was mir geblieben war. Ihr habt uns zerrissen, und ich musste versuchen, alles wieder zusammenzusetzen. Du kannst uns keine Schuld geben. Nicht nach dem, was du getan hast. Was ihr alle getan habt.«

»Und du hast deine Sache gut gemacht, Kleiner«, sagte Gordo. »Es wird nur eine Weile dauern, bis wir uns wieder an alles gewöhnt haben. Wir machen dir keinen Vorwurf, Ox, keiner von uns. Du hast getan, was du tun musstest, und niemand kann dir das verübeln.«

Ich glaubte ihm fast.

Ich lehnte sein Angebot, mich mitzunehmen, ab und ging zu Fuß nach Hause.

Joe wartete wieder in den Schatten auf dem Feldweg.

Ich konnte es nicht. Nicht jetzt. Ich hatte heute schon zu viel durchgemacht.

Ich wollte einfach an ihm vorbeigehen und ...

Er packte meinen Arm und hielt mich fest.

Seine Nasenflügel zitterten. »Meinen Brüdern«, sagte er. »Und Gordo.«

Ich erwiderte nichts.

»Das kannst du nicht tun«, knurrte Joe. »Ihnen verzeihen und mir nicht. Nicht für immer.«

»Jetzt nicht«, spuckte ich.

Er ließ mich los.

Ich ging weiter, ohne mich umzudrehen. Auch wenn es mir mit jedem Schritt schwerer fiel.

In dieser Nacht lief ich die Grenzen unseres Reviers ab und stellte sicher, dass alles in Ordnung war.

Du bist anders, sagte Thomas. *Nicht einmal ich weiß, wie sehr. Das wird ein prächtiger Anblick. Und zumindest ich kann es kaum erwarten.*

Meine Mutter zerdrückte eine Seifenblase an meinem Ohr.

Irgendwo am anderen Ende des Reviers sang ein Wolf.

Sein Lied war blau, so unendlich blau.

Nach dir gerufen /
Schon immer mein

»Wie soll das funktionieren?«, fragte ich Mark und Elizabeth. Die anderen waren seit sieben Tagen wieder da, und morgen war der nächste Vollmond. Wir gingen durch den Wald, strichen mit den Händen über die Baumstämme und hinterließen unseren Geruch auf der Rinde. Die beiden hatten sich nicht verwandelt, weil sie wussten, dass ich Rat brauchte.

»Was denn?«, fragte Mark.

Ich verdrehte die Augen. »Du weißt, was ich meine.«

»Mag sein, trotzdem wäre es hilfreich, wenn du es aussprichst«, sagte Elizabeth.

Ich verkniff mir eine Retourkutsche und sagte nur: »Joe.«

»Mit euch beiden?«, hakte Mark nach.

»Nein. Na ja, das auch. Aber das habe ich nicht gemeint. Sondern mit uns allen.«

Mark kicherte. »Natürlich denkst du nur daran. An alle, nur nicht an dich selbst.«

»Das ist mein Job.«

»Auch das mag sein«, sagte Elizabeth, »aber es gibt Momente, in denen man auch mal an sich denken muss.«

»Ich kann nicht«, gestand ich. »Noch nicht.«

Gott, wie ich diese zwei Worte inzwischen hasste!

»Du bist immer noch wütend«, sagte sie und berührte mich am Arm.

»Ich kann nicht einfach drüber hinwegsehen.«

»Hast du aber schon«, entgegnete Mark. »Bei Gordo. Carter. Kelly. Vielleicht noch nicht ganz, aber der Anfang ist gemacht.«

»Und?«, fragte ich. »Das hat nichts mit ...«

»Warum sollte es bei Joe anders sein?«

»Weil *er* anders ist.« Es mochte kleinlich sein, aber ich ließ mich nun mal nicht gerne in die Enge treiben. Die beiden sprachen mit ihm, jeden Tag. Sie pendelten zwischen dem alten Haus und dem Haupthaus hin und her, verbrachten den Tag mit Joe, während ich in der Werkstatt war. Sie umarmten ihn, berührten ihn, hörten seinen Atem. Sie wachten nicht aus Albträumen auf, in denen Joe wieder fort war, ohne etwas zu sagen. Einfach weg, als hätte er nie existiert.

»Das hier ist kein Traum, Ox«, sagte Elizabeth leise, und wieder einmal staunte ich, wie stark die Verbindung zwischen uns allen war. Manchmal glaubte ich tatsächlich, dass sie *immer* in meinem Kopf waren. »Ich weiß, dass es sich so anfühlt. Alles ist verschwommen, und du wirst einfach nicht schlau aus dem, was passiert, aber ich verspreche dir, es ist kein Traum.«

»Worüber redet ihr?«, fragte ich, ohne die beiden anzusehen. »Wenn ich nicht dabei bin.«

Mark seufzte. »Nicht über allzu viel. Meistens reden Carter und Kelly, aber Joe ... sagt kaum was.«

Ich fühlte mich schuldig, als ich das hörte, auch wenn es wahrscheinlich unangebracht war. Denn offensichtlich war Joe schon lange so. Ich hatte keine Ahnung, wie er sich sonst noch verändert hatte, und wusste nicht, wie ich danach fragen sollte.

»Ich muss meine Wut loslassen«, sagte ich schließlich. »Aber ich weiß nicht, wie. Ich hab's versucht, ehrlich. Zu wissen, dass er wieder da ist, und *nichts* zu tun, bringt mich um.«

»Dann unternimm etwas«, erwiderte Elizabeth. »Du warst noch nie unentschlossen, Ox. Fang jetzt nicht damit an.«

Ich schnaubte. »Blödsinn! Ich hatte schon öfter Schwierigkeiten, Entscheidungen zu treffen.«

Sie gab mir einen Klaps auf den Kopf. »Bring das in Ordnung, bevor ich die Geduld verliere und die Sache selbst in die Hand nehme. Und das willst du nicht.«

»Stimmt«, bestätigte Mark. »Sie verwandelt sich in eine Mücke, die ständig um dich herumschwirrt und ...«

»Von dir will ich gar nicht erst anfangen«, unterbrach Elizabeth. »Du sitzt im selben Boot wie er, Mark, das kann ich dir versprechen. Warte, bis das hier vorbei ist, dann nehme ich mir *dich* vor.«

Er hob kapitulierend die Hände. »Schon gut, schon gut. Ich habe dich gehört.«

»Beende es oder nicht«, sprach Elizabeth weiter, nachdem sie ihren Schwager angefunkelt hatte. »Verzeih ihm oder lass es, aber lass ihn nicht länger warten. Das ist nicht fair. Gegenüber keinem von euch. *Männer.* Immer müsst ihr die Dinge so kompliziert wie möglich machen.«

»Kann ein Rudel zwei Alphas haben?«, fragte ich, um vom Thema abzulenken.

Elizabeth kniff die Augen zusammen. Sie wusste, was ich tat, aber sie ließ mich gewähren. »Warum nicht? Wir haben bereits einen menschlichen Alpha. Nicht gerade orthodox. Das waren wir noch nie, auch nicht, als es von uns erwartet wurde. Es gibt Traditionen, und es gibt die Bennetts.«

Eine Lektion, die ich immer noch lernte. »Und wenn ich Nein sage?«, fragte ich langsam. »Wenn ich ihn zurückweise und unsere Rudel getrennt bleiben?«

»Die Entscheidung liegt bei dir«, antwortete Elizabeth. »Und wir wissen, dass du sie nach bestem Wissen und Gewissen treffen wirst.«

»Aber ihr wärt nicht einverstanden.«

»Mag sein«, meinte Mark. »Oder auch nicht. Aber darum geht es nicht. Du hast ... Instinkte, die wir nicht haben.«

»Das Gleiche gilt für euch.«

»Stimmt. Aber unser Instinkt gibt uns ein, dir zu vertrauen, dass du die beste Entscheidung für das Rudel treffen wirst.«

»Auch wenn ihr nicht einverstanden seid?«

»Auch dann.«

»Das klingt, als würde ich euch kontrollieren. Als ob ihr keine Wahl habt.«

»Doch, haben wir«, widersprach Mark. »Wir haben *dich* gewählt.«

»Sie sind deine Söhne, Elizabeth. Und deine Neffen, Mark.«

»Und *du* bist unser Alpha«, entgegnete sie mit orange leuchtenden Augen. »So ist es nun mal.«

Ich fand das nicht richtig. »Ich möchte mich nicht zwischen euch drängen«, beharrte ich.

»Das kannst du auch gar nicht, selbst wenn du es versuchst«, sagte sie.

Joe wartete auf dem Feldweg auf mich.

Seine Augen waren voller Hoffnung. Angst. Zorn. Anspannung.

Weil er wusste, dass ich mit allen gesprochen hatte, nur nicht mit ihm.

Ich war es so leid. Alles. Etwas musste passieren. Und es musste von mir kommen.

Ich musste nur die richtigen Worte finden.

Als ich ihn erreichte, wusste ich, dass er dachte, ich würde einfach weitergehen, ihm vielleicht die Worte *noch nicht* ins Gesicht schleudern, wie ich es jedes Mal getan hatte, seit er zurück war. Seine Schultern sackten bereits herab, also sagte ich: »Hey, Joe«, und hoffte, dass es ein Anfang war.

Er erschrak. Sein Mund öffnete und schloss sich mehrmals. Ein leises Grollen drang aus den Tiefen seiner Brust und bescherte mir ein Kribbeln auf der Haut. Es war ein Freudenlaut, als wäre er schon glücklich, wenn ich nur seinen Namen sagte. Soweit ich es beurteilen konnte, stimmte das auch.

Das Grollen verklang so schnell, wie es begonnen hatte, und Joe schaute verlegen drein.

Ich scharrte mit dem Fuß im Schotter und wartete.

»Hi, Ox«, sagte er und schaute zu Boden.

Es war seltsam, der Unterschied zwischen dem Jungen, den ich einst gekannt hatte, und dem Mann vor mir. Er war größer, seine Stimme war tiefer, und er strahlte eine Kraft aus, die vorher nicht da gewesen war. Sie stand ihm gut. Ich dachte an den Tag, an dem ich ihn zum ersten Mal wirklich gesehen hatte – das heißt, nur mit Shorts bekleidet.

Ich verdrängte den Gedanken. Ich wollte nicht, dass Joe mich roch. Noch nicht. Darum ging es jetzt nicht. Vor *allem* nicht jetzt.

Ich räusperte mich, und Joe sah wieder auf.

Unsere Blicke trafen sich wie zwei Autos bei einem Frontalzusammenstoß, prallten aufeinander und stoben wieder auseinander. Wir wanden uns unbehaglich, wie wir es noch nie in der Gegenwart des anderen getan hatten.

Aber wenigstens war etwas passiert. So viel wie schon seit langer Zeit nicht mehr. Ich konnte nicht anders, als an unseren einzigen Kuss zu denken, wie wir Seite an Seite gelegen hatten und seine Lippen meine berührten. *Ich komme zu dir zurück*, hatte er gesagt, und ich hatte ihm geglaubt.

Wie immer.

Und er war zurückgekommen.

Genau wie er es versprochen hatte.

Es hatte nur länger gedauert als erwartet.

»Du ...«, begann Joe genau in dem Moment, als ich sagte: »Wir müssen ...«

Wir verstummten.

Er hustete. »Du zuerst.«

Ich nickte. »Morgen ist Vollmond.«

»Ja? Wahrscheinlich.« Er wusste es natürlich, aber er machte sich über mich lustig.

»Was wirst du tun?«

Joe zuckte die Achseln, kratzte sich im Nacken. »Darüber habe ich noch gar nicht nachgedacht.«

Eine glatte Lüge.

»Wenn du nichts anderes vorhast, könnten wir ... zusammen laufen. Dein Rudel und meins.«

Er sah mich überrascht an. »*Das* würdest du tun?«

»Du warst vor mir hier. Es ist dein Land.«

»Aber es ist ...«

»Würdest *du* es denn tun?«

Er nickte eifrig. »Ja, würde ich. Das wird ...«

»Gut«, sagte ich. »Es wird bestimmt gut.«

Ich hatte noch so viel zu sagen, dass ich nicht wusste, wo ich anfangen sollte. Also sagte ich gar nichts.

Wir starrten uns eine Weile lang an, saugten den Anblick des anderen in uns auf. Ich versuchte, mich zu zwingen, einen Schritt auf ihn zuzumachen und ...

Aber ich konnte nicht.

»Okay«, sagte ich schließlich und ging weiter. »Dann also bis morgen.«

»Ox«, sagte Joe leise.

Ich blieb stehen und hielt den Atem an.

»Sind wir ...« Joe verstummte und schüttelte stöhnend den Kopf. »Wir müssen reden. Über alles. Es gibt Dinge, die ich dir sagen muss. Du musst ... Ich brauche dich. Ich brauche dich.«

Ich versuchte, die Glut auf meiner Haut zu ignorieren und mich auf das wirklich Wichtige zu konzentrieren. »Wird er kommen?«

Joe wusste, wen ich meinte. »Ich glaube es.«

»Sind wir im Moment sicher?«

»Ja. Es kann noch ein paar Tage warten, aber ...«

»Dann kann der Rest auch warten.«

»Ox.«

Ich sagte nichts.

Er seufzte. »Okay.«

Irgendwie schaffte ich es weiterzugehen.

Der Himmel verdunkelte sich bereits, als sich mein Rudel am nächsten Tag in der Küche versammelte. Ich mied das Wohnzimmer nach wie vor, so gut es ging. Elizabeth und Mark schliefen immer noch im Haupthaus, Robbie war inzwischen hier eingezogen, ins Gästezimmer, denn Moms altes Zimmer war tabu. Carter und Kelly gefiel nicht, dass er hier war. Wie Joe darüber dachte, wusste ich nicht.

»Bist du dir sicher?«, fragte mich Robbie. »Wir kennen sie doch gar nicht.«

»Ich glaube schon, dass ich sie kenne«, entgegnete Elizabeth. »Ich habe die meisten von ihnen zur Welt gebracht.«

Robbie schnitt eine Grimasse. »Tut mir leid.«

»Dass ich sie geboren habe?«, neckte Elizabeth.

Robbie wurde rot und murmelte etwas Unverständliches.

»Er hat recht«, warf Jessie ein. »Vollmonde sind anders. Bist du sicher, dass sie sich ausreichend unter Kontrolle haben? Hast du sie überhaupt in Wolfsgestalt erlebt, seit sie wieder hier sind?«

Hatte ich nicht, und genau das sagte ich auch.

»Sie haben ihr Rudel verlassen«, sprach Jessie weiter. »Was unterscheidet sie dann überhaupt noch von Omegas?«

»Sie hatten einen Alpha«, erwiderte Mark. »Und sie haben ihn immer noch.«

»Solange keiner meinen Arsch anknabbert, habe ich kein Problem mit ihnen«, meinte Rico.

»Anschaulich wie immer«, kommentierte Tanner und gab ihm einen Klaps auf den Hinterkopf.

»*Pendejo*«, murmelte Rico.

»Keiner knabbert irgendjemanden an«, erklärte ich.

»Wirklich?«, fragte Chris mit Unschuldsmiene. »Joe wird sicher enttäuscht sein, wenn er das hört.«

Ich funkelte ihn an. Die anderen kicherten.

»Wir schaffen das schon«, sagte ich in dem Versuch, das Gespräch wieder in die richtige Bahn zu lenken. »Wir laufen mit ihnen, niemand wird angeknabbert – sei still, Chris – und wir ziehen das durch, okay?«

Alle nickten.

»Okay«, sagte ich.

Es würde bestimmt gut werden.

Wurde es nicht.

Oder nur am Anfang.

Der Mond ging gerade auf, als wir die Lichtung betraten. Joe und sein Rudel waren bereits da. Die Kraft des Vollmonds ließ die Augen der Wölfe blitzen, Gordos Tätowierungen leuchteten, und mir wurde klar, dass ich Gordo zum ersten Mal bei Vollmond als Mitglied eines Rudels sah. Der Gedanke, dass er schon so lange Teil von etwas war und ich es nicht miterlebt hatte, tat weh. Um ihn danach zu fragen, war nicht genug Zeit gewesen.

Wie am Tag ihrer Rückkehr rückten sie eng zusammen und beobachteten uns. Wäre ich ein Wolf gewesen, hätte ich wahrscheinlich hören können, wie ihre Herzen im Gleichtakt schlugen.

Die Situation war ein bisschen angespannt, aber nicht schlimm, fand ich. Doch vielleicht war das nur Wunschdenken.

»Ox«, sagte Joe, nachdem er kurz über meine rechte Schulter gespäht hatte, wo Robbie stand.

»Joe«, erwiderte ich.

»Danke, dass wir heute Abend bei euch sein dürfen.«

Ich nickte. »Danke, dass ihr hier seid.«

Ich hasste es, wie förmlich alles ablief.

»Oh mein Gott«, murmelte Rico. »Wie verklemmt.«

»Halt die Klappe«, zischte Tanner. »Sie sind Werwölfe und hören dich.«

»Ich weiß, was sie sind. Hör auf, mir ins Ohr zu schreien!«

»Sie sind aber wirklich ein bisschen steif«, flüsterte Chris.

»Das waren sie schon immer«, murmelte Jessie.

Hätte ich Joe nicht so genau beobachtet, wäre mir glatt entgangen, wie seine Mundwinkel kurz zuckten, als müsste er sich ein Grinsen verkneifen.

»Das ist mein Rudel«, erklärte ich.

»Und das ist meins«, erwiderte Joe.

Carter und Kelly grinsten sich an, und Gordo sah aus, als würde er gleich die Augen verdrehen.

»Wollen wir?«, fragte Joe.

»Wir können«, sagte ich.

»Ah, jetzt kommt der Teil, in dem sich sehr attraktive Leute nackt ausziehen«, kommentierte Rico. »Wobei die meisten von ihnen miteinander verwandt sind. Ist das nicht ein bisschen seltsam?«

»Rico«, knurrte ich.

»Ja?«

»Sei. Still.«

»Stimmt doch! Nur weil es *dir* nicht seltsam vorkommt, heißt das nicht, dass es das nicht ist.«

»Es laut auszusprechen, macht es nicht weniger seltsam!«

»Ich finde, man sollte *gerade* die seltsamen Dinge laut...«

»*Rico!*«

»Bin schon still.«

Carter und Kelly waren bereits ausgezogen, noch bevor Rico den Mund wieder geschlossen hatte. Carter zwinkerte mir zu und verwandelte sich. Das vertraute Knacken von Knochen und Muskeln schallte über die Lichtung. Kelly folgte seinem Beispiel, und dann standen zwei Wölfe im Mondlicht, mit orangen Augen und zu einem Lächeln gefletschten Zähnen.

Sie hatten sich kaum verändert. Ihr Fell hatte die gleiche Färbung wie damals, aber sie waren größer und kräftiger. Ich wusste nicht, ob das mit dem Alter zu tun hatte oder mit Joe. Wahrscheinlich mit beidem.

Mark und Elizabeth folgten, während Rico sich über die allgemeine Nacktheit beklagte und Chris ihn als prüde bezeichnete. Dann standen vier Wölfe auf der Lichtung und rieben sich aneinander. Carter und Kelly pressten sich an die Flanken ihrer Mutter und zappelten aufgeregt wie junge Welpen.

»Mach schon«, sagte ich zu Robbie.

»Ich muss gar nicht«, erwiderte er durch einen Mund voller spitzer Zähne. »Ich bleibe bei dir und laufe so mit. Das ist schon in Ordnung.«

Es war *nicht* in Ordnung. Ich spürte genau, wie der Mond an ihm zerrte und sein Wolf versuchte, endlich ins Freie zu brechen. Mark hatte mir einmal erzählt, dass es einem Werwolf körperliche Schmerzen bereitet, wenn er sich bei Vollmond nicht verwandelt. Machte er das mehrere Vollmonde hintereinander, konnte es sogar zu einem mentalen Zusammenbruch führen.

»Tu's einfach«, sagte ich leichthin. »Gewöhn dich an die anderen.«

Robbie schaute unglücklich zwischen Joe und mir hin und her. Schließlich schnaubte er und begann sich auszuziehen.

Ich wandte höflich den Blick ab, während Joe mich mit ausdruckslosem Gesicht beobachtete. Früher hätte er das nicht gekonnt, und ich *hasste* es.

Robbies Wolfsgestalt war schlaksiger als die der anderen und kleiner, er hatte lange, dünne Beine und einen schmalen Körper. Er stellte sich neben mich und beobachtete unsicher, wie die anderen Wölfe sich miteinander vertraut machten.

Ich strich ihm über den Kopf. Er schmiegte sich in meine Hand, und ich spürte einen Wärmeimpuls durch das Band zwischen uns strömen.

»Ab mit dir«, sagte ich.

Ich dachte wirklich, er würde es tun. Ich dachte, er würde sich den anderen Wölfen anschließen, aber stattdessen lief er zu den Menschen, strich um ihre Beine und trieb sie mit spielerischen Bissen in die Fersen auf die Bäume zu.

Nur Joe und ich waren noch da, lauschten dem Gesang der Wölfe und den Rufen der Menschen.

Er sprach als Erster.

Er sagte: »Das hast du gut gemacht, Ox.«

Ich wusste nicht, was ich damit anfangen sollte, also sagte ich einfach: »Danke.«

Aber so konnte ich das nicht stehen lassen, also fügte ich hinzu: »Das war nicht nur ich.«

»Nein?«

»Es waren wir alle. Sie haben genauso viel für mich getan wie ich für sie.«

»Ich weiß. So ist das in einem Rudel nun mal.«

Ich verkniff mir eine Erwiderung und drängte den vertrauten Zorn zurück. Joe merkte es wahrscheinlich, noch bevor ich den Funken der Wut wieder einfangen konnte, sagte aber nichts dazu.

Stattdessen sagte er: »Aber glaub nicht, dass du es *nicht* warst. Ohne dich ...«

Ich wartete, was er als Nächstes sagen würde.

»Ox.«

Ich sah ihn an. Er war mir so nahe wie seit über drei Jahren nicht mehr. Ich verstand nicht, warum ich das Gefühl hatte, als wäre er immer noch unendlich weit weg.

»Ich danke dir«, sagte er.

»Wofür?«

»Dass du getan hast, was ich nicht konnte.«

Genau das ist das Problem!, wollte ich ihn anschreien.

Du hättest mich nicht in diese Lage bringen dürfen!

Du hast uns verlassen. Du hast mich *verlassen.*

»Mir blieb gar nichts anderes übrig«, sagte ich stattdessen.

Er schnaubte, und seine Augen färbten sich rot. »Du hattest die Wahl, Ox, und du hast dich für uns entschieden.«

»So ist das in einem Rudel nun mal«, schleuderte ich ihm seine eigenen Worte zurück.

Joe lächelte. Er hatte viele Zähne.

»Willst du dich nicht verwandeln?«, fragte ich mit einem mulmigen Gefühl im Magen.

Joe machte einen Schritt auf mich zu.

Ich bewegte mich nicht.

Noch ein Schritt. Dann noch einer.

Er blieb auf Armeslänge vor mir stehen, machte aber keine Anstalten, mich zu berühren. Es war seltsam, nicht mehr nach unten schauen zu müssen, um seinem Blick zu begegnen.

»Es war hart, weg zu sein«, sagte er und zupfte am Saum seines Hemds. »Jeden einzelnen Tag.«

Ich beobachtete, wie Joe begann, das Hemd hochzuziehen.

»Aber bei Vollmond war es am schwersten.«

Meilen von nackter Haut kamen zum Vorschein. Joe war kein kleiner Junge mehr, nicht einmal ein Teenager, dem die Fußstapfen seines Vaters noch zu groß waren. Nein, er war jetzt ein Mann, ein Alpha noch dazu, und das war deutlich zu sehen. An seinen Bauchmuskeln. An seiner breiten Brust und den hellen Haaren darauf. Der Art, wie sich sein Bizeps wölbte, als er sein Hemd über den Kopf zog und es neben sich auf den Boden fallen ließ.

»Bei Vollmond war es am härtesten«, sprach er weiter, »weil ich nach meinem Rudel geheult habe und nur ein paar Mitglieder davon mich hören konnten. Weil nur wenige das Heulen erwiderten.«

Joes Hände bewegten sich zum Schlitz seiner Jeans, strichen über seinen Bauch und die Haare darauf. Er hob einen Fuß, presste die Ferse gegen die Spitze des anderen und streifte den Stiefel ab. »Ich habe nach dir gerufen«, sagte er leise, während er auch den anderen Stiefel auszog. »Auch wenn du mich nicht gehört hast, auch wenn du es nicht spüren konntest, Ox, ich schwöre, ich habe nach dir gerufen.«

Er machte den obersten Knopf seiner Jeans auf, und ich sagte mir, dass ich wegschauen sollte. Sagte mir, dass das nicht richtig war. Dass ich immer noch so wütend auf ihn war, dass ich es kaum aushielt. Dass wir so verdammt viel zu besprechen hatten und erst einmal sehen mussten, ob es auch nur ansatzweise wieder so zwischen uns werden konnte wie früher.

Joe wusste genau, was er mir da antat, und einen Moment lang hasste ich ihn dafür. Ich hatte nicht gedacht, dass er so etwas je tun würde – seinen Körper einsetzen, um zu bekommen, was er wollte.

Zugegeben, ich kannte diesen Joe nicht. Ich wusste nicht, was er alles getrieben hatte, während er weg war. Wie viele Leute er gevögelt hatte oder ob überhaupt jemanden. Der Junge, den ich einmal gekannt hatte, war nett und unschuldig gewesen, und ich hatte Mühe, ihn mit dem Mann vor mir in Einklang zu bringen.

Der zweite Knopf ging auf, dann der dritte.

Ich glaubte nicht, dass Joe eine Unterhose trug. Der Mond leuchtete so hell, dass ich seine Schamhaare und den Ansatz seines Schwanzes schon jetzt sehen konnte. Ich schaute wieder in sein Gesicht.

Der ausdruckslose Blick war verschwunden, Joe hatte die Maske des Alphas abgelegt und weggeworfen, auch wenn seine Augen immer noch rot leuchteten. Er sah jünger aus, irgendwie, weicher, verunsichert.

Er sagte: »Es gab keinen anderen, in der ganzen Zeit nicht, in der ich weg war. Denn auch wenn du mich nicht hören konntest, das Heulen in meinem Herzen war immer nur für dich bestimmt.«

Ich wollte ihm sagen, dass er aus meinem Kopf verschwinden sollte, dass meine Gedanken ihn verdammt noch mal nichts angingen. Er sollte das nicht sehen. Nicht hören. Nicht *wissen*.

Ich wollte ihm sagen, dass auch ich mit keinem anderen zusammen gewesen war. Dass ich gewartet hatte, gewartet und gewartet, bis ich glaubte, dass meine Haut aufplatzen und mein Inneres zu Staub zerbröseln würde. Dass ich getan habe, was ich tun *musste*, damit wir weiterleben konnten. Dass wir zwar mehr geworden waren, als die Trümmer eigentlich hergaben, aber dass ich einen bohrenden Schmerz in meinem Kopf und ein tiefes Loch in meiner Brust hatte, und das alles nur wegen ihm. *Er* hatte mir das angetan.

Joe hatte niemand anderen gevögelt?

Wie schön für ihn.

Ich hatte in der ganzen Zeit nicht einmal einen Gedanken daran verschwendet.

Ein Jaulen kam aus dem Wald, lauter als die anderen.

Ich schaute hinüber.

Robbie stand zwischen den Bäumen und beobachtete mich mit fragend geneigtem Kopf.

»Er macht sich Sorgen um dich«, sagte Joe hinter mir.

»Ich bin sein Alpha.«

»Klar, Ox«, sagte Joe nur.

Ich wusste, dass er inzwischen auch seine Jeans ausgezogen hatte, und schärfte mir ein, mich *nicht* umzudrehen. Ich hatte schon zu viel gesehen, wollte *auf keinen Fall* so leicht einknicken, auch wenn Joe *alles* war, was ich mir je gewünscht hatte.

Robbie kläffte einmal und verschwand wieder.

»Wir müssen reden«, sagte Joe.

Ich schloss die Augen und spürte seine Wärme direkt hinter mir. Sein Atem brannte auf meinem Hals. Ich brauchte mich nur umzudrehen und …

Ich machte einen Schritt nach vorne.

»Das werden wir«, sagte ich. »Morgen.« Denn ich glaubte nicht, dass ich auch nur einen einzigen Tag länger so weitermachen konnte. Es schnürte mir die Luft ab.

»Morgen«, wiederholte er, als würde er ein Versprechen bestätigen, von dem ich nicht wusste, dass ich es gegeben hatte.

Dann verwandelte er sich.

Es schien eine Ewigkeit zu dauern.

Seine Wärme war immer noch da, aber sie fühlte sich anders an. Eher wie Glut.

Etwas drückte gegen meinen Rücken.

Seine Nase, so wie es sich anfühlte.

Joe saugte die Luft ein, langsam und lange.

Atmete wieder aus.

Da zerrte etwas an mir, tief vergraben unter den Banden meines Rudels, und ich wollte danach greifen, wollte es schmecken, aber noch bevor ich dazu kam, trabte der Alphawolf um mich herum und stellte sich vor mich.

Der Anblick verschlug mir den Atem.

Joe war groß, sogar noch größer als Thomas. Seine Stirn war fast auf der Höhe meines Halses. Bis auf die Schnauze, die Lippen und die Krallen war er immer noch komplett weiß. Seine Augen brannten wie Feuer, und ich fragte mich, ob meine Mom sich damals genauso gefühlt hatte, als Thomas sich ihr zum ersten Mal zeigte und sagte, dass sie nie wieder allein sein müsste.

Als hätte er jeden einzelnen meiner Gedanken gehört, drückte Joe seine Nase gegen meinen Hals, und wie meine Mom damals sagte ich leise: »Oh.«

Es war gut, zumindest am Anfang.

Ich kam mir vor wie im freien Fall, mein Magen schlug einen Salto, hoch bis zu meinem Hals, als hätte ich die letzten Stufen auf einer Treppe übersehen und wäre um ein Haar gestürzt.

Wir rannten durch den Wald, sprangen über Baumstämme und Bäche, und unsere Füße klatschten ins Wasser, wenn der Sprung zu kurz war.

Die Wölfe um mich herum heulten, aber es klang falsch, die Harmonien lagen zu weit auseinander, um sich zu einem Lied zu vereinen.

Meine Wölfe sangen, wie sie es immer taten, im Takt und im Gleichklang. Joe und seine Wölfe taten dasselbe, aber stets etwas tiefer oder höher, sodass unsere Gesänge nicht harmonierten, doch da *war* etwas. Etwas, das knapp unter der Oberfläche brodelte. Es kribbelte über meine Haut, und ich rannte darauf zu und gleichzeitig davon weg.

Die Menschen um mich herum lachten, während die Wölfe sie verfolgten. Gordo hielt sich zurück und behielt vor allem die Umgebung im Auge, während seine Tattoos flatterten und flackerten.

Wir waren *ganz nah* an etwas dran.

Es war *fast* in Reichweite.

Joe lief an meiner Seite, die Muskeln unter seinem schneeweißen Fell bewegten sich wie Wasser, wie Rauch, flüssig und kräuselnd.

Ich war kein Wolf und glaubte auch nicht, dass ich jemals einer sein würde. Ich spürte die Kraft des Mondes nicht.

Aber etwas war anders.

Ich wollte mein Lied heulen. Ich wollte meine Klauen und Zähne in das Fleisch eines Kaninchens schlagen. Ich wollte, dass meine Augen rot aufglühen und ich das Gras unter meinen Pfoten spüre.

So viele Gedanken in mir, manche davon meine eigenen, manche kamen aus allen möglichen Richtungen.

Sie sagten: *RudelLiebeBruderSohn* und *sicher hier sind wir sicher* und *zusammen oh mein gott wir sind zusammen wir rennen zusammen und zu hause wir sind endlich zu hause schau hier dieser baum ich kenne diesen baum* und *er ist tot VaterMannAlpha er ist tot aber ich kann ihn immer noch spüren ich kann ihn immer noch riechen ich kann ihn immer noch lieben* und so viel mehr.

Es waren die Gedanken von Wölfen und Menschen, sie jagten durch meinen Kopf, banden sich an mich und aneinander und verhedderten sich unentwirrbar.

Aber am lautesten hörte ich den Wolf, der neben mir lief.
Er sagte: *ich bin hier.*
Er sagte: *bei dir endlich bei dir.*
Er sagte: *ich kann dich spüren.*
Er sagte: *ich weiß dass du mich spüren kannst.*
Er sagte: *diese kleine stimme in deinem hinterkopf, dieses kleine ziehen das du immer gespürt hast und das dich nie verlassen hat war immer ich denn du warst immer mein ich habe dir meinen wolf gegeben denn du bist mein RudelRudelRudel mein gefährte du bist du bist du bist.*

Wir rannten wie im Rausch, wie durch einen Fiebertraum, der unmöglich real sein konnte, und waren so abgelenkt, dass wir ihn nicht kommen sahen. In der einen Sekunde waren Joe und ich noch Seite an Seite, in der nächsten blitzte es grau und schwarz vor mir auf und Joe wurde von den Beinen gerissen.

Das Fieber verschwand.

Ich hörte ein lautes Knurren, ein Schnappen von Zähnen.

Ich machte noch fünf Schritte, bevor ich begriff, dass ich anhalten musste.

Ich drehte mich um und ...

Robbie lag auf Joe, er hatte die Zähne in seinen Hals geschlagen. Joe trat mit den Hinterläufen nach ihm, die Klauen daran zerfetzten Robbies Flanke, seinen Bauch.

Hinter mir brachen Carter und Kelly mit einem wütenden Brüllen zwischen den Bäumen hervor. Robbie stieß ein hohes Jaulen aus, als Joe ihn mit einem heftigen Tritt von sich herunter- und gegen einen Baum schleuderte.

Elizabeth und Mark kamen aus der anderen Richtung, mit orange blitzenden Augen und gefletschten Zähnen. Sie stellten sich vor Robbie, der versuchte, wieder hochzukommen, während das Blut aus seinen Wunden tropfte.

Joe war bereits auf den Beinen, das Fell an seinem Hals rot verfärbt. Links und rechts von ihm pirschten Carter und Kelly knurrend und mit gekrümmtem Rücken auf Robbie zu, der inzwischen ebenfalls wieder stand.

In meinem Kopf war Chaos.

Ich wurde in zu viele Richtungen gleichzeitig gezogen.

Bande streckten sich aus meinem Innern nach Robbie, Elizabeth und Mark. Die Bande waren stark und echt, sie sagten: *Rudel* und *beschützen* und *mein*. Und sie wurden nur noch stärker, als Menschen zu uns rannten, voller Angst und Gedanken an *werden wir angegriffen? Erinnere dich erinnere dich an das Training an den Alpha was hat der Alpha uns gelehrt?*

Es gab auch noch andere Bande, zerfranst und dünn und schwach. Sie spannten sich zu dem weißen Wolf, dem anderen Alpha, und der Gedanke an einen weiteren Alpha in meinem Revier ließ mich kurz die Zähne fletschen. Und von ihm gingen sie weiter zu den anderen, zu den beiden Wölfen an seiner Seite und zu der Hexe, die mit flammenden Tattoos bei ihnen stand. Der Rabe auf ihrem Arm öffnete den Schnabel zu einem stummen Schrei, breitete die Schwingen aus und verschwand auf Gordos Rücken.

Sie beschützten ihn.

So wie mein Rudel Robbie beschützte, den Idioten.

Es spielte keine Rolle, dass alle zur selben Familie gehörten.

Alles, was zählte, war das Band zwischen uns, das uns sagte, dass nichts und niemand dem Rudel – den Unseren – Schaden zufügen durfte. Wenn es hart auf hart käme, würden sie gegeneinander kämpfen.

Aber Joe ...

Joe tat gar nichts. Obwohl er jedes Recht dazu gehabt hätte. Robbie hatte ihn völlig grundlos angegriffen.

Und rückte sein Rudel wirklich vor? Oder waren sie nur verteidigungsbereit?

Ich konnte das nicht zulassen.

Nicht so.

Robbie machte einen Schritt nach vorn, ein Speichelfaden tropfte aus seinem Maul, während es tief in seiner Brust grollte.

Carter duckte sich, machte sich bereit zum Sprung.

Und ich sagte: »*Stopp!*«

Meine Stimme war wie ein Peitschenknall.

Alle Wölfe hielten inne und legten die Ohren an.

Außer Joe. Nur seine Augen wurden heller.

Sogar die Menschen traten einen Schritt zurück, warteten mit weit aufgerissenen Augen und angespannten Schultern, was ihr Alpha als Nächstes tun würde.

Es galt, eine Ordnung einzuhalten. Egal, wie sehr ich zu Joe laufen und sicherstellen wollte, dass sich die Wunden an seinem Hals schlossen, dass das Rot auf seinem Fell nichts Ernstes war, ich konnte nicht.

Weil ich mich zuerst um die Meinen kümmern musste.

Joes Augen verfolgten jeden meiner Schritte.

Ich kniete mich vor Robbie und nahm sein Gesicht zwischen die Hände.

Seine glänzenden Augen waren weit aufgerissen. Einer der Wölfe hinter mir – Carter, glaubte ich – knurrte, wurde aber von Joe mit einem Bellen zum Schweigen gebracht.

Elizabeth und Mark schnüffelten an Robbies Flanken und an seinem Bauch, leckten ihm das Blut vom Fell, während er weiterhin nur mich ansah.

Ich verstärkte meinen Griff und sagte leise: »Ich weiß, was du vorhattest. Aber das geht nicht.«

Robbie versuchte winselnd, meine Hände abzulecken, aber ich hielt ihn fest.

»Du musst nicht für mich kämpfen«, flüsterte ich. »Vor allem nicht, wenn es gar keinen Grund dazu gibt. Nicht gegen unsere eigenen Leute.«

Robbie verwandelte sich. Ich spürte, wie seine Knochen brachen und sich neu zusammensetzten, wie sein Fell verschwand und seine Muskeln zuckten. Es war, als würde ich einen Sack voller sich windender Schlangen zwischen den Händen halten. Das Gefühl ließ mich schaudern.

Dann hatte ich kein Wolfsgesicht mehr vor mir, sondern das eines Mannes.

Und er war wütend.

»Er war in deinem *Kopf*. Ich konnte ihn *hören*. Er hatte kein Recht ...«

»Wovon zum Teufel redest du?«, unterbrach ich und ließ meine Hände sinken.

Robbie schüttelte den Kopf und spähte wütend über meine Schulter.

»Robbie, ich habe dich gerade gefragt ...«

»Er hat recht«, sagte Rico. »Wir haben es auch gehört.«

Ich schaute zu den anderen zurück. Sie standen nervös hinter mir, weit weg von den Wölfen, aber bereit anzugreifen, falls nötig. Sie waren nicht wütend wie Robbie, und sie hatten Angst.

»Wie meinst du das?«

Rico warf Tanner einen Blick zu. Der nickte. »Du bist unser Alpha, der große Boss, und wir alle können dich hören, okay? Die anderen können wir spüren, aber nicht so ... klar wie dich. Nicht so, wie wir dich hören und spüren. Aber Joe war ... *laut*. Er war *alles*. Es war überwältigend.«

Elizabeth und Mark verwandelten sich ebenfalls.

»Daran werde ich mich nie gewöhnen«, murmelte Rico. »Hallo, Mrs. Bennett. Wie schön, Sie nackt zu sehen – mal wieder.«

Elizabeth ignorierte ihn. »Wir haben ihn ebenfalls gehört.«

»Ich dachte, das könntet ihr immer«, erwiderte ich.

»Aber nicht so. Das Band zwischen einer Mutter und ihrem Sohn ist anders als das hier.«

Ich sah Mark an. Er nickte.

»Scheiße«, murmelte ich.

»Ox«, sagte Elizabeth. »Das hier ist eigentlich nichts Neues. Wenn überhaupt, bestätigt es nur die Tatsache, dass zwischen euch beiden etwas ist. Und es war schon immer da, seit dem Tag, an dem ihr euch kennengelernt habt. Das weißt du schon lange.«

»Trotzdem sollte es nicht so sein«, beharrte Robbie. »Er drängt sich Ox auf und ...«

»Robbie«, unterbrach Elizabeth. »Das reicht.«

»Aber er kann nicht einfach ...«

Carter und Kelly knurrten.

Robbie sah mich an.

Ich wollte ihn nicht verletzen. Ich wollte ihn nicht noch verlegener machen, als er es wahrscheinlich ohnehin schon war. Nicht vor allen anderen.

»Ich kann gut auf mich selbst aufpassen«, sagte ich leise.

»Ich weiß«, erwiderte er. »Aber das solltest du erst gar nicht müssen. Ich kenne die anderen nicht. Ich weiß nicht, was sie tun würden, wenn ...«

»Ich schon«, schnitt ich ihm das Wort ab. »Und ich kenne sie schon sehr lange.«

»Aber nicht das, was aus ihnen geworden ist!«, zischte er. »Leute ändern sich, Ox. Das weißt du. Du kanntest sie vor langer Zeit, aber du weißt nicht, was sie in den letzten drei Jahren getrieben haben. Wo sie waren. Was sie gesehen haben.«

»Vertraust du mir?«

Robbie blinzelte. »Natürlich tue ich das. Du bist mein Alpha.«

»Dann musst du mir auch in dieser Sache vertrauen«, sagte ich und ließ die Falle zuschnappen, in die ich ihn – möglicherweise ein bisschen unfair – gelockt hatte.

Er machte einen Schritt zurück, schaute zwischen mir und dem anderen Rudel hin und her. Joe stand zwischen seinen Brüdern und gab keinen Laut von sich. Er beobachtete, wartete ab, überließ es mir, die Sache zu klären. Aber ich wusste, dass er außerdem herauszufinden versuchte, wie stark das Band zwischen mir und Robbie war.

Robbie sah mich finster an. »So funktioniert das nicht.«

»Mag sein, aber bei uns funktioniert nichts so, wie es das normalerweise tut. Wir sind nicht wie andere. Und dann wäre da noch die Tatsache, dass er dich hätte töten können.«

»Ich kann auf mich selbst aufpassen.«

»Er ist ein Alpha, Robbie.«

»Aber ...«

»Still«, sagte ich, meine Stimme nur ein winziges bisschen tiefer als sonst.

Robbie zuckte zusammen, Carter und Kelly winselten.

»Geht«, sagte ich. »Alle. Robbie, du bleibst hier.«

Er stöhnte.

Die anderen ließen uns allein. Mark und Elizabeth verwandelten sich wieder in Wölfe, Elizabeth drückte ihre Schnauze kurz in meine Hand, dann folgte sie Mark zwischen die Bäume. Carter und Kelly warteten unterdessen auf Joe, der sich immer noch nicht bewegt hatte, und ließen Robbie nicht aus den Augen.

»Ich komme nach«, sagte ich zu Joe.

Seine Augen blitzten rot auf, bevor er sich seinen Brüdern zuwandte und mit ihnen in der Dunkelheit verschwand.

»Du liebst ihn«, sagte Robbie, sobald sie außer Hörweite waren.

»Ist das wichtig?«, fragte ich. »Er ist ein *Alpha*. Er wurde heute Abend hierher eingeladen, und du hast ihn angegriffen. Was zum Teufel hast du dir dabei gedacht?«

»Er hätte nicht ...«

»Robbie. Das hast nicht du zu entscheiden.«

Er sah verletzt aus. »Wie soll ich dich denn dann beschützen?«

»Er hat mir seinen Wolf gegeben, als er zehn war. Wusstest du das?«

Robbie gab einen erstickten Laut von sich und sein Kiefer klappte nach unten.

»Damals wusste ich nicht, was das bedeutet, aber er hat ihn mir gegeben. Am Tag, nachdem wir uns kennengelernt hatten. Weil er es wusste, schon damals. Als ich herausgefunden habe, was es bedeutet, wollte ich ihn zurückgeben. Ich wollte Joe erklären, dass er sich geirrt hat. Dass er sich den Falschen ausgesucht hat. Dass ich nicht gut genug für jemanden wie ihn bin, der so mutig, klug und freundlich ist. Aber er wollte nichts davon hören. Denn er hatte bereits entschieden, dass ich der Richtige für ihn bin.«

»Das wusste ich nicht«, sagte Robbie leise. »Nicht, dass es schon so weit zurückreicht.«

»Er und ich, so war es schon immer«, sagte ich. »Und ich glaube, so wird es auch bleiben, egal, was passiert. Ob wir nur Freunde sind oder Verbündete oder mehr als das, es wird immer nur ihn für mich geben und mich für ihn. Weil wir uns dafür entschieden haben.«

»Du liebst ihn«, wiederholte Robbie.

Ich hatte nicht die Kraft, es zu leugnen. »Schon sehr lange«, bestätigte ich und starrte auf die Stelle, an der Joe verschwunden war.

»Es tut mir leid«, sagte Robbie verletzt und verwirrt. »Ich hätte nicht ...«

Ich streckte meinen Arm nach ihm aus, und er schmiegte sich an mich. Er legte den Kopf an meine Brust und schlang seine Arme um meine Taille. Er zitterte, als ich meinen Arm auf seine nackten Schultern legte und mit der Hand durch sein Haar fuhr.

Wir schwiegen eine Zeit lang.

»Tja«, sagte Robbie schließlich mit einem Schniefen. »Kelly ist auch irgendwie süß.«

Ich legte den Kopf in den Nacken und lachte schallend.

Spät in der Nacht stießen wir im Wald wieder zu den anderen.

Ich schob Robbie zu ihnen. Er verwandelte sich, sah mich noch einmal über die Schulter an, dann nickte er und trabte zu Rico und Elizabeth.

Carter und Kelly beobachteten ihn misstrauisch, zeigten aber keine Aggression gegen ihn.

Als Gordo fragend eine Augenbraue hochzog, schüttelte ich nur kurz den Kopf. Mehr war nicht nötig.

Joe saß am Rand und beobachtete seine Mutter, die gerade an einem Kaninchen knabberte. Seine Ohren zuckten einmal, als ich näher kam, aber das war alles. Ich hatte nicht den Eindruck, dass er verärgert war, aber ich konnte mich auch täuschen.

Ich setzte mich mit ausreichend Abstand neben ihn, dass wir uns nicht berührten.

Sein Hals war immer noch rot, aber das Blut sah getrocknet aus. Die Wunde war verheilt.

Ich sagte: »Er hat es nicht so gemeint.«

Joe schnaubte.

Ich sagte: »Du verstehst nicht, wie es für ihn ist. Du warst nicht da.«

Joe knurrte leise.

Ich ignorierte ihn. »Er hat es nicht so gemeint. Nicht so, wie du denkst.«

Joe schaute mich immer noch nicht an.

»Morgen«, sagte ich.

Und das war's.

Wir beobachteten unsere Rudel, wie sie zusammen liefen, zusammen lagen, sich zankten und lachten und ihre Lieder gemeinsam hinausheulten.

Wir saßen noch die ganze Nacht so da.

Ich sagte nichts, als der Himmel im Osten heller wurde und Joe näher heranrückte und sich an meine Seite drückte.

LIEBE

Am nächsten Tag kam ich erst spät in die Werkstatt. Ich löste Tanner und Chris ab, damit sie sich eine Mütze voll Schlaf gönnen konnten. Sie blinzelten mich gähnend an und gingen nach draußen, wo Elizabeth mit noch laufendem Motor auf sie wartete.

Bevor ich aus dem Auto gestiegen war, hatte sie mich am Arm festgehalten und gesagt: »Egal, wie du dich entscheidest, sieh zu, dass es die richtige Entscheidung für dich ist.«

Rico nickte mir zu, als ich die Werkstatt betrat. »Gordo ist im Büro«, sagte er leise. »Ist es seltsam, dass ich jedes Mal überrascht bin, wenn ich ihn hier sehe?«

Ich zuckte die Achseln. »Wir werden uns dran gewöhnen. Er ist schließlich jeden Tag da.«

Rico schnaubte. »Das dachte ich vor drei Jahren auch noch.«

Ja, das tat weh. Denn er hatte recht. Vor drei Jahren habe ich das Gleiche gedacht wie er. Und jetzt wusste ich nicht mehr, ob ich meinen eigenen Worten trauen konnte.

Gordo saß hinter seinem Schreibtisch, hackte auf der Tastatur herum und starrte mit gerunzelter Stirn auf den Bildschirm.

»Was soll das?«, knurrte er. »Das ergibt alles keinen Sinn.«

»Wir mussten auf ein neues System umsteigen, während du weg warst«, sagte ich. »Das andere war veraltet.«

»Es war *nicht* veraltet. Für das, wofür ich es benutzt habe, hat es vollkommen gereicht.«

»Du hast es *überhaupt nicht* benutzt.«
Er starrte mich an. »Sagst du das jetzt jedes Mal?«
»Wahrscheinlich«, erwiderte ich leichthin.
»Für wie lange?«
»So lange, wie ich es für nötig halte.«
Er starrte wieder den Monitor an. »Verdammte Alphas.«
»Kommst du zurecht?«
»Kinderspiel. Ich bleibe einfach hier sitzen und beiß mir die Zähne an etwas aus, das kein Mensch braucht.«
»Ich dich auch«, sagte ich und ging zu den Hebebühnen.

Rico hatte recht. Es war seltsam, ihn hier zu sehen.
Wenn er mit vor der Brust verschränkten Armen in der Bürotür lehnte und Rico lauschte, wenn er auf Spanisch sang.
Wenn er einen Zulieferer durchs Telefon anknurrte, er habe wohl den Verstand verloren, wenn er glaubte, dass wir so viel bezahlen würden, es gäbe schließlich noch andere Lieferanten.
Wenn er mir im Vorbeigehen die Hand in den Nacken legte und einmal kurz drückte.
Es war seltsam.
Gut, aber seltsam.

»Soll ich dich fahren?«, fragte er, nachdem wir zugesperrt hatten und Rico in seinem alten Corolla zuwinkten. Es war erst drei, aber heute war wenig los gewesen.
Ich schüttelte den Kopf.
»Wartet er wieder auf dich?«
»Wahrscheinlich.«
»Bringst du es wieder in Ordnung?«
»Warum?«
»Warum *was*?«
»Warum interessiert dich das?«

Gordo schnaubte. »Genau, was kümmert's mich? Warum zum Teufel interessiere ich mich für dich? Warum für Joe? Und diese Sache zwischen euch. Keine Ahnung, Ox.«

»Schön zu wissen, dass manche Dinge sich nie ändern.«

»Schalt dein verfluchtes Hirn ein, Ox. Es interessiert mich, weil du mir am Herzen liegst.«

»Das weiß ich.«

»Dann bring es in Ordnung«, sagte er. »Wir haben nicht drei Jahre lang unser Leben riskiert, damit ihr beide dann kneift, wenn wir endlich wieder zurück sind. So funktioniert das nicht.«

Ich konnte nicht anders, als ein wenig Ehrfurcht vor ihm zu haben. »Das ist mal was Neues.«

»Was ist neu?«, fragte Gordo und schloss die Tür ab.

»Früher wolltest du mich nicht dabeihaben. Bei ihnen. Bei allem.«

Er rollte mit den Augen und neigte das Gesicht zum Himmel, als würde er den lieben Gott um Kraft bitten, mich zu ertragen. Diesen Blick hatte ich schon oft in meinem Leben gesehen. Aber bei ihm fühlte es sich anders an. Er war mein Freund, immer noch.

»Früher«, sagte er etwas spöttisch, »hatte ich noch nicht durchgemacht, was ich jetzt durchgemacht habe.«

»Früher waren sie dir egal.«

Er schaute mich gequält an. »Die Dinge waren eben anders, na und? Ich wusste damals nicht, was ich jetzt weiß.«

»Und das wäre?«

Gordo schüttelte den Kopf. »Das spielt keine Rolle. Nicht auf lange Sicht. Und du solltest nicht mit *mir* darüber reden, Ox, das weißt du. Er *wartet* auf dich. Schon lange. Es wird Zeit, dass du deinen Finger aus dem Arsch ziehst.«

»Aha«, erwiderte ich. »Das Gleiche könnte ich auch von dir sagen. Wenn die Dinge sich geändert haben, wie du sagst, und du so viel durchgemacht hast. Zieh deinen verdammten Finger aus dem Arsch.«

»Ox, ich schwöre ...«
»Feigling.«
»Arschloch.«
Ich grinste ihn an.

Gordo legte mir die Hand in den Nacken und drückte seine Stirn gegen meine. Er sah verschwommen aus von so Nahe, und ich hätte schwören können, dass ich seine Magie über meine Haut knistern spürte, nur ein bisschen, aber das Knistern war da.

Wir verharrten einen Moment lang so. Dann richtete er sich auf und küsste mich auf die Stirn, fest und trocken. Er stieß mich weg und schlenderte zu seinem Wagen. »Bring es in Ordnung, Ox!«, rief er über die Schulter. »Oder beende es. Lass es dir von ihm erklären oder lass es bleiben. Tu einfach was, denn je länger du das rauszögerst, desto mehr möchte ich dir die Fresse einschlagen. Deine lächerlichen Gefühle übertragen sich so auf uns alle, dass ich kotzen könnte.«

Ich liebte diesen Mann mehr, als ich mit Worten ausdrücken konnte.

Er wartete auf dem Feldweg auf mich.

Ich konnte nicht wieder *noch nicht* sagen. Ich konnte nicht an ihm vorbeigehen und so tun, als wäre er gar nicht da.

Ich konnte nicht so tun, als wäre mein Herz nicht schon viel zu lange gebrochen.

Dass es mich nicht kratzte, dass er vor mir stand.

Nicht jetzt. Nicht mehr.

»Hey, Ox«, sagte er.

»Hey, Joe«, sagte ich.

Er lächelte, aber seine Mundwinkel zitterten.

Ich versuchte, zurückzulächeln. Ich weiß nicht, wie gut es mir gelang.

Er sagte: »Ich schätze, wir müssen reden.«

Ich sagte: »Ja, das müssen wir wohl.«

Es war lächerlich.

Er seufzte. »Hör mal, was auch immer passiert, wie auch immer du dich entscheidest, du sollst wissen, dass ich meine, was ich gesagt habe.«

»Als du *was* gesagt hast?«

»Alles, was ich je zu dir gesagt habe, Ox. Alles.«

Meine Kehle schnürte sich leicht zu.

»Ja«, krächzte ich. »Okay.«

Er nickte, drehte sich um und ging den Feldweg entlang.

Ich schloss auf und lief neben ihm.

Meine Hand berührte seine. Ich wusste nicht, ob es Zufall war oder nicht, und verfluchte mich dafür, dass ich nicht den Mut hatte, einfach seine Hand zu nehmen. Wir hatten es unzählige Male so gemacht, bevor ...

Nun ja.

Als unsere Hände sich das nächste Mal berührten, verschränkte er seine Finger mit den meinen. Mein Daumen lag auf der Innenseite seines Handgelenks, und ich spürte den nervösen, unregelmäßigen Puls unter seiner Haut.

Ich hielt seine Hand fest, so gut ich konnte.

Das alte Haus war leer, als wir ankamen. Im Haus am Ende des Feldwegs brannte Licht, Wölfe liefen darin herum. Die Menschen waren in ihren eigenen Häusern. Robbie war irgendwo im Wald, glaubte ich, konnte es aber nicht mit Sicherheit sagen. Es war zu viel Joe in mir.

Es war sehr rücksichtsvoll von ihnen, uns allein zu lassen. Wenn auch nicht gerade subtil.

Andererseits wusste ich nicht, ob Werwölfe überhaupt dazu in der Lage waren.

Oder ich, wenn ich ehrlich bin.

Er zögerte kurz, als er das Haus sah, und ich erinnerte mich an den Tag, an dem er mir auf den Rücken gesprungen war, an den kleinen Wirbelwind, dem leidtat, was auch immer mich gerade traurig gemacht hatte. Seit jener Nacht war er nicht mehr hier gewesen. Seit dem Tod von Thomas und meiner Mom.

Ich ließ Joes Hand los, und er seufzte, als wir die Stufen zur Veranda hinaufgingen.

Die Tür war nicht abgesperrt. Ich stieß sie auf, und er folgte mir nach drinnen.

Seine Augen leuchteten rot auf, als er über die Schwelle trat, seine Krallen und Zähne schossen hervor, als hätte er keine Kontrolle über sie.

Er sagte: »Scheiße! Etwas ist anders. Es ist nicht mehr so wie ...«

»Joe«, sagte ich scharf und machte einen Schritt von ihm weg.

»Ich kann ihn riechen«, knurrte er durch einen Mund voller spitzer Zähne. »Er war hier. Er ist es immer noch. Er ist in dem Holz. Er ist in den Wänden, in ...«

Da begriff ich endlich. »Du meinst Robbie.«

Joe sah mich an, und einen kurzen Moment lang dachte ich daran, dass ich meine Brechstange nicht rechtzeitig erreichen würde. Denn Alpha hin oder her, ich war immer noch ein Mensch, und Joe war eine Urgewalt.

»Um ein Haar hätte ich ihn zerrissen«, sagte er und machte einen Schritt auf mich zu. »Als ich ihn das erste Mal gesehen habe. Wie er hinter dir stand. Die Art, wie er dich berührt hat. Er kannte dich. Er kannte dich seit Jahren. Das wusste ich, noch bevor einer von uns auch nur ein Wort gesagt hat. Und du hast einfach dagestanden und es zugelassen. Ich komme nach Hause und sehe, wie er dich anfasst ...«

Joe stand direkt vor mir, Blut tropfte von seinen Händen, wo seine Klauen die Haut aufgeschnitten hatten. Seine Augen waren weit aufgerissen und wild, jeder seiner Atemzüge klang, als müsste er ihm mit Gewalt aus seiner Brust pressen. Seine Worte waren ein leises Knurren, und er war groß, so groß.

Aber ich hatte keine Angst vor ihm.

Ich hatte noch nie Angst vor ihm gehabt.

»Joe«, sagte ich.

»Ox«, knurrte er, und ich konnte den Atem des Wolfes auf meinem Gesicht spüren.

»Er hat hier gewohnt. Er gehört zu meinem Rudel und hat lange hier gewohnt, bevor er ins Haupthaus gezogen ist. Das *weißt* du. Ich weiß, dass man es dir gesagt hat. Deine Mutter, Mark, die anderen. Sie haben es dir gesagt.«

Joe blinzelte heftig, seine Augen flackerten noch einmal rot und wurden dann wieder blau. Er trat entsetzt einen Schritt zurück. »Ich wollte nicht ... Ich wollte nicht ...«

»Schon gut«, sagte ich. »Es ist nicht ...«

»Ich hätte ihn zerrissen«, platzte Joe heraus und klang so unfassbar jung dabei. »Wenn ich geglaubt hätte, dass ich damit durchkomme, hätte ich ihn an Ort und Stelle in Stücke gerissen an diesem ersten Tag. Als er auf mich zukam, musste ich mich mit aller Kraft zurückhalten, und um ein Haar hätte es nicht gereicht. Ich hätte ihn ohne zu zögern umgebracht.«

»Ich weiß.«

»Weißt du *nicht*«, schnauzte Joe. »Du weißt nicht, wie es sich angefühlt hat. Nach Hause zu kommen, endlich nach Hause zu kommen und ... ihn an deiner Seite zu sehen. Euch alle. Ihr wart ... als bräuchtet ihr uns nicht mehr.«

Ich nickte und brachte wieder etwas Abstand zwischen uns, bevor mir noch die Hand ausrutschte. »So wird es also sein«, sagte ich mit zusammengebissenen Zähnen. »Genau so, ab jetzt und für immer.«

Das erschreckte ihn. »Wie? Was meinst du damit?«

Ich trat noch einen Schritt zurück, nur um sicherzugehen, denn auch wenn ich ihn liebte, auch wenn ich diesen Tag herbeigesehnt hatte wie nichts auf der Welt, konnte Joe Bennett manchmal ein so verdammtes Arschloch sein.

»Meine Mutter ist gestorben«, sagte ich so ruhig, wie ich konnte. »Mein Alpha ist gestorben. Der Junge, den ich lieb ... für den ich mich entschieden hatte, wurde der neue Alpha, und etwas mehr als eine Woche später war er weg.«

»Ox«, sagte Joe. »Du weißt, warum ich ...«

»Nein«, sagte ich kühl. »Weiß ich nicht. Ich habe keine Ahnung, was du geglaubt hast, tun zu müssen.«

Seine Augen verengten sich. »Du hast mir gesagt, dass er nicht damit durchkommen darf. Du hast neben mir gelegen und gesagt, dass Richard Collins bezahlen muss für das, was er dir angetan hat. *Uns* angetan hat, unserem Rudel.«

»Ich hatte gerade meine *Mutter* verloren«, knurrte ich. »Ich konnte nicht klar denken.«

»Aber *ich* konnte es?«

»Auf jeden Fall klar genug, um hinter meinem Rücken diesen beschissenen Plan auszuhecken.«

»Du hast gerade gesagt, dass du deine Mutter verloren hattest, dass du nicht klar denken konntest.« Joe begann vor mir auf und ab zu gehen. »Glaubst du wirklich, dass ich dich noch tiefer reinreiten wollte? Noch tiefer in diese Sache reinziehen, als du es ohnehin schon warst? Ox, ich war ein siebzehnjähriger Alpha, dessen Folterknecht gerade seinen *Vater* getötet hatte. Ich habe nicht an das Rudel gedacht. Gott steh mir bei, ich habe nicht mal an meine Mutter gedacht, sondern an *dich*. An die einzige Möglichkeit, wie ich dich beschützen konnte!«

»Und deshalb hast du alles bis zur letzten Minute vor mir geheim gehalten«, keifte ich zurück. »Und dann bist du für drei Jahre verschwunden. Weil das der beste Weg war, mich zu beschützen.«

Joe blieb stehen und starrte mich an wie einen Vollidioten. Einen Moment lang hasste ich ihn für diesen Blick, denn es war der Blick meines Vaters. »Ich bin nicht einfach ver...«

»Bullshit«, bellte ich. »Versuch nicht, mir was anderes weiszumachen, Joe Bennett. Denn alles andere ist eine glatte Lüge.«

Seine Kiefermuskeln traten hervor und er ballte die Fäuste. Er holte tief Luft, versuchte sichtlich, sich zu beruhigen. Und ich versuchte das Gleiche, denn wenn wir so weitermachten, würde es enden, bevor es überhaupt angefangen hatte. Und das wollte ich nicht. Zumindest noch nicht.

»Hör zu«, sagte er, »ich habe Entscheidungen getroffen, weil ich es musste. Langfristig waren sie vielleicht nicht die besten, aber in dem Moment waren sie es. Dafür kannst du mir keinen Vorwurf machen.«

Ich lachte bitter. »Ja, Joe. Das Lustige ist, dass ich es durchaus kann. Und ich *tue* es. Genau das ist das Problem.« Ich ging in die Küche, versuchte, so weit wie möglich von ihm wegzukommen, und lehnte mich gegen den Tresen.

Joe blieb in der Nähe der Tür. »Ox ...«

»Wusstest du es?«

»Was?«

»Über mich.«

»Ich verstehe nicht, was du meinst.«

Ich glaubte ihm nicht. »Dass ich werde ... wie jetzt. Das, was ich jetzt bin.«

»Ein Alpha.«

»Ein *menschlicher* Alpha.«

Er wollte schon den Kopf schütteln, ließ es aber bleiben. »Vielleicht«, seufzte er.

»Vielleicht«, wiederholte ich.

Joe rieb sich mit der Hand übers Gesicht. »Dad dachte ... Nun ja, Dad hat vieles über dich gedacht, und das weißt du, oder? Dass du zu ihm gehört hast, als wärst du sein leiblicher Sohn. Ich glaube nicht, dass er einen Unterschied zwischen dir, Carter, Kelly und mir gemacht hat. Du hast genauso zu ihm gehört wie wir.«

Das tat weh, aber auf eine gute Art, wie wenn man gegen einen lockeren Zahn drückt. Ein bittersüßer Schmerz, mitten ins Herz.

»Ja, Joe«, krächzte ich. »Ich habe es gemerkt. Damals vielleicht nicht, aber jetzt. Jetzt weiß ich es.«

Er nickte. »Manchmal, wenn wir in den Wald gegangen sind, nur er und ich, haben wir geredet. Über das Rudel. Darüber, was es bedeutet, ein Alpha zu sein. Und viel über dich. Dinge, von denen ich dir nie erzählt habe. Dinge, die er dir nie selbst erzählen konnte.«

Ich wartete, wollte Joe nicht unterbrechen.

»Nachdem du gegangen warst«, sprach er weiter und schaute auf seine Hände, »am ersten Tag, an dem ich dich gefunden hatte, haben sie mich nur angestarrt. Lange. Besonders Dad. Sie hatten mich seit ... nun ja, seit Richard nicht mehr sprechen hören. Wegen der Dinge, die er mir angetan hat. Weil er mich gebrochen hat. Aber du, Ox. So etwas hatte ich noch nie gespürt. Meine Eltern starrten mich an und hörten mir zu. Sie lächelten. Sie umarmten mich, lachten und weinten, und ich habe immer wieder Ox, Ox, Ox gesagt. Irgendwie wusste ich, was es bedeutete, auch wenn ich es nicht ganz verstand. Als ich ihnen gesagt habe, dass ich dir meinen Wolf geben will, haben sie es mit der Angst zu tun bekommen. Weil sie es *verstanden*. Wir waren zurückgekommen, um einen Weg zu finden, mich zu heilen, und dann, am allerersten Tag habe ich *dich* gefunden, mit nach Hause genommen und zum ersten Mal seit über einem Jahr wieder gesprochen.«

Er sah wieder mich an. Der Ausdruck auf seinem Gesicht war ernst und beschwörend. »Sie hatten Angst, Ox. Aber ich war mir sicher. Ich war mir so verdammt sicher bei dir. Ich wollte, dass du das bekommst, was mir am wichtigsten ist – neben dem Rudel. Wenn man klein ist, bekommt man einen Steinwolf geschenkt und erfährt, dass man eines Tages jemanden finden wird, dem man ihn geben kann, als Zeichen dafür, was die Person einem bedeutet. Mom wollte damals nicht, dass ich ihn dir gebe. Sie wollte, dass ich warte. Bis ich dich besser kenne und du weißt, worauf du dich einlässt. Sie sagte, dass es keine Eile hat, dass du schließlich nicht weglaufen würdest, aber das war mir egal. Und Dad auch. Er *wusste* es, denn er konnte es sehen, okay? Ich habe ihm gesagt, dass ich mich entschieden habe. Denn das ist es, was uns beigebracht wird: dass es immer auf die Entscheidung ankommt.«

»Und du hast dich für mich entschieden«, sagte ich leise.

Er lachte und rieb sich die Augen. »Ja, Ox, das habe ich. Und Dad wusste, dass ich es so oder so tun würde. Also hat er zu Mom gesagt, dass es in Ordnung ist. Dass ein Wolf merkt, wenn er etwas tief in seinem Innersten weiß. Aber das ist es ja: Ich *wusste* es nicht. Nicht über dich. Ich habe nicht mal verstanden, was er meinte, okay? Ich habe nur gehört: *Ja, Joe, wenn es dein Wunsch ist, kannst du ihm den Wolf geben.* Dad hat mir sogar dabei geholfen. Er hat mir die Schachtel gegeben, in die ich ihn gelegt habe. Und die Schleife auch. Ich habe ihn nie gefragt, aber ich glaube, es ist dieselbe Schachtel und dieselbe Schleife, die auch er benutzt hat, als er meiner Mutter seinen Wolf gegeben hat.«

Das Haus um uns herum ächzte. Mir fiel kein einziges Wort ein, das ich sagen konnte. Was nicht ungewöhnlich war. Sicher, ich war im Laufe der Jahre besser geworden. Ein Alpha kann nicht schweigen. Aber manchmal hatte ich immer noch Probleme mit Worten. Nicht weil ich keine hatte, sondern weil es zu viele waren, die alle auf einmal rauswollten.

Aber das machte nichts. Denn Joe war noch nicht fertig.

»Ich glaube, Dad wusste es schon damals«, fuhr er fort. »Dass du toll und freundlich und erstaunlich bist, aber dass da noch etwas anderes ist. Nicht *mehr*, denn du warst bereits genug. Dieses andere war bereits in dir, schon damals. Und er hat es erkannt. Ich weiß nicht, woher, aber Dad wusste es.«

Joe beobachtete mich. Ich wusste, dass ich etwas sagen musste, irgendetwas, um die Stille zu füllen. Das war ich ihm schuldig. Und mir.

Ich sagte: »Ich habe den Wolf noch.«

Er nickte und schenkte mir ein wackeliges Lächeln, das ebenso schnell wieder verschwand. »Okay«, sagte er mit erstickter Stimme. »Okay. Das ist gut, Ox. Ich weiß ...«

»Es ist nicht mehr so wie früher.«

Joe verstummte.

»*Ich* bin nicht mehr derselbe«, sprach ich weiter.

»Ich weiß«, sagte er. »Ich wusste es sofort, als ich hierherkam. Schon vorher. Ich habe das Revier betreten und wusste es.«

»Wusstest du, dass ich ein Alpha bin? Hier, in deinem Revier?«

Er schüttelte den Kopf.

»Alpha Hughes weiß es.«

Joe sah mich überrascht an. »Warum? Hat sie ...«

»Von Robbie.«

Sein Blick verfinsterte sich. »Von Robbie.«

»Er kam her, um ... Vielleicht sollte er uns ausspionieren, ich weiß es nicht. Er war der neue Osmond.«

»Und du hast ihn in dein *Rudel* aufgenommen?«, fuhr Joe auf.

Ich sah ihn kühl an. »Er gehört nicht zu Hughes. Er gehört zu *mir*.«

Joe zuckte zusammen, als hätte ich ihn geohrfeigt. »Ox, du weißt, was Osmond getan hat. Er hat meinen *Vater* verraten. Soweit wir wissen, könnte Hughes sogar daran beteiligt gewesen sein! Vielleicht wollte sie ihn schon seit Jahren tot sehen.«

»So ist es nicht«, sagte ich. »So ist *er* nicht.«

»Das weißt du nicht!«, fauchte Joe. »Das Gleiche haben sie über Osmond gesagt.«

»Ist das wegen Robbie? Oder wegen dir?«

»Was zum Teufel meinst du damit?«

»Er ist mein Freund, Joe. Das ist alles.«

»Klar«, schnaubte Joe. »Und mehr will er auch gar nicht.«
»*Ich* will nicht mehr.«
»Trotzdem wird er nicht einfach ...«
»Ich habe es ihm gesagt, Joe. Er *weiß* es.«
»*Was* weiß er?«
Aber so weit war ich noch nicht. So einfach wollte ich es Joe nicht machen, wollte ihn noch nicht vom Haken lassen. Auch wenn ein Teil von mir sich genau das wünschte. Ich hatte die Sache so satt.
Meine Wut.
Ich sagte: »Du hast uns ausgeschlossen.«
Joe wich einen Schritt zurück. »Ox.«
»Du hast gesagt, es täte dir leid. Mitten in der Nacht, als du dachtest, dass ich es nicht höre. Wie ein *Feigling*. Du hast gesagt, es täte dir leid, und dann habe ich nichts mehr von dir gehört. *Wir* haben nichts mehr von dir gehört. Jahrelang.«
Joe wappnete sich für einen weiteren Streit. Ich sah es an seiner versteinerten Miene. Aber ich hatte nicht vor, ihn so einfach davonkommen zu lassen. Er hatte sich in vielen Dingen geirrt, aber das hier war sein schlimmster Fehler gewesen.
»Ich habe getan, was ich tun musste«, sagte er mit ruhiger Stimme.
»Was du tun musstest«, wiederholte ich. »Und warum *musstest* du?«
»Wir konnten die Ablenkung nicht gebrauchen.«
Ich schnaubte. »Genau. *Wir*. Das heißt ihr alle. Das heißt, alle waren einverstanden.«
Er zögerte.
»Oder doch nicht?«, fragte ich. »Habt ihr abgestimmt?«
»Das ist nicht ...«
Ich schlug mit der Hand auf den Küchentresen. »Sag nicht, dass es nicht wichtig ist. Es *ist* wichtig. *Alles* ist wichtig. Ich verstehe, wie es für dich gewesen sein muss, Joe, aber ...«
»Du verstehst gar nichts«, explodierte er. »Du verstehst es nicht, weil du nicht dabei warst!«

»Und wessen Entscheidung war das?«, fragte ich kalt. »Du hast klipp und klar gesagt, dass ...«

»Nicht«, sagte er und zeigte mit einer Klaue auf mich. »Behaupte jetzt nicht, ich hätte dich nicht gebraucht. Das *darfst* du nicht sagen, denn es stimmt nicht. Ich habe dich verdammt noch mal *zu sehr* gebraucht.«

»Das war das Problem, oder?«, erwiderte ich, während sich die Puzzleteile langsam ineinanderfügten. »Ich war dein Anker. Und das konntest du nicht gebrauchen. Nicht bei dem, was du vorhattest.«

»Jedes Mal, wenn ich deine SMS gesehen habe«, antwortete er, »jedes Mal, wenn ich zurückgeschrieben habe, wollte ich nur umso mehr nach Hause kommen. Zu dir. Zu den anderen. Aber ich konnte nicht, Ox. Ich konnte nicht, weil ich einen Job zu erledigen hatte. Richard hat mir etwas weggenommen, und schlimmer noch, er hat *dir* etwas weggenommen. Ich konnte nicht tun, was getan werden musste, wenn ich dauernd an zu Hause erinnert werde. Also habe ich aufgehört zu schreiben. Ich habe mir eingeredet, dass du am sichersten bist, wenn ich dich aus all dem raushalte.«

»Du hast dich getäuscht«, sagte ich. »Wir waren nicht in Sicherheit. Nicht die ganze Zeit.«

»Ich weiß«, erwiderte Joe kleinlaut. »Die anderen haben es mir erzählt. Ich hätte nicht gedacht ...«

»Richtig. Denn du hattest nur eines im Sinn.«

»Rache«, sagte er. »Meine Wut. Das Bedürfnis, ihn zu finden und bezahlen zu lassen.«

»Aber du hast es nicht geschafft.« Es sollte nicht wie eine Anklage klingen, aber das tat es.

Joes Schultern sackten herab. »Nein. Wir waren so nahe dran. So viele Male ... Aber er war uns immer einen Schritt voraus. Ich habe es versucht, Ox. Ich habe versucht, die Dinge wieder in Ordnung zu bringen, und einfach immer weitergemacht.«

»Wärst du überhaupt hier, wenn du nicht glauben würdest, dass er zurückkommen wird?«

»Ich weiß es nicht«, antwortete Joe, und die Ehrlichkeit tat weh.

Ich nickte. Mein Kopf drehte sich. »Warum sollte er ausgerechnet jetzt herkommen, nach all der Zeit? Warum nicht schon früher?«

»Das weiß ich nicht.«

»Wann wird er kommen?«

»Das weiß ich nicht.«

»Was sollen wir tun?«

»Das weiß ich nicht.«

»Was zum Teufel *weißt* du überhaupt?«, knurrte ich. »Oder hast du einfach drei verdammte Jahre unseres Lebens vergeudet?«

Joe zuckte zusammen und starrte auf den Boden.

Ich konnte nicht aufhören. Nicht jetzt, da es endlich aus mir herausbrach.

»Sag mir, Joe, war es das wert? War es das wert, mich zu beschützen, indem du mich und uns einfach zurücklässt, um einem verdammten Geist hinterherzujagen?«

»Das weiß ...«

»Hör auf!«, brüllte ich. »Sag mir eine verdammte Sache, *die* du weißt!«

»Dass ich dich liebe.«

Und ich ...

Ich bekam keine Luft mehr.

Alles fühlte sich zu laut an. Zu real. Zu hell. Ich wollte mir ein Messer in die Haut stoßen, um zu überprüfen, ob ich träumte oder wach war. Von allen Dingen, die er hätte sagen können, hatte ich *das* am wenigsten erwartet.

Und es war nicht fair.

»*Was?*«, krächzte ich.

Joe sah mich immer noch nicht an. Als er sprach, klang er jünger denn je. Er sagte: »Ich weiß nicht viel. Nicht mehr. Alles hat sich verändert. Du, das Rudel. Dieser Ort ist nicht mehr so wie bei unserem Aufbruch. Und Carter und Kelly ... sie haben sich wieder eingefügt, als wäre nichts gewesen. Als wären wir nie weg gewesen. Und Gordo auch. Er brauchte sich keine Sorgen zu machen, denn er hatte *dich*. Auch wenn er sich in dieser Nacht an mich gebunden hat und zu einem der Meinen wurde, war er immer auch dein. Das sind sie alle. Und ich, ich weiß nicht, warum ich überhaupt hier bin. Ich habe es vermasselt, Ox.«

Er wischte sich über die Augen und etwas in meiner Brust zerbrach.

»Ich dachte, ich würde das Richtige tun. Ich dachte, ich würde euch alle beschützen. Aber ich war egoistisch. Denn in Wahrheit wollte ich nur *dich* beschützen. Wollte die Monster von *dir* fernhalten. Wenn du mich nicht kennen würdest, wenn du mir nie begegnet wärst, wärst du jetzt nicht hier. Deine Mutter würde noch leben. Und du wärst glücklich. Ich dachte, genau das würdest du wollen. Je länger ich weg wäre, desto leichter würde es dir fallen, mich und alles, was ich dir angetan habe, zu vergessen. Ich wollte nach Hause kommen, Ox. Ich wollte nur nach Hause kommen, denn ohne dich *habe* ich kein Zuhause.«

»Joe ...«, begann ich.

Er hob eine Hand. »Lass mich. Ich weiß, dass du eine Wahl hast. Immer noch. Und ich weiß, dass ich alles getan habe, damit du dich gegen mich entscheidest. Und das ist auch in Ordnung so. Denn wenn es einen anderen gibt« – seine Stimme stockte – »oder einmal geben wird, will ich dem nicht im Weg stehen. Ich möchte da sein, wo du bist. Als dein Freund. Oder als dein Rudelkamerad. Oder einfach nur ich und du, so wie es früher war. Du musst den Wolf nicht behalten, Ox. Das musst du nicht. Aber ich will in deiner Nähe sein, denn ich bin müde, verstehst du? Ich habe es so satt. Ständig etwas hinterherzulaufen, das ich doch nicht bekommen kann. Ich will nur *dich*. Bitte lass mich dich einfach haben. *Bitte!* Alles andere ist unwichtig. Du bist jetzt der Alpha hier, aber bitte zwing mich nicht zu gehen.«

Sein Gesicht war nass, als er zu Ende gesprochen hatte. Er hatte einen Schritt von mir weg gemacht und war kurz davor, ganz dem Wolf in ihm zu verfallen. Ich wusste nicht, wie gut er sich unter Kontrolle hatte, aber ich vertraute ihm, zumindest in dieser Sache. Joe würde mich nie verletzen, nicht körperlich.

Ich wollte nicht mehr dagegen ankämpfen. Nicht mehr gegen *ihn*.

Ich machte einen Schritt auf ihn zu.

Seine Augen flackerten wieder. »Tu das nicht, Ox«, sagte er. »Du darfst nicht. Ich gleite bereits hinüber.«

»Wirst du nicht«, widersprach ich.

»Das kannst du nicht wissen«, flehte Joe. »Es ist nicht mehr dasselbe und ich finde den Weg nicht mehr!«

Aber ich wusste es. Und er auch. Und ich konnte den Gedanken nicht ertragen, ihn auch nur eine Sekunde länger nicht zu berühren.

»Nein«, sagte er, »nein, nein, nein, du kannst nicht ...«

Ich stellte mich vor ihn.

Joe stand mit dem Rücken an der Tür.

Unsere Knie berührten sich.

Meine Hände berührten seine.

Es fühlte sich gewaltig an nach all der Zeit.

Joe knurrte mich an, mehr Wolf als Mensch, und ich nahm sein Gesicht zwischen die Hände, dieses halb verwandelte Gesicht, in dem die weißen Haare sprossen und wieder verschwanden, als wäre er in einer Zwischenwelt gefangen. Als meine Finger seine Haut berührten, erschauderte er, und es gab einen Moment, in dem ich dachte, dass es nicht reichen würde. Dass zu viel zwischen uns gekommen war, als dass er jemals wieder zurückfinden würde.

Denn ich wusste jetzt, wie viel ihn seine Entscheidung gekostet hatte. Joe mochte ein Alpha sein, und er hatte seine Brüder und Gordo bei sich gehabt, die ihn bei Verstand hielten. Aber gleichzeitig war er fast ein Omega, der sein Band durchtrennt hatte, um sich ganz dem Wolf in sich hinzugeben. Joe hatte die Verbindung zu mir nicht aufrechterhalten können, weil ich ihn zum Menschen machte. Er hatte sich davon losgesagt, um zum Raubtier zu werden. Zum Jäger.

Das konnte nicht alles umsonst gewesen sein. Es *durfte* nicht.

Und das war es auch nicht.

Denn ich war hier, auch wenn ich kurz vorm Zusammenbrechen war.

Mein Dad hatte gesagt, dass die Leute mich wie Scheiße behandeln würden.

Aber mein Dad war ein Lügner gewesen.

Alles war scheiße gewesen.

Und ich stand immer noch.

Ich sagte: »Hey, Joe.«

Er schaute mich mit feuerroten Augen an.

»*Ox*«, sagte er.

Nachdem mein Dad gegangen war, hatte meine Mom mich einmal mit in die Kirche genommen. Weil sie glaubte, ein bisschen Jesus könnte uns beiden guttun. Und Joe hatte meinen Namen eben in demselben Tonfall gesagt, wie der Priester über Gott gesprochen hatte.

Voller Ehrfurcht, Entsetzen und Anbetung.

Ich wusste nicht, was ich damit anfangen sollte.

Ich glaubte nicht, dass ich das verdient hatte.

Ich tat das Einzige, woran ich denken konnte:

Ich küsste Joe Bennett. Hier. Im alten Haus.

Und diesen einen Moment lang war alles in Ordnung.

Es war wieder wie vorher.

Und auch nicht.

Wir lagen auf meinem alten Bett und sahen uns an.

Wir passten nicht mehr so gut hinein wie früher.

Ich hatte mich nicht viel verändert, war vielleicht ein bisschen breiter geworden, mehr nicht.

Aber Joe hatte sich verändert.

Er nahm viel mehr Platz ein als früher.

Es war eng, aber wir schafften es.

Ich hielt seinen Oberschenkel zwischen meine Knie geklemmt, und wir teilten uns ein Kissen. Ich redete mir ein, dass Joe sonst aus dem Bett fallen würde, aber in Wahrheit wollte ich ihm nur so nahe wie möglich sein.

Es machte ihm nichts aus. Vielleicht wollte er mich auch ganz nahe bei sich haben.

Wir sprachen nicht viel, zumindest für eine Weile. Ich hatte das Gefühl, als hätte ich in letzter Zeit nichts anderes getan, als zu reden, und die Pause tat gut. Keine Worte zu brauchen. Es würde nicht so bleiben, aber das war okay. Für den Moment genügte es.

Als Joe das Zimmer betrat, war es fast genauso gewesen wie beim allerersten Mal. Sein Blick war von hier nach dort gesprungen, während ich nicht sicher war, was Joe sah, wie sich das Zimmer vielleicht verändert hatte. Wie *ich* mich verändert hatte.

Aber ich sah den Moment, als sein Blick auf den kleinen Steinwolf fiel, der immer noch auf meinem alten Schreibtisch stand. Joe erstarrte, und das Heulen, das er daraufhin ausstieß, war mehr Wolf als Mensch, ein leises, verletztes Geräusch, das mir im Herzen wehtat. Er machte keine Anstalten, nach dem Wolf zu greifen, streckte nicht einmal den Arm aus, um ihn zu berühren, aber er wusste, was es bedeutete, dass der Wolf noch da war. Für mich. Für ihn.

Dann, als wir auf dem Bett lagen, konnte er die Augen nicht mehr von mir lassen. Sein Blick wanderte über mein Gesicht, als versuchte er, sich alles ein weiteres Mal genau einzuprägen.

Ich kann nicht behaupten, dass ich etwas anderes getan hätte. Ich fragte mich, welche Narben ich sehen würde, wenn Joes Wunden nicht so unglaublich schnell heilen würden. Welche Geschichten sie erzählen würden. Ich hatte selbst einige: auf meinem Bauch, auf meinem rechten Arm. Am schlimmsten war die auf meinem Rücken, wo mich der Omega in der Nacht von Thomas' Tod erwischt hatte. Meine Narben erzählten meine Geschichte. Joes Geschichte war unsichtbar.

Die Welt außerhalb des Zimmers bewegte sich weiter, aber wir ignorierten sie.

Joe streckte die Hand aus und fuhr mit den Fingern meine Augenbrauen nach. Meine Wange. Meine Stirn. Die Spitze meiner Nase. Als er meinen Mund berührte, küsste ich sie, drückte meine Lippen ganz leicht auf seine Fingerkuppen.

Ich wollte ... mehr von ihm. Mehr, als ich je von jemandem gewollt hatte. Ich hätte es mir nehmen können, und er hätte es mir gegeben, alles.

Aber ich konnte nicht. Noch nicht. Ich glaubte, dass ich bereits dabei war, ihm zu verzeihen, aber noch nicht ganz. So weit war ich noch nicht.

Und ich musste an mein Rudel denken. An das Revier, das ich beschützen musste.

Ich wollte nicht sprechen.

Aber es ging nicht anders.

»Joe«, sagte ich.

»Ja, Ox«, erwiderte er, und für einen Moment verschlug es mir den Atem. Denn so oft ich mir vorgestellt hatte, dass er endlich wieder bei mir war, hier, in meinem Bett, ich hatte nicht damit gerechnet, dass es sich *so* anfühlen würde.

Joe musste gehört haben, wie mein Herz ins Stolpern geriet, denn er drückte seine Hand auf meine Brust. Der Winkel war ungünstig, und er hatte nicht genug Platz, aber es funktionierte trotzdem.

Mein Puls wurde wieder langsamer, beruhigte sich.

»Ich muss es wissen«, sagte ich schließlich.

Joe stieß ein leises Brummen aus, und seine Augen funkelten.

»Er wird herkommen.«

»Ja.«

»Ein weiteres Mal.«

»Ja.«

»Warum?«

Joes Zähne wurden spitzer. »Weil er kein Mensch mehr ist. Er hat sich an seinen Wolf verloren. Ich glaube, er erinnert sich nicht einmal mehr daran, wie er als Mensch war. Ein Wolf ... denkt anders, Ox. Du bist immer noch du, du bist immer noch da, aber du bist ein anderer. Wenn du dich verwandelt hast, geht es nicht mehr um Vernunft, sondern um deine Urinstinkte. Die Dinge sind eher schwarz und weiß. Es ist die menschliche Seite, die in Grautönen denkt. Er hat diese Art zu denken verloren. Er hat seine Menschlichkeit aufgegeben, weil er die Menschen für die Auslöschung seiner Familie verantwortlich macht. Das genügt ihm.«

»Warum jetzt?«

Ich spürte, wie Joes Krallen sich in meine Brust gruben, während er mich weiter unverwandt ansah. »Weil er wusste, dass ich dann zurückkommen würde. Er brauchte Zeit, um sich zu erholen, seine Wunden zu lecken und wieder zu Kräften zu kommen. Er hat den Kurs geändert, aber das Ziel ist das gleiche. Dass er die Kings ausgelöscht hat, war eine Botschaft, und die Tötung von David war die letzte. Alles deutet nach Green Creek.«

»Er kreist uns ein.«

Joe lachte bitter. »Zieht die Schlinge zu, würde ich eher sagen. Er hat die Drohungen gegen dich immer eindeutiger werden lassen, weil er wusste, dass ich dann keine andere Wahl mehr haben würde, als nach Hause zu kommen.«

»Du hast immer eine Wahl.«

Seine Miene wurde weicher. »Nicht, wenn es um dich geht.«

Ich konnte es kaum noch ertragen. Meine Haut kribbelte, und ich verspürte das Bedürfnis, ihn zu berühren, ihn zu markieren und zu beißen, aber zuerst musste ich das hier zu Ende bringen. Ich musste es wissen.

»Was sollen wir tun?«

Joe seufzte. »Was wir tun *müssen*. Ich habe es satt, wegzulaufen, Ox. Ich habe es satt, Schatten hinterherzujagen. Alles, was ich will, ist, hier zu leben, wie mein Vater es getan hat. Da, wo auch er zu Hause war. Jetzt gehört das Revier dir, und das ist okay für mich. Ich habe kein Problem damit und mit dem, was du bist. Aber ich will, dass es auch meins ist. Ich will, dass es *unser* Zuhause ist. Wenn du es zulässt. Wenn du mich haben willst.«

Zweifel. »Aber ich bin ein ...«, begann ich.

»Nein«, knurrte Joe. »Das darfst du nicht sagen. Du *bist* kein Niemand.«

Joe wusste es. Diese Restängste, die mich einfach nicht losließen, ein Überbleibsel aus der Zeit, in der ich nicht geglaubt hatte, dass ich es je zu etwas bringen würde. Inzwischen konnte ich an der Art, wie manche Leute mich ansahen, erkennen, dass ich ihnen etwas bedeutete. Aber das hieß nicht, dass ich mich nicht immer noch wie ein Kind fühlte, das Erwachsener spielt. Oder wie ein Schaf im Wolfspelz. Es war eine Maske, die ich trug, und das machte ich gut.

Das Komische war nur, dass ich Joe beinahe glaubte.

»Ox«, sagte er frustriert. »Wie kannst du das nicht sehen?«

»Ich bin ein Mensch«, erwiderte ich, als ob das alles erklären würde.

Für mich tat es das.

Joe lächelte. »Ich weiß. Das ist ja das Gute.«

Wir flüsterten jetzt, als ob es unwahr würde, wenn wir lauter sprächen.

Ich fragte: »Was sollen wir tun?«

Er sagte: »Was immer wir können.«

Ich sagte: »Ich weiß nicht, ob ich das allein schaffe.«

Er sagte: »Das musst du auch nicht. Ox, verstehst du denn nicht? Ich bin jetzt hier. Wenn du mich lässt.«

Ich sagte: »Du darfst nicht wieder gehen. Das kannst du nicht. Selbst wenn er kommt. Selbst wenn er wieder wegläuft. Joe, du darfst uns nicht noch einmal verlassen. Oder *mich*.«

Er sagte: »Das werde ich nicht«, und ich hörte das Versprechen hinter seinen Worten, den unerschütterlichen Entschluss. Joe Bennett war vieles, aber ein Lügner war er nicht. Ich war immer noch wütend auf ihn, ein bisschen zumindest, und er hatte mein Vertrauen fast verspielt, aber Joe Bennett würde mich nie belügen. Nicht in dieser Sache. Nicht bei etwas, das so viel bedeutete.

Ich glaubte ihm.

Deshalb kann man mir vielleicht auch keinen Vorwurf machen, dass ich mich auf ihn stürzte, in meinem Kopf nur *jetzt* und *endlich* und *JoeJoeJoe!* Er stöhnte, aber ich schluckte es hinunter, mein Mund auf seinem, hektisch und rau. Joes Hände umfassten mein Gesicht und hielten mich fest. Abgesehen von seinem Geschmack auf meinen Lippen konnte ich nur an das letzte Mal denken, als wir so nebeneinandergelegen hatten. Damals hatten wir Abschied genommen, aber jetzt war alles *Hallo, hi, ich kann nicht glauben, dass du wieder da bist!*

Am Anfang war es unbeholfen, schief, zu viele Zähne und zu viel Speichel. Mir wurde klar, dass ich wahrscheinlich erst der Zweite war, den Joe in seinem Leben küsste. Frankie war nur eine kurze Episode gewesen, und ich wollte nicht wissen, wie weit die beiden miteinander gegangen waren.

Also beruhigte ich Joe, so gut ich konnte, verlangsamte das Tempo und zog es in die Länge. Er atmete bereits schwer, als ich mit meiner Zunge über seine Lippen strich. Mit einem kleinen, leisen Geräusch öffnete er seinen Mund, und meine Zunge berührte seine.

Gerade noch hatte ich mich über ihn gebeugt, dann lag ich plötzlich flach auf dem Rücken mit einem Alpha-Werwolf auf mir.

Ein Knurren drang aus Joes Brust, während sich seine Nase an meinem Hals entlang bis hinter mein Ohr bewegte und er mich einatmete. Seine Lippen folgten, bliesen kleine Atemwölkchen auf meine Haut, um seinen Duft mit meinem zu vermischen.

Dann streckte er sich auf mir aus, und wenn es irgendeinen Zweifel gegeben hatte, ob wir wirklich gleich groß waren, dann verflogen sie spätestens jetzt, denn unsere Köpfe und Füße lagen direkt übereinander. Joe drückte sich an mich und ich spürte seinen harten Schwanz an meinem.

Ich legte meine Hand um seinen Hinterkopf und presste sein Gesicht an meinen Hals. Er keuchte jetzt, als wäre es fast zu viel für ihn, während seine Lippen und seine Zunge an meinem Kiefer entlangwanderten, bis er mich wieder küsste. Joe war immer noch unsicher, seine Küsse schüchtern und ungeübt. Aber es fühlte sich echter an als bei allen, mit denen ich je zusammen gewesen war.

Ich ließ Joes Kopf los und ließ meine Hand über seinen breiten Rücken gleiten, wollte seine Haut spüren, seine Wärme.

Joes Hemd verrutschte, als ich ihn herumdrehte und mich auf ihn setzte. Er stöhnte in meinen Mund, als sich unsere Schwänze kurz berührten und dann nebeneinander zu liegen kamen.

Joe zog sich ein winziges Stück zurück, seine Lippen berührten die meinen immer noch, als er stammelte: »Ich weiß nicht, wie das geht, ich hab das noch nie gemacht, ich weiß nicht, was ich tun soll.« Seine Augen waren jetzt so rot, wie ich es noch nie gesehen hatte, als würde dahinter ein Feuer brennen.

»Ja«, keuchte ich. »Aber *ich* weiß es, du brauchst dir keine ...«

Eigentlich hätte ich wissen müssen, dass man seinem Partner niemals von vergangenen sexuellen Erfahrungen erzählen darf, während man gerade mit ihm im Bett ist. Vor allem nicht, wenn es sich dabei um einen extrem erregten Alpha handelt. Ich hatte die Worte kaum ausgesprochen, da lag ich wieder auf dem Rücken, meine Hände auf die Matratze gedrückt.

»Du hast gesagt, es wäre nichts passiert, während ich weg war«, knurrte Joe mit scharfen Zähnen und unfassbar hellen Augen, während seine Hüften bebten, als hätten sie noch nicht mitbekommen, dass er sauer war.

Nicht, dass er ein Recht dazu hatte. »Es ist auch nichts passiert«, schnauzte ich zurück. »Ich habe dir gesagt, dass ich ...«

»*Nichts*«, wiederholte er und rollte lasziv mit den Hüften.

Ich konnte nicht verhindern, dass meine Lider flackerten und meine Zunge vorschnellte, um meine Lippen zu befeuchten.

»Joe«, sagte ich, und er tat es wieder, fester diesmal.

»Sag es«, fauchte er, drückte seine Stirn gegen meine und ließ seine Hüften kreisen, wieder und wieder. »Sag es, Ox.«

Es war krank, irgendwie. Ich wusste, was er wollte, was es für den Wolf in ihm bedeutete, wie besitzergreifend es war und wie sehr es mir gegen den Strich ging. Ich war schließlich kein *Ding*.

Aber, verdammt, es törnte mich mehr an als alles andere.

Der Alpha in mir knirschte mit den Zähnen, doch es gab auch noch den anderen Teil, den weit größeren, der ganz Ox war, der sagte, *ja, ja, ja*.

»*Sag es*«, knurrte der Wolf neben meinem Ohr.

»Ja«, krächzte ich. »Ich gehöre dir, Joe. Ich gehöre dir.«

Ein Zittern durchlief ihn, und er atmete scharf ein, als hätte er nicht erwartet, dass ich tue, was er sagt. Keine Ahnung, warum, aber er hatte tatsächlich nicht damit gerechnet.

Aber der Anfang war gemacht. Denn Joe ließ seine Hüften weiter kreisen und zog sein Hemd über den Kopf. Seine breite Brust, die feinen Haare darauf und der wie gemeißelte Bauch kamen zum Vorschein, dann stützte er die Hände links und rechts von meinem Kopf ab und beugte sich zu mir herunter. Seine Brustwarzen schimmerten dunkel.

Ich nahm eine zwischen meine Finger und zwickte hinein, beobachtete, wie Joes Bauch sich zusammenzog und sein Mund aufklappte. Und weil ich es konnte, richtete ich mich auf, schlang meine Arme um ihn, drückte ihn an mich und leckte über die Stelle, wo eben noch meine Finger gewesen waren. Sein Nippel wurde hart unter meiner Zunge, und ich fuhr mit meinen Zähnen über seine Haut, nur um zu spüren, wie Joe zitterte.

Sein Schwanz presste durch den Stoff seiner Jeans gegen mich, aber dafür war ich noch nicht bereit. Während ich seine Haut mit meinen Zähnen bearbeitete, griff er über meine Schulter und zerrte an meinem Arbeitshemd, bis er es samt dem Tanktop darunter bis zu meinem Hals hochgezogen hatte. Ich beugte mich leicht nach vorn, damit er mir beides ausziehen konnte. Und überall war seine Haut. Joe brannte heiß, fast fiebrig, als er mir den Kopf in den Nacken drückte und mich erneut küsste, grob und feucht. Joe schmeckte so, wie ich es mir vorgestellt hatte, rein und voller Kraft. Er nahm mein Gesicht zwischen die Hände, während ich meine eigenen nach unten bewegte, um seinen Hintern zu umfassen und ihn noch enger an mich zu ziehen.

Joe murmelte meinen Namen gegen meine Lippen, dann verbissen sich seine Zähne in meinem Hals und er begann zu saugen.

Irgendetwas in mir veränderte sich bei dem Gedanken, dass er mich markieren wollte. Ich versuchte, ihn dazu zu bringen, fester zu saugen, fester zu beißen. Ich wollte, dass es jeder sehen würde, dass niemand einen Zweifel haben konnte, von wem die Markierung stammte. Solche Gedanken hatte ich noch nie im Leben gehabt, aber ich war auch nie mit jemandem wie Joe zusammen gewesen.

Ich schob meine Hände zwischen uns und tastete nach seinem Hosenschlitz, verfehlte ihn und berührte stattdessen den harten Abdruck seines Schwanzes. Es war ein Versehen, aber ich tat es wieder, als ich ihn an meinem Hals wimmern hörte, fester diesmal, bekam ihn aber nicht richtig zu fassen. Schließlich drückte ich seinen Oberkörper nach hinten. Mit roten Augen und halb geschlossenen Lidern blickte Joe zwischen uns hinunter. Seine Lippen waren geschwollen und feucht, und ich dachte triumphierend, dass *ich* das getan hatte, dass er wegen *mir* so aussah.

Mit einer geübten Drehung meines Handgelenks machte ich seine Jeans auf, was Joe prompt ein Knurren entlockte. Ich ignorierte ihn. Es stand ihm nicht zu, sich über meine Erfahrung zu beschweren. Vor allem, wenn er derjenige war, der gleich davon profitieren würde.

»Mein Gott«, murmelte ich. »Trägst du nie Unterwäsche?«

Er grinste wild. »Ich hatte gewisse Hoffnungen.«

Ich schnaubte und fuhr mit meinen Fingern an seinem Schwanzansatz entlang, spürte, wie seine drahtigen Schamhaare an meinem Handrücken kratzten. Sein Atem stockte, und ich konnte kaum fassen, wie heiß er war, dass er hier war, dass wir zusammen waren und *ich* es war, der Joe in diesen Zustand versetzt hatte. Der Gedanke, dass ich der Einzige war, der das je mit ihm gemacht hatte – da war ich mir jetzt absolut sicher –, verstärkte mein Gefühl von Macht nur noch. Dass ich der Einzige war, der ihn je so gesehen hatte.

Und der Einzige, der ihn je so sehen wird, flüsterte eine kleine Stimme in meinem Kopf, aber ich drängte sie zurück. Denn es war zu viel, einfach zu viel für mich, auch wenn mein Reptilienhirn *ja, ja, ja* sagte.

Ich zog Joes Schwanz – immer bedacht auf den Reißverschluss – heraus. Er war unbeschnitten und halb steif, etwas dünner als meiner und vielleicht ein bisschen länger. Mein Gehirn erlitt einen Kurzschluss, als ich das Gewicht in meiner Hand spürte. Wölfe brennen warm, und Joe *glühte*. Ich drückte vorsichtig zu und beobachtete, wie die Vorhaut zurückglitt, während Joe stöhnend in meine Hand stieß.

»Ox«, sagte er mit gepresster Stimme.

»Ich weiß«, erwiderte ich leise und verstärkte meinen Griff.

»Du musst ...«

»Ich weiß.«

»*Tu* was!«

Ich ließ Joes Schwanz los, und er atmete so heftig aus, als hätte er einen Schlag in die Magengrube bekommen. Bevor er protestieren konnte, hob ich meine Hand an sein Gesicht und sagte: »Leck.«

Er fragte nicht einmal, fuhr mit seiner Zunge über meine Handfläche, leckte zwischen den Fingern, nahm schließlich zwei davon in den Mund und speichelte sie vollständig ein. Ich musste die Zähne zusammenbeißen, um ihn nicht zurückzustoßen und mir auf der Stelle zu nehmen, was ich wollte. Aber hier ging es nicht um mich. Noch nicht. Es musste gut für *ihn* werden.

Ich zog meine Hand zurück.

»Was hast du ...«, wimmerte Joe und verstummte, als ich seinen Schwanz wieder packte und meine feuchte Hand auf- und abgleiten ließ. Er packte mich an den Schultern, die Krallen ausgefahren, aber sie gruben sich nicht in meine Haut, während ich ihm einen runterholte. Seine Bauchmuskeln spannten sich, ich beugte mich vor und leckte seine Brust ab. Dann schlang er seine Arme um meinen Nacken und zog mich so eng an sich, dass zwischen uns kaum noch Platz für meine Hand war. Joe knurrte mir ins Ohr, ein langgezogenes Schnurren, mit dem ich ihn später aufzog.

Ich fuhr mit dem Daumen über seine Eichel, und seine Hüften zuckten. Ich stöhnte, und mein Schwanz drückte schmerzhaft gegen meinen Reißverschluss, der nun unter seinem Hintern eingeklemmt war. So konnte ich nicht kommen, und ich wollte es auch gar nicht. Ich war kein kleiner Junge mehr und hatte es nicht nötig, in meine Jeans abzuspritzen.

Mein Mund wanderte weiter bis zu seinem Hals, und erst später fiel mir auf, dass Joe nicht zusammengezuckt war, sich nicht von mir losmachte, sondern seine Kehle vor mir entblößte, als wäre nichts dabei, als wäre er kein Alpha, der solche Dinge schlicht nicht *tut*.

Die Kehle ist eine verletzliche Stelle. Betas entblößen sie als Zeichen der Unterwerfung vor ihrem Alpha. Sogar die Menschen in meinem Rudel taten es, wenn sie mich sahen, wenn auch wahrscheinlich unbewusst.

Aber Joe warf seinen Kopf in den Nacken, als wäre er noch nie im Leben bedroht worden, als wäre er nie verletzt worden, und ich grub meine Zähne in seinen Hals – nicht so fest, dass er blutete, aber genug, damit er es spürte. Sein Wolf war jetzt nahe an der Oberfläche, den Geräuschen nach zu urteilen, die er von sich gab, und auch ich war mehr Tier als Mensch. Worte wie *mein*, *Gefährte* und *Besitz* hallten durch meinen Kopf.

Es war nicht genug.

Ich stieß Joe zurück und zog seine Jeans mit einem Ruck über seine Hüfte und die kräftigen Oberschenkel. Er zitterte vor Erregung und half mit zappelnden Bewegungen mit, stöhnte frustriert, als die Hose an seinen Füßen hängen blieb. Seine Augen waren jetzt wieder blau, aber sein Gesicht war rot und glänzte von Schweiß.

Dann packte ich seine Jeans und zog sie mit einem Rück über seine Füße. Joe Bennett lag nackt auf meinem alten Bett und wartete darauf, dass ich es ihm besorgte. Sein Schwanz ragte in Richtung seines Bauches. Seine Eier lagen auf seinen behaarten Oberschenkeln, und ich wollte mit meinen Händen und meiner Zunge darüber fahren, wollte anfassen, wollte schmecken.

Joe war das Wertvollste, was ich hatte.

Und zumindest für den Moment *hatte* ich ihn. Was auch immer später passieren würde, das konnte mir niemand mehr nehmen.

»Was ist los?«, fragte er nervös.

»Nichts«, krächzte ich. »Ich bin nur ... Du bist hier.«

»Ja«, sagte er. »Ja, Ox. Ich bin hier.«

Er hob seinen Fuß und stupste mit einem Zeh gegen meine Brust. Ich hielt ihn fest und drückte ihm einen Kuss auf den Knöchel, und Joe wand sich unter mir, als ich meinen Atem auf seine

Haut blies. Dann küsste ich seine Wade und knöpfte meine Jeans auf. Der Druck ließ etwas nach, und das reichte für das, was ich vorhatte. Zurück blieb nur ein leichter Schmerz, und den wollte ich genießen.

Ich arbeitete mich hoch bis zu Joes Knie, und er lachte, als ich es auf der Innenseite küsste.

Ich sah ihn mit hochgezogenen Augenbrauen an.

Joe verdrehte die Augen und schnaubte ungeduldig.

»Brauchst du irgendwas?«, fragte ich, ohne sein Bein loszulassen.

»Du Bastard. Du weißt genau, was ich jetzt brauche.«

»Ich habe keine Ahnung, wovon du redest.«

»Fick dich, Ox.«

»Das kannst du gerne machen.«

Sein Kiefer klappte nach unten.

Ich zuckte die Achseln.

Er versuchte, sein Bein wegzuziehen.

Ich ließ ihn nicht, sondern packte auch noch das andere, drückte seine Oberschenkel gegen seine Brust und legte mich auf ihn.

Joe war mir ausgeliefert. Sein Schwanz war gegen seinen Bauch gepresst, seine Eier waren zwischen seinen angewinkelten Beinen nach oben gezogen. Sein Anus war von weichen Haaren umgeben, und ich wollte mein Gesicht darin vergraben, seinen Duft, seinen Geruch in mich aufnehmen.

»Ox«, keuchte er, als wüsste er, was ich dachte, als wüsste er, was ich vorhatte.

»Alles okay«, sagte ich. »Es wird dir gefallen.«

Joe schrie auf, als ich mit meiner Zunge von seinem Anus bis zu seinen Eiern leckte, versuchte, mich gleichzeitig wegzustoßen und noch enger an sich zu ziehen. Ich hatte das noch nie gemacht, nicht richtig, und wusste nicht, ob er wollte, dass ich ihn fickte oder er mich. Aber so oder so, ich wollte, dass er nass von meiner Spucke war.

»Halt deine Beine fest«, sagte ich und legte mehr Alpha in meine Stimme, als ich es hätte tun sollen. Joe zögerte nicht, griff in seine Kniekehlen und hielt sie fest. Seine Krallen waren immer noch ausgefahren, und ich positionierte seine Finger so, dass er sich nicht verletzen konnte. Dann richtete ich mich auf.

Es war berauschend, Joe so zu sehen, ihn auf dem Rücken liegend vor mir zu haben, während er auf mich wartete. Ein Gefühl von Macht durchströmte mich. Ich wusste nicht, ob es daran lag, dass er ein Alpha war, oder daran, dass er Joe war, oder an einer Kombination aus beidem. Meine Sicht verschwamm, und einen Moment lang war mir fast schwindelig.

Joe begann sich unter meinem Blick zu winden, und die Röte auf seinem Gesicht breitete sich bis auf seine Brust aus.

»Du machst das gut«, sagte ich. »Du machst das sehr gut.«

»Ox«, flehte er und sog scharf die Luft ein.

»Gleich«, sagte ich und ließ einen dünnen Spuckefaden auf seinen Anus tropfen. Joe beobachtete mich stöhnend zwischen seinen Beinen hindurch, während ich die Spucke verrieb, ohne einzudringen, aber mit genug Druck, dass es nahe dran war. Ich drückte seine Arschbacken auseinander, beugte mich noch näher heran und bearbeitete ihn mit der Zunge. Joe gab leise Geräusche von sich, während ich ihn ausleckte, sagte immer wieder meinen Namen, während ich meine Zunge den Damm hinaufzu seinen Eiern gleiten ließ, sie ableckte und in den Mund nahm, erst das eine, dann das andere. Dann schlug ich seine Hände von seinen Knien weg und drückte seine Füße flach aufs Bett.

Ich gab ihm keine Gelegenheit, Fragen zu stellen, sondern leckte einfach von der Basis seines Schwanzes bis zur Spitze. Joe stieß einen heiseren Schrei aus und versuchte, seine Hüfte aufzubäumen, aber ich hielt ihn unten. Ich züngelte an dem Schlitz in seiner Eichel und schmeckte seinen Lusttropfen. Ich vertraute auf meine Erfahrung und saugte ihn ein, bis die Eichel gegen meinen Rachen stieß, atmete durch die Nase, während Joe keuchte und seine Hüften zitterten, als ob er sich zurückhalten würde. Ich sah ihn durch meine Wimpern hindurch an. Seine Augen glühten rot, und seine Zähne waren wieder länger, als könnte er die Verwandlung nicht mehr hinauszögern.

Ich zog mich mit einem feuchten Schmatzen zurück und sagte: »Du musst dich nicht zurückhalten.«

Joe erschauerte, dann bearbeitete ich ihn weiter, zog an seinen Eiern, drehte sie sanft. Mein eigener Schwanz lugte aus meiner Unterhose und ich drückte meine Hüften gegen das Bett.

Joe akzeptierte meine Erlaubnis und stieß vorsichtig in meinen Mund. Ich nahm seine Hand und legte sie an meinen Hinterkopf. Er grunzte, seine Krallen schrumpften und verschwanden.

Seine Bewegungen wurden heftiger, waren ungeschickt, bis er seinen Rhythmus fand. Seine Finger gruben sich in meine Haare und zogen gerade so fest, dass es leicht wehtat, aber nicht so stark, dass es mich abgelenkt hätte.

Ich sog meine Wangen ein, und Spucke tropfte an den Seiten von Joes Schwanz herunter, während er meinen Mund benutzte. Ich musste kurz würgen, meine Augen tränten, aber ich unterdrückte den Reiz.

»*So gut*«, murmelte er, unterbrochen von einem Knurren. »So verdammt gut, Ox. Ich wusste es. Ich wusste, dass du ...« Er warf den Kopf zurück und entblößte erneut seinen Hals, was meine Lust nur noch steigerte.

Ich richtete mich ruckartig auf, wollte nicht, dass er jetzt schon kam. Nicht so.

Joe sah mich mit glänzenden Augen und einem Mund voller Reißzähne an.

Ich vergewisserte mich, dass er immer noch hersah, schob meine Jeans und die Unterhose über meine Hüften. Mein Schwanz kam frei und klatschte gegen meinen Bauch. Joe knurrte mich an und krallte die Finger in die Bettdecke. Ich schob meine Jeans so weit wie möglich nach unten, dann legte ich meine Hände auf seine Brust. Joe ließ die Arme sinken und klemmte meine Finger mit seinen Bizepsen ein. Wir waren fast auf Augenhöhe, und keiner von uns blinzelte, während ich aufstand und meine Jeans mit den Füßen ganz herunterschob. Ein Bein kam frei, dann das andere, und Joe zog mich an sich, um mich zu küssen. Ich hielt dagegen, blieb gerade außerhalb seiner Reichweite.

Joe fletschte die Zähne.

Ich grinste.

»Ox«, sagte er. »Komm einfach her.«

Ich beugte mich langsam zu ihm herunter. Er beugte sich vor. Ich leckte ihm über die geöffneten Lippen. Wir wussten beide, dass er mich mit Leichtigkeit an sich ziehen konnte, dass er immer der Stärkere von uns beiden sein würde, aber das war egal. Alles, was in diesem Moment zählte, war, dass *ich* die Kontrolle hatte und er es zuließ.

Ich gab ihm den Kuss, den er so sehr wollte. Er lachte in meinen Mund, aber es wurde zu einem Stöhnen, als ich mich an ihn schmiegte, Brust an Brust, Schwanz an Schwanz. Er zog die Beine an, während er meine Zunge mit seiner verfolgte. Ich fuhr mit meiner Hand seinen haarigen Oberschenkel entlang und gab ihm einen leichten Stoß mit der Hüfte, sodass unsere Schwänze aneinanderrieben.

»Komm schon, komm schon«, sagte Joe in meinen Mund, und ich stieß fester zu.

Wir rieben uns aneinander, und mein Name löste sich in einem Seufzer, in einem Stöhnen von seinen Lippen.

»Ox, ich will ...«, sagte er, und ich knebelte ihn mit meiner Zunge, während er sein Becken von der Matratze hochdrückte, um mehr Reibung zwischen uns zu erzeugen. Ich drückte dagegen, so gut ich konnte, und spürte, wie sein Schwanz gegen meinen presste.

Das Kribbeln in meinem Becken sagte mir, dass wir kommen würden, wenn wir so weitermachten. Die Vorstellung, ihn mit meinem Sperma bedeckt zu sehen, hätte beinahe gereicht, um genau das zu tun. Der Gedanke, ihn zu markieren, damit alle mich an ihm riechen konnten ...

»Ox«, keuchte er in meinen Mund. »Ich will mehr. Bitte ...«

Wir schwitzten, die Luft im Raum wurde immer stickiger, und Joe wollte mehr.

Das wollte ich auch. Aber ich war nicht sicher, ob ich schon bereit dazu war. Nicht bei all dem, was drohend über uns schwebte.

Doch es gab noch andere Wege, ihn glücklich zu machen.

Ich richtete mich wieder auf.

Joe versuchte knurrend, mich an sich zu ziehen, aber ich schob seine Hände weg und griff in die Schublade in dem Tischchen neben meinem Bett. Eine Tube Gleitgel lag darin, die schon halb leer war, weil ich so oft damit masturbiert hatte, als Joe weg war. Jetzt würde ich dasselbe für ihn tun.

»Ja«, keuchte er, als er die Tube sah. »Ja, Ox. Ich verspreche, ich werde meine Sache gut machen.«

Ich schüttelte den Kopf. »Nicht das.«

Joe sah verletzt aus, auch wenn seine Pupillen sich weiteten. »Aber ...«

»Noch nicht«, beharrte ich. »Du weißt, warum. Vertraust du mir?«

Joe zögerte nicht, wie ich es erwartet hatte, sondern sagte einfach: »Ja.«

»Ich werde dich glücklich machen«, versprach ich ihm. »Und eines Tages werde ich dich ficken, bis du nicht mehr laufen kannst. Und danach kannst du das Gleiche mit mir machen.«

Sein Schwanz zuckte auf seinem Bauch. Joe streichelte ihn, den Blick fest auf mich gerichtet. »Versprochen?«

»Ja, Joe«, antwortete ich. »Versprochen.«

Ich öffnete die Tube und strich mir etwas von dem Gel auf die Finger, bis sie glitschig waren. Dann ließ ich die Flasche fallen und griff zwischen seine Beine. Joe sah es und spreizte die Beine noch weiter. Meine Finger berührten seinen noch von meiner Zunge feuchten Anus, und er hob seine Hüfte ein Stück an, als ich leichten Druck ausübte.

»Hast du das schon mal gemacht?«, fragte ich ihn mit leiser Stimme.

Er nickte eifrig.

»Du hast dich mit deinen Fingern selbst gefickt?«

»Ja«, stöhnte er und versuchte, seinen Hintern noch weiter in meine Richtung zu schieben.

»War's gut?«

»Ich konnte nie genug bekommen«, sagte er schwer atmend. »Ich hab irgendwie ...«

Ich schob einen Finger bis zum ersten Gelenk hinein. Joes Hand, die immer auf seinem Schwanz war, hielt inne.

»Atme«, sagte ich. »Atme einfach.«

Er nickte, während ich den Finger langsam tiefer hineinschob.

Joes Bauchmuskeln zogen sich zusammen, als ich den Finger fast ganz herauszog. Sein Anus war eng und glühte wie ein Ofen.

Ich schob den Finger wieder hinein.

Joes Augen rollten nach oben.

»Fass dich an«, sagte ich zu ihm. »Ich will zusehen.«

Er schüttelte hektisch den Kopf. »Nein. Ich will nicht kommen. Nicht so. Ox, du musst ...«

»Ich weiß, was du brauchst«, sagte ich, und er stöhnte, versuchte, sich mehr von meinem Finger zu nehmen, schob sein Becken vor und wieder zurück. »Und ich werde es dir geben. Nur nicht heute.«

Er sah mich mit glasigen Augen an und leckte sich über die Lippen. »Aber, Ox, ich ...«

»Wir werden es tun«, sagte ich, schob meinen Finger wieder ganz hinein und sah, wie sich Joes Brust blähte. »Wenn das hier vorbei ist, soll uns nichts mehr im Weg stehen. Dann kannst du mich für dich beanspruchen und ich dich für mich.«

Er stöhnte, als ich einen zweiten Finger dazu nahm. Sein Sack war jetzt kugelrund und fest. »Versprich es. Versprich es mir, Ox«, keuchte er.

»Ich verspreche es«, sagte ich und meinte es auch so. Es gab keine andere Möglichkeit. Vom ersten Tag an war alles zwischen uns darauf hinausgelaufen, auch wenn es eine drei Jahre lange Unterbrechung gegeben hatte. Ich musste nur über meine Wut hinwegkommen, bevor es wahr werden konnte.

Joe griff wieder nach seinem Schwanz und holte sich einen runter, langsam und gleichmäßig, wobei er mit dem Daumen über seine Eichel strich. Es war eine geübte Bewegung, von der er wusste, dass sie ihm gefiel.

Allein die Vorstellung, wie er das selbst gemacht hatte, auf seinen eigenen Fingern sitzend und seinen Schwanz reibend, törnte mich an. Mein eigener Schwanz pochte bei dem Gedanken und bei dem Anblick, der sich mir bot. Ich schaute nach unten und sah, wie meine Finger in seinem Hintern verschwanden. Ich musste meine Hand kaum bewegen, während er seine Hüfte runter und wieder rauf bewegte, runter und wieder rauf.

Die Spannung in Joes Körper wurde stärker, während ich ihn fingerte, und die Hand an seinem Schwanz bewegte sich schneller. Seine Nippel wurden hart, und ich wusste, dass er kurz davor war. Joe rief immer wieder meinen Namen, kleine Grunzlaute lösten sich tief aus seiner Brust. Seine Augen flackerten rot und ich nahm einen dritten Finger dazu. Joe knurrte mich mit spitzen Zähnen an. Sein Anus verengte sich um meine Finger, und gerade als ich wusste, dass er es nicht mehr lange aushalten würde, schlug ich die Hand auf seinem Schwanz weg und schluckte ihn bis zur Wurzel.

Joe stieß einen Schrei aus, seine Hände sprangen zu meinem Hinterkopf, seine Krallen ritzten meine Kopfhaut und meine Nase war in seinen Schamhaaren, als ich meine Finger noch fester in ihn hineinschob. Er kam in meinem Mund, heftige, bitter schmeckende Eruptionen. Ich verschluckte mich daran und richtete mich auf. Sein Sperma tropfte an meinem Kinn herunter, der letzte Spritzer klatschte gegen meine Wange.

Joe sah völlig ausgepumpt aus und versuchte, seinen Orgasmus zu verlängern, indem er weiter auf meinen Fingern ritt. Als ich sie herauszog, keuchte er und sah mit weit aufgerissenen Augen zu mir auf. Ich kniete über ihm und konnte nur noch daran denken, dass ich ihn markieren musste. Die Knutschflecke, die ich ihm machte, würden verblassen. Aber mein Geruch nicht.

Ich benutzte die Hand, die in seinem Anus gewesen war, für meinen eigenen Schwanz. Nicht vorsichtig und sanft, sondern roh und schnell, weil ich ihn mit meinem Geruch bedecken wollte.

»Ja«, sagte er mit dünner, heiserer Stimme. »Ich will es, Ox, ich will es.« Er griff nach meinen Eiern und drückte gerade so fest zu, dass ich vor Lustschmerz aufstöhnte. Ich spürte, wie sich der Schmerz an der Basis meiner Wirbelsäule aufbaute und kleine Blitze über meine Haut zuckten.

Meine Zehen krümmten sich, dann, als er zwei Finger gegen meinen Damm presste, kam ich auf seine Brust. Ich spuckte seinen Namen aus wie einen Fluch. Mein Sperma landete auf seiner Brust, seinen Nippeln, es floss über seine Schlüsselbeine und sammelte sich in dem Grübchen an seinem Hals.

Joe sah völlig am Ende aus. Ich hatte ihn in Besitz genommen, und das Gefühl in mir war unglaublich. Ich war noch nie so eins mit meinen Urinstinkten gewesen. Ich wusste nicht, ob es der Alpha in mir war oder ich selbst. Es spielte keine Rolle. Alle würden es wissen, und das war das Einzige, was für mich zählte.

Joe hob die Hände und fuhr mit den Fingern über das Sperma auf seiner Brust, verteilte es wie im Delirium auf seinem rechten Nippel.

Ich sackte neben ihm zusammen, das Bett knarrte unter unserem vereinten Gewicht, dann lagen wir schwer atmend nebeneinander. Unsere Schultern berührten sich, unsere Gesichter waren einander zugewandt, nur wenige Zentimeter voneinander entfernt. Joe berührte immer wieder das Sperma auf seiner Brust und verteilte es mit den Fingern. Ich küsste ihn, und er wimmerte in meinen Mund, als ich in seine Zunge biss und ihn sich selbst schmecken ließ, dann zog ich mich wieder zurück.

Joes Augen leuchteten rot, als er sagte: »Ich will dich beißen.«
»Ich weiß.«
Er sagte: »Ich will dich in Besitz nehmen. Ich will dir mit meinen Krallen Narben beibringen und meine Zähne in deinen Hals schlagen.«
»Ich weiß.«
Er sagte: »Du gehörst *mir*. Niemand sonst darf dich haben. Niemand sonst darf mit dir zusammen sein. Nicht so. Niemals. Hast du mich verstanden, Ox? *Niemals*. Du gehörst *mir*, und ich werde jeden töten, der glaubt, er kann dich mir wegnehmen.«
Und ich sagte: »*Ich weiß.*«

Erst später, viel später, lange nachdem die Nacht hereingebrochen und der schwarze Himmel draußen mit kalt funkelnden Sternen übersät war, sprachen wir wieder. Es war eine eigentümliche Art von Zufriedenheit, einfach nur dazuliegen und sich gegenseitig zu beobachten.

Ab und zu döste ich ein, und jedes Mal, wenn ich die Augen aufmachte, war Joe immer noch neben mir, sein Gesicht so nah, dass ich die einzelnen Wimpern erkennen konnte. Er hatte sich nicht viel bewegt, lag immer noch ausgestreckt da und fühlte sich wohl in seiner Nacktheit. Sein Schwanz lag schlaff auf seinem Oberschenkel. Mein Sperma war getrocknet, kleine weiße Nester verklebten seine Brusthaare. Es würde ihn einige Mühe kosten, sie wieder abzubekommen, aber das schien ihn nicht zu stören.

Ich war derjenige, der das Schweigen schließlich brach.

Ich wollte es nicht.

In einem Moment öffnete ich die Augen, und im nächsten sagte ich: »Du hättest nicht gehen sollen.«

Es war nicht das, was ich sagen wollte.

Joe seufzte. »Ich weiß.«

»Wir hätten es gemeinsam tun sollen.«

»Ich weiß, Ox. Aber es ist geschehen, und ich kann nichts mehr daran ändern.«

Am liebsten wäre ich immer noch wütend auf ihn gewesen, so wütend, aber ich konnte es nicht. Nicht, wenn er hier neben mir lag und man ihm immer noch ansah, dass er gerade Sex gehabt hatte.

Ich nickte langsam. »Okay«, sagte ich und fragte mich, ob es wirklich so einfach sein konnte.

Joe zog eine Augenbraue hoch. *»Okay?«*

»Okay.«

Er grinste mich breit an, dann verblasste das Strahlen wieder. »Müssen wir über Jessie reden?«, fragte er.

»Was ist mit ihr?«

»Na ja, das ... Warum, denke ich.«

»Warum was?«

Er sah mich finster an. »Warum ist sie in deinem Rudel?«

Ich konnte mir nur schwer ein Augenrollen verkneifen. »Warum? Bist du etwa eifersüchtig, Joe Bennett?«

»Nein.«

»Okay.«

»Ich verstehe nur nicht, warum sie in deiner Nähe sein muss. Oder in deinem Rudel. Oder überhaupt am Leben.«

Ich rollte mich auf ihn, er lachte, und unter mir waren *Meilen* von nackter Haut. »Sie hat uns geholfen, wieder heil zu werden«, sagte ich.

Joe musterte mich und suchte in meinem Gesicht nach irgendetwas. »Und, bist du es wieder?«, fragte er schließlich.

Statt zu antworten, küsste ich ihn. Denn ich wusste nicht, wie ich in Worte fassen sollte, dass ich noch *nicht* heil war, zumindest nicht vollständig.

Ich dachte über all die Dinge nach, die ich nicht wusste. Was Joe durchgemacht hatte, während er weg war. Vielleicht würde ich eines Tages alles erfahren, was mit ihm passiert war. Ihnen. Aber vielleicht war das im Moment nicht so wichtig. Größere Dinge kamen auf uns zu, und danach hätten wir immer noch genug Zeit.

Denn egal, was Richard Collins tat, ich würde nicht zulassen, dass er Joe Bennett auch nur ein Haar krümmte. Nie wieder.

Wehtun /
Unser verdammtes Rudel

Die beiden Rudel hatten sich im Haus am Ende des Feldwegs versammelt. Meines auf den Sofas, auf dem Boden, lässig, als gehörten sie hierher. Zumindest die meisten. Robbie war angespannt.

Joes Rudel stand etwas abseits, Carter und Kelly lehnten in der Nähe des Fensters an der Wand, Gordo stand betont aufrecht und mit hinter dem Rücken verschränkten Händen neben ihnen.

Es gab eine Kluft. Sie war deutlich zu sehen.

Aber Joe ... Er stand neben mir, Seite an Seite und so nahe, dass wir uns bei jedem Atemzug berührten. Die Wölfe wussten es. Natürlich wussten sie es. Sie konnten die vergangene Nacht an uns riechen. Ich empfand eine eigenartige, wilde Befriedigung darüber. Bis ich Elizabeth in die Augen sah und knallrot wurde, obwohl sie lediglich amüsiert wirkte.

Alle warteten darauf, dass wir als Erste etwas sagten. Sogar die Menschen.

»Also«, begann ich und versuchte, nicht nervös zu werden. »Wir haben ein paar Dinge zu besprechen.«

»Zum Beispiel, dass du nicht geduscht hast«, warf Carter lässig ein. »Im Ernst, Joe, wir haben's verstanden. *Großer Gott!*«

Joe weigerte sich, sich zu schämen, und das war in Ordnung so. Schließlich schämte ich mich für uns beide. »Verdammt richtig«, erwiderte er selbstgefällig.

»Was zum Teufel ...?«, murmelte ich.

Joe zwinkerte mir zu.

»Geht es um das, was ich denke?«, fragte Tanner.

»Oje«, meinte Rico. »Das könnte peinlich werden.«

»Nur wenn wir es peinlich *machen*«, sagte Chris sachlich. Dann: »Was wir natürlich tun werden.«

»Wir könnten sie beide erzählen lassen und ihre Geschichten dann vergleichen«, schlug Jessie boshaft vor.

»Richtig«, knurrte Chris und starrte seine Schwester an. »Aber das lassen wir lieber, denn ich würde meinem Alpha nur ungern ins Gesicht schlagen.«

Jessie verdrehte die Augen. »Ich bitte dich, Ox ist viel stärker als du.«

»Wie auch immer«, sagte ich spitz, bevor das Ganze noch völlig außer Kontrolle geriet. »Joe und ich haben uns unterhalten und ...«

Carter und Kelly husteten lautstark.

Joe knurrte sie mit roten Augen an, aber sie grinsten nur, als wäre es ihnen egal. Es war das erste Mal, dass sie sich so benahmen wie vor ihrem Aufbruch. Ich fragte mich, ob es daran lag, dass sie bereits wussten, was wir sagen würden.

»... beschlossen zu sehen, ob es funktionieren könnte«, beendete ich meinen Satz.

»Ob *was* funktionieren könnte?«, fragte Robbie mit gerunzelter Stirn.

»Wir«, antwortete Joe, bevor ich etwas sagen konnte. Er sah Robbie an. »Als ein gemeinsames Rudel.«

Mein Rudel blieb größtenteils still. Die Menschen schauten lediglich neugierig. Mark und Elizabeth sahen zufrieden aus. Robbies Miene war undurchdringlich.

»Wie soll das funktionieren?«, fragte Tanner. »Ihr wärt *beide* der Alpha?«

Ich nickte.

»Wir kennen ihn nicht«, sagte Rico. »Wir kennen nur dich. Und ihr wollt, dass wir ... Was? Ihn genauso behandeln wie *dich*? War nicht als Beleidigung gemeint, Joe«, fügte er hastig hinzu.

»So habe ich es auch nicht aufgefasst«, erwiderte Joe ganz entspannt. »Und du hast recht. Ihr kennt mich nicht. Nicht so, wie ihr Ox kennt, und das geht auch nicht von heute auf morgen. Es wird Zeit brauchen, bis ihr mir vertraut.«

»Dir vertrauen?«, fragte Robbie. »Wie können wir einem Alpha vertrauen, der sein Rudel im Stich gelassen hat?«

»*Robbie*«, bellte ich.

Joe legte mir eine Hand auf den Arm. Ich sah ihn an. Er sagte nichts, aber das musste er auch nicht. Er wollte die Sache selbst in die Hand nehmen. Er wollte, dass ich ihm vertraue.

Und das tat ich. Bis zu einem gewissen Grad. Vielleicht nicht so wie früher, aber wir würden es schaffen.

Irgendwann.

Er sagte: »Robbie, ich weiß, dass es dir schwerfallen wird.«

»Ach ja?«, erwiderte Robbie kühl. »Als ob du mich auch nur das kleinste bisschen kennen würdest.«

Ich knirschte mit den Zähnen. Denn so gut ich Robbies Frustration verstehen konnte, er hatte es nicht nötig, sich so aufzuführen.

»Du sorgst dich um ihn«, sagte Joe schlicht.

»Er ist mein Alpha.«

»Und ich werde ihn dir nicht wegnehmen.«

»Nein?« Robbie schnaubte. »Denn es scheint, als hättest du schon damit angefangen.«

»Ich habe ... Fehler gemacht«, räumte Joe ein. »Mit denen ich jetzt für den Rest meines Lebens zurechtkommen muss. Ich habe vielen Leuten wehgetan, meiner Mutter, Mark, meinen Brüdern. Und Ox am meisten, glaube ich.«

Robbie verengte die Augen. »Dann siehst du also, warum ich ...«

»Aber *dir* habe ich nicht wehgetan«, unterbrach Joe. »Das konnte ich gar nicht, weil ich dich – wie du bereits sagtest – nicht kenne.«

»Du hast Ox verletzt, und er ist mein Alpha«, beharrte Robbie. »Deshalb *hast* du mir wehgetan.«

»Okay. Dann entschuldige ich mich bei dir dafür, dass ich Ox wehgetan habe.«

Robbie blinzelte. »So einfach ist das nicht.«

»Und das hast du zu entscheiden?«, fragte Joe.

»Ox«, sagte Robbie zu mir. »Du kaufst ihm diesen Schwachsinn doch nicht etwa ab, oder?«

»Du kennst ihn nicht«, erwiderte ich leise. »Nicht so, wie ich ihn kenne. Er meint, was er sagt.«

Robbie sah verletzt aus und ich bekam ein schlechtes Gewissen. Andererseits wusste ich nicht, was er von mir erwartet hatte. Robbie gehörte zu meinem Rudel und Joe war mein Gefährte. Ich würde für beide kämpfen, aber ich konnte nicht zulassen, dass sie sich *gegenseitig* bekämpften.

»Hör zu«, sprach Joe weiter. »Ich erwarte nicht, dass du mir glaubst oder mir vertraust. Oder mich sogar magst. Und ich weiß, dass man sich Respekt erst einmal verdienen muss. Du sorgst dich um Ox, weil er dein Alpha ist. Aber er ist auch *mir* wichtig, denn für mich ist er mehr als das. Ich würde *alles* für ihn tun. Wenn du ein Problem mit mir hast, dann komm zu mir. Dann klären wir das oder finden einen Weg, irgendwie damit umzugehen. Aber verletze weder ihn noch dich selbst, indem du mich hasst.«

Robbie war ausnahmsweise einmal sprachlos, während ich vor allem eines war: beeindruckt.

Joe konnte wahrscheinlich riechen, wie sehr. Genauso wie der Rest seiner Familie. Kelly hustete laut, und ich bemühte mich, nicht rot zu werden.

»Tut mir leid«, sagte Kelly. »Ich habe was im Rachen.«

»Das hat Ox letzte Nacht bestimmt auch gesagt«, murmelte Carter, dann klatschten sie sich ab, den Blick dabei fest auf mich gerichtet.

»Wird es mit dir dann genauso sein wie mit Ox?«, fragte Jessie schließlich an Joe gewandt. »Werden wir dich genauso spüren können wie ihn?«

»Warum habt ihr mir das nicht gleich gesagt, als wir wieder da waren?«, fragte Gordo dazwischen.

»Wir waren eben vorsichtig«, erklärte Rico. »Wir wussten nicht, ob du der Feind bist oder nicht.«

»*Der Feind*«, wiederholte Gordo und warf mir einen finsteren Blick zu.

»Ich habe *kein Wort* zu den beiden gesagt«, verteidigte ich mich.

»Du hättest zur Dunklen Seite gewechselt haben können«, sagte Tanner zu Gordo.

»Zu Darth Gordo mutiert sein oder so«, ergänzte Chris.

Gordo vergrub das Gesicht in den Händen. »Ich habe es euch doch schon erklärt, Jungs: Ich bin eine *Hexe,* kein Jedi.«

»Ach so?«, meinte Rico. »Du kannst also keine Blitze aus deinen Fingern verschießen?«

»So was gibt es nur im Film, verdammt!«

»Dann lassen wir unser Plädoyer hiermit fallen«, erklärte Tanner mit feierlicher Miene.

»Die Menschen können das *Band* spüren?«, fragte Gordo an Elizabeth und Mark gewandt.

»Eigenartig, nicht?«, erwiderte Elizabeth mit einem kleinen Lächeln. »Höchst außergewöhnlich, würde ich sogar sagen.«

»Das liegt an Ox«, sagte Mark, »und dem, was er ist. Er ist hier aufgewachsen und hat instinktiv darauf reagiert, dass das Revier wieder einen Alpha gebraucht hat. Und das Rudel auch.«

Alle starrten mich an.

»Mystische Mondmagie«, flüsterte Jessie.

Ich wand mich unbehaglich unter all der Aufmerksamkeit. »Ich habe nur ...«

»Klingt logisch«, sagte Gordo nachdenklich.

»Es gibt so was wie mystische Mondmagie?«, fragte ich ungläubig.

Gordo verdrehte die Augen. »Nein, du Trottel. Es hat nichts mit mystischer Mo... Ich weigere mich, das Wort auch nur in den Mund zu nehmen. Hör zu, es war schon immer was Besonderes an dir. Schon vor alldem hier. Die Tatsache, dass ich mich so leicht an dich binden konnte, hätte mich eigentlich stutzig machen müssen, aber ich glaube, ich war damals so erleichtert, dass ich einfach nicht weiter drüber nachgedacht habe. Ich kann dich wegen dem Band zwischen uns spüren, und die Wölfe können es wegen dem Rudel. Aber Menschen? Das hätte ich nie für möglich gehalten. Nicht in dem Ausmaß, in dem es der Fall zu sein scheint. Wie tief geht die Verbindung zwischen euch?«

»Er muss sie aktiv benutzen«, antwortete Jessie. »Sie ist nicht immer da wie bei den Wölfen.«

»Könnt ihr sie ebenfalls aktivieren?«

Die Menschen im Raum schauten sich an. Schließlich antwortete Jessie: »Manchmal.«

Gordo runzelte die Stirn, sagte aber nichts.

»Hast du schon mal von so was gehört?«, fragte Carter seine Mutter.

Sie zuckte die Achseln. »Nur Geschichten und unbestätigte Gerüchte. Nie etwas Bewiesenes, nicht wie bei ihm.«

»Wer außer den Leuten in diesem Raum weiß noch davon?«, fragte Gordo weiter.

Alle hielten den Atem an.

»Alpha Hughes«, sagte Robbie.

»Und ihr Abgesandter«, fügte ich hinzu.

»*Wer?*«

»Philip Pappas«, erläuterte Robbie. »Er ist Alpha Hughes' Stellvertreter. Als ihr weg wart, kam er her, um ... die Lage zu beurteilen, schätze ich. Ich glaube nicht, dass die beiden es weitererzählt haben. Zumindest nicht vielen. Ich denke, sie wissen nicht recht, was sie von Ox halten sollen.«

»Sie wollten, dass ich mich registrieren lasse«, ergänzte ich. »Für den Fall, dass Joe nicht zurückkommt.«

Joe drückte meine Hand, als ich das sagte. Robbie schaute kurz hin und dann wieder weg.

»Du kannst niemanden zum Wolf machen«, erklärte Gordo.

»Aber ich kann ein Rudel gründen«, entgegnete ich. »Und ich habe gezeigt, dass es nicht nur aus Wölfen bestehen muss. Ich glaube, das beunruhigt Hughes.«

Gordo schüttelte den Kopf. »Du musst wirklich ein sehr besonderes Pflänzchen sein«, murmelte er mit einem kleinen Lächeln.

»Aber niemand sonst?«, fragte Kelly. »Es weiß niemand davon außer Hughes und ...«

»David King«, sagte ich.

»Wer?«, fragte Chris.

Verdammt. Ich hatte vollkommen vergessen, dass ich niemandem von Davids nächtlichem »Besuch« in der Werkstatt erzählt hatte.

»King«, sagte Elizabeth langsam. »Einer aus diesem Jägerclan?«

»Er kam vor ein paar Monaten her. Es war die Nacht, in der ich den Alarm ausgelöst habe.«

Mein Rudel horchte auf.

»Wir haben ihn vor Richard gerettet, gerade noch so«, erläuterte Joe. »Richard konnte entkommen, und danach habe ich Chris mit einer Nachricht für Ox nach Green Creek geschickt.«

»Und du hast nicht daran gedacht, uns einzuweihen?«, fragte mich Mark. Er klang nicht wütend, nur verwirrt – ganz anders, als ich an seiner Stelle reagiert hätte und schon viel zu oft in einer ähnlichen Situation reagiert habe.

»Hat David gemerkt, dass du ein Alpha bist?«, fragte Elizabeth.

Ich nickte. »Er sagte, er hätte genug Zeit mit Wölfen verbracht, um einen Alpha zu erkennen.«

»Wo ist er jetzt?«, fragte Mark. »Wir müssen sicherstellen, dass er niemandem ...«

»Er ist tot«, unterbrach Joe. »Es ist vor ein paar Wochen passiert. Nicht weit von hier, in Idaho.«

»War es Richard?«, fragte Elizabeth.

Joe nickte.

»Deshalb bist du zurückgekommen, nicht wahr?«, sagte sie zu ihrem Sohn. »Weil du glaubst, dass er herkommen wird.«

»Vielleicht«, erwiderte Joe. »Vielleicht wollte ich auch einfach nur endlich wieder zu Hause sein.«

»Deine Brüder sagten, du hättest wieder aufgehört zu sprechen.«

Joe blickte zu Boden, und plötzlich wurde es sehr still im Haus.

»Weißt du, warum?«, fragte Elizabeth weiter.

»Es hat so wehgetan, von euch getrennt zu sein«, antwortete Joe leise und klang wieder wie der Wirbelwind, der mit großen Augen auf dem Feldweg auf mich wartete. »Von Ox. Ich hatte ... keine Worte in mir, mit denen ich etwas hätte sagen können. Alles, was ich wollte, war, das Monster zu töten, damit ich wieder nach Hause kann.«

»Und hier bist du«, sagte Elizabeth, während ich überlegte, worüber die beiden seit seiner Rückkehr miteinander gesprochen hatten – und worüber nicht. Ich hatte das Gefühl, dass Elizabeth mir Gelegenheit geben wollte, als Erster mit ihm über die wirklich wichtigen Dinge zu reden.

Erst als Elizabeth zu uns kam, wurde mir bewusst, wie viel größer Joe jetzt war als sie. Es war ein seltsam liebenswerter Anblick, wie sie sich strecken musste, um sein Gesicht zu berühren. Joe schmiegte sich in ihre Hand, ohne meine loszulassen.

»Dein Vater wäre sehr stolz auf dich«, sagte sie.

»Das glaube ich ni...«

»*Joe*«, sagte sie streng.

Er legte ihr einen Arm um die Schultern und zog sie ganz dicht an sich, schmiegte seine Nase an ihren Hals, während sie mit den Fingern über die Bartstoppeln an seiner Wange fuhr und mir einen liebevollen Blick zuwarf.

Schließlich trat sie einen Schritt zurück und erklärte: »Ich denke, wir sollten es versuchen. Denn zusammen sind wir viel stärker als getrennt.«

»Wird es schlimm?«, fragte Rico und sah so müde aus dabei. Das taten sie alle.

»Durchaus möglich«, antwortete ich. »Aber das war es schon öfter, und wir haben immer überlebt. Als Rudel. Aber wenn du sagst, dass du nicht mehr die Kraft dazu hast, mache ich dir keinen Vorwurf. Ich muss es nur wissen. Denn wenn du bleibst, muss ich mich auf dich verlassen können. Das gilt für alle: Wer gehen will, sagt es mir *jetzt*.«

Niemand wollte.

Das überraschte mich nicht. Sie waren mutig, alle. Töricht, aber mutig.

»Dann machen wir es so«, erklärte ich. »Als *ein* Rudel.«

Ich fragte mich, ob es sich so anfühlte, wieder ganz zu werden.

Zwei Tage später sagte Robbie: »Sie möchte mit dir sprechen. Mit euch beiden.«

Joe sah mich an, dann wieder Robbie. »Alpha Hughes?«

»Ja.«

Joe rieb sich seufzend mit der Hand übers Gesicht. Er stand neben mir, während ich Paprika für Elizabeth schnippelte, die am Herd leise vor sich hin summte. Mark, Carter und Kelly waren irgendwo im Wald unterwegs. Gordo war immer noch in der Werkstatt, wollte aber später herkommen. Den anderen hatte ich für den Abend frei gegeben. Sie hatten ein Leben außerhalb des Rudels, und das wollte ich ihnen nicht nehmen, auch wenn sie mich komisch angesehen hatten, als ich es ihnen sagte.

»Wann?«, fragte ich.

Robbie schnaubte. »Jetzt. Sie ist nicht die Geduldigste.«

»Das war sie nie«, meinte Elizabeth, ohne vom Herd aufzublicken. »Ich lasse das hier inzwischen köcheln. Versucht einfach, nicht zu lange weg zu sein.«

Ich legte die geschnittenen Paprika auf einen Teller, gab Elizabeth einen Kuss auf die Wange und sah Joe an.

Er beantwortete meine unausgesprochene Frage mit einem Achselzucken. »Was du heute kannst besorgen ...«

»Was will sie?«, fragte ich Robbie, während wir ihm ins Büro folgten.

»Solche Fragen darf ich ihr nicht stellen. Die meisten dürfen das nicht.«

»Ich bin nicht wie die meisten.«

»Ja, Ox«, sagte er zärtlich. »Ich weiß.«

Joes Miene blieb undurchdringlich.

Auf dem Schreibtisch stand ein aufgeklappter Laptop. Wahrscheinlich Robbies. Ich selbst hatte keinen, weil ich in der Werkstatt so viel Zeit vor dem Computer verbrachte, dass ich zu Hause nicht auch noch einen haben wollte. Joe nahm auf dem Schreibtischstuhl Platz, ich holte mir einen dazu und setzte mich ebenfalls.

Robbie fischte sein Handy heraus und tippte eine Nachricht. Es dauerte nicht lange, da kam schon die Antwort. Er steckte das Handy wieder weg, drehte den Laptop zu sich und öffnete Skype. »Sie wird gleich anrufen.« Er schob uns den Laptop hin, ging aus dem Büro und machte die Tür hinter sich zu.

Joe wartete einen Moment, bevor er sagte: »Es wird lange dauern, bis er mich nicht mehr als seinen Feind betrachtet.«

Ich rollte mit den Augen. »Er hält dich nicht für seinen Feind.«

»Aber für gefährlich.«

»Du *bist* auch verdammt gefährlich.«

Joe lächelte. »Ich glaube, wir reden von zwei verschiedenen Dingen, Ox.«

Ich nahm seine Hand und war immer noch erstaunt, dass ich das einfach so tun konnte. Wir schliefen im Moment im alten Haus, jede Nacht in meinem alten Bett. Es war eng, aber so hatten wir eine Entschuldigung, praktisch *aufeinander* zu schlafen. Ich wollte Joe so nahe wie möglich bei mir haben, und das würde wahrscheinlich auch noch eine ganze Weile lang so bleiben.

»Er wird drüber hinwegkommen«, sagte ich. »Ich hab dir doch erzählt, was er über Kelly gesagt hat. Vielleicht könnten wir ...«

Der Laptop piepte.

»Bereit?«, fragte Joe.

Ich gab ihm einen Kuss, kurz und zärtlich. »Ja, Joe.«

Er drückte meine Hand, dann nahm er den Anruf an.

Ich hatte keine Ahnung, was mich erwartete oder wie Hughes überhaupt aussah. Wenn ich ehrlich bin, hatte ich mir nie Gedanken über sie gemacht. Sie kannte mich und mein Rudel nicht, und ich kannte sie nicht. Sie mochte die große Ober-Alpha sein, aber was sie tat oder nicht tat, kümmerte mich nicht. Bisher hatte sie uns in Ruhe gelassen. Aber sie hatte auch nichts getan, um uns zu beschützen.

Hughes sah jung aus, jünger, als ich erwartet hatte. Vielleicht Ende dreißig oder Anfang vierzig. Sie wirkte entspannt, ihr dunkles Haar war zu einem lockeren Pferdeschwanz gebunden, die oberen Knöpfe an ihrem weißen Hemd waren offen. Nichts an ihr schrie *Alpha*, aber ich hatte in meinem Leben zu wenige kennengelernt, um das wirklich beurteilen zu können.

Sie lächelte nicht, als ihr Bild auf dem Display erschien. Stattdessen sprang ihr Blick zwischen mir und Joe hin und her. Da wurde mir klar, dass sie uns beide zum ersten Mal sah, auch wenn sie wahrscheinlich schon viel über uns gehört hatte. Und vermutlich waren wir nicht ganz das, was sie erwartet hatte.

Aus irgendeinem Grund hielt ich es für angemessen, sie als Erste sprechen zu lassen. Joe schien das Gleiche zu denken und blieb ebenfalls stumm.

»Du wirst dich nicht an mich erinnern, Alpha Bennett«, sagte Michelle Hughes mit ruhiger Stimme. »Du musst damals erst fünf oder sechs gewesen sein. Aber ich erinnere mich an dich. Dein Vater war ... ein guter Mann. Mein Beileid.«

»Danke«, sagte Joe steif. »Das ist sehr freundlich von Ihnen.«

Sie nickte ihm kurz zu und sah dann wieder mich an. Ich weigerte mich, mich von ihr einschüchtern zu lassen, wusste aber nicht, inwieweit mir das gelang.

»Alpha Matheson«, sagte sie. »Eigenartig.«

Ich wusste nicht, ob ich beleidigt sein sollte oder nicht. »Inwiefern?«

»Ich habe noch nie jemanden wie dich getroffen. Du scheinst in jeder Hinsicht einzigartig zu sein.«

»Das kann ich nicht beurteilen«, antwortete ich aufrichtig. »Und Sie müssen mich nicht Alpha nennen. Mein Name ist einfach Ox.«

»Tatsächlich?« Sie klang amüsiert. »Einfach Ox?«

»Die Anrede ist ein Zeichen des Respekts«, sagte Joe zu mir.

»Ich weiß. Aber niemand nennt mich so. Ich brauche das nicht.«

»Eigenartig«, sagte Hughes noch einmal. »Dann können wir uns weitere Förmlichkeiten wohl sparen, nehme ich an. Gut. Ich war noch nie ein großer Fan davon.«

»Was brauchen Sie, Michelle?«, fragte Joe.

Sie lächelte, aber das Lächeln erreichte ihre Augen nicht ganz. »Die Liste ist kilometerlang.«

»Warum fangen wir nicht einfach ganz vorne an?«, sagte Joe. »Das wäre am übersichtlichsten.«

»Ich habe nicht gesagt, dass ich etwas von euch brauche.«

»Das mussten Sie auch nicht«, sagte Joe. »Es war auch so ersichtlich.«

»Wie du meinst.« Das Lächeln verschwand aus ihrem Gesicht. »Wo warst du die letzten drei Jahre?«

Joes Schultern spannten sich leicht an. »Sie wissen, wo wir waren.«

»Nicht genau.«

»Ehrlich gesagt, überall. Wir waren immer auf der Jagd und sind nie lange an einem Ort geblieben.«

Hughes lehnte sich in ihrem Stuhl zurück und trommelte mit den Fingern auf den Schreibtisch. »Aber ihr habt ihn nie erwischt. Richard, meine ich.«

»Nein«, antwortete Joe mit steinerner Miene.

»Und Robert Livingstone? Osmond? Irgendeine Spur von ihnen?«

»Nein.«

»Warum nicht?«

»Das kann ich Ihnen nicht sagen«, erwiderte Joe. »Warum fragen Sie nicht die Teams, die Sie ausgesandt haben? Die hatten auch nicht mehr Glück, wie es scheint.«

»Richtig.« Hughes runzelte die Stirn. »Es war, gelinde gesagt, enttäuschend. Woran könnte das gelegen haben, glaubst du?«

»Weil er schlau ist«, antwortete Joe. »Und gnadenlos. Etwas, das Ihre Leute nicht sind.«

»Aber du?«

Ich drückte Joes Hand. *Vorsichtig, sei schön vorsichtig ...*

Joe wusste, was ich ihm zu sagen versuchte. Ich konnte ihn zwar noch nicht wieder so spüren wie früher, aber ich glaubte, dass es nicht mehr lange dauern würde. Genauso wie unsere Rudel eins werden würden. Es ging gar nicht anders.

»Ich habe getan, was ich tun musste«, sagte er schließlich.

»Du und dein Rudel«, ergänzte sie.

»Ja. Wir waren uns einig.«

Hughes schaute mich an. »War das so?«

»Ja.«

»Wo ist Richard Collins?«, fragte sie weiter, wieder an Joe gewandt.

»Das weiß ich nicht.«

»Aber du bist zurückgekommen.«

»Es war an der Zeit.«

»Deine Rückkehr hat also nichts mit dem King-Clan zu tun?« Joe sagte nichts.

Michelle seufzte. »Ich kann dir nicht helfen, wenn du mir nicht sagst, was los ist.«

»Wir haben Sie nicht um Hilfe gebeten«, erwiderte Joe.

»Ihr werdet sie brauchen, wenn er wiederkommt.«

Joe schnaubte. »Er hat es bereits zweimal getan. Wo war da Ihre Hilfe?«

Hughes zuckte nicht einmal. Sie war wirklich gut. »Die Dinge liegen jetzt anders.«

»Das tun sie«, stimmte Joe zu. »Aber das ändert nichts zwischen mir und Ihnen. Wir beide wissen, dass mein Wunsch, das Amt meines Vaters zu übernehmen, endete, als Thomas mir genommen wurde. Das Amt interessiert mich nicht mehr, Sie können es haben. Machen Sie damit, was Sie wollen.«

»Du vertraust mir nicht.«

»Richtig«, sagte Joe kühl. »Ich vertraue niemandem aus Ihren Kreisen. Sie haben nichts getan, um meinem Vater zu helfen, sondern einen Verräter zu uns geschickt. Verzeihen Sie mir also, wenn es nicht zu meinen obersten Prioritäten gehört, Ihr schlechtes Gewissen zu beruhigen.«

»Das verlange ich auch gar nicht von dir«, sagte sie, und ihre harte Schale bekam einen kleinen Riss. »Diese Sache betrifft nicht nur dich, Joe. Richard Collins ist unser aller Feind. Wir müssen zusammenarbeiten, um ihn aufzuhalten und das ein für alle Mal zu beenden.«

Joes Griff um meine Hand wurde fester, seine Krallen gruben sich in meine Haut. »Daran hätten Sie denken sollen, nachdem er mich entführt hatte. Sie hatten Collins in Gewahrsam und haben nichts ...«

»Damals hatte ich noch nichts mit diesen Dingen zu tun.«

»Das spielt keine Rolle. *Sie* sind jetzt das Oberhaupt aller Wölfe und tragen die Verantwortung.«

»Ich könnte jemanden zu dir schicken«, sagte sie. »Sogar mehrere, wenn ich wollte.«

»Können Sie nicht«, warf ich ein.

Hughes blinzelte mich an. »Und warum nicht?«

»Weil ich der Alpha in diesem Revier bin«, antwortete ich. »Und Sie sind hier nicht willkommen.«

Hughes lachte. »Ich brauche deine Erlaubnis nicht, Oxnard Matheson, das kann ich dir versichern. Wenn hier jemand jemandem eine Erlaubnis zu irgendetwas erteilen kann, dann *ich*.«

»Ich muss mich vor niemandem verantworten, außer vor meinem Rudel«, entgegnete ich. »Falls Sie etwas anderes denken, muss ich Sie leider enttäuschen. Das kann *ich* Ihnen versichern.«

Hughes schaute zwischen uns hin und her, und die Risse in ihrer Maske wurden noch etwas tiefer. »Seht ihr nicht, dass ich euch nur helfen will? Ihr müsst das nicht allein durchstehen.«

»Wir sind nicht allein«, widersprach Joe. »Wir haben einander. Und unser Rudel.«

Hughes' Augen verengten sich. »Ihr könnt nicht beide Alphas sein und das gleiche Rudel führen. So funktioniert das nicht.«

»Sie wissen nicht, was bei uns funktioniert und was nicht«, widersprach ich.

»Und du hörst auf ihn?«, fragte sie, diesmal nur an Joe gewandt. »Auf einen *Menschen*? Nach allem, was sie getan haben und noch tun *könnten*?«

»Speziesismus«, schnaubte Joe. »Bedauerlich. Ich hätte nicht gedacht, dass ausgerechnet Sie so denken. Osmond hat es getan. Und Richard auch.«

Hughes' Augen flammten rot auf. »Ich bin nicht wie sie.«

»Vielleicht nicht«, sagte ich. »Aber das spielt keine Rolle. Nicht jetzt. Nicht bei dem, was uns erwartet.«

»Ein Grund mehr, euch von uns helfen zu lassen.«

»Drei Jahre«, sagte ich, »und das ist das erste Mal, dass ich etwas von Ihnen höre. Warum?«

Hughes zögerte.

»Sie wussten, dass Joe weg war, während andere hiergeblieben sind, und trotzdem haben Sie sich nie gemeldet. Nicht bei mir, nicht bei Mark, nicht einmal bei Elizabeth. Warum?«

»Es war nicht nötig«, antwortete Hughes steif. »Ihr habt getrauert, Robbie war bei euch und hat mir alles gesagt, was ich wissen musste.«

»Und jetzt«, warf Joe ein, »bin ich seit zwei Wochen wieder hier, und schon kommt Ihr Anruf.«

»Ich dachte, es wäre an der Zeit, sich ...«

»Nein«, schnitt Joe ihr das Wort ab.

»Weil Sie uns nicht wollten«, sagte ich. »Sie wollen *Joe*.«

»Er ist der Bennett-Alpha«, schnauzte Hughes. »Es ist seine Aufgabe ...«

»Mein Vater hat mir beigebracht, dass ein guter Alpha das Wohl des Rudels immer an oberste Stelle setzt«, sprach Joe einfach weiter. »Über *alles* andere.«

»Was nützen dir die Worte deines Vaters, wenn du kein Rudel mehr *hast*?«, fragte sie. »Denn das ist das Risiko, das du mit deiner Haltung eingehst, Joe. Ich bitte, nein, ich *flehe* dich an: Lass uns dir helfen!«

Joe sah mich an, und ich hielt seinen Blick fest, ließ ihn bis in mein tiefstes Inneres blicken, auf alles, was ich dort für ihn aufgebaut hatte. Wir hatten noch einen langen Weg vor uns, denn die Verletzungen, die ich in den letzten drei Jahren erlitten hatte, würden noch lange brauchen, um zu heilen. Aber ich hatte mein Herz vor Jahren einem Jungen mit blauen Augen geschenkt, der mich liebte und mir seine Familie anvertraute, damit ich sie beschützte.

Joe machte ein leises Geräusch tief hinten in seiner Kehle, als hätte er Schmerzen. Ein warmes Gefühl breitete sich in meinem Kopf und in meiner Brust aus, und es war wieder da, wenn auch noch jung und zart, dieses Band, das winzige Band, das sagte: *Rudel* und *Liebe* und *Gefährte* und *meinmeinmein*.

Michelle hatte recht. Joe war der Bennett-Alpha. Aber sie wurde nicht schlau aus mir. Und egal, was sie sonst noch von mir dachte, sie hielt mich für schwach.

Ja, Joe war ein Alpha.

Aber das war ich auch.

Und ich würde *alles* für ihn tun. Für unser Rudel.

Ich wandte mich wieder Hughes zu. »Sie sind hier nicht willkommen. Nicht jetzt. Nicht, bis das hier vorbei ist. Erst wenn wir sicher sein können, dass wir Ihnen vertrauen können. Ich bin ein Mensch, aber ich bin ein Alpha, und ich würde alles für unser Rudel tun.«

»Sogar sterben?«, fragte sie leise.

Joe erstarrte.

Ich nicht. »Sogar das«, erwiderte ich. »Wenn ich das Rudel damit beschützen kann.«

Hughes nickte. »Ich hoffe aufrichtig, dass es nicht so weit kommt. Ich werde Teams nach Oregon entsenden, ob ihr wollt oder nicht. Wenn sie Richard finden, werden sie tun, was sie können. Aber wenn er es bis zu euch schafft, dann ... Ich hoffe, ihr wisst, was ihr von mir verlangt.«

»Das tun wir«, versicherte ich.

»Ich hoffe, wir sprechen uns bald wieder«, sagte Hughes. »Wir haben viel zu besprechen. Alpha Bennett, Alpha Matheson.«

Das Display wurde dunkel.

»Das ist nicht so gelaufen, wie ich dachte«, murmelte ich.

Joe sagte nichts. Sein Gesicht sah blass aus.

»Was ist?«, fragte ich.

»Du hast es ernst gemeint.«

»Was denn?«

»Dass du für sie sterben würdest. Für uns.«

»Niemand wird sterben, Joe. Ich wollte nur jeden Zweifel ausräumen.«

»Aber du würdest es tun«, beharrte er.

Ich war nicht sicher, worauf er hinauswollte. Also sagte ich: »Ja, Joe. Für dich. Für euch alle.«

Er fasste mich am Nacken und zog mich an sich, drückte seine Stirn gegen meine. »Das darfst du nicht«, flüsterte er. »Du darfst nicht sterben.«

»Joe ...«

»Ox«, knurrte er.

Ich seufzte. »Das kann ich dir nicht versprechen.«

»Dann bleibst du ab jetzt immer bei mir«, sagte er. »Egal, was passiert, du weichst mir nicht von der Seite.«

»Aber du wusstest auch schon vorher, was ich für das Rudel tun würde. Für dich.«

Joes Griff wurde fester, er schüttelte mich leicht. »Das ist mir egal«, sagte er fast schon verzweifelt. »Du *darfst* nicht. Du bleibst bei mir.«

»Du glaubst also wirklich, dass Richard kommen wird?«

»Ich *weiß* es.« Seine Augen glühten rot und ich sah ein Aufblitzen von Reißzähnen.

»Mit Osmond und Robert?«

»Keine Ahnung, und es ist auch egal. Er wird kommen, ob allein oder mit einer Armee, aber er *wird* kommen.«

»Wegen dir. Weil du der Bennett-Alpha bist.«

»Ja.«

»Das hier ist *unser* Revier.«

»Ja.«

»Es hat deinem Vater gehört.«

»Ja.«

»Er *kann* es uns nicht wegnehmen.« Ich fletschte die Zähne. »Das lassen wir nicht zu. Ich nicht, du nicht. Unser verdammtes Rudel nicht.«

»Ja«, sagte der Wolf mit einem Knurren.

Dann küsste ich ihn. Weil es das Richtige war. Weil es das Einzige war, was ich in diesem Moment wollte.

Joe erwiderte meinen Kuss, eindringlich und hart. Ein Reißzahn stach in meine Lippe, und ich spürte den stechenden Geschmack von Blut, meinem Blut, zwischen uns.

»Alpha«, flüsterte Joe an meinen Lippen.

Und ich dachte *ja ja ja*.

Eine leere Hülle / Herzschlag

Eine Woche nach dem Skype-Telefonat mit Michelle Hughes sah ich Elizabeth dabei zu, wie sie durch die Küche tänzelte. Es war ein Sonntag. Ich hatte ihr gesagt, dass wir heute alle zusammen zu Abend essen sollten. Es war schließlich Tradition.

Ihre Augen leuchteten, als sie meine Hand tätschelte, und wir beide ignorierten das Krächzen in ihrer Stimme, als sie sagte: »Das wäre schön, Ox. Das wäre schön.«

Die menschlichen Mitglieder meines Rudels waren draußen und deckten den Tisch. Oder besser gesagt, Jessie deckte den Tisch. Tanner, Rico und Chris tranken Bier und saßen in ausgeleierten Gartenstühlen, die sie irgendwo hergezaubert hatten.

Gordo war auch dabei, und ich konnte sehen, wie er sich anstrengte, den Weg zurück zu ihnen zu finden. Versuchte, die Bande von Neuem zu knüpfen, die einst zwischen ihnen bestanden hatten. Denn auch wenn sie es nicht wussten, auch wenn keiner von ihnen ein Wolf war, waren sie sein Rudel gewesen, länger als alle anderen. Er *brauchte* sie. So wie er mich brauchte. Es war ein langsamer Prozess, aber es funktionierte, größtenteils.

Carter und Kelly standen am Grill. Robbie versuchte, Kelly nicht zu sehr auf die Pelle zu rücken. Seit Joe und ich ihnen gesagt hatten, dass wir die Rudel zusammenlegen wollten, ging Robbie ein bisschen vom Gas, war sanfter gegenüber den anderen, weniger widerspenstig. Dass er begonnen hatte, seine Aufmerksamkeit von mir wegzulenken, machte die Dinge zusätzlich einfacher. Joe, der besitzergreifende Bastard, amüsierte sich köstlich über die neue Entwicklung. Vor allem über Kellys verwirrten Gesichtsausdruck.

Im Moment war er irgendwo im Wald unterwegs. Ein Alpha musste in Kontakt mit seinem Revier bleiben. Ich hatte ihn begleiten wollen, aber er hatte nur den Kopf geschüttelt. »Es wird nichts passieren, Ox«, hatte er gesagt und war dann zwischen den Bäumen verschwunden.

Und so waren nur noch Elizabeth und ich in der Küche. Der Salat, den ich geschnippelt hatte, stand in der großen Plastikschüssel bereit. Sie hatte mir keine andere Aufgabe gegeben, also wartete ich, bis sie aufhörte, zu dem Lied zu tanzen, das nur sie hören konnte.

»Ox«, sagte sie.

»Ja?«

»Es ist schön, nicht wahr?«

»Ja.« Dann: »*Was* ist schön?«

Elizabeth lächelte, ohne von dem Kartoffelsalat aufzublicken, den sie gerade rührte.

»Das hier. Wir. Du und ich. Wir alle.«

Ja, das war es. Und das sagte ich ihr.

Sie sagte: »Das habe ich nicht erwartet.«

»Was?«

»Dass es wieder so werden könnte.«

»Ich habe es mir gewünscht«, erwiderte ich. »Danach.«

Sie nickte. »Ich weiß. Aber du konntest es nicht. Nicht gleich.«

Ich zuckte die Achseln. »Vielleicht.«

Elizabeth blickte von der Schüssel auf und sah mich an. »Es war so«, sagte sie. »Ich kenne dich.«

Das stimmte. Sie kannte mich sogar sehr gut. Wenn ich geglaubt hätte, dass mein Herz es erträgt, hätte ich sie mit *Mom* angeredet. Aber Herzen sind eigenartige Dinger: Sie pochen so stark in unserer Brust, und doch können sie schon beim geringsten Druck zerspringen.

Elizabeth hörte all die Dinge, die ich nicht aussprechen konnte. Zum Teil lag es an dem Band zwischen uns. Hauptsächlich aber daran, dass sie Elizabeth Bennett war. Sie *wusste* es einfach.

Sie sagte: »Er musste nach Hause kommen. Wegen mir, wegen uns. Aber vor allem wegen dir, glaube ich.«

»Er hat uns alle gleich stark vermisst«, entgegnete ich.

Elizabeth rollte mit den Augen, was sie so selten tat, dass ich jedes Mal lächeln musste, wenn es passierte. »Das *weiß* ich«, sagte sie. »Aber vor allem wegen dir, Oxnard, auch wenn du es nicht glaubst. Auch wenn du es nicht verstehst. Er ist *deinetwegen* hier.«

Ich sagte: »Okay. Ja. Vielleicht.«

Sie schnaubte. »Du hast dich gut in deine neue Rolle eingefunden, seit er wieder da ist. Du warst schon vorher ein Alpha, aber etwas ist anders.«

»Tatsächlich?«

»Du weißt, dass es so ist. Und Joe, er ...« Sie seufzte und wandte den Blick ab. »Eines Tages, vor sehr langer Zeit, wurde mir mein Sohn von einem Monster weggenommen. Ich hatte ihm immer gesagt, dass er sich vor nichts zu fürchten braucht. Dass ich nicht zulassen würde, dass jemand ihn verletzt. Aber ich habe ihn belogen, denn er *wurde* verletzt. Auf die schlimmste Art, über *Wochen* hinweg. Ich habe ihn am Telefon weinen gehört, als ... das Monster uns angerufen hat. Er hat nach mir *geschrien,* und ich wollte ...« Sie verstummte und schüttelte den Kopf.

»Du musst das nicht tun«, sagte ich leise.

Elizabeth sah mich an, und ihre Augen leuchteten orange. »Doch, muss ich«, blaffte sie. »Weil du deinen eigenen Wert nicht erkennst. Nach wie vor nicht, nach all der Zeit. Wir haben ihn zurückbekommen, Ox. Wir haben Joe zurückbekommen, und er war gebrochen. Schwach, ausgehungert und *gebrochen*. Er hatte Angst vor allem und jedem, und ich glaube, eine Zeit lang wusste er nicht einmal, wer wir sind. Und *als* er es wusste, als er sich an uns erinnerte, hatte er *Angst* vor uns, weil dieses Monster ihm gesagt hat, dass wir ihn nicht lieben, dass wir ihn nie gewollt hätten, dass er nie dazu bestimmt war, Alpha zu werden.«

Ihre Krallen bohrten sich in die Arbeitsplatte, und sie sagte: »Ich war verzweifelt und wusste nicht, was ich tun sollte. Ich liebte ihn mehr, als ich je irgendjemanden geliebt hatte. Ich dachte, das allein müsste genügen, um ihn zurückzuholen, ihn wieder zusammenzusetzen. Aber es war *nicht* genug. Richard Collins hat nur wenige Wochen gebraucht, um den kleinen Jungen zu zerstören, den ich gekannt hatte. Er war nur noch eine Hülle, verstehst du? Eine leere Hülle, und ich wusste nicht, wie ich sie reparieren sollte. Und dann, Ox ... dann kamst du.«

Und plötzlich weinte sie, ohne dass ich mitbekommen hatte, wie es passiert war. Ich wusste, dass die Wölfe draußen sie hören konnten, aber sie stürmten nicht zur Tür herein, sondern warteten. Worauf, wusste ich nicht.

»Du bist gekommen«, sprach Elizabeth weiter, »und er hat dich mit nach Hause gebracht wie etwas, das er im Wald gefunden hat. Und wie nervös du an diesem ersten Tag warst, so schüchtern und süß. Du hast nicht mal verstanden, was los ist, das konntest du gar nicht. Aber *ich* konnte es, Ox. Und Thomas auch. Denn Joe hat gesprochen. Er hat zu dir gesprochen und seine Entscheidung getroffen, auch wenn er noch keine Ahnung von der Tragweite hatte. Du warst sein, Ox, schon damals. Und er war dein.«

Ich konnte nicht sprechen. Ich hatte keine Worte mehr. Denn es war das erste Mal, dass ich Elizabeth weinen sah. Nach Thomas' Tod hatte sie als Wölfin getrauert. Ihre Menschentränen waren neu für mich, und ich wusste nicht, wie ich damit umgehen sollte. Es half auch nicht, dass mich ihre Worte mitten ins Herz trafen, sodass ich fast keine Luft mehr bekam.

Elizabeth wischte sich über die Augen. »Dann ging er ein zweites Mal fort. Ob es nun richtig war oder nicht. Carter und Kelly haben mir erzählt, wie er sich ein zweites Mal in sich selbst zurückgezogen hat, genau wie damals. Wie er sich wieder dem Wolf hingegeben und monatelang geschwiegen hat. Und dann, als er nach Hause kommt und *dich* sieht, findet er seine Stimme wieder, als hätte er sie nie verloren. Sag also nicht, dass du nichts wert bist, dass du nicht gut genug bist. Denn du hast mir meinen Sohn zurückgegeben. Zwei Mal schon. Und selbst wenn du nicht mein Alpha wärst, selbst wenn du nicht derjenige wärst, für den mein Sohn sich entschieden hat, wäre ich dir zutiefst zu Dank verpflichtet. Du hast ihn uns allen zurückgegeben, Ox, und das kann dir niemand nehmen.«

Dann lachte sie, mit feuchten Wangen und roten Augen vom Weinen.

Ich sagte: »Ich«, und: »Ich möchte nur ...«, und: »Ich wäre gerne so, wie du glaubst.«

Und sie sagte: »Ox, *siehst* du es denn nicht? Ich *glaube* es nicht, ich *weiß* es.«

Sie war schnell. Mit drei Schritten war sie bei mir, hatte die Arme um mich geschlungen und den Kopf an meine Brust gepresst. Ich erwiderte die Umarmung und hielt sie fest, und da waren diese Bande zwischen uns, und sie sangen *Rudel* und *Sohn* und *Liebe* und *Zuhause*.

Nach einer Weile sagte ich: »Dann ist es wohl Tradition, schätze ich.«

Sie rieb ihr Gesicht an meinem Hemd. »Das ist es.«

»Alles okay?«, kam eine Stimme von der Tür.

Elizabeth lachte und machte sich von mir los. »Alles in Ordnung«, sagte sie zu Joe. »Ox und ich waren ... Na ja, ich glaube, wir *waren* einfach.«

Joe nickte zögerlich.

»Ich bringe das mal nach draußen«, sagte Elizabeth mit einem Lächeln, nahm den Kartoffelsalat und ging in den Garten, ohne sich noch einmal umzudrehen.

Joe kam langsam auf mich zu, als hätte er Angst, ich könnte erschrecken. In gewisser Weise *war* ich auch erschrocken, denn ich wusste zwar, wie viel ich ihm bedeutete, aber gleichzeitig merkte ich, wie viel ich *nicht* wusste. Es war eine schwere Last, doch ich hatte starke Schultern und konnte sie tragen.

»Alles okay, Ox?«, fragte Joe noch einmal.

»Ja«, sagte ich.

»Bist du sicher?«, hakte er nach.

Vielleicht waren seine Zweifel begründet, und es war *nicht* alles okay, aber das war in Ordnung so. Denn Elizabeth hatte recht: Joe hatte sich mir geschenkt, mit Haut und Haaren. Er hatte mir seinen Wolf gegeben, und damit sein Herz.

Ich sagte: »Ich liebe dich, weißt du das?«

Und oh, wie er strahlte!

Es dauerte. Sehr lange sogar.

Die Dinge liefen nicht immer glatt.

Nach ihrem Aufbruch waren wir nur noch zu dritt gewesen.

Dann, als sie zurückkamen, waren wir zu acht, und ich war der Alpha.

Der Versuch, die zwei Gruppen miteinander zu verschmelzen, führte zu Reibereien.

Manchmal passte alles, und wir bewegten uns im Einklang, manchmal aber auch nicht.

Robbie jaulte auf, als Carter ihn gegen einen Baum stieß.

Es war ein Versehen. Sie hatten miteinander gerauft, wie Wölfe es nun einmal tun. Aber ich hörte nur, wie ein Knochen brach und einer der Meinen vor Schmerz winselte.

Robbie versuchte wimmernd, wieder auf die Beine zu kommen, und ich war bei ihm, noch bevor ich wusste, was ich tat.

Carter hatte sich zurückverwandelt. Er stand nackt vor mir und scharrte verlegen mit dem Fuß. »Hey«, sagte er. »Ich wollte nicht ...«

»Verpiss dich!«, knurrte ich ihn an.

Carter trat mit geweiteten Augen einen Schritt zurück, und ich kniete mich neben Robbie. Er hatte die Ohren angelegt und zitterte leicht, weil er meine Wut spürte. Ich atmete langsam ein und wieder aus.

In der Nähe seiner Schulter war eine scharfkantige Erhebung, die da nicht hingehörte. Robbie schnitt eine Grimasse und knirschte mit den Zähnen, als der gebrochene Knochen sich von selbst wieder einrenkte.

»Alles wieder in Ordnung?«, fragte ich und streichelte seine Schnauze.

Er leckte über meine Finger.

»Tut mir leid, Ox«, sagte Carter hinter mir. »Es war ein Versehen.«

Ich grunzte ihn an und wusste selbst nicht, warum ich so ruppig war. »Bei *mir* brauchst du dich nicht zu entschuldigen.«

»Tut mir leid, Robbie.«

Robbie richtete sich kläffend wieder auf, schob sich an mir vorbei und stieß Carter mit dem Kopf gegen die Hüfte. Und das war's. Alles vergeben und vergessen.

»Für dich sind sie immer noch zwei getrennte Rudel«, sagte Joe in der darauffolgenden Nacht zu mir. Wir lagen Seite an Seite in meinem alten Bett, das Zimmer war dunkel und der Mond nur eine schmale Sichel am Himmel. »Du hast es als einen Angriff auf dein Rudel aufgefasst statt als spielerische Rauferei zwischen zwei Wölfen.«

»Ich weiß nicht, wie ich es ändern soll«, gestand ich leise. »Es ist schon so lange so.«

Er seufzte.

»Ich mache dir keinen Vorwurf, Joe.«

»Vielleicht solltest du«, murmelte er.

»Das *habe* ich, aber das ist jetzt vorbei. Ich muss nur einen Weg finden, es endgültig hinter mir zu lassen.«

»Vielleicht ...«

»Vielleicht was?«

»Mein Vater«, sagte Joe. »Er hat mir Dinge beigebracht. Was es bedeutet, ein Alpha zu sein. Was es bedeutet, ein Rudel zu führen. Ich könnte ... es dir zeigen, wenn du willst.«

Ich nahm seine Hand. »Klar, Joe. Hört sich gut an.«

Einmal, als ich sieben war, kam mein Dad von der Werkstatt nach Hause, setzte sich seufzend auf die Veranda und machte sich ein Bier auf.

Ich setzte mich neben ihn, weil er mein Vater war und ich ihn liebte.

Er sah das Haus am Ende des Feldwegs an. Es stand leer. Schon lange.

Die Sonne ging gerade unter, als er sein viertes Bier trank.

Er sagte: »Ox.«

Ich sagte: »Ja, Dad.«

Er sagte: »Hey«, und: »Ox«, und: »Ich geb dir jetzt einen Rat, okay?«, alles schnell hintereinander.

Ich hatte keine Ahnung, wovon er redete, trotzdem nickte ich. Ich mochte einfach den Klang seiner Stimme.

Er sagte: »Du denkst, dass du es zu was bringen wirst, dass du was Großartiges aus deinem Leben machen wirst und so. Weil du anders sein willst als die Leute da, wo du herkommst. Aber die Leute werden sich einen Dreck darum scheren, was du willst. Alles, was sie wollen, ist, dass du untergehst. Dich in einem Job festnageln, den du hasst. In einem Haus, das du nicht ausstehen kannst. Mit Menschen, denen du nicht mal ins Gesicht sehen kannst. Lass das nicht zu, Ox, okay? Lass das verdammt noch mal nicht mit dir machen.«

»Okay«, sagte ich, »werde ich nicht.«

Er grunzte mich an und nahm einen weiteren Schluck aus der rot-weißen Dose.

Er sagte: »Du bist ein guter Junge, Ox. Dumm, aber gut.«

Ich fragte mich, ob sich so wahre Liebe anfühlte.

Joe nahm mich mit in den Wald, ging die Pfade mit mir, die er mit seinem Vater gegangen war, seinem Alpha.

Er sagte: »Dad hat zu mir gesagt, dass die Bande in einem Rudel immer da sind. Und je besser wir zusammenarbeiten, je mehr wir einander vertrauen und respektieren, desto stärker werden sie.«

Er streckte den Arm aus und strich mit den Fingern über die Rinde eines Baumes, genau wie sein Vater es so oft getan hatte, wenn wir zusammen durch den Wald gingen.

Genau das sagte ich Joe.

Er lächelte leise. »Es hilft.«

Ich wusste nicht, was er damit meinte, und ließ ihn einfach weitersprechen.

»Du kannst sie spüren, oder?«, fragte er und machte einen langen Schritt über einen umgestürzten Baumstamm, auf dem Blumen und Gräser wuchsen.

»Die meiste Zeit«, antwortete ich.

»Carter, Kelly und Gordo auch?«

Ich zuckte die Achseln. »Es wird langsam, glaube ich. Vielleicht auch nicht. Am ehesten noch bei Gordo, weil ich ihn schon so lange kenne und er sich an mich gebunden hat.«

»Die anderen haben sich auch an dich gebunden.«

Ich wollte sagen: *Bis du sie herausgerissen und die Bande einfach durchtrennt hast.*

Aber ich tat es nicht. Denn ich hatte meinen Groll hinter mir gelassen. Größtenteils jedenfalls.

»Es war meine Schuld«, sprach Joe weiter, und da hasste ich die Werwölfe, hasste es, mit ihnen verbunden zu sein, wenn nicht einmal meine Gedanken mehr mir allein gehörten.

»Das stimmt nicht«, murmelte ich.

Joe verdrehte die Augen, und plötzlich war sie wieder da, die Stimme des kleinen Wirbelwinds, die flüsterte *Wer bist du?* und *Woher kommst du?* Und wieder spürte ich die Kluft zwischen dem kleinen Jungen, den ich einst gekannt hatte, dem Teenager, zu dem Joe herangewachsen war, und dem Mann, der jetzt vor mir stand. Er war rauer als früher und stiller, aber hin und wieder blitzte der kleine Joe hinter all dem auf. Denn Joe war Joe war Joe. Und damit konnte ich leben. *Für* ihn. *Wegen* ihm.

»Ein bisschen schon«, widersprach er. »Aber ich bringe es wieder in Ordnung.«

»Wie?«

Joe zuckte die Achseln. »Das ist schwer in Worte zu fassen.«

»Versuch's.«

Er sah mich mit zusammengekniffenen Augen an und nahm meine Hand. »Ich denke, es ist wie ... Okay, es ist wahrscheinlich dumm, es Instinkt zu nennen und zu behaupten, dass du es so oder so nicht verstehen würdest, weil du kein Wolf bist. Denn das stimmt nicht. Ich glaube sogar, dass du inzwischen mehr Wolf bist als Mensch.«

Er klang stolz, als er das sagte, auch wenn ich nicht verstand, warum.

»Hier ist mein Zuhause«, sprach er weiter. »Hier ist mein Vater aufgewachsen, wie sein Vater auch und davor der Vater *seines* Vaters. Wir sind dazu bestimmt, hier zu leben. Es liegt ein gewisser Zauber darin, denke ich. Nicht wie Gordos Magie, sondern eher wie etwas, das den Boden unter unseren Füßen durchströmt. Dieser Wald kennt mich, er kennt das Rudel und seine Alphas und spürt, wenn etwas zerreißt.«

»Und du *hast* es zerrissen«, sagte ich, ohne es zu wollen. »Als du den Kontakt zu uns abgebrochen hast.«

Joe zuckte zusammen, dann nickte er. »Ja, ich glaube, das habe ich.« Dann: »Du hast es gespürt, oder?«

Ich erinnerte mich an das Gefühl in meinem Kopf und in meiner Brust, als ich an jenem Morgen aufwachte. An die vier Worte auf dem Handydisplay.

Es tut mir leid.

Und wie ich es gespürt habe!

»Ja, da war was«, sagte ich so neutral wie möglich.

Joe sah mich mit schmerzerfüllten Augen an. »Ox, ich ...«

Ich wollte das nicht hören. Ich hatte die Entschuldigungen satt. Sie halfen uns nicht weiter, nicht mehr.

»Joe«, unterbrach ich. »Wir sind quitt.«

»Wirklich?«

»So gut wie«, korrigierte ich, denn das war näher an der Wahrheit dran.

»Und genau deshalb ist der Rest jetzt an mir«, sprach Joe weiter. »Es ist nicht deine Schuld, dass du sie nicht spüren kannst, sondern meine. Ich habe uns auseinandergerissen, und jetzt werde ich uns wieder zusammenfügen.«

»Wie?«

Er grinste. »Indem ich mit der Natur kommuniziere, natürlich.«

»Ich verstehe es immer noch nicht«, sagte ich und dachte an die Worte meines Vaters.

»Das macht nichts, Ox. Ich verstehe es gut genug für uns beide. Du vertraust mir doch, oder?«

Die meisten hätten den Zweifel in Joes Stimme überhört, den winzigen Bruch darin. Aber ich kannte ihn, seit er zehn Jahre alt war. Wir waren Ox und Joe, und ich kannte ihn besser als jeder andere, auch wenn Joe nicht mehr der war, der vor drei Jahren von hier weggegangen war.

Es gab nur eine mögliche Antwort auf seine Frage.
»Ja, Joe. Ich glaube, das tue ich.«

Manchmal, wenn ich nicht schlafen konnte, obwohl Joe neben mir lag, ging ich in den Wald. Gordo gefiel das nicht, aber ich sagte ihm, dass er sich keine Sorgen zu machen brauchte, dass ich Vertrauen in seine Schutzzauber hatte. Vertrauen in *ihn*.

Und er sagte, dass er noch auf seinem Sterbebett leugnen würde, wie tief ihn meine Worte rührten, falls ich jemals jemandem davon erzählen sollte.

In solchen Nächten zog ich Shorts und eines von Joes T-Shirts an, küsste ihn auf die Stirn, während er noch schlief, und ging in den Wald.

Die Luft fühlte sich kühl an auf meiner Haut. Ich lief einfach drauflos, und meistens dauerte es nicht mal eine Stunde, bis ein weißer Wolf mich einholte und neben mir herlief, sich immer wieder an mich drückte. Wir sprachen nicht viel, aber er blieb bei mir, bis wir zurück ins Bett krochen. Manchmal verwandelte Joe sich zurück, manchmal blieb er ein Wolf, und wir legten uns auf den Boden, weil das Bett zu klein war. Ich zog die Decken zu uns herunter und Joe rollte sich neben mir zusammen. Sein riesiger Kopf lag auf meiner Brust und hob und senkte sich mit jedem meiner Atemzüge, während er mich mit seinen roten Augen beobachtete, bis ich wieder einschlief.

Nichts passierte in jenem ersten Monat.

Auch nicht im zweiten.

Aber es gab Gerüchte.

»Sie haben ihn nach Norden verfolgt«, sagte Michelle Hughes über Skype, »Richtung Kanada.«

Ich schaute stirnrunzelnd auf den Bildschirm. »Das ergibt keinen Sinn. Warum sollte er sich von uns wegbewegen?«

»Tut er nicht«, sagte Joe, den Blick in die Ferne gerichtet.

»Nein«, bestätigte Michelle. »Tut er nicht.«

»Also ein Ablenkungsmanöver«, sagte ich.

»Irreführung, wohl eher«, entgegnete Michelle. Sie sah müde aus und hatte dunkle Ringe unter den Augen. »Ich weiß nicht, was er vorhat, aber bestimmt nichts Gutes. Meine Teams sind ihm nach Norden gefolgt, und dort endete die Spur einfach. In einem Moment dachten sie noch, sie wären ganz nah dran, und im nächsten – nichts.«

»Wie ist das möglich?«, fragte ich. »Kann man den Geruch eines Werwolfs fälschen?«

»Magie«, sagte Joe.

»Robert Livingstone«, stimmte Michelle zu. »Höchstwahrscheinlich. Joe, bist du sicher, dass wir nicht kommen sollen?«

»Das haben wir bereits besprochen«, erwiderte er mit rot blitzenden Augen.

»Und es ist dumm, darauf zu beharren«, knurrte Hughes zurück.

»Alle Leute, denen ich vertraue, sind hier«, entgegnete er. »Mehr brauchen wir nicht.«

Ich hoffte, dass Joe recht behalten würde.

Es war Vertrauen zwischen uns, zart und zerbrechlich, aber es war da, und es wuchs.

Ich sah es daran, wie die Menschen immer entspannter im Umgang mit Carter und Kelly wurden. Sie wirkten weniger nervös, weniger misstrauisch.

Ich sah es daran, wie Gordo über Ricos Scherze lachte. Oder wie er Chris mit der Schulter anrempelte, wenn sie nebeneinander gingen. Oder die Art, wie er Tanner zum Abschied umarmte.

Ich sah es daran, wie schüchtern Robbie immer wurde, sobald Kelly den Raum betrat, und mit gerötetem Gesicht zu Boden blickte. Kelly schaute jedes Mal kurz verwirrt drein, aber mehr auch nicht.

Ich sah es an der Art, wie wir uns zusammen bewegten. Es war noch nicht synchron, aber wir waren auf dem Weg dahin. Wir fanden den Rhythmus, den Takt, den wir brauchten. Ich verstand es selber nicht ganz, aber ihre Augen waren jedes Mal schon auf die Tür gerichtet, wenn ich hereinkam, als hätten sie mich erwartet. Und bei Joe genauso.

Ich merkte es an der Art, wie sie sprachen.

Carter sagte: »Du kannst es fühlen, oder? Die Bande zwischen uns. Ein so großes Rudel habe ich noch nie gehabt, Ox.«

Kelly sagte: »Ich verstehe das nicht. Warum zieht Robbie ständig diese Grimassen? Warum stottert er jedes Mal, wenn ich versuche, mit ihm zu reden? Ich habe ihm nichts getan. Ich verstehe nicht, warum er sich so komisch verhält.«

Robbie sagte: »Ich weiß nicht, was ich zu ihm sagen soll! Ich kenne ihn doch gar nicht. Jedes Mal, wenn ich versuche, mit ihm zu reden, ist es, als hätte ich meine Muttersprache vergess... Lachst du mich etwa aus? Du bist ein verdammter Bastard, Ox!«

Jessie sagte: »Ich war mit ein paar Freundinnen aus, wir waren in einem Diner, und sie lachten über ... Ich weiß nicht mal, worüber, denn alles, woran ich denken konnte, war, dass sie nicht *da* sind, verstehst du? Nicht in meinem Kopf wie du und die anderen. Es hat sich *leer* angefühlt. Ox, ich schwöre bei Gott, wenn ich wegen dir kein normales Leben außerhalb des Rudels mehr führen kann, breche ich dir den Kiefer.«

Chris sagte: »Und sie wird es tun, glaub mir. Als sie sieben war, habe ich aus Versehen – na gut, es war *Absicht,* aber hör auf, auf mich einzuschlagen, verdammt noch mal – eine ihrer Barbies auf einer Heizung liegen lassen. Das Gesicht ist geschmolzen und sah danach ... echt fantastisch aus. Aber Jessie war anderer Meinung. Die Narbe, die ihre Fingernägel an meinem Ellbogen hinterlassen haben, habe ich bis heute.«

Tanner sagte: »Gordo ist anders. Vielleicht liegt es daran, dass ich jetzt über diese ganze Hexensache Bescheid weiß. Vielleicht kann ich es deshalb besser nachvollziehen, aber ich weiß nicht, ob das alles ist. Er ist einfach anders, seit er zurück ist. Irgendwie ... ruhiger, konzentrierter. Ich glaube, er hat ein Rudel gebraucht, Ox. Er hatte zwar uns, aber ich glaube, es war nicht dasselbe. Ich glaube, seine Magie brauchte einfach mehr.«

Gordo sagte: »Ich konnte nicht atmen, als wir weg waren. Nicht so, wie ich es hier kann. Nicht so, wie ich es kann, wenn du um mich bist, Ox. Ich weiß, dass du es verstehst. Wir ... reden zwar nicht wirklich über Gefühle und so, aber bei dir kann ich *atmen*, Ox. Schon immer. Ich *wollte* dich nicht verlassen, aber ich hatte ein Rudel, und in dieser Nacht habe ich getan, was ich tun *musste*. Oder meine Magie hat es getan. Ich habe mich an Joe gebunden, aber du sollst wissen, dass du zuerst da warst.«

Rico sagte: »Wenn du mir vor fünf Jahren gesagt hättest, dass ich einmal Mitglied eines Werwolfrudels sein würde, mit einem Jungen als Alpha, der halb so alt ist wie ich und der außerdem den anderen Alpha in den Arsch fickt – schau mich nicht so an, Ox, du weißt, dass es stimmt –, hätte ich dich gefragt, ob ich was von dem Zeug haben kann, das du genommen hast. Das Leben ist ... seltsam. Green Creek ist seltsam.«

Elizabeth sagte: »Ich habe wieder angefangen zu malen. Das erste Mal seit drei Jahren habe ich wieder einen Pinsel in die Hand genommen, und es hat mir keine Angst gemacht. Die Vorstellung, etwas Neues zu erschaffen, ist immer beängstigend, aber der Akt selbst ist wie eine Läuterung. Es ist eine Befreiung, Ox. Ich weiß nicht, in welcher Phase ich mich gerade befinde. Aber ich werde es herausfinden. Grün vielleicht. Ich fühle mich grün, Ox. Du auch?«

Joe sagte: »Ich kann sie spüren.«

Joe sagte: »Sie alle.«

Joe sagte: »Lauter kleine Lichtblitze.«

Joe sagte: »Mein Dad hat mich gelehrt, dass ein Alpha nur so stark ist wie sein Rudel.«

Joe sagte: »Ox, Ox, siehst du es nicht? *Spürst* du es nicht? Wie stark unser Rudel ist?«

Joe sagte: »Und es kann nur noch stärker werden. Ich glaube ... Ich glaube, Dad wäre stolz gewesen. Auf mich. Auf dich. Auf *uns*.«

»Es ist dein Herzschlag«, sagte Mark.

»Was?«, fragte ich und blickte auf.

Wir saßen im Diner, Mark mir gegenüber. Er hatte mich in der Werkstatt abgeholt und gesagt, dass er mich zum Mittagessen einladen würde. Ich war nicht überrascht gewesen, als wir uns an denselben Tisch setzten, an dem er auch am Tag unserer ersten Begegnung gesessen hatte. An dem ich ihn kennengelernt hatte. So liefen die Dinge jetzt nun mal.

Er fixierte mich mit genau demselben Blick wie damals, als ich die Welt noch kaum begriff.

»Wie sie sich bewegen«, beharrte er. »Wie *wir* uns bewegen.«

Ich runzelte die Stirn. »Habe ich das gerade laut gesagt?«

»Nein.«

Ich seufzte. »Natürlich nicht. Verdammte Werwölfe!«

Er grinste. »Ich weiß solche Dinge eben.«

»Ich weiß, dass du das tust. Aber zu welchem Preis, Mark? Ich sag's dir: Es kostet mich meinen Verstand. Und meine verdammte Privatsphäre.«

»Daran hättest du denken sollen, bevor du ein Alpha wurdest.«

»Als ob ich eine Wahl gehabt hätte.«

Sein Grinsen wurde etwas nachsichtiger. »Du hattest die Wahl, Ox. Das weißt du genauso gut wie ich.«

»Ja«, sagte ich.

Die Kellnerin kam, um die Bestellung aufzunehmen, und lächelte Mark kokett an. Er sagte: »Thunfisch-Käse-Sandwich«, und sonst nichts.

»*Und* ich bin dein Sekundant«, sprach er weiter, als sie wieder weg war. »Der Vollstrecker. *Deshalb* weiß ich solche Dinge.«

Das ... ließ mich innehalten. Darüber hatten wir noch nie gesprochen.

Mark wartete.

Aber es war nur logisch. »Na dann«, sagte ich schließlich.

»Du wusstest es wirklich nicht?«

»Ich habe nie wirklich drüber nachgedacht.«

»Das musst du auch nicht«, erwiderte er. »Weil es nichts ändern würde.«

»Und wer ist Joes ... Vergiss es. Carter, natürlich.«

Mark strahlte.

»Es liegt also am Herzschlag?«, fragte ich stattdessen.

»So funktioniert ein Rudel«, bestätigte er. »Deshalb bewegen wir uns synchron zueinander.«

»Das verstehe ich nicht.«

»Dein Herz ist der Taktgeber«, erläuterte Mark. »Und das von Joe. Wir bewegen uns mit dir, weil wir auf den Klang deines Herzens lauschen.«

»Aber die Menschen ...«

»... folgen unserem Beispiel. Und deinem. Bis es ihnen in Fleisch und Blut übergegangen ist.«

»Und mit Thomas war es genauso?«, flüsterte ich, denn plötzlich ergab alles viel mehr Sinn. Wie wir mit ihm gewesen waren. Wie sie mit *mir* waren. Wie Carter, Kelly und Gordo mit Joe waren.

Mark sagte: »Ja. Du konntest seinen Herzschlag nicht hören, nicht so wie wir, aber du hast dich immer mehr im Gleichtakt mit uns bewegt. So wie wir jetzt bei dir. Und bei Joe.«

Marks Fuß berührte meinen, die ganze Zeit schon, und wir hingen eine Weile unseren eigenen Gedanken nach, bis die Kellnerin das Essen brachte.

Ich schaute auf meine Suppe und sagte: »Ich bin froh, dass wir nach all der Zeit immer noch Freunde sind.«

Mark sagte nichts, aber das musste er auch nicht. Ich glaube, das Klopfen meines Herzens sprach für uns beide.

Irgendwann im dritten Monat wurden wir zu einer Einheit.
Es gab immer noch Momente, in denen wir aneinandergerieten. Man kann nicht zu zwölft zusammenleben und immer miteinander auskommen.
Aber die Konflikte waren selten und wurden stets beigelegt, bevor sie eskalierten.
Die meisten Rudelmitglieder blieben häufig auch über Nacht bei den Bennetts oder im alten Haus. Joe und ich dachten nicht daran, aus meinem alten Zimmer auszuziehen, auch wenn das Bett dort viel zu klein war. Wir schliefen zusammen ein, wir wachten zusammen auf. Joe ging mit den Wölfen in den Wald, während ich mit den Jungs zur Werkstatt fuhr und Jessie zur Arbeit – ein kleiner Konvoi, der in den frühen Morgenstunden durch Green Creek rollte.
Und jeden Morgen berührte Joe den Wolf, den er mir geschenkt hatte, diese kleine Steinfigur, die auf meinem Schreibtisch stand. Er strich mit den Fingern darüber, über den Kopf und den Rücken entlang bis zum Schwanz. Sein Gesicht war dabei voller Ehrfurcht, als könnte er nicht glauben, dass ich ihn tatsächlich behalten hatte und immer noch behalten wollte.
Und jedes Mal kamen wir zu spät, weil ich ihn gegen die Wand drückte und stöhnend an seiner Zunge saugte.
Joe wollte mehr. Dass ich ihn fickte. Dass er mich fickte.
Aber ich konnte nicht. Noch nicht.
Ich hatte gesehen, was nach Thomas' Tod mit Elizabeth passiert war.
Ich hatte gesehen, wie sehr sie ihrem Wolf verfallen war.
Falls mir jetzt etwas zustieß, würde es sie hart treffen. Sie würden es bis ins Mark spüren. Joe würde sich möglicherweise nicht wieder davon erholen. Oder nur noch stärker daraus hervorgehen.

Aber wenn wir uns vereinigten und mir *dann* etwas zustieß? Ich glaubte nicht, dass Joe sich davon wieder erholen könnte.

Denn sich vereinigen bedeutete, mehr zu werden, als wir jetzt waren.

Er wollte es. Das wusste ich. *Ich* wollte es mehr als alles andere.

Aber dieses Risiko konnte ich nicht eingehen.

Sehr wahrscheinlich würde immer irgendein Damoklesschwert über uns schweben. Aber ich konnte mir nichts Schlimmeres vorstellen als Richard Collins.

Sobald er weg wäre, würde ich alles aufsaugen, was Joe mir geben wollte.

Denn irgendwann wäre es so weit und Richard wäre tot. Ich wollte mir das nicht von ihm wegnehmen lassen. *Uns* nicht. Wir waren stärker als je zuvor. Wir waren zusammen, alle, enger denn je. Wir arbeiteten zusammen, wir lebten zusammen, wir aßen zusammen. Wir waren eine Familie, und ich hatte bereits zu viele Menschen verloren, um je wieder zuzulassen, dass mir jemand genommen wurde. Und wenn das bedeutete, dass ich mein eigenes Leben dafür geben musste, dann war das eben so. Solange meinem Rudel nichts zustieß, hatte ich als Alpha meinen Job gemacht.

Ich wollte nicht sterben. Aber ich wollte, dass die anderen ein besseres Leben hatten. Und das brachte Schuldgefühle mit sich.

Weil ich jedes Mal dabei war, wenn nachts die Albträume kamen. Joe Bennett war jetzt einundzwanzig Jahre alt und träumte immer noch von den Dingen, die ihm als kleines Kind angetan worden waren. Jedes Mal, wenn er sich wimmernd im Bett hin und her zu werfen begann, gefangen in den Klauen der Vergangenheit, die sich in seinen Kopf gebrannt hatte, schlang ich meine Arme um ihn, hielt ihn fest und flüsterte ihm ins Ohr, dass er in Sicherheit war, zu Hause, dass ich nie zulassen würde, dass ihm etwas zustieß. Nicht, solange ich noch atmete.

Danach schlief er wieder ruhiger. In Sicherheit, während ich über ihn wachte.

Das hier war meine Familie.

Diese Leute waren mein Rudel.

Ich würde *alles* für sie tun.

Deshalb kam Richard Collins, als er kam, zu mir.

Bestie

»Hallo, Ox«, sagte die Bestie.
Ich umklammerte das Handy fester und versuchte, meinen Herzschlag zu beruhigen.

Die Wölfe liefen gerade unter der frühnachmittäglichen Sonne durch den Wald. Vor sechs Nächten war Vollmond gewesen, und sie hatten immer noch überschüssige Energie abzuarbeiten.

Die menschlichen Rudelmitglieder hatten es sich um mich herum bequem gemacht. Gordo saß ein Stückchen weiter weg im Schneidersitz, die Augen geschlossen, seine Finger im Gras, während er langsam und tief atmete.

Es war ein friedlicher Tag. Wir würden bald nach Hause gehen und mit dem Kochen anfangen. Das war Tradition. Schließlich war Sonntag. Elizabeth hatte ein neues Hackbratenrezept entdeckt, das sie ausprobieren wollte, und ich würde einen Gurkensalat dazu machen.

»Hallo«, sagte ich.

Richard Collins lachte leise. »Ich kann die anderen hören, Ox, ihren Atem. Die Wölfe sind ... weiter weg, aber wenn ich mich anstrenge, wenn ich *genau* hinhöre, bin ich sicher, dass das Carter und Kelly sind. Mark, Elizabeth, Robbie. Stimmt's? Der Neue. Deine neue Beta-Schlampe. Und Joe natürlich. Der verlorene Sohn ist heimgekehrt in das Land seines Vaters. Ein Prinz im Reich des gefallenen Königs. Sag mir, Oxnard, schmerzt es dich, dass ich ihn vor dir angefasst habe? Wird dir übel bei dem Gedanken, dass meine Finger lange vor deinen seine Haut berührt haben?«

Ich sagte: »Das mag sein. Aber es passiert nie wieder.«

Richard sagte: »Ach, Ox, das glaubst du doch nicht wirklich. Hör zu. Hörst du mir zu?«

»Ja.«

»Ich möchte, dass du sie allein lässt, und zwar sofort. Wir haben viel zu besprechen, du und ich.«

»*Ox?*«

Ich riss den Kopf hoch.

Rico sah mich an. »Alles in Ordnung?«, fragte er.

Ich nickte und schenkte ihm ein knappes Lächeln. »Ich musste da nur drangehen«, erwiderte ich und versuchte, nichts durch die Bande sickern zu lassen. Alphas, so hatte man mir beigebracht, konnten selbst die stärksten Emotionen dämpfen und sie so von ihrem Rudel fernhalten.

Ich dachte, *Meine Mutter war eine tolle Frau*.

Ich dachte, *Sie war freundlich und gütig*.

Ich dachte, *Ich liebe meine Familie*.

Ich dachte, *Joe ist zurückgekommen, er ist wieder da, und dieses Mal wird er bleiben*.

Ich dachte, *Ich lasse nicht zu, dass jemand ihnen etwas tut*, ich dachte, *Rudel*, ich dachte, *Liebe*, ich dachte, *Zuhause*.

Mein Puls verlangsamte sich.

Mein Nacken war nass vom Schweiß.

Meine Haut kribbelte.

Aber mein Puls verlangsamte sich.

Rico warf mir einen fragenden Blick zu. Jessie sah mit einem Stirnrunzeln auf.

»Ich bin gleich wieder da, okay?«, sagte ich. Ich lächelte sogar, ein schreckliches, falsches Lächeln, das sich zu breit anfühlte.

Sie nickten.

Ich stemmte mich hoch, hielt das Handy weiter ans Ohr gepresst, während ich mich von den anderen entfernte.

Vor allem von den Wölfen.

Ich hörte jeden von Richards Atemzügen.

Wie seine Zunge über seine Zähne glitt.

Ich versuchte, an beruhigende Dinge zu denken, zum Beispiel, wie der Gurkensalat schmecken würde, knackig und süß, nach Tradition, während mir der Schweiß weiter über den Rücken lief. Das Sonnenlicht schien grell durch die Bäume. Ich glaubte, alle Vögel wären verstummt, der ganze Wald wäre still geworden, aber es war nur das Rauschen des Blutes in meinen Ohren, das alles andere übertönte.

Es kam mir vor, als würde ich tagelang durch den Wald marschieren, dabei waren es nur wenige Minuten.

Ich sagte: »Ich bin allein, weg von den anderen.«

»Wirklich?«, fragte Richard. »Ich will ehrlich sein. Ich hatte ein bisschen mehr ... Widerstand von dir erwartet.«

»Vielleicht lüge ich ja.«

»Das könntest du«, bestätigte er. »Aber du tust es nicht. Dein Herz schlägt bemerkenswert ruhig. Die Kontrolle, die du an den Tag legst, ist in der Tat außergewöhnlich. Wie machst du das nur?«

»Ich weiß nicht, wovon Sie sprechen.«

»*Nein*«, sagte Richard barsch. »Du kannst nicht mit mir spielen, Oxnard. Nicht heute und auch nicht an einem anderen Tag. Du glaubst, du weißt, wozu ich fähig bin, aber du hast keine Ahnung. Ich habe es dir gesagt, Ox: Ich bin ein *Monster*.«

»Es ist mir scheißegal, was Sie sind. Sie werden nie ...«

»Kennst du Mr. Fordham?«

Ich stutzte. Mr. Fordham war ein alter Mann, der ab und zu in die Werkstatt kam. Ich erinnerte mich noch, wie Gordo ihm einmal einen Katalysator billiger verkauft hatte, weil er ihn sich sonst nicht hätte leisten können. So war Gordo nun mal. Das Außergewöhnliche an der Sache war Mr. Fordhams Gesichtsausdruck gewesen, so freundlich und dankbar für den Gefallen, den Gordo ihm getan hatte. Als er hörte, dass Gordo wieder in Green Creek war, kam er sofort vorbei, um ihm die Hand zu schütteln und ein bisschen mit ihm zu plaudern.

»Ox«, sagte Richard leise. »Ich habe dich etwas gefragt.«

»Ja«, antwortete ich wie betäubt. »Ich kenne ihn.«

»Wusstest du, dass er heute einen Arzttermin hatte? Außerhalb von Green Creek, meine ich. Er ist schon etwas älter, wie du weißt. Sein Herz tut es nicht mehr so wie früher. Aber er ist ziemlich unerschrocken, muss ich sagen. Meine Zähne scheinen ihm gar nichts auszumachen.«

Nein. Nein, nein, nein.

»Was haben Sie getan?«

Richard lachte. »Ox, ich habe noch *gar* nichts getan. Aber das werde ich gleich. Sag auf Wiedersehen.«

Ein Rascheln in der Leitung. Die Sonne war zu grell. Alles fühlte sich zu real an.

Dann: »Ox«, sagte eine heisere Stimme.

»*Mr. Fordham*«, keuchte ich.

»Hör mir gut zu, Junge«, sprach er weiter, als hätte er Nerven aus Stahl. »Ich weiß nicht, wer dieser Kerl ist und was er will, aber du gibst es ihm nicht. Hast du mich verstanden? *Du gibst es ihm nicht.* Seine Augen, Ox. Seine Augen haben Farben, die ich mir bisher nicht einmal vorstellen konnte. Er kommt nicht rein, *sie* kommen nicht rein, also müssen sie dich dazu bringen, zu *ihnen* zu kommen, aber genau das wirst du nicht tun, hörst du, tu es ...«

Ein nasses Klatschen aus dem Hörer.

Ich kannte dieses Geräusch.

Das Geräusch, mit dem sich die Haut über einer Kehle öffnet.

Das Geräusch von spritzendem Blut.

Ich hörte ein Röcheln aus Mr. Fordhams Kehle, dann nichts mehr.

»Ox?«, fragte Richard. »Bist du noch dran?«

»Ich werde Sie umbringen«, knurrte ich. »Ich werde Sie finden und umbringen.«

»Ja, du wirst es bestimmt *versuchen*«, erwiderte Richard amüsiert. »Ich muss zugeben, Ox, jemandem wie dir bin ich noch nie begegnet. Vielleicht habe ich dich an dem Tag unterschätzt, als ich deine Mutter getötet habe. Das werde ich nicht noch einmal tun. Und, oh, da ist es ja endlich! Dein Herz, es klopft so schnell.«

Das tat es. Es raste, und ich konnte es nicht aufhalten. Die Wut. Diese rasende Wut in mir. Sie ließ mich ein Stück weit verstehen, warum Joe getan hatte, was er getan hatte. Warum er gegangen war. Dass er es tun *musste,* auch wenn es bedeutete, alles und alle hinter sich zu lassen, die er kannte. Jetzt verstand ich es.

Denn ich hätte wahrscheinlich dasselbe getan.

Ich war kein Wolf.

Aber ich hätte mich liebend gerne dem Wolf in mir hingegeben.

Ich sagte: »Was wollen Sie?«

»Schon besser«, erwiderte Richard. »Endlich sprechen wir darüber, was *ich* will. Es ist ganz einfach, Ox: Komm zu mir und komm allein.«

»Ich lasse mich von Ihnen nicht als Köder für Joe benutzen. Sie können ihn nicht haben, niemals.«

»Es geht nicht um Joe. Sondern um *dich,* Ox.«

Eine Wiesenlerche sang irgendwo, ihr Lied hohl und traurig.

»Um mich? Ich bin niemand, ein Nichts ...«

»Sie haben dich vor mir versteckt«, sagte Richard. »Und so hätte es bleiben können, aber sie haben nicht mit David King gerechnet. Sie haben nicht einmal an ihn *gedacht.* Weißt du, was er mir gesagt hat, Ox, während ich sein Blut vergossen habe? Er hat mich angefleht aufzuhören. Er hat gebettelt, dass ich ihn gehen lassen soll, *bitte, bitte hören Sie auf, ich werde alles tun, was Sie wollen, bitte, bitte, bitte.*« Seine Stimme war jetzt hoch und spöttisch. »Er hat mir Dinge erzählt, Ox, bevor ich ihm den Kopf vom Hals gerissen habe. Dinge über *dich.*«

Ich sagte nichts, denn ich wusste, worauf das hinauslief. Ich schloss die Augen und wünschte, es wäre nicht so.

»*Alpha*«, flüsterte Richard.

»Da bist du ja«, sagte Elizabeth.

Ich stand in der Tür zur Küche. Ich konnte hören, wie die anderen draußen herumliefen, im Obergeschoss, im Wohnzimmer.

»Entschuldigung«, sagte ich. »Ich musste telefonieren. Wegen der Arbeit.«

Ich hielt meine Stimme ruhig und meinen Herzschlag gleichmäßig. Ich befand mich in einem Haus voller Wölfe, die sofort alles merken würden, wenn ich meine Maske auch nur das kleinste bisschen verrutschen ließ.

»Alles in Ordnung?«

Ich lächelte Elizabeth an. »Ja, alles gut.«

Ihr Blick verweilte einen Moment, dann nickte sie. »Na schön. Das Essen kocht sich nicht von allein. Also an die Arbeit, Ox. Es gibt viel zu tun.«

»Hey.«

Ich blickte von den Zwiebeln auf, die ich gerade würfelte.

Joe lehnte mit nach oben gezogener Augenbraue am Tresen. Er hatte die Arme über der Brust verschränkt, seine Muskeln immer noch prall von der nur langsam schwindenden Kraft des Mondes. Er war schön. Weil er Joe war. Weil er mein war.

»Hey«, sagte ich und wusste nicht, wie ich das durchstehen sollte.

»Wo warst du?«

»Telefonieren«, antwortete ich mit einem Achselzucken. »Hat länger gedauert, als ich dachte.«

»Ja? Ein Auftrag?«

Ich nickte, wagte aber nicht zu sprechen. Ich sah wieder auf meine Zwiebeln hinunter.

»Joe«, schimpfte Elizabeth. »Hör auf, meine Hilfskraft abzulenken. Er schneidet sich noch was ab, wenn du weiter so schlüpfrig in meiner Küche posierst. Such dir etwas anderes zu tun.«

Ich umklammerte das Messer fester und schluckte den Kloß in meinem Hals hinunter.

»Ich *posiere* gar nicht«, stammelte Joe und wurde rot.

»Und wie!«, widersprach Elizabeth.

»Ox, ich ...«

»Und wie«, brachte ich irgendwie heraus.

»Schön«, sagte er. »Ich merke, wenn ich nicht erwünscht bin.«

Nein, hätte ich beinahe gesagt. *Du bist immer erwünscht.*
Ich will dich, immer.
Ich will nicht, dass du jemals gehst.
Ich will mich nie wieder von dir verabschieden müssen.
Es tut mir leid, Joe.
So leid.

Ich sagte: »Es ist ja nur für kurze Zeit.«

»Wirklich?«, fragte Joe. »Und danach willst du mich wieder? Ich fühle mich so was von benutzt.«

Ich nickte.

»Hey«, sagte er und stand plötzlich direkt neben mir, presste sich an mich, drückte seine Nase an meinen Hals. »War nur ein Scherz. Du weißt, dass ich es nicht so meine.«

»Ja«, sagte ich.

Er küsste mein Kinn. »Dann lasse ich dich jetzt in Ruhe. Und später darfst du mir zeigen, wie *sehr* du mich willst.«

Joe gab mir einen Klaps auf den Hintern und schlenderte gackernd aus der Küche.

Wir setzten uns zum Sonntagsessen zusammen, alle zwölf, das ganze Rudel. So, wie es Tradition war.

Ich saß am Kopfende des Tisches, Joe zu meiner Rechten. Ich hatte ihm gesagt, dass der Platz seines Vaters eigentlich ihm gebührte, aber er hatte nur den Kopf geschüttelt und erwidert, der Platz stünde mir gut. Niemand sagte ihm, er solle sich ans gegenüberliegende Ende setzen, wie Thomas und Elizabeth es immer getan hatten. Und es fühlte sich besser an, ihn an meiner Seite zu haben.

Der Tisch quoll über von Essen. Alle lachten und scherzten, luden sich oder ihrem Nachbarn die Teller voll, dann verstummten sie einer nach dem anderen und warteten, denn die Alphas nahmen immer den ersten Bissen.

Die Wölfe warteten aus Instinkt, die Menschen mittlerweile aus Routine. Niemand beschwerte sich. Es war einfach so.

Ich nahm meine Gabel.

Ich konnte das.

Ich *musste*.

Ich legte die Gabel wieder weg, denn ich konnte es *nicht*. Nicht, ohne mich zu verabschieden.

Joe legte seine Hand auf meine.

Ich sah ihn an.

Er erwiderte meinen Blick. »Ox?«, fragte er besorgt.

Ich sagte: »Tut mir leid. Es ist nur ... Es war ein langer Tag. Ich bin ein bisschen müde.«

»Sicher?«

Ich schenkte ihm ein kleines Lächeln. »Ja«, sagte ich. »Sicher.«

Ich hoffte, das würde reichen, um ihn zu überzeugen, und wandte mich den anderen zu.

Ich sagte: »Ich ... äh ... kann nicht besonders gut reden. Oder besonders viel. Es ist ... mein Vater hat das kaputt gemacht, in mir, glaube ich. Es fällt mir schwer, die richtigen Worte zu finden, und ich habe jedes Mal Angst, dass ich alles nur noch schlimmer mache.«

Joe drückte meine Hand.

Ich sagte: »Und deshalb sage ich oft nicht, was ich sagen *sollte*. Zum Beispiel, wie sehr ich euch liebe. Euch *alle*. Wie sehr ich euch brauche. Dass es Tage gibt, an denen ich kaum glauben kann, wie sehr ihr mir vertraut. Ich bin schließlich nur Ox. Mein Dad hat gesagt, dass die Leute mich wie Scheiße behandeln würden. Mein ganzes Leben lang. Lange Zeit war es auch so, und ich dachte, vielleicht ist das nun mal so. Aber dann ... habe ich Leute getroffen, denen es egal ist, dass ich ein bisschen langsamer als andere bin. Dass ich größer bin. Dass ich dummes Zeug rede. Und ich habe einfach ... Ihr seid meine Familie, mein Rudel, okay? Und was auch immer passiert, was auch immer kommen mag, ich möchte, dass ihr euch immer daran erinnert.«

Mein Mund fühlte sich trocken an, meine Zunge schwer und geschwollen. Joes Griff um meine Hand würde blaue Flecken hinterlassen, wenn er so weitermachte. Elizabeth wischte sich über die Augen. Mark hatte dieses stille Lächeln auf dem Gesicht. Robbie sah mich fast schon ergriffen an. Carter und Kelly lächelten wie unbekümmerte Teenager, als wären sie nicht einmal durch die Hölle und wieder zurück gegangen. Rico, Tanner und Chris hatten die Köpfe gesenkt. Jessie hatte ihrem Bruder einen Arm um die Schultern gelegt und drückte ihre Stirn an seine Wange.

Und Gordo.

Gordo, Gordo, Gordo.

Er sah mich mit gerunzelter Stirn an.

Ich sagte: »Und jetzt, da die Situation maximal peinlich ist ...«

Sie lachten.

Dann nahm ich mit großer Geste den ersten Bissen.

Joe ließ meine Hand nicht los.

Und Gordo schaute nicht weg.

Die Bennett-Jungs erledigten den Abwasch. Die menschlichen Rudelmitglieder hatten sich auf den Heimweg gemacht. Robbie und Mark waren in der Bibliothek. Elizabeth malte, und es war grün, grün, grün.

»Geh ein Stück mit mir, Ox«, sagte Gordo.

Ich zögerte.

Er deutete mit dem Kinn auf die Haustür.

Ich folgte ihm seufzend nach draußen.

Er wartete, bis er sicher war, dass die Wölfe uns nicht mehr hören konnten.

Er sagte: »Ich kenne dich.«

Der Himmel begann sich allmählich zu verdunkeln.

»Schon sehr lange«, bestätigte ich, unsicher, wohin das führen würde.

»Und wir erzählen uns die meisten Dinge. So sind wir nun mal.«

»Sicher, Gordo.«

»Gibt es etwas, das du mir sagen willst?«

Ich zwang mich, ihn anzusehen. »Wie meinst du das?«

Er musterte mich mit zusammengekniffenen Augen. »Ich bin nicht dumm, Ox.«

»Das habe ich auch nie behauptet.«

»Etwas stimmt nicht.«

»Womit?«

»Mit dir.«

Ich schnaubte. »Vieles.«

»Ox«, warnte er. »Werd jetzt nicht schnippisch.«

»Das habe ich auch nicht vor. Irgendwas stimmt *immer* nicht, das ist heute auch nicht anders als sonst.«

»Du musst es mir sagen, Ox. Ich kann dir nicht helfen, wenn du mir nicht sagst, was los ist.«

»Es *ist* nichts«, stöhnte ich. »Einfach nichts, okay? Ich bin nur müde. Der Vollmond, die Arbeit, all das. So was passiert ab und zu. Die Aufgaben werden nicht weniger. Ich gehe heute einfach früh ins Bett, dann geht es mir morgen sicher wieder besser.«

»Aber du würdest es mir sagen, oder? Wenn etwas nicht in Ordnung wäre.«

Nicht, wenn es um seine Sicherheit ging. Um ihrer *aller* Sicherheit. »Klar, Gordo«, erwiderte ich, die Lüge wie Asche auf meiner Zunge.

Er sah mich noch einen Moment lang an, sein Blick kühl und durchdringend. Schließlich schüttelte er den Kopf. »Na schön. Aber mach diesen Scheiß nicht mit mir, Ox. Verdammt noch mal, du hast dich angehört, als würdest du dich von uns verabschieden. Ich ... Tu mir das nicht an.«

»Ja.« Ich hustete. »Ich bin nur müde. Diese Dinge brechen immer dann aus mir raus, wenn ich müde bin.«

Er rollte mit den Augen. »Dann lass deine Gefühle in Zukunft bei Joe raus, wo sie hingehören. Oh Gott, ich wünschte, ich hätte das nicht gesagt.«

Ich lachte, und es war sogar aufrichtig.

Gordo wollte zurück ins Haus und versuchte, sich an mir vorbeizuschieben, aber ich hielt ihn fest und zog ihn in eine Umarmung. Er grunzte überrascht, doch seine Arme legten sich sofort um mich, und er gab genauso viel zurück, wie er bekam.

»Was wollte Gordo von dir?«, fragte Joe, als wir auf dem Weg zum alten Haus waren.

Die Sonne war jetzt fast untergegangen. Die Sterne kamen heraus.

Der Wind wehte durch die Bäume. Sie schwankten hin und her.

»Fachsimpeln«, antwortete ich.

»Fachsimpeln«, sagte Joe. »Klingt aufregend.«

»Idiot.«

Er grinste mich liebevoll an und nahm meine Hand. »Ich verarsche dich nur.«

»Ich weiß.«

»Das wirst du auch aushalten müssen, wenn ich weiter als dein Callboy zur Verfügung stehen soll.«

»Klingt schrecklich. Du solltest dir besser einen anderen Job suchen.«

»Erst kommt mein Highschool-Abschluss, Ox«, entgegnete er, als hätten wir das nicht schon eine Million Mal besprochen. »Dann das Online-College. Und dann werde ich wahrscheinlich da weitermachen, wo Dad aufgehört hat. Im Moment brauchen wir noch kein Geld.«

»Ich weiß«, sagte ich. »Du wirst deine Sache bestimmt gut machen.«

»Wirklich?«

Ich beugte mich zu ihm hinüber und küsste ihn auf die Wange. Seine Bartstoppeln kratzten an meinen Lippen. »Ja. Vielleicht kann ich dann ja *dein* Callboy sein.«

Er lachte und schubste mich weg.

Mein Handy piepte.

Es war nur ein einziger Ton.

Joe lag auf der Couch, den Kopf auf meinen Schoß gebettet und die Augen geschlossen, während ich mit den Fingern durch sein Haar fuhr. Er ließ es jetzt wieder wachsen, und es war schon fast so lang, dass ich mich daran festhalten konnte. Der Fernseher lief, aber der Ton war aus.

Ich nahm das Handy und sah, dass ich eine neue Textnachricht hatte.

Von einer unterdrückten Nummer.

> Du hattest genug Zeit.

Ich ließ nicht zu, dass meine Hände zu zittern begannen.

Ich sagte: »Scheiße.«

Joe öffnete die Augen. »Was?« Seine Stimme klang rau und wunderschön.

»Jessie.«

»Was ist mit ihr?«

»Sie hat einen Platten und keinen Wagenheber dabei.«

»Scheiße. Okay, gib mir eine Sekunde, dann ...«

»Nein«, sagte ich. »Bleib hier. Es dauert nicht lange.«

»Bist du sicher?«

Ich nickte. »Noch bevor du merkst, dass ich überhaupt weg war, bin ich auch schon wieder da.«

Joe wollte etwas sagen, runzelte aber nur die Stirn. »Seltsam«, murmelte er.

»Was denn?«

»Dein Herz hat gerade einen Sprung gemacht, als hättest du ...« Er schüttelte den Kopf. »Ist auch egal. Wahrscheinlich bin ich nur müde. Solange du nicht vorhast, mit ihr durchzubrennen, kannst du gerne gehen. Dieses eine Mal.«

»Niemals«, sagte ich und glaubte, ich würde jeden Moment zusammenbrechen. »Ich werde nie jemand anderen wollen als dich.«

Joe strahlte mich an. »Du bist so was von rührselig heute. Geh, damit du schneller wieder hier bist. Wenn ich dann nicht schlafe, blas ich dir einen.«

»Wow! Bei dem Angebot sollte ich eigentlich gleich losrennen.«

»Verdammt richtig.«

Ich hob seinen Kopf an, rutschte von der Couch, und Joe ersetzte meinen Schoß durch ein Kissen. Ich kniete mich neben ihn, nahm sein Gesicht zwischen die Hände und küsste ihn. Er seufzte glücklich, hielt mich kurz fest und drückte seine Zunge gegen meine Lippen, dann machte ich mich los.

Ich strich mit meinen Daumen über seine Augenbrauen. Über seine Wangen. Seine Lippen. Er brummte leise. Behütet. Zufrieden.

»Ich liebe dich«, sagte ich. Denn wenn es etwas gab, für das ich mich am meisten hasste, dann die Tatsache, dass ich es ihm nicht jeden Tag gesagt hatte. Mehrmals. Wir taten es selten genug. Wir wussten, was der andere fühlte, auch ohne es laut auszusprechen. Trotzdem hätten wir uns davon nicht aufhalten lassen sollen.

»Wirklich?«, fragte Joe, küsste meinen Daumen, nahm ihn zwischen die Zähne und biss sanft hinein. Er ließ wieder los und sagte: »Ich liebe dich auch, Ox. Du bist mein Gefährte. Und eines Tages, bald schon, werden wir uns vereinigen.«

Ich musste gehen, bevor es zu spät war und ich es nicht mehr konnte.

Ich küsste ihn ein letztes Mal.

Stand auf.

Nahm meine Schlüssel vom Couchtisch.

Trat einen Schritt zurück.

Joes Lider senkten sich bereits. »Ich werde auf dich warten«, nuschelte er.

Meine Kehle schnürte sich zu.

Ich drehte mich um und ging, bevor Joe noch das feuchte Glänzen in meinen Augen sah.

Alpha.
Was?
Ich weiß, dass du ein Alpha bist.
Bin ich aber nicht. Ich bin ein Mensch, ein Nichts ...
Lüg. Mich. Nicht. An. Ich weiß nicht, wie du es geschafft hast. Ich weiß nicht, was dich so anders macht. Aber Mensch oder nicht, du bist ein Alpha. Ein Alpha im Bennett-Revier, nichts weniger als das.
Was wollen Sie?
Ich habe noch sechs andere Leute aus deiner Stadt.
Sie verdammtes Schwein.
Ich werde sie töten, Ox. Ich werde jeden einzelnen von ihnen töten. Du wirst zuhören, während ich ihnen die Arme ausreiße, Ox. Einer ist noch ein Kind. Du willst doch sicher nicht für den Tod eines Kindes verantwortlich sein, oder?

Sie sind ein verfluchtes Tier.

Ach, Ox, als ob ich das nicht wüsste. Und wenn du es jetzt erst merkst, bist du ein bisschen spät dran.

Damit werden Sie nicht durchkommen.

Nein? Ox, ich bin doch schon dabei.

Was wollen Sie?

Dich. Ich will dich. Wenn ich Joe den Alpha nicht entreißen kann, dann eben dir. Du wirst zu mir kommen. Allein. Dann tue ich diesen Menschen nichts. Oder diesem Kind. Hörst du sie, Ox? Sie weinen, weil sie Angst haben. Das Kind blutet bereits. Nur ein Kratzer, aber genug, dass sie begreifen, wie ernst es mir ist. Mit ihnen. Mit dir. Siehst du es jetzt, Ox, wie ernst ich es meine?

Sie werden niemals an Joe rankommen. Die Schutzzauber werden Sie weiter abhalten, selbst wenn Sie ein Alpha sind. Es spielt auch keine Rolle, wer bei Ihnen ist. Gordo wird ...

Ox, Ox, Ox. Du verstehst nicht, worum es hier geht. Joe ist mir egal. Euer Revier ist mir egal. Mich interessiert nur, dass du praktisch ein Bennett bist, auch wenn du nicht so heißt. Mir geht es einzig und allein darum, dir das zu nehmen, was Thomas Bennett mir nicht geben wollte. Lass es mich haben, dann krümme ich keinem einzigen Mitglied deines Rudels auch nur ein Haar.

Und Sie erwarten, dass ich Ihnen das glaube?

Du hast es selbst gesagt, Ox: Ich komme nicht an den Schutzzaubern vorbei. Ob du mir glaubst oder nicht, ist mir ehrlich gesagt egal. Kannst du einfach so weiterleben, wenn du weißt, dass Unschuldige deinetwegen sterben mussten?

Ich ...

Ox. Du warst nie dazu bestimmt, ein Alpha zu sein. Ich kann diese Last von deinen Schultern nehmen. Deinem Rudel wird nichts geschehen. Diesen Menschen wird nichts geschehen. Green Creek wird nichts geschehen. Und Joe auch nicht. Es wird wehtun, sicher, am Anfang. Verlust tut immer weh, dieser stechende Schmerz, der dich schier um den Verstand bringt. Aber Joe ist stark. Stärker, als selbst ich es ihm zugetraut hätte. Er wird es überleben, denn er hat ein Rudel, das ihn braucht. Eines Tages wird er wieder lächeln können bei dem Gedanken an dich, der ... Erinnerung an dich.

Kann ich es Ihnen nicht einfach geben?

Ach, ich fürchte, dafür bleibt keine Zeit mehr. Ich kenne nur einen sicheren Weg, um die Macht eines Alphas zu erlangen. Der Tod ist dabei leider eine unvermeidliche Nebenwirkung, aber ich bin sicher, du verstehst das. Ich kann dir sogar versprechen, dass ich es so schmerzlos wie möglich machen werde.

Ich kann nicht. Ich kann sie nicht einfach zurücklassen. Sie sind meine ...

Hörst du sie schreien? Es ist die Mutter, Ox. Ihr Kind sieht gerade zu, wie ich sie aufschneide.

Hören Sie auf! Bei Gott, hören Sie auf. Lassen Sie die Leute in Ruhe, Sie verdammtes Schwein!

Ich gebe dir den Rest des Tages. Ich weiß, welch großen Wert Thomas auf ... Tradition gelegt hat. Also nimm dir die Zeit und verabschiede dich. Aber, Ox, ich schwöre dir, beim kleinsten Hinweis, dass du mich hintergehst, töte ich sie alle. Und danach werde ich einen Weg finden, diese Zauber zu durchbrechen, egal, wie lange es dauert. Ich werde sie brechen und jede einzelne Person, die du liebst, abschlachten. Und dich spare ich mir bis ganz zum Schluss auf. Du wirst zusehen, wie dein Rudel vor deinen Augen stirbt, die ganze Zeit in dem Wissen, dass du es hättest verhindern können. Und Joe werde ich ficken, bis er gebrochen ist. Ich werde ihn ficken, bis er nur noch nach mir riecht und nach nichts anderem mehr. Und dann werde ich ihm das Herz aus der Brust reißen, und du wirst zusehen, wie ich es esse. Und erst dann, wenn du dein gesamtes Rudel verloren hast und völlig am Ende bist, nehme ich mir dich vor. Bei deinen Füßen fange ich an und arbeite mich langsam nach oben, und wenn ich bei deinen Knien bin, wirst du mich anflehen, dich zu töten. Und ich werde Nein sagen. Glaubst du mir das? Glaubst du, dass ich das tun werde?

... Ja.

Gut, Ox, sehr gut. Genieß deine letzten Stunden. Kein Wort zu niemandem. Ich werde die Leute hier nicht anrühren, es sei denn, du zwingst mich dazu. Dein Rudel wird nie mehr sicher sein, wenn du mich verrätst. Du kannst sie nicht ewig in Green Creek einsperren, Ox, und sobald jemand von ihnen die Schutzzone verlässt, werde ich da sein. Kooperierst du, verspreche ich dir, dass ich sie in Ruhe lasse.

Wann?

Sobald ich dich rufe. Ich bin ein Monster, Ox, aber so schlimm bin ich auch wieder nicht. Ich werde dir Zeit geben mit denen, die du liebst.

Wo?

Bei der Holzbrücke. Wo es nach vergossenem Omegablut riecht. Möglicherweise von meinen. Warst du das, Ox? Hast du dein Revier verteidigt, wie es sich für einen guten Alpha gehört? Es ist tief in den Boden eingesickert, aber ich kann die Angst beinahe schmecken, den Schmerz und die Wut. Wie damals bei Joe, als ich ihm den Schweiß vom Kopf geleckt habe. Hat er dir das je erzählt? Ich bin nicht weiter gegangen, aber es war knapp. Jedes Mal, wenn ich ihm einen seiner kleinen Finger gebrochen habe, wollte ich ihm meinen ...

Das. Reicht.

Oh! Ich kann es fühlen. Du bist ein Alpha. Die Gänsehaut, Ox, wie sie kribbelt. Ich wünschte, ich hätte Zeit herauszufinden, wie du das geschafft hast. Aber leider, leider ist das nicht der Fall. Ich möchte das Unvermeidliche nicht länger hinausschieben. Außerdem würde es mir den Geschmack an dir verderben. Nimm dir alle Zeit, die du brauchst. Ich werde dich wissen lassen, wann du kommen sollst. Und denk daran, Ox: Kein Wort, oder alle werden leiden. Bis bald.

Es war naiv von mir, und wie!

Aber wenn auch nur die kleinste Chance bestand, dass Richard die Wahrheit sagte, dass er ihnen, dass er *Joe* nichts tun würde, *musste* ich sie ergreifen.

Ich konnte nicht zulassen, dass unschuldige Menschen starben, wenn es in meiner Hand lag, es zu verhindern. Thomas hatte mich gelehrt, dass jedes Leben einen Wert hat, dass es die Verantwortung eines Alphas ist, sich um die Menschen in seinem Revier zu kümmern, auch wenn sie nicht einmal wussten, was ein Alpha ist.

Green Creek war mein.

Seine Einwohner waren mein.

Ich hatte bereits Mr. Fordham im Stich gelassen.

Das durfte nicht noch einmal passieren.

Ich wartete, bis die Reifen des Trucks keinen Staub mehr aufwirbelten und die Straße von Schotter zu Asphalt wurde, dann begann ich, die Bande zwischen mir und dem Rudel eines nach dem anderen zu lösen.

Das taten wir manchmal, wenn wir ungestört sein wollten. Wenn wir mit jemandem intim waren. Wenn wir allein sein wollten und nicht von dem ständigen Gefühl von *RudelRudelRudel* überwältigt werden wollten.

Wenn wir Geheimnisse bewahren mussten.

Ich tat es nur selten und wusste, dass es nicht lange dauern würde, bis jemand Fragen stellte.

Green Creek war um diese Uhrzeit still. Der Mond war halb voll. Die Laternen entlang der Hauptstraße leuchteten schummrig. Ich sah kein einziges anderes Auto.

Das Diner strahlte fast wie ein Leuchtturm. Im Vorbeifahren sah ich eine Kellnerin mit einer Kanne Kaffee in der Hand. Sie lächelte. Worüber, würde ich nie erfahren.

Bist du dir auch wirklich sicher?, fragte meine Mom vom Beifahrersitz aus.

»Absolut.«

Sie sagte: *Das habe ich mir gedacht* und *Ich liebe dich* und *Ich bin so stolz auf dich* und *Du hast eine Seifenblase am Ohr*. Und dann lachte sie. Es war ein so schöner Klang, ein freudiger Klang, so sehr wie sie selbst, dass meine Augen tränten und es mir die Kehle zuschnürte, obwohl sie gar nicht da war.

Ich ließ die Lichter von Green Creek hinter mir.

Rote Augen sahen mich vom Beifahrersitz aus an.

Thomas sagte: *Ein Alpha ist nur so stark wie sein Rudel.*

Ich sagte: »Ich weiß.«

Thomas sagte: *Du bist einer der stärksten Alphas, die ich je getroffen habe.*

Ich sagte: »Bin ich stark *genug*?«

Thomas sagte: *Wirst du es tun?*

Ich sagte: »Ja.«

Er sagte: *Dann* bist *du stark genug* und *Du bist mein Sohn, genau wie die anderen* und *Wir werden bald zusammen singen, und ich verspreche dir, es wird dein Herz erfüllen*. Und seine Augen blitzten rot, denn selbst im Tod war er immer noch ein Alpha. *Mein* Alpha.

Die Brücke war noch ein paar Meilen entfernt, als ich an den Straßenrand fuhr.

Ich hatte noch eine letzte Sache zu erledigen.

Der Sitz neben mir war leer, natürlich, aber vielleicht war ich trotzdem nicht allein.

Ich nahm mein Handy und tippte vier Worte an Joe.

Nur vier, denn ich wusste, er würde es verstehen.

Er würde sie erst morgen früh lesen, beim Aufstehen, denn ich hatte sein Telefon ausgeschaltet, bevor ich ging.

Ich starrte auf das Display und zögerte.

Was, wenn ich es nicht konnte? Was, wenn ich versagte, wenn ich sie nicht beschützen ...?

Ich drückte auf *Senden*.

Die Nachricht verschwand in den Äther, dann schaltete ich mein Handy aus und hoffte, dass Joe mich nicht hassen würde.

Dass er mir eines Tages verzeihen würde.

Und ein neues Glück finden.

Er würde wissen, was meine Nachricht bedeutete. Er hatte mir die gleiche geschickt, als er tat, was er tun musste.

Ich bog wieder auf die Straße ein und fuhr weiter.

Ich dachte immer wieder an diese vier Worte.

Es tut mir leid.

Es tut mir leid.

Es tut mir leid.

Das letzte Stück Straße vor der Brücke war leer.

Hier draußen gab es keine Laternen, nur den Mond und die Sterne.

Es war sehr dunkel.

Das Licht meiner Scheinwerfer fiel auf die Brücke zehn Meter vor mir.

Sie war ebenfalls leer.

Aber ich konnte sie spüren.

Wie Gift in dem Boden, der zu meinem geworden war.

Im Gras und den Bäumen und den Blättern, die im Wind zitterten.

Wie eine schwärende Wunde.

Ich machte den Motor aus, die Scheinwerfer ließ ich an.

Der Motor tickte. Ich atmete langsam und gleichmäßig. Thomas und Mom waren nicht mehr da.

Ich wünschte, sie wären bei mir, auch wenn sie nicht real waren.

Ich wollte diesen Weg nicht allein gehen.

Die Bande zu meinem Rudel waren vollständig durchtrennt.

Ich fühlte mich leer, und mir war kalt. So hatte ich mich schon lange nicht mehr gefühlt.

Ich holte die Brechstange unter dem Sitz hervor. Sie fühlte sich so klein an.

Ich drückte die Fahrertür auf. Ein Quietschen in der Stille der Nacht.

Ich stieg aus.

Ich zitterte nicht.

Ich hielt die Brechstange fest umklammert und schloss die Fahrertür.

Ich ging zur Motorhaube. Mein Schatten streckte sich im Licht der Scheinwerfer und fiel auf die Brücke wie der eines Riesen.

Ich spürte, wie ich die Schutzzone verließ. Die Zauber streiften über meine Haut, als würde ich durch ein Spinnennetz gehen, dann war der Moment vorbei.

Die Grillen zirpten im Gras.

Ich schwankte nicht. Die Brechstange lag kalt in meiner Hand.

Ein violettes Blitzen zwischen den Bäumen wie ein Blinzeln. Dann wieder.

Dann noch eines und noch eines und noch eines.

Dann kamen sie.

Aus den Schatten.

Es waren zehn.

Omegas.

Verwilderter, als ich es je zuvor gesehen hatte.

Ihre Augen waren vollständig violett.

Sie waren halb verwandelt und sabberten aus Mündern voller Reißzähne.

Sie schubsten sechs Menschen vor sich her.

Ihre Hände waren auf den Rücken gefesselt, die Münder geknebelt.

Fünf Erwachsene, ein Kind.

Sie sahen verängstigt aus, die Augen weit aufgerissen und die Wangen tränenverschmiert.

Zwei Männer. Drei Frauen. Ein kleiner Junge.

Ich kannte sie. Alle. Aus Green Creek. Sie kamen in die Werkstatt. Ich traf sie im Lebensmittelladen. Wir gingen auf der Straße aneinander vorbei. Wir winkten uns zur Begrüßung zu. Zum Abschied. Wir sagten Dinge wie: »Schönen Tag noch«, und: »Schön, Sie wiederzusehen«, und: »Ich hoffe, es geht Ihnen gut.«

Mr. Fordham war nicht dabei, weil er ermordet worden war, während ich zuhörte.

Sie wirkten erleichtert, als sie mich sahen, diese Menschen.

Ich war nicht ihr Alpha. Bisher nicht, aber *jetzt* war ich es. Zumindest so lange, wie ich es noch sein konnte.

Der kleine Junge, sein Name war William, und seine Mutter hieß Judith.

Ich sagte: »Hey, es ist okay. Es ist alles in Ordnung. Ich weiß, dass ihr Angst habt, aber ich bin jetzt hier. Ich bin hier, und ich verspreche, dass ich tun werde, was ich kann, damit alles gut wird. Habt einfach Vertrauen. Ich kümmere mich um euch.«

Die Omegas lachten knurrend. Ihre Krallen kratzten über die Haut ihrer Geiseln und hinterließen Striemen, aber kein Blut.

Die Menschen weinten, Tränen und Rotz glänzten auf ihren verängstigten Gesichtern.

Die Omegas blieben stehen und drückten ihre Geiseln auf die Knie.

Der Omega hinter William war größer als die anderen. Und er sah gemeiner aus. Er legte seine Krallen um das Gesicht des Jungen, eine genau unter das Kinn, während er mit der Daumenkralle über Williams Wange streichelte. Es brauchte nicht viel, nur einen kleinen Druck, und William würde ...

Ein weiterer Mann trat aus den Schatten.

Ich staunte über die Inszenierung, so theatralisch und langsam, wie sie einer nach dem anderen herauskamen.

Wahrscheinlich war das Richards Idee.

Er wusste, was der Anblick von Osmonds Gesicht in mir auslösen würde.

Er spielte ein Spiel, und ich fiel darauf rein.

Denn es kostete mich all meine Kraft, mich nicht auf Osmond zu stürzen.

Die Jahre waren nicht gut zu Osmond gewesen. Er sah abgehärmt aus und kleiner, als ich ihn in Erinnerung hatte. Dünner. Unter seinen Augen zeichneten sich dunkle Ringe ab. Er wirkte nervös, seine Finger krümmten und streckten sich, krümmten und streckten sich wieder.

Ich dachte an unsere erste Begegnung, den Ausdruck auf seinem Gesicht, als er hörte, dass Joe mir seinen Wolf gegeben hatte. Die Abscheu. Die *Verachtung*. Wahrscheinlich war er danach sofort zu Richard gelaufen, um ihm alles zu erzählen. Wie Thomas ihn gegen die Hauswand gedrückt und ihm ins Gesicht geknurrt hatte, dass ich etwas *wert* war. Dass ich etwas *bedeutete*. Dass ich, nur weil ich ein Mensch war, nicht weniger wert war als ein Wolf.

Thomas hat sich für mich eingesetzt.

Und dann hat Osmond ihn verraten.

Ich dachte daran, wie leicht es wäre, ihm mit meiner Brechstange den Kopf einzuschlagen.

Nur um zu sehen, wie Haut und Schädel gespalten wurden, wie das Blut spritzte.

Sicher, seine Omegas würden mich in Stücke reißen. Wahrscheinlich würde ich es nicht einmal bis zu ihm schaffen, bevor sie mich umzingelt hätten.

Aber ich konnte es versuchen.

Osmonds Augen blitzten auf, als hätte er meine Gedanken gehört. Sie waren violett, genau wie die der anderen.

Ich sagte: »Ihre Augen.«

Osmond zuckte zusammen, als hätte er nicht erwartet, dass ich sprechen würde.

»War es das wert?«

Die Omegas lachten wieder.

Osmond sagte: »Das spielt keine Rolle.« Seine Stimme war leise. »Was geschehen ist, ist geschehen.«

Was geschehen ist, ist geschehen. Wie der Tod meiner Mutter. Und von Thomas.

Oh, die Wut, die mich erfüllte!

Die *Wut*.

Ich schien sie auszustrahlen, denn obwohl die Omegas nicht zu mir gehörten, obwohl ich nicht ihr Alpha war, war ich immer noch ein *Alpha,* und beim Klang meiner Stimme fingen sie an zu jammern und zu winseln.

Osmond sah aus, als wollte er sich ducken, aber er fing sich im allerletzten Moment noch. »Genug«, sagte er barsch zu den Omegas, die bellten und ihn ankläfften.

»Wie hast du das gemacht?«, fragte Osmond. »Wie bist du ein Alpha geworden?«

»Wie können Sie nachts schlafen?«, fragte ich zurück. »Nach allem, was Sie getan haben?«

»Ich schlafe sehr gut.«

»Lüge. Sie sehen alles andere als gut aus, Osmond.«

»Diese Geschichte wird nicht gut für dich ausgehen. Das solltest du inzwischen wissen.«

Ich lächelte ihn an. »Mag sein«, erwiderte ich, und Osmond zuckte leicht. »Aber ich weiß, wer ich bin. Können Sie das Gleiche von sich behaupten?«

»Wir haben dich überprüft, Matheson. Es gab nie einen Wolf in deiner Familie. Nicht einen einzigen.«

Ich sagte nichts.

»Wir dachten, dass es vielleicht an der Hexe liegt. Du warst Teil seines Zirkels, noch bevor du die Wölfe kanntest. Aber es gibt keine Magie, die stark genug ist, um einen Alpha zu erschaffen. Und glaub mir, er hat gründlich gesucht.«

Robert Livingstone. Ich fragte mich, ob er hier war. Wahrscheinlich nicht. Gordo hätte es gespürt, auch ohne die Schutzzauber.

»Keine Magie«, sprach Osmond weiter. »Keine Wölfe. Und doch bist du hier.«

»Das bin ich«, bestätigte ich und wartete darauf, dass das Monster sich zeigte, dass Richard mit ausgefahrenen Klauen und Zähnen aus der Dunkelheit geschlichen kam.

»Wie?«, fragte Osmond noch einmal. »Wie kannst du ihr Alpha sein, wenn du sie nicht einmal spüren kannst?«

»Ist das wichtig?«, entgegnete ich, ohne auf seine Frage einzugehen. Denn sie klang, als wüsste er nichts von den Banden zwischen uns. Und wenn er es nicht wusste ...

Osmonds Augen verengten sich. »Wenn du es kannst, können es vielleicht auch andere.«

Ich wusste, wie es passiert war, größtenteils. Aber das brauchte er nicht zu wissen. Er brauchte nicht zu wissen, dass es aus Kummer und Not geboren war. Dass es Vertrauen und Treue brauchte. Dass es Wölfe und Menschen gab, die so sehr an mich glaubten, dass ich nichts anderes als ihr Alpha sein *konnte*. Die darauf vertrauten, dass ich mich um sie kümmern würde, auch wenn ich selbst kein Wolf war. Dass ich sie liebte. Dass ich ihnen ein Zuhause geben und uns zu einer Familie machen würde.

Das war etwas, das Osmond nie verstehen würde.

Und Richard auch nicht.

Denn selbst wenn er es mir nahm, selbst wenn er es mir aus der Brust riss, danach würde er es bis zur Unkenntlichkeit zerfleischen. Er mochte dann ein Alpha sein, aber ohne zu verstehen, was es in Wahrheit bedeutete.

Ich sagte: »Wo ist er?«

Ich war fertig mit Osmond. Ich hatte das Warten satt.

»Er wird kommen, wenn er bereit ist.«

Ich schnaubte. »Eine Hinhaltetaktik also. Er hört zu, während Sie versuchen, so viele Informationen aus mir rauszulocken wie möglich. Sie sind ein Lakai, Osmond. Sie waren nie mehr als ein Handlanger.«

Osmond knurrte, und seine Augen blitzten, als er einen Schritt nach vorne machte. »Chaney«, sagte er kalt, ohne die Augen von mir abzuwenden. »Nur ein kleines bisschen.«

Der große Wolf, der bösartige, der William in seinem Griff hielt, grinste, sein Kinn nass vom Speichel, der aus seinem Maul troff. Dann drückte er seinen Daumen fester gegen die Wange des Jungen. William schrie gegen den Knebel in seinem Mund an, Blutstropfen quollen hervor. Es war nur ein dünner Schnitt, der wahrscheinlich nicht einmal eine Narbe hinterlassen würde, aber die Omegas rochen das Blut und begannen mit den Zähnen zu knirschen. Williams Mutter versuchte, sich auf Chaney zu stürzen, und wurde von dem Omega, der hinter ihr stand, brutal an den Haaren zurückgerissen.

»Nicht«, sagte ich heiser. »Ich ...«

Ich war abgelenkt. Von den Wölfen. Von den Menschen. Von dem Blut, das aus Williams Wange quoll. Und es war zu viel. Vor mir standen zehn Omegas, die sich immer weiter in Wölfe verwandelten, und ein genauso entschlossener wie nervöser Osmond, und ich war abgelenkt.

Natürlich.

Deshalb hörte ich auch nicht, wie er von hinten herankam.

Deshalb rechnete ich auch nicht damit, dass er seinen Arm um meine Brust legen und mich an sich ziehen würde.

Deshalb rechnete ich auch nicht damit, dass er seine andere Hand um meinen Hals und seine Krallen um meine Kehle legen würde.

Sein Atem war an meinem Ohr. Er stank nach Fleisch und Blut.

»Hallo, Ox«, sagte Richard Collins.

Ich schloss die Augen, und obwohl ich versuchte, es zu verhindern, stolperte mein Herz in meiner Brust.

Er spürte es. Er *hörte* es.

»Du stinkst nicht nach Angst. Wie seltsam«, sagte er amüsiert.

»Weil ich keine Angst vor Ihnen *habe*«, erwiderte ich, während sein Griff um meine Kehle noch fester wurde. Richards Brust presste gegen meinen Rücken und seine Lippen waren ganz dicht an meinem Ohr. Es war das am weitesten von Intimität Entfernte, das ich je erlebt hatte.

»Vielleicht«, sagte er. »Aber nur, weil du es dir mit aller Macht einredest. Ich kann dir Angst vor mir machen, Ox. Und zwar sehr schnell, wenn ich will.«

Die Omegas grinsten und strichen mit ihren Krallen über die Köpfe der Menschen vor ihnen. Osmond beobachtete uns misstrauisch mit violett flackernden Augen.

»Alles ruhig?«, fragte Richard.

Osmond nickte. »Er ist allein.«

»Gut. Der Anfang ist gemacht.« Dann: »Danke, Ox. Ich wusste, dass ich mich auf dich verlassen kann.«

»Sie können mich mal.«

»Wie freundlich du doch bist. Für den nächsten Schritt musst du allerdings deine Brechstange fallen lassen. Du brauchst sie nicht mehr.«

Ich rührte mich nicht.

»Ox«, sagte er, seine Stimme voller Bedauern. »Ich kann es leicht oder schwer für dich machen. Die Entscheidung liegt bei dir. Möchtest du es nicht lieber einfach haben?«

Er log, das wusste ich jetzt. Seine Worte waren voller leerer Versprechungen. Nichts an dieser Sache würde einfach werden.

»Lass. Die. Brechstange. Fallen.«

Ich war ein Alpha. Ich war ein gottverdammter Alpha.

Aber mir blieb keine Zeit, mich zu bewegen oder gar zu reagieren, als er mein Handgelenk packte und es brutal verdrehte. Knochen knirschten und brachen, ein Schmerz durchzuckte mich, gläsern und so scharfkantig, dass mir übel wurde. Die Brechstange fiel zu Boden und wirbelte eine Staubwolke auf, während ich die Zähne zusammenbiss, um den Schrei zu unterdrücken, der sich in meiner Kehle aufbaute.

»Das war ... unglücklich«, sagte Richard und stieß mich zu Boden.

Ich schmeckte Staub in meinem Mund.

Und – zum ersten Mal – Panik.

Sie begann in meiner Brust, ein langsames Grollen, das durch meinen ganzen Körper wogte, begleitet von Nadelstichen, die so viel stärker waren, als jemals etwas in meinem Leben gewesen war. Denn es war nicht nur Panik. Oder nicht nur meine eigene.

Es war die Panik meines *Rudels*.

Die Bande hatten sich wieder zusammengefügt.

Nein, nein, nein, nein.

Das größte Geschenk eines Alphas an sein Rudel ist, sich zu opfern, flüsterte Thomas. *Er muss es um jeden Preis beschützen, selbst wenn es ihn das eigene Leben kostet.*

Sie würden kommen.

Sobald sie sich von dem Zorn, der Wut, dem Schmerz erholt hatten, würden sie kommen.

Ich versuchte, die Verbindung wieder zu kappen, aber sie strahlte zu hell, beinahe elektrisch, wie ein glühender Draht. Ich konnte mein Rudel nicht mehr aufhalten, denn sie *wussten* es.

Sie waren auf dem Weg.

Und Richard ahnte nichts davon.

Aber ich durfte das Risiko nicht eingehen.

Ich durfte nicht riskieren, dass einer von ihnen verletzt wurde.

Sie glaubten, ich wäre in die Werkstatt gefahren, und würden ein paar Minuten brauchen, um mich zu finden. Vielleicht würde die Zeit reichen, um ...

Aber es gab ein Band, das heller brannte als die anderen. Näher. Wütender.

Ich spürte seine Wut. Ich spürte seine Magie.

Gordo.

Gordo war hier.

Er war *hier*.

Ich drehte mich auf den Rücken. Die Brechstange lag links von mir, gerade so in Reichweite.

Richard ragte über mir auf und blickte angewidert auf mich herab.

Ich sagte: »Wenn ich es Ihnen gebe, habe ich Ihr Wort, dass Sie die anderen in Ruhe lassen. Alle. Mein Rudel, die Geiseln, die Menschen in Green Creek.«

»Ich habe nicht den Eindruck, dass du in der Position bist, Forderungen zu stellen, Junge«, knurrte Richard. »Du bist ein *Mensch*. Du magst im Moment auch noch ein Alpha sein, aber das stand dir nie zu. Deshalb werde ich es dir nehmen und du wirst ...«

»Wollen Sie nicht wissen, wie ich es gemacht habe?«, fragte ich, das gebrochene Handgelenk an meine Brust gepresst. »Wie ein Mensch ein Alpha werden konnte?«

Er hielt inne. Dann: »Ich höre.«

»Sie lauschen«, sagte ich. »Die Omegas können uns hören und werden versuchen, dasselbe zu tun. Sie werden Ihnen den Rang streitig machen und versuchen, selbst Alphas zu werden. Das wollen Sie nicht.«

Richard kauerte sich neben mich. Der Trottel. Ich hasste ihn mehr als alles andere auf der Welt.

»Du solltest sprechen«, sagte er mit tiefer Stimme. »Jetzt. Bevor ich die Geduld mit dir verliere.«

Und ich sagte: »Fick dich.«

Ich bewegte mich so schnell wie noch nie in meinem Leben. Ich war erfüllt von Trauer und Verzweiflung, von Wut und diesem Gefühl, diesem gottverdammten Gefühl, das mein Dad in mich eingepflanzt hatte, als er sagte: »Die Leute werden dich wie Scheiße behandeln, Ox«, denn hier war er, hier war der verdammte Richard Collins, der meinem Vater *recht* gab. Er behandelte mich wie Scheiße, und das würde ich mir nicht länger gefallen lassen. Ich hätte gar nicht erst damit anfangen sollen.

Aber vor allem war es das Rudel, das mich antrieb, das Rudel, das mir erlaubte, mich so zu bewegen, wie ich es tat, die Menschen und die Wölfe, die meine Familie waren. Und Joe, den ich in mir spürte, Joe, der hierherkam, voller Angst und Wut.

Ich aktivierte das Band zwischen mir und Gordo und sagte: *Die Menschen die Menschen die Menschen du darfst nicht zulassen dass sie verletzt werden du musst ihnen helfen sie retten sie beschützen*, noch während sich meine Finger um die Brechstange krümmten.

Richards Blick sprang zu meiner Hand.

Ich schwang die Stange in einem großen Bogen. Sie schlug mit einem lauten Knacken seitlich gegen seinen Kopf, und der Aufprall ließ meinen Arm erzittern. Richard fiel stöhnend zur Seite.

Dann kam Gordo.

Er trat hinter dem Truck hervor, seine Tätowierungen leuchteten heller, als ich sie je gesehen hatte. Der Rabe flatterte wie wild, und ich schwöre, ich konnte seinen Schrei hören, als er den Schnabel öffnete, einen lauten, schrillen Ruf, der mir bis ins Mark drang. Ich spürte das Pulsieren seiner Magie im Boden, ein Beben tief unter der Erde. *AlphaAlphaAlpha* rief er mir zu, und ich griff danach, klammerte mich so fest wie möglich an das Band zwischen Gordo und mir.

Noch bevor Richard zu Boden schlug, das Knurren schon auf seinem zerschmetterten Gesicht, brach die Erde zwischen den Menschen und den Omegas auf. Mächtige Erdsäulen erhoben sich polternd, warfen die Menschen nach vorne und die Omegas zurück.

Osmond stürmte los, als ich wieder auf die Beine kam. Er konzentrierte sich auf Gordo, streckte die Krallen nach der Hexe, während seine Schnauze bereits länger wurde. Ich warf die Brechstange hoch, fing sie am stumpfen Ende wieder auf und schwang sie gegen Osmonds Beine, als er an mir vorbeikam. Ich legte all meine Kraft in den Schlag, Osmonds Schienbein knackte, seine Haut zischte, und er schrie, als ihm die Beine weggezogen wurden. Er stürzte nach vorne in den Staub, sein Schwung ließ ihn mit dem Gesicht nach unten über die Straße schlittern, wo er vor Gordos Füßen liegen blieb.

Ich vertraute darauf, dass Gordo mir den Rücken freihielt, und wandte mich ab. Rannte auf die aufgebrochene Erde zu und rutschte durch den Dreck, kam kniend vor den Menschen zum Stehen. Sie waren wie vom Donner gerührt, wussten nicht, was sie tun sollten.

Ich begann mit Judith und riss ihr den Knebel aus dem Mund. »Sie müssen mir helfen«, sagte ich und umfasste ihr Gesicht, während hinter ihr die Erde weiter krachte. »Sie müssen die anderen von hier wegbringen. Binden Sie sie los und nehmen Sie den Truck. Fahren Sie nach Green Creek. Halten Sie nicht an, bis Sie in der Werkstatt sind, und bleiben Sie dort.« Ich ließ sie einen Moment los und fischte die Schlüssel aus meiner Tasche.

Judith sah sich wimmernd und mit glasigen Augen um.

»Hey!«, schnauzte ich. »Hören Sie mir zu!«

»Ox?«, flüsterte sie.

Ich hielt ihr zwei Schlüssel vor die Nase. »Das ist der Schlüssel für den Truck. Und das ist der Schlüssel zur Werkstatt. Haben Sie das verstanden?«

»Ox, ich ... ihre Augen, sie ...«

»Judith, Ihr Sohn wird sterben, wenn Sie ihn nicht von hier wegbringen.«

Judith zuckte zusammen, aber ihr Blick wurde etwas klarer. Sie griff wie hypnotisiert nach William und löste seine Fesseln, während ich den anderen drei Geiseln half. »Ihr folgt ihr«, sagte ich zu ihnen. »Sie bringt euch in Sicherheit. Ihr haltet nicht an, bevor ihr bei der Werkstatt seid, und dort *schließt ihr die Tür hinter euch ab.*«

Ich hoffte, die Schutzzauber würden halten. Sie mussten. Es war ihre einzige Chance.

Judith hob William auf die Arme, der sich sofort an sie klammerte, dann drückte ich ihr die Schlüssel in die Hand, noch während ich die Omegas knurrend wieder auf die Beine kommen hörte. Judith drehte sich noch einmal zu mir um und sagte: »Danke, danke, wir werden ... *Pass auf!*«

Etwas Schweres warf mich zu Boden und landete auf mir. Ein gleißender Schmerz von vier klauenbewehrten Pfoten, die sich in meinen Rücken gruben, ließ mich aufschreien, und ich schmeckte Sand in meinem Mund, als der Wolf, der mich angegriffen hatte, mir ins Ohr knurrte.

Plötzlich verschwand das Gewicht von meinem Rücken und der Omega jaulte auf.

Ich wurde hochgezogen, spürte fremde Hände auf meinen beiden Armen. Links von mir stand eine Frau (Megan?), rechts ein Mann (Gerald hieß er, glaubte ich). Ein Dritter stand keuchend vor mir, meine Brechstange noch in den Händen. Adam, ein freundlicher Kerl mit fürchterlichen Aknenarben.

»Heilige Scheiße«, stammelte er.

Ich stolperte vorwärts und schnappte mir die Brechstange von ihm. »Danke.«

Er nickte mir mit weit aufgerissenen Augen zu.

»Ox!«, brüllte Gordo in diesem Moment. »Mach, dass sie von hier verschwinden. *Jetzt!* Osmond ist nicht mehr da, und ich habe keine Ahnung, wo er hin ist!«

Ich spuckte einen Schwall Blut aus. »Geht«, bellte ich. »Verschwindet von hier, *schnell!*«

Ich musste es ihnen nicht noch einmal sagen. Sie schubsten sich gegenseitig auf den Truck zu, als hinter mir schon das nächste Knurren ertönte, tiefer diesmal.

Ich drehte mich um.

Richard Collins war jetzt vollständig verwandelt, seine Schnauze war blutig, die Lefzen um die Reißzähne zurückgezogen. Er war kleiner als Joe oder Thomas, aber immer noch ein verdammt großer Wolf.

»Omega«, sagte ich, auch wenn mich seine violetten Augen eigentlich nicht überraschten. Er hatte sich schon viel zu lange dem Wolf in sich hingegeben, um irgendetwas anderes zu sein als das.

Er knurrte wieder.

Ich machte einen Schritt zurück und umklammerte meine Brechstange fester.

Richard duckte sich, bereit zum Sprung.

Da rollte ein Wolfslied über uns hinweg, lauter als alles andere. Es vibrierte vor Wut und Entsetzen.

Es war das Lied eines Alphas.

»*Nein*«, flüsterte ich.

Joe hatte uns gefunden. Jetzt schon.

Das konnte ich nicht zulassen. Joe durfte nicht herkommen. Nicht, wenn die Möglichkeit bestand, dass Richard ihn verletzte oder dem Rudel sogar ganz wegnahm. Ein Rudel brauchte einen Alpha, damit sie nicht zu Omegas wurden. Thomas war unser Alpha gewesen. Dann Joe, nach Thomas' Tod. Und danach, aus der Not heraus, ich.

Aber Joe war zurückgekommen.

Er war der wahre Bennett-Alpha.

Sie *brauchten* ihn.

Und ich musste dafür sorgen, dass er überlebte.

Ich sah Richard an.

Das Lied des Alphas hatte seine Aufmerksamkeit von mir abgelenkt.

»Hey!«, rief ich. »*Hier* bin ich, du Arschloch!«

Und dann rannte ich, weg von unserem Revier, weg von den Schutzzaubern.

Weg von meinem Rudel.

Weg von Joe.

»Ox!«, schrie Gordo mir hinterher. »Tu das nicht!«

Da ertönte ein weiteres Lied.

Es war tief und kehlig, mehr ein Schrei als ein Wolfsheulen.

Es war das Lied eines Raubtiers, das seine Beute gestellt hat.

Ich rannte auf die Brücke zu, ohne ein wirkliches Ziel vor Augen zu haben, einfach nur *weg-weg-weg*.

Vor mir ragten die Haufen aus Steinen und Erdreich auf, unter denen Gordo die Omegas begraben hatte. Gerade als ich darüber sprang, brach eine Klaue daraus hervor und versuchte, mich zu packen. Sie kratzte schon an meiner Wade, und einen Moment lang glaubte ich, ich würde es nicht schaffen. Ich spürte ein Reißen, ein kurzes Aufflammen von Schmerz, dann landete ich auf der anderen Seite.

Ich warf einen Blick über die Schulter und sah, wie die Omegas sich mit gefletschten Zähnen und violetten Augen zurück ins Freie kämpften, während Gordo mir entsetzt hinterherstarrte. Und dazwischen lief ein großer Wolf auf und ab und wartete, bis ich weit genug entfernt war, dass die Jagd sich auch lohnte.

Dann stürzten sich die Omegas auf Gordo. Seine Tätowierungen flammten auf, der Boden unter seinen Füßen bewegte sich, Steine und kleine Felsbrocken erhoben sich aus der Erde und wirbelten um ihn herum. Mit einem Schnippen seiner Handgelenke schleuderte er sie den Omegas entgegen und warf sie zu Boden.

Richard kümmerte das nicht.

Er hatte einzig und allein Augen für mich.

Ich rannte.

Weil ich Menschen, die ich liebte, schützen musste.

Ich rannte, weil Richard jetzt vollkommen auf mich konzentriert war, nicht auf Joe, und ich würde *alles* tun, damit das auch so blieb.

Die Brücke vor mir war dunkel. Ich hörte die alten Holzbalken knarren ...

Und das Trampeln von Wolfspfoten hinter mir.

Richard nahm die Verfolgung auf. Und einen Moment lang war ich sicher, dass noch ein Wolf hier war. Er rannte neben mir. Es war ein großer Wolf, ein Alpha, von dem ich wusste, dass er vor Jahren gestorben war.

Einen Moment lang war ich sicher, dass auch meine Mom bei mir war, mit wirbelnden Armen und Beinen und wehendem Haar.

Ich mobilisierte all meine Kräfte.

Ich würde Richard nicht abhängen können, aber wenn ich weit genug käme, dann ...

Ich hatte die Brücke fast erreicht und hoffte, dass sie mich tragen würde. Der Sturz in den Bach darunter war zwar nur drei Meter tief, aber ich wollte nicht unter den Trümmern begraben werden.

Meine Füße schlugen trommelnd auf das Holz, die Balken ächzten und zitterten bei jedem Schritt.

Ich erreichte die Mitte und war sicher, dass ich es schaffen würde. Ich hatte keine Ahnung, welche Richtung ich danach einschlagen sollte, aber ich würde es verdammt noch mal schaffen.

Da tauchte Osmond aus den Schatten am gegenüberliegenden Ende der Brücke auf, halb verwandelt, das Gesicht mit Blut und Erde verschmiert. Ich stolperte, stürzte fast, konnte mich aber in letzter Sekunde noch fangen.

Ich schaute über die Schulter.

Richard Collins stand am anderen Ende der Brücke und machte einen Schritt auf mich zu.

»Es ist vorbei«, sagte Osmond. »Du hast verloren.«

Ich nickte. »Sieht so aus.«

»Du hättest niemals gewonnen.«

Ich lachte finster. »Mach schon.«

Osmond kniff die violetten Augen zusammen. »Was?«

»Du sollst das Quatschen lassen. Du willst mich? Dann komm und hol mich, verdammt!«

Osmond knurrte.
Richard brüllte.
Dann griffen sie an.
Die Brücke schwankte unter ihrem Gewicht und ich hörte die Balken über mir knacken.
Dann sprangen sie, genau wie ich es mir gedacht hatte.
Ich wartete bis zum allerletzten Moment, ließ mich auf die Knie fallen und riss die Arme hoch, die Brechstange fest in meinen Händen, das eine Ende auf Richard gerichtet, das andere auf Osmond.
Es ging viel zu schnell, als dass sie die Richtung noch hätten ändern können.
Richard erwischte es als Ersten. Das spitze Ende bohrte sich in seine Brust, zerfetzte Knochen und Muskeln, während mein Arm durch die Wucht des Aufpralls in die andere Richtung gerissen wurde, wo sich das gekrümmte Ende in Osmonds Hals grub. Das Silber brannte sich in ihre Wunden, Blut spritzte auf mich herab, während die Klauen der beiden meine Haut aufschlitzten.
Meine Arme waren von Blut überströmt, meinem und ihrem. Ich konnte das Gewicht der beiden nicht mehr halten, und die Brechstange glitt mir aus den blutigen Händen. Sie fielen mit einem lauten Krachen auf die Holzplanken, ihre Beine strampelten hilflos, während sie würgend versuchten, sich von dem sengenden Silber zu befreien, das sich ihnen in Hals und Brust brannte.
Ich krabbelte rückwärts, während die beiden durch die Brechstange wie aneinandergekettet dalagen.
Zwei violette Augenpaare starrten mich an.
Ich hatte Schmerzen, aber ich spürte sie kaum. Ich konnte nicht sagen, welches von all dem Blut mein eigenes war.
Die Brücke ächzte wieder, lauter als vorhin, und die Verstrebungen begannen zu zittern. Das ganze gottverdammte Ding würde jeden Moment zusammenbrechen.

Es war mir egal.

Ich wollte nur noch die Augen schließen. Vielleicht ein bisschen schlafen.

Ich hörte ein leises Knurren und öffnete meine Augen wieder.

Richard versuchte, an mich heranzukommen, aber die Brechstange in seiner Brust ließ ihm nicht viel Spielraum. Er streckte seinen Hals noch ein Stück weiter, Schaum trat aus seinem Maul, als seine Kiefer nur Zentimeter von meinem Fuß entfernt zuschnappten.

Ich winkelte das Bein an und trat mit aller Kraft.

Richard heulte auf und zog sich wieder zurück, schüttelte die Schnauze vor Schmerz.

Die Brücke begann, sich nach links zu neigen. Nur ein paar Zentimeter, aber mein Magen hob sich, als wären es Meilen gewesen. Holzstaub rieselte von den Dachbalken auf mich herab.

Ich lachte.

Weil ich es konnte.

Ich legte den Kopf an die Wand in meinem Rücken und lachte.

»Ihr werdet hier sterben«, sagte ich, während Osmond mit nur noch schwach zuckenden Beinen und brennenden Händen versuchte, die Stange aus seinem Hals zu ziehen. »Ihr beide werdet verdammt noch mal hier verrecken. Ihr habt versagt. Ihr habt Joe nicht erwischt. Und *mich* auch nicht.«

Obwohl er Unmengen an Blut verloren haben musste, begann Richard auf mich zuzukriechen.

Ich musste weg von hier.

Es wäre leichter gewesen, einfach zu bleiben.

Aber ich habe noch nie den einfachen Weg gewählt.

Ich schob mich an der Wand in meinem Rücken hoch, nur mit der Kraft meiner Beine, denn meine zerfetzten Arme waren zu nichts mehr zu gebrauchen.

Richard knirschte wütend mit den Zähnen und versuchte, schneller zu kriechen.

Osmond krampfte bereits. Seine Augen rollten nach oben, und sein Maul stand offen, während er zwischen Mensch und Wolf gefangen war. Seine Klauen verwandelten sich in Finger und wieder zurück, kratzten hilflos über die Holzbalken, während Richard ihn einfach mit sich zerrte.

Ich blickte auf den Wolf vor mir herunter, und er starrte mit aus dem Maul hängender Zunge und gefletschten Zähnen zu mir hinauf.

»Du wirst ihn nie bekommen, und du wirst nie ein Alpha sein. Du hast verloren«, sagte ich. »Und jetzt wirst du sterben. Für *nichts*.«

Die Brücke begann auseinanderzubrechen, die Bodenbretter splitterten, und ein großer Riss breitete sich über die Wand hinter mir aus, während die Decke sich bereits von den Stützbalken löste.

Mit der wenigen Kraft, die ich noch hatte, machte ich einen Schritt. Es tat höllisch weh, aber ich wollte nicht hier drin sterben. Nicht so. Nicht mit *ihnen*.

Ich hatte mein Rudel beschützt. Joe würde mich finden. Alles würde gut werden.

Ich reihte Schritt an Schritt, dann stolperte ich kurz vor dem Ende der Brücke über einen Balken, der sich splitternd aus dem Boden hob. Ich stürzte, drehte mich noch im Fallen halb herum auf die Schulter, um wenigstens nicht aufs Gesicht zu schlagen.

Ein Wolf heulte hinter mir.

Eine Stimme flüsterte in meinem Kopf.

Sie sagte, *steh auf.*

Sie sagte, *wir sind fast bei dir aber du musst aufstehen.*

Sie sagte, *AlphaBruderLiebeSohnRudel steh auf steh auf steh auf.*

Sie sagte, *wir lieben dich.*

Sie sagte, *wir brauchen dich.*

Sie sagte, *du bist unser Alpha und du musst aufstehen.*

Sie sagte, STEH AUF STEH AUF STEHAUFSTEHAUFSTEH-AUFSTEH...

Ich stand auf. Weil ich *alles* für sie tun würde.

Mein ganzer Körper schmerzte. Aber ich stand auf.

Die Brücke kippte zur Seite, das Dach senkte sich mit einem letzten Stöhnen so weit herab, dass ich die Decke hätte berühren können.

Ich machte die letzten Schritte, und in dem Moment, als meine Füße festen Boden berührten, krachte die Brücke mit einer Staubwolke in den Bach hinter mir.

Ein gellender Schrei drang durch die Bande des Rudels, ein Schrei des Entsetzens, ein *Nein-Nein-Nein* und *OxOxOx TU DAS NICHT OX* ...

»Hey, Joe«, flüsterte ich, weil es niemanden sonst auf der Welt gab, der so verzweifelt nach mir geschrien hätte.

Und das Lied, das der Wolf heulte, war wunderschön. Es war so voller grüner Erleichterung, dass mir die Augen davon tränten. Es hallte von den Bäumen ringsum wider. Joe war nah, ganz nah.

Ich musste ihn sehen. Mich vergewissern, dass es ihm gut ging. Ihm sagen, wie leid es mir tat. Dass ich ihn nie verlassen wollte. Dass ich nie irgendwo anders sein wollte als an seiner Seite. Alles, was ich je gewollt hatte, war, ihn zu beschützen. Seit jenem ersten Tag, als er redete und brauste wie ein kleiner Wirbelwind, wollte ich nur noch dafür sorgen, dass Joe Bennett nie etwas zustoßen würde.

Er kam.

Ich versuchte, mich auf den Rest des Rudels zu konzentrieren, mich zu vergewissern, dass ihnen nichts fehlte, aber Joe war überall, *alles* drehte sich um ihn. Er war alles, was ich hören, sehen, schmecken und riechen konnte.

Ich stolperte so vorsichtig wie möglich die Böschung hinunter ins Bachbett. Die Trümmer der eingestürzten Brücke lagen verstreut im Wasser, Nägel und geborstene Bretter überall um mich herum. Ich spürte die Omegas nicht mehr, Richard und Osmond. Das Gift war verschwunden.

Meine Stiefel klatschten ins Wasser, und meine Hosenbeine sogen sich voll damit.

Ich konnte sie jetzt hören.

Das Rudel.

Joe.

Ich kletterte auf der anderen Seite ans Ufer. Blut tropfte von meinen Armen auf die Erde, aber das war in Ordnung. *Alles* war in Ordnung. Ich war fast zu Hause.

Ich erreichte das Ende der Böschung.

Und da war er. Der weiße Wolf mit den roten Augen. Nur wenige Schritte von mir entfernt.

Ich sah, wie er sich verwandelte, hörte das vertraute Knirschen von Knochen und Muskeln, und dann stand er da und sah mich mit geweiteten Augen an, splitterfasernackt.

Er sagte: »Ox«, seine Stimme heiser und gebrochen. »Ich dachte ... Ich dachte ...«

Ich machte einen Schritt auf ihn zu und sagte: »Alles ist gut. Es ist vorbei, Joe, ich verspreche es. Es tut mir so leid. Bitte sei nicht wütend auf mich. Es tut mir so leid, so ...«

Hinter mir ertönte ein Knall wie von einer Explosion.

Ich wirbelte herum.

Die Brückentrümmer flogen durch die Luft, als ein halb zurückverwandelter, blutverschmierter Richard Collins darunter hervorsprang und direkt vor mir landete.

Er packte mich an der Schulter und zog mich an sich.

»*Alpha*«, knurrte er mir ins Ohr.

Und dann stieß er mir seine Klauen in den Bauch, bis seine ganze Hand darin verschwand.

Joe schrie.

Ich hatte ihn noch nie so ein Geräusch machen hören. Es brach mir das Herz.

Richard Collins zog seine Hand wieder aus meinem Bauch.

Ich hustete, wusste nicht genau, was gerade passiert war.

Ich blickte nach unten.

Blut strömte aus mir heraus.

Teile meiner Innereien hingen ins Freie, ein nasser, roter Knoten.

Ich sah wieder auf. Alles schien wie in Zeitlupe abzulaufen.

Ich war so müde.

Richard machte einen Schritt zurück und ich fiel auf die Knie. Blut begann aus meinem Mund zu tropfen.

Richard legte den Kopf in den Nacken und ließ seine Wirbel knacken.

Die Wunden an seinem Körper begannen sich zu schließen.

Er öffnete die Augen.

Sie brannten rot.

In wenigen Sekunden hatte er bekommen, was er wollte. Was er vor so vielen Jahren begonnen hatte, war endlich vollbracht.

Er brüllte.

Ich spürte es bis in meine Knochen.

Es war ein kraftvolles Geräusch.

Das augenblicklich verstummte, als Joe Bennett seine Hände links und rechts an Richard Collins' Kopf legte und ihn von den Schultern riss.

Richard sank zu Boden, wie mein Spiegelbild kniete er direkt vor mir.

Nur dass ich aus einer Bauchwunde blutete, während sein Blut in mächtigen Stößen aus seinem zerfetzten Hals gepumpt wurde.

Meine Sicht wurde unscharf.

Ich konnte nicht schlucken.

Ich bekam keine Luft mehr.

Joe ließ Richards Kopf fallen, und ich wollte ihn fragen, warum er sich so langsam bewegte. Als wäre er unter Wasser, und ich verstand nicht, warum.

Richard kippte nach hinten um.

Ich tat das Gleiche.

Bevor mein Oberkörper aufschlug, griffen Arme nach mir und bremsten meinen Sturz. Ich wurde sanft auf den Boden gelegt und blinzelte zu den Sternen hinauf. Sie leuchteten so hell.

Und der Mond. Ah, der Mond! Ich wünschte, er wäre voll. Den Vollmond mochte ich am liebsten.

Joes Gesicht erschien und verdeckte den Mond, aber das machte mir nichts aus. Ich liebte sein Gesicht noch weit mehr, als ich den Mond je lieben würde.

Ich versuchte, ihm das zu sagen, vor allem, weil er weinte, aber ich fand die richtigen Worte nicht.

Außerdem waren wir ja unter Wasser, und wahrscheinlich war es besser, wenn man unter Wasser nicht sprach.

Joes Lippen bewegten sich, er schrie und weinte, aber ich verstand ihn nicht. Trotzdem konnte ich ihn hören, in meinem Kopf und in meiner Brust. Er sagte *nein* und *bitte* und *du darfst das nicht tun ich werde das nicht zulassen hörst du mich Ox du bist mein und ich kann dich nicht gehen lassen ich werde dich niemals gehen lassen ich brauche dich ich brauche dich mehr als alles andere weil ich dich liebe ich liebe dich Ox gefährte rudel liebe zuhause du bist mein zuhause und ohne dich kann ich nicht sein.*

Es waren noch andere um mich herum.

Ich konnte sehen, wie sie sich an den Rändern meines Gesichtsfelds um mich drängten.

Sie weinten ebenfalls und schrien, dass jemand etwas tun musste, dass man das in Ordnung bringen musste, bitte *bring das in ordnung wir dürfen ihn nicht verlieren es darf nicht so enden nicht so.* Es waren so viele, ihre Stimmen vermischten sich, sie sagten *warum blutet er so stark oh gott er darf nicht sterben er darf uns nicht verlassen AlphaAlphaAlpha wir brauchen dich hier wir sind dein rudel wie kannst du uns verlassen OxOxOx geh nicht bitte geh nicht du bist mein sohn mein bruder mein freund du bist meine liebe.*

Sie sagten ...

Alpha.

Alpha.

Alpha.

Eine Stimme erhob sich über alle anderen. Ein kleiner Wirbelwind, der stärker war als der Sturm.

Er sagte, *ich lasse es nicht zu ende gehen.*
nicht so
hast du mich gehört
OxOxOx
das ist nicht das ende
es wird wehtun
du wirst es spüren
aber du musst kämpfen
kämpfe
für dich
für unser rudel
und für mich
OxOxOx
du musst für mich kämpfen

Ich hatte ihm so viel zu sagen.

So viele Dinge, die ich längst hätte sagen sollen.

So viele Dinge, die ich nie für ihn hatte sein können.

Ich musste es ihn wissen lassen.

Wie viel er mir bedeutete.

Wie viel er für mich getan hatte.

Ich zwang mich, meine Augen zu öffnen.

Ich nahm einen gurgelnden Atemzug. Blut spritzte aus meinem Mund, und ich verschluckte mich, aber ich kämpfte mich durch.

Ich sah zu Joe auf und stammelte: »Danke, dass du dich für mich entschieden hast.«

Eine Träne lief ihm über die Wange.

Er sagte: »Nein.«

Er sagte: »Bitte.«

Er sagte: »Du darfst das nicht, du darfst das nicht, du *darfst* nicht.«

Er sagte: »*Ich werde mich immer für dich entscheiden.*«

Und dann wurden seine Augen rot wie zwei Feuerkugeln.

Haare sprossen aus seinem Gesicht, weiß wie Schnee.

Er senkte den Kopf, den Mund geöffnet, Reißzähne hinter den zurückgezogenen Lippen.

Ich hatte noch nie einen so schönen Wolf gesehen.

Ich schloss die Augen.

Ein heller Schmerz zwischen meiner Schulter und meinem Hals, aber er war grün, so verdammt grün, dass ich keinen Drang mehr verspürte, einen weiteren Atemzug zu nehmen.

Also tat ich es nicht.

Ich lächelte.

Und starb.

Das Lied des Wolfes

Ich öffnete die Augen.
  Der Mond über mir war rund und voll.
Ich hob den Kopf.
Ich lag auf einer Lichtung mitten im Wald.
Ich kannte diesen Ort. Ich kannte ihn, denn er war mein.
Er war mein Zuhause.
Ich setzte mich auf.
Das Gras fühlte sich warm an unter meinen Fingern. Voller Leben.
Grün.
Ich nahm einen tiefen Atemzug.
Ich konnte die Bäume riechen.
Ich hörte die Blätter der Bäume in der Brise rascheln.
Ich grub meine Finger in die Erde.
Eine halbe Meile weit weg rannte ein Kaninchen durchs Unterholz.
Ich wusste nicht, wie es möglich war, dass ich das Geräusch hören konnte, aber ich hörte es.
Ich stand auf.
Etwas kam.
Ich spürte es an dem Zittern in der Luft.
Daran, wie der Wald ringsum sich davor zu verneigen schien.
Was auch immer das war, es war der König dieses Waldes.

Aus den Bäumen erschallte ein Heulen, wie ich noch nie eines gehört hatte.

Seine Melodie ließ meine Knochen erzittern.

Es war Liebe. Und Hoffnung. Und Schmerz. Und alles Schreckliche und Schöne, das mir je geschehen war. Mit mir.

Ich legte den Kopf in den Nacken und erwiderte das Heulen.

Ich legte alles hinein, was ich hatte.

Denn ich wusste nicht, ob ich träumte.

Ich fühlte Schmerz, aber er war in meinem Herzen.

Unser Heulen verschmolz. Zu einer einzigen Harmonie. Wurde eins.

Ich hatte noch nie so geheult. Ich hoffte, es eines Tages wieder zu tun.

Ich spürte ein Ziehen in meinem Hinterkopf.

Es hakte sich ein und *zog*.

Ich spürte, wie mein Blick schärfer wurde. Mein Zahnfleisch juckte. Meine Hände zitterten.

Der Sog wurde stärker, und ich wollte rennen.

Jagen.

Fressen.

Meine Pfoten auf der Erde spüren, den Wind auf meiner Zunge schmecken.

Ich hob die Hände vor mein Gesicht.

Das Ziehen in meinem Hinterkopf wurde *noch* stärker, Krallen wuchsen aus meinen Fingerspitzen, schwarze Klauen, die im Mondlicht glänzten.

Der König war jetzt noch näher.

Ich konnte ihn hören. Die Schritte, die er machte. Die Atemzüge durch seine Nase.

Bald wäre er hier.

Ich ließ meine Hände wieder sinken.

Die Geräusche um mich herum verstummten und alles wurde still.

Ich sagte: »Hallo?«

Der Wald hielt den Atem an.

Ein großer Wolf kam auf die Lichtung.

Er war weiß mit schwarzen Sprenkeln auf Brust und Rücken. Er hielt sich majestätisch, jeder Schritt, den er machte, war wohlüberlegt. Er war größer als zu Lebzeiten. Meine Augen brannten. Meine Kehle schnürte sich zu. Der Schmerz in meinem Herzen wurde immer stärker.

Es lag nicht daran, dass ich träumte.

Es lag nicht daran, dass ich wach war.

Ich musste tot sein, oder so gut wie.

Thomas Bennett stand vor mir, sein Gesicht auf gleicher Höhe mit meinem.

Ich schluckte. »Es tut mir leid.«

Der Wolf legte schnaubend seinen Hals auf meine Schulter, drehte den Kopf ein Stück und zog mich an sich.

Ich ließ mich gegen ihn sinken und drückte mein Gesicht an seine Brust.

Er roch nach Wald. Nach Kiefern und Eichen. Nach Sommerbrise und Winterwind. Das hatte ich noch nie an ihm gerochen, nicht so. Nicht so intensiv.

Er ließ mich an sich lehnen und wartete, bis ich zu zittern aufhörte. Er war warm. Ich war in Sicherheit.

Schließlich beruhigte ich mich.

Ich machte mich los und spürte, wie sein Kopf mein Ohr streifte.

Er setzte sich vor mich und sein wedelnder Schwanz trommelte auf den Boden.

Er wartete.

Ich schaute auf meine Hände hinunter. Was sollte ich zu ihm sagen? Was *konnte* ich ihm sagen, um ihn wissen zu lassen, wie leid es mir tat? Dass ich mehr hätte tun müssen, um sein Rudel zusammenzuhalten? Dass ich dachte, ich hätte mein Bestes getan. Dass ich nur wollte, dass sie alle in Sicherheit waren. Dass ich getan hatte, was ich für richtig hielt. Wie wütend ich war, dass ein Monster kommen und mir alles nehmen konnte, mich den Menschen, die ich am meisten liebte, entreißen. Dass sein Sohn der Einzige war, mit dem ich je zusammen sein wollte.

Und wie er, als ich ihn am meisten brauchte, für mich da gewesen war.

Als mein Freund.

Als mein Rudelgefährte.

Als mein Alpha.

Als mein Vater.

Ich sah zu ihm auf.

Wenn ein Wolf lächeln könnte, dann, dachte ich, würde es so aussehen wie in diesem Moment.

Ich sagte: »Ich habe die Wahl, oder?«

Er neigte den Kopf.

Ich sagte: »Mit dir zu kommen.«

Er schaute Richtung Wald. Es war Bewegung dort zwischen den Bäumen und ich konnte die Geräusche der anderen Wölfe hören. Hecheln. Bellen. Singen. Heulen. Es waren Dutzende. Vielleicht Hunderte.

Sie riefen nach mir. Sie sangen, *wir sind hier wir sind bereit wenn du rudel und sohn und bruder und liebe bist wir sind bereit und wir werden so lange warten wie du brauchst.*

Thomas wandte sich wieder mir zu.

Ich sagte: »Oder ich könnte zurückgehen.«

Er schnaubte wieder.

Ich sagte: »Mein Dad hat zu mir gesagt, dass die Leute mich wie Scheiße behandeln würden. Bevor er gegangen ist. Hast du das gewusst?«

Er wimmerte tief in seiner Kehle.

»Genau das hat er zu mir gesagt. Er sagte, ich wäre nur ein dummer Ochse, der sein Leben lang Scheiße abkriegen wird. Aber er hat sich getäuscht.«

Die Wölfe im Wald heulten.

»Er hat sich getäuscht«, sagte ich. »Weil Joe mich gefunden hat. Und er hat mich zu dir gebracht. Du hast meinem Leben einen Sinn gegeben. Du hast mir ein Zuhause gegeben. Ein Rudel. Eine Familie.«

Die Augen des Wolfes glänzten feucht und hell.

»*Du* bist mein Vater«, sagte ich mit bebender Stimme. »Mein eigentlicher Vater.«

Und da spürte ich es. Das Band, das sich zwischen uns spannte, selbst im Tod. Es war nicht mehr so stark wie früher, und wahrscheinlich würde es das auch nie mehr sein, solange ich lebte, aber es war da.

Und da war ein Flüstern.

Die leiseste aller Stimmen.

Sie sagte *kümmer dich um sie an meiner Stelle mein Sohn.*

Thomas Bennett presste seine Schnauze an meine Stirn.

Und ich sagte: »Oh.«

Ich öffnete die Augen.

Ich befand mich in einem abgedunkelten Raum.

Überall um mich herum war Wärme.

Ich fühlte mich sicher und geborgen.

Und noch mehr. Denn da *war* noch mehr.

Sanfte Schläge, die sich gegenseitig überlagerten.

Einige waren im Gleichtakt, andere nicht.

Aber alle waren langsam und sanft.

Ich brauchte einen Moment, um zu begreifen.

Es waren Herzschläge.

Ich konnte Herzen schlagen hören.

Ich lauschte genauer.

Es waren zehn.

Es hätten elf sein müssen.

Es hätten *elf* sein müssen.

Es hätten ...

»Schhhh«, flüsterte eine Stimme neben meinem Ohr. Eine kühle Hand legte sich auf meine erhitzte Stirn und strich mir die Haare aus den Augen. »Du weckst die anderen noch.«

»Ich habe nicht mal geredet«, murmelte ich.

»Ich weiß«, sagte Elizabeth. »Aber das musst du auch nicht. Nicht mehr.«

Ich wusste, was sie meinte. Und warum. Es schien unmöglich.

Ich wusste, welcher Herzschlag fehlte.

»Joe?«, fragte ich.

»Schließ die Augen«, sagte sie an meinem Ohr. »Die Dinge sind jetzt anders, und du musst einen Weg finden, deine Menschlichkeit zu bewahren. Schließ die Augen, Ox. Und hör zu.«

Das tat ich.

Ich hörte viele Dinge.

Und ich *spürte* noch mehr.

Da war der Herzschlag meines Rudels, das um mich herum im Wohnzimmer im Haus am Ende des Feldwegs lag. Kissen und Decken lagen um uns ausgebreitet, und jeder hatte sich an den anderen gekuschelt, alle berührten sich irgendwie, Wölfe und Menschen. Ich befand mich in ihrer Mitte. Elizabeth lag irgendwo in der Nähe meines Kopfes. Der Platz zu meiner Rechten war leer.

Ich hörte ihre Atemzüge.

Die kleinen Seufzer, die sie im Schlaf machten.

Und ich *roch* sie, Schweiß und Erde und Blut, aber da waren auch der Wald und die Bäume, das Sonnenlicht, das durchs Blätterdach fiel, und dieser Geruch kurz vor einem Gewitter, frisch und nach Ozon.

Aber da war noch ein anderer Geruch. Urtümlicher, der an jedem von ihnen haftete.

Ich erkannte ihn als meinen eigenen.

Sie rochen alle nach *mir*.

Ihrem Alpha.

Aber es war nicht nur meiner.

Denn darunter mischte sich auch noch der schwere Geruch eines anderen.

Und er, oh, er schlug seine Klauen in meinen Nacken und Rücken und *zog*.

Ich knurrte, mehr Tier als Mensch.

Das Rudel regte sich um mich herum, wachte aber nicht auf. Ich hörte, wie ihre Herzen bei dem Geräusch, das aus meiner Kehle drang, einen Hauch schneller schlugen.

Ich ließ mich weiterziehen.

Da war das Haus am Ende des Feldwegs.

Da war der Geruch des Rudels, so tief in den Wald gedrungen.

Da waren Stimmen, Echos der Vergangenheit, Leute, die an einem Sonntag zusammenkamen, weil es Tradition war.

Da war der Geruch eines anderen Alphas, aber er störte mich nicht.

Er war in das Gerippe des Hauses eingesickert.

In jedes Dielenbrett. Jede Wand. Jede Fliese.

Er war hier, bei uns.

Und er würde es immer sein.

Noch weiter.

Da war der Grund um das Haus am Ende des Feldwegs.

Ein kleiner Wirbelwind, der von seinen Eltern verlangte, ihm von Zuckerstangen und Kiefernzapfen zu erzählen. Von toll und fantastisch.

Da war noch ein anderes Haus.

Ein altes.

Ein trauriges Haus wegen der Feigheit eines Vaters.

Aber es war durch die Liebe der Wölfe geheilt worden.

Blut im Boden, den Augen verborgen, aber für immer im Gerippe des Hauses.

Hier hatte sie gelacht.

Hier hatte sie Seifenblasen zerplatzen lassen.

Hier hatte sie sich an einen Tisch gesetzt und zu mir gesagt, dass alles gut werden würde. Mir *gezeigt,* dass die Dinge gut sein konnten.

Es gab eine Verbindung zwischen diesen beiden Häusern, ein Band, das stärker war als alles, was ich je gesehen hatte, das sie zu ein und demselben machte, schon seit sehr langer Zeit.

Noch weiter, ich musste noch weiter gehen.

Es zog.

Ich *schob.*

Durchs Gras. Durch die Bäume.

Ich hörte jeden Vogel.

Ich hörte jedes Reh.

Ich hörte die Opossums, die sich im Gebüsch versteckten.

Die Wühlmäuse unter der Erde.

Die Eichhörnchen im Geäst.

Da war eine Kleinstadt in den Bergen.

Menschen lebten dort.

Ich konnte sie nicht spüren, nicht so wie ich das Rudel spürte, aber ich war mir ihrer bewusst.

Ich war wie ein Außenstehender, der nach drinnen spähte.

Mein Rudel war ein Leuchtfeuer in der Dunkelheit.

Die Menschen von Green Creek waren ferne Sterne am Himmel.

Aber sie waren da.

Ich schob.

Es zog.

Das Rudel rührte sich um mich herum, die Herzschläge synchronisierten sich, die der Menschen und auch die der Wölfe.

Elizabeth seufzte.

Mitten im Wald war eine Lichtung.

Sie schmeckte nach Blitzen und Magie.

Nach Klauen und Reißzähnen.

Und in der Mitte dieser Lichtung saß ein Mann, der einmal ein Junge gewesen war.

Ein Junge, den ich geliebt hatte.

Dann kam ein Ungeheuer in die Stadt und riss ein Loch in unser Leben und unsere Herzen.

Der Junge verfolgte das Monster, die blutroten Augen voller Rachedurst.

Das Monster war nicht mehr da.

Und der Junge auch nicht. Denn ein Mann hatte seinen Platz eingenommen.

Und dorthin zog es mich, dorthin drängte ich, weil es unter meiner Haut kribbelte wie von einem wilden Tier, das aus mir herausbrechen wollte.

Die Menschen von Green Creek waren ferne Sterne.

Die Rudelmitglieder um mich herum waren Lichter in der Dunkelheit.

Dieser Junge, dieser Mann, war die Sonne, hell und alles verzehrend.

Das Tier in mir brüllte danach, befreit zu werden.

Elizabeth Bennett flüsterte: »Geh.«

Und das tat ich.

Ich war zur Tür hinaus und spürte Gras unter meinen Füßen, als es passierte.

Ein entsetzlicher Schmerz fuhr in meinen Körper, ein Schmerz, wie ich ihn noch nie zuvor erlebt hatte. Meine Muskeln krampften und ich fiel auf die Knie. Ich bekam keine Luft in meine Lungen. Alles war zu laut: die Herzschläge, der Wald, Green Creek. Alle *schrien* nach mir, sie schrien *OxOxOx*, und ich öffnete den Mund, um zurückzuschreien, aber der Ton, der herauskam, war tief und kehlig, ein Knurren, wie ein Mensch es niemals erzeugen konnte.

Meine Knochen begannen zu brechen und ordneten sich neu. Haare begannen aus meiner Haut zu sprießen, und sie waren schwarz wie die schwärzeste Nacht, ich konnte es nicht aufhalten, konnte nicht dagegen ankämpfen.

Krallen schoben sich unter meinen Fingernägeln hervor, der Druck war entsetzlich.

Es gab einen kurzen Moment, einen menschlichen Gedanken, als ich begriff, was geschah, dass das nicht sein konnte, dass ich *tot* war, Richards Hand immer noch in mir, mein Bauch ausgeweidet. Ich glaubte an Magie. Ich glaubte an das Unmögliche. Ich glaubte an Werwölfe und den Ruf des Mondes.

Ich konnte nicht fassen, dass das passierte.

Das muss ein Traum sein, ein Traum, es ist ...

Aber es war kein Traum, denn der Schmerz war unerträglich. Kein Wunder, denn alles in mir barst und verschob sich. Ich schrie wieder, meine Stimme noch weniger menschlich als zuvor, verstümmelt, und da war ein letzter Gedanke, *ich verwandle mich, großer Gott, ich verwandle mich*, und dann war er fort.

Der Schmerz verblasste.

Ich war Ich war Ich war Ich war Ich war Ich war Ich war Ich *BIN*

    ein wolf

    farben

    schwarz und weiß

    blau da ist blau ich sehe blau

    es ist im mond

    im mond

    es ist grün

    alles ist grün

    da sind noch andere

    ich kann sie spüren

    es ist das rudel es ist zuhause es ist mein es ist unser unser unser

    sie sind hier

    im rudel haus sie sie stehen da stehen da und beobachten

ich bin
Alpha
ich bin ihr
Alpha
augen
meine
augen
sind
Alpha
sie sind mein
alle

oh mein gott sagte die frau die junge menschenfrau die ich einmal kannte denn sie war mein

nicht mein

sondern rudel aber nicht mein wegen ihm wegen ihm wegen ...

er hat sich verwandelt sagt die wolfsmutter er hat sich verwandelt weil er seinen ruf spürt

heilige scheiße sagt einer der menschenmänner das ist ein verdammt krasser wolf

ja

ich bin wolf ich bin krass und ich bin wolf

uhhh sagt ein anderer menschenmann warum knurrt er uns so an

kannst du es nicht in den banden spüren sagt die hexe lachend meine hexe meine hexe er ist ein eingebildeter bastard und es gefällt ihm wenn du ihn krass nennst

ja

weil ich es *bin*

Alpha
ich bin groß
und stark

ich kümmere mich um mein rudel sie gehören mir sie sind mein und ich beschütze sie denn ich bin

Alpha
oh weh sagt der letzte mensch danach wird er unausstehlich sein
　ich zeige ihnen meine zähne
　sie haben keine angst sie lachen weil sie keine angst haben
　gut ich will nicht dass sie angst vor mir haben
　angst vor mir haben denn sie sind mein
　und ich bin ihrs ihrs ihrs aber
　aber
　wo ist mein
　wo ist mein
　wo ist mein mein mein
　sing für ihn
　ich muss singen
　laut damit er mich hören kann
　ich singe
　die bäume erzittern von meinem lied sie beben und schütteln sich mein lied
　die bäume sind mein
　das gras ist mein
　all das ist mein
　mein revier
　antworte mir
　sing mich nach hause sing für mich sing das lied lied lied lied
　ein liedliedliedliedliedliedliedlied
　auf der lichtung
　ich höre es ich höre es es ist für mich es ruft mich *er* ruft mich denn er ist
　　mein
　　rudel
　　mein
　　gefährte
　　mein

Alpha
ich singe für ihn ich singe zurück und singe für ihn damit er hört ich komme gefährte ich komme
ich laufe
zu dem lied das er für mich singt
ich laufe
in richtung des herzens das für mich schlägt
ich laufe
weil er mich gerufen hat
weil er mich nach hause singt
durch die bäume
ich singe
mein lied ist
ich singe
ich komme
bitte geh nicht weg
bitte warte auf mich
bitte liebe mich
ich bin der wolf
ich bin Alpha
ich gehöre dir
du bist
mein mein mein mein
ich sehe dich
siehst du mich
bist du wütend
hast du angst
bist du böse auf mich
du riechst traurig
du riechst wie ich aber traurig bitte sei nicht traurig warum bist du traurig ich bin hier bei dir
bei dir und du musst nicht traurig sein
junge mann wolf Alpha

bitte
ox sagt er *ox ox*
warum siehst du mich nicht an
warum willst du mich nicht sehen ich bin hier bei dir ich bin
deine haut schmeckt nach salz
du weinst
weinst du
weine nicht
du darfst nicht traurig sein
ich mag es nicht wenn du traurig bist
er sagt *ich dachte*
er sagt *seine hand*
er sagt *sie war* in *dir*
er sagt *du bastard*
er schreit *wie konntest du*
er schreit *wie konntest du mich verlassen*
er ist wütend auf mich
bitte sei nicht wütend
ich bin hier ich bin wolf Alpha rudel gefährte
und ich kann es fühlen
es zerrt an mir
mein wolf
er will beißen
er will töten
ich bin so wütend
du bist wütend
ich bin wütend
du kannst es nicht aufhalten
du kannst mich nicht aufhalten
ich bin ein wolf
ich bin
Alpha
er sagt *nein nein ox nein es tut mir leid*

er sagt *so sollte es nicht sein*
er sagt *ich bin hier*
ich bin hier bei dir für dich ox weil du das gleiche für mich getan hast du bist zuckerstangen und kiefernzapfen du bist toll und fantastisch du bist der einzige grund warum ich all die jahre überstanden habe in denen ich weg war ich habe versucht dich aus meinen gedanken zu verbannen aber wenn es dunkel war habe ich an dich gedacht an zu hause mit dir zusammen und glücklich sein weil du mein zuhause bist ohne dich bin ich nichts ich bin niemand du bist meine liebe mein leben mein rudel mein gefährte und deshalb musst du dich jetzt konzentrieren du musst auf mein herz lauschen auf meine stimme und meine atemzüge ich bin dein Alpha und ich kann das nicht ohne dich also komm zurück du kommst zurück du kommst zurück du kommst verdammt noch mal zurück zu mir ox

ich lausche

sein atem

seine stimme und worte

sein herz

und ich

ich bin

ich bin

ICH BIN OX ICH BIN OX ICH ...

verwandle mich und

»*Heilige Scheiße*«, keuchte ich und fiel auf die Knie. Eine Hand lag auf meinem Rücken, die Finger warm auf meiner Haut, während ich gegen das Rumoren in mir ankämpfte. Die Welt war zu laut, als könnte ich jedes Geräusch in zehn Meilen Umkreis hören. Die Gerüche des Waldes überwältigten mich.

Mein Körper versuchte, sich zurückzuverwandeln, meine Krallen gruben sich in die Erde. Mein Zahnfleisch juckte, und ich wollte es zulassen, ich wollte ...

Er sagte: »Ox.«

Ich knurrte ihn an.

Der Alpha sagte: »Ox.«

Ich hielt inne.

Er kniete sich vor mich.

Er nahm mein Gesicht zwischen die Hände und hob meinen Kopf an, bis ich ihm in die Augen sah.

Sie waren rot, ein feuriges, leuchtendes Rot, und sie riefen mich zu sich, lauter als der Sturm in meinem Kopf, lauter als mein Wolf, der knapp unter der Oberfläche lauerte.

Er sagte: »Hör mir zu.«

Er sagte: »Du bist hier.«

Er sagte: »Bei mir.«

Er sagte: »Und ich werde dich nie verlassen.«

Ich sagte: »Ich glaube dir nicht.«

»Vertraust du mir?«

Ja. Ja, ja, ja. Meine Muskeln krampften. »Ich kann nicht ...«

»Ox«, sagte er scharf. *»Vertraust du mir?«*

»Ja«, brachte ich heraus. »Ja.«

»Dann tu es. *Jetzt.* Ich bin dein Alpha. Und du bist meiner. Ich habe dich gebissen, Ox, um dich zu retten. Du bist kein Mensch mehr, sondern ein Wolf. Wie ich. Wie Carter und Kelly, Mom, Mark. Du bist ein Wolf, okay?«

»Meine Augen«, stammelte ich. »Welche Farbe haben meine Augen?« Denn ich war sicher, dass sie violett waren, dass ich kein Rudel mehr hatte, weil ich nie wirklich zum Rudel gehört hatte. *Joe* war der Alpha. Sobald er nach Hause käme, hätte er wieder das Sagen, und dann wäre kein Platz mehr für mich, sie bräuchten mich nicht mehr und ...

»Rot«, sagte er leise. »Deine Augen sind rot.«

»Scheiße«, keuchte ich, und alles ergab endlich einen Sinn.

Ich hatte mir nie Gedanken über Kontrolle gemacht.

Davor.

Ich habe nie darüber nachgedacht, wie viel es braucht, um ein Wolf zu sein. Bei Thomas und den anderen hatte es so einfach ausgesehen.

Das einzige Mal, dass ich so etwas wie mangelnde Kontrolle erlebt hatte, war in der Nacht von Joes erster Verwandlung gewesen.

Das war Jahre her.

Also hatte ich nicht viel darüber nachgedacht.

Jetzt konnte ich an nichts anderes mehr denken.

Ich lag auf der Lichtung, mein Kopf auf Joes Schoß, seine Hand in meinem Haar, und es spielte keine Rolle, dass ich nackt war. Das Gras war kühl auf meiner verschwitzten Haut. Ich lauschte auf seinen Herzschlag, atmete drei Schläge lang ein und fünf aus.

Der Wolf in mir knurrte immer noch, die Nackenhaare aufgestellt, aber die Berührung des Alphas besänftigte ihn.

Wir sprachen lange Zeit nicht.

Ich wusste nicht, was Joe dachte. Ich verstand die Gerüche nicht, die von ihm ausgingen. Sie waren grell, voller Energie. Sie brannten in meiner Nase. Aber es war auch Joes Geruch dabei. Nach Rauch und Erde und Regen, wie ich es schon immer mit ihm assoziiert hatte, nur tausendmal stärker. Ich wollte mich darin vergraben, mich darin wälzen, bis sein Duft mich ganz einhüllte.

Aber irgendwann endete die Stille zwischen uns. Sie musste. Es gab zu viel zu sagen.

Joe sagte: »Osmond ist tot.«

Ich grunzte, weil ich mir so was schon gedacht hatte.

»Gordo hat ihn getötet, und das Rudel hat die restlichen Omegas erledigt. Die Geiseln haben es wohlbehalten bis zur Werkstatt geschafft. Wir haben sie zusammengekauert unter einer der Hebebühnen gefunden. Gordo ... hat etwas mit ihnen gemacht. Er hat ihre Erinnerung verändert. Sie haben keinen Schaden davongetragen, sie werden sich nur ... einfach nicht erinnern. An all das hier. Die Omegas. An uns. An dich. An nichts von alledem. Sie werden sich wieder erholen und glauben, sie hätten einen Autounfall gehabt. Das Ganze war ziemlich seltsam.«

Nein, es war praktisch. Vielleicht *zu* praktisch. Ich wusste nicht, was Gordo mit seiner Magie alles vermochte, aber dafür war später noch Zeit. Jetzt musste ich nur Joe hören. Ihm nahe sein.

Ich versuchte, Worte zu finden, irgendwelche, irgendetwas zu sagen. Aber aus meiner Kehle kam nur ein Wirrwarr von Geräuschen, mehr Wolf als Mensch. Joes Hand hielt kurz inne, dann kraulte er wieder meine Haare und ich spürte, wie seine Fingernägel über meine Kopfhaut strichen.

Er sagte: »Ich hätte wissen müssen, dass etwas nicht stimmt.«

Sein Ton war vorsichtig, zurückhaltend.

»Ich hätte es wissen müssen«, wiederholte er.

Ich wollte fragen, wie er es schließlich gemerkt hatte, aber ich konnte nicht.

Er hörte mich trotzdem. »Du hast die Bande gekappt. Alle. Ich habe dich angerufen und nur die Mailbox erreicht. Ich habe Gordo angerufen. Er ging nicht dran. Dann bin ich zur Werkstatt, und die anderen sind mir gefolgt, weil sie es *wussten*, Ox. Sie wussten, dass etwas nicht stimmt.«

Eine leichte Veränderung in seinem Tonfall. Wut schimmerte durch, vermischt mit etwas, das nach Schmerz schmeckte. Oder Kummer. Ich wusste nicht, ob es einen Unterschied zwischen den beiden gab.

Ich drückte mein Gesicht in Joes Schoß und versuchte, ruhig zu bleiben.

»Gordo hat es gespürt und ist dir gefolgt«, sprach Joe weiter. »Er meinte, dass etwas nicht stimmt und ... wusste es einfach. Ich nicht, aber er schon. Er ...«

Meine Hände wurden zu Klauen.

»Du verrückter Kerl«, flüsterte er. »Du dummer, verrückter Kerl.«

Ich winselte, flehte ihn an, mich nicht wegzustoßen. Nicht jetzt. Nie.

»Wie konntest du glauben, dass das in Ordnung ist?«, krächzte Joe. »Wie bist du auf die Idee ...? Ich konnte dich nicht rechtzeitig erreichen. Ich konnte nicht, und dann war er da, das Monster aus meinen Albträumen, er war da, und seine Hand steckte in dir ...«

Joe verstummte und begann zu zittern.

Ich schlang meine Arme um seine Taille und presste mein Gesicht an seinen Bauch.

»Ich konnte ihn nicht mehr aufhalten«, sprach Joe weiter, alles andere als ruhig jetzt. Sein Puls war in die Höhe geschnellt, seine Hand krallte sich in mein Haar und er sprach durch einen Mund voller Reißzähne. »Ich konnte dich nicht rechtzeitig erreichen und musste zusehen, wie er ... das getan hat. Und alles, was ich denken konnte, war, dass das ein weiterer Albtraum sein muss. Nur ein Albtraum. Aber es war keiner, denn du hast einmal zu mir gesagt, dass man im Traum keinen Schmerz spürt, dass das der Unterschied zwischen Träumen und Wachsein ist. Und es *war* kein Traum, denn ich habe es *gespürt*, alles. Er hat dich umgebracht und der Anblick hätte um ein Haar *mich* umgebracht und dann hatte er keinen Kopf mehr und du lagst da und hast geblutet, so viel Blut ...«

Joe beugte sich über mich, als wollte er mich vor der ganzen Welt beschützen.

Sein Atem drang rasselnd an mein Ohr.

Er sagte: »Du verdammter Mistkerl. Wie kannst du es wagen, vor meinen Augen zu sterben?«

In diesem Moment fand ich meine Stimme wieder.

Weil ich sprechen *musste*.

Und weil Joe mich *hören* musste.

Ich hätte sagen sollen, dass es mir leidtat.

Dass jetzt alles gut werden würde.

Dass das Monster jetzt tot war, und ich hier war und ihn nie verlassen würde.

Aber das sagte ich nicht. Nichts von alledem.

»Ich würde es wieder tun«, sagte ich mit meinem Mund an seinem Bauch, meine Stimme war tiefer als je zuvor, als wäre ich zwischen Mensch und Wolf gefangen. »Wenn ich dich dadurch beschützen kann.«

Joe atmete scharf ein.

Es war die Wahrheit. Ich würde mich bereitwillig opfern, wenn Joe deshalb nur einen Tag länger leben könnte. Oder irgendjemand aus unserem Rudel. Denn das war es, was ein Alpha tat. Thomas hatte mir das beigebracht. Ein Alpha stellte das Rudel über alles andere. Es war die Aufgabe eines Alphas, sein Rudel zu beschützen, für die Sicherheit seiner Mitglieder zu sorgen, sie am Leben erhalten.

Richard Collins hätte sein Wort brechen können.

Aber das Risiko musste ich eingehen.

Um die Meinen zu beschützen.

Ich drehte mich auf den Rücken und sah Joe in die Augen.

Er erwiderte meinen Blick.

Eine Träne löste sich von seiner Wange und fiel auf meine Stirn.

»Ich hasse dich«, flüsterte er.

Ich nickte, denn ich wusste, dass es stimmte. »Du würdest dasselbe tun. Für mich. Und dafür hasse ich *dich*.«

Er lachte rasselnd. »Fick dich.«

Der Winkel war unmöglich, als er sich herabbeugte, um mich zu küssen. Joe krümmte seinen Rücken, so weit er irgend konnte, und ich kam ihm mit meinem Kopf entgegen. Es war nur eine flüchtige Berührung unserer Lippen, aber es fühlte sich nach mehr an als alles, was bisher zwischen uns passiert war. Es lag Verzweiflung darin und Sehnsucht und Schmerz, so viel gottverdammter Schmerz, aber da war auch Grün. So viel Grün, weil wir *hier* waren. Wir waren zusammen, und nicht einmal ein Monster konnte uns auseinanderreißen.

Joe fuhr mit den Fingern über die Haut an meinem Bauch. Es war nicht einmal eine Narbe zurückgeblieben, alles war komplett verheilt. Die Stelle tat nicht mal weh. Als wäre es einem anderen passiert.

Ich fragte mich, ob alle meine anderen Narben ebenfalls verschwunden waren, die Spuren meines Lebens. Ob sie auch alle verheilt waren. Der dünne Strich auf meinem Nacken, wo ich als Sechsjähriger unter einem Stacheldrahtzaun durchgekrabbelt war. Das Grübchen auf meiner Wange, das die Windpocken dort hinterlassen hatten. Die raue Stelle an meinem rechten Unterarm, weil mein betrunkener Vater es lustig gefunden hatte, mir einen Ziegelstein zuzuwerfen, den ich fangen sollte. Ich hatte sechs Stiche und eine Entschuldigung dafür bekommen.

Ich konnte nicht hinsehen. Ich wusste nicht, wie ich mich fühlen würde, falls sie nicht mehr da waren.

Ich war jetzt wieder mehr ich selbst. Der Wolf war zurückgedrängt. Wahrscheinlich, weil Joe bei mir war. Ich konnte auch die anderen spüren, stärker als zuvor. Sie waren immer da gewesen, aber unscharf und leicht verschwommen. Jetzt waren sie kristallklar. Sie warteten auf uns. Und wir würden kommen. Bald.

Joe sagte: »Ich habe dich gebissen, weil ich dich nicht gehen lassen konnte.« Es war das erste Mal seit fast einer Stunde, dass er wieder sprach.

Ich seufzte. »Ich weiß.«

»Bist du wütend?«

»Nein. Ich bin nicht wütend, weil ich jetzt ein Wolf bin.«

»Aber du bist wütend.«

»Nein.«

»*Ox.*«

»Nicht wirklich. Ich weiß es nicht. Ich kann nicht mehr sagen, was meine Wut ist und was deine. Es ist, als würde sie aus mir abfließen und dann wieder zurückkommen.«

»Eine Rückkopplungsschleife«, sagte er.

»Ich weiß nicht, was das ist.«

»So etwas wie ein Kreis. Ein ununterbrochener Kreislauf zwischen dir und mir. Alles, was ich fühle, fühlst auch du, und ich fühle, was du fühlst.«

Ich nickte langsam. »Wird das ab jetzt immer so sein? Das wäre ...«

»Zu viel?«

»Ja.«

»Nein, wird es nicht. Du bist noch ein Frischling. Alles ist wie hundertfach verstärkt. Wenn du den Dreh einmal raushast, kannst du es besser kontrollieren.«

Das klang gut, half uns im Moment aber auch nicht weiter. »Wir sind also beide wütend.«

Joe schnaubte und kniff mich in den Bauch. »Nein. Im Moment bin es nur ich.«

»Auf mich.«

»Verdammt richtig.«

»Oh.«

»Warum?«

Diesmal spielte ich nicht den Dummen. Ich glaubte nicht, dass ich das je wieder könnte. »Weil ich die Chance, dass er dich verschont, ergreifen musste. Dich und die anderen, die Geiseln. Ich konnte sie nicht ... ich konnte sie nicht im Stich lassen, Joe. Ich konnte es nicht.«

»Du hättest es mir sagen müssen.«

»Helden binden nun mal nicht allen auf die Nase, wenn sie was Heldenhaftes vorhaben. Wusstest du das nicht?«

Das Geräusch, das er daraufhin machte, war mehr Schluchzen als Lachen.

»Du darfst das nie wieder tun«, sagte er, als er sich wieder erholt hatte.

»Wenn das bedeutet, dass ...«

»*Ox*. Keine Geheimnisse mehr.«

Ich blinzelte zu ihm hinauf. »Kannst du jetzt *alle* meine Gedanken lesen?«

Er schnaubte. »Das konnte ich schon immer. Wir sind ... Ich konnte es einfach. Weil du Ox bist.«

»Und du bist Joe.«

»Genau.«

Ich schaute zu den Sternen hinauf. »Wissen sie es?«

»Wer?«

»Alpha Hughes. Die anderen, an der Ostküste.«

»Nein. Ich habe Robbie gesagt, er soll noch warten.«

»Worauf?«

»Auf dich.«

»Warum?«

»Wir sind ein Team, Ox. Du und ich. Ich schaffe das nicht allein. Und du auch nicht.«

»Ich könnte«, widersprach ich. »Aber ich will es nicht.«

Er gluckste, und es war ein so schönes Geräusch. »Gut.«

»Hey, Joe?«

»Ja?«

»Wie sehe ich aus?«

»Du siehst aus wie du.«

»Als Wolf, meine ich.«

»Du siehst aus wie du«, wiederholte er. »Ich hätte dich überall erkannt.«

Der Himmel wurde allmählich heller.

Die Vögel begannen zu singen.

Ich war überwältigt von der schieren Größe des Ganzen.

Er sagte: »Du bist groß, Ox, und wie! Größer als ich oder mein Vater, aber das ist nur passend, denn das bist du schon immer für mich gewesen: größer als alles andere. Als ich dich das erste Mal gesehen habe, wusste ich, dass ab jetzt nichts mehr so sein wird wie früher. Du bist *allumfassend*. Du stellst alles andere in den Schatten. Wenn ich dich sehe, Ox, sehe ich nur dich.«

Er sagte: »Deine Augen sind rot wie meine auch. Aber dein Wolf ist schwarz, Ox. Schwarz wie die Nacht, ganz und gar, kein einziger heller Fleck. Dein Schwanz ist lang, und deine Pfoten sind groß. Deine Zähne sind scharf. Aber ich kann dich immer noch in dem Wolf sehen, in seinen Augen. Ich kenne dich, Ox. Ich würde dich überall erkennen.«

Er sagte: »Du hast dich nicht wegen dem Vollmond verwandelt, sondern weil dein Wolf wusste, dass er mich finden muss. Damit ich dich zurückhole. Ich war einmal ein einsamer Junge, ein gebrochener Junge, der sich nicht verwandeln konnte, und ich habe jemanden gebraucht, der mir zeigt, wie es geht. Jetzt habe ich das Gleiche für dich getan, denn das ist es, was wir füreinander bedeuten. Was ein Rudel bedeutet.«

Er sagte: »Du gehörst zu mir, Ox.«

Er sagte: »Ich gehöre zu dir.«

Er sagte: »Und ich kann es kaum erwarten, dir zu zeigen, dass ich genauso für dich geschaffen bin wie du für mich.«

Ich legte meine Hände auf seine Wange, und er schmiegte sich in meine Berührung. Jemanden wie ihn hatte es noch nie gegeben. Von dem kleinen Jungen auf der Straße über den Teenager mit den roten Augen bis hin zu dem Mann, der auf dem Feldweg auf mich wartete und dieselben Worte zu mir sagte wie vor all den Jahren. Es gab niemanden wie ihn, und er war *mein*.

Ich zog ihn zu mir herunter.

Der Kuss war warm und feucht. Joes Lippen bewegten sich über meine, ich hielt ihn fest und dachte, dass das erst der Anfang war, ob das Monster nun tot war oder nicht. Ich würde ihn nie wieder loslassen können. Nicht noch einmal. Wir waren nicht heil, und vielleicht würden wir es nie mehr sein. Mein Dad hatte zu mir gesagt, dass die Leute mich wie Scheiße behandeln werden. Das Monster hatte zu Joe gesagt, dass seine Familie ihn nicht will. Und damit mussten wir fortan leben. Mit den Dingen, die uns eingeflüstert wurden. Vielleicht würden wir nie mehr frei von diesen Schatten werden.

Aber wir würden kämpfen wie die Wilden.

Und vielleicht war das alles, was zählte.

Die Sonne ging gerade auf, als der Rest des Rudels zu uns stieß, Wölfe wie Menschen. Ich hörte sie in dem Moment, als sie den Wald betraten, hatte kurz zuvor gespürt, wie sie aufgewacht waren.

Rico, Tanner und Chris würden sich wahrscheinlich lauthals über meine Nacktheit beschweren und mich beschuldigen, dass ich meine Position als Alpha missbrauche, um einen Harem zu gründen. Sie würden sich aufplustern und schimpfen, aber ich würde es ihnen an den Augen ansehen, wie erleichtert sie waren, dass mir nichts fehlte.

Gordo würde liebevoll die Augen verdrehen und mir eine Jogginghose zuwerfen. Sich zu mir herunterbeugen und mir ins Ohr flüstern, dass ich ihn nie wieder so erschrecken dürfe und er mir später, unter vier Augen, noch die Hölle heiß machen würde. Dann würde er mir eine Hand in den Nacken legen, seine Stirn an meine pressen, und wir würden atmen.

Jessie würde mich erst einmal leicht verunsichert beobachten, vielleicht auch ein bisschen tränenüberströmt. Und dann würde sie mich anschreien, wie bescheuert ich mich aufgeführt habe, für wen zum Teufel ich mich hielt, ob ich einen verdammten Todeswunsch hätte.

Robbie wäre ein Wolf, und er würde sich an mir reiben, versuchen, seinen Geruch an mir zu hinterlassen, und er würde den Gestank von Blut hassen, der immer noch an meiner Haut haftete. Später würde er mir sagen, dass ich nach Tod rieche und er das nicht ertragen kann. Dass er mich nicht verlieren darf. Ich war schließlich sein *Alpha* und musste verdammt noch mal besser auf mich aufpassen, weil er nicht wusste, was er tun sollte, wenn ich weg bin.

Carter und Kelly wären ebenfalls Wölfe und würden kläffend um Joe und mich herumtänzeln, sich mit wackelnden Hinterteilen an uns drücken und gleichzeitig einen auf cool machen, aber ihre Augen wären ein Stück *zu* weit aufgerissen, ihr Winseln ein bisschen *zu* panisch, um irgendjemanden zu täuschen. Schließlich würden sie sich links und rechts von uns zusammenrollen, die Augen schließen und endlich wieder ruhig atmen.

Elizabeth und Mark würden als Letzte kommen, beide in menschlicher Gestalt. Sie würden zusehen, wie die anderen über uns herfallen, Mark mit diesem geheimnisvollen Lächeln im Gesicht, während Elizabeth mit geschlossenen Augen die Klänge des *Rudel Rudel Rudels* in sich aufsaugt. Wenn die anderen sich niedergelassen hätten, würden sie dazukommen, Elizabeth würde sich zu ihren Söhnen setzen und Mark zu Gordo. Die beiden würden sich nicht ansehen, aber ihre Hände würden nebeneinander im Gras liegen, die kleinen Finger sich berühren, und alles würde sich *richtig* anfühlen, endlich, endlich, *vollständig*.

Wir hatten gelebt.

Wir hatten geliebt.

Wir hatten Verluste erlitten. Bei Gott, verheerende Verluste.

Aber wir waren hier. Zusammen. Und vielleicht war es noch nicht vorbei. Vielleicht würde noch mehr kommen. Robert Livingstone. Alpha Hughes. All die Monster draußen in der Welt.

Aber das war in Ordnung.

Denn wir waren das verdammte Bennett-Rudel.

Und unser Lied würde nie verklingen.

Epilog

B ereit?«, fragte Joe.
Er ragte über mir auf, sein Blick voller Ehrfurcht.

Meine Haut war schweißnass und rot und heiß.

Ich fand die Worte kaum, aber irgendwie schaffte ich es zu sagen: »Ja. Ja, Joe.«

Er beugte sich zu mir herunter und küsste mich, während er langsam in mich eindrang. Ich keuchte, und er schluckte es hinunter, sein Mund an meinem. Mein Schwanz war zwischen uns eingeklemmt und drückte gegen seinen Bauch.

Er sank immer tiefer in mich hinein, seine Hüften drückten gegen meinen Hintern, meine Kniekehlen lagen auf seinen Schultern. Wir atmeten uns gegenseitig ein, die Augen offen, Nasenspitze an Nasenspitze.

Er sagte: »Oh fuck«, während sein Becken erzitterte.

Dann erstarrte er, wartete, als könnte er sich nicht bewegen, als *wollte* er nicht.

Ich sagte: »Es ist okay, Joe. Bitte! Es ist okay und du musst ... Oh, Gott, du musst ...«

Er sagte: »Ja, Ox. Ich gebe dir, was du brauchst. Ich werde dich ficken, okay? Lass mich dich einfach ficken und ...«

Er zog sich zurück und stieß wieder zu. Das Bett knarrte unter uns, und er tat es wieder und wieder, wir knurrten uns gegenseitig an, meine Krallen gruben sich in seinen Rücken, ohne Rücksicht darauf, ob ich ihn verletzte.

Er legte sich auf mich und drückte meine Beine gegen meine Brust, so weit es irgend ging, nur damit er nach unten schauen und seinen Schwanz in mir sehen konnte. Seine Bewegungen wurden langsamer, und seine Augen weiteten sich, als er sah, wie ich beinahe platzte. Wir waren schon seit Stunden zugange, und ich war zu erregt, um es auch nur eine Minute länger auszuhalten. Joe mochte unerfahren sein, doch er lernte schnell und machte Dinge mit mir, die meine Augen nach oben rollen und meinen Kiefer schlaff werden ließen.

Aber hier ging es nicht um Ficken oder einfach nur Abspritzen.

Es ging um mehr.

So viel mehr.

Ich spürte, wie es sich tief in mir aufbaute, und versuchte erst gar nicht, die Welle aufzuhalten, die durch mich hindurchrollte.

Joe ging es genauso, er war halb verwandelt und schrie, während mein After zuckte.

Er sagte: »Ox, es ist gleich so weit.«

Ich sagte, »Ja, okay, ja. Bitte, ja.«

Denn wir hatten so lange auf diesen Moment hingearbeitet. Auf diesen *einen* Moment.

Seit dem Tag, an dem er mir eine Schachtel mit einem kleinen Steinwolf darin überreicht und sich mir versprochen hatte.

Ich knurrte: »Tu es.«

Seine Augen leuchteten rot und seine Reißzähne blitzten.

Ich warf meinen Kopf in den Nacken und entblößte meine Kehle.

Joe flüsterte meinen Namen, sagte meinen Namen, *schrie* meinen Namen, als er in mir kam.

Und dann biss er zu. Genau zwischen meinem Hals und meiner Schulter.

Ein Schmerz, hell und gläsern.

Dann verblasste der Schmerz und etwas anderes trat an seine Stelle.

Etwas viel Größeres.

Ich riss die Augen auf und keuchte.

Denn es war mehr, als ich je für möglich gehalten hätte.

Es war *alles*.

Joes Zähne glitten aus der Wunde.

Ich konnte spüren, wie das Blut herauslief.

Er richtete sich stöhnend auf, seine Lippen genauso rot wie seine Augen.

Er sagte: »Großer Gott!«

Er sagte: »Ox.«

Er sagte: »Ox, spürst du es? Das ist ... Ich kann nicht glauben, dass wir ... Nach all der Zeit ...«

Er sagte: »Ox.«

Er sagte: »Gefährte.«

Der Wolf knurrte: »*Mein.*«

Bonusstory

Als sie vor ihr herlaufen, denkt die Wolfsmutter grün, grün, grün. Das Lachen ihrer Söhne dringt zu ihr herüber, das Geräusch unbändiger Freude unter einem Himmel, der so blau ist, dass es ihr den Atem raubt. Es ist Sommer, die Blätter sind sattgrün, die Grashalme bewegen sich einer sanften Brise. Es ist noch nicht zu heiß. Das wird sich nächste Woche ändern. Da soll es richtig schwül werden.

Ihre Söhne erreichen die Lichtung als Erste. Es überrascht sie nicht, dass der Älteste – der immer den Beschützer spielen muss – die beiden Jüngeren voneinander trennt, als sie auf dem Boden miteinander rangeln.

»Unfair!«, ruft der Kleinste. Er ist flachsblond, und seine hellen Augen müssen erst noch die Farbe wechseln. Bald. Außer kurzen Shorts trägt er nichts. Er weigert sich, irgendetwas anderes anzuziehen. Er ist schließlich ein *Wolf*, wie er nicht müde wird zu betonen. Wölfe tragen keine Kleidung. Sie rennen mit ihren Pfoten auf der blanken Erde, den Wind in ihrem Fell und ihre Nase Beute witternd nach oben gereckt. Wölfe haben keine Zeit für Kleidung – sie stört nur und zerreißt. Ist es da nicht besser, gleich nackt herumzulaufen?

Sie hat diese Diskussion schon oft geführt. Die Shorts sind zumindest ein kleiner Triumph. Auch wenn er vermutlich nicht lange anhalten wird. Sie amüsiert sich darüber, dass Jungs solche ... nun, solche Jungs sind.

Der Mittlere – sowohl vom Alter also auch von der Größe her – legt sich auf den Rücken und streckt die Arme über den Kopf. Obwohl er stiller ist als die anderen beiden, ist er für die Wolfsmutter kein so großes Rätsel. In gewisser Weise ist er wie sein Vater. Nachdenklich. Bodenständig. Er sieht das große Ganze, auch wenn er sich manchmal ein wenig darin verliert. Er ist welterfahren, trotz seines jungen Alters. Seine blonden Haare müssten dringend geschnitten werden, und er ist so schlaksig, dass er auf eine bezaubernde Art unbeholfen wirkt.

»Wartet nur ab!«, knurrt der Jüngste. »Eines Tages bin ich der größte und stärkste Wolf von allen. Jeder wird sagen: *Wow! Holy shit! Seht nur, wie riesig er ist!*«

Der Älteste rollt mit den Augen und stößt ein gutmütiges Schnauben aus: »Ich weiß. Aber noch ist es noch nicht so weit. Hab Geduld.«

Der Jüngste hört auf seinen älteren Bruder. Das tun sie beide. Sie hören meistens auf ihn. Seltsam, denn er ist kein Alpha. Andererseits hat die Wolfsmutter schon viele seltsame Dinge in ihrem Leben gesehen. Magie kann verwirrend sein. Sie versteht sie nicht immer.

Wovon sie hingegen etwas versteht, sind Kinder. »Seid still«, sagt sie und bedeutet ihren Söhnen, sich vor ihr auf den Boden zu setzen. Sie gehorchen, eng aneinandergeschmiegt und einander an den Händen haltend. Der Geruch, den der Körperkontakt hinterlässt, ist wichtig. Er stärkt das Band zwischen ihnen.

»Schließt eure Augen. Denkt an nichts anderes. Könnt ihr das Gras riechen? Die Kiefernnadeln? Die Wildblumen?«

Die Jungs tun, was sie sagt. Mit geschlossenen Augen und bebenden Nasenflügeln atmen sie tief ein. Sie verbirgt ein Lächeln hinter ihrer Hand, als der Älteste seinen Kopf in Richtung Wald neigt. Wäre er in Wolfsgestalt – ein unbeholfenes Ding mit langen dünnen Beinen und zu großen Pfoten, über die er immer stolpert – würde er ohne Zweifel mit den Ohren zucken. Ein Rudel Hirsche, knapp einen Kilometer nördlich von hier. Mindestens ein Dutzend. Bis zum nächsten Vollmond ist es noch eine Woche und sie spürt seinen Sog. Sanft, aber beständig. Für ihre Söhne – zumindest für die beiden älteren – ist es stärker. Nicht schmerzhaft, dennoch hat sie sie nicht ohne Grund hierhergebracht. Eine Ablenkung, um den Wolf in ihnen zu beruhigen.

»Seht ihr«, sagt sie, als die Schultern ihrer Söhne entspannt nach unten sinken. »Ist das nicht schon viel besser?«

Der Jüngste öffnet ein Auge, das andere hält er fest geschlossen: »Ich glaube, ich kann meinen Wolf hören!«

»Wirklich? Das ist wunderbar. Was sagt er?«

Er öffnet auch das zweite Auge und runzelt die Stirn. »Ich ... weiß es nicht.«

»Das ist vollkommen in Ordnung«, sagt sie, als auch ihre anderen beiden Söhne die Augen öffnen. »Du bist noch dabei zu lernen. Und dein Wolf auch. Obwohl ihr ein- und derselbe seid, seid ihr doch zwei Wesen: Mensch und Tier. Das Gleichgewicht ist entscheidend. Mensch und Wolf, ihr seid beides.«

»Wie können wir beides sein?«, fragt der Mittlere.

»Weil der eine nicht ohne den anderen existieren kann«, erklärt sie. »Gäbe es nur den Wolf, würdet ihr möglicherweise alles verlieren, was euch zu dem macht, der ihr seid. Unser Menschsein erdet uns. Es erinnert uns daran, dass wir fähig sind, rational zu denken, Mitgefühl zu empfinden.«

»Das Band«, sagt der Älteste. »Der Anker, der uns zusammenhält.«

»Genau«, sagt sie. »Der uns mit uns selbst und mit den anderen verbindet. Der Anker eines Wolfs – sei es nun eine Person, ein Ereignis oder ein Gefühl – ist eine Notwendigkeit. Ohne ihn sind wir verloren.«

»Monster«, flüstert der Jüngste.

Ein kalter Schauer läuft ihr über den Rücken. Eine Erinnerung, die sich nicht vergessen lässt. Sie kennt Monster. Viele von ihnen. »Oh ja«, sagt die Wolfsmutter. »Aber habt keine Angst, meine kleinen Welpen: Heute sind keine Monster hier. Zumindest keine echten.«

Das ist nicht gelogen, obwohl es sich so anfühlt. Sie hat den Schmerz kennengelernt und den Tod. Die Grausamkeit der Menschen und die der Wölfe. Wut kennengelernt, so schwarz wie die Nacht. Und wofür? Macht? Kontrolle? Chaos, das in Feuer und Blut endet? Sie kommt sich scheinheilig vor, als sie den Welpen erklärt, wie wichtig die Menschlichkeit ist, da sie doch genau weiß, wie unstet sie sein kann. Ebenso fähig zum größten Triumph wie zu den schlimmsten Schrecken.

Dennoch, egal wie viel sie gesehen und was sie erlebt hat, glaubt sie an ihre Worte. Meistens jedenfalls. Ihr bleibt gar nichts anderes übrig. Alles andere würde bedeuten aufzugeben, und dafür ist sie bereits zu weit gekommen. Aufgeben ist keine Option. Nicht jetzt. Niemals. Sie ist eine Mutter, sie ist eine Wölfin und sie ist – wie manche hinter vorgehaltener Hand flüstern – eine Königin. Wie albern! Gefolgschaft und Unterwürfigkeit waren nie ihr Ding, und wehe denen, die ihr im Weg standen. Der ein oder andere hatte diese Lektion auf die harte Tour lernen müssen, und sie weigert sich deshalb Reue zu empfinden.

Ihre Söhne sehen sie erwartungsvoll an und sie sagt: »Also, ich habe euch eine Geschichte versprochen, die ihr noch nie gehört habt. Diese Geschichte ist sehr alt. Sie ist nicht die älteste die ich kenne, aber genauso bedeutsam wie die Geschichten, die ich euch bisher erzählt habe.«

»Wie die Sonne und der Mond«, ruft der Mittlere.

»Genau«, entgegnet sie. »Immer auf der Suche nacheinander. Ich habe euch davon erzählt, wie der Erste Wolf erschaffen wurde. Ich habe euch erzählt, dass die Lichtung, auf der ihr sitzt, ein Ort großer Macht ist. Ich habe euch von Leuten erzählt, die verloren gingen und wiedergefunden wurden. Ihr kennt unsere Geschichte und wisst, wie wir hierhergekommen sind. Aber ich habe euch nie erzählt, wie Omegas erschaffen wurden. Und warum.«

Ihre Söhne reißen die Augen auf, und die Wolfsmutter hofft, dass sie niemals ihre Begeisterungsfähigkeit verlieren. Ein Schatz, der einem so leicht von Alter und Zynismus gestohlen wird. Egal, was sie sonst sein mögen, in erster Linie sind sie immer noch Kinder, und sie wird dafür sorgen, dass sie darauf vorbereitet sind, wie scharf die Zähne der Welt da draußen sein können.

Meine Königin, flüstert ihr eine geliebte Stimme ins Ohr und sie spürt eine Hand auf ihrer Schulter. Kurz darauf ist sie verschwunden. Es ist genug.

Sie sagt: »Hört zu.«
    Sie sagt: »Hört mich an.«
    Sie sagt ...

Es war einmal zu einer Zeit, als die Welt voll ungezähmter Magie war. Sie entlud sich grimmig aus dem Himmel, Blitze verwandelten den Erdboden in wolkiges Glas. Die Berge waren höher, als es möglich sein sollte, mit zerklüfteten Klippen, auf denen Schnee lag, der niemals zu schmelzen schien. Es gab Höhlen, die tief in die Erde hineinführten, bis zum Kern. Höhlen, in denen Kristalle glitzerten wie der Winterhimmel selbst. Blumen blühten in den unglaublichsten Farben, viele davon gingen im Laufe der Zeit für immer verloren.

Flüsse bahnten sich ihren Weg durch die Landschaft, Wasser krachte gegen Stein.

Am Fuße des höchsten Berges erstreckte sich ein endloser Wald. Seine Bäume ragten bis in die Wolken, die die Wipfel wie neblige Heiligenscheine umgaben. Riesige Kreaturen mit scharfen Zähnen und dunklen Augen krochen durchs Unterholz. Manche von ihnen bekam man nie zu Gesicht, man hörte sie nur tief in der Nacht grunzen und jaulen.

Damals lebten auch Menschen dort. Sie wohnten in Häusern aus Holz und Stein, deren Dächer mit Heidekraut und Schilf gedeckt waren. Sie waren viele. Sie bewirtschafteten das Land, kletterten auf Bäume und erzählten einander Geschichten. Sie sangen Lieder über Verlust und Trauer und über glorreiche Siege. Sie lebten und sie starben, und dann wurden sie der Erde zurückgegeben. Es war ein unendlicher Kreislauf. Denn das Leben ist eine Schuld, die vollständig beglichen werden muss.

Viele Generationen lang lebten die Menschen des Waldes im Einklang mit der Natur. Sie nahmen nie mehr, als sie brauchten, und hielten das empfindliche Gleichgewicht des Waldes aufrecht. Sie beteten zu den alten Göttern um Fruchtbarkeit und eine gute Ernte, um Frieden und Liebe. Sie beteten um Hoffnung, sie beteten um Mut, um Standfestigkeit und Beharrlichkeit. Sie beteten ums Überleben, denn das hatte die Tradition sie gelehrt. Die alten Götter waren griesgrämige, störrische Wesen, die nahmen und nahmen und nahmen und nur manchmal – wenn man es am wenigsten erwartete – etwas zurückgaben.

Ein Gott stand über allen anderen. Von einem Gott sprach man gleichermaßen ehrfürchtig und ängstlich: dem Gott des Waldes.

Er war der älteste Gott. Es gab die Welt, weil er es so gewollt hatte. Ozeane, Berge, Steppen und Eiswüsten existierten nur wegen dem Gott des Waldes.

Manche glaubten sogar, der Gott des Waldes habe die Menschen erschaffen, indem er eine seiner Rippen genommen und daraus und aus Gras und Schlamm und Magie einen Mann geformt hatte. Aber das war der alte Weg, und der alte Weg lag im Sterben.

Selbst die Menschen mit all ihrem Wissen, ihrem Glauben und ihren Fähigkeiten, die von Generation zu Generation weitergegeben worden waren, selbst sie konnten die Dunkelheit nicht aufhalten.

Als sie entdeckt wurde, wusste niemand, woher sie kam oder warum sie sich ausbreitete. Sie wussten nur, dass sich in ihrem Wald ungehindert eine Krankheit verbreitete, die mit jedem Tag gefährlicher wurde. Die Bewohner der Dörfer, die sich im Wald verteilten, versammelten sich. Fragten sich, wie so etwas möglich war. Magie, flüsterten sie. Dunkle Magie, die Gestaltwandler hervorbrachte; Kreaturen, die ihre menschliche Form in riesige Untiere mit glühenden Augen ändern konnten. Obwohl man schon lange keinen mehr von ihnen gesehen hatte. Länger als sich die Menschen erinnern konnten. Vielleicht trugen sie die Schuld. Oder aber es war eine Prüfung der Götter, um zu sehen, ob die Menschen überlebensfähig waren.

Sie nannten es die Fäulnis.

Mit den Bäumen fing es an. Die Rinde brach auf, eine ätzende schwarze Flüssigkeit quoll hervor und tropfte auf die Erde. Die Fäulnis breitete sich im ganzen Wald aus, verleibte sich Bäume und Büsche ein und verzerrte sie zu krummen Abscheulichkeiten mit spitzen Dornen. Ihr Gift brachte innerhalb weniger Stunden den Tod.

Die wilde Dunkelheit sprang auf die Tiere über und verwandelte auch die sanftmütigste Kreatur in ein gefährliches Raubtier. Manche Hirsche hatten drei Augen und aus ihrem Geweih tropfte die Fäulnis. Ganze Vogelschwärme saßen in den Bäumen – lautlos, weil ihnen die Fäulnis, die Schnäbel verklebt hatte. Die kleineren Tiere – Wühlmäuse und Eichhörnchen, Füchse und Dachse –, die man bisher für harmlos gehalten hatte, wurden zu in einem tödlichen Albtraum.

Alle infizierten Wesen hatten eines gemeinsam: violette Augen.

Die Dorfbewohner kamen zusammen und beteten zum Gott des Waldes. Sie sangen. Sie klagten. Sie flehten den Wald an, sie zu erhören, ihnen zu sagen, was sie zu tun hatten, damit alles wieder so wurde wie zuvor. Sie tanzten, sie reckten ihre Hände in den Himmel, sie schluchzten. Sie stritten. Sie wandten sich gegeneinander. Sie fletschten die Zähne. Sie vergossen Blut.

Der Wald erhörte sie nicht.

Nachdem sie den Gott des Waldes wochenlang angefleht hatten, beschlossen sie, dass einer von ihnen in die tiefsten Tiefen des Waldes gehen und dem Gott ihr Anliegen vortragen sollte. Viele Männer meldeten sich freiwillig. Sie beriefen sich auf ihre Stärke, ihren Einfallsreichtum, ihr Verlangen danach, sich vor dem Gott des Waldes als würdig zu erweisen.

Doch der Geist der Menschen ist wankelmütig und so begannen sie schon bald zu streiten. Ein jeder pochte auf sein Recht auserwählt zu werden. Es war ihre Bestimmung, es war ihr Schicksal, und je länger der Streit dauerte, desto lauter und erbitterter wurde er geführt.

Es ist so eine Sache mit der Bestimmung, mit dem Schicksal: Es ist selbst wankelmütig und blind, und es hatte seine Wahl bereits getroffen.

Unter ihnen gab es jemanden, der noch nicht das Wort ergriffen hatte. Jemanden, der genau wusste, dass Schweigen einem erlaubt zu beobachten. Zu lauschen.

Dieser Jemand hatte genug gehört.

»Ich gehe«, sagte sie.

Mit einem Mal war es still. Die anderen drehten sich gleichzeitig zu ihr um.

Die Frau war jung. Eigensinnig. Sie war gerade einmal achtzehn Jahre alt, dennoch hatte sie einen klareren Blick auf die Dinge als die anderen. Ihr Geist war noch frei von fanatischen Dogmen. Sie glaubte an die Götter, sicher, dennoch vertraute sie nicht auf sie. Sie wollte auf die Menschheit vertrauen, auf einen tieferen Sinn des menschlichen Lebens, der nichts mit den Göttern zu tun hatte.

Das bedeutete nicht, dass sie keine Angst hatte. Oh, und wie sie sich fürchtete! Aber sie zeigte es nicht.

Sie war groß und schlank, ihre Füße waren vom Klettern in den Bäumen vernarbt, ihre Hände rau. Ihr Haar war so schwarz wie die Schwingen eines Raben, ihre Haut braun und dunkle Sommersprossen bildeten darauf die Sternbilder des Himmels in einer kalten Winternacht ab.

Sie musste die Auserwählte sein.

»Du?«, fragte einer der Männer mit einem höhnischen Lachen. »Was kannst du schon ausrichten?«

Sie starrte ihn mit ausdrucksloser Miene an. »Das, was ihr nicht könnt. Während ihr hier sitzt und miteinander streitet, breitet sich die Fäulnis weiter aus. Sie hat unsere Grenzen bereits erreicht, und es wird nicht mehr lange dauern, bis sie uns alle verschlingt.«

Der Dorfälteste, ein Mann mit faltiger Haut und einem milchig trüben Auge, sagte: »Sen ist würdig, dass wir sie in Betracht ziehen. Ich erinnere mich daran, dass sie vor Kurzem erfolgreich bei der Jagd war, während alle anderen mit leeren Händen zurückkehrten.«

»Du vertraust ihr unsere Zukunft an?«, wollte ein Mann wissen.

»Ich fürchte den Tod nicht«, rief sie. Eine Lüge? Vielleicht, aber eine, die sie bereitwillig erzählte.

Der Dorfälteste lächelte. »Es gibt Dinge, die sind schlimmer als der Tod. Du hast gesehen, was die Fäulnis den Bewohnern des Waldes angetan hat. Hast du keine Angst, dass mit dir dasselbe geschieht?«

»Dann ist es nicht zu ändern«, entgegnete sie. »Wenigstens habt ihr dann ein hungriges Maul weniger zu stopfen. Was wollt ihr tun, wenn die Fäulnis uns alle befällt? Noch mehr beten? Noch lauter beten? Ihr habt gesagt, dass der Gott des Waldes nicht zu uns kommen wird. Also müssen wir zu ihm gehen. Und dafür ist niemand besser geeignet als ich.«

»Hab acht«, sagte der Älteste. »Deine Überheblichkeit wird noch dein Untergang sein.«

»Ich fordere sie heraus«, rief ein dritter Mann. »Ich fordere sie heraus, mit mir um das Recht, als Botschafter zum Gott des Waldes zu gehen, zu kämpfen.«

Sie wandte sich um.

Tek. Er war ein paar Jahre älter als sie. Muskelbepackt. Sein schwarzes Haar hatte er zu einem strengen Zopf geflochten, der ihm bis auf den Rücken fiel. Er war gemein und, was noch schlimmer war, dumm. Er hielt sich für etwas Besseres und unglücklicherweise schienen ihm seine Fähigkeiten als Spurenleser und Jäger recht zu geben. Seine Sturheit und seine Grausamkeit ließen Sen ihm gegenüber misstrauisch werden. Ihr Verhältnis war seit jeher angespannt. Vor einigen Monaten hatte Tek ausgesprochen, was er wollte. Er wollte Sen zur Frau nehmen.

Sen allerdings hatte bereits ein Auge auf ein hübsches Mädchen geworfen, das mit seinem Vater von Dorf zu Dorf zog, um Waren zu verkaufen. Das Mädchen – oder besser gesagt, die junge Frau – hatte dunkelbraune Augen und ein schüchternes Lächeln, das Sens Herz höherschlagen ließ. Sie würde Geduld brauchen, doch es würde sich lohnen.

Tek hatte es nicht gut aufgenommen. Er war ein furchterregender Gegner, und er würde die Gelegenheit nutzen, ihr zu beweisen, dass er die bessere Partie für sie war.

Doch sie würde nicht klein beigeben.

Die Dorfgemeinschaft hatte einen Kreis um sie gebildet, der Älteste saß mit verschränkten Armen auf einem Baumstumpf.

»Bis zum ersten Blut«, sagte er. »Tek, da du Sen herausgefordert hast, darf sie als Erste ihre Waffe wählen.« Er nickte zu einem Gestell, auf dem sich Speere, lange Klingen, eine Peitsche und mehrere Steinhämmer, die oben mit scharfen Dornen versehen waren, befanden.

Sen machte keine Anstalten, eine Waffe zu wählen. Stattdessen kniete sie sich hin, nahm eine Handvoll Erde und schnupperte daran. Sie roch lebendig, unversehrt von der Fäulnis. Sie ließ die Erde durch die Finger rieseln und stand langsam auf. Sie zog das Messer, das sie stets an der Hüfte trug. Der Älteste hatte es ihr am Vorabend ihres vierzehnten Geburtstages geschenkt. Die Klinge bestand aus poliertem schwarzen Stein und glänzte so sehr, dass man beinahe glauben konnte, sie sei glitschig, wenn man sie anfasste. Sie war halb so lang wie Sens Unterarm, eine Verlängerung ihrer selbst, und der Holzgriff lag vertraut in ihrer Hand.

Sie hob das Messer über den Kopf und sagte: »Ich habe meine Wahl getroffen.«

Der Älteste nickte langsam. Für einen Augenblick glaubte Sen, ein eigenartiges kleines Lächeln auf seinem Gesicht zu sehen, doch es verschwand, bevor sie sich vergewissern konnte. Der Älteste wandte sich Tek zu und sagte: »Triff auch du deine Wahl.«

Tek nahm die Schultern zurück und schritt zu dem Gestell mit den Waffen. Die anderen riefen ihm Ermutigungen zu. Sagten, dass er kurzen Prozess mit Sen machen würde. Tek grinste und winkte ab.

Sen wusste, welche Waffe Tek wählen würde, noch bevor er sich entschieden hatte. Sie wurde nicht enttäuscht, als er die Peitsche nahm und die lange Kordel zu Boden fallen ließ. Sie war über drei Meter lang und aus Tierhäuten geknüpft, sodass sie einem mit einem einzigen gekonnten Hieb das Fleisch von den Knochen reißen konnte.

Und Tek wusste, wie er mit ihr umzugehen hatte.

Er wandte sich zu ihr um. Die Dorfbewohner verstummten, als der Älteste sich erhob. »Keine Einmischungen. Keine Hilfestellungen«, sagte er. »Ihr kämpft, bis das erste Blut fließt, danach hört ihr sofort auf.«

Tek ging zum Angriff über, noch bevor der Älteste zu Ende gesprochen hatte. Mit einem tiefen Grunzen schwang er die Peitsche in einem flachen Bogen. Gerade noch rechtzeitig stolperte Sen zurück, die Peitsche verfehlte ihr Gesicht um wenige Zentimeter.

Ehe sie sichs versah, holte Tek erneut aus.

Die Peitsche schoss auf sie zu. Sen rollte sich nach rechts ab, die Peitsche schnitt an der Stelle, an der sie vor wenigen Augenblicken noch gestanden hatte, durch die Luft. Sie zögerte nicht und sprang auf die Füße, bevor Tek die Peitsche zurückziehen konnte. In der rechten Hand hielt sie ihre Klinge, in der linken eine Handvoll Erde.

Sie stellte den Fuß auf die Kordel, sodass Tek die Peitsche nicht einholen konnte. Dann warf sie ihm die Erde ins Gesicht. Er schrie auf und trat einen Schritt zurück. In der einen Hand hielt er die Peitsche, mit der anderen rieb er sich die Augen.

Beinahe lautlos pirschte sich Sen an ihn heran, die Füße immer auf der Kordel. Kurz bevor sie ihn erreicht hatte, sprang sie ab und riss die Klinge in die Höhe.

Trotzdem musste Tek sie gehört haben. Er nahm die Hand aus dem Gesicht und kauerte sich hin. Es war zu spät. Sen konnte ihre Bewegung nicht mehr korrigieren. Als sie in ihn hineinkrachte, riss er seine Schulter nach oben und rammte sie ihr in den Bauch. Ihr wurde die Luft aus der Lunge gepresst. Die Wucht des Schlages sorgte dafür, dass sie ihr Ziel verfehlte. Als sie über ihn hinwegsegelte, glitt ihre Klinge an seiner Schulter ab. Mit einem schmerzhaften Aufprall landete sie auf dem Rücken. Verblüfft blinzelte sie in das Blau über ihr, ihre Waffe lag nur wenige Zentimeter entfernt neben ihr auf dem Boden.

Ein Schatten schob sich vor den Himmel.

Tek stand über ihr. Er grinste. »Knapp daneben ist auch vorbei.«

Er hob die Peitsche hoch über seinen Kopf, und Sen wusste, dass er sie töten würde.

Sie streckte ihren schmerzenden Arm aus. Die Klinge, das Messer, ihr Messer, und gerade als Tek zuschlagen wollte, schlossen sich ihre Finger um den Griff. Bevor er beenden konnte, was er begonnen hatte, rammte sie Tek die Klinge bis zum Heft in den Fuß.

Sie atmete ein. Sie atmete aus. Sie spürte Erde auf der Zunge und zwischen ihren Zähnen.

Tek ließ die Peitsche fallen und fing an zu schreien. Blut strömte aus der Wunde. Mit gefletschten Zähnen beugte er sich zu ihr herunter, ein Speichelfaden tropfte aus seinem Mund. »Du Schlange«, knurrte er. »Ich bringe dich …«

Mit einer geschmeidigen Bewegung zog Sen mit der linken Hand die Klinge aus seinem Fuß, die rechte ballte sie zur Faust. Noch bevor Tek reagieren konnte, war sie aufgestanden und hatte ihm einen Kinnhaken verpasst. Ein scharfer Schmerz explodierte in ihren Fingerknöcheln, doch das war nebensächlich im Vergleich zu dem Anblick, den Tek bot, der auf dem Hintern landete und verwirrt blinzelte.

Sen spuckte auf den Boden, dann wischte sie sich den Mund ab. Sie blickte auf Tek hinunter, dann zu ihren Leuten, die sie mit einer Mischung aus Bewunderung und Furcht anstarrten.

Der Älteste hingegen … Er schien sich beinahe zu amüsieren. »Bis zum ersten Blut«, sagte er sanft. »Wie es aussieht, hat Sen sich als mehr als würdig erwiesen.« Er stand auf, während Tek sich auf dem Boden wälzte und seinen blutenden Fuß festhielt. »Versorgt seine Wunde. Sie sieht sehr schmerzhaft aus. Sen, komm mit mir, bitte.« Damit drehte er sich um und ließ die anderen stehen.

Bevor sie dem Ältesten folgte, warf Sen Tek noch einen Blick zu. Er schnappte nach ihr, in seinen Augen standen Tränen und Wut. Sie tat ihm nicht den Gefallen, darauf zu reagieren.

Der Älteste war ein wenig abseits vor einem Busch mit langen dünnen Blüten stehen geblieben. Er berührte eine der Knospen mit dem Finger und sagte: »Ein Messer im Fuß. Interessante Wahl. Wie sehr du doch deinem Vater ähnelst.«

Sen sah zu den Bäumen hinüber: »Du warst ein guter Lehrer, Großvater.«

»Er wäre stolz auf dich«, sagte der Älteste. »Sie beide wären stolz auf dich. Sie wurden zu früh aus dem Leben gerissen, aber du bist ihr Erbe, ihre Geschichte, ihre Hoffnung für die Welt. Und ich kenne dich, Enkelin. Ich kenne dein Herz und deinen Geist. Deshalb frage ich dich ein einziges Mal: Bist du dir sicher?«

Sie antwortete, ohne zu zögern. »Das bin ich. Ich werde den Gott des Waldes finden und er wird mich anhören.«

Ehe sie sichs versah, hatte er sie am Handgelenk gepackt, seine Finger gruben sich in ihre Haut. Sie ließ es zu. »Glaube nicht, dass eine Audienz bei einem Gott bedeutet, dass er dich anhört. Götter sind launenhaft, unberechenbar. Sie haben das Recht, dich zu vernichten, allein, weil du es wagst, vor ihnen zu stehen.«

»Ich fürchte die Götter nicht«, sagte Sen.

Ihr Großvater ließ sie los. Er sah älter aus denn je. Uralt. Die Furchen hatten sich tief in sein Gesicht gegraben. »Das solltest du aber«, flüsterte er.

T. J. Klunes grosse
Green-Creek-Saga
geht weiter in:

Das Lied des Raben

Leseprobe

Versprechungen

»Wir brechen auf«, sagte der Alpha.

Ox stand neben der Tür, kleiner, als ich ihn je gesehen hatte. Die Haut unter seinen Augen war violett.

Das würde nicht gut laufen. Das taten Überfälle aus dem Hinterhalt nie.

»Was?«, fragte Ox mit zusammengekniffenen Augen. »Wann?«

»Morgen.«

Er sagte: »Du weißt, dass ich noch nicht wegkann.«

Ich berührte den Raben auf meinem Unterarm, spürte, wie er mit den Flügeln schlug, spürte das Pulsieren seiner Magie. Es brannte.

»Ich muss in zwei Wochen mit dem Anwalt Moms Testament durchgehen. Und dann ist da noch das Haus und ...«

»Nicht du, Ox«, erwiderte Joe Bennett, der hinter dem Schreibtisch seines Vaters saß.

Thomas Bennett war nur noch Asche.

Ich sah den Moment, in dem die Bedeutung der Worte einsank. Es war brutal. Ein Verrat an einem schon zuvor gebrochenen Herzen.

»Auch nicht Mom und Mark.«

Carter und Kelly Bennett standen Seite an Seite neben Joe und traten unbehaglich von einem Bein auf das andere. Ich gehörte nicht zum Rudel, und das schon sehr, sehr lange nicht mehr, doch selbst ich konnte die Wut spüren, die in ihnen brodelte. Aber nicht auf Joe. Auch nicht Ox. Auf niemanden in diesem Raum. Rachedurst kochte in ihren Adern, das Verlangen zu packen und zu zerfetzen. Sie konnten an nichts anderes mehr denken.

Und ich auch nicht. Ox wusste nur noch nichts davon.

»Aber du«, sagte Ox. »Und Carter und Kelly.«

»Und Gordo.«

Ox sah mich nicht an. Es war, als wären er und Joe allein im Raum. »Und Gordo«, wiederholte er. »Warum?«

»Um zu tun, was richtig ist.«

»Nichts von dem, was hier passiert, ist richtig«, sagte Ox. »Warum hast du mir nichts davon erzählt?«

»Ich tue es *jetzt*«, erwiderte Joe in vollem Wissen, dass das nicht gut ...

»Weil es das Richtige ist ... Was habt ihr vor?«

»Richard aufspüren.«

Als Ox noch ein Junge war, ist sein beschissener Vater eines Tages einfach abgehauen. Es dauerte Wochen, bis Ox zum Telefon gegriffen und mich angerufen hat, aber schließlich hat er es getan. Er sprach langsam, und ich hörte den Schmerz in jedem Wort, als er sagte, dass es ihnen nicht gut ging, dass Briefe von der Bank gekommen waren, in denen davon die Rede war, ihm und seiner Mutter das Haus an der alten, unbefestigten Straße wegzunehmen, in dem sie lebten.

Könnte ich einen Job haben? Wir brauchen Geld, und sie darf das Haus nicht verlieren. Es ist alles, was wir noch haben. Ich würde mich wirklich anstrengen, Gordo. Gute Arbeit abliefern und für immer bleiben. Es wäre sowieso irgendwann passiert, dann können wir es doch auch gleich machen, oder? Bitte. Es muss jetzt sein, weil ich jetzt der Mann bin.

Es war die Stimme eines verlorenen Jungen.

Und derselbe verlorene Junge stand nun ein weiteres Mal vor mir. Sicher, er war älter und größer, aber seine Mutter lag unter der Erde, sein Alpha war Rauch und Asche, und ausgerechnet sein *Gefährte* hatte ihm gerade die Klauen in die Brust geschlagen, um ihm das Herz rauszureißen.

Ich versuchte nicht, es zu verhindern. Dazu war es bereits zu spät. Für uns alle.

»Warum?«, fragte Ox mit krächzender Stimme.

Warum, warum, warum.

Weil Thomas tot war.

Weil sie uns etwas weggenommen hatten.

Weil sie nach Green Creek gekommen waren, Richard Collins und seine Omegas, mit violetten Augen, und sich auf den gefallenen König gestürzt hatten.

Ich hatte getan, was ich konnte. Es war nicht genug.

Da war ein Junge, noch nicht einmal achtzehn Jahre alt, der nun das Erbe seines Vaters übernehmen musste, dem Monster aus seiner Kindheit erneut gegenübertreten. Seine Augen brannten rot, und er kannte nur noch Rache. Sie pulsierte in einem nie endenden Kreislauf durch ihn und seine Brüder, der Zorn des einen nährte den des anderen. Er war vom jungen Prinzen zum wütenden König geworden, und er brauchte meine Hilfe.

Elizabeth Bennett war still und ließ es geschehen. Mit einer Häkeldecke um die Schultern stand sie da wie eine stumme Königin und beobachtete, wie sich die Tragödie vor ihren Augen abspielte. Ich war nicht einmal sicher, ob sie überhaupt ganz bei sich war.

Und Mark, er ...

Nein. Nicht jetzt.

Vorbei war vorbei war vorbei.

Sie stritten, fletschten die Zähne und knurrten sich an. Fügten dem anderen Wunde um Wunde zu, bis sie beide vor unseren Augen am Verbluten waren. Ich verstand Ox. Die Angst, geliebte Menschen zu verlieren. Die Angst vor einer Verantwortung, um die man nie gebeten hat. Die Angst, etwas gesagt zu bekommen, das man nie hören wollte.

Ich verstand auch Joe. Ich wollte es nicht, aber ich tat es.

Wir glauben, dass es dein Vater war, flüsterte Osmond. *Robert Livingstone hat einen Weg gefunden, sich seine Kräfte zurückzuholen, und dann hat er Richard Collins befreit.*

Ja. Ich glaube, ich verstand Joe am besten von allen.

»Du darfst das Rudel jetzt nicht auseinanderreißen«, flehte Ox. »Nicht jetzt. Du bist der verdammte Alpha, Joe. Das Rudel *braucht* dich. Wir alle. Glaubst du wirklich, die anderen lassen dich einfach ...«

»Ich habe es ihnen schon vor Tagen gesagt«, unterbrach Joe, dann zuckte er zusammen. »Scheiße.«

Ich schloss die Augen

Danach passierte Folgendes:

»Diese ganze Sache ist scheiße, Gordo.«

»Ja.«

»Und du machst mit.«

»Jemand muss aufpassen, dass er sich nicht umbringt.«

»Und dieser Jemand bist du. Weil du wieder zum Rudel gehörst.«

»Sieht ganz so aus.«

»Freiwillig?«

»Ich denke schon.«

Aber so einfach war es natürlich nicht. War es nie.

Dann:

»Ihr zieht los, um zu töten. Findest du das in Ordnung?«

»Nichts an alldem ist in Ordnung, Ox, aber Joe hat recht. Wir können nicht zulassen, dass das noch jemandem passiert. Richard wollte Thomas' Rudel, aber wie lange wird es dauern, bis er sich ein anderes aussucht, nur um Alpha zu werden? Wie lange wird es dauern, bis er sich eine noch größere Gefolgschaft aufgebaut hat, größer als seine vorige? Die Spur wird bereits kalt, Ox. Wir müssen das beenden, solange wir noch können. Für alle. Es ist nichts anderes als Rache, aber wir haben einen guten Grund dafür.«

Ich fragte mich, ob ich meine eigenen Lügen wirklich glaubte. Schließlich:

»Du solltest mit ihm reden, bevor du gehst.«

»Mit Joe?«

»Mit Mark.«

»Ox ...«

»Was, wenn du nicht zurückkommst? Willst du wirklich, dass er glaubt, er wäre dir egal? Das wäre beschissen, Mann. Du kennst mich, aber manchmal scheinst du zu vergessen, dass ich dich genauso gut kenne. Vielleicht sogar besser.«

Das verdammte Arschloch.

Sie stand in der Küche des Bennett-Hauses und starrte aus dem Fenster. Ihre Hände krallten sich in die Arbeitsplatte. Ihre Schultern waren angespannt und sie trug ihre Trauer wie ein Leichentuch. Obwohl ich seit Jahren nichts mehr mit Wölfen zu tun haben wollte, wusste ich, dass sie Respekt verdiente. Sie war eine Königin, ob sie es wollte oder nicht.

»Gordo«, sagte sie, ohne sich umzudrehen. Ich fragte mich, ob sie auf die Wölfe lauschte, die Lieder sangen, die ich schon lange nicht mehr hören konnte. »Wie geht es ihm?«

»Er ist wütend.«

»Das war zu erwarten.«

»Ach ja?«

»Ich denke schon«, sagte sie leise. »Aber wir beide sind älter. Vielleicht nicht weiser, aber älter. Alles, was wir durchgemacht haben, alles, was wir gesehen haben, ist nur ... noch eine Sache mehr in unserem Leben. Ox ist noch ein Junge. Wir haben ihn so gut wie möglich geschützt. Wir ...«

»Ihr habt ihm das angetan«, sagte ich, bevor ich es verhindern konnte. Die Worte flogen und explodierten wie eine Granate vor ihren Füßen. »Wenn ihr weggeblieben wärt, wenn ihr ihn nicht mit hineingezogen hättet, würde er immer noch ...«

»Es tut mir leid, was wir dir angetan haben«, unterbrach sie mich, und mir versagte die Stimme. »Was dein Vater dir angetan hat, war weder richtig noch fair. Kein Kind sollte durchmachen müssen, was du durchgemacht hast.«

»Und trotzdem habt ihr nichts unternommen, um es zu verhindern«, sagte ich bitter. »Du, Thomas, Abel. Meine Mutter. Keiner von euch. Euch war nur wichtig, was ich für euch sein könnte, nicht, was das für mich bedeutete. Was mein Vater mir angetan hat, hat euch nicht gekümmert. Und dann seid ihr gegangen und habt mich zurückgelassen ...«

»Du hast die Bande zum Rudel durchtrennt.«

»Die einfachste Entscheidung, die ich je getroffen habe.«

»Ich höre, wenn du lügst, Gordo. Deine Magie kann deinen Herzschlag nicht verbergen. Nicht immer. Nicht, wenn es wirklich wichtig ist.«

»Verdammte Werwölfe.« Dann: »Ich war zwölf, als ich zur Hexe des Bennett-Rudels gemacht wurde. Meine Mutter war tot. Mein Vater war verschwunden. Und trotzdem ist Abel zu mir gekommen, und der einzige Grund, warum ich Ja gesagt habe, war, weil ich es nicht besser *wusste*. Weil ich nicht allein sein wollte. Ich hatte Angst und ...«

»Du hast es nicht für Abel getan.«

Ich kniff die Augen zusammen. »Wovon zum Teufel redest du?«

Sie drehte sich endlich um und sah mich an. Sie hatte die Decke immer noch um die Schultern gelegt. Irgendwann hatte sie ihr blondes Haar zu einem Pferdeschwanz zusammengebunden, von dem ihr jetzt lose Strähnen ins Gesicht hingen. Ihre Augen waren blau, dann orange, dann wieder blau und flackerten matt. So gut wie jeder, der sie in diesem Moment gesehen hätte, hätte Elizabeth Bennett für schwach und zerbrechlich gehalten, aber ich wusste es besser. Sie war ein in die Ecke gedrängtes Raubtier, und das waren die gefährlichsten überhaupt. »Es war nicht für Abel.«

Ah! Das war also das Spiel, das sie spielen wollte. »Es war meine Pflicht.«

»Dein Vater ...«

»Mein *Vater* hat die Kontrolle verloren, als ihm sein Anker genommen wurde. Und dann hat er sich mit ...«

»Wir alle haben dazu beigetragen«, unterbrach sie. »Jeder einzelne von uns. Wir haben Fehler gemacht. Wir waren jung und dumm und erfüllt von einer entsetzlichen, allumfassenden Wut wegen allem, was uns genommen worden war. Abel hat getan, was er für richtig hielt. Thomas auch. Und ich tue jetzt, was ich für richtig halte.«

»Und trotzdem lässt du deine Söhne einfach gewähren. Du versuchst nicht mal zu verhindern, dass sie die gleichen Fehler machen wie wir. Du bist einfach eingeknickt wie ein *Hund*.«

Sie ging nicht auf den Köder ein. Stattdessen sagte sie: »Und du nicht?«

Verdammt. »Warum?«

»Warum was, Gordo? Du musst schon etwas genauer werden.«

»Warum lässt du sie gehen?«

»Weil wir auch einmal jung und dumm waren, erfüllt von dieser schrecklichen Wut. Und jetzt sind sie an der Reihe.« Sie seufzte. »Du hast das schon einmal erlebt, hast das alles schon einmal durchgemacht, und jetzt passiert es wieder. Ich vertraue darauf, dass du ihnen hilfst, die Fehler zu vermeiden, die wir gemacht haben.«

»Ich gehöre nicht zum Rudel.«

»Nein«, bestätigte sie, und das hätte nicht so wehtun dürfen, wie es der Fall war. »Aber das war *deine* Entscheidung. So wie wir jetzt hier sind, weil *wir* Entscheidungen getroffen haben. Vielleicht hast du recht. Wenn wir nicht zurückgekommen wären, wäre Ox vielleicht noch ...«

»Ein Mensch?«

Ihre Augen blitzten. »Thomas ...«

Ich schnaubte. »Hat mir *gar* nichts erzählt. Aber ich habe es auch so gemerkt. Was ist mit ihm?«

»Ich weiß es nicht«, gestand sie. »Ich weiß auch nicht, wie viel Thomas wusste, aber Ox ist ... besonders. Anders. Er sieht es selbst noch nicht. Und es kann noch lange dauern, bis er es tut. Ich weiß nicht, ob es Magie ist oder etwas anderes. Er ist nicht wie wir, und er ist nicht wie du, aber er ist kein Mensch. Nicht ganz. Er ist mehr, glaube ich. Mehr als wir alle zusammen.«

»Du musst auf ihn aufpassen. Ich habe die Schutzzauber verstärkt, so gut ich konnte, aber du musst ...«

»Er gehört zum Rudel, Gordo. Es gibt nichts, was ich nicht für das Rudel tun würde. Das weißt du.«

»Ich habe es für Abel getan. Und dann für Thomas.«

»Du lügst«, sagte Elizabeth und neigte den Kopf. »Aber du glaubst dir fast.«

Ich trat einen Schritt zurück. »Ich muss ...«

»Warum kannst du es nicht sagen?«

»Es gibt nichts zu sagen.«

»Er hat dich geliebt«, sagte Elizabeth, und da hasste ich sie mehr als je zuvor. »Mit allem, was er hatte. So ist das bei Wölfen. Wir singen und singen und singen, bis jemand unser Lied hört. Und du *hast* es gehört. Du hast es weder für Abel getan noch für Thomas. Schon damals nicht. Du warst erst zwölf, aber du hast es gewusst. Du warst Teil des Rudels.«

»Scheiße«, sagte ich heiser.

»Ich weiß«, erwiderte sie nicht unfreundlich. »Manchmal sind die Dinge, die wir am dringendsten hören müssen, die Dinge, die wir am wenigsten hören *wollen*. Ich habe meinen Mann geliebt, Gordo. Ich werde ihn immer lieben. Und das wusste er. Selbst am Ende, als Richard ...« Ihr Atem stockte. Schließlich schüttelte sie den Kopf. »Selbst dann. Und ich werde ihn jeden Tag vermissen, bis ich wieder an seiner Seite stehen und in sein Gesicht schauen kann, sein wunderschönes Gesicht, und ihm sagen kann, wie wütend ich bin. Wie *dumm* er ist. Wie schön es ist, ihn wiederzusehen, und ob er bitte einfach meinen Namen sagen würde.« Sie hatte Tränen in den Augen, aber sie weinte nicht. »Ich trauere, Gordo. Ich weiß nicht, ob dieser Schmerz mich je wieder verlassen wird. Aber er *wusste* es.«

»Das ist nicht dasselbe.«

»Nur weil du es nicht zulässt. Er hat dich *geliebt*. Er hat dir seinen Wolf geschenkt. Und du hast ihn zurückgegeben.«

»Er hat seine Entscheidung getroffen, und ich habe *meine* getroffen. Ich wollte ihn nicht. Ich wollte nichts mit euch zu tun haben. Mit *ihm*.«

»Du lügst.«

»Was willst du von mir?«, fragte ich, wütend jetzt. »Rück endlich raus damit.«

»Thomas wusste es«, sagte sie noch einmal. »Selbst am Rand des Todes. Weil ich es ihm *gesagt* habe und weil ich es ihm immer wieder gezeigt habe. Ich bereue viele Dinge in meinem Leben, aber Thomas Bennett werde ich nie bereuen.«

Sie kam auf mich zu, ihre Schritte langsam, aber entschlossen. Ich blieb standhaft, selbst als sie ihre Hand auf meine Schulter legte und sie fest drückte. »Ihr brecht morgen früh auf. Tu nichts, was du später bereuen wirst, Gordo. Denn wenn Worte ungesagt bleiben, verfolgen sie dich für den Rest deines Lebens.«

Sie ging weiter zur Tür, und bevor sie die Küche verließ, sagte sie: »Bitte pass auf meine Söhne auf. Ich vertraue sie dir an, Gordo.

Wenn ich herausfinde, dass du dieses Vertrauen missbraucht oder tatenlos zugesehen hast, als sie diesem Monster gegenübergestanden sind, gibt es keinen Ort auf dieser Welt, an dem ich dich nicht finden werde. Ich werde dich in Stücke reißen, ohne zu zögern. Und ohne Reue.«

Dann war sie weg.

Er stand auf der Veranda und starrte ins Leere, die Hände auf dem Rücken verschränkt. Einst war er ein Junge mit hübschen, eisblauen Augen gewesen, der Bruder eines zukünftigen Königs. Jetzt war er ein Mann, abgehärtet von den rauen Kanten der Welt. Sein Bruder war tot. Sein Alpha würde morgen aufbrechen. Es lag Blut in der Luft und Tod im Wind.

Mark Bennett fragte: »Geht es ihr gut?«

Natürlich wusste er, dass ich da war. Wölfe wussten so was *immer*. Vor allem, wenn es jemand von ihren ...

»Nein«, sagte ich. »Und dir?«

»Nein.« Er drehte sich nicht um. Das Licht spiegelte sich matt auf seinem kahl rasierten Kopf. Er atmete tief ein, seine breiten Schultern hoben und senkten sich. Meine Handflächen juckten. »Es ist seltsam«, sagte er schließlich. »Findest du nicht?«

Immer diese Rätsel. »*Was* ist seltsam?«

»Du bist schon einmal gegangen. Und jetzt tust du es wieder.« Ich hatte die Schnauze endgültig voll. »Du hast *mich* verlassen.«

»Und ich bin so oft zurückgekommen, wie ich konnte.«

»Das war nicht genug.« Aber das stimmte nicht ganz, oder? Nicht einmal annähernd. Meine Mutter war damals zwar schon lange tot gewesen, aber ihr Gift wirkte immer noch in mir nach. *Wölfe sind eben so*, hatte sie gesagt. *Sie nehmen alles, sie können gar nicht anders, weil es in ihrer Natur liegt. Sie lügen. Immer.*

Mark widersprach nicht. »Ich weiß.«

»Das war nicht ... Das sollte keine Andeutung in irgendeine Richtung gewesen sein.«

Ich konnte das Schmunzeln in seiner Stimme hören. »Ich weiß.«
»Mark.«
»Gordo.«
»Fick dich.«

Er drehte sich *endlich* um und sah immer noch so blendend aus wie an dem Tag, an dem ich ihn kennengelernt hatte. Auch wenn ich damals noch ein Kind gewesen war und nicht wusste, was es bedeutete. Er war groß und stark, und seine Augen waren immer noch eisblau und klug. Ich hatte keinen Zweifel, dass er die Wut und Verzweiflung spüren konnte, die in mir brodelten, egal, wie sehr ich versuchte, es zu verbergen. Das Band zwischen uns war schon lange zerrissen, aber es war immer noch etwas da, egal, wie sehr ich mich angestrengt hatte, es zu begraben.

Er fuhr sich mit der Hand übers Gesicht, seine Finger verschwanden in seinem dichten Bart. Ich erinnerte mich daran, wie er ihn mit siebzehn zum ersten Mal wachsen ließ, ein löchriges Ding, mit dem ich ihn endlos aufzog. Ich spürte einen Stich in meiner Brust, aber daran war ich inzwischen gewöhnt. Es bedeutete nichts. Nicht mehr.

Ich glaubte mir fast.

Mark ließ seine Hand wieder sinken und sagte: »Pass auf dich auf, okay?« Er schenkte mir ein brüchiges Lächeln und ging zur Tür.

Und ich wollte ihn lassen. Ich wollte ihn einfach vorbeigehen lassen, und danach würde ich ihn nicht mehr wiedersehen, bis, bis ... Mark würde hierbleiben, und ich würde gehen, eine Umkehrung der Vergangenheit.

Ich wollte ihn vorbeigehen lassen, weil es einfacher gewesen wäre. An all den Tagen, die noch kommen würden.

Aber ich war schon immer dumm gewesen, wenn es um Mark Bennett ging.

Ich streckte die Hand aus und hielt ihn am Arm fest.

Er blieb stehen.

Wir standen Schulter an Schulter. Ich blickte auf den Feldweg vor uns. Er blickte auf alles, was wir zurücklassen würden.

Er wartete. Wir atmeten.

»Das ist nicht ... Ich kann nicht ...«

»Nein«, flüsterte er. »Wahrscheinlich nicht.«

»Mark«, brachte ich heraus und suchte nach Worten, irgendwas, das ich sagen konnte. »Ich komme ... *Wir* kommen zurück, okay? Wir ...«

»Ist das ein Versprechen?«

»Ja.«

»Ich glaube deinen Versprechungen nicht mehr«, sagte er. »Schon seit sehr langer Zeit. Pass auf dich auf, Gordo. Kümmere dich um meine Neffen.«

Und dann ging er ins Haus und schloss die Tür hinter sich. Ich ging die Verandastufen hinunter und schaute nicht zurück.

Ich saß in der Werkstatt, ein leeres Blatt Papier auf dem Schreibtisch vor mir.

Sie würden es nicht verstehen. Ich liebte sie, aber manchmal konnten sie echte Idioten sein.

Ich musste etwas sagen.

Ich nahm einen alten Kugelschreiber in die Hand und begann zu schreiben.

> Ich muss für eine Weile weg. Tanner, du bist für den Laden verantwortlich. Achte darauf, dass du alle Einnahmen an den Buchhalter schickst. Er kümmert sich um die Steuern. Ox hat Zugang zu allen Bankkonten, sowohl zu den privaten als auch zu den geschäftlichen. Alles, was du brauchst, wickelst du über ihn ab. Wenn du zur Entlastung jemanden einstellen

> musst, tu es, aber nimm keinen Versager. Wir haben zu
> hart gearbeitet, um dorthin zu kommen, wo wir jetzt
> sind. Chris und Rico, ihr kümmert euch um die
> täglichen Abläufe. Ich weiß nicht, wie lange das hier
> dauern wird, und ihr müsst euch gegenseitig den Rücken
> freihalten. Ox wird euch brauchen.

Es war nicht genug.

Nichts wäre genug gewesen.

Ich hoffte, dass sie mir verzeihen würden – eines Tages.

Meine Finger waren voller Tinte und hinterließen Flecken auf dem Papier.

Ich machte das Licht in der Werkstatt aus und stand lange im Dunkeln.

Atmete den Geruch von Schweiß und Metall und Öl ein.

Es war noch dunkel, als wir uns trafen. Carter und Kelly saßen bereits im SUV und beobachteten mich durch die Windschutzscheibe, während ich mit einem Rucksack über der Schulter in ihre Richtung kam.

Joe stand mitten auf dem Feldweg. Er hatte den Kopf in den Nacken gelegt und die Augen geschlossen. Seine Nasenflügel blähten sich. Thomas hatte mir einmal gesagt, dass ein Alpha mit allem in seinem Revier in Verbindung steht. Mit den Leuten. Den Bäumen. Den Rehen im Wald, den Pflanzen, die sich im Wind wiegen. Einem Alpha bedeutet das *alles*, ein tief verwurzeltes Gefühl von *Zuhause*, das er nirgendwo sonst finden kann.

Ich war kein Alpha. Ich war nicht einmal ein Wolf und wollte auch keiner sein.

Aber ich verstand, was Thomas gemeint hatte. Meine Magie war genauso tief mit diesem Ort verbunden wie er. Es war anders, aber nicht so sehr, dass es eine Rolle gespielt hätte. Joe fühlte *alles*. Ich fühlte den Herzschlag, den Puls des Gebiets, das sich um uns herum erstreckte.

Green Creek war mit Thomas' Sinnen verbunden.

Und es war in meine Haut eingraviert.

Es tat weh, wegzugehen, und das nicht nur wegen der Leute, die wir zurückließen. Es gab eine physische Anziehungskraft, die ein Alpha und eine Hexe spürten. Sie rief uns, sagte: *hier hier hier bist du hier hier hier bleibst du denn das ist dein zuhause dein zuhause es ist ...*

»War es immer so?«, fragte Joe. »Für meinen Vater?«

Ich schaute zu dem SUV hinüber. Carter und Kelly beobachteten uns aufmerksam. Ich wusste, dass sie zuhörten. Ich sah wieder Joe an, sein himmelwärts gerichtetes Gesicht. »Ich glaube es.«

»Aber wir waren weg. Lange Zeit.«

»Er war der Alpha. Nicht nur für dich, nicht nur für euer Rudel, sondern für alle. Und dann ist Richard gekommen...«

»Und hat mich entführt.«

»Ja.«

Joe öffnete die Augen. Sie leuchteten nicht. »Ich bin nicht mein Vater.«

»Ich weiß. Und das sollst du auch gar nicht sein.«

»Kommst du mit?«

Ich zögerte. Ich wusste, was er wollte. Es war kein Befehl, bei Weitem nicht, aber er war ein Alpha und ich war eine Hexe ohne Rudel.

Kümmere dich um meine Neffen.

Ich sagte das Einzige, was ich konnte: »Ja.«

Die Verwandlung ging schnell. Sein Gesicht wurde länger, weißes Fell spross aus seiner Haut, und aus seinen Fingerspitzen wuchsen Klauen. Und als seine Augen feuerrot aufleuchteten, legte er den Kopf in den Nacken und sang das Lied des Wolfes.

Lesen Sie weiter in:

T. J. Klune

GREEN CREEK
DAS LIED DES RABEN

TAUCHEN SIE EIN
IN DIE
MAGISCHEN WELTEN VON
T. J. KLUNE

Die Mr.-Parnassus-Saga

Eine magische Insel mitten im azurblauen Ozean. Ein Waisenhaus voll besonderer Bewohner. Eine Liebe, die alles verändert ...

Mr. Parnassus' Heim für magisch Begabte

Linus Baker ist ein vorbildlicher Beamter der Sonderabteilung des Jugendamtes, die für das Wohlergehen magisch begabter Kinder und Jugendlicher zuständig ist. Eines Tages soll er das Waisenhaus eines gewissen Mr. Parnassus, das sich auf einer abgelegenen Insel befindet, genauer unter die Lupe nehmen. Dessen Schützlinge sind etwas speziell – einer von ihnen ist möglicherweise sogar der Sohn des Teufels! Hier kommt Linus mit seinem Regelwerk und seiner Vorliebe für Vorschriften nicht weit, das merkt er schnell. Widerwillig lässt er sich auf das magische Abenteuer ein, das ihn auf der Insel erwartet, und erfährt dabei die größte Überraschung seines Lebens ...

Jenseits des Ozeans

Auf der wunderbaren Insel Marsyas inmitten des azurblauen Ozeans bietet Arthur Parnassus magisch begabten Kindern, die zu Waisen geworden sind, ein Zuhause. Und hier hat Arthur seine große Liebe Linus Baker kennengelernt. Die Kinder und Linus sind Arthurs kostbarster Schatz. Doch sein Leben war nicht immer leicht, und als ein neuer Bewohner auf die Insel zieht und Arthurs dunkle Vergangenheit an die Öffentlichkeit kommt, droht sein Traum von einem glücklichen, freien Leben für alle magisch Begabten zu zerplatzen ...

Die Extraordinaries-Reihe

Nick Bell ist der größte Superhelden-Fan, den es gibt. Als er seinem Idol leibhaftig begegnet, wird sein Leben vollkommen auf den Kopf gestellt.

Die Aussergewöhnlichen

Nick Bell ist ein gewöhnlicher Teenager. Wobei das in einer Stadt voller Superhelden schon wieder außergewöhnlich ist. Und der beste Autor von Superhelden-Fanfiction zu sein, ist ja eigentlich auch eine Superkraft, oder? Als Nick eines Tages Shadow Star, dem berühmtesten Helden der Stadt – und sein heimlicher Schwarm – begegnet, beschließt er, selbst ein Held zu werden. Widerwillige Hilfe bekommt er dabei von seinem besten Freund Seth. Wird Nick Shadow Stars Herz erobern oder erkennt er, dass seine wahre große Liebe eigentlich schon die ganze Zeit an seiner Seite ist?

Neue Helden

Mit Mut, Charme und Enthusiasmus hat Nick es geschafft: Er ist endlich mit seinem ersten Freund zusammen. Und zwar nicht mit irgendeinem Jungen, sondern mit einem waschechten Superhelden. Doch dann taucht eine Gruppe neuer Extraordinaries in Nova City auf – mit Kräften, von denen bisher noch nie jemand etwas gehört hat. Die Stadt droht ins Chaos zu stürzen, und Nick und seine Freunde müssen erst einmal herausfinden, wer bei alldem eigentlich gut und wer böse ist ...

Alte Geheimnisse

Es ist kurz vor den Sommerferien, und eine Hitzewelle hat Nova City fest im Griff. Dennoch ist Nick Bell guter Dinge: Mit seinem sexy Freund Seth und seinen Freundinnen Jazz und Gibby hat er ein Superhelden-Team gegründet, um die Bürger von Nova City zu schützen. Keine Sekunde zu früh, wie sich herausstellt: Simon Burke kandidiert für das Amt des Oberbürgermeisters. Sollte er gewinnen, würde das das Ende der Extraordinaries bedeuten. Doch damit nicht genug: Gerüchten zufolge ist Superschurke Shadow Star aus dem Gefängnis geflohen. Nick und seine Freunde müssen über sich selbst hinauswachsen, um Nova City vor dem Schlimmsten zu bewahren ...

DIE GREEN-CREEK-SAGA

In dem idyllischen, von Wäldern umgebenen Örtchen Green Creek lebt die Familie Bennett. Und mit ihr die Magie, denn die Bennetts sind Werwölfe. Doch dann findet das Böse seinen Weg nach Green Creek, und plötzlich steht für die Mitglieder des Rudels nicht nur das eigene Leben auf dem Spiel, sondern auch das derer, die sie lieben ...

DAS LIED DES WOLFES

Oxnard Matheson ist zwölf als sein Vater die Familie verlässt. Ox fühlt sich ungeliebt und wertlos – und irgendwie anders als andere Jungs in seinem Alter. Ox ist sechzehn, als die Familie Bennett ins Nachbarhaus einzieht. Die Bennetts sind lebensfroh und charismatisch – und Werwölfe. Ox fühlt sich unwiderstehlich angezogen von dieser aufregenden neuen Welt voll Magie, Freundschaft und Abenteuer. Doch als Ox dreiundzwanzig ist, geschieht ein Mord und nichts ist mehr wie zuvor ...

Das Lied des Raben

Nachdem die Hexe Gordo Livingstone von seinem alten Rudel verraten wurde, genießt er die Ruhe und Einsamkeit in seiner kleinen Autowerkstatt in Green Creek. Von Werwölfen hat er erst mal genug. Doch dann kommt das Bennett-Rudel in die Stadt und mit ihm der attraktive Mark. Als Green Creek von einem schrecklichen Verbrechen heimgesucht, bitten die Bennetts Gordo um Hilfe. Und mit dem Erwachen seiner Magie, kann er auch das Seelenband zwischen sich und Mark nicht länger ignorieren ...

Das Lied des Herzens

Nach Jahren des Umherstreifens hat Werwolf Robbie Fontaine im Rudel von Michelle Hughes endlich ein Zuhause gefunden und genießt als ihr Beta hohes Ansehen. Als in Maine Gerüchte über ein abtrünniges Rudel und den Einsatz wilder Magie laut werden, beauftragt Michelle Robbie, die Verräter zur Strecke zu bringen. Doch bei einem der Verdächtigen, Kelly Bennett, hat Robbie mehr als nur ein paar Schmetterlinge im Bauch. Und schon bald steht Robbies sorgsam aufgebautes Leben Kopf ...

Das Lied des Bruders

Um sich auf die Suche nach dem Mann zu machen, der ein großes Loch in seinem Herzen hinterlassen hat, verlässt Werwolf Carter Bennett die Geborgenheit seines Rudels. Doch die Einsamkeit setzt Carter stärker zu als er jemals gedacht hätte und mehr als einmal ist er kurz davor, den Verstand zu verlieren. Je näher er seinem Ziel Gavin Livingstone kommt, desto tiefer dringt er in die geheimnisvolle Geschichte seines Rudels vor. Eine Geschichte, die eng mit der der Familie Livingstone verbunden ist. Hat Carters und Gavins Liebe eine Chance oder müssen die beiden für die Vergehen ihrer Väter bezahlen?

Einzelromane

Das unglaubliche Leben des Wallace Price

Der erfolgsverwöhnte Anwalt Wallace Price kennt nur drei Dinge: Arbeit, Arbeit und noch mal Arbeit. Es kommt ihm daher äußerst ungelegen, als er eines Tages tot umfällt und in der Zwischenwelt landet. Dort erwartet ihn der Wächter Hugo, der Wallace auf seine Reise ins Jenseits vorbereiten soll. Doch Wallace ist noch nicht bereit, und so wird ihm Zeit gewährt, um seine Angelegenheiten zu ordnen. Zeit, in der Wallace den wahren Sinn des Lebens entdeckt. Und die Liebe findet …

Die unerhörte Reise der Familie Lawson

In einem Baumhaus hoch oben in den Wipfeln eines idyllischen Hains lebt Familie Lawson: Vater Giovanni ist ein Roboter, sein Sohn Victor ein Mensch. Mit ihnen wohnen dort noch ein Pflegeroboter mit einem Hang zum Sadismus und ein schüchterner kleiner Staubsauger. Als Giovanni eines Tages von seiner Vergangenheit eingeholt und in die Stadt der elektrischen Träume verschleppt wird, begibt sich Victor zusammen mit seiner Patchworkfamilie auf eine gefährliche Reise, um Giovanni zu retten.

Aus Sternen und Staub

Nach dem Tod seiner Eltern will der Journalist Nate Cartwright in der Abgeschiedenheit der Berge Oregons wieder zu sich selbst finden. Pläne schmieden. Vielleicht endlich einen Roman schreiben. Zu seiner großen Überraschung trifft er in der alten Berghütte seiner Eltern auf einen Mann namens Alex. Bei ihm ist ein kleines Mädchen, das auf den obskuren Namen Artemis Darth Vader hört. Und die Geschichte, die Alex und Artemis erzählen, ist so unglaublich, dass sie eigentlich nur wahr sein kann …

Der Weltbestseller von **T. J. KLUNE** und seine große Fortsetzung in prachtvoller Deluxe-Ausstattung

- mit spektakulärem Farbschnitt
- mit hochveredeltem Schutzumschlag
- mit farbig bedrucktem Vorsatz

- mit Autogramm des Autors
- mit Lesebändchen

HEYNE ‹